U0632029

三月棠墨 著

叫我如何不心动

上 册

青岛出版集团 | 青岛出版社

图书在版编目（CIP）数据

叫我如何不心动/三月棠墨著. —青岛：青岛出版社，2023.9
ISBN 978-7-5736-1315-8

Ⅰ.①叫… Ⅱ.①三… Ⅲ.①长篇小说－中国－当代 Ⅳ.①I247.5

中国国家版本馆CIP数据核字（2023）第141806号

JIAO WO RUHE BUXINDONG

书　　名	叫我如何不心动
作　　者	三月棠墨
出版发行	青岛出版社（青岛市崂山区海尔路182号）
本社网址	http://www.qdpub.com
邮购电话	18613853563
责任编辑	郭红霞
校　　对	李玮然
装帧设计	梁　霞
照　　排	梁　霞
印　　刷	三河市良远印务有限公司
出版日期	2023年9月第1版　2023年9月第1次印刷
开　　本	16开（640mm×920mm）
印　　张	36.5
字　　数	598千
书　　号	ISBN 978-7-5736-1315-8
定　　价	69.80元（全2册）

编校印装质量、盗版监督服务电话 4006532017　0532-68068050

目录

上册

目 录

下 册

第一章

宁苏意有男朋友了

夜色浓稠如墨，窗外雨声"淅淅沥沥"的，绵绵雨丝被风吹斜，拍打在窗玻璃上，卷着翠绿的叶子，粘在上面。

房间里亮着一盏昏黄的壁灯，照着有些凌乱的地板。宁苏意蹲在行李箱前收拾东西，大件的物品早在一个月前就已经被寄回国内，剩下的都是些方便携带的日常小物件。

留声机里播放着意大利语的情歌，宁苏意把银灰色的折叠电脑支架塞进行李箱盖子那一侧的格网里。

手机铃声乍然响起，她动作稍顿，撑着膝盖起身，先去把留声机关掉，拿起手机接起电话："你好，哪位？"

来电显示是一串陌生的号码，她有些疑惑，谁会在深夜给自己打电话？

电话那头传来陌生的男声，有些低沉，他用流利的英语告诉她，她有个快递到楼下了，麻烦她下去签收。

宁苏意愣住，心存疑惑，再次看了一眼手机屏幕，眉心微微蹙起。她即将离开英国，只有寄回国内的快递，没有寄到这里的。

难道她填错了地址？

这种愚蠢的事情她应该干不出来。

宁苏意提高警惕，再次确认："你确定？"

对方非常确定，说出了她的名字和门牌号，并且告知她，这个包裹是从中国宁城寄来的。

宁苏意就是宁城人。

她打消了疑虑，挂断电话后换上外出的鞋子，出门乘电梯下楼。

一楼的声控灯可能坏了，她用力跺了两下脚都没有任何光线亮起来。四周黑黢黢的，有穿堂风从走廊尽头的窗口吹进来，雨声比屋子里更清晰，平添了些阴森恐怖的气氛。

宁苏意吞咽了一口唾沫，身体的反应很真实，神经一瞬紧绷，额头出了细密的汗珠。她紧抿着唇瓣，哆哆嗦嗦地打开手机电筒照明，伸手去拉面前的厚重大门。

"吱呀"一声，门被拉开了，视线所及空无一人。

"酥酥，Surprise（惊喜）！"

蓦地，大门左侧响起熟悉的声音。

宁苏意被吓了一跳，猝然转头，在深深夜色里看到了男人颀长的身影。男人穿着黑色长裤、黑色衬衫，撑着一把大黑伞，整个人几乎隐匿在这茫茫雨幕中。

宁苏意心跳剧烈，怔在原地。

那柄黑伞的伞檐缓缓向上抬起，露出了男人白皙如玉的脖子，喉结尖尖的，有些性感。视线再往上，是弧度漂亮的下颌、高挺的鼻骨，等到男人的眉目完全映入眼帘，她更觉得惊艳。

在宁苏意见过的人当中，井迟的眼睛是最好看的。他是很明显的单眼皮，窄窄的，眼尾狭长，眼眸却圆润清澈，有点儿像小鹿的眼睛。

井迟是笑着的，笑容里带着点儿委屈巴巴的懊恼之意："看来不是惊喜，是惊吓。"

他看出宁苏意被自己吓到了。

"确实，被你吓得不轻。"宁苏意嗔怪了一句，想揍他，奈何手里没拿东西，便不客气地朝他翻了个白眼，"你怎么过来了？"

"你说呢？"井迟一只手始终背在身后，这时候才伸到前面来，手里是一束香槟玫瑰。

白里透着微黄色泽的花瓣沾了雨水，柔嫩得像女孩子的肌肤，花瓣的间隙里夹着点点淡蓝色的满天星，漂亮极了。

"如果我没记错，明天是你的毕业典礼吧？别的毕业生都有家长来庆贺，我怎么忍心你受冷落呢，酥酥？"

这人真是贫嘴。

宁苏意把花抱在怀里，拿脚踢他，也没真的踢，就是用脚尖挑起地上的雨水溅到他的裤脚上，像小时候的恶作剧："又不是第一次毕业了，没必要庆贺。"

这倒是实话。宁苏意是博士毕业，而且是生物学和金融学双博士学位。研究生毕业和本科毕业她都经历过——毕业这种事对她来讲像家常便饭一样。

"对我来说，很有必要。"井迟说。

宁苏意把他带回自己的公寓。看到客厅地板上散乱着各种东西，大敞着门的卧室里同样凌乱，井迟连脚都不知道往哪里放。家里遭了贼似的，怎一个"乱"字了得？

井迟摇摇头，无声地叹息。

他的酥酥，从小收拾东西就很没条理，想到哪里就收拾哪里，常常收拾到最后还是一团糟。

宁苏意把手里的花放好，转身就看到井迟利索地解开袖扣，挽起袖子，蹲下来开始替她整理行李箱。

宁苏意挑了一下眉，乐得享受他的照顾。她拨了拨留声机的唱针，放到黑胶唱片上，继续听之前那首没放完的意大利情歌，还很惬意地拿了瓶红色的指甲油，坐在小圆桌边的白色长绒毯子上，一边跟着曲调轻哼，一边涂脚指甲。

空调徐徐输送着冷风，室内温度适宜。

"还有哪些东西要带走？你先跟我说好，我帮你都收拾了。"井迟将宁苏意刚才收拾进行李箱里的东西都倒出来重新整理，"我是真看不上你整理的这些东西，也不知道你一个人平时在英国是怎么生存的……"

宁苏意涂完一个脚指甲，抬起手，用两根手指拈起一张纸递过去，上面列着清单："喏，这些都是要带走的东西。"

等井迟接过清单，宁苏意垂下头接着涂脚指甲，遗憾地叹了一口气："这张小圆桌我很喜欢，想带走，这块长绒毯子我也想带走，只是不好运送。"

她指的是放指甲油的小圆桌和垫在地上当坐垫的毯子。

"说起来，这些还是你送给我的，不远万里地从国内寄过来的，我都用出感情了。"宁苏意两只脚交叉放着，下巴抵着膝盖，为了方便涂脚指甲，姿势十分别扭，整个人几乎蜷成一团儿。

当初她浏览装修房子的网页，意外发现那张小圆桌的图片，保存下来发了条朋友圈，问朋友们那张小圆桌好不好看，井迟二话不说就给她买了。后来她又说得给圆桌配条毯子，他就一起送给她了。

她平时就爱坐在毯子上，把电脑放在小圆桌上写作业、办公。

"又不是什么值钱的东西，你要是喜欢，等你回国我再送你一套一模一样的。"

井迟拿出她放在格网里的金属制的折叠电脑支架，放在行李箱最底下。照她这么放，行李箱上飞机托运时，遇到暴力搬运情况，支架的尖端准会划破格网。

宁苏意轻"啧"了一声，心说这果然是井家小公子能说出来的话。

这张小圆桌是深褐色的，打磨得光滑油亮，一看就颇有质感，价值不菲。还有她身下这条其貌不扬的毯子，也不普通。

她的好闺密邹茜恩半年前来英国度假，顺便过来参观她的公寓，特意强调了一句："宁苏意啊宁苏意，你这是享受了井迟未来女朋友的待遇，以后千万别让他的女朋友知道，不然那个女生得忌妒死。"

宁苏意深以为然。

井迟看出她心中所想，嗤笑了一声："从小到大，给你买的东西还少了？"

"说得也是。"宁苏意瞬间就心安理得了。

宁苏意边跟他聊天，边慢腾腾地涂完了右脚的脚指甲。保持一个姿势太久，半边身子都麻了，她停下来缓了缓。

井迟抬眸看她，以为她是涂左脚不太称手才停下来，说："我帮你涂？"

宁苏意有些意外，还未开口，井迟就拿走她手里的刷头，在指甲油里蘸了蘸，拿出来时刷头在瓶口处蹭了蹭，去除多余的甲油。

"不是，你还来真的……"

宁苏意话说一半，井迟就半蹲下来，左膝抵着地板，手执起她的左脚，放在自己的腿上。黑色的裤子，白皙的女人足，贴在一起竟有股别样的诱惑意味，尤其是在这样烟雨蒙蒙的深夜里，宁苏意自己都觉得眼前这幅画面有些许暧昧。

她从自己的角度去看井迟，他低眉敛目，神情认真，没有半点儿旖旎的情绪。心里那些突如其来的别扭情绪一扫而空，她放松姿势背靠着沙发边缘，让他给自己涂指甲油。

小时候，他也给她涂过指甲油。

她上小学就很爱臭美，偷偷拿妈妈的指甲油涂。她又不太会操作，常常把指甲油涂到指甲盖边缘，染得手指头都是红红绿绿的。

井迟看不过去，嘴上嫌弃她，却毅然拿过指甲油帮她涂。

别看他从小身体不好，常年泡在药罐子里，跟个病秧子似的，风一吹就倒，做事却一直很稳妥，像个大人。

宁苏意想起小时候的事，心情很好，支颐，弯唇笑了笑："小迟弟弟，你对姐姐真好。"

井迟瞬间绷起俊脸，执拗地看着她，过了半晌，语气硬邦邦地说："别叫我弟弟，我们同岁。"

"我比你大两个月好不好？"宁苏意用手指勾了勾他的下颌，像给小狗挠痒痒，"你从小就不肯叫我姐姐，搞得我都没有当姐姐的乐趣。"

井迟不理她了。

他埋着头，小心翼翼地给这个女人涂脚指甲。甲油是纯正浓郁的复古红，涂抹在脚指甲上，衬得那片脚背白得晃眼，珍珠一样莹润好看。

这个女人最擅长气他。他一直都知道，也拿她没办法。

井迟很快给她涂好了脚指甲，等着晾干的工夫，视线不由得落回她的脚上，一个个脚趾挨在一起，小巧圆润，点缀着红色指甲油。她太瘦，脚很单薄，能清晰地看到脚背凸起的血管。他将视线向上移，是她瓷白纤细的小腿。她穿了条真丝裙子，下着雨的缘故，上身随意套了件针织开衫。她那裙摆丝滑如水，他稍微动一动，裙摆便蹭上去，露出更多的白嫩肌肤。

她半边身子斜斜地靠着沙发，姿态太散漫，像娇贵的女王。而他，是匍匐在她裙下的臣子。

井迟看得久了，眼眸便深了些许，心里生出一股病态的冲动，想把吻烙在她的脚背上……

井迟连忙打住思绪，沉沉地出了一口气，闭了闭眼，压下那些翻涌而出的莫名其妙的情绪，拧上指甲油瓶子的盖子，起身走到另一边，沉默地继续帮她收拾东西。

宁苏意并未觉察他的异样，两只脚并拢，高高翘起，独自欣赏着。

手机突兀地响了几声，宁苏意放下脚，扭过身子伸长手臂从沙发上够到手机，拿在手里。

"富婆俱乐部"微信群里，好闺密正在召唤她。

邹茜恩："大博士，打算什么时候回国？准备好给你接风洗尘了@宁苏意。"

叶繁霜："我们酥酥是大忙人哪，回国就得继承家业当女总裁，有时间跟你这米虫吃喝玩乐？"

邹茜恩："劝你撤回，不然我们立马友尽。"

叶繁霜："OK（好），我收回。"

宁苏意看得好笑，手指随意地揉了揉鬓发："过几天就回，到时候给你们带礼物。"

邹茜恩立马来精神了："我想要这条项链！图片发给你！"

随后，她就毫不客气地甩过来一张项链的图片，大概是惦记已久。

宁苏意保存了图片，又问叶繁霜："霜霜想要什么礼物？不如也学茜恩直接说了，省得我花时间挑选。"

叶繁霜："我随便，有礼物收就行。"

宁苏意跟两个闺密聊了很久，外面的雨声渐渐停息，只剩下一些风吹落树枝上雨滴的"啪嗒"声。

宁苏意关掉留声机，再看井迟的杰作，忍不住给他竖了个大拇指。

不过一个小时，堆在地板上的那些乱七八糟的东西都消失了，不需要搬走的被归置好了，需要带走的被塞进几个行李箱里。因为少了很多东西，整个家看起来空荡荡的。

井迟直起身喘了一口气，正好宁苏意递给他一杯水。

他举着两只手，示意自己的手太脏，不适合碰杯子。宁苏意会意，把杯口凑到他的嘴边，倾斜杯身，喂他喝水。

井迟一口气喝完整杯水，胸口轻微起伏。他一看时间不早了，便催促她赶紧去洗澡睡觉。

"客房的柜子里有干净的床品，你自己换。"宁苏意打了个哈欠，伸着懒腰往浴室的方向走。

宁苏意洗完澡，坐在卧室的梳妆台前护肤，将瓶瓶罐罐里的东西倒出来，在手心里搓了搓，拍在脸上。外面忽然响起拍门声，显得很不耐烦。

"来了。"宁苏意应了一声。听拍门声仍未停止，她趿拉着拖鞋快步走过去，一把拉开房门："这么大声音，你也不怕邻居投诉。"

"宁苏意，你这里怎么会有男式内裤？"井迟沉着脸，手里拎着一条纯黑色的四角内裤，男式的。

宁苏意愕然。

根据她以往的经验，井迟每次叫自己的全名，事情都不太妙。

宁苏意将视线从那条男式内裤上慢慢移到井迟的脸上。

他也刚洗完澡，穿着以前留在这里的睡衣，头发没吹干，湿漉漉地耷拉着，额前的发丝垂下来，发梢半遮住眉眼。

"说话啊？"井迟隐忍着怒气。

宁苏意下意识地想要开口解释，话到嘴边忽然察觉不对劲，脸上的表情放松下来，双手抱臂，悠闲地倚靠着门框，歪着头看着他，眯了眯眼："我差点儿被你唬住。不是，你这捉奸的口吻是什么意思？"

井迟如被当头敲了一棍子，大脑清醒了。他定了定神，支吾着想搪塞过去："你……你说呢？"

"我说什么？"宁苏意耸了耸肩，一副理所当然的语气，"我就算交男朋友了，带男人回来住了，也不是什么稀奇事吧？我又不是未成年人。"

井迟被她气得心梗，又不敢明目张胆地质问她这到底是男朋友的内裤，还是别的什么男人的。归根结底，他没立场问。

井迟平复了一下情绪，尽量用正常的语气跟她说话："咱俩是什么关系？你要是真有情况，我不得替你把把关？"

这话说出来，他都替自己委屈，心脏仿佛被人紧紧攥住。

宁苏意轻轻颔首，端详起那条内裤，不太记得了，反问："不是你的？"

"我自己的内裤我会认不出来？"井迟紧锁着眉头，喉结上下滚动了一下，声音有些低，"不是我的尺寸。"

宁苏意"啊"了一声，尴尬地扯了扯嘴角："那就有可能是上次聚会，我的同学落在这里的。"

"什么聚会？"井迟追问。

宁苏意简单解释了一下，有几个关系好的同学敲定论文后来她的公寓里聚餐，两个男生、两个女生。她亲自下厨做中国菜招待他们，后来大家吃吃喝喝玩游戏到很晚，同学们就在她这里睡下了。两个男生睡在那间客房里，买了些临时的日用品。这贴身衣物什么的，可能是他们两个中的谁洗了内裤忘记收走……

井迟敛下目光，勉强接受了这个说辞，心里依旧有些窒闷。

他以为那间客房是他的专属房间，她却随随便便给别的男人睡。

宁苏意没注意到他眼中的隐晦深意，捂着嘴打了个哈欠，眼角氤氲出水汽，声音也懒洋洋的："还有事吗？没事的话早点儿睡吧，我明天得参加毕业典礼，要忙活大半天，晚上还有个毕业晚会。"

"没事了。"井迟转身欲走，想到什么脚步微微一顿，回过身来看着宁苏意，欲言又止。

宁苏意眨了眨眼，疑惑地"嗯"了声："还有话跟我说？"

"你的病……好了吗？"井迟问得小心谨慎，声音放得很轻，连呼吸都变得迟缓，像是生怕刺激到她。

宁苏意神情一滞，嘴唇细微地抖动了一下，随后不在意地说："没事。"话说到这里，她自嘲地笑了笑，"你还怀疑我有男朋友呢，就我这情况能交男朋友？"

井迟张了张嘴，想要安慰她，却被她的眼神止住。他顿了数秒，替她关好房门，在门外静默地站了一会儿。

他知道，宁苏意住在自己家里从来没有反锁房门的习惯，因为害怕出现突发状况时，外面的人进不去她的房间。

一门之隔，宁苏意也对着门板静静站立。

许久，她才转过身爬到床上躺下来，手指钩到床头柜上的台灯的拉绳，轻轻拽了一下。台灯亮起，而后她才关掉顶灯。

井迟回到客房里，将手里的内裤扔进垃圾桶里，到浴室重新洗了手，擦干头发躺到床上，枕着交叠的双臂，怔怔地望着天花板。

他不清楚宁苏意的病有没有痊愈。他毕竟不常在英国这边，每次过来看她仅仅是住一晚，看不出什么异样。

哪怕没有痊愈也没关系，只要不影响正常生活，等她回国了，他就可以一直护着她，妥善照顾她，免她惊，免她苦。

这么想着，井迟很快陷入沉睡之中。

夜里醒过来时，他感到口干舌燥，翻身下床到客厅给自己倒水喝，一杯凉水下肚，人清醒不少。

井迟看了一眼宁苏意的房门，放下杯子后，鬼使神差地走过去，手握住门把往下一压，推开了门。看见床头亮着的那盏台灯，井迟露出了意料之中的表情。

他舔了舔嘴唇上的水珠，准备关上门时，床上的人突然发出一声呓语，接着就猛地坐起来，手按住胸口，大口大口地喘气，像是从噩梦中惊醒过来。

井迟没作他想，三步并作两步走过去，在床边坐下来，握住她的手低低地叫她："酥酥。"

宁苏意似乎没听到他的声音，还沉浸在自己的梦里，额头上都是汗水，胸脯一上一下地起伏着，眉心皱得很紧。

"酥酥，醒醒，"井迟低下头靠近她，猜她梦魇了，"睁开眼睛看看我。"

宁苏意听到模糊的熟悉声音，抬起眼皮看过去，待看清井迟的脸，松了一口气，开口说话时嗓子有些哑："你怎么在这里？"

井迟没回答她，端起床头柜上的水杯递给她。杯子一直被放在插电的底座上保温，水温正合适。

宁苏意捧着水杯抿了两口水，润了润喉咙，恢复正常时，嗓音轻柔地说："说话，你为什么跑到我的房间里来了？"

"口渴起来倒水喝，我听见你在说梦话就进来看看，然后就看到你被惊醒了。"井迟拿过她手里的杯子，重新接了杯温水，放在保温底座上，眼神避开她的审视，"你还好吗？"

宁苏意摸了摸额上的汗，平躺下去，呼吸还有点儿不稳，大脑却清醒大半："做了个梦，梦见八岁那年的事，以为自己被人掐住了脖子……"

"酥酥，"井迟打断她对梦境的描述，听不了那些，虽然没见过，但每次听她说起都揪心不已，"都过去了，早就过去了。"

"嗯。"宁苏意也不愿回想，没再说下去，闭上眼睛却有些睡不着。

井迟立在床边，沉默片刻，斟酌着言辞，轻声说："要我陪你吗？像小时候那样。"

宁苏意睁开眼，对上他黑如点漆的眼眸，见他眼神认真，不像是在开玩笑。宁苏意怔了怔，突然不想拒绝："好啊。"

井迟轻轻笑了一下，折回客房，拖来一张床垫铺在她床边的地板上，将腋下夹着的夏凉被扔在床垫上，又跑了一趟把枕头拿过来放好。

宁苏意常年独居，卧室不算大，可也不小。两个人一个躺在床上，一个在床边打地铺。

井迟低声哄她："好了，睡吧，我在旁边守着，没有人能伤害你，梦里的人也会被我吓跑。”

宁苏意翻身侧躺，手垫在脸颊下面，"扑哧"笑起来："你就这样睡？我怕井小公子睡一晚起来骨头散架了。"

那张简易的床垫实在不算厚，井迟睡在上面会硌得慌。

井迟偏头看着她，笑了笑："放心，我一个大男人，没那么娇气。"

宁苏意看了他一会儿，轻舒一口气，噩梦带来的恐惧感消散了许多。她重新闭上眼，努力酝酿睡意。

她想起很久以前，她和井迟也是睡在同一个房间里，两张小床并在一起，自己经常顽皮地爬到他的床上跟他玩猫捉老鼠的游戏。

那个时候，她的父亲宁宗德刚接手家里的医药公司，忙得脚不沾地，她的母亲则给他做助手。两个人忙起来常常顾不上她，又不放心把她交给保姆照顾。因为宁家出过保姆失职——弄丢孩子的事故，家里人都心有余悸。

她的爷爷身体不好，也没精力照顾一个顽皮的孩子，父母就把她放在井家，托井家人照看。

宁家和井家是世交，最早可追溯到太爷爷那一辈。她和井迟同岁，生日相差两个月，打小就一块玩。

井迟小时候身体很差，心脏也有问题。

他母亲怀他时摔了一跤滚下楼梯差点儿流产，在病床上一动不动地休养了半年，吃了很多药、输了很多液才留下这个孩子。井迟的母亲本来就是高龄产妇，医生都说孩子能保住是老天爷垂怜，也说了孩子生下来可能会有先天不足之症。

果不其然，井迟一出生就被放入保温箱，出院后也是大病小病不断，几乎住在医院里，是全家人的心头肉。

比他早两个月出生的宁苏意就不一样了，身体强壮如小牛。

她住在井家的那段日子里，每日做得最多的事就是喂井迟喝药，一勺一勺地喂。被熬得黑乎乎的中药，冒出来的热气都带着一股令人作呕的苦味，井迟每次喝药被苦得直皱眉也没在她面前闹过脾气。

井家上下的人都感到稀奇，虽说井迟脾气好，很少使性子，但是日复一日一顿不落地喝药，没有哪个孩子能忍受。在宁苏意住进来之前，他喝药时大哭过，也摔过碗，甚至扬言宁愿死也不肯喝药。

宁苏意来家里后，井迟的这些小毛病通通消失了。

井老太太心中欢喜，当即决定让宁苏意与井迟同吃同住。后来井迟身体大好，可以正常上学，他们也没分开过，一直在一个班，一起上学、放学……

宁苏意从来没有不耐烦过，逢人就说井迟是自己的弟弟，励志当个好姐姐，在学校里也把他照顾得妥妥帖帖的。

宁苏意回忆着这些事，慢慢睡着了。

井迟听到耳边传来均匀平稳的呼吸声，睁开眼睛，手肘撑着床垫半抬起身体，看着床上的姑娘。

她的确睡着了，睡颜那么安静。

井迟轻手轻脚地坐起来，侧身靠在床边，屈起一条腿，手肘搭在膝盖上，姿势慵懒，眼神却渐渐变得深沉。

宁苏意后半夜睡得很踏实，或许是因为潜意识里知道有人守在身边，心就安定下来了。

闹铃响起时，宁苏意揉了揉惺忪睡眼，偏头看向床边，床垫上已经没人了。

宁苏意没赖床，坐起来空腹喝了杯温水，去卫生间洗漱。

走出房间，她就看到了厨房里的身影。井迟穿着宽大的 T 恤衫、黑色长裤，系着米白色的棉麻围裙，正在炒菜，"刺刺"的烹油声营造出朦胧的烟火气。

宁苏意忘了自己要做什么，一时滞住，略为意外地站在原地，没出声，定定地看着井迟的背影。

她会做饭倒不稀奇，一个人在国外生活总不可能顿顿吃外卖，久而久之练就了一手好厨艺。井迟一个从小就有一群人簇拥着伺候的小少爷，颠勺的动作这么娴熟就很匪夷所思了。

井迟关了火，将锅中的土豆丝盛起来装进盘子里，一转身瞧见宁苏意，眼眸一亮："你醒了？正准备炒完菜去叫你，快过来吃早饭。"

宁苏意趴在中岛台上，两手托腮，瞟了一眼上面的两盘菜，清炒土豆丝和黄瓜炒鸡蛋，冒着腾腾热气。

"你什么时候学会做饭的？"

"上大学以后。"井迟言简意赅地回道，端起两盘菜走到餐厅，盛出两碗粥。

熬得糯糯的红豆粥，闻着就有一股香味，也不知道他几点起来做的。

于是宁苏意问了一句。

井迟捏了捏脖子和肩膀："不到五点就醒了，睡不着起来鼓捣早饭。"

"我说什么来着？"宁苏意站直身子，跟着他往餐厅走去，"睡一晚上床垫，你这把瘦骨头直接散架了吧？"

井迟笑了笑，没接话，给她拉开椅子，等她坐好才绕到另一边。

宁苏意喝了一口粥，太烫了，便只专注吃菜，顺便调侃他一句："味道很好，小迟弟弟将来的女朋友有福气了。"

为表肯定，她还重重地点了一下头。

井迟舀了一勺粥送进嘴里，不厌其烦地纠正她："宁苏意，不要叫我弟弟，你才不是我的姐姐，我的姐姐多得很。"

他光是一母同胞的姐姐就有三个，更别提那些表姐了。

"伤心，姐姐白疼你了。"

宁苏意揩了揩眼角，做垂泪状，井迟却不为所动。

两个人吃完早饭，井迟负责收拾餐桌，宁苏意回房间换衣服。

毕业典礼有严格的着装要求，学生不能穿露肩膀和胳膊的衣服，亮色的衣服也不能穿。倘若学生不按照要求着装，学校都不给发毕业证。

宁苏意从衣柜里挑出一条黑色的长袖裙，想到拍完毕业照还有游行环节，配了双舒适的平底鞋。

门被敲响了，宁苏意说了声"进来"。

井迟推门走进房间，看见宁苏意坐在梳妆台前，正对着亮起一圈灯光的化妆镜涂抹防晒霜。他已经换好衣服，白色休闲长裤、浅蓝色衬衫，腿长腰窄，短发全捋上去，戴了顶黑色鸭舌帽，像没毕业的中学生。

井迟在床边坐下，百无聊赖地伸手薅了薅她枕边放的毛绒玩具，玩了一会儿，视线转到宁苏意那边，耐心地等她化妆。

宁苏意从镜子里看到他的打扮，忍不住扭头看向他。井迟敞着腿，身体后仰，两只手撑在身后，对上她的目光，露出疑惑的眼神，示意她有话就说。

"同样的岁数，怎么你看起来这么嫩，我这么老气横秋呢？"宁苏意似不能理解，回头看着镜子里的自己，脸蛋漂亮是漂亮，比起井迟更添几分成熟的气质，"亏我还是刚毕业的学生，而你已经在社会上摸爬滚打好几年了。不公平，岁月对女人真是不公平。"

宁苏意一边愤愤不平地碎碎念，一边摇头叹息。

井迟觉得好笑，起身走到梳妆台前打量她："哪儿有？你还跟小时候一样。"你还跟小时候一样好看。

宁苏意是标准的古典美人鹅蛋脸，皮肤白皙透亮，五官生得精致，不管从哪个角度看都是好看的。

"跟小时候一样，那我不成天山童姥了？"宁苏意举着眼线笔，凑近化妆镜画眼线。

她今天化了很淡的妆容，眼线只勾出一点点眼尾，不细瞧都发现不了。轮到画左边的眼线，她就不得不反过手来，迟迟不敢落笔。

宁苏意化妆一向手残——"熟能生巧"在她这里不存在。不管画多少遍，她照样画不好眼线，要么两边不对称，要么画不出自己想要的弧度。

井迟"啧"了一声，没打声招呼就一把拿过她手里的眼线笔，左手捏住她的下颌，轻轻抬起她的脸，拉向自己，同时俯身低头靠近她。

"等等，你不会是想帮我画吧？"

井迟瞄了一眼她右边的眼线，飞快地下笔，给她画了条与右边一模一样的眼线。

"这不就好了？"井迟直起腰，轻扬起眉梢欣赏自己的杰作，顺便拉踩一下宁苏意，"你的手真笨。"

她小时候手工课就没及格过，每次老师留的作业都是他帮忙完成的。

没想到她长大后一样笨手笨脚。

宁苏意瞪大了眼睛，忙不迭地看向镜子，生怕他给自己画毁了。然而出乎意料的是，他竟然真的画得很好。

"老实交代，你是不是交女朋友了？"宁苏意夺回自己的眼线笔，盖上笔盖，目光如炬地盯着井迟。

如果不是千百次练习，她不相信他能画得如此熟稔。

井迟顿了一下，淡淡地说："没有。"

"那就是有喜欢的人了！对不对？"

井迟目光闪躲，下意识地摸了一下鼻尖："没有……"

怕宁苏意追问，井迟匆匆丢下一句"你慢慢化妆"，就逃也似的出了她的房间，将门关上。

他落荒而逃的背影反倒惹得宁苏意生疑。她凝神盯着房门，心里渐渐冒出一个猜测，莫不是井迟受过情伤？要不然他为什么会对这个话题避之唯恐不及？

半分钟后，宁苏意摇摇头，心说回头一定找时间仔细审问他。

井迟靠在门板上。没有宁苏意在场，他眼里的情绪再不用掩饰，一点点泄露出来，全是晦涩难言。

他仰起脑袋，后脑抵着门板，莫名其妙地想到北川理惠那句广为流传的话：朋友问我"有喜欢的人吗？"，本能地回答"没有啦"，脑海里却浮现出你的面容。

宁苏意问他的时候，他满脑子都是她，眼里也是她。他不敢与她对视太久，唯恐小心藏匿的秘密暴露在太阳底下。

宁苏意收拾完了。她穿着提前拿到手的博士服，是纯黑色的，兜帽是雪白的绒毛做的，又厚又大，看着很漂亮，但在这炎炎夏日——艳阳高照的天气里，未免过于燥热。

"没办法，要求就是这样。"面对井迟一言难尽的目光，宁苏意摊手。

两个人出门，前往闻名遐迩的剑桥大学。

每个学院的毕业典礼时间不一样，地点却都定在参议院，位于国王学院和冈维尔与凯斯学院之间，平时不对外开放。

参加典礼之前，宁苏意得先跟同学们会合，拍毕业照。

"你自己先在周围随便逛逛，我去拍照了。"宁苏意拍了拍井迟的脑袋，像叮嘱小孩一样叮嘱道，"别乱跑啊，学校这么大，一会儿我该找不到你了。"

井迟别开脸躲掉她的手，抿着唇瓣无语了好半晌，才不情不愿地搭腔："知道了。"

宁苏意跑去同学那里，戴好自己的博士帽，跟大家一起拍照。周围有一些学生家长，都是来陪子女参加毕业典礼的。

剑桥的毕业典礼仪式感很强，充满唯美又神圣的氛围。

井迟单手插兜看向人群中的宁苏意，对方极具典型的东方面孔，让人随意瞥一眼就能抓住她的身影。她笑容灿烂，正在跟身边的同学说话。可能是身边的人说了什么，她朝井迟的方向看过来，朝他挥了挥手。

井迟扬唇笑起来，拿出口袋里的手机给她拍照。

拍完毕业照已经到中午了，一群人在副校长的带领下，排成长队穿过剑桥市，一步步朝举行典礼的参议院走去。

宁苏意庆幸自己穿了舒服的平底鞋，不然烈日当空，走这么长的路，简直是煎熬。

井迟不知道去哪儿了。

她暂时顾不上他，到达参议院大厅后，神圣的仪式便开始了。

整个典礼过程都是用拉丁文完成的，宁苏意除了开头那句，剩下的听得一知半解。经过漫长的等待，宁苏意终于听见院长叫自己的名字。她缓缓走上前，在院长面前跪下，双手合十，接受赐福。

穿着红色礼袍的院长老爷爷坐在木椅上，两只布满皱纹的手拢住她的手，目光慈爱地授予她学位。

宁苏意站起来微微一笑，向他深鞠一躬，从"博士门"走出去，拿到自己的学位证书。

至此，她可以大呼一声：我终于毕业啦！

宁苏意环顾四周，发现自己把井迟给忘了。他刚才应该在参议院大厅作为毕业生的家长观礼，也不知道出来没有。

她正要拿手机联系他，肩膀就被人拍了一下："恭喜毕业，大博士。"

宁苏意删掉输入框里刚打出来的几个字，回过头朝他粲然一笑："你怎么也学起邹茜恩，叫我大博士？"

井迟屈指弹了一下她的脑门："本来就是大博士。"

宁苏意挥开他的手，举起手机晃了晃："我们来拍照吧，你看别的毕业生和家长都在合影留念。"

参议院大厅里是不允许拍照的，手机也必须静音，他们出来就没那么多要求了。井迟扫视周围，准备抓个路人给他们拍照，宁苏意却将手机塞进他的手里："你先帮我拍几张单人照。"

井迟想说他刚刚用自己的手机拍了不少，她要是想要，他可以发给她。然而对上她的眼神，他不想拒绝，便接过手机对准宁苏意。

漂亮的女人穿着博士服站在明晃晃的太阳底下，浑身都被镀上了一层柔和的金色阳光，背景是古老庄严的学院，前面是绿茵茵的草坪。她手里拿着学位证书，朝镜头比了个俗气的剪刀手。

井迟笑着给她连拍了几张照片，提醒她换姿势："酥酥，把你的博士帽扔起来。"

"你确定？"宁苏意喊道，"操作不当会砸破脑袋的！"

井迟摇头失笑。

最后，宁苏意还是听话地举起手里的博士帽，朝斜上方高高抛起，仰头笑起来。

井迟飞快地按下拍摄键，时间拿捏得刚好。画面定格时，博士帽刚好在她的头顶上方，而她脸上的笑容是那样明媚。

有个学生路过，井迟低声与那人交流了两句。见对方大方答应下来，井迟把手机交给他，跑到宁苏意身侧，手揽住了她的肩膀。

两个人目视前方，负责给他们拍照的学生一只手拿着手机，另一只手给他们打手势，先是竖起三根手指，然后是两根、一根。

拍摄的那一瞬，井迟扭过头看向宁苏意。

这张照片最终呈现出来的画面就是宁苏意笑着看向镜头，而井迟目光深沉地看着宁苏意，嘴角微微勾起。

两个人忙到下午两点才去吃午饭，宁苏意带井迟去了学校的自助餐厅用餐。天气热，宁苏意没胃口，只夹了一些清爽的蔬菜沙拉到餐盘里，端到餐桌上。

男人饭量比较大，井迟手里端着好几个餐盘，差点儿要拿不下，中间那个餐盘用两根小拇指夹着固定。坐在她对面后，见她拿的东西实在少得可怜，小鸟胃也不一定吃得饱，他便推过去一份意面。

"你订了哪天回国的机票？"宁苏意手持叉子，卷起一小团意面送进嘴里，细嚼慢咽着。

"没订票。"井迟进食的动作也很优雅，一手持刀一手持叉，低着头缓慢切着餐盘里的牛排，"我打算跟你一起回国。"

宁苏意微讶，动作顿了一下："我好像没跟你说过，我计划领完毕业证在英国停留几天，到附近的城市逛一逛，就当是毕业旅行。"她手肘抵着桌沿，"我回国后估计没几天清闲日子可过，想趁此机会好好放松一下。"

宁家的情况，井迟很了解。宁老先生身染沉疴，一年当中大半时间住在医院里。宁苏意的父亲宁宗德醉心文学，曾出版多部散文集、长篇小说。宁宗德无心继承家业，早年被迫接手明晟药业，因心有余而力不足，明晟药业这些年来一直在走下坡路，能屹立不倒全靠宁老先生强撑着一把老骨头在背后苦心帮扶。

宁宗德原本有个兄长，听说五岁的时候被家里的保姆带出去弄丢了，几十年过去也没找回来。年轻一辈里只有宁苏意一个人。她此次回国，势必要接替父亲的位置，成为明晟药业新一任的掌权人。

他的酥酥，肩上的担子不比任何一个男人轻。

井迟用叉子叉了一小块牛排，隔着餐桌喂给她："我没什么要紧事，陪你多留几天就是了。"

"不吃，牛排太腻。"宁苏意抿了抿唇，避开他递过来的食物，继续方才的话题，"你确定要陪我？你在国内的工作不用做了？"

他昨夜并未细说，她只当他跟以前一样过来歇一晚，陪她参加完毕业典礼他就回国。

"公司里不止我一个管事的人，我不在没太大关系。"井迟收回手，从容地将牛排送进嘴里。

话音刚落，手机就像跟他作对似的，响起一阵急促的铃声，是傅明川打过来的电话。

井迟放下刀叉，接起电话，听那边的人汇报工作上的事。

听傅明川简单说了几句，井迟微蹙眉心，换上冷淡的语气说道："先拿去让肖晋分析，再考虑要不要追加投资，怎么说那家公司都有百分之三十的原始股在我们这里……"

宁苏意从没见过工作中的井迟，立时多了几分兴趣，单手撑腮凝视着他。她怎么看他都是高中时期那个冷酷寡言的男孩，没法想象他坐在窗明几净的办公室里运筹帷幄、发号施令的样子。

井迟说完正事，那边的人问："你什么时候回国？还有个案子，得你亲自跟对方的创始人谈谈，肖晋和何既平搞不定。"

井迟看了一眼宁苏意，见她眼睛发亮，像是在看什么新鲜有趣的事物，愣了一下，敛下眼睑不耐烦地同傅明川说："他们搞不定，你也搞不定？"

傅明川笑了笑，语气夹带几分揶揄之意，话锋一转问道："我猜猜，你现在是不是跟你家那位小青梅在一起？"顿了顿，他又笑了笑，"传闻我听了不少，什么时候带我见见本尊？我可好奇死了。"

井迟一言未发，直接挂了电话。

他微抬目光，看见宁苏意将沙拉里对半切开的小番茄都挑了出来，堆在餐盘边缘。

宁苏意听他讲完电话，抬起眼帘看向他："工作上的事？"

井迟担心她不让自己留下来陪她，不愿多说，含糊地回道："一点儿小事，傅明川能办好，就是故意骚扰我。"

宁苏意笑眼弯弯。

"傅明川"三个字，她听井迟提过几次。

那是他的大学室友，毕业后他们俩连同另外几个同学合伙创办了一家风投公司，这几年在宁城混得风生水起。

井家本是经营珠宝首饰的——罗曼世嘉珠宝在国际上都享有盛誉。井家祖上就是做玉石生意的，发展至今，家底颇丰。井迟作为孙辈里唯一的男孩，对自家企业并不感兴趣，只在公司里挂了个"小井总"的名号，真正管事的人是他二姐井韵荞。

井迟将大部分时间用在了自己创立的 MY 风投公司上，只偶尔出席罗曼世嘉总部的重要会议。

宁苏意吃了几口东西就放下餐具，拿起餐巾纸擦嘴："你别为了哄我高兴，耽误了自己的事，我留下来左不过是为了玩乐。"

"正好，我也想玩乐。"井迟吃了她挑出来的小番茄，挑眉说，"每次过来都匆匆忙忙的，还没好好欣赏周边风景。我留下来，你多了个当导游的任务。"

宁苏意端起杯子抿了一口水，笑道："随你。"

宁苏意住的公寓离学校不远，回去稍事休息，便开始在衣柜里挑选晚上参加舞会要穿的礼服。

在英国住了这么多年，她倒是参加过不少户外活动，划船、打橄榄球、打板球之类的，参加宴会的次数却屈指可数，是以衣柜里有一半空间挂着各种颜色的运动服。

宁苏意抱臂扫了一眼衣柜里的衣服，最后取出一条出席同学婚礼时穿过一次的礼服裙。礼服裙是吊带的款式，裙纱轻薄飘逸，堆在身上如云似雾。她皮肤白，牛油果绿的礼服更衬肤色，显得优雅端方。

井迟站在中岛台旁鼓捣咖啡机，不消片刻，空气中就飘浮着醇香的咖啡味，加了奶和方糖后，香味里便多了几分甜意。

宁苏意看了一眼时间，还算充足，出来喝了杯咖啡。

化妆时，她没为难自己，到画眼线的部分，自己先画好了右眼，便拿着眼线笔跑去找井迟："帮个忙。"

井迟坐在沙发上，手里拿着她放在小圆桌上的书籍，从她夹着书签的那一页开始翻看着。闻言，他抬起头，合上书随手将其放下，欣然答应。

待宁苏意走近，井迟就发现她的脖子上戴的项链是他去年送给她的生日礼物。底端的吊坠是一朵精致的小玫瑰，层叠的几片花瓣栩栩如生，镶嵌着晶莹的粉钻，显得璀璨夺目。

井迟嘴角浅勾，接过眼线笔，给她画好了左眼的眼线，照样端详几秒，确定没问题才把眼线笔还给她。

比起上午淡雅的妆容，宁苏意现在的妆浓艳了些，眼线拉出的弧度自然更长更翘。

宁苏意那会儿没能被满足的好奇心再次翻涌而上，望着井迟欲言又止，片刻后踌躇道："你说你没女朋友，也没个喜欢的人，怎么眼线画得这么好？你是不是……？"

"打住，你别瞎猜，我没受过什么情伤。"井迟一看她露出同情的眼神就知道此刻她脑子里在想些什么，"我没谈过恋爱。"

这下宁苏意是真纳罕不已，张了张嘴，好半晌没发出一个音节。

井迟忍俊不禁："怎么了？我没谈过恋爱这么让你惊讶，下巴都要掉了？许你不谈，就不许我不谈？"

宁苏意轻"嗤"了一声。她什么情况他又不是不知道，他们俩能相提并论？

"你不行哪，小迟弟弟。"宁苏意感叹一声，十分具有长辈风范地拍了拍他的后背，"你父亲像你这么大的时候，你大姐都会解方程了。井奶奶没有催你吗？"

井迟一脸吃瘪的样子，照常回敬了一句："谁是你弟弟？"

毕业晚会没有毕业典礼庄重严肃，形式上较为随意。宽敞明亮的大厅里，女士身着各式各样的礼服，男士则是白衬衫配笔挺的西服，举着香槟谈笑风生。

井迟跟随在宁苏意身后。他穿着一身纯黑的修身西服，身材被勾勒得极好，颀长的线条一览无余，白衬衫的领口配了枚领结，颇为考究。

宁苏意偏着头低声叮嘱他："一会儿我同学要是跟你喝酒，你喝果汁就好了。"

井迟对酒精过敏，滴酒不沾。

"还用你说？我自己会注意。"井迟将手放在她的身后，虚揽着她的腰，带她入场。

宁苏意一出现，果然有几个相熟的同学围拢过来。

白天拍毕业照的时候，他们见井迟陪在一旁，早就对他表示好奇。现在终于能近距离接触他，两个女同学眉毛挑得老高，欣赏完中国帅哥的英挺风姿，转头就朝宁苏意挤眉弄眼，悄声问她："这是你在中国的男朋友？你怎么现在才带过来给我们看？太不够意思了。"

宁苏意举着香槟笑得花枝乱颤，杯中的酒液差点儿晃出来。她掩着唇，用同样的音量告诉好友："猜错了，是我弟弟。"

井迟没听见她和女同学说了什么，不过稍微动动脑子也能猜到。

宁苏意撇清完两个人的关系，两位女同学立刻兴奋了，表现出蠢蠢欲动的模样，争相当她的弟妹。宁苏意耸了耸肩，说自己这位弟弟难以管教，她们要想当她的弟妹得自己搞定他。

两个金发碧眼的女同学当即离开宁苏意，转身一致朝井迟靠拢，一左一右地将他夹在中间，左一句问候右一句撒娇，还要跟他喝一杯酒。

井迟像根木头一样戳在那里不动，小鹿一样的眼睛望着宁苏意，眼神却很不善，仿佛要吃了她。

宁苏意知他色厉内荏，丝毫不畏惧。她幸灾乐祸地朝他举了举手里的高脚杯，对好姐妹说："聊天可以，你们不可以灌他酒。他是过敏体质，喝了酒很麻烦的。"

小姐妹朝她比了个"OK"的手势，继续追问井迟的喜好。

井迟左右为难，又不好意思拂了宁苏意好友的面子，等摆脱了那两名女同学，举目四下寻找，却没发现宁苏意的身影。

他正要去找人，便听见身旁有人提到宁苏意的名字。

井迟顿住脚步，侧过身瞟了一眼，是两个男学生在说话。其中一个男学生个子很高，几近一米九，棕色鬈发，皮肤白净，一双茶色的眼眸分外深沉迷人。

井迟双足如钉在原地，竖起耳朵偷听。男生的声音清晰地传入井迟耳中，他在对另一个男生说："再等等，灯光暗下来的时候我去找她，跟她表白。"

同伴拍了拍男生的肩，跟他碰了一下杯，鼓励道："苏没有男朋友这件事整个学院的人都知道，你的胜算很大。"

井迟眼神陡然一沉，想都没想就径直走到那个高个子男生面前站定，冷声说道："抱歉，宁苏意有男朋友了。我是她的男朋友。"

背后掐断宁苏意的烂桃花的事，井迟过去没少做，做起来可谓得心应手。

两个男生看着他，表情俱变了变。

宁苏意从洗手间回来，看见三个人呈三足鼎立的方位各自盘踞，另外那两个人都是她的同学。她不知道他们谈了什么话题，两个男同学的表情都有些怪怪的，而她的耳朵只听到从井迟嘴里吐出的几个字。

"什么男朋友？"

背对着她的井迟背脊一僵，一瞬间冷汗直冒，心脏如擂鼓一般狂跳，快要撞破胸腔。他攥紧了垂在身侧的手，迟迟不敢回身，不确定她有没有听清他方才的话。

正对着宁苏意的男同学张了张口，欲询问她本人是否真的有男友了、男友是否就是眼前这人。

井迟知晓男生要问什么，顾不上思考宁苏意有没有听清自己的话，回过身二话不说攥住她的手腕，拉着她拨开人群走到僻静的地方，杜绝了那名男同学问话的可能。

宁苏意不明就里，出于信任他，被他一路拽着走都没吭声。

"说吧，到底发生什么事了？我看我那位同学的表情很不对劲。"两个人停了下来，宁苏意侧身靠在走廊的墙壁上，挑起眼梢看着井迟，一副让他老实交代的架势。

井迟打量着她的神色，一时分辨不出她的情绪，心中忐忑不已，是以说话断断续续："你……你没听到……我的话？"

"废话，我要是听到就不会问你了。"宁苏意蹙了一下眉，思索方才的场景，"我就听见你说'男朋友'三个字，其他的话没听清。"

大厅里太过嘈杂，酒杯碰撞声夹杂着交谈声，各种英文单词，她能听见他的话就怪了。

井迟手指慢慢松开，这才发觉掌心出了一层汗，黏糊糊的。井迟喉结滚动，暗暗吞咽了一口口水，开动脑筋胡编乱造："你那位同学……想让我做他的男朋友，我说我喜欢的是女人。"

"啊？"宁苏意愣了一瞬，怎么也没想到事情竟会如此具有戏剧性。

井迟盯着她的脸，确定她信了自己那番诡异的说辞，才放下心来。

解决完毕业大事，宁苏意卸下了肩上的重担，当天晚上临睡前没定闹铃，第二天睡到自然醒。

她睁开眼的时候，刺目的阳光从没拉严实的窗帘缝隙透进来，一片灿烂的光照得人浑身懒洋洋的。

宁苏意磨蹭了片刻，拿起手机看时间，竟然已经十点了。

井迟昨晚没在她的卧室里睡。她体恤他瘦弱，担心他落枕，把他赶回了对面的客房。

宁苏意走出房间时，井迟正坐在沙发上看杂志，听见开门的动静抬起头，放下杂志起身给她做早餐："我吃过了。给你热一杯牛奶，做个三明治可以吗？"

宁苏意不挑食："可以。"

井迟系上围裙，架上小奶锅加热脱脂奶，另起一锅，单手打了个鸡蛋，空余的地方煎了几片培根。他又往面包机里放进两片吐司，空气里飘出奶香混合着麦香。

不消多时，井迟端来早餐："趁热吃。我去打扫卫生，你房间的地板脏死了，猪窝一样。"

宁苏意还没吃就被他的话噎饱了——搞得好像她不讲卫生一样。实则是因为她最近忙得脚不沾地，无暇顾及这些事，加之快离开了，想等临走前再叫钟点工过来清扫。

井迟拎着拖把和水桶去了她的房间，宁苏意坐下来吃早餐。

牛奶冒出腾腾热气，白瓷盘中放着两个三明治，实际是两片吐司中间夹煎蛋、培根、生菜，包裹上防油纸，沿对角线切开。

宁苏意吃完早餐，井迟也打扫完房间，两个人一起出门，去了繁华市中心的大型商场。

"给爷爷和爸妈的礼物一早就寄回国内了，朋友们的礼物还没挑选。"宁苏意穿梭在流光溢彩的专卖店里，挨个柜台精挑细选，"邹茜恩想要一条项链，叶繁霜说随便。你呢，想要什么礼物？"

井迟跟着她看玻璃柜里那些亮闪闪的项链，愣了一下，迟疑地问道："还有我的份？"

"当然。说了给朋友带礼物，难道你不是我的朋友？"

宁苏意拿出手机，找到之前保存的图片，询问专柜的店员是否有这条项链。店员认真看了看，最后确认店里还有两条存货。宁苏意舒了一口气，让店员取出来，表示她要一条。

搞定了邹茜恩的礼物，她心情颇好，趁店员给项链包装的间隙，背靠着玻璃展台，看向井迟："没想好要什么？"

井迟说："只要是你送的，什么礼物都行。"

这话换个不算相熟的异性来说，搞不好会让宁苏意多想。但从井迟嘴里说出来，她不觉得有任何旖旎之处。

"你们这种凡事都说'随便''都可以'的人，最让人头痛了。"宁苏意用手指揉了揉太阳穴，做苦恼状。

这时，店员双手奉上包装袋，宁苏意接过来道了谢，走出专卖店。

逛了一圈，宁苏意给叶繁霜挑了个职场女性用的商务款包包。想到穆景庭，她正好逛到男装区，一眼相中一条领带，打算买下来送给他。

井迟皱着眉心，在她准备付款时嘟囔了一句："送男人领带是不是有点儿暧昧了？"

"景庭哥又不是外人，哪里暧昧了？"宁苏意没听他的话，爽快地付了钱，拎着手提袋离开。

井迟紧跟在宁苏意身后，帮她提着大大小小的袋子，方才还有说不完的话，此刻倒显得兴致不高。

宁苏意又逛回珠宝首饰那一层，突然想到什么，脚步停了下来，伸手捏住井迟的耳垂，凑近去看。

井迟不防她猝然靠近，呼吸不由得滞了滞，脖子一侧扑过来一小股温热的气息，裹着女人身上淡淡的橙花香水味。

井迟将嘴唇抿成一条直线，半响，开口问她："你在看什么？"

"我在看你以前打的耳洞有没有长上。"宁苏意对他的表情变化浑然不知，仔细盯着他耳垂中间那个小孔，用指腹捻了捻，"我给你买个耳钉吧。我记得你以前戴耳钉挺好看的，后来没见你戴了。"

井迟已经听不清她后面说了什么，全部感觉集中在被她揉捻的耳垂上。她的指腹温软，被触碰的那一小块皮肤像是燃烧起来，灼得他心尖发麻。

井迟眼皮轻轻颤了颤，平复了一下情绪，哑声回道："应该没有长上。"

他当年会打耳洞，说起来与宁苏意有很大的关系。

井迟记得，那时候班里的女生流行看《放羊的星星》，被里面的男主角迷得神魂颠倒，除了主题曲唱得滚瓜烂熟，甚至人手一条女主角同款手链——仲夏夜之星。

宁苏意也不例外。有一次课间，她与叶繁霜坐在一起讨论剧情。宁苏意手里拿着印有男主角照片的本子，宝贝似的抚摩了一番，目露憧憬之色："果然还是戴耳钉的仲天骐最帅！"

叶繁霜情绪更为高涨，激动地摇晃宁苏意的肩膀，两眼放光："发哥堵车的时候也很帅好不好！"

宁苏意快被她晃晕了，举着手"吱哇"乱叫。

两个女孩子推推搡搡地闹作一团。

井迟接完水走进教室，从过道回到座位，正好听见两个女生的交谈内容，若有所思地瞥了眼宁苏意。

她喜欢戴耳钉的男生？

当天放学后，井迟撇下宁苏意单独行动，随便找了家店打耳洞。他是过敏体质，加上天气炎热处理不当，打完耳洞就发炎了，回到家里耳垂红肿得好似挂了个乒乓球，被痛得龇牙咧嘴。

井老太太看到以后气得发抖，指着他的鼻子就是一顿臭骂，说他糟践自己的身体，不知道爱惜。他母亲丢了半条命才把他生下来，含辛茹苦地拉扯大，他怎能如此乱来？！

井迟垂着脑袋缄默不言，也没提一句后悔的话。

他那只耳朵反反复复发炎流脓，拖了一个多月才好。他藏着隐秘的心思，给自己戴了枚跟男主角差不多的蓝宝石耳钉。

宁苏意果然第一时间注意到了，凑上来直说"好看死了"。

井迟忆起往昔，走神的空当，宁苏意已经挑好了一枚耳钉。

墨色的玉石，极为纯净，外边镶了一圈金色装饰，在灯光下光华内敛，半点儿不显浮夸。

"你喜欢吗？"宁苏意拿起耳钉在他的耳畔比画了一下。为了挑选出更好的，她又拿了一枚蓝宝石的耳钉，同样比画一番，一时拿不定主意。"蓝色好看还是墨色好看？"

她将两枚耳钉并在一起，拿到井迟面前让他决定。

"墨色。"井迟看了两枚耳钉一眼便做出选择。

"我也觉得墨色显得人更沉静。"

宁苏意把蓝宝石耳钉放回天鹅绒布上，将手里的那枚墨色耳钉递给店员。

店员正要替她包好，宁苏意开口拦了一下："算了，别装起来了，直接戴上吧。"

说罢，她付好钱，看向井迟。

井迟没有异议。

店员笑了笑，从柜台后面绕出来要给井迟戴上。他神情一顿，委婉推拒，拿过耳钉递给宁苏意："你帮我戴。"

"人家是专业的，万一我不小心给你弄出血了……"宁苏意犹疑不定地接过耳钉，瞟了一眼他的耳垂，最终妥协，"头低下来一点儿。"

井迟抿了一下唇，微微低下脖颈。

首饰店里空调冷气充足，丝丝缕缕的凉意围绕着两个人周身，井迟却觉得空气在这一刻凝滞了，仿佛置身于火炉之中，浑身每个细胞都灼热得好似随时能燃烧起来。

宁苏意一手拈着耳钉，一手捏住他的耳垂，细细的针头穿过他的耳洞，过程有些许不畅。她睁大眼，缓了缓呼吸，不大敢用蛮力。

"你确定耳洞没长上？怎么戴不进去？"宁苏意咕哝着，呼吸间带出的气息源源不断地拂过他的皮肤。

他觉得短短数秒如漫长岁月一般难挨。

井迟偷偷换气，清了清嗓子，说："别是长时间没戴耳钉，耳洞真长上了吧？"

"你不早说，"宁苏意撇嘴，"我都付钱了。"

井迟也不确定："要不你再试试？"

"别了，我怕把你弄伤了。"宁苏意想要放弃，却被井迟攥住了手。

他摸索着捏住她指间的耳钉，闭了一下眼，不管不顾地将耳钉穿了过去。

所幸没有想象中的疼痛袭来，井迟松了一口气："没长上。"

宁苏意脖子一探，果然看见银色针头的尾端从他耳后冒出来，跟着松了一口气，转头从绒布上捏起细小的蝴蝶耳堵，慢慢插进他耳后的针头。

井迟摸了摸耳垂，一点儿冰凉的触感擦过指尖，确实有些时日没戴过耳饰，一时未能适应："还行吗？"

"好看。"宁苏意挑了一下眉，目光晶亮，不吝夸赞。

两个人又逛了一个多小时，买齐了给朋友们的礼物，装了满满一后备厢，直到暮色四合、天边流云惨淡才打道回府。

宁苏意好久没这么逛过街，脚都走痛了，坐在沙发上直呼"累惨了"，指挥井迟去做饭，自己先去浴室洗澡。

两个人晚餐吃得简便，一人一碗番茄鸡蛋面，吃完各自回房。

洗澡时，井迟站在浴室的镜子前，侧过脸，狭长深沉的黑眸盯着耳朵，忍不住抬手摸了一下，因宁苏意给穆景庭买领带而产生的那一丝躁郁情绪荡然无存。

两个人度假没有具体规划，今天去这座城市，明天去那座城市，汽车、地铁、火车换着坐。

他们玩了几天，宁苏意高涨的情绪渐渐回落，生出一股离别的怅惘之感。她跟井迟商量了一下，订了30号回国的机票。

回国前一天下午，宁苏意心血来潮，拉着井迟去野餐。

她叫了个保洁阿姨在家打扫卫生，自己和井迟则出发去超市买东西。

井迟推着购物车漫步在货架之间："你真是想起一出是一出，昨天还说'太累了，只想在家躺一天'。"

"你不想野餐吗？那我不买你的那份了。"宁苏意挑了一盒寿司放进购物车里，又拿了一盒拌好的沙拉。

"没有，我很荣幸陪宁小姐野餐。"井迟眨了眨眼，卖了个乖。

熟食区这一片的灯光昏黄柔和，目的是让食物看起来色泽更为鲜亮，增加顾客的食欲。井迟在这样的灯光下讨好地笑着，像极了一只讨要小鱼干的英短猫。宁苏意的心一下就软了，她眼中泛起盈盈笑意。

"孺子可教。"宁苏意随即多拿了一份寿司。

两个人开开心心地逛完超市，提着即食品、水果、饮料前往一早就看好的公园。

虽然这两天伦敦的天气晴空万里，温度却并不高，二十多摄氏度。浓密繁茂的树荫底下有风吹过，送来阵阵清爽气息，是夏日里难得的惬意时刻。

宁苏意将一块奶黄色的餐布铺在草地上，从塑料袋里拿出食物一一摆放在上面，吃了几口便躺下来用手臂当枕头，眯着眼假寐。

她今天穿了件白色连体衣，躺下来不用顾及形象，怎么舒服怎么来："跟我说说，你这几年在国内过得怎么样？"

"很好啊。"

就是少了她，日子没滋没味，他索性把精力全用在工作上，所以MY风投才会蒸蒸日上。

见宁苏意偏头看着他，井迟适时用塑料叉子叉了一小块西瓜喂进她的嘴里："真的挺好。"

井迟见她感兴趣，多聊了几句关于自己创业的事，而后把话题自然地过渡到她身上，问她："一直在说我，你呢？"

"我有什么好说的？"宁苏意神情慵懒，手指拈了块寿司丢进嘴里，鼓着腮帮说，"上学、兼职，除此之外没别的了。"

"没遇到喜欢的人吗？"井迟低头敛下眼睫，声音略沉，"比如，那个和你四手联弹的男生。"

谈没谈恋爱是一回事，有没有喜欢的人是另一回事，他知道她没谈恋爱，却不知她是否有倾心的人。

宁苏意被噎了一下，声音含混地问道："哪个？"

翁郁的树荫下，仍有阳光从极为细小的罅隙中漏下来，落在井迟的脸上，衬得他的脸色晦暗难辨。

他侧了侧头，做徒劳的掩饰。见宁苏意仍紧紧盯着他，他干脆躺下来，头枕在她的腿上，一时无言。

去年夏至，他悄悄从中国飞过来看她，打算给她一个惊喜。他坐在的士后座上，车子开进宁苏意的公寓所在的那条街。他不期然扭头，没承想透过车窗看见路边一家商铺里，靠窗的位置，宁苏意和一个华人面孔的男人坐在琴凳上。他们的手指被钢琴挡住了，他只能凭手臂的动作判断他们在四手联弹。

井迟急急忙忙地叫停司机，下了车，孑然站在马路边，隔着稀稀拉拉的行人专注地看着他们。

一曲毕，男人亲昵地摸了摸宁苏意的头发。她与他四目相对，笑得很开心。

井迟不愿打扰这样的画面，也没勇气前去问询。站了一会儿，他嘴里直发苦，颓然地转身离开，只身奔赴机场，买了最近一趟航班的票回国。

那次两个人没见上面，惊喜自然不存在。

他回国以后很长一段时间情绪低落，工作上也不如以往尽心，常常正开着会议却不自觉地走神想到别的事，还被傅明川调侃，说他的状态像是得知自己的女人出轨了。

此刻提及，井迟犹记得当时自己的心情，心口被刀划过一样，初时可能感觉不到疼，过了片刻才发现已经被剌了个口子，"汩汩"流血。

宁苏意吃着寿司，等他的下文。奈何他不言不语，她只好推开他坐起来问："我跟谁四手联弹了？"

井迟摇头，表情沮丧："没什么。"

不知为何，他突然又不想知道了。

井迟盘腿坐着，修长的手指捏着叉子晃了晃。他叉了块哈密瓜放进嘴里，扎扎实实的香甜滋味溢满口腔，正如她在身边的感觉。

第二章

甜甜的恋爱什么时候轮到我

宁苏意睡前检查了一遍行李箱，没什么遗漏的，刚坐上床沿，桌上的手机就响了起来。

她拿上手机靠在床头，接了起来："妈。"

邰淑英在电话那边询问："明天几点到宁城？我让司机过去接机。这几天你爷爷病情加重，我在医院里忙着照顾他，也没时间亲自过去接你。"

宁苏意坐直身子，满脸担忧之色已藏不住："爷爷身体怎么样？"

"还是老样子。"邰淑英说起家中老爷子的病情就生出一股愁绪，"岁数大了，早些年又做过开颅手术，身体免疫力下降，小病小痛都能倒下。"

"您好好照顾爷爷，不用操心我。"宁苏意声音低了下去，"井迟前几天过来参加我的毕业典礼，明天我们一起回国，路上能互相照应。"

邰淑英惊讶得愣了好一会儿，讷讷地说："小迟去英国了？"

"嗯。他也没提前打声招呼，直接就飞过来了，说别的毕业生都有家长陪同，担心我一个人受冷落。"

邰淑英心中熨帖，声音越发动容："这孩子有心了。既然他陪你坐飞机，我就放心了。等你回来，我们一家人就团聚了。"

宁苏意刚成年就去国外留学，这么多年极少归家，家里人自然都盼着她早日回宁城安定下来。

"以后不会乱跑了，我就陪在您和爸身边。"宁苏意手撑着床躺下来，将手机放在枕边，拥着被子轻声说着话。

母女俩聊了许久，郜淑英叮嘱了一堆出行前的注意事项，该说的话都说完了，才意犹未尽地结束通话。

　　宁苏意习惯性地失眠，凌晨两三点才睡着。她睡了没多久，刺耳的闹铃声就响了。航班时间是固定的，容不得她赖床。

　　井迟则一如既往地起得早，给两个人做好了早餐。

　　宁苏意草草吃完，叫了辆的士赶赴机场。

　　因归国心切，十二个小时的飞行时间对她来说竟似一个世纪那样漫长。她在飞机上补了一觉，醒来时还在空中，舷窗外的天空一碧如洗，一团团白云像棉花糖一样。

　　飞机会在两个小时后降落宁城，宁苏意来了精神，找空姐要了点儿吃的东西，边吃边跟井迟小声交谈："你在机场的停车场有车吗？我们打车回去还是开车？"

　　井迟低声回她："出发前给助理打过电话，让他过来接机。"

　　"哦。"

　　宁苏意吃完东西伸了个懒腰，有一搭没一搭地跟井迟聊着天。

　　两个小时一晃而过，飞机即将降落。两个人等了没多久，机内广播传来空姐甜美清晰的播报声："女士们、先生们，飞机已经降落在宁城机场，外面温度 27 摄氏度，飞机正在滑行，为了您和他人的安全，请先不要站起或打开行李架。等飞机完全停稳后……"

　　宁苏意深深地吸了一口气，近乡情怯的情绪来得格外汹涌。

　　井迟倾身过来帮她解开安全带，轻声提醒："我们可以下飞机了。"

　　宁苏意大梦初醒一般，"啊"了一声，站起身跟着过道的人流往外走。井迟怕她被人挤到，跟在后面与她保持半臂的距离，一路护着她。

　　顺利下了飞机，宁苏意打开手机随意扫了一眼，微信里有不少新信息。关系稍微亲近的朋友都晓得她今天回国，纷纷发来慰问消息，甚至有发来道贺消息的，也不知道在道贺什么，宁苏意不由得发笑。

　　她暂时没空回复信息，跟在井迟身侧一起去等行李。

　　时至晚上九点半，机场外夜空漆黑，探射灯照出一片片亮白的区域。

　　这是属于宁城的夜空，她暌违许久，终于回来了。

　　三个大行李箱从转盘上被运过来，井迟动作利落地拎起行李箱，摞在身侧的行李车上，一手推着车，一手攥住宁苏意的手："走吧。"

　　宁苏意跟上去，手从他手里挣出来："好好推车，你一只手能推动？"

"我发现你总是小瞧我，以为我还跟小时候一样弱不禁风。"井迟将空出来的那只手搭上行李车扶手，推着车往前走。

口袋里的手机贴着大腿传来一阵振动，井迟腾出手掏出手机，一看来电显示"魏思远"，就知道他已经到了。

果不其然，井迟一接通电话，魏思远就火急火燎地问道："井总，您下飞机了吗？"

"刚下，等行李耽误了一会儿。"井迟回。

"行，我就在T2航站楼出口处，您出来就能看见。"因身边混杂着机场的嘈杂，魏思远拔高声音提醒了一句，"外面在打闷雷，快下雨了，我们得快点儿，不然肯定堵车！"

井迟："行，我知道了。"

走出几步，宁苏意远远就瞧见出口处站着一个西装革履的年轻男人，瘦高个儿，头发中分，一张脸方方正正，鼻梁上架着一副无框眼镜，模样俊朗，正朝这个方向张望，应该是井迟的助理。

魏思远的目光在人群里搜寻，终于找到那张熟悉的面孔后，他急忙过来替井迟推行李车，例行问候一句："这位就是宁小姐吧？你好，我是井总的助理魏思远。"

宁苏意微笑着颔首："你好。"

魏思远跟傅明川一样，只听说过井迟有个青梅，关系特好，却从未见过本尊。他不敢光明正大地看宁苏意，只用余光略略打量，不由得在心里感叹，果真是难得一见的大美女。

她穿着墨绿色长裙，法式宫廷风的方形领口，露出一片雪白颈项和锁骨；裙摆垂坠，胸前一排铜色小扣，复古华丽；黑长鬈发飘飘，没化妆，天然肤白唇红，踩着七厘米左右的高跟鞋；话语间分明平易近人，身上却自带一股高冷的气质。

几个人上了车，开出去没十分钟，"噼里啪啦"的雨点掉下来，砸在前面的风挡玻璃上，一阵纷乱。

宁苏意看向外面如瀑的雨幕，庆幸道："赶得巧了，这场暴雨早下十几分钟，飞机不一定能准时降落。"

魏思远看了一眼后视镜，问："宁小姐到哪儿？"

宁苏意还没答，井迟先替她说了："锦斓苑。"他看向宁苏意的脸，小声问："累吗？"

"这会儿还行，晚上估计睡不着了。"

井迟笑了一声，轻轻拍了一下自己的肩膀，示意她可以靠着小憩片刻。宁苏意没客气，歪头靠在他的肩上，刚闭上眼睛手机就响了。

她无奈地睁眼，从包里拿出手机，接通电话："妈。"

"到哪儿了？"

"刚从机场出来，在路上。"宁苏意看着窗外瓢泼似的大雨，淋得车窗一片朦胧，路灯光都被晕染得模糊，"本来一个多小时能到家，我看现在雨下得太大了，路上可能会堵车。要不您别等我了，困了就先睡吧。"

井迟时刻注意着前方路况，知道再过一段就有一条四十米长的隧道，听宁苏意挂了电话便开口吩咐魏思远："把车内的灯打开。"

宁苏意动作一顿，心跳漏了半拍，将手机塞进包里。

魏思远以为井迟要找什么东西，连忙打开了车厢里的灯，车里一瞬间亮堂堂的。约莫过了两分钟，车子驶进光线昏暗的隧道。因前面有一处拐弯，一眼无法看到隧道尽头，车子像被包裹在密不透风的黑色罐子里。

井迟手掌遮在宁苏意的眼睛上："隧道不长，很快就过去了。"

宁苏意将他的手拉下来，避着前面的魏思远，在他耳畔悄声说："你怎么比我还紧张？你不用这么大惊小怪，我的病没严重到这种程度。"

说完，宁苏意顺势靠回他的肩上。

车子驶出隧道，外面的路灯灯光和彩色霓虹灯灯光争先恐后地洒进车里，被雨幕切割得一片模糊。

宁苏意嗅了嗅井迟衣服上的味道，说："你身上没有药味了。"

记忆中，井迟身上常年有一股淡淡的中药味，流出来的汗都是那股味道。

井迟原本紧张的情绪淡去，将声音放轻了几分："这都多少年没喝药了，当然不会有药味。"

宁苏意："也对。不过以前你身上的药味还蛮好闻的，有股甘草香。"

井迟轻哼了一声："也就你觉得好闻。你从小就喜欢闻奇奇怪怪的味道。比如油漆味，一般人都说难闻死了，偏你喜欢。还有放鞭炮的味道，一股子火药味，你也喜欢。"

宁苏意笑出声来，好像自己的偏爱的确是有些怪。

井迟听着她的笑声，再想到她方才说喜欢自己身上的味道，心脏一阵紧缩，良久，终是无声地叹息。

他很清醒地意识到：他完了——这辈子他都不可能不喜欢宁苏意。

暴雨肆虐，天地连成一片，混沌不堪。

路上果然还是堵车了，回市中心时他们恰逢最后一轮晚高峰，堵了十来分钟。雨夜最易引发交通事故，魏思远行事稳妥，安全起见，车速始终不疾不徐，到达锦斓苑时已然是夜里十二点一刻。

魏思远率先下车，撑开一柄黑色大伞遮在后座车门顶上。

雨滴砸着伞面，声音脆响。井迟先护着宁苏意到门廊下，然后折回去帮忙把行李箱卸下来，送到了正厅门口。

雨势一直未减，打着伞也不顶事，经风一吹，雨点子就到处乱溅，待到几个行李箱被搬下来，魏思远和井迟裤腿都湿了半截。魏思远要惨一些，为了照顾井迟，肩膀和后背湿了大半。

这番动静，屋子里的人自然听到了。

开门的是宁宅的阿姨徐美珍，宁苏意叫她珍姨。珍姨显然是受了邰淑英的嘱托，等到现在还没睡。

"快进来，快进来，这雨下得忒大了，站在门廊底下都要被淋湿了。"珍姨拉着宁苏意进门，连寒暄都来不及。

魏思远刚得片刻喘息，又赶紧把行李箱推进屋里。

"这么晚了，要不你俩晚上别走了，我家客房很多，将就一晚吧。"宁苏意从玄关上拿了两条干净的毛巾递过去。

魏思远双手接过毛巾，先给井迟擦臂膀上的水珠。

井迟踌躇片刻，终是拒绝了："我家离你家也没多远，就不打扰阿姨休息了。"

宁苏意视线下移，定在他被打湿的裤腿上，犹豫了数秒，没强行挽留："路上注意安全，别被冻感冒了，你到了给我发条消息。"

"好。"井迟走下台阶，重回雨幕中，伞面又是一阵"噼啪"作响。他快走几步，侧身坐进车里。

魏思远绕去前面坐到驾驶座上，将车子驶离别墅区。

宁苏意倒时差，凌晨四五点才勉强合眼，一觉睡到下午一点，睁开眼就是灰蒙蒙的天空——宁城的天空。

肚子"咕噜噜"地叫，她快速洗漱完，换了套家居服下楼。

客厅里一片阒静，珍姨在阳台上浇花。宁苏意走下楼梯，见一楼东侧的房门忽然被打开了。

邰淑英从里面出来，一抬眼见到她的身影，面上立时一喜，快步过去抱住她："睡醒了？听珍姨说你昨天半夜才回来，就没叫你起床。"

母女俩在沙发上坐下，邰淑英赶紧叫了珍姨进来，让她去厨房做点儿吃的。

宁苏意看她面色憔悴，问："您是不是身体不舒服？"

"我很好。"邰淑英抹了一下脸，可能是最近累的，气色不好，转而摸了摸宁苏意的鬓发，"倒是你，瘦了。"

宁苏意笑了笑："家里的饭菜可口，回来几天就得发胖。"

母女俩许久没见，聊起来没完没了，大大小小的事都能扯出来说一通。直到珍姨做好吃的东西端过来，邰淑英才止住话题，催宁苏意去吃饭。

珍姨炒了几个家常小菜，都是宁苏意爱吃的。

宁苏意头也不抬地大快朵颐，随口问："我爸呢？"

"去江城开会了，过两天回来。"

宁苏意又问起爷爷。

邰淑英说："我今天还没去医院，有护工在那边守着，等你吃完我们一起去。"

宁苏意"嗯"了一声，加快进食速度。

桌上的手机响了，她点开手机一看，是井迟发来的消息："起床了吗？下午做什么？"

邰淑英问："谁找你呀？"

宁苏意扬唇笑了笑："小迟弟弟。"

邰淑英看着女儿如玉的侧脸，发现她的嘴角带着一点儿可能自己都没察觉的笑意。邰淑英想问什么，最终没有开口。

宁苏意回完井迟的消息，填饱肚子就上楼去换衣服了。

宁城的夏季总是炎热的，昨晚下了场暴雨，到现在乌云还遮着天，比前几日多了丝清凉感，空气里飘浮着泥土的腥气。

住院部底下的小花园里花团锦簇，几处凉亭里都有穿着条纹病号服的病患，或站或坐，身边跟着护工。

人一走进大厅，一股刺鼻的消毒水味萦绕在鼻间，走廊上随处可见匆匆走过的医护人员。

邰淑英和宁苏意乘电梯到6楼的VIP病房，正准备推门进去，护工刚好从里面出来，微微一顿，轻声说："老爷子吃了药刚睡下。中午医生来检查过一次，说还得住院观察一段时间。"

"行，我知道了。"郜淑英点头，侧了侧身让护工先出去。

宁苏意轻手轻脚地走进病房，室内温度正好，窗户留了一条两指宽的缝隙，灰白色的窗帘随风飘荡。

病床上的老人纸片一样，盖着被子几乎看不到身体起伏，头发黑白掺杂，眼窝深陷，形容枯槁，眼角处生了几块淡褐色的老年斑。因呼吸不畅，嘴巴微微张开，即使睡着了老人也会无意识地发出粗重的哼声。平放在床边的那只手布满枯树皮一样的皱纹，骨头凸起得尤为明显，手背上扎着输液针，药水"滴答滴答"地往下落着。

宁苏意伫立在床边，心上如同压了一块巨石，鼻尖酸酸的。

郜淑英轻拍她的肩膀，安慰道："别难过，所有的检查都做了，医生说休养一段时间就能恢复。"

宁苏意搬来椅子守在床边。

窗外天色越发沉了，黑压压的，看样子昨夜的雨没下够，今天还有一场雨。人看的时间久了，心情也止不住地变得压抑。

郜淑英出去找主治医师询问具体情况，病房里只剩下宁苏意和躺在病床上的宁老先生。

宁苏意的思绪飘远。

很久以前，她是恨过爷爷的。

那时候她刚上高二，家里的企业在父亲宁宗德手里一落千丈。爷爷在书房里训斥父亲时，她站在门外偷听到了。爷爷骂得很难听，那些话她现在倒记不清楚了，只依稀记得大致意思是自己纵横一生，怎么就生了一个优柔寡断的窝囊儿子，只知道附庸风雅，不思进取。

父亲窝囊吗？

他不是。他只是热爱文学创作，无意继承家族企业。他只是力不从心，不是逃避。

宁苏意想冲进书房替父亲说话，下一秒就听见爷爷怒气冲冲地说道："你自己不上进也就罢了，若是生了个小子，如今也有十六七岁了，我还能将人培养起来继承家业，偏偏生了个女儿。早年让你和淑英要二胎，你死活不肯，现在倒好，想生也不能生了……"

那一年，郜淑英做了个手术，无法再生育。

哪怕郜淑英没有做手术，宁宗德和郜淑英原本也没打算再要一个孩子。

宁苏意听了那些话如坠冰窟，手脚都是冷的，再没有勇气进书房去跟爷爷理论。之后她就瞒着家里人准备出国事宜，努力学金融，学医药相关知识，为将来做准备。

她只身一人在国外，再苦再累都没抱怨过一句，也很少回来，就是想拼着一口气证明给爷爷看。

男人能做好的事，她一样可以。

现在想来，她纠结这些似乎没什么意义。

宁老先生睡了四十多分钟，在护士进来拔针时醒了过来。他看到病床边的宁苏意，睁大了混浊的眼，嗓子发出的声音跟锯木头一样，"沙沙"的："苏意？你什么时候回来的？"

一句话说完，老爷子喘了好几口气，有些供氧不足。

宁苏意躬身向前，握住他的一只手："昨晚回来的，爷爷。您慢点儿说话。"

"以后……以后不走了吧？"宁老先生咳嗽一声，嗓音依然暗哑。

宁苏意摇头："不走了。"

宁老先生拍了拍她的手："好，好。"

在医院待了一下午，宁苏意和郜淑英才离开。

两个人回家的路上，宁苏意的手机接连响了几声，是群里的消息。

邹茜恩："酥酥大美女，什么时候出来让我们见一面？新娘子都没你藏得严实，回来了也不主动找我们。"

邹茜恩："昨晚就想找你狂欢了。"

邹茜恩："我的礼物你没忘吧？"

叶繁霜："就数你最闲，若你们百海银行的员工都跟你这样，银行早倒闭了。"

邹茜恩："你是专业拆台的？"

宁苏意默默围观她们斗嘴，稍后往群里发了一条消息："过几天再聚吧，最近有点儿忙。"

宁城断断续续下了几天雨，终于舍得放晴。久违的阳光穿透一片片云层洒下来，气温随之攀升到三十四五摄氏度，马路被白晃晃的阳光晒得发烫。

连续一个星期，宁苏意天天去医院看望宁老先生，没时间应付那群叫嚣着要给她接风洗尘的发小。

给宁老先生喂饭时，宁苏意提了自己的打算——她想进公司帮父亲的忙。

宁老先生顿了许久，沉沉地叹了一口气，似是料到事情会发展到如此地步，无可无不可地说："你爸早盼着能有人端走烂摊子，你既想接手，那就试试吧。我派几个得力的人给你当助手，有什么困难你就说。"

得了爷爷的首肯，宁苏意信心倍增，向他保证："您放心，我一定给您做出一番成绩。"

宁老先生看着她，眼里似闪过一丝惋惜之色，待她细看，却又什么都窥不见。

等宁老先生身体逐渐好转，宁苏意得了空，才叫上邹茜恩和叶繁霜一起喝下午茶。

多年不曾踏足宁城的大街小巷，宁苏意光是找路线就花了好些时间。这事也怪她，自信满满地开车出门，懒得用导航，开到半路发现以前熟悉的那条路修了一趟地铁，行不通了。

到约定好的地方时，她足足晚了半个小时。

宁苏意拎着两个购物袋下车，推开一扇玻璃门。

邹茜恩正对着门这边，见她进来，朝她挥了挥手："酥酥，这里！"

宁苏意拉开椅子坐下来，拿过菜单点了杯饮料、两份甜点。她拿了一个袋子递给邹茜恩，将另一个袋子放到叶繁霜面前："给你俩带的礼物。茜恩要的项链，给霜霜选了个包，你们看看喜不喜欢。"

叶繁霜："你眼光好，挑的东西我肯定喜欢，谢了。说起来怪不好意思的，让你一个刚毕业的学生送我一个社会人这么贵重的礼物。"

邹茜恩已经将项链戴上，对着手机自拍："正好今儿出门没戴首饰。好看吗？"

"好看，好看，美死了。"宁苏意靠着椅背，欣赏她矫揉造作的姿态。

两个人看完礼物，开始你一言我一语地关心宁苏意的近况。

叶繁霜跷起二郎腿，手搭在椅背上，姿态随意，问宁苏意："真要当女总裁啊？要是这样，我就辞职去给你当助理了。"

"不敢。"宁苏意吃了口甜点，笑道，"你这公关大佬，我这庙太小哪里敢委屈你？"

叶繁霜抛了个媚眼："去你的。"

叶繁霜留着齐耳短发，哪怕跟闺密聚会也穿着板正的西服套装，外套脱了搭在椅背上，单穿着里面一件丝绸质地的浅米色衬衫。她不笑的时候显得人很严肃，像刚才那样抛媚眼的表情委实不常见。

三个人聊了一会儿，叶繁霜突然踢了踢宁苏意的椅子腿，示意她看另一个方向。

宁苏意顺着叶繁霜的视线看过去，只见三四米外的一张桌子边，一男一女紧挨着坐着。男生对着笔记本电脑敲敲打打，神情专注认真。女生面前摆着一大份冰激凌，舀起一勺喂到男生嘴边，在男生张嘴吃的时候，俏皮地凑上去在他的嘴角亲一下。男生愕然一瞬，旋即勾唇笑起来，一把拽住她的手，把人拉进怀里低头吻着。

叶繁霜面无表情地评价："真腻。"

邹茜恩也看到了，愤愤地说："公共场合能不能注意一点儿？！"说完她托着腮怅惘道，"甜甜的恋爱什么时候轮到我？"

宁苏意学她的样子叫嚷："甜甜的恋爱什么时候轮到我？"

叶繁霜听见这话，饱含深意地笑了笑："想谈恋爱还不简单？你身边不就有一个现成的吗？小奶狗一样，随叫随到，特听你的话。你让他往东，他绝不往西；你让他站着，他绝不坐下。你稍微蹙一蹙眉，他马上紧张兮兮地过来哄你。恕我直言，你打着灯笼都找不到这种好男友。"

她身边有这样的人吗？宁苏意疑惑地问道："谁？"

"还能有谁？"叶繁霜推了她一下，笑骂，"你别跟我装了，说的当然是跟你一起长大的井家小少爷！"

宁苏意愣了下，随即"扑哧"一声笑了出来，差点儿岔气，连连摆手："别开玩笑了，我们从小一起长大，他穿开裆裤的样子我都见过，跟他谈恋爱我会笑场的。"顿了顿，她瞪她们一眼，"别人不清楚状况，你们俩还能不清楚？我只拿他当弟弟。稍微设想一下我们谈恋爱的场景，我都浑身不自在。"

叶繁霜说的居然是井迟，想什么呢？她未来的男朋友是谁都不会是他。

"什么弟弟？你们又没有血缘关系。"邹茜恩捏着小勺，隔空冲她点了点，"别的不说，井迟对你是真好，你将来的男朋友都不一定比得上他。就算比得上，你男朋友要知道你身边有这么一号人存在，压力也是倍儿大。"

宁苏意竖起手掌："打住，咱不说这个了。"

叶繁霜偏要继续这个话题："你拿他当弟弟，他未必拿你当姐姐。我可是看在眼里——就拿高二那年他跟你冷战那件事说，我当时就怀疑他对你的感情不一般。"

邹茜恩倏地坐直了，两只眼睛扑闪扑闪的，满目迷茫之色："什么事？他们俩还冷战过？我怎么不知道？"

叶繁霜挑眉，讳莫如深地笑了。

"好啊，你们居然背着我有小秘密了。"邹茜恩催促，"快点儿说！不说我走了！"

叶繁霜说："你比我们低两届，不知道这事很正常。"

"所以才让你说啊！"邹茜恩是急性子，见叶繁霜拖拖拉拉不肯说，快急死了："酥酥，她不说你说。"

宁苏意始终没开口。

那次，是长那么大以来，她和井迟第一次冷战，实在是印象深刻。

叶繁霜瞅着宁苏意，见她陷入回忆之中，微不可察地笑了一下。

见两个人都不说话，邹茜恩都快跳脚了。

叶繁霜啜了口咖啡，大发慈悲地跟她说了："你那时候在初中部，我们在高中部。你应该有印象，酥酥交了个新朋友，叫杨婧雯。"

邹茜恩沉思数秒后点头："我记得她，当时还以为我们的三人小团体要变成四人小团体了，后来不知怎么回事，你们俩突然不跟她来往了。我本来就是通过你们才认识她的，见你们都不和她说话了，也就不和她玩了。"顿了一下，邹茜恩问，"这和她有什么关系？"

叶繁霜搁下咖啡杯，视线扫过宁苏意的脸，见宁苏意愣神了，便又接着说："杨婧雯是隔壁班的，原本跟我们也不算熟悉。她主动找酥酥玩，慢慢地彼此就混熟了。谁知道人家醉翁之意不在酒，看出井迟与酥酥关系匪浅才想方设法地跟酥酥成为朋友。"

邹茜恩张了张口："她喜欢井迟？"

个中缘由她不清楚，只记得有段时间，他们四个经常一起吃饭，偶尔宁苏意会叫来井迟。

"嗯，杨婧雯喜欢井迟，与酥酥交上朋友后就想借酥酥的东风搭上井迟。"叶繁霜笑了笑，似是觉得幼稚，"可惜人家井迟不吃她那一套。直到有一天，杨婧雯憋不住了打算表白，写了封情书让酥酥帮忙递给井迟。"

不是没女生往井迟面前送情书，一般当面递给他的，他都会直接拒绝。除非女生把情书塞进他的课桌里，他无法视而不见，只得另找机会清理掉。

杨婧雯很聪明，让宁苏意帮忙转交情书。

杨婧雯大概明白，井迟一向对宁苏意有求必应。说是有求必应都欠了点儿意思，更准确地说，只要是宁苏意想要的东西，井迟会想方设法地帮她弄到。哪怕是天上的月亮，他也会想尽办法搬来天梯为她摘下来，双手捧着送到她面前。

井迟接受了那封情书，拆开认认真真地看了。偏偏杨婧雯没写名字，致使井迟误以为那封情书是宁苏意写的。

这事要怪也只能怪两个人的字体太像。

井迟第二天看向宁苏意的眼神就变得直白炽热，不像以往那样总是隐忍深沉，仿佛潜藏在万里冰川底下的一簇火苗，轻易不让人窥见。

宁苏意无知无觉，一个劲地问："你要答应吗？"

井迟看着她的眼睛，心跳濒临失控，除此之外还多了一丝惶惑不安感，怀疑眼前的一切是愚人节的整蛊节目。

"我……"井迟张口，嗓音哑得如同裂帛声。

宁苏意大睁着眼睛，与他视线交会，耐心地等着他回答。

井迟别过脸去，哑声说："好……好啊。"

宁苏意觉得不可思议："你答应了？！"

"嗯。"

宁苏意沉浸在自己首次当红娘就成功的喜悦情绪中，趁着课间休息，便急不可耐地跑去隔壁班找杨婧雯，拽住她的手走出教室，在走廊上向她传达了井迟的回复。

杨婧雯愣了愣，继而内心涌上狂喜之情，脸颊红了个彻底，踮起脚从敞开的后门往里张望，寻找井迟的身影，既紧张又欢喜。她咬住下唇，手指无措地绞着衣摆，十足的娇羞小女儿态。

宁苏意好人做到底，跑回教室叫了井迟出来，而后功成身退，挥了挥衣袖，不带走一片云彩。

二人站在走廊的栏杆边上，说了不到三句话，杨婧雯脸色骤变，哭着跑开了。之后井迟一个星期没和宁苏意讲话，单方面宣布冷战。

　　宁苏意主动哄了他好久，两个人才和好如初。

　　邹茜恩听完故事整个人呆若木鸡，许久方"喃喃"道："这等好戏我当时怎么没能现场围观？我好恨！"

　　"你们适可而止，别胡说八道了。"宁苏意听她们无中生有，简直头疼，"事后我问过井迟，他的说法是，他以为我是在说别的事，想都没想就答应了。是我误解了他的意思，以为他答应了杨婧雯的表白。"

　　叶繁霜："那他跟你生哪门子的气？"

　　"我自作主张，他生气也是应该的。"

　　"事情到底怎么样，恐怕只有井迟自己心里清楚，我也只是通过旁观他的表情猜测一二。"叶繁霜从事公关工作多年，练就三寸不烂之舌。

　　论耍嘴皮子的功夫，宁苏意绝不是她的对手。

　　宁苏意果然招架不住，无奈地摊手："真不是你们想的那样。你们说井迟喜欢我，依据是他对我很好，可我对他也很好。但是，我发誓，我对他是单纯的亲情。我想，他对我也是一样的。"

　　"既然这样，不如打个赌？"叶繁霜突然来了兴致，双手交叠放在桌上，微抬起下巴，"我赌井迟对你有意。我赢了，你请我吃一个月的早餐；我输了，任你提要求。"

　　宁苏意惊了："任我提要求，玩这么大？"

　　叶繁霜不置可否，抬手指向邹茜恩："你呢，跟不跟？"

　　邹茜恩玩性大，哪儿有落单的道理？她当即拍手："我跟霜霜一样。"

　　宁苏意觉得她们的脑子有毛病。

　　包里的手机突然响起，宁苏意摸出手机看了一眼，是井迟打过来的电话。

　　邹茜恩凑过来看到来电显示，朝她挤眉弄眼。

　　宁苏意抿着红唇，迟迟没接电话。兴许是方才三个人聊的话题超出正常范围，让她在面对"井迟"两个字时心绪有些复杂。

　　"接电话啊，你怎么不接？"邹茜恩推了推她的手肘，眼神颇为戏谑，"你该不会是不好意思了吧？"

　　"又胡说。"宁苏意白了她一眼，背过身去接通电话。

　　井迟问："晚上一起吃顿饭？自从你回来，我还没有跟你吃过饭。"

“晚上有约了。”宁苏意说。

“啊，那好吧，改天再约。”井迟不免有些遗憾，语气里却一点儿不显，仍是带着浅淡笑意和关切之意，“你开车了吗？结束后用不用我去接你？”

“不用，我开车过来的。”宁苏意感觉耳边有点儿热，侧过头去，发现邹茜恩这个不讲道德的女人正在她耳边偷听她和井迟讲电话。

宁苏意无语，一手按住她的肩膀将人推开：“一边儿去。”

电话里的井迟稍稍愣了一下，没听清她的话：“你说什么？”

“不是跟你说的，我在跟茜恩说话。”宁苏意想了想，提议道，“明晚吧，明晚一起吃饭。”

井迟霎时勾起嘴角，轻快地说了声“好”。

宁苏意补充了一句：“明晚你叫一下景庭哥，还有几个发小，大家好久不见，一起聚一下。”

井迟敛了笑意，声音低了几分，又说了声“好”。

他放下手机，起身走到落地窗边。外面烈日当空，整座城市被笼罩在滚滚热浪里，空气都好似能一点即燃。

井迟折回去，从抽屉里拿出一盒烟，撕开外面的透明塑料封膜，轻轻磕了磕，抽出一支烟夹在指间。金属质地的方形打火机在指间被转了一圈，他打着了火，点燃香烟，猛吸了几口，呛了一下，嗓子里蹦出火星子似的，冒出一阵灼烧的痛感。

正在这时，外面有人敲门，井迟动作一顿，说了声“进”。下一秒，他把手里还剩三分之二的烟摁进烟灰缸里，缓缓吐出一口淡青色的薄烟。青烟随之向上飘起，笼着他冷漠的面庞。

她的一句话，就能左右他的情绪，生杀予夺，全凭她。

翌日正好是周日，宁苏意对周边的娱乐设施不了解，让井迟帮忙订了个地方。下午六点多她开车从家里出发，路过 MY 风投的写字楼时，停了车。

宁苏意坐在车里，给井迟发消息。

她等了没两分钟，人出来了，身后跟着三个男人。井迟一脸不开心又无可奈何的表情，后面三个人倒是有说有笑，勾肩搭背地朝这边走来。

傅明川瞧见停在台阶下的车，松开同伴，健步如飞地走到副驾驶座那边拉开车门，里面的凉气扑面而来。他手撑着车门顶部，目光定在宁苏意脸上。

宁苏意愣了片刻，点了点头，微微一笑："你好。"

"你好，你好，我是井迟的朋友傅明川，很荣幸见到宁小姐。"傅明川忙伸出一只手，笑容比天边的夕阳还绚丽。

"我认识你。"

宁苏意还没来得及跟人家握手，傅明川的衣领就被井迟狠狠一攥，人被扯到了后面。

"坐到后面去。"井迟丢下这句话，坐上副驾驶座，关上车门。

宁苏意收回悬在半空的手，提醒他系上安全带。井迟扣好了安全带，才得空与她说明："听我说晚上要参加聚会，他们非得跟来，说我不答应他们就罢工。"

宁苏意听了他的描述，轻笑了一声。

傅明川手扒住副驾驶座的靠背，脑袋探到前面来："宁小姐不会介意我们凑热闹吧？"

"不介意，聚会就是要大家一块儿玩才热闹。"宁苏意启动车子，踩下油门，车子汇入如水的车流。

井迟这才想起还有两个人没给她介绍："坐在傅明川左边的是肖晋，另一个是何既平。他们两个都是我公司的投资分析师。"

后座上的两个人笑着打招呼："早就听说宁小姐的大名了，一直没机会见面，今儿总算见到了。"

宁苏意从后视镜里看他们，肖晋身材匀称，脸有些圆，眼睛很亮，笑起来颇显富态，左边脸颊上还有个深深的酒窝，穿着黑西服和白衬衫；他旁边的何既平就瘦多了，穿着竖条纹短袖衬衫、黑色西裤，同样笑眯眯的。

"我也听说过你们，你们是小迟的室友吧？"

宁苏意高中读完就出国了，对井迟的大学同学仅听说过名字，对不上脸。

"小迟？"傅明川看了一眼井迟的后脑勺，突然品出点儿不一样的味道，迟疑了数秒，没忍住问了出来，"你们俩谁大？"

宁苏意不太清楚路线，开了导航，顺口回道："我比他大，是姐姐。"

井迟偏头看着她，微抿薄唇，在外人面前到底没反驳她的话。

傅明川面上没表现出任何异样，心里却狠狠地乐了一下，憋着不吐不快，便掏出口袋里的手机给井迟发消息。

傅明川："姐弟恋？"

傅明川："刺激。"

井迟的手机振动了两下，他摸索着拿出手机，看到傅明川发来的消息，脸色黑了。他飞快地打字："闭上你的嘴，我和她不是那种关系，再乱说就滚下去。"

傅明川被唬住了，揣回手机，噤了声。

一路上，几个人聊着宁城近年来的变化，半个多小时后，车子停在一家清吧门口。

他们来得早，清吧里没到最热闹的时候，一楼大厅的卡座里三三两两地坐着人。头顶几何形的灯发出乳白色的光，月光一样洒下来，照得前方舞台也跟瑶池仙台一般梦幻。

井迟提前开好了包间，里面已经坐了三五个人。这几人是井迟和宁苏意的发小，与傅明川他们也有过数面之缘，大家很快聊了起来。

过了一会儿，叶繁霜和邹茜恩也到了。

众人说话间，穆景庭最后一个到场。他也是大忙人，三两步走过来，挨着宁苏意坐下，侧着身端详她，片刻后倏地笑了笑："瘦了，没好好吃饭？"

"你知道吗？景庭哥，你的语气跟我妈和珍姨一模一样。"宁苏意端了杯酒递给他，"能喝吗？不行给你换饮料。"

穆景庭接过酒杯："别人递来的酒不一定喝，你的面子我不能不给。"

宁苏意很轻地笑了一下，问："最近忙吗？"

"还好，不是很忙，过段时间可能得频繁出差，巡视君柏旗下各处的酒店。"穆景庭喝了一口酒，"你呢，打算进自家公司？"

"嗯，明天就正式上班。"

"有困难吱一声，能帮不能帮我都一定帮。"

"放心，有需要肯定不会跟你客气。"

两个人旁若无人地聊着，坐在对面沙发上的井迟目光落在两个人身上，眼睛一眨不眨，面庞隐藏在半明半暗的光线里，无甚表情，手指摩挲着几粒色子。因他指尖发力，几颗色子摩擦间发出"咯吱咯吱"的声音。

傅明川看见井迟眼睛沉得跟深海深海一样，心下了然，跟中间的何既平换了个位置，坐到井迟右边，腿撞了他一下。

井迟垂下眼，没看他。

"你怎么回事？"傅明川看不得一向意气风发的井迟耷拉着脑袋，颓唐丧气的模样，压着嗓音说，"能不能行啊你？喜欢就去追，她单身，你未婚，有什么好纠结的？"

井迟微抬起头，头顶的细碎灯光落进他的眼里。他皱紧了眉，用力攥着掌心里的色子："闭嘴。"

"宁小姐。"傅明川突然叫了一声。

井迟遽然一惊，扭头看向他，不知道他要做什么。

正在和穆景庭说话的宁苏意朝声源处看过来，抿了一口酒，笑了笑说："别叫我宁小姐了，叫名字就行。"

"宁苏意，"傅明川试着唤了一声，勾起嘴角，显得风流倜傥，"玩不玩游戏？"

他实在没眼看井迟死气沉沉的样子，跟条丧家犬一样，浑身的毛发被雨水淋湿，黏糊糊地贴在身上，狼狈不堪。

井迟微微眯起眼睛，于暖黄的灯光下死盯着傅明川。

宁苏意说："好啊，你想玩什么？"

傅明川对井迟的警告眼神恍若未见，自顾自地与宁苏意交流："狼人杀会不会玩？"

宁苏意遗憾地笑了笑："听过，但我不会玩。"

傅明川仰起头对着顶上的灯静了片刻，思考还有什么好玩且参与度高的游戏，须臾，打了个响指："真心话大冒险总会玩吧？"

宁苏意："这个我会。"

全民皆知的游戏，几乎没人不会玩。

傅明川朝井迟抛了个眼神，意思是说"看我的"。

井迟皱眉，没懂他葫芦里卖的什么药。

傅明川腾出茶几中间的方寸之地，拎了个空酒瓶放倒在桌面上，余光睃了宁苏意一眼，指尖轻轻拨动酒瓶。

细长的红酒瓶转了三圈半，停下来时，瓶口对准了宁苏意。

井迟顿了顿，这才清楚傅明川的用意。

意料之中的事，傅明川挑了一下眉，笑容可掬地看向宁苏意。

宁苏意喝酒的动作顿了顿，眼瞟过去，多了丝耐人寻味之意："傅总，你故意针对我吧？"

傅明川最不愿意别人叫他"傅总"，因为听起来像是"副总"。他咧了咧嘴，毫不心虚地胡诌："真没有，我从来不欺负美女。"

愿赌服输，宁苏意放下酒杯，正襟危坐："我选真心话。"

"那我问一个问题，你有喜欢的人吗？"傅明川一字一顿地问。

坐在宁苏意边上的穆景庭眼睫抖了抖。他抬起眼来看着对面的男人，定住片刻，目光有些深沉。另外几个发小也都看向傅明川，露出诧异的眼神，连邹茜恩和叶繁霜都有些意外。

傅明川轻咳一声，舌尖顶了下上腭，笑得很不走心。他心里再清楚不过，自己这个问题一问出来，大家都以为他对宁苏意有什么心思。

冤枉，天大的冤枉。

宁苏意这个当事人并无太大反应，一副无所谓的表情，声音平淡地问："过去还是现在？"

傅明川愕然，没料到她会有这样的反问，不动声色地瞥了瞥井迟的侧脸，讪讪地说道："都行。"

井迟搭在膝盖上的那只手用力攥紧。他感觉嗓子发干，呼吸有些不顺畅，像堵了一团棉花。

那天在公园里野餐，他心念微动问出了这个问题。然而不等宁苏意回答，他率先胆怯了。

他说不清为什么。或许是没勇气，也或许是那一刻气氛太美好，他不想破坏。

就在井迟思绪翻飞间，宁苏意语调淡淡地说了句真心话："过去有，现在没有。"

井迟更沉默了。自宁苏意说出那句"真心话"后，他就没抬头看过任何人，只是把掌心里的色子磨得更响。

那一瞬他说不出心里是什么滋味，只觉得海水淹没头顶，口、鼻、耳都进了水，沉闷窒息的感觉压迫着胸腔。他忘了挣扎，也没求生意识。

傅明川瞧出井迟越发不对劲，也不敢再出馊主意了。他本意是助攻，哪承想弄巧成拙，反惹得井迟焦躁心烦。

游戏继续，一轮接一轮。宁苏意留意着酒瓶转动的情况，有一搭没一搭地与穆景庭聊着天。

环境太嘈杂，宁苏意跟穆景庭说话时，不得不偏头凑得更近，但也在正常的社交范围内，笑问他："叔叔阿姨身体还好吗？"

"他俩身体硬朗得很。几年前我接手了公司事务，他们就退居幕后，经常四处旅游，前段时间才从泰国回来。"穆景庭握着酒杯，没喝，只顾与她说话，"我妈上个星期还念叨过你，说好久没见你。"

宁苏意："那我得找个机会登门拜访，不然不像话。"

穆景庭比宁苏意和井迟大三岁，上学时虽不与他们同届，也算是一起长大的。穆景庭是他们的兄长，情谊自然比一般朋友深厚。

"随时欢迎。"穆景庭说，"你能来，他们肯定高兴。"

井迟时不时抬一下眼皮，瞄一眼对面的人，心思始终不在无聊的游戏上。他的运气倒是好，这么多次都没人逮住他。

他说服自己，宁苏意有喜欢的人就有吧，自己气过了也就没事了。

这么多年，要是没点儿心胸，他早不知被气死多少回了。

他当下最郁闷的是自从穆景庭进了包间，宁苏意的注意力就全在穆景庭那里。两个人凑在一起像是有说不完的话，全然把他晾在一边。

也怪他成日里在宁苏意面前晃悠，于她而言早没什么新鲜感，不比穆景庭，与她许久未见，叙起旧来能说到天荒地老。

井迟盯着茶几，不知出于怎样的心理，伸手去拿靠近自己的那瓶酒。

手指刚贴上冰凉的酒瓶，手背就被人拍了一下，井迟抬眸，见宁苏意攥住了他的手腕。

她一迭声地说："干什么？干什么？自己酒精过敏不知道？还敢喝酒？你忘了那年偷偷喝酒，结果被送进医院的事了？"

宁苏意语气严厉，却透着实打实的关心之意。井迟心里平顺不少，收回手，为自己的行为解释："拿错了。"

宁苏意拎起那瓶酒放远了，担心他玩得忘形一不小心又拿错，随后把那瓶鲜榨的石榴汁放到他面前："你喝这个。"

石榴汁装在透明的长颈瓶里，颜色呈漂亮的红褐色，乍一看与红酒无异。

井迟给自己倒了一杯石榴汁。恰有一道目光射过来，他不疾不徐地与其对视，望进穆景庭一双深不见底的眼里。

井迟挑了一下眉，抿了一口石榴汁。

穆景庭面色破冰，极淡地笑了一下。他明明没张口说话，井迟却从他乍然变化的表情里品出一丝"你真幼稚"的意味。

井迟不置可否。他要想吸引宁苏意的目光，总有自己的办法，不过是仗着她对他的心疼和爱护之情。

游戏玩到最后没意思透了，大家意兴阑珊，一看时间也不早了，明天周一，都是需要工作的人，便决定撤了。

井迟让他们先下去，自己去了一趟洗手间，出来时在走廊上差点儿与一个女子撞上。他也没看人，低声说了句"抱歉"就错身离开。

走出去几步，他忽听身后一道轻软的声音唤他的名字，带着几分不确信以及难以克制的颤抖之意："井……井迟？"

井迟迈出去的脚步稍顿，身形转了过来，目光落在隔了两三步远的姑娘身上。

女人穿了一身白色齐脚踝的长裙，裙摆层叠错落，栀子花一样散开，黑长直发扎了个低矮的马尾，皮肤被走廊里不甚明亮的灯光照着，仍然显得很白，眼睛又大又亮，嘴唇呈现淡粉色，应该是没化妆。

井迟看了她数秒，发现是不认识的人，有些不耐烦，转身走了。

女人立在一盏圆灯下，心脏剧烈跳动，愣怔地望着井迟离开的方向，许久才回魂，忙迈步追上去。

奈何前面的人步子大，走得太快，几步就走进了电梯。

随着电梯门关闭、下行，她只能徒劳地按着电梯键，一下比一下急切。

大概是这个时间段人多，电梯迟迟没到这一层，她好不容易等到电梯，下到一楼，哪里还有井迟的影子，只余亮到刺目的顶灯和盛夏夜晚吹进来的热风。

即便只是短暂一瞥，她仍感念命运的优待。

站在门口的台阶下，她眼眶泛热，难以掩藏内心的激荡情绪，手指轻颤着从包里摸出手机给好友打电话："我见到井迟了。"

"谁？"

"我跟你说过的，井迟。"

"想起来了，那位对你施以援手，让你数年念念不忘的贵人？果真是缘分，你好好把握，没准能发展出一段旷世绝恋。"

女人低垂着眼，踢了踢脚边的小石子，脸颊浮上一团红晕，嘴角翘起，笑容里藏着向往之情："我本来就打算辞职，去罗曼世嘉应聘，没想到提前见到他了，好开心。"

"你疯了？待遇那么好的珠宝公司你要辞职？"好友在电话那边惊了，大骂她见色昏头，"温璇，你再好好考虑一下。你现在可是年薪百万元哪，大姐。罗曼世嘉也是一流珠宝公司不错，但是你刚进去不一定能有这么高的薪水。"

可温璇已经做好了决定，任谁都无法劝她回头。

井迟走出电梯，停车场光线暗淡，半封闭的场地一股子灰尘混合汽油的味道，空气不甚流通，十分闷热。

他踱到宁苏意的车旁，看着她忙忙碌碌地把车后座上放的礼物拿出来给几位发小——都是她在英国精心挑选的，其中当然包括穆景庭的。

宁苏意递给穆景庭一个深蓝色的袋子："给你买了条领带，颜色应该比较配你的那些衬衫和西服。"

穆景庭将袋子拎在手里，从袋子口往里看了一眼，看不出什么，面上却挂上了极深的笑容，抬手碰了碰她的头发。宁苏意一瞬间有些僵硬，忍着没避开。

"相信你的眼光，谢了。"穆景庭收回手，扬了扬袋子，欣慰地道，"小时候没白疼你，还知道给我带礼物。"

宁苏意轻哼了一声。

井迟也想哼一声，疼宁苏意？呵，也不知道是谁疼她更多。

井迟懒得看他脸上烦人的笑容，侧过身拉开驾驶座的门坐进去，胸口的憋闷情绪无处排遣，抬手拍了一下挂在后视镜上的挂饰，上好的玉石吊坠剧烈晃动。

宁苏意一一送走朋友，转身上了车。

两个人回家顺路，不用多说，她喝了酒，回程开车的任务交给了井迟。

他单手把着方向盘，将车子倒出来，踩下油门将车子驶离停车场。

夏夜的风从敞开的窗缝里吹进来，带着一点儿热气，中和了车厢里空调的冷风，没那么燥，也没那么凉。

宁苏意看着沿路挂了灯串的景观树，树影婆娑，闪烁的灯光似萤火虫飞舞。她眯了眯眼，享受这样的宁静舒适气氛。突然，她扭头对井迟说："小迟，你想吃夜宵吗？"

"你想吃了？"井迟放慢车速，笑着问，"想吃什么？"

"不知道，你给推荐一下。"

宁苏意撑着腮，大抵是因为刚路过一排烧烤摊，被空气中的孜然和辣椒味刺激了味蕾，口腹之欲空前强烈。

井迟了解她的口味，到前方路口打了左转向灯。车子七拐八绕地开进一条美食街，他在入口处找到车位停好车。

宁苏意下车。夜风吹起她的乌发，她慵懒地仰了仰头，五指穿过发根将垂到额前的长发捋到脑后，姿势相当随意，却很像文艺片里等男友的小女生。

井迟隔着车深深地望着她。

在连成排的灯串旁，仿佛多了层柔光滤镜，掩藏住她身上的高冷气质，显得整个人恬静温柔。

"那家米粉店的米粉很好吃，我跟傅明川他们吃过几次，他们都赞不绝口。"井迟给她指美食街中段一家毫不起眼的米粉店。

米粉店连像样的招牌都没有，门口竖着一块白色掉漆的木板，上面用红笔写着"米粉"两个大字，风吹日晒、经年累月下来，两个字模糊得都快看不清了。

"真是酒香不怕巷子深。"宁苏意跟在他身后走进店里。

这个时间点店里还有好些顾客在等餐，生意火爆。

井迟到点餐的柜台前，拿过台子上用透明塑料膜封起来的一张薄薄的菜单，转身递给宁苏意："想吃什么？"

宁苏意没接菜单，也懒得费心去看："你帮我点。"

"一碗牛肉米粉，一碗肥肠米粉，牛肉那碗不要葱多放香菜。"井迟放下菜单，对柜台后面的服务员多叮嘱了一遍，"牛肉米粉别放葱。"

服务员打出小票，抬头瞧见这么一位肤白个儿高的帅哥，心情霎时晴朗，微笑着说："晓得了，放心，不会弄错。"

帅哥右耳的耳垂上缀着枚墨色耳钉，随着偏头的动作，光芒闪烁，平添几分酷劲。

两个人找到空位坐下。店里没装空调，只在墙壁上嵌了几台黑色电风扇，"吱吱呀呀"摇头晃脑地转动。周围都是埋头嗍粉的顾客，混杂着聊天声，市井的烟火气就来自此。

井迟等了一会儿，到隔壁烧烤摊点了一盘食物，羊肉串、掌中宝、土豆片、脆骨，都是宁苏意喜欢吃的。

"先吃点儿东西垫垫肚子，我看排在前面的还有好几份。"

井迟怕她烫着，扯了一截餐桌上粗糙的卫生纸包裹住羊肉串铁扦子的尾端，送到她手边。

宁苏意在回朋友的微信，头也没抬地接过羊肉串咬了一口，立时被这味道俘获了，抬起眉梢，打字的动作停了下来："就是这个味道，太香了，我在国外好几次夜里想得睡不着觉！"

"有这么夸张？"井迟也拿了一串羊肉串。

很普通的烧烤味，他随便挑的一家，味道不算多出色。

"我在英国去过华人开的烧烤店，为了迎合国外大众的口味，做得不正宗，吃起来马马虎虎，比不上这些。"

"喜欢吃还不简单？以后我经常带你吃，保准你吃腻。"

宁苏意解决完一大半烤串，两碗米粉才被端上来。牛肉米粉是给宁苏意点的，没放葱。井迟从筷子筒里抽出一双一次性木筷掰开，磨了磨上面的毛刺，将筷子放在宁苏意的碗边："尝尝是不是你喜欢的味道？"

宁苏意挑起几根米粉送进嘴里。米粉煮的时间正适宜，既不软也不过于筋道，口感极好，配上香浓的高汤，再佐以香菜和牛肉，让她在半饱的情况下也禁不住食指大动。

井迟那一碗是肥肠米粉，上面漂着一层红油，香葱、香菜点缀，看着也颇有食欲。

他吃了几口，夹起一块肥肠递过去："要不要尝一下肥肠？"

宁苏意立马后仰脑袋，摇摇头表示嫌弃："你又不是不知道我不爱吃这个，一股难闻的味道。家里每次做肥肠，我都要躲得远远的。"

井迟笑了笑："相信我，这个没怪味，你试一下就知道了。"

宁苏意迟疑地张嘴去接，皱着鼻子忍耐，嚼了嚼，预想中的那股味道没有袭来，反而有股说不出的卤香，还有点儿脆脆的。

"嗯？脆的？"她好奇地问道。

"卤过以后放油锅里炸过一遍。"井迟见她眉目舒展，笑了笑，又给她夹了一个，"味道还不错吧？"

宁苏意舔了一下唇，对肥肠改观了。最后井迟碗里的大半肥肠进了她的胃里，她觉得有些不厚道，夹起自己碗里的牛肉偿还给他。

井迟张口咬住她伸过来的筷子，将牛肉叼进嘴里，大口咀嚼，厚实的牛肉裹满了汁，不一样的美味，同样好吃。

"你的也不错。"井迟夸赞。

两个人相视一笑，低下头不亦乐乎地嗍粉。

从小到大他们都是这样，遇到好吃的、好玩的东西都会第一时间分享给对方，尤其是吃的，同坐一张餐桌边时，偶尔来不及，干脆夹起来塞进对方嘴里。

两个人行事大方不拘泥，长辈们看了也没觉得有任何不妥之处，只当他们情谊深浓。

隔了一条过道的桌边坐着一对小情侣，女孩子早注意到井迟和宁苏意，看着他们的一举一动，渐渐目露歆羡之色，在桌子底下踢了一脚坐在对面的男友："你从来不愿意吃我喂给你的东西，是不是嫌弃我？"

男友颇觉无辜，低声辩解："哪儿有？我都亲你了，还说我嫌弃你？"

"那你怎么不吃我吃过的东西呢？"

"那不一样。"

"有什么不一样的？"

小情侣你一言我一语地争论不休，余下的话宁苏意没再听清，吃完了米粉，和井迟并肩走出店门。

夜深了，白天的高温到这时候才降下许多，风吹过，带来开败了的栀子花的清淡香气。

他们步行一两百米，有家还没打烊的蛋糕店，宁苏意提议进去逛逛，原本没打算买东西的，出来时却拎了一盒肉松小贝。

井迟开车将她送到家门口，临别时问起她明日去明晟药业任职的事。

井迟不大放心她一个人去："我明早送你去公司。"

"你要给我当司机？"

"不行吗？"井迟单手插进裤兜里，黑衬衫的扣子解了一颗，溶溶月色下，肌肤欺霜赛雪，比女人还白。他低下眉眼，鸦羽似的睫毛遮下一片淡淡的青影，无端清绝。

宁苏意拍了拍他的手臂，笑得没心没肺："没说不行。杀鸡焉用牛刀？我这不是怕委屈你井小少爷吗？"

"宁苏意，你总说我贫嘴，你才是真的贫。"

宁苏意大笑着后退，朝他挥了挥手，走进大门："明天见。"

大门两侧的铁栅栏攀缘着月季，夜色下一蓬蓬绿叶浓似墨。花开得正盛，一簇簇粉的、红的，映着宁苏意脸上的笑容，让人只觉人比花娇。

"明天见。"

井迟立在灯下，心情好得不得了，突然想抽支烟，摸了摸裤子口袋，想起烟在办公室里没带出来，也就作罢。

回身上了车，他将宁苏意的车开回去，明早再来接她。

车窗大敞着，回家的途中，风若有似无地吹拂，井迟想，还是人离自己近好，想见随时能见。

盛夏天亮得早，宁苏意洗漱完还不到六点，翻了翻要用的资料，下楼准备吃早餐。清晨的空气带着微湿的凉意，附近绿化设施做得好，草木葳蕤，淡淡的植物清苦味飘散开来。

珍姨见她出现在楼梯口，笑着说了声"早"，去厨房端来早餐。

宁苏意坐在餐桌旁，看着摆放在眼前的三四样早餐，不由得咋舌，看来珍姨励志要将她养胖。鸡肉粥、小笼包、水煮蛋、牛肉饼，她不知道先吃哪样好。

珍姨说："水煮蛋一定要吃，有营养。"

宁苏意称"是"，拿了个水煮蛋勉强剥起来。

门铃响起，她放下剥得光溜溜的水煮蛋，跑去开门，将门外的人从上到下扫视了一番："吃早饭了吗？"

"没，过来蹭一顿。"井迟一脚踏进门，弯腰从鞋柜里抽出一双男式拖鞋换上，比在自己家还熟稔。

"你来得刚好，有你的份。"宁苏意说道。

井迟打量着她，印象里第一次见宁苏意穿正装。她一套纯白的小西装，料子上乘，剪裁十分考究，菱形的扣子具有贝壳的光泽，腰线微微收拢，西裤笔直，穿在身上集清丽与干练于一体。她在上衣里面搭了条香槟色的丝绸吊带，灯光下泛着珍珠般的水光，衬得人气色和气质都极好。

她的妆容倒是不浓，淡得连苹果肌上的淡色小痣都能看见。乌发随意地用发圈束着，留出几缕散在面颊边，恰到好处。

"小迟过来了？"珍姨听见声音从厨房里出来，手还湿着，往围裙上抹了抹，"我再做一份早餐拿过来。"

宁苏意忙不迭地说："不用，您给我做的那份我压根吃不完，我俩都够吃了。"

井迟去洗了手，坐在宁苏意旁边，见她把水煮蛋一掰两半就知晓她想干什么。果然，下一瞬她就用命令式的口吻说："张嘴。"

井迟依言张嘴，她就将一整个蛋黄丢进了他的嘴里。

宁苏意心虚地瞄了一眼厨房的方向，生怕珍姨突然出来教训她。

井迟嚼着噎死人的蛋黄，被她的模样逗乐，别过头笑了一下，想起一桩往事。

宁苏意一贯吃煮鸡蛋只吃蛋白不吃蛋黄，吃咸鸭蛋只吃蛋黄不吃蛋白。

那一年井家老太太寿辰，宁宗德夫妇带着八岁的宁苏意去井宅祝寿。老太太喜简不喜繁，喜静不喜闹，不乐意寿宴大肆操办兴师动众，除去儿女亲人，只请了两家熟悉的好友一起吃顿晚宴。

保姆阿姨在厨房里备菜，刚切好一盘咸鸭蛋。

那咸鸭蛋是井家人托人从外地寄来的，品相极好，一切开蛋黄流油，细腻绵密，色泽橙黄泛红。宁苏意睃了一眼，咽了咽口水。

井迟也没问她想不想吃，等阿姨去盯着火炉上的老鸭汤后，便自作主张地偷拿了一个小碗，又找了个勺子，将一盘切好的咸鸭蛋的蛋黄全挖走了，装进碗里端去给宁苏意。

宁苏意倒没觉得欣喜，只诧异地张大了嘴巴。

阿姨忙完回头一看，白瓷盘里的咸鸭蛋只剩蛋白，惊叫了一声，四下寻找也没找到搞破坏的人，至今也不知那一日是谁"缺德"偷吃了蛋黄。

想到此，井迟"扑哧"一笑。

"你笑什么？"宁苏意两口吃掉鸡蛋白，疑惑地盯着井迟。

井迟这才发觉自己走神已久："想起以前干的缺德事了。"

"你干什么缺德事了？说来听听。"

"跟你有关。"

听井迟讲了那一年老太太寿宴的事，宁苏意也笑得不行："你还敢提，我明明不是很想吃，却被迫成了你的帮凶。后来阿姨在席间提起这件事，我话都不敢说。"

井迟挑了挑眉，反驳她："你敢说你没有吃得很满足？"

吃完早餐，井迟开车载着宁苏意去明晟药业。

"紧不紧张？"井迟问她。

宁苏意面上不显情绪："还好。"

半个小时后，车子到了明晟药业的写字楼前。那是一栋高耸入云的深蓝色建筑物，顶上挂着银灰色的招牌，阳光照射其上，巍峨壮观。

车子停稳，井迟先一步下车，绕到另一边拉开副驾驶座的门，手挡在车门顶上。

宁苏意拎着包下车，拍了一下他的脑袋："走了。"

井迟手撑着车顶，人没动，眼睛望着她，一副商量的语气说："酥酥，真不用我陪你上去？我给你镇场子也好啊。"

"我是去当老总的，不是去打架的，镇什么场子？"宁苏意被他逗笑，抬手挥了两下，踩着高跟鞋走上台阶。

一楼大厅里，两排西装革履的职员等候多时，终于等到宁苏意露面，齐整恭敬地道了声"宁总早"。

人群中有个高挑纤瘦的女人站出来，一身黑色套装，黑发中分，披在身后，一根头发丝都没乱，利落得像一尊人形塑料模特。

"宁总好，我是董事长指派给您的助理。我叫梁穗。"

宁苏意点了点头。

梁穗一路领着宁苏意进电梯，到达顶层，先给她介绍了大致布局，以及现任的各个管理人员。这些内容宁苏意一早做过功课，了然于心，但是并未打断梁穗的话。

"您的办公室紧挨着宁总的……我说的是您的父亲。"梁穗冷淡的脸上闪过一丝迟疑之色。宁宗德是宁总，宁苏意也是宁总，她都不知该用什么称呼来区别两个人了。

宁苏意明白她所想，笑了笑："好的，我知道。"

梁穗帮她推开办公室的门，宁苏意却没急着进去，指向走廊尽头那间办公室，问："那间是谁的办公室？"

门口放着两盆人高的阔叶绿植，翠色欲滴，清新怡人，一眼望去格外不一样，不怪她会留意。

梁穗看了一眼，说："那是高总的办公室，他有事外出了，下午到公司。"

高总——高修臣，宁苏意有所耳闻。因为看不上父亲的管理能力，而她在国外留学短期内无法归国，所以爷爷这几年亲自培养了一名得力助手，给了他与父亲同等的管理权力。

这件事让管理层颇有微词，但抵不过爷爷一意孤行。

她入职前，爷爷曾说，让她遇到不懂的事就与高修臣商议，还说可以全然信任他。

办公室是梁穗一手布置的，靠近落地窗那一边放了几盆绿植、绿萝、芦荟、铜钱草，还有一盆开了花的白鹤芋，花朵只有一瓣，洁白无瑕，印证了它的名字；西面摆放着一张墨色的多边形办公桌，桌上各类工具齐全；东面是休闲会客区，有一组灰色沙发和茶几；靠墙是齐天花板高的书架，分门别类地放着书籍，书脊码放得整整齐齐。书架最上面几层太高，宁苏意可能要搭梯子才能拿到放在那里的书。

梁穗说："对办公室的陈设，您要是有别的想法，告诉我，我再帮您调整。"

"这样就挺好，暂时不用动。"宁苏意对居住环境很挑剔，摆放的任何物品都得契合喜好，对工作环境却并不讲究。

梁穗紧接着抱来一摞资料和一份文件："这是下午会议的提要，您先看一下。另外，这些资料是目前各个部门正在进行的项目……"

宁苏意上午开了两个小时的会议。中午梁穗给她订了餐，她没出去，就在办公室里用了午饭。

她空降而来，这一上午关于她的传闻已如雪花一般席卷了公司内部各个部门。

下午接着开会，宁苏意终于见到爷爷亲自培养的得意门生。

高修臣的位子就在她的左手边，他穿一身靛蓝色西装、白衬衫，领带与西装同色，上面装饰着更深一点儿的暗色条纹，名牌的腕表扣在清瘦骨感的手腕上。他抬手扶了扶鼻梁上的细边眼镜，清俊的面容上略带笑意，主动朝宁苏意伸出手："你好，高修臣。"

宁苏意与他手掌虚握，动了动嘴唇："高总，你好。"

简短的对话暂时无法评鉴这个人，宁苏意收回目光，专心开会。

这场会议全程由高修臣主持。他言语洗练，围绕明晟药业接下来扩大经营范围的主题展开阐述。

明晟药业目前的经营范围主要是生产营销化学制药、生物制药、中成药、麻醉制品、精神制品等。高修臣提出添加保健品研发、医疗器械及相关产品研发、医药装备制造，全面提升明晟药业的业务能力及范围。

与会人员一边是保守派，一边是创新派，两边分庭抗礼、各执一词，在会议室里吵得不可开交。

这场会议持续了将近三个小时，结束时，宁苏意感觉自己已脱了一层皮。

宁苏意回到办公室里，拿起桌上的一份文件夹，有点儿事想找高修臣请教一下，便拿着资料去走廊尽头那间办公室，不料里面传出说话声。

按说办公室的隔音效果应当很好，她能如此清晰地听见里面的人交流的声音，是因为门没关严实。玻璃门底下被一支钢笔卡住了，不知是谁掉落的，恰好留了一指宽的缝隙。

宁苏意不欲偷听，转身要走的时候，冷不丁捕捉到一个熟悉的名字。

高修臣的助理在汇报工作："我根据资料上的地址去了一趟延城，找到那户人家核实情况，出生年月对不上，一些经历也有出入，因此断定他不是老爷子的大儿子宁宗城。费心排查了这么久，哪知又落空了。"

"不是第一次出现找错人的状况，继续调查就是。"高修臣说话的声音伴随着翻阅文件的纸张"哗啦"声传来。

"宁宗城要是还活着，如今有五十多岁了吧，找到又能怎么样，还能让他回来继承家业？"助理问。

高修臣皱眉，不悦地说道："以后这种话别说了，出去吧。"

助理看见他面露愠色，自知失言，连忙噤声，走出办公室。

宁苏意回过神，仓皇地往后退了几步。

当助理拉开办公室的门时，她恰好往前走几步。助理愣了愣，点头打了声招呼："宁总。"

里面的高修臣听到声音，放下手中的笔："让宁总进来。"

宁苏意走进去，目光在他脸上打量。他在暗中调查她那个失踪多年的大伯，十有八九是受了爷爷的嘱托。

高修臣让她坐，给她倒了杯茶："头一天进公司还习惯吗？"

宁苏意愣了一下，讶异于高修臣语气里的熟稔感，有些许不自在。

高修臣大概看出来了，笑了笑说："董事长特别叮咛过，让我务必在公司照顾好你。你要是受气、受委屈，他回头是要对我施压的。"

宁苏意牵了一下唇，淡淡地笑了笑，没接他的寒暄，说起正事。

高修臣坐在对面，双手十指交叉置于腿间，与她聊了一会儿工作上的事，说完抬起腕表看了看时间："不早了，请你吃顿饭吧。"

宁苏意欲婉拒，却禁不住想要多了解一下这个人，便点头答应下来。

她对宁城的食肆不熟悉，自然是由高修臣拿主意。他给一家私房菜馆的老板打了个电话提前订位，而后开车载她过去。

"在英国读书好玩吗？"在包间里落座后，高修臣与她随意闲聊起来。

宁苏意喝着刚沏好的碧螺春，说："谈不上好玩，跟国内大学也差不多。"

"我在国外交换学习过一年，感觉比在国内自由一些，不过课业上要严格许多。"高修臣笑道，"回想起来，我还有点儿怀念读书的时候。"

"你在哪所学校交换学习？"

"哥大。"

服务员恰在这时推门进来，端上来几盘菜，奶油培根贻贝、荸荠虾球、秋葵云腿炖竹荪、煎酿金枪鱼春笋卷，还有一盅鸭汤。

高修臣略一伸手，说道："尝尝，不知道你喜不喜欢吃。"

方才点菜，宁苏意以不了解这家菜馆为由，全权交由他来决定。他点了几道菜，口味都十分清淡，符合女孩子的喜好。

宁苏意夹了一箸菜，称赞他挑的地方不错，菜的确做得很美味。但实际上，她并不是很喜欢清淡的口味。

不知道是不是多虑，她隐隐有种高修臣在博她的好感的感觉。就算爷爷曾在他面前提过让他多加关照她，私底下的场合，他倒也不必这般面面俱到。他如此讨好她，反而让她无所适从。

宁苏意无声喟叹，有些后悔答应吃这顿饭了。

高修臣说了几个话题，见宁苏意兴致缺缺，不大热衷聊生活琐事，便一转话锋聊起公司内部的情况。

宁苏意果然正色，听得认真，其间不断搭腔，偶尔主动提出疑问。

高修臣摸准了她的脾气，对她的疑惑一一耐心解答。两个人有来有往，这顿饭吃得算是和谐。

饭后，高修臣提出送宁苏意回家，宁苏意并未拒绝。

两个人走出私房菜馆，高修臣整了整袖口，问："你下午是不是听到我和助理的谈话了？"

第三章
还是弟弟比较靠谱

宁苏意怔了一下。

高修臣暗道一声果然如此。下午他在门边发现那支不慎遗落的钢笔，再结合宁苏意那时审视的目光，便猜到她大抵听到了他与助理的谈话内容。

"听到也没关系。你是董事长的亲孙女，应该比我这个外人更清楚，宁董的心病就是那个流落在外的儿子。"高修臣上了车，手搭着方向盘，扭头看了她一眼，"宁董对我有恩。我从研究生时期就在他手下工作，是他一手栽培起来的。他将这件事郑重地交付给我，于情于理，我都要不遗余力地给他办妥。"

宁苏意坐在副驾驶座上，看着他的眼睛。

薄薄的眼镜片上反射着一层夜里路灯的浅淡灯光，让人能依稀窥见镜片底下那双黑白分明的眼。她才发现，高修臣也是单眼皮，与井迟却截然不同。井迟的眼眸有点儿像小鹿，总是明亮澄澈，高修臣则是让人望不见底的幽幽深潭。

"你其实没有必要跟我解释这么多。"宁苏意说。

高修臣轻笑，表情有些自嘲的意味："这不是看你一直对我戒备，担心你误会吗？"

"我……"

宁苏意想要辩驳，奈何被他一针见血地戳中心思，落了下风，辩解的话如同被扎破的气球，悄无声息地就瘪了。

回到家中，宁苏意洗了个热水澡，坐在梳妆台前做护肤流程时，从镜子里看见角落堆着两个纸箱。

她放下爽肤水，走过去看了一眼，是快递箱，上面还贴着快递单，正要去问一下邰淑英，门就被敲响了。

宁苏意打开门，邰淑英端着一杯热牛奶进来。

"妈，那快递是怎么回事？"宁苏意指了指墙角的箱子。

"不是你买的东西？"邰淑英瞄了箱子一眼，"下午快递小哥送来的，我看收件人写的是你的名字，就让人搬到你的房间里了，其中一个箱子沉得跟石头似的。"

"我没买……"话刚起了个头，宁苏意陡然想到有可能是井迟买的。

邰淑英叮嘱一句"早点儿睡觉别熬夜"就走了。

宁苏意喝光杯子里的牛奶，从书桌抽屉里找出裁纸刀划开纸箱上的胶带。

箱子里是一块圆形的胡桃木色桌面、几根细长的木条棍、四条桌腿、一袋螺丝钉以及一些零碎工具。下面那个箱子里则是一块长绒地毯，摸上去非常柔软顺滑。

东西与她英国公寓里的那一套一模一样。

宁苏意拿着手机给井迟发消息："你还真买了？"

她附上了一张七零八落的木桌零件和地毯的照片。

井迟很快回了消息："答应你的，我会食言？"

宁苏意不跟他客气："谢了。"

井迟发了个表情包过来——有点儿幼稚的白色小狗狗迎风奔跑，脚下写着"别跟我客气"几个字，与他日常冷酷的表情不相符。

宁苏意笑起来。

井迟问："会拼装吗？不会我明天上门售后服务。"

宁苏意边笑边打字："小瞧人了不是？不劳烦你，我自己动手。"

上一张小木桌就是她自己装的，对照着说明书上的示意图，没什么难度，反而有种做手工的乐趣。

两个人互道了晚安，宁苏意坐下来继续护肤，看一眼角落里的纸箱，没忍住放任它们到明天，连夜拼装起来。

周五下午，老爷子的主治医师下了出院通知书。

邰淑英办理完出院手续，到病房里收拾好衣服和日常用品，准备将住院多日的宁老先生接回家。一同前来的还有宁宗德。

三个人一道往外走时，宁宗德上前搀扶宁老先生，后者皱了皱眉，搡了一把宁宗德的胳膊。

"我拄着拐杖，自己能走。"顿了一下，他克制着脾气问，"倒是你，今天没去公司？"

"没什么重要的事，有酥酥在，我偷得浮生半日闲。"宁宗德笑了笑，拉开后座的车门，到底还是搀扶了一把，将父亲稳妥地安顿好。

宁老先生眉心始终不曾舒展，不冷不热地说道："你撂挑子倒是撂得快。"

邰淑英一句话不敢说，坐上前面的副驾驶座，留他们爷儿俩在后面谈话，交代司机开车慢一点儿。

宁宗德面上带笑，不反驳也不应承。

他穿着一件灰白条纹的 polo 衫（原本称作网球衫，是贵族打马球的时候所穿的服装，现演变成一般的休闲服装）、浅咖色休闲裤，鼻梁上架着眼镜，眉目清朗周正，一派温润儒雅的模样，颇有几分古时候教书先生文质彬彬的气质。

他与宁老先生有五分相似，却没继承宁老先生在生意场上的半分魄力，是以这么些年来，不得老人家喜爱。对宁老先生逮住机会就会训诫他几句，这件事，他早已习惯，从不为自己辩驳。

两个人毕竟是血浓于水的父子，大的矛盾没有，小的分歧不断。

宁老先生将拐杖搁在腿边，瞟了一眼静默不语的儿子，开口时语气缓和了三分："打电话叫修臣晚上来家里吃顿饭。"

宁宗德："是。"

宁宗德没耽搁，当下就给高修臣打了个电话，让他下班后载上宁苏意来家里吃饭，说宁老先生出院了，想见见他。

高修臣没推辞，谦恭地说道："原本也是打算宁董出院就前去拜访的，您放心，我一定过去。"

电话开了免提，宁老先生听见那端的人说的话，舒心不少。

下班时间到了，宁苏意想加会儿班，被高修臣打断。

"下午宁总打电话给我，叫我晚上过去吃饭，顺道载上你。"高修臣立在办公桌前，身形挺拔，如修竹一般，音色悦耳，"走吧，免得晚了让人等。"

宁苏意疑惑地抬头看向他："我爸？"

好端端的，她爸怎么叫高修臣去家里吃饭？

"应当是董事长的意思。"高修臣说。

如此一来，宁苏意就不能留下来加班了，拿上包，将桌上的几样东西装进去，跟随高修臣走出办公室。

高修臣走在前面，放缓脚步，等了她一会儿，与她并肩往电梯间走去："累不累？你刚接手集团事务，可能一时很难适应，别把自己累垮了，慢慢来。"

他又来了，那种令人别扭的关切行为实在让宁苏意不知如何回应。

她只好淡笑着说一声"还好"。

井迟的电话来得正是时候，杜绝了高修臣进一步的关心举动。

宁苏意急急忙忙地错开一步，避开他："高总先走吧，我接个电话，可能要耽误一点儿时间。"

"不妨事，我等你。"

高修臣走远了，确保自己与她之间的距离无法听清电话内容，而后递给她一个"请便"的眼神。

他的态度摆在那里，宁苏意也不好再多说什么，走到走廊尽头，接通了井迟的电话。

"听说宁爷爷出院了，我晚上过去看一下，你在家吗？"井迟开门见山地说。

井迟刚到家，听家里的老太太说起宁老先生出院的事，依着两家的交情，怎么说也该前去探望。

"半个小时后到家，你过来吧。"宁苏意说。

井迟回道："行，稍后见。"

宁苏意和高修臣到达宁家的别墅时，井迟已经坐在客厅里陪宁老先生下象棋了。

井迟抬头看了一眼，目光一顿，越过宁苏意，定定地望着她身后的男人。男人手里提着几盒营养品，偏头与宁苏意低声说着话，气质卓然不群。

这一局棋正好下完，宁老先生险胜，摆了摆手，笑呵呵地说道："人到齐了，不下了，收拾收拾开饭吧。"

井迟收起棋盘，倾身斟了杯茶，看了一眼坐在对面的男人，将茶杯递给他，顺口问了一句："这位是……？"

宁苏意忘了给他们介绍，正了正脸色，说这是公司的高层，也是爷爷的得意门生。给高修臣介绍时，她说井迟是自己从小到大最好的朋友。

两个男人握了一下手，简单寒暄了两句。

吃饭时大家聊的都是稀松平常的话题。

饭后，高修臣和井迟没有久坐，起身告辞。

"苏意，你过来，我跟你说两句话！"宁老先生站在书房门口，朝客厅喊了一声。

宁苏意忙起身走过去，扶着他的胳膊进了书房。

关上门后，宁老先生便开口问道："你觉得修臣怎么样？"

宁苏意愣了愣，沉默数秒后中规中矩地说："挺好的。"

这几天她没少麻烦高修臣。高修臣工作上很尽职尽责，为人也温润亲和，除了……似有若无的亲近感让她稍感不适。

宁老先生在沙发上坐下来，两手交叠着搭在拐杖的龙头上。长久缠绵病榻，宁老先生看起来形销骨立，一双眼混浊却深沉。他看着宁苏意认真地说道："让你和修臣在一起，修臣入赘我们宁家，你愿意吗？"

宁苏意大脑"嗡"的一声，第一个想法是荒唐。

书房里过分阒静，只余钟表"嘀嘀嗒嗒"走针的细微声响。

宁苏意需要极力控制情绪才没有让自己的表情太难看，她的愤懑、不解、委屈、不甘情绪全杂糅在心里，堵得一口气差点儿喘不上来。

爷爷明面上是询问的语气，可她对他老人家的脾性再了解不过。他能将此话说出口，必然是经过一番深思熟虑之后的结果。此时他告知她此事，不是想听她的想法，是通知。

纵使内心翻江倒海一般，宁苏意也无法在爷爷面前将情绪全盘泄露，一字一顿说得缓慢："爷爷，您为什么会有这样的想法？"

宁老先生听她这口气——她是不乐意？

宁老先生对此早有预料，也不生气，对她说："虽然知道这么做对你很不公平，可苏意啊，爷爷没几年活头了。医生帮着家里人一起瞒着，爷爷心里却是再清楚不过的。你父亲心不在此，我即便将他绑去公司，他也难以胜任。明晟是爷爷一辈子的心血……我怎么忍心眼睁睁地看着大厦将倾而不去挽救？"

老爷子闭了闭眼，面色悲怆地继续说："你大伯至今不知所终，爷爷能依靠的只有你。可你羽翼尚未丰满，如何能让明晟屹立不倒？修臣由我一手扶持，有多大能力爷爷是清楚的。有他帮你，我才能安心。"

他说得这样严重，宁苏意无法辩驳，唯有紧抿唇瓣。

老爷子试图更进一步地劝说："抛开别的不谈，修臣这个人的样貌和品行都是上乘的，心也细致体贴，堪为良配。你试着和他相处，未必不会喜欢上他。"

宁苏意牙齿咬着唇内的软肉，半晌，挣扎着说："他呢？他愿意入赘吗？"

这世上有几个男人甘愿入赘，在妻子的娘家始终低人一头，不论说话、做事都要受几分掣肘？

宁老先生以为她顾虑高修臣的家庭关系，简要说明："修臣幼年失怙，家中仅有一位年迈的母亲，除此之外，再没有别的乱七八糟的亲戚。这一点，你大可以放心。"

"我不是……"她想说她的重点不是这个。

宁老先生挥手打断她的话："罢了，爷爷困了，回头再说吧。今天就是给你说一声，没让你立刻做出决断。"

宁苏意出了书房，脸色立时一片灰败。

她方才那一问简直多此一举，高修臣怎会不愿意入赘？从这个星期以来他对她的态度就可见一斑。

宁苏意先前就感到困惑，左思右想也弄不明白高修臣对她那股殷勤劲从何而来，现在可总算找到缘由了。

想来爷爷早前就给高修臣打过招呼，高修臣是知晓此事的。

宁苏意进了浴室，边洗澡边消化爷爷的话，越想越郁结，随便将头发吹干就躺在床上，连护肤都没心情了。

她摸到手机摁亮，往群里发了条消息。

"烦死了。"

邹茜恩第一时间发来慰问："摸摸酥酥，是不是工作太累了？"

宁苏意感慨了一句："要是工作上的事就好了。"

邹茜恩："那就是私事咯。说来听听，我们给你出出主意。"

宁苏意坐起来，盘着腿靠在床头，将凌乱的长发拨到一边，着实郁闷，便将爷爷的提议发到了群里。

邹茜恩看完消息惊得半天保持一个姿势没动，更没往群里发一个字。

宁苏意自嘲地笑了笑："是不是觉得很离谱？"

一直没有冒泡的叶繁霜给了个回应："是挺让人意想不到的，入赘，这都什么年代了，还玩这一套？首先声明，我没有鄙视入赘的意思。要是你真心喜欢那个人，他入赘，我举双手赞成并送上一个厚厚的红包。乱点鸳鸯谱就不必了。"

邹茜恩这时候才接上话："我不明白，既然如此，为什么不找一个门当户对的人商业联姻？"

叶繁霜："何不食肉糜！你动动脑子啊，酥酥爷爷的意思是想让明晟始终在宁氏名下！联姻的话，夫妻两家势均力敌，明晟迟早得归酥酥的夫家，老爷子能甘心？入赘就不同了。"

不得不说，叶繁霜说到点子上了。

宁苏意眼神灰暗。

失眠到半夜，宁苏意困得眼眶酸胀才勉强入睡。

她的睡眠一直是个大问题，她早年吃过很长一段时间的安眠药，后来戒药，遇到睡不着的情况，就得靠吃褪黑素。她知道这东西吃多了也会有些微副作用，但这也是无奈之举。

第二天，到公司时八点一刻，宁苏意化了比平时稍浓的妆，仍显出三分憔悴的神色。

在电梯里遇到高修臣，宁苏意更觉堵得慌，没心情与他交谈，微微颔首，淡淡地笑了一下，算是打过招呼。

宁苏意自己都不知道这一整天是怎么挨过来的，自认脾气算好的，可今天动不动就想发怒。

叶繁霜忙里抽空约她出去吃顿晚饭，即便不能替她解决心头烦恼，好歹能散散心，排解一下愁绪。

她们自然也叫上了邹茜恩。

下班后，宁苏意打发了司机，自己开车前去赴约。她的座驾是款名车，黑色车身，顶棚是高级的酒红色，内饰也是红色。敞篷朝后移开，四面八方的风吹进来，幸好她将一头乌发绑了起来，不至于被吹得贴满整张脸。

车停在一家会员制的餐厅门口，宁苏意把车钥匙交给门廊下的泊车人员，走了进去。

叶繁霜事先说过，吃完饭去酒吧喝一杯，宁苏意便没有穿得太正式：一件深绿色的棕榈印花吊带，肩带约莫两指宽，缀满亮晶晶的亮片，外搭了件白色雪纺衬衫，衣襟敞开着，下面配一条黑色真丝半身长裙，露出一截脚踝，脚上趿拉着一双经典款的米白穆勒鞋。

这一身打扮，不管她是出入餐厅还是酒吧都不违和。

宁苏意被服务员领进包间，等了不到五分钟，那两个人就到了。三个人边吃边聊，时间打发起来相当快。

八点多，三个女人辗转到了酒吧。

她们去的是上一回聚会井迟订的那家酒吧。酒吧老板是井迟的朋友，估计又是他大学时期结交的，宁苏意并不认识。因是见过一回，老板再见到她多了几分殷勤之意，问她们几个是想在厅里坐卡座，还是去楼上的包间，或者去露天的场子玩一玩。

叶繁霜问："还有露天的场子？"

"有的。"老板笑了笑说，"这不夏天到了，二楼那个露台够大，单独辟出一个露天酒吧，吹风喝酒，赏一赏江景也别有一番趣味。"

三个女人没多犹豫，去了露天的场地。

露台上没装饰花花绿绿的灯串，只在边缘镶了一圈月球灯，寥寥清辉洒下，当真如月光般皎洁。里面摆了不到十张小圆桌，琥珀色的玻璃桌面，每张桌边放了几张藤编椅。

晚风从江面拂来，多多少少带了些微凉的潮意。

没多久，服务员端过来几杯威士忌，请她们慢用，代替老板传达了一句话：今晚酒水给她们打折。

叶繁霜将手搭在椅背上，懒洋洋地拖着腔调说："这是沾了酥酥的光啊。"

宁苏意抛了个无语的眼神给她。

"说回正事，就你烦恼的那件事，我仔细想过，你爷爷固执己见又强势得很，他是你的长辈，硬碰硬肯定不行。"叶繁霜端起方形杯浅啜了一口酒，"转念想一想，再怎么说你也是他的亲孙女。你真摆出一万个不愿意这门亲事的态度，他应当不会逼迫你。"

宁苏意笑容有些勉强："他是不会逼迫我。"

但是，总有万般不由人的时候。

爷爷是她从小到大最尊敬，也是最崇拜的人，母亲向她透露过爷爷出院时主治医师的话，大意为老爷子没几年活头了，家里人要格外注意。爷爷自己也是知道这一点的。倘若爷爷弥留之际嘱托她，她想，自己很难不答应。

她不想想那么多了。

宁苏意后背靠着椅背，伸长胳膊拿起桌上的杯子，一口气喝完里面的酒。杯中只剩一个硕大的冰球，她轻晃着杯子，冰球撞击杯壁，"叮当"作响。

三个人边聊边喝酒，也没注意，等意识到的时候，宁苏意已经有些醉了。

宁苏意手背撑着下颌，举目眺望夜色下泛着粼粼波光的江面，眯了眯眼："趁我还清醒，买单吧。"

她掏出包里的手机，招来服务员买单，见老板果真给打了超级实惠的六折。

她准备将手机塞回包里时，手机却在掌心里振动起来。

离她近的叶繁霜瞧了一眼，是井迟打来的电话。没得到允许，叶繁霜擅自拿走了她的手机，接通后直接说："酥酥喝醉了，在上次聚会的酒吧，你要是没事过来接一下呗。"

井迟愣了一瞬，随即说："好。"

叶繁霜挂了电话，将手机丢回桌上。

宁苏意皱眉："为什么让他来接？我都准备找代驾了。"

叶繁霜将手搭在桌沿，睨了她一眼："找什么代驾？你醉成这样，我可不放心陌生人带你走，还是弟弟比较靠谱。"

井迟赶到酒吧，径直往二楼走去，边上楼梯边解开西服扣子，脱下来随意一折，挂在臂弯上，扯松了领带。

站在露台的出口处，他望了一眼，意想不到的一幕闯入眼帘。他脚下一停，愣怔许久。

宁苏意在抽烟。

她身上那件雪纺白衬衫衣领往下滑了寸许，挂在瘦削的肩头欲落不落，斜着半边身体，细长葱白的手指夹着一支女式香烟，抽得很不得其法。她皱着眉心，吸一口，呛两声，接着眉头皱得更紧，像是不明白这烟有什么好抽的。

时间倒回到十分钟前，叶繁霜喝着小酒吹着风，烟瘾突然犯了。环顾四周没发现有禁烟的牌子，又是在室外露台上，她就放心地从包里摸了烟和打火机出来，点燃一支，夹在指间慢慢抽。

宁苏意盯着叶繁霜手里的烟，醒目的烫金字母被印在黑色烟盒上，很熟悉的 logo（标志）。她有些诧异："这个牌子还生产香烟？"

叶繁霜将烟盒和打火机放在桌面上，呼出一口青白烟圈，眯眼看着她："生产啊。比起名下的美妆产品和包包，这烟可太便宜了。"

"好抽吗？"

"只能说不难抽。"

酒精作祟，加上心情烦闷，宁苏意要求尝试一下。叶繁霜觉得无伤大雅，亲自给她点了一支。

两个样貌姣好的女人，对坐着吞云吐雾，活生生一幅七十年代老电影画报的既视感，惹得周围男士心跳止不住地加快。

宁苏意的抽烟初体验不算顺利，她总被呛到，一根烟连三分之一都没抽到，就被人逮个正着。

邹茜恩小声提醒："井迟来了。"

叶繁霜扭头看向露台入口处，见井迟站在那里一动不动。她以为他没看见她们，好心地招了一下手。

井迟从饭局上过来，穿着十分正式，纯黑的衬衫，衬得露出来的皮肤白得透亮，一双长腿包裹在挺括的西装裤之中。年龄也不小了，他身上却始终带着一种介于少年与男人之间的气质，不被世俗打磨圆滑，一身孑然傲气，尤其冷酷英俊。

井迟从入口处走到宁苏意面前这一小段路，露台上那些喝得微醺的女人都露出惊艳的神色，眼中藏着跃跃欲试之意。

要不是认识多年，对上这样一张艳绝的面孔，恐怕叶繁霜和邹茜恩也不能免俗地要惊艳一下。

井迟站定在宁苏意身前，居高临下地俯视她，一张脸冷得吓人："谁准你抽烟的？"

面对兴师问罪的口吻，宁苏意却没一点儿危机感，但也不打算继续抽，老老实实地摁灭了烟，仰起脑袋看着他，没答话。

井迟将目光移到邹茜恩身上，目光如同利剑刺过去。

邹茜恩骇了一跳，急忙撇清自己："不关我的事。"

井迟又看向另一侧的叶繁霜，哪怕多年交情，这一刻他的表情也实在臭得难看，不给人面子。

叶繁霜："我的错，以后不会了。"

她并不惧怕井迟，只是有自知之明，纵观往年的种种案例，凡是扯到宁苏意的事，井迟就不知"冷静"两个字怎么写。

谁知道惹毛了这臭小子，他要怎么发疯？

井迟转回视线，握住宁苏意的胳膊将人拉起来。

她顺势将身体的重量压在他的怀里，还没醉到不省人事，回头问两位好姐妹："你们怎么回去？"

叶繁霜笑道："顾好你自己吧，别管我们了。"

井迟揽着人小心下楼，嘴里不悦地念叨："怎么喝这么多酒？还把自己喝醉了。我倒是不知道，你在英国长了这么大本事，还学人抽烟！"

宁苏意垂着眼帘，伸手捏住他喋喋不休的嘴巴："弟弟好吵。"

井迟偏头躲开她的手："你现在别跟我说话，我气死了。"

"谁惹你生气了？你跟姐姐说，姐姐……帮你出气。"

"闭嘴。"

下楼梯的时候，见宁苏意东倒西歪，井迟紧紧搂住她，不敢有丝毫松懈，怕自己不留神让她跌下去。楼梯还没走完，他的耐心就被消磨干净，他不顾外人围观，弯身打横抱起了她。

"鞋，我的鞋掉了。"宁苏意捶了一下他的肩。

她脚上的穆勒鞋没后跟，拖鞋一样，随便晃一晃就掉。井迟无奈至极，只好先放下她，拎起地上的鞋子，再将她抱起来。

走到车门边时，井迟已经出了一身汗，让宁苏意倚着车身，自己从她包里翻出车钥匙解了锁，将人塞到副驾驶座上，扣上安全带，总算能松口气。

井迟将拧成一股麻绳的西装外套丢去后座，一言难尽地看着宁苏意，没忍住心里的疑惑："说吧，为什么？"

宁苏意反应迟钝，好一会儿才给出回应："什么为什么？"

"为什么喝这么多酒？"

宁苏意低着头，没说话。

井迟知道她还没醉到丧失思考能力的地步，没急着逼问，推开门下车，步行二十米，进超市买了一瓶常温矿泉水出来。他踏着一地细碎斑驳的树影，吹着湿热的晚风，将胸腔里的一股浊气吐出去，才算恢复点儿理智。

回到车上，井迟拧开瓶盖，把水递到宁苏意的嘴边。

她就着他的手喝了几口水。

"酥酥，你有什么事连我也不能告诉吗？"井迟缓着语气，十分有耐心，有几分诱哄的意味，"你知道的，我很关心你。"

宁苏意看着他，红唇轻启，缓缓道来。

她到底喝了不少酒，逻辑有些欠缺，但井迟听明白了——宁爷爷给她安排了一门亲事。

井迟仿佛被巨大的石头砸中，蒙了好半晌，然后垂头拧上矿泉水瓶盖，手指扣紧瓶身，过了片刻，侧过头看向驾驶座这边的窗外，久久地沉默。

暖黄色的路灯灯光淡淡的，是天然的滤镜，照着他冷若霜雪的侧脸。他心中除了隐痛，还有横冲直撞的愠怒情绪，那股怒意却不是针对宁苏意的，仅仅是因为方才听到的那个消息。

入赘，宁爷爷居然想让高修臣入赘，实在荒诞。

井迟转头看向宁苏意，右耳上墨色耳钉的光泽一闪而过。他沉声问道："你不愿意对吗？"

"当然不愿意！"宁苏意手肘撑在车窗边缘，语气冲得很，也不是冲他发脾气，只是心情沉郁。

井迟听到她的答案，心里稍微舒坦了一点儿，也不想她继续烦恼，一边启动车子一边转移话题："你的嗓子怎么哑了？抽烟抽的？"

"我就没抽几口好不好？"宁苏意吹着风，好受许多，"今天开了一整天的会，全是我主持的，嗓子不坏才怪。"

井迟叮咛："以后不许抽烟了，听到没有？"

"有完没完？给我抽我都不抽。"宁苏意回想那会儿抽烟的滋味，一点儿不觉得爽快。不知道叶繁霜是怎么喜欢上抽烟的，反正她不会再碰。

得到她的保证，井迟放心了。

夜色渐深，城市霓虹灯灯光如奔腾流淌的江水，永不停歇。后半程没人说话，井迟关上了敞篷，担心她醉酒吹风会头痛。

宁苏意今天头发扎得很好看，印着浅黄柠檬图案的小丝巾束住一头长发，绑了个慵懒的蝴蝶结，兔耳朵一样软软地垂在乌发上，优雅又明亮。

他们到家时，她的头发有些散了，从小丝巾里跑出来，垂落在白皙的脖颈、脸颊处。酒劲上来，她一张脸格外红，一团粉色的云在苹果肌处铺开，衬得那颗淡色小痣也尤为可爱。

井迟没叫醒她，绕过去打开车门将她抱下来，托高她的身体，方便去摁门铃。

珍姨开的门。她短袖外面披了一件碎花薄开衫，惊讶地问道："酥酥这是……喝醉了？怎么让她喝这么多酒？"

"麻烦您给她煮点儿醒酒汤，我先送她回房。"井迟进了门，蹬掉脚上的皮鞋，没空找拖鞋，直接往楼上走去。

珍姨赶紧去厨房，架起锅开始煮醒酒汤。

井迟对宁苏意房间的方位熟悉无比，上楼左拐，用脚踢开门，借着走廊的灯光走到床边，弯腰将人放到床上。

宁苏意的双臂自然垂下，落在床面上，因为胃里有些不舒服，她难受地翻了个身。井迟弓着腰未来得及起身，她的唇便擦过他的下颌线，一触即离，仿佛夜里最轻柔的风吹过。

安顿好宁苏意，井迟跟珍姨打了声招呼，麻烦她晚上去宁苏意的房间看一眼，万一宁苏意吐了也好及时照料。

珍姨说自己会当心的，叮嘱他路上注意安全。

井迟出门打车回去，路过一家还开着门的水果店，叫司机停了一下车，下去买了几个红心柚子。

到家已过十一点，井迟又到厨房去忙活。

他将几个柚子用盐搓洗干净，把柚子皮切下来，刮掉皮里粘连的白瓤，再将薄薄的柚子皮切成细丝，反复搓洗几遍，然后剥出柚子肉掰成碎块，和切成丝的皮一起放进锅里，加入几大块黄冰糖、一点儿清水，中火煮开以后换小火慢熬。

光是这么几道工序，他花费了近三个小时。

客厅里的灯都被关了，井迟只留了厨房里三盏悬空的小灯泡，灯光幽暗，恍若烛火。他搬了一把椅子坐到一旁，拿出手机打游戏，一边打发时间，一边守着燃气灶上的东西，得等锅里的柚子茶熬到黏稠才能关火。

凌晨两点多，家里的阿姨林玉琼睡醒口渴，从房间里出来倒水，迷迷糊糊地见厨房那边亮着灯，以为自己忘了关，端着水杯过去，差点儿被缩在椅子上的身影吓得丢了魂。

"小迟，你大半夜不睡觉在这里干什么？"琼姨辨认过后，抚了抚心口。

井迟从椅子上起来，解释道："我煮点儿东西。"

琼姨走近几步，往锅中瞅了一眼："你这是在熬柚子茶？"

"嗯。"

"你这孩子，想喝这个跟我说一声就行，我明天给你煮。你说说你，大晚上自己忙活什么？"琼姨挥手驱赶他，"你赶紧睡觉去，剩下的我帮你盯着。"

井迟不肯，清楚琼姨白天还得张罗家里人的三餐，不能熬夜："这里马上就好了，您别插手。"

琼姨也是实在拗不过他，只好端着杯子回房。

天边快要泛起鱼肚白时，锅里的柚子茶才渐渐熬成，变得浓稠似酱。井迟把柚子茶装进了干净的玻璃瓶里，因这柚子茶要等放凉以后才能加蜂蜜，便先抱着瓶子回自己的房间，草草冲了个澡，给手机定了一个闹铃，然后倒在床上呼呼大睡。

宁苏意醉酒后及时喝了醒酒汤，一觉睡醒时天已经亮了，柔白的亮光掠过一层薄薄的窗纱透进来，照得室内一片明亮，想是昨晚忘了拉窗帘。

她揉了揉额头，没有太明显的不适感，只是大脑有些迷惘，隐约记得是井迟送自己回来的。

吃过早饭，宁苏意给司机徐叔打电话，让他到门口等着，自己拎上提包出了门。

她刚坐上车，井迟来了消息，问她去没去公司。

宁苏意回答："正准备去"。

井迟："晚几分钟出发，我现在正往你家去，给你送点儿东西。"

宁苏意锁了手机，对前面的徐叔说："等一会儿再出发。"

徐叔应了一声，自觉地下车走到一边去，点了支烟慢慢抽。

十分钟过去，宁苏意的视线里出现一辆黑色奥迪。奥迪缓缓停下，紧跟着从驾驶座上下来一个清瘦颀长的身影。井迟没睡好觉似的，步伐迈得懒洋洋的，手里拎着一个浅褐色的牛皮纸袋。

他穿着宽松黑T恤，发丝凌乱却不显邋遢，单手插在牛仔裤的口袋里，微微眯起眼，打了个哈欠。

宁苏意正要推门下车，井迟快她一步，手撑着车门截住她的动作。宁苏意只得降下车窗，转头朝外看着他。他皮肤近乎苍白，衬得眼下的乌青颜色分外明显，一双眼依旧清澈明亮，恍若天然湖泊。

"熬夜了？"宁苏意清了清嗓子，问他。

井迟没接她的话，从车窗将手里的东西递进去，放到她的怀里："知道你不喜欢吃消炎药，这是蜂蜜柚子茶，清热去火、化痰止咳，没事的时候你就冲一杯喝喝。嗓子哑成什么样了，你不打算管了吗？"

宁苏意怔了一下，打开纸袋看了一眼，两个透明的玻璃罐头瓶里装满了沉甸甸的蜂蜜柚子茶。盖子是铁的，六角形，上面没贴任何标签，这蜂蜜柚子茶应当是无添加的纯手工制品。

"家里做的？"

井迟别扭地别开视线："我做的，所以你别浪费了。"

见宁苏意张了张口，井迟直接打断她将要说出口的致谢词："我走了，你自己注意身体，别太操劳了。"

"知道了，老妈子似的。"宁苏意抱紧怀里的纸袋，笑着说。

井迟翻了个白眼，手再次伸进车窗里，在她的脑袋上揉了一下。他做完坏事就撤，不给她反击的机会。

井迟转身的时候，果然听见宁苏意气急败坏的声音从后面传来："井迟，你没大没小的，我的发型都被你弄乱了！"

井迟回家补了一天的觉，睡醒时已是傍晚，草草吃了饭，便叫上助理出门办事。

魏思远在前面开车，听井迟问他还有多久到达珠宝拍卖会场。魏思远看了一眼导航，估摸着还有半个小时。

井迟靠上座椅靠背，拿起手边的拍卖会手册，上面按照拍卖顺序列出了本次的全部拍品，目录一样一目了然。

他此次是替二姐井韵荞出席拍卖会，要拍下倒数第二件拍品——一整套的翡翠饰品。

这套翡翠饰品因水头极好，雕刻工艺精湛，且年代久远，井韵荞一早听闻风声就盯上了，打算拍下来给老太太贺寿——这个月21号，是老太太的83岁寿辰。

井迟领了命，顺便调侃了二姐一句："你都送这么贵重的礼物了，让我们这些人送什么？"

井韵荞当时非常平静地回击了一句："送什么礼物都比不上你给老太太带回来一个孙媳妇——她老人家就这一个心愿未了，其他的都是次要的，你自己看着办吧。"

井迟心道，他就不该多嘴，没事给自己找事。

井迟本身对珠宝拍卖会这种场面没兴趣，想要拍的东西又排在倒数位置，着实考验他的耐心。他百无聊赖地翻着手册，突然被第三件拍品吸引了注意力。

他看了一眼腕表，距离正式开拍的时间不到两分钟，绝对赶不上开场了。

井迟收起不当回事的心思，坐正了身体，吩咐魏思远将车开快一点儿，表示他赶着过去再拍一件东西。

魏思远被他郑重其事的语气搞得很紧张，提了车速。奈何恰逢晚高峰时间，车速再快，遇到拥堵的交通他也束手无策。

头两件珠宝价格实惠，制作精美，几乎一亮相就被人加价拍走了。

第三件拍品胶着了十来分钟，井迟一脚踏进拍卖会现场，拍卖师刚巧一锤定音，高声播报："恭喜三十二号女士成功拍下这条'樱花祭'手链！恭喜！"

那是一条粉钻与白钻相互成就的樱花手链，设计独特，不是完整的一朵朵樱花，而是半片半片地连在一起，是宁苏意会喜欢的款式。

井迟原想将手链拍下来送给她。正好她这几天心情不大好，他送个礼物好歹能让她开心一点儿，不料晚来一步，花落别家。

井迟找到属于二姐的位子坐下，想想还是不甘心，低声与旁边的魏思远耳语，叫他去给拍下"樱花祭"的那位女士递个话，能否以更高的价格将手链买下来。

魏思远觉得有点儿悬。人家既然前来参加拍卖会，又以高出原价数倍的价格拍下拍品，想来是不差钱的，怎会轻易拱手相让？

在拍卖会场里枯坐了近三个小时，井迟最终拍到二姐想要的翡翠饰品，起身去主办方后台付钱办理交接手续。

魏思远乘机凑到他跟前，说："我报了你的名字，对方说想要跟你本人交涉。"

井迟愣怔了几秒，点了点头。

他让魏思远去办理手续，自己则到指定的地点与那位女士碰面——距离拍卖会场不到五十米的一家咖啡厅。

夜幕拉下，天边挂着皎洁冰轮，咖啡店里灯影寥落，零散几个座位上坐了人，其余的都空着。

井迟站在门口，目光掠过去，看见一位坐在窗边的女人举了一下手，应当就是那位"三十二号"女士。

他以为对方年龄很大，实际上对方是个与他差不多年纪的女人。女人皮肤白得偏暖，涂了梅子色的口红，长发柔顺，只发尾有些自然卷曲，不是烫染的效果。她穿着一条复古红的波点连衣裙，身姿婀娜，却不显风情，反而有种不加矫饰的清纯气质。

"你好。"女士起身，率先打招呼。

倘若井迟多看几眼，便会发现前不久他们才见过面，但显然他的注意力不在于此。他轻轻颔首，嗓音温润，标准的社交式口吻："你好。"

再寒暄两句的精力都懒得施与，井迟坐下以后直接挑明来意："我的助理应该跟你说过，我想要买下你手里的'樱花祭'，你开个价吧。"

温璇笑了笑，抿了一口咖啡："我可以多问一句吗？你买来送给谁？"

这条手链明显是女人的饰品，而且是年轻女人喜欢的款式，与他在会场拍下的那套翡翠饰品大不相同。

那套翡翠饰品，她相信他是用来送给长辈的。那么……手链呢？她实在按捺不住好奇心。

井迟："恕我不能告知。"

"好吧。"温璇不再纠结这个问题，笑道，"你要是喜欢，我送给你好了，就当是……"

还你的恩情。

不过看他的样子，他一点儿也不记得了，温璇突然就不想再说下去，自觉地隐去了后半句话。

井迟惊愕地看着她。他那时没听到这条手链的最后报价，让魏思远去打听了一下，知道成交价格不低。

"不必。"井迟一副公事公办的态度，"麻烦留下你的账号，我让助理把钱转给你。"

温璇没表现出失望之意，仿佛早就预料到他会这么做。她从包里拿出手机，然后掏出一个便笺本、一支笔，写下自己的银行卡号，撕下来递给了他。

井迟接过便笺纸，看也没看。

办理完手续的魏思远根据老板提供的定位找过来，当场给温璇转了账，钱货两讫。

温璇置于桌面上的手机振了振，进来一条来自银行的信息。她看了一眼，疑惑地抬头看向井迟："多给了三万块。"

魏思远代为回答："给温小姐的辛苦费。"

温璇没有徒劳地把钱转来转去，知道井迟不缺这点儿钱，悻悻地笑了笑："前后不到一个小时，转手出去净赚三万块，井先生的钱未免太好赚了。"

井迟没接话茬，办完事就起身准备告辞。听温璇出声叫住他，他脚步微微一顿，回头看着她。

温璇握着手机，手指微微收紧，几番踟蹰，一咬牙豁了出去："不知道方不方便加井先生的联系方式？"

魏思远对这种情形见怪不怪。他的老板年轻帅气，从一身行头看便知身家不菲，虽然为人过于冷漠，还是有不少姑娘吃这一套。

可能姑娘们还觉得这样桀骜冷酷的男人格外有魅力。

魏思远不用动脑子都能猜到井迟接下来会是什么反应。果不其然，跟以前没两样，他冷冷淡淡地回道："抱歉，不太方便。"

温璇脸上的笑容都没法维持下去了，讪讪地说道："那……后会有期。"

出于礼貌，井迟点了一下头，并不认为自己能与她后会有期。

周一开例会，宁苏意早早到了公司，发现一份礼物比她先出现在办公室里。

一束水嫩的白玫瑰包裹在洒金笺一样的微黄包装纸里，花瓣上滚落水珠，浸润着沁人心脾的香气，开在盛夏明朗的早晨。花束旁则是一个靛蓝色的方方正正的盒子，盒子底下压了一张卡片。

宁苏意抽出卡片，上面写着再简单不过的祝福语"Susu 天天开心"，右下角没写落款，倒是画了一幅人物小像。

寥寥几笔的简笔画，意外地惟妙惟肖，酷似某人。

宁苏意笑不可遏。

这么幼稚的事，是弟弟干得出来的。

宁苏意放下卡片，拿起一旁被冷落的盒子打开，一条极具破碎感的樱花手链躺在丝绒布上。无须灯光赐予它光芒，它本身就足够夺目。

手链的设计颇合宁苏意的审美，这些或半朵或三分之一朵的樱花，好似被一场"淅沥"春雨击打，落在泥土上，还未被人踩踏，自己先粉碎不堪，只余这零落的几片花瓣顽强地向世人展示最后的美。

宁苏意将手链取出来戴在手腕上，用手机拍了张照片发给井迟。

"怎么突然想到送我礼物？"

顿了顿，她又补充了一句："手链很漂亮，太破费了。"

井迟正等着她的反馈，她对手链的夸赞比直接夸他本人更让他受用："你回国以后我都没送你一件称心的礼物，恰好看到这条手链赏心悦目，猜你会喜欢。"

他只字没提贵不贵的问题。原本在他那里，她开心就比一切事情重要，是金钱无法衡量的。

宁苏意："谁说你没送我礼物？小木桌和地毯，不便宜呢。"

井迟："那也叫礼物？"

宁苏意莞尔，手指飞快地打字："还是应当跟你说声谢谢。"

井迟想冲进屏幕去跟她理论："能不能别提'谢'字？老实说，你说谢谢，比你骂我还叫我无法消受，懂了吗？"

宁苏意回："懂了，以后绝不说了。"

助理梁穗抱着一堆文件前来敲办公室的门，宁苏意在微信上跟井迟说自己有事要忙，两个人便止了话题，各自忙碌。

宁苏意听完今日的行程安排，另外交代梁穗："你回头去了解一下成立慈善基金会的相关事宜，条条框框都整理清楚。"

"慈善基金会？"梁穗愣了一瞬。

对这方面她完全是外行，明晟药业没涉及这一类项目。

"有什么问题吗？"宁苏意抬起头来看着她，疑惑地问道。

"没有。"梁穗觉察到自己反应有些过度，连忙调整过来，问清楚情况，"您是想以公司名义成立，还是以个人名义成立？"

宁苏意思忖少顷，说："以个人名义，一应财务支出不走公司账面，我个人出资。"她额外交代了一句，"这件事在彻底落定之前不要让任何人知晓，你去办就行。"

梁穗更惊讶了，顿了好一会儿才说："明白。"

周四早上，温璇拿着装简历的文件袋去了罗曼世嘉总部应聘。

前面两轮面试，她都以超高的分数成功晋级，因为她的履历实在漂亮。她的老东家正是与罗曼世嘉打擂台多年的梵蒂，她在梵蒂的职位是首席设计师，设计过多款畅销珠宝，也出过数不胜数的定制款首饰。

梵蒂那边为了留温璇，提出让她升任开发部主管，可她还是头也不回地离开了，转投罗曼世嘉。

消息一经传出，梵蒂的管理人气得不轻。

相反，温璇这样的稀缺人才，主动跳槽到罗曼世嘉，人事部经理听闻此消息当场惊掉下巴，转头就将消息报到了上司那里。

温璇有备而来，三面时拿出打印的设计手稿，摆在面试官面前的桌上，声音轻柔带笑地解释，原本这一系列珠宝是为梵蒂的周年庆设计的，自己离职后，它们自然没了归属。

整整十二套珠宝设计图，厚厚一本，分量十足，其带来的利益也令人心动。

当然，三面温璇顺利通过。

终面由上司亲自主持，温璇在一个女职员的带领下走到了另一间更为宽敞的办公室里，里面仅有一位面试官，即罗曼世嘉的总经理井韵荞。

温璇知道，她还有一个身份，是井迟的姐姐。

过去的五年，温璇曾探寻过井迟的消息。宁城说大不大的一座城市，说小也不小，她那时还不知道井迟的名字，仅凭一点儿记忆，搜寻出来的只言片语无法拼凑出一个完整的他。

一个月前，她刷微博时无意间看到一段小视频。

那是井韵荞和井迟接受媒体采访的视频。井韵荞穿着一袭黑色深 V 连衣裙，涂着棕红色号的口红，衬得皮肤极白，黑长发卷曲，戴着一整套蓝宝石饰品，端坐在深棕色真皮沙发中间。岁月没在她脸上留下丝毫痕迹，让人看不出她的真实年龄，只觉她风情万种、雍容华贵。

井迟大概为了配合姐姐，穿着一身高定纯黑西服，单眼皮狭长，薄唇不染而朱，双手交叉搭在膝盖上，露出了手指上罗曼世嘉新推出的男式戒指。

视频流传出去，网友称赞最多的就是"这才是真正的豪门姐弟"。

那个采访视频温璇反复看了许多遍，才知她一直寻找的人竟是罗曼世嘉的小井总。说起来他们算是同行，可惜命运弄人，此前她从未留意过他。

温璇当时既惊又喜，脑海里冒出的想法就是辞职，跳槽去罗曼世嘉。

如今，她离她的计划只差最后一步了。

井韵荞问了温璇几个常规问题，对温璇也相当满意，最后问了一句："我听人事经理说了，梵蒂给了你开发部主管的职位，你为什么没有接受？"她摊手，开了个玩笑，"若不是你离职的消息在业内闹得有点儿大，我都怀疑你是梵蒂派来的卧底了。"

温璇笑了笑，没有第一时间回答。

井韵荞手里拿着一支黑色中性笔，另一只手支颐，再放松不过的姿态，不动声色地打量着眼前的人。

温璇穿着一条雪白的连衣裙，外面套了一件奶茶色的简约款西服，脚上是鞋跟不是很高的白色凉鞋，一整身服饰都是饱和度偏低的色系，看得人很舒服，也不失职场的利落感。

井韵荞追问："我的问题很难回答吗？你考虑的时间好像有点儿久。"

她抬起腕表看了一眼，不是错觉，对面的人确实沉默已久。

"我不想撒谎说一些漂亮的场面话。我来罗曼世嘉可能是有一点儿私心，"温璇维持着微笑，因是一边斟酌一边述说，语速相当慢，"这点儿私心，恐怕不方便宣之于口。"

井韵荞挑眉，这人既不想撒谎，又不想明说，听起来有几分意思。

"我事先说明，虽然你的履历挑不出瑕疵，但是罗曼世嘉的规矩比你的老东家梵蒂严苛许多。"井韵荞说，"你报上来的设计稿我看了，个人非常满意。但目前你还没做出能够说服其他设计师的成绩，我只能给你普通设计师的职位。能不能拿到首席的职位，什么时候能拿到，得看你后续的表现。"

"您的意思是……？"

"恭喜温小姐，你被录用了。"井韵荞笑着宣布。

虽是意料之中的结果，温璇还是很高兴，走上前握了握井韵荞的手，表态："我一定不会让井总失望。"

井韵荞拍了拍她的肩膀："下周一入职，可以吗？"

温璇："没问题。"

温璇在职场里浸淫多年，哪怕练就了一身遇事沉稳不乱的本事，走出办公室的步伐仍有几分难掩的雀跃之意。

她的私心，当然是离井迟更近些。

她说“后会有期”，那就是后会有期。

井老太太生日当天，宁苏意提前一个小时下班，回家换了条礼服裙，精心打扮了一番，拿上早就准备好的礼物，和父母一同前去贺寿。

与以往不同，今年的寿宴稍显隆重，除了井家的亲戚，多了些宁苏意以前不曾见过的生面孔，大抵是生意上往来的伙伴。

宁苏意先去老太太跟前打招呼。

井老太太疼她。她还没走过来，老太太就将围在自己膝前的几个小辈撵到一边去，朝宁苏意伸出手。

宁苏意笑着握住老太太的手，说了几句祝寿词。

井老太太今日穿了一件绛色的绸布绣暗花的裙子，屋里凉气充足，肩头搭了一条格纹披肩，笑起来眼睛眯成了缝：“几年不见，你出落得更漂亮了。听小迟说你最近很忙，要不然奶奶早就请你过来吃顿饭了。”

宁苏意坐在老太太身边，一副乖顺的模样：“是我的错，我早该抽时间过来探望奶奶。”

“晓得你忙，奶奶可没怪你的意思。”

“那我以后常来，奶奶别嫌我烦。”

“怎么会？我盼着你来还来不及呢。”

“还是酥酥受宠。我看我们先去吃饭好了，留她们祖孙俩单独叙旧。”说话的人是井迟的大姐井施华。

她掩着唇，风韵不减当年，加之从事医疗工作，身上总带着“医者父母心”般的慈爱宽仁气息。

老太太见宾客到得差不多了，就说：“先开席，有什么话边吃边聊，不必讲那么多规矩。”

宁苏意站起来搀着老太太，问：“井迟去哪儿了，怎么没见着他？”

井韵荞说：“他被他外甥缠住了，脱不开身。”

宁苏意笑了笑，了然。

井韵荞的儿子蒋君见很黏井迟，每回过来都抱着他的大腿不撒开，吃饭都要跟他坐在一起。

井迟姗姗来迟，手里拿着个拼到一半的飞机模型，递给蒋君见："先吃饭，等会儿再帮你拼。"

"那好吧。"蒋君见在他旁边的空位上坐下。

井迟没管他，目光一扫，发现宁苏意坐在他对面，她旁边有个位子空着。

恰在这时候，穆景庭走过来，往宁苏意那边走去。

井迟几乎没犹豫，起身快走几步，赶在穆景庭之前坐在了那个位子上。

穆景庭："……"

蒋君见低头摆弄了一会儿模型，转头一看，舅舅不见了，一抬眼，就见不知何时舅舅坐到对面去了。他嘴巴一撇，喊道："舅舅！"

下一秒蒋君见的后脑勺就被井韵荞轻拍了一下："别老打搅你舅舅。都要开饭了，你还拿着模型做什么？放一边去。"

蒋君见："哦。"

井迟在宁苏意身边落座，偏过头去问她："什么时候来的？怎么没去楼上找我？"

"过来好久了，韵荞姐说你被蒋君见缠住了，我就没上去打扰你，在客厅陪奶奶说话。"宁苏意小声说。

开席后，气氛和乐融融。

井迟偶尔给宁苏意夹菜，被井施华瞧见了。井施华扬眉一笑，打趣道："他俩打小感情好，难得的是长大以后还能维系如旧。"

井迟的三姐井羡说："比起我们，酥酥倒更像小迟的亲姐姐。"

井迟闻言老大不高兴，偏这种场合也没法理论。

井老太太突然想起一桩趣事，笑眯眯地说："他俩感情是好。我记得酥酥小时候住在我们家，有一回拿自己的裙子给小迟套上，喊他'妹妹'。小迟恼得不得了，也没跟她急眼，只苦巴巴地捂住脸，想想就好笑。"

宁苏意对此事没印象，表情惊讶地听着，问井迟："真有这回事？"

井迟别别扭扭地说："别问我，我不知道。"

那边有人哄笑："是有这回事，我还拍了照片洗出来，回头找出相册拿给你看。我印象中那是小迟唯一一次穿裙子，实在难忘。"

井迟臊得脸红，低着头夹菜，绝不参与讨论。

吃过饭，井迟的母亲葛佩如推来一个三层大蛋糕，上面居中摆着两颗粉色的大寿桃，两边还有祝寿词横幅，相当精致。

大家都吃饱了饭，象征性地吃了两口蛋糕，移步到客厅陪老太太聊天。

老太太仍握着宁苏意的手，神神秘秘地问她："跟奶奶偷偷说，有对象了吗？"

宁苏意不期然地想到高修臣那一桩事，心中突然冒出一股愁闷感，苦笑了一下："没呢。"

"要不要奶奶给你介绍几个青年才俊认识认识？"

井韵荞连忙伸手阻拦："奶奶，你当媒人上瘾啦？您倒不如先解决一下您孙子的婚姻大事呢。"

井老太太摆手："我管不住他，不想理他。"

井韵荞哑然。她原本是想老太太能接住她的话茬，将宁苏意和井迟凑成一对，谁知老人家压根没往那方面想。

偌大的客厅里一片唧唧声，宁苏意寻个间隙退开，让其他的小辈过来陪奶奶说话，尽一尽孝心。

她出门沿着鹅卵石路慢悠悠地走着，到后花园去吹风。

月光从枝丫罅隙中抖落，淡淡的银辉洒在黑漆漆的路面上。宁苏意双手环着手臂，抬头仰望深蓝色的夜空，难得看见漫天的繁星。

身后传来脚步声，宁苏意没回头。不久后，脚步声追了上来，来人与她肩并肩，她这才转过视线去看。

穆景庭看着她，音色比深涧的泉水还好听，表情笑着问她："怎么独自一人跑出来了？"

"怕被长辈催婚，出来躲一躲。"宁苏意挥手驱赶蚊子，"你呢，怎么也跑出来了？"

"看见你出来，跟你说两句话。"

两个人聊起彼此的近况，气氛很美好，唯一败坏兴致的就是讨人厌的蚊子，在身边环绕着"嗡嗡"叫个不停。

宁苏意穿着一条鹅黄色的连衣裙，后背的裁剪别出心裁，堪堪露出纤薄的蝴蝶骨，月光下白晃晃的，是蚊子青睐的地方。

"那个是什么花？好香。"

宁苏意指了指前面凉亭旁边的一棵树。树的绿叶被沉沉黑夜染成了墨绿色，其间点缀着一蓬蓬淡粉色的花，每朵花都是毛茸茸的，像毛球一样。空气里浮动的花香就是从那里飘过来的。

她不记得井宅以前种植过这种花，可能是近年移栽过来的。

穆景庭仔细辨认，无法解答，手指骨节轻触了一下鼻尖，坦言道："我也不清楚。"

宁苏意笑起来，朝凉亭走去，再次用手拍掉落在手臂上随时准备吸一口血的蚊子。

穆景庭见状解开西服纽扣，将西服脱下来欲给她披上，好歹挡一挡蚊子。

宁苏意余光捕捉到一只手朝自己的脖子伸来，身体陡然一僵，生理反应快过大脑，侧身避了一下。

穆景庭愣了愣，手顿在那里，不上不下，甚是无措。

宁苏意回头，意识到他要做什么，脸上有一闪而逝的尴尬之色，心脏跳得很急促，是受惊吓过后的症状。

她不禁懊恼，自己似乎……又一次反应过激。

"我不穿，热。"宁苏意后知后觉，为自己的行为找补。

穆景庭将西服外套搭在她的肩上，平静地说："挡蚊子。"

井迟遥遥地看着前面的两个人，站在小路的尽头，手里拿着一板驱蚊贴。他看见宁苏意出了客厅，便及时回房找了驱蚊的东西。宁苏意是招蚊子的体质。被蚊子咬过会留下一个红肿的包，她会烦躁地在蚊子包上掐"十"字。

只不过耽误了一会儿时间，他就晚来一步，她身边的位子已经有人了。他不想在这种时候上去争抢什么，没什么意思，也没意义。

井迟捏着驱蚊贴，将其塞进裤子口袋里，没转身离开，往前走了几步，就那么不远不近地跟着他们。

二楼开放式的阳台上，井韵荞端着一杯冰镇的柳橙汁，手搭在栏杆上，上身前倾。她看着后花园里戏剧性的一幕，摇了摇头："咱们那傻弟弟，真是叫我不知说什么好。"

坐在藤椅上的井羡起身，走到栏杆边，俯视楼下："小迟干什么呢，跟着酥酥和景庭？"

"能干什么？吃醋他也要看着，别扭死了。"

"吃醋？"井羡一脸"你在开玩笑吧"的表情。

井韵荞收回视线，侧身倚着栏杆，喝了一口柳橙汁："你别告诉我你没看出来小迟对酥酥有意。"

"那酥酥对他……？"井羡喃喃道。

"没那个意思。"井韵荞将手里的杯子放在玻璃桌上，看得透彻，"但凡她露出一点儿心思，小迟能忍住不向她表白？"

井羡明白了。

她这傻弟弟始终隐忍着不开口，是担心一旦挑破，连朋友都没的做。

周一上午，井迟交代完傅明川几项重要的事，就开车去罗曼世嘉开会了。

"小井总"也不单单是挂着虚名，有些项目方案需要他表决，虽然一般还是由真正的井总井韵荞来做最后决定。

会议结束时是十一点多，井韵荞留他一起吃午饭。

井迟应了下来，先去了一趟洗手间。

乘电梯时，他遇到一个熟悉的面孔。这一回他认出她来了，是转让手链给他的那位姓温的小姐。

井迟感到诧异。

温璇扑闪扑闪眼睛，语气有几分意外地打招呼道："井先生，我们又见面了。"

井迟微微颔首。

"怎么样？我就说我们后会有期。"温璇拈起挂在胸前的牌子给他看。

透明的塑料壳里夹着一张卡片，上面贴了张寸照，下面的职位一栏写的是"设计师"。

寸照是近期照的，很姣美动人的一张面孔，剪了薄薄的齐刘海，一双眼睛大而明亮，神采奕奕，她看着人的时候十足热忱，有点儿像刚入社会的应届毕业生，令人很难想象她已在珠宝界从业数年，且成名已久。

许是井迟态度冷淡，温璇歪了一下头，问："你还记得我吗？"

"记得，"井迟还是那副没有多余情绪的表情，淡淡地说，"拍卖会。"

简单几个字，表明他没有失忆。

温璇展颜一笑："你现在要去吃中饭吗？"

井迟不答，隔了一会儿才点了一下头。

他的表情和举动都是抗拒继续交谈的意思，温璇沉默自省，可能是自己表现得过于热情了。

她很识相地没有再开口，怕引起他反感。

电梯门打开，井迟率先走了出去，从口袋里掏出手机，低着头边看边走远，没有回头。

温璇站了片刻，看不到他的身影才收回视线。

井迟与井韵荞在公司附近一家中餐厅吃的午饭。夏天的正午热气正盛，两个人都没什么胃口，点的菜式口味清淡。

井迟给二姐盛了一碗汤，随口问道："公司新招了设计师？"

"你指的是……？"

井迟没接话。

井韵荞忽然想起来："你见到温璇了？她是我招进来的，今天刚来公司报到。"井韵荞喝了一口清淡爽口的海带汤，"你没听说过她？"

"没。她很有名吗？"

井韵荞哑然失笑："看来你是真对珠宝行业不感兴趣，连温璇的名字都没听过。她是梵蒂的首席设计师，只差一步就升任主管。"

"哦。"井迟听过就算，不怎么放在心上。

"我至今没搞清楚她的动机。"井韵荞手支着脑袋，以玩笑的口吻说，"她总不可能是冲着我的宝贝弟弟来的吧？"

井迟的侧脸在明亮的光线下也能呈现漂亮又分明的线条感，连下颌线绷紧的弧度都很好看，估计画手会很喜欢描绘这张脸的阴影轮廓。

他抿着唇，好一会儿才开口："姐，不要开这种玩笑。"

下午，叶繁霜外出见客户，结束后正好路过明晟药业的写字楼，心思一动便走进了大厅。

前台人员例行询问她是否有预约。

叶繁霜顿了一下，笑道："我给你们宁总打个电话。"

将电话拨过去后，响了几声就被接通，叶繁霜说明了来意。

梁穗得了宁苏意的应允，把电话打到前台。前台人员放行，亲自给叶繁霜按了电梯，送她上楼。

办公室里，叶繁霜背靠着宽大的办公桌的桌沿，眺望玻璃窗外的城市风景："果然站得高看的风景更美。"

宁苏意停笔，笑问她："要喝点儿什么？我让梁穗送过来。"

叶繁霜指了指自己的喉咙："这两天有点儿上火，白水就行。"

宁苏意叫来梁穗，让她冲了一杯自己最近常喝的蜂蜜柚子茶。

没多久，梁穗将蜂蜜柚子茶送过来了。方口杯里装着黄澄澄的水，杯底能看到诱人的柚子肉和切成细丝的皮，还有没彻底搅开的蜂蜜，酸酸甜甜的味道，即使没喝进嘴里也能让人闻到。

温水冲泡的蜂蜜柚子茶刚好能入口，叶繁霜喝了两口，觉得滋味清甜，很是润喉："什么牌子的？还蛮好喝的，回头把链接发给我。"

"我前段时间连轴开会嗓子哑了，井迟亲手做的。"

宁苏意再次叫来梁穗，把签好的文件给她，接着对好友说完后一句话："还有一罐没开封，你要是喜欢就拿去喝。"

"哦，不了。"叶繁霜意味深长地笑着，语气不乏揶揄地说，"原来是'井迟牌'的蜂蜜柚子茶，恕我无福消受。你自己留着喝吧，顺便品尝一下里面掺的爱意。"

宁苏意早习惯她拿自己和井迟调侃，没当回事："不要拉倒，反正我也不是真心要给你。"

"现在说真心话了？"

宁苏意词穷，扶额："你来找我有正事吗？别告诉我你是来当红娘的，大可不必。"

叶繁霜喝完杯子里的蜂蜜柚子茶，舔了舔略甜的嘴唇，朝她笑了笑，讨好地说道："还真有一件事麻烦你。"

第四章

你刚才叫我姐姐

叶繁霜简要解释，她现在的座驾是她爸淘汰下来的大众，她爸当初买的就是一辆二手车，八成新，不到十万元，自己开了好些年，破破烂烂的。

她对车没什么要求，不过是一个代步工具，能开就行。

她这还要从前天的事说起。

叶繁霜老板的库里南被送去保养，她陪他外出，就开了自己的车载他。结果老板从坐上车的那一刻起就开始数落她，话里话外说的是公司给她一年的薪水不低，她开这种车出去办事影响她的形象不要紧，影响公司的形象就是她的错。

叶繁霜面上带笑，心里却想：大众都没嫌我穷，我有什么资格嫌弃它？！我不配！

陆询下车后，理了理衣襟，说道："别让我下次看见你开这辆破烂车去见重要客户。"

叶繁霜讪笑，回头看了一眼自己的"老伙计"，只觉得心虚得很。

因为这车的外表实在寒碜过头了，磕掉了好几块漆不说，车灯下方还被撞得凹进去一个坑，她一直没修补，主要是觉得没必要。它外面已经够破了，实际上空调制冷效果也出了故障。

叶繁霜下午有半天空闲时间，于是咬咬牙就想把这事给落实下来。

她的好朋友里，宁苏意懂车，她让宁苏意帮忙掌眼再合适不过。

宁苏意翻看了一眼行程表，接下来没重要事情，便给梁穗说一声，自己开车带叶繁霜去一家熟悉的 4S 店。

"想要什么价位的车？"宁苏意问她。

"不知道。"

"你买车你不知道？"

"我的意思是，不知道什么价位的车在我老板心里不算影响公司形象。"叶繁霜提起那人就一阵头疼，摸出烟盒和打火机，点燃一支烟，降下车窗。

车厢里开了空调，车窗一被降下，外面的热气就汹涌地扑进来，热得扎脸。

宁苏意瞥了她一眼："不是说没瘾吗？抽这么凶。"

"你不懂，干我们这一行的，烦得很，遇到的全是负能量的事。"叶繁霜眯着眼，烟圈吐得熟练，红唇都被薄烟染得淡了几分，转头看着她说，"不说我了，你那事解决得怎么样？"

宁苏意知道她说的是什么。

两个人跟难姐难妹一样，表情愁云惨淡的。

"我爸应该找我爷爷谈过了，我爷爷暂时没再提这事。"宁苏意耸了一下肩，"但我不觉得我胜利了。"

"听我的，找个人赶紧结婚才是正解。"

宁苏意笑得有几分轻佻，向她看去："找谁结婚，你吗？"

叶繁霜玩味地说道："行啊，我乐意入赘。你家大业大的，一辈子吃穿不愁，我就不用打工受罪了。"

两个人一路插科打诨，到了 4S 店。

门口自有工作人员上前帮忙泊车，询问是否做保养。宁苏意说明来意，工作人员即刻带她们入内。

叶繁霜也不知自己具体有什么需求，想先听听他们的推荐。

两个人原以为要费些时间，实际上半个小时就搞定了。

这款车分好几种车型，叶繁霜想要那辆稍微没那么贵的商务型。其实，她认为商务型也不便宜了，九十万元左右。

宁苏意对比了一下，跟她说："不如换成豪华型，也就多十来万块，档次截然不同。好歹过了百万元，你的老板应当不会再挑刺。"

叶繁霜思考了几秒，听从了她的建议。

叶繁霜付款的时候，心都在滴血，死死攥着银行卡的一角，不愿意交给工作人员，搞得工作人员以为自己在抢劫。

宁苏意忍不住笑出声，坐在休息区的沙发上，喝了一口茶，拍了拍她的肩出声安慰了几句。

叶繁霜瞥见她手腕上的手链，注意力很快被转移："什么时候买的？上次没见你戴。"

宁苏意顺着她的目光看向自己的手腕，轻轻抿了抿唇。

倘若她说出手链的来源，又要遭叶繁霜打趣一番，索性闭嘴。

然而她沉默也没用，叶繁霜心思玲珑，是察言观色的好手，见她讳莫如深，便知道自己没猜错。

"是你的小迟弟弟送的吧？"

宁苏意放下纸杯，起身去看场内的车："我挑辆车。"

叶繁霜眼神瞟过去："你家那么多车，还不够你开的？"

"送人。"宁苏意说，"被你提醒，我发觉自己似乎欠着人情。你过来帮我看看，哪辆车比较适合井迟？"

自己选车时纠结得要死，轮到给别人选车，叶繁霜却十分热衷，大脑里过了一遍井迟平日里给人的感觉，抬手指向角落里那辆酷到闪瞎人眼的越野车："那辆最配他。"

宁苏意随之瞥过去。

工作人员颇有眼力见地过来进行解说："那是刚到的新款。"

宁苏意回头问叶繁霜："你觉得可以？"

叶繁霜不好替她做决定："你自己看着办吧。"

宁苏意绕着车身走了一圈，拉开车门看了一眼内饰。

叶繁霜说这辆车贴合井迟的气质，宁苏意能想象到他穿着黑色 T 恤和束脚工装裤站在车旁的画面。

宁苏意没犹豫太久，干脆利落地下了单。

"你想好了？"叶繁霜问。

"嗯。"

宁苏意付完钱，手里握着一支中性笔，填写了井迟的地址，交代工作人员提到车就托运过去，后续一些手续直接跟井迟本人交接就行。

"我手里也就这点儿闲钱了，过段时间要落实一个计划，有的是花钱的地方，说不定到时还得找你接济。"宁苏意将填好的单子递过去，盖上了笔帽。

叶繁霜爽快地应道："我一个穷打工的——你要是不嫌弃，能帮我肯定帮。"

宁苏意笑了笑："就知道你是个局气的人。晚饭我请了，还有点儿时间，我们到附近商场逛一会儿？"

叶繁霜的车不能马上提，她还是坐的宁苏意的车，吹着空调的冷风，惬意又自在。

逛到日头西斜，两个人各自买了几身夏季的衣服，准备找个餐厅吃晚饭。

井迟一下午都耗在罗曼世嘉的总部。公司在筹备秋季的珠宝展和设计大赛的事，两项工作同时展开，正是用人之际。

晚饭他没跟井韵荞一起吃。她要陪从国外出差回来的丈夫，再接上孩子。人家一家人亲子乐的环节，他不乐意参与。

车子漫无目的地在铺满晚霞的大道上行驶，风挡玻璃都被染成一片温暖的橘黄色。

井迟最终将车子停在以前跟宁苏意去过的一家餐厅门口。

他一个人选在靠角落的位置，不想打扰别人，也不想被人打扰。

可是，世上偏就有那么巧的事情。

"好巧，这是我们今天第二次见面。"温璇才进来，身上还沾着外面热辣辣的暑气，鼻翼上挂了几颗汗珠，样子清丽脱俗。

井迟瞥她一眼，含混地应了一声，低下头又看起了菜单。

温璇用指节抹了一下鼻尖上的汗，小声说："我家住这边，下了班过来吃饭。"

她意在说明自己并非跟踪他，真的是巧遇，合该归结于缘分。

井迟不甚在意。

温璇感觉气氛有些往冷场的方向蔓延，指了指他对面："我可以跟你……拼桌吗？没其他位子了。"

大厅里设的桌位不多，正值饭点，这家店菜色丰富味美，价格也没高到离谱，是附近食客的心头好。

门口传来一阵响动，进来两个人。

宁苏意一眼看见临窗的井迟，意外地挑了挑眉。

下一秒，她就注意到他旁边还有一个不认识的女人。女人提着某品牌的蓝色经典手袋，可能是刚到，还未落座。宁苏意顿时反应过来两个人是在约会。

宁苏意正犹豫要不要打招呼的时候，边上的叶繁霜也发现了井迟，招了一下手，喊他："井迟！"

宁苏意想拉她的胳膊都没能拉住，只得急急地低声提醒一句："没看见他在约会？"

叶繁霜后知后觉，捂了一下嘴，懊恼地道："啊，完了，我没注意。"

见井迟起身走过来，温璇的视线跟着他转动，目睹他由方才一脸漠然的表情变为小心翼翼又局促的模样，她听到他唤道："酥酥。"

宁苏意主动问："你和朋友在约会？"

"不是，不是约会，偶然遇到的，不……"

他"熟"字还未出口，温璇就主动走了过来。人家既已提到她，她不打声招呼未免显得失礼。

"你好，我是温璇，罗曼世嘉的珠宝设计师。"温璇落落大方，笑起来脸颊边的柔软发丝扫到嘴角，增加了不落俗套的美感。

宁苏意说了声"你好"，简单自我介绍说是井迟的朋友，然后伸手跟温璇的手握了一下。

温璇目光下移，然后陡然凝住。

宁苏意的手腕上光芒璀璨的手链实在叫人难以忽视，无须她仔细甄别，赫然就是井迟从她这里买走的那条"樱花祭"。

她本以为无缘再见这条手链，这才过了没多久，就再一次见到了，还是在这样一位集高冷与明媚气质于一体，却丝毫不违和的女人身上。

温璇脸上的笑靥时淡了一分。

眼见在场的人都做了自我介绍，叶繁霜也简短发说了两句话。

而温璇没分神去听叶繁霜说话，还在打量眼前的宁苏意：烟青色薄款针织开衫里穿了一件乳白色吊带，夏季的针织衫很透，里面吊带的肩带是一颗颗圆润的珍珠穿成；一条雪纺半身长裙，裙身绘制着水墨丹青画，一边高开衩，行走间雪白的腿若隐若现；身材高挑，无须借助高跟鞋来拉长曲线，所以她脚上只跶了一双漆皮铆钉平底鞋。

一般人可能得靠妆容来营造高冷的气质，而宁苏意站在这里，什么都不用做，已然叫人觉得她如山巅之花一般高不可攀。

叶繁霜再次出声，打破四周涌动的微妙氛围："大厅里好像没位子了，能跟你们拼桌吗？"

她问的是井迟。

既然他和温璇是偶然遇到的，不是单独约会，大家拼一下桌应当不打紧。

井迟扫了一眼大厅，提议道："大厅有点儿吵，我订个包间吧。"

他一个人无所谓，宁苏意来了，不一样。

宁苏意却说："就我们几个人，不用这么麻烦。"

她招呼叶繁霜和井迟赶紧坐过去，再磨磨蹭蹭的，搞不好唯一的空桌也要被人占了。

走了两步，宁苏意忽然觉得有人没跟上来，扭头去看温璇："温小姐，一起过来坐啊。"

温璇芙蓉面颊上笑意淡然，目光游移不定地看向井迟。方才她想要与他拼桌，他没有应允。她担心此时贸然前去惹他反感。

宁苏意很平易随和，放下包又叫了她一声。

温璇再不好推托，迈步走到桌边，不禁有些犹豫。

这一桌是四人位，宁苏意和叶繁霜坐一边，井迟单独坐一边，空余的那个位子就在井迟旁边。

温璇用征询的眼神看着井迟。

井迟压根没看她，拎起桌上的水瓶给宁苏意倒了杯酸梅汁。

温璇咬了咬唇，攥了一下手指，坐了过去，心始终高悬着，如同走在钢丝上，稍有不慎就会跌下去。她无非害怕井迟提出换位置，那样尴尬的只会是她这个外人。

幸好，井迟没有这么做。

温璇悄悄瞄一眼他的侧脸。见他倒完果汁就低头看菜单，脸色平静无任何异样，她这才轻舒一口气。

井迟叫来服务生，点的全是宁苏意爱吃的菜，另外又要了一盅鸽子汤给她补身体，然后将菜单递给叶繁霜。

叶繁霜点完菜，又将菜单递给温璇。

温璇笑了笑，客气地点了两道菜，准备将菜单交给宁苏意。

宁苏意喝了一口酸梅汁，摆手说："不用了。"

"宁小姐不点餐吗？"温璇踌躇着合上菜单，不确定地问了一遍。

"不用管她。他俩一起吃饭，点餐都是由井迟一人包揽。她爱吃什么不爱吃什么，井迟记得比乘法口诀还清楚。"叶繁霜跟两个人共餐多次，颇为了解，是以方才根本没多此一举地让菜单从宁苏意手里过一遍。

温璇唇边的笑已有发苦的意味，"喃喃"地道："这样啊。"

网上那条采访视频后半段有个题外话环节，主持人问小井总是否单身。他一脸冷漠的表情，不愿回答私人问题。

这个问题最终由一同接受采访的井韵荞代为回答。她一改前半段的严肃神色，温温柔柔地笑了笑，说："弟弟是单身，喜欢他的女孩们可以试一试。"

那时弹幕上刷过一排"姐姐你看我能不能当你弟媳"的话！

食客多，菜上得很慢，几个人乘机闲聊几句。温璇寻了一个合适的空当，问出心中疑惑："井先生和宁小姐关系真好，很多年的交情吧？"

宁苏意看一眼井迟，点了点头："小时候就认识。"

叶繁霜在后面补充："他俩七八岁还一起吃住，没哪对青梅竹马比得过他们。温小姐你以后就知道了，反正我这旁观者是见识到他俩的感情了。旁人想要插一脚进去，难。"

井迟头一次觉得，叶繁霜说话这么中听。以往他都有点儿烦她——她时常教坏宁苏意不说，但凡一出现，总是黏着宁苏意。

宁苏意则认为叶繁霜吃错药了，说的尽是有歧义的话。

什么叫旁人插一脚进来很难？

繁霜这模棱两可的表达方式，像是说她和井迟之间有什么关系。

可实际上，他们再清白不过。

偏偏宁苏意无法反驳什么，温璇怎么说都是第一次见面的陌生人，自己特意跟她解释自己与井迟的关系有点儿奇怪。

这一顿饭，其他人吃得乐呵呵的，温璇却全程不是滋味，甚至有些难以下咽。

井迟给宁苏意布菜的一举一动，仿佛演练过无数遍。他提醒她吃饭时不要喝水，会稀释胃酸，影响消化；给她夹培根番茄时，会小心弄掉上面的番茄粒；等她吃得差不多了，再将那盅不烫口的鸽子汤推过去，温柔地劝她好歹喝几口。

他的一切举动都不算过分亲密，却也叫人看出他们之间的氛围如叶繁霜所说，别人插不进去。

温璇一开始很惊讶，既然不是男女朋友关系，两个成年人这样，实在有些……逾矩。

可他们都表现得太自然，一个从容服侍，一个坦然接受，不会给人一点儿不舒服的感觉。

关键是叶繁霜神情平常，显然对此见怪不怪。

一个星期后，井迟收到了宁苏意送的车。

他准备出门时，接到4S店的店员打来的电话，对方询问他本人在不在家，需要将车钥匙交给他。

井迟在家等了没多久，车就被托运过来了。

那是一辆通身纯黑的车，气派又酷劲十足，他很喜欢。别的不论，单是宁苏意送的车，他就够欢喜了。

他给她打了个电话，她可能在忙，电话响了好一阵没人接。

井迟揣回手机，回过身与店员交接完毕。

口袋里的手机在响，不用看就知道是宁苏意回拨的电话，井迟连忙掏出手机接通电话，掩不住悦然的情绪问：“为什么突然送我车？”

那边的人沉默了两秒，有翻纸张的声音传来。

宁苏意这一周忙昏了头。慈善基金会在筹备，公司几个拓展的大项目全交到了她的手里，她倒忘了送井迟车这件事。

“收到了？”她略一沉吟，笑着问道。

井迟哼笑了一声：“我今年的生日早过了，回国礼物你也送我了，那这辆车是以什么由头送我的？”

宁苏意无声地笑了笑，要说还他送手链的人情，以他那臭脾气，他铁定要翻脸。

她不能说实话。

“陪霜霜买车，看见这辆车挺适合你，就买来送你了。”宁苏意听到敲门声，捂着听筒说了声：“进”。而后她拿开手接着对电话里的人说：“你喜欢吗？不喜欢就拿去卖了。”

井迟恼道：“又没说不喜欢！”

“哦，那就是喜欢了。”宁苏意见梁穗欲言又止，不打算继续闲聊，对井迟说，“我有点儿事要忙，先挂了。”

梁穗过来是说慈善基金会的事，章程草案、验资证明、住所证明等资料已准备妥当，只差理事名单以及拟任理事长、副秘书长等人的简历，得宁苏意裁夺。

这些资料全部整理完，她才能向民政部门提交法人登记申请书。

7月下旬的天热得出奇，持续几日高温后，在进入8月的这一天突降暴雨。

不巧的是，宁苏意那时正在外面与人谈事，中途叫等在门口的司机去接因暴雨被困在商场的邰淑英。

司机送完邰淑英，再赶去接宁苏意，路上已然堵得水泄不通。瓢泼的大雨，让人怀疑天被捅了个窟窿。

司机只好给宁苏意打电话，告知她一时半会儿恐怕赶不过去。

宁苏意叫他别急，表示左右她身在咖啡厅里，淋不到雨。

外边雨势越来越大，比起她回国那一晚有过之而无不及。密密匝匝的雨点落下来，砸在地上溅起大朵水花。

咖啡厅外这条路的排水系统出了故障，不到一个小时，水位就没过了脚踝。

时间慢慢推移，宁苏意起身，在宽敞的过道里来回踱蹀，等得有些焦躁，频繁看表，时刻关注外边的雨。

天色昏沉如黑夜，咖啡厅里亮起了灯，橙黄的灯笼纸裹着灯泡，洒下雾蒙蒙的光线，更像是寂静深夜里的几点流萤。

宁苏意亲眼看到一个行人的伞被大风吹翻，伞骨折断大半，不过几秒那人就全身湿透。

手机铃声拉回她的注意力，她垂眸看一眼屏幕。

穆景庭打来的电话，问她在哪儿。

一听她被困在咖啡厅里，他当即提出要来接她。

宁苏意不想麻烦他，这天地颠倒一般的大雨，出行实在困难。

穆景庭却说："我和井迟在丛西路这边参加一个经济论坛，刚结束，原打算叫上你一起吃个晚饭。"

丛西路，距离宁苏意所在的咖啡厅不远。

她略一沉吟，不再推托。

挂断电话后，宁苏意把自己的位置分享给了穆景庭，又给司机打了个电话，让他不用过来了。

雨刮器来回扫着风挡玻璃，雨水还是如注般浇上来。穆景庭坐在副驾驶座上，跟司机说了宁苏意的位置。

　　"她不在公司？"井迟坐在后座上问。

　　穆景庭回头瞥了他一眼："嗯。听她说，她那地儿积的水都漫过脚背了。"

　　井迟眉心微蹙，隐有担忧之意。

　　前面恰好路过一家饮品店，井迟叫司机停车。穆景庭疑惑地看着他。

　　井迟拿起座位底下的一把黑伞，推开车门，雨点被风吹进来，脸上凉丝丝的："我去买杯饮料，你接上她再过来接我。"

　　穆景庭没异议，餐厅早已订好，车子总归是要掉头回来的。

　　井迟撑开伞下车，快步朝饮品店走去，拾级而上，跺了跺皮鞋上沾的雨水，微一侧身，收伞进去，到柜台前点了一杯姜撞奶。

　　十来分钟后，一辆黑色车停在咖啡厅门口。

　　穆景庭深深地蹙眉，这条路的排水系统确实比其他地方差劲许多。路面上积水流淌，汇聚成一条小河，马路牙子都被淹没了。

　　他抬头就看见了站在玻璃门内的宁苏意。

　　她手里拿着提包和一个文件袋，即便看见他的车过来了，仍顾虑着车与门口还有段距离，无从下脚。

　　司机小杨要下去接人，被穆景庭拦住："我过去。"

　　穆景庭撑起车里的另一把黑伞，一步跨下车，鞋子瞬间湿透，裤腿也被浸湿。狂风将伞面吹得摇摇晃晃，风筝一样，保不齐下一秒就要被掀起飞到天上。

　　穆景庭走上台阶，推开玻璃门，用手臂撑着将要自动关闭的门："走吧。"

　　宁苏意表情犹豫："我这……"

　　她出门没看天气预报，脚上穿着一双恨天高的一字带凉鞋，踩下去鞋子报废不要紧，坏就坏在鞋底打滑，恐怕走不了几步路就得摔倒。

　　穆景庭随着她的视线往下看去，当下了悟。

　　"拿着伞。"他把伞递给了她。

　　宁苏意不知道他要做什么，腾出一只手握住伞柄。穆景庭脱下西服外套披在她的肩上，动作太快，令她反愣了一下，没来得及做出反应。

　　只见穆景庭转过身背对着她，单薄的白衬衣撑起肩胛骨的弧度和宽阔背脊的轮廓，清朗的声音传过来："我背你过去。"

宁苏意似被吓了一跳："不用。"

她哪里至于这么矫情，大不了就脱掉鞋赤着脚蹚水。再者，她自身原因，不喜欢与异性有超出正常社交范围的肢体接触，哪怕眼前的人与自己相熟多年。

穆景庭不由分说，攥住她的一条手臂往自己肩上搭，腰弯得更低，双手托住她的膝盖弯，不费吹灰之力地背起了她。

一刹那，宁苏意大脑里的神经都炸开了，指尖战栗，浑身僵硬如一尊雕塑。

"放松点儿，摔不了你。打好伞，不然咱俩都得被淋湿。"穆景庭的半截裤腿已被打湿，他也是豁出去了。

宁苏意紧张之下吞咽了一下口水，闭了闭眼，到底没能避免额头冒出冷汗。

短短一段路，他们倒真像是蹚过一条没有尽头的河流。

等宁苏意能喘出一口气时，掌心一片濡湿。这肯定不是被雨水打湿的，只能是她出的汗。手滑溜溜的，她几乎要握不住伞柄。

车门被打开，穆景庭没放她下地，转身将她放进了车里，搭在她肩头的西服在颠簸中掉落，泡进了雨水里。

穆景庭弯腰拾起西服，团作一团扔进车里，弯腰坐在她身边，关上了车门。

宁苏意将伞倾向他那边，他的肩头没被淋湿多少，只是西裤和皮鞋不能看了，湿得一塌糊涂。

"感觉自己背了个不会动的石墩，你这么担心我摔了你？"穆景庭戏谑，找出车里备用的干毛巾递给她。

宁苏意还没能从生理紧张状态中缓过来，手指紧攥着包包的提手，指甲边缘泛白，自然没能将他的话听进耳朵里。

穆景庭握着毛巾推了推她的手臂："酥酥？"

宁苏意"啊"了一声，惊醒过来一般，脸发白地接过毛巾，胡乱地擦了擦衣服上的雨水。

"怎么心不在焉的？"

"没有，"宁苏意拿毛巾擦拭着透明文件袋，编了个谎言，"我就是担心文件被雨淋湿了，没什么。"

雨势稍减，司机将车掉头。

宁苏意身体渐渐回暖，思绪也跟着重新转动起来："小迟呢？不是说和你一起吗？"

"在前面一家饮品店里等我们。"穆景庭接了她用过的毛巾，潦草地擦了擦裤腿，发现于事无补，也就作罢。

几分钟后，车停在那家饮品店门口。

井迟撑着伞从店里出来，手里拎着纸袋。

他走近，看见后座被穆景庭占据，便拉开副驾驶座的车门，侧身坐上去，回头将手里的一杯热饮递给宁苏意："喝点儿，免得感冒了。"

宁苏意抬起眼帘看着他。

他那双平静如水的漆黑眼眸此刻更是蒙了层雨水一般，湿漉漉的，里头的情绪叫人看不懂。

宁苏意声调上扬地"嗯"了一声，问他："怎么了？"

"没怎么。"

她接过姜撞奶，井迟便扭回身体坐正，系上安全带。

宁苏意手心里都是滚烫的温度，熨帖得很。她以指腹轻轻摩挲着光滑的纸杯外壁，车里几个人都沉默着。

他们到了餐厅，穆景庭从车里拿了一套备用衣服，让他们先去包间，自己则要借用一下餐厅的休息室，换下身上略显狼狈的湿衣。

温度适宜的小包间里，只有宁苏意和井迟。井迟看她一眼，那杯姜撞奶还被她捧在手心里，好在她喝了小半杯，没浪费他的一番心意。

井迟将目光转向桌面，深薄荷绿色戴妃包底下压着一个透明文件袋。

宁苏意抿了一口姜撞奶，视线瞥过去。

井迟恰好抬眼，与她的视线撞到一处："这是什么？我能看吗？"

宁苏意抽出包包下面的文件袋递给他。

一行黑色加粗的大字横在A4纸上——SUYI慈善基金会资源开发计划。

井迟挑开封口的白色小扣，从中抽出一沓文件，匆匆扫过，震惊之色浮在面上："你要成立慈善基金会，正在筹资？"

"嗯。"

"怎么不跟我说？"井迟抱怨了一句，"拿不拿我当朋友了？"

宁苏意挑了一下眉梢："这不是现在让你知道了？"

井迟继续翻手里的文件，语气温和地问她："副秘书长定了吗？没定的话，你看我行不行？"

宁苏意笑道："你这是要走关系？"

"凭我们的交情，难道我还算不上关系户？"

两个人正聊得兴起，穆景庭推门进来了。他将一整身衣服都换了下来，穿着一件白色翻领 T 恤、深灰色长裤，灯光下，皮肤白得没有瑕疵，脸上挂着一丝探寻的笑意："你们在聊什么？门外都能听见笑声。"

井迟不动声色地将手里的文件对整齐，装回文件袋里。

宁苏意简要说了两句。

没承想穆景庭也要掺和进来，向她要了个理事的头衔。

"先前我就跟你说过，有需要我帮忙的地方别客气，你尽管开口。"穆景庭喝了一口热茶，向宁苏意看去。

"放心，以后有让你们掏钱包的机会。"

偌大一个基金会，仅靠宁苏意一人掏腰包不现实。以后它走上正轨，她势必要面向公众募捐。

菜被端上来，三个人一边吃一边聊各自的工作。

因穆景庭时而用公筷给宁苏意夹菜，井迟看了他一眼。他神色再从容不过，连表情都挑不出一丝异样。

一顿饭吃完，外边的雨也将将停了下来，天色沉得如罩了块幕布。

男士洗手间里，井迟垂着眼尾，长睫毛落下一片淡影。他忍了忍，还是没忍住，出声问身旁的人："你对酥酥到底是什么想法？我记得以前你说拿她当妹妹的。"

穆景庭愣了几秒，笑了一声："你问我，你呢？"

井迟沉声道："现在是我在问你。"

穆景庭眼中的笑意深了两分。他像是乐见井迟袒露乖戾的一面，不似平常，冷着脸故作漠然。

"我是我，你是你，你想怎么样我管不着。同样的道理，我想怎么样你也无权过问。"穆景庭说。

井迟斜睨他一眼，语气凉凉地说："你这人幼稚得很，真没意思。"

"比你有意思。"

再争论下去，两个人真跟小学生吵架没两样了。井迟闭嘴，给了穆景庭一记眼刀，先走了出去。

穆景庭看着他的背影，敛了唇边的笑。

他拿宁苏意当妹妹？他什么时候说过这种话，自己都不记得了，难为井迟替他记得清清楚楚，还拿这话堵他，他们到底谁比较幼稚？

温璇来罗曼世嘉入职有一个多星期了。她年少成名，在珠宝设计圈子里名号响当当，即便如今只顶着一个"设计师"的头衔，在部门里也颇受欢迎——很大原因是她没什么架子，跟实习生都能打成一片。

温璇常与同事一起去公司附近的食肆解决午餐。

这天，几个人坐一桌，温璇吃着餐盘里的虾仁，刚好听到她们提到"小井总"，很自然地问出一句："你们说的小井总是井迟吗？最近怎么没见他来公司？"

同事笑道："你不知道？"

温璇嚼虾仁的动作慢了下来："知道什么？"

"小井总，哦，就是井迟，不常来公司的。"同事不无遗憾地叹息，"他啊，只是挂个'井总'的头衔，偶尔过来打一下酱油。他有自己的事业，好像是搞投资的。"

"风投吧，就是给那些名不见经传的未上市小公司砸钱，赚取回报。"

"那岂不是有回不了本的风险？"

"风投，风投，没风险怎么能叫投资？听说小井总蛮厉害的。如今宁城好几家科技公司他都控股，将那些股权转让出去不知道能换多少钱。"

后面同事聊了些什么，温璇没仔细听，心情有些惆怅。

这事怪她自己没先弄清楚状况，稍微得到关于井迟的一丁点儿消息就不管不顾、迫不及待地奔向一条未知路。

吃过午饭，几个人回到公司，温璇拿水杯去茶水间，冲了一杯咖啡，出来时在走廊里瞥见一道熟悉的身影。

她神经一紧，快步追了上去。

走到那人身边，她才发现那是部门里新来的一个男同事。他不是井迟，只是背影有几分相像，让她在心神错乱的时候看走了眼。

温璇顿住，觉得自己可能魔怔了。

她不知是执念太深，还是过于贪心，以致常常悲观地想，也许自己离得再近，也达不成心中所愿。尤其那天她见识过井迟和宁苏意相处的情形之后，预感更强烈。

穆景庭晚上有推不掉的应酬。家里保姆给他打电话时，他怔了好几秒，再三确认。保姆阿姨说："没错，寄件人填的是宁小姐，同城快递。"

穆景庭让她帮忙拆一下快递，看看里面是什么。

他等了约莫三分钟，阿姨带着笑意的声音再次传来："是一套西装，吊牌是英文的，我这老婆子也不会读。"

穆景庭笑了笑："好的，我知道了。"

饭吃到一半，他借口去洗手间，给宁苏意拨去一通电话。果然叫他猜对了，她就是赔他昨天损坏的那套西装。

他说她"太客气了"，宁苏意却说"应该的"。这倒让他不知该怎么接下去。

这一通电话没占用太长时间，穆景庭很快回到饭桌边，因面上笑意未退，饭局上的人便好奇地问他有什么好事，笑成这样。

这原也不是见不得人的事，穆景庭便说了实话。

在座好几个人都是圈子里的朋友，加之年龄相仿，当然认识宁苏意。他们听他言辞之间不无亲昵之意，一个个心里都脑补出了一段故事。

穆景庭没想到，他不过随口一说的几句话，转眼就传到了井迟耳朵里。

这一拨人在饭局上没尽兴，结束后转到了清吧。穆景庭还有事要处理，就没去，打了声招呼先走了。

刚巧，今晚 MY 风投的职员在同一间酒吧团建。

傅明川他们都是爱玩的性子，没订包间，只在大厅里寻了一隅宽敞的散座，三三两两地围坐在一起。

隔壁坐的正是穆景庭饭局上的那群人，接着聊刚才的八卦消息，说起宁苏意送穆景庭西装的事，剧情往下延伸。

"我们圈子里有名的高冷大美人这就要落入景庭那小子手里了？"

"什么啊？两个人金童玉女，哪里不配？我看秦二公子你说这话纯属忌妒！"

"好，好，好，是我忌妒。说实话，你们不忌妒？宁苏意回国后我见过一面，真是出落得漂亮极了。她以前上学时总带着一股冷傲劲，不过这也正常，明晟药业唯一的大小姐，娇生惯养，能不傲？现在人更沉静清绝，挺吸引人的……"

井迟听了一耳朵，脸色瞬间变得阴沉。若不是傅明川用蛮力压着他的手腕，他就要冲上去了。

傅明川压低声音劝他冷静，说人家不过吃饱喝足闲聊几句，他一副要吃人的样子未免太过。

过了好一会儿，见井迟的脸色仍未缓和，傅明川换了个法子劝道："你那位高冷姐姐，凭我接触下来了解的情况看，一般人骗不走她，你放宽心。"

井迟冷声说道："谁说她是我姐姐？"

"呵，你跟我叫板有什么用？"傅明川简直觉得莫名其妙，"有本事你去跟她叫板。"

井迟还真去了，抓起沙发椅背上的外套就走，驱车去了宁宅。

吹了一路潮热的夜风，他清醒了过来，路过宁宅时没有停留，踩下一脚油门驶过去，回了自己家。

宁苏意晚上加班，九点多才到家，吃了小半碗珍姨煮的桂花酒酿圆子，之后回到房间，还未来得及洗澡，手机就响了，是井迟打来的电话。

她揉了揉肩颈，坐在床沿接通电话，困倦地问他有什么事。

"你送了景庭哥一套西服？"说起这事，井迟想起上回宁苏意送穆景庭的那条领带，心里怄得不行。

宁苏意愣了一下，纳罕道："你从哪里知道的？"

"别管这个，你为什么送他西服？"井迟有些执拗地问道。

宁苏意虽觉得他的语气不对劲，但对他一向纵容，没有丝毫不耐烦的感觉，解释给他听——昨天下午穆景庭为了背她打湿了西裤，外套也因为她不当心掉进水里，她送一套西服权当赔偿。

她如此坦诚，反倒叫井迟不知说什么好了。

他沉默了许久，才不咸不淡地"哦"了一声，不理智地率先挂断了电话。

周一一早，井迟被井韵荞的一通电话叫到了罗曼世嘉总部。

他以为有急事，到了她的办公室，却见他不紧不慢地从抽屉里拿出一沓设计稿放在桌面上，推过去让他瞧一瞧。

井迟手指点在设计稿上，语气茫然地问："要我瞧什么？"

井韵荞手里习惯执一支笔，手背支着下颌："这些是经过三轮选稿，呈上来的关于'梦中婚礼'系列的珠宝设计，你给个意见。"

井迟无语。她特意把他叫过来，就为这事，简直是浪费他的时间。

"你做主就好。"井迟懒得翻开设计稿看，原封不动地将其推了回去。

井韵荞不满他撂挑子的态度："到底你还占着一个'小井总'的位子，不能不干事吧？平日的琐事能省我都给你省了，让你投个票你还不耐烦。我不帮咱爸，每日坐在这里焦头烂额的人就是你。"

"好，好，好，我的错。"

井迟从不是个叛逆的人，对姐姐的话是乐意听的。他当即举白旗，乖乖地拿上那一沓设计稿坐到沙发上去看。

井韵荞满意地笑了笑："这还差不多。"

"只选一套？"

"对。"井韵荞亲自给他斟茶，端到沙发边的小圆几上，让他慢慢看，不着急。

井迟一张一张翻着各种款式的成套珠宝设计稿，委实有些头疼。虽然他态度认真，嘴上却不饶人地吐槽："我哪儿懂你们女人的审美？"

井韵荞："你稍微发挥一下想象力——假如你即将举办婚礼，得为你的妻子挑选一套称婚纱的珠宝。我这么说，能调动你对珠宝的审美吗？"

井迟的脑海里跳出来的就是宁苏意那张高冷又奇异地显得柔和的脸，但他穷尽想象力，也描绘不出她穿婚纱的模样。

井韵荞推了一下他的手臂："你想什么，这么入神？"

井迟回神，眼神经过掩饰已叫人瞧不出半分落寞之意："不是你让我想象……"

他话未说尽，低头接着看设计稿。

罗曼世嘉的开发部有绝对公平的比稿制度，不管是主管、首席设计师、普通设计师，还是设计员、学徒，递交上来的设计稿一律不许写落款，由上级盲选。

公司这么做很大程度上能保证，哪怕你是个实习生，也有出头的机会。

温璇第一次听说这个制度时，拊了拊掌，大为赞赏，感慨当初大学时实习的小珠宝公司若能有这样的制度，自己也不至于被冤枉。

半个小时左右，井迟看完了所有设计稿，从中抽出一套递给井韵荞，认为这一套最符合自己心目中对"梦中婚礼"的理解。

"梦中婚礼"系列珠宝的主设计稿就这么被定下来了。

后续的事情，井迟没再跟进，反正不是自身要操心的事。然而让他没料到的是，自己那日选的设计图正是出自温璇之手。

她还因此被破格升任了首席设计师。

这在罗曼世嘉是绝无仅有的情况。

温璇入职不满一个月，能开这样的先例，也够公司内部人员议论好一阵子了。

各种话语传到温璇的耳朵里时，她也十分意外。

不过职已经升了，薪也加了，她没矫情谦虚，大大方方地请同事吃了一顿大餐庆祝。聚餐时，众人聊起这次比稿的事，有人就说是小井总选定的。

温璇不知道当中有这一环节，乍然听见，愣怔许久。

她端起白葡萄酒喝了一口，眼里肉眼可见地泛起星光，勾了勾嘴角，突然之间有些相信"缘分"这一说。

她再见到井迟，是在 8 月中旬的一个雨天。

这段时间温璇忙着画设计稿，几乎到了废寝忘食的地步。上一回用来参与比稿的只是其中一套设计图，现在一整个系列的产品交由她负责——她要画的设计稿两只手都数不过来。

她刚升职，这件事要是办得不够漂亮，别人当然会对她有意见。

温璇是从主管的办公室里出来，在走廊里碰见那个人的，几乎没踌躇就脚步轻快地追了上去。

这回她总算没认错人，是井迟本人。

他穿着一套很简约的西装，没打领带，里面的纯黑衬衫的领口扣得严严实实，单手插进裤子口袋，低头看了看表，似乎有什么要紧事要赶着去处理。

快到下班时间，摸一会儿鱼不打紧，于是温璇叫住他："井先生。"

她没像其他同事那样称呼他为"小井总"。

井迟距离电梯间仅有三四米，闻声停下脚步，侧过身去看她，表情称得上淡漠，连个字都不愿说，只用眼神问她有什么事。

温璇弯了弯唇，笑着向他道谢，说自己升职要没过他那一关肯定不行。

井迟错愕极了，想不通她升职与自己有什么关系，是以非常冷淡地打断了她的致谢词。

温璇只好从头说起。

井迟难得与人废话："你现在是罗曼世嘉的设计师，应当知晓比稿的制度。我选的是设计稿，不是人。退一步讲，最终拍板的人是我二姐，温小姐是否谢错人了？"

他的话语里带着些许冷意，配上他那张冷峻的脸，直叫温璇哑口无言，甚至有几分脸热。

她识趣地换了个话题："晚上的部门聚餐，井先生去吗？"

"不去。"

"那……"

"没什么事的话，我先走了。"井迟再一次抬腕看表，焦灼的情绪都写在脸上。她再耽误下去，他可能会顾不上教养和礼数，直接拂袖走人。

然而，温璇实在难以劝服自己错过这不可多得的机会。

"等等。"

她急切地请他再稍等一下，转身跑回自己的工位，拿上东西折了回来。

温璇该庆幸今天穿的是平底鞋，要不然一定跑不了这么快。她身上穿着一条黑底点缀红玫瑰花的连衣裙，裙摆在空中荡出弧度。片刻后她跑到井迟面前，又一次郑重地说了声"谢谢"，而后将手里的东西塞给了他："我亲手做的，希望你不要嫌弃。"

她不在乎他是什么态度，将东西给出去后就跑远了。

这句"谢谢"，他大概不懂是什么意思。

但这不重要，她记得就好了，哪怕过去五年之久。

井迟上学时期有不少女孩往他的课桌里塞东西，但当面塞的屈指可数。主要是因为他一贯冷着脸，浑身都写满了"生人勿近"四个字。

他成年以后，将不动声色修炼得炉火纯青，在他面前打直球的女人少之又少——所以他方才一愣之下没来得及拒绝。

现下人已经跑远了，他总不可能追上去把东西还回去，被人围观不像样。

井迟低头看了一眼手里的塑料盒，里面整齐码着十来块圆圆的蔓越莓曲奇，浓郁的香味飘散出来，与西点店玻璃橱柜里售卖的几乎无差别。

井迟乘电梯到了楼下，前来接他的司机在大厦门口已等候多时。

他顺手将曲奇给了司机。

司机连声道谢，问他怎么不自己吃。

井迟没多说，只说自己不喜欢甜食。

穆景庭生日前夕，在好友群里通知：明天正好周五，大家要是不忙就去他朋友那里聚一聚，当是凑个热闹，不用带礼物。

担心有人不看群消息，他单独给重要的朋友发了私信——宁苏意自然在其中。

周五下午，宁苏意忙完手头的事，提前一个半小时到了家。

她早晨临出门时让珍姨帮忙买了一些烤蛋糕需要用的食材。回家后，她换了一身家居服，然后钻进厨房，打算亲手做个蛋糕，晚上带过去。

珍姨想给她打下手，在中岛台边徘徊了一会儿，发觉自己毫无用武之地，便把厨房让出来，交给宁苏意折腾。

鸡蛋、奶粉、低筋面粉、糖粉……五花八门的食材被摆在流理台上，宁苏意有条不紊地把这些零散的食材混合，放进模具里，送进了烤箱。

珍姨闻到香味进来瞄了一眼："我都不知道酥酥还会烤蛋糕。"

"我也是半吊子水平，在国外试过几次。"宁苏意笑道。

听见手机铃声响了，宁苏意在水龙头底下冲掉手指上沾的面粉，捏起围裙一角擦干净手上的水珠，按下了接听键。

井迟问她下班没有，准备接她一起去穆景庭的生日聚会。

"我提前下班回来了，现在在家里。"宁苏意柔声说。

井迟问："那我过去找你？"

宁苏意说了声"好"，挂了电话，转头去看烤箱。定时还未到，她便重新洗了手，开始制作奶油。

井迟下午在家陪老太太，开车从雍翠乐府过来只需二十分钟。

门铃响了，珍姨过去开门，亲自给他拿了拖鞋。

"酥酥在楼上？"井迟手撑着玄关的壁柜，蹬掉鞋，穿上了那双独属于他的深灰色格纹布拖鞋，往里张望着。

他闻到了空气里弥漫的奶香味，是烤面包、点心之类的味道。

"在厨房里做蛋糕，忙活好久了。"珍姨去泡茶，让他自便。

井迟趿拉着拖鞋朝厨房走去，在门边驻足。

傍晚时分，天色尚且明亮，厨房里仍开了灯。明亮的灯光自头顶洒落，投在宁苏意身上。

她绾了个十分随意的丸子头，松松的，些许碎发垂落在白皙的脖颈

105

上，被灯光染上了浅金色毛边。她浅褐色围裙的里面穿着一条居家的奶茶色背心裙，裙摆及脚踝，棉麻质地。不用触摸，他就知道那裙子分外柔软舒服。

她没化妆，苹果肌上那颗淡色小痣清晰可见。那颗痣，她平时化了妆不细瞧很难注意到，此刻却如钩子一样抓得他的心痒痒的。

井迟别过眼去，喉结滚动。

珍姨走到近前，说茶沏好了，问他喝不喝。

井迟说不喝。

宁苏意这时才发现井迟来了，朝他笑了笑："什么时候来的？"

"刚到。"井迟见她额角蹭了一些白色面粉，抬手替她拭掉，动作再温柔不过，问，"你什么时候学会烤蛋糕的？"

"留学期间。我没跟你说过？"宁苏意用小臂蹭了一下他摸过的地方，手持电动搅拌器，"嗡嗡"的声响横在两人之间。

井迟没留神就把心里话说了出来："你都没有给我烤过蛋糕。"

他语气显得有几分委屈，还带着控诉的意思。

宁苏意头也不抬地说："这还不简单？要是喜欢吃，你明年过生日我给你烤一个。你喜欢什么口味的？"

井迟迟迟未答。

他要的不是蛋糕，是独一份的心意，独一份的。

宁苏意没精力注意他。因为太长时间没烤过蛋糕，唯恐搞砸了，她每一步都小心谨慎，一心专注于此。

蛋糕坯出炉了，宁苏意躬身小心翼翼地倒扣脱模。见完整的蛋糕坯置于转盘中间，她才松了一口气。

只剩下抹奶油的环节，相对前面的步骤就简单太多了，宁苏意一边与井迟聊天，一边抹匀奶油。

井迟自顾自地从冰箱里拿出一瓶矿泉水，拧开喝了一口，将瓶子拿在手里："你那慈善基金会筹备得怎么样了？"

"资料都备齐了，这个月底就能登记。"

"没忘记我的话吧？副秘书长的职位我预定了。"

宁苏意比了个"OK"的手势，还说简历都给他打好了，不用他自己费心去写，到时他只需掏腰包。

井迟垂目，嘴角微勾，笑得无奈："我的钱包不都由你保管？"

"哇，那都是什么时候的事了？你现在说这话我都感觉你在嘲讽我。"宁苏意终于抹好了奶油，腰都酸了，直起身歇了一口气，直勾勾地盯着井迟。

井迟与她对视，仍然笑着，表情没半点儿攻击性，单纯无害的样子。

那是小学的事了，井迟的零花钱都是交给宁苏意保管。当然，这是老太太授意的。她担心井迟在学校里乱买垃圾食品吃坏肚子，他那小身板压根经不起一点儿折腾。

是以井迟用钱都得向宁苏意打申请。

宁苏意将"姐姐"架子端得十足，紧攥着粉色的小钱包，以此威胁："叫我一声'姐姐'，我就给你零花钱。"

井迟憋屈得很，那时年纪小不懂事，也没反抗能力，被她占了好多便宜。

后来他个儿都不愿意回想这段经历。而宁苏意懂事以后，也觉得当初自己的行为有点儿过分了。

眼下听井迟主动提起这件事，她就有种强烈的感觉，他一定是在讽刺她。

井迟舔了舔唇，语气平静地说："我发誓，我没有那个意思。"

宁苏意从冰箱里拿出一盒洗好的草莓，挑出一个头大的、鲜红饱满的塞进他的嘴里："你最好没有。"

井迟"嗯"了一声，叼着草莓，满口都是甜甜的味道。

宁苏意将剩下的草莓切成片状和粒状点缀在奶油上，最后用黑色巧克力酱写上祝福语，生日蛋糕就大功告成了。

宁苏意两手叉腰，仰起酸疼的脖子，感觉筋都要绷断了，大呼："我以后再也不做蛋糕了！"

大概是老了，她没以前那么有耐心鼓捣这些，中途几度想撂挑子不干，去蛋糕店定做一个岂不省事？

井迟替她解开围裙后的系带，顺便在她耳边轻声埋怨："搞什么？姐姐刚才还说明年我过生日亲自给我做一个蛋糕，这么快说话就不算话了？"

宁苏意闻言拆发圈的动作顿了顿，"唰"地扭过头，目光如炬地瞅着他："你……刚才说什么？"

井迟摸了摸鼻子，后退一步，手里还拿着矿泉水瓶，掩饰性地喝了一门：“你听错了，我没说什么。”

“你刚才叫我姐姐！”

宁苏意此时的诧异程度不啻听到平地一声雷。

这个小屁孩成年以后，她可是再没听他心甘情愿地叫她"姐姐"。她怎么威逼利诱都没见他低头，他可谓是铁骨铮铮。今儿太阳打西边出来了？

井迟大步走出厨房，头也不回地说："我在客厅等你。你赶紧去换衣服，再磨蹭我先走了，不等你了。"

他步履匆忙，差点儿与门口的郜淑英撞上，连忙停住脚步："阿姨，不好意思，差点儿撞到您。"

"没事，没事。"郜淑英微笑着摇头，指了指沙发，让他去那边坐。

宁苏意将蛋糕包装好，放进冰箱里，去楼上换衣服、化妆。

客厅里，郜淑英与井迟坐在一处闲聊片刻，起身去收拾厨房的残局。珍姨见状，跟过去帮着整理。

郜淑英偷瞄一眼客厅沙发上坐得规规矩矩的井迟，感叹了一声岁月如梭。小小少年似一眨眼就长成了顶天立地的男人，肩宽腿长，气质沉静，不骄不躁刚刚好。

郜淑英搡了一下珍姨的手臂，掩着唇小声说："其实，小迟跟我们酥酥蛮般配的。"

珍姨笑起来，同样压着嗓音，以防外面的人听到分毫："我也是这样认为的。俩孩子一起长大，知根知底，若能结为连理，那可真是天赐的缘分。"

宁苏意在房间里"窸窸窣窣"地鼓捣了许久，换上了一条雾霾蓝吊带裙。手工蕾丝的面料高级又有质感，能清晰地看见上面织就的花纹。款式倒很简约，只后腰处缀着一枚轻纱系成的蝴蝶结，垂下两条丝带，有那么点儿国风的意思。

她只在脸上涂了薄薄一层粉底，遮瑕和腮红都没打，然后涂上干枯玫瑰色的口红，顺手抓了抓黑长鬈发，让其随意地散在身后。

宁苏意对着全身镜照了一圈，确定无不妥的地方，才拎起桌上的包和礼物盒下楼。

从冰箱里取出蛋糕，跟井迟一道换鞋时，她向郜淑英报备："参加景庭哥的生日聚会，晚上可能回来得比较晚，你不用等我。"

郜淑英回道："知道了，少喝点儿酒。小迟，你帮我看着她点儿。"

井迟笑着说"好"。

两个人出了门，风裹着热气源源不断地往脸上扑。

宁苏意抬手遮在额前："你看着我？我看你还差不多。"

井迟反驳："咱俩半斤八两。我是不能喝，你以为自己酒量很好吗？"

井迟开的是宁苏意不久前送的车。他拉开后座的车门，接过她手里的礼物和蛋糕放在后座上，又帮她拉开副驾驶座的车门。

这车底盘高，宁苏意穿着高跟鞋上车有点儿费劲，拎着裙摆爬上去坐好，还不忘反击他："再怎么样我的酒量至少比你好。"

井迟把车开出去，行驶在宁城拥堵的车流中："是吗？那你还记不记得上次喝醉后干了什么？"

宁苏意果然开始回忆："你说的哪次？"

"还能是哪次？"井迟眼尾微垂，手搭在方向盘上，懒散地拖着调子，那股少见的痞气便在这时显出几分，"就你学叶繁霜抽烟那晚。"

"你管那叫喝醉？我的脑子清醒着呢。"宁苏意独独在他面前，那副高冷的皮囊被撕得一干二净，常常三两句话后就开始与他拌嘴。

井迟轻哼了一声，不与她掰扯。

她脑子清晰？脑子清晰她能亲到他的下巴？

前方的路拥堵不堪，十几分钟过去，车子似乎还在原地。

井迟也不着急。四处都是车子，他与宁苏意被困在车流里，像是被丢在荒岛上，只有他们两个人。

宁苏意低头时发现手指不知什么时候被弄脏了一块，包放在后座上，不好拿。她找了找置物格，翻到一包纸巾，刚要拿起来，却看见纸巾旁放着一盒烟和一个四四方方的金属打火机。

宁苏意愣了一下，扭头看向井迟。

路况糟糕，他聚精会神地注视着前方，没觉察她的异色。

在她的印象里，井迟是不抽烟的，所以宁苏意在车里看到烟和打火机时有些奇怪。她没出声问他，心想或许这是傅明川他们的。

她抽出一张纸巾，擦了擦被弄脏的手指。

宁苏意正在出神，行驶中的车子猛地急刹，发出一道刺耳的声响。出于惯性，她身体前倾，幸好手掌及时撑住中控台，然后听见后座传来"哐当"几声，是什么东西掉落的声音。

宁苏意无心去管，抬起头透过风挡玻璃看向前面。

原来是有辆车突然变道，从旁边的车道拐了过来。

井迟没忍住低咒了一句："赶着投胎呢？差点儿就撞上了。"而后他扭过头来上下打量宁苏意："没磕到吧？"

"没有。"宁苏意说完，想到什么，急忙回身去看车后座，然后沮丧地说，"蛋糕全毁了。"

因方才的突发状况，蛋糕盒连同礼物盒一同从座椅上掉了下来。蛋糕盒恰好被压在下面，摔得惨不忍睹。

井迟腾出手扳了一下后视镜的角度，也看到了后座的惨状，挑了挑眉，不无"遗憾"地说："景庭哥吃不到你亲手做的蛋糕了。"

宁苏意表情滞住，怎么觉得他这语气带着幸灾乐祸的意味？她再去看他的脸色，竟毫无破绽。

好在她备了一份礼物，不至于两手空空地过去。

四十分钟后，两个人到了穆景庭订的地方。

宁苏意把礼物送给穆景庭，说了一声"生日快乐"，只字未提亲手做蛋糕这件事。下车时她特意看了一眼，奶油糊成一团，不提也罢。

邹茜恩也来了。两个女人坐在一起，说说笑笑。

朋友们陆陆续续地来了，闲聊片刻后，穆景庭让服务生送来各式各样的餐点。

服务生还推过来一个大蛋糕——蛋糕自然是这里的老板邓铎让厨师准备的。

聚会过半，穆景庭起身执起刀具准备切蛋糕。

"哎，别急呀，蜡烛没点，生日愿望没许，怎么就到切蛋糕环节了？"邓铎喝高了，红着脸含混地嚷嚷道。

穆景庭看他一眼，难以消受："你够了。"

邓铎表示，在他的地盘就得听他的，于是拿着打火机点燃蛋糕上的蜡烛。穆景庭嫌弃极了，抬眸看向坐在沙发上的宁苏意，招了招手，笑容和煦："酥酥，生日愿望让给你了，你许一个。"

宁苏意正跟大伙一起看热闹，冷不防自己被点名，表情呆滞了一秒，说："你的生日我许愿，不好吧？"

"没什么不好，你来许。"

盛情难却，宁苏意只好站到他身旁。包间里的顶灯被人关了，只余幽暗的烛火轻晃。她双手合十，闭上眼眸，十几秒后睁开眼吹灭蜡烛。

灯光再次亮起，穆景庭看着她，眼里是比烛火更温暖的光，融融的，像冬天雪夜里一盏橘黄的灯。

宁苏意的脸大抵是被烛火烤得有点儿热，一丝淡淡的红晕浮在颊边。

穆景庭这时拿起刀具，切出一块蛋糕递给宁苏意："给你，上面有你喜欢吃的黄桃。"

"谢谢。"

宁苏意端着蛋糕刚撤退一步，穆景庭就遭人暗算，是离他最近的邓铎抹了一手奶油攻击他。

这才是邓铎准备蛋糕的真正原因。

场面一时乱作一团，到最后，除了宁苏意手里那块蛋糕，其余的都被当作"武器"糟蹋了。

宁苏意吃了两口，将蛋糕放在桌上，端起一杯香槟喝了一口，余光瞥见井迟蠢蠢欲动的手，抛了一记警告的眼神过去："别喝酒。"

井迟郁郁地垂眼："哦。"

他太知道宁苏意心里最软的那一块地方该怎么触动，于是乐此不疲地玩着这种小把戏，笃定哪怕她身在吵嚷的人群里，余光中总有一处他的影子。

这是他们从小到大的默契。

他享受这样的偏爱。

穆景庭洗了脸回来，额前碎发全湿，眼眸浸了水一样干净。他用纸巾擦着水珠，视线扫视半圈，落在宁苏意身上。她倒了杯果汁递到井迟的手里，让井迟老老实实地喝果汁。

只消一眼，穆景庭就明了井迟在玩什么"游戏"。

井迟总靠这一招夺取宁苏意的关注，上次也是。穆景庭体会到"招数不多，好用就行"是什么意思了。

十一点左右聚会散场，男人们有留下打牌的，其余不愿熬夜的人就先走了。

明天周六，宁苏意不用早起，应邹茜恩的邀请，去她家留宿，在门口与井迟、穆景庭告别。

邹茜恩家的司机开走了车。

夜深了，风也止了，空气多了几分凉意。

穆景庭缓缓收回目光，看向井迟，亲和地笑了笑："你开车来的？不用送吧。"

"不用。"井迟冷冷淡淡地回道，缓缓走到停车的地方，开走那辆酷得过分的车。

井迟一路顺利到家，驶入车库。车熄了火，他却坐在驾驶座上久久未动。

他不是没看出来，穆景庭的意图一次比一次明显，相信要不了多久，宁苏意便会知道穆景庭打的什么主意。

那她呢？她会怎么考虑？

和她有青梅竹马情谊的，可不止他井迟一个人。

井迟心思烦乱，倾身打开置物格，从里面摸出打火机和烟盒，点燃一支烟猛吸一口，让那浓烈的刺激味道滚进肺里。

他真是被打脸了。

傅明川之前劝他，若是对宁苏意有情，尽早下手。他怎么想的来着？那个时候他想的是，他对宁苏意的好不是占有，是虔诚奉献，无须她回应。他甚至自我安慰，她要是哪日有了喜欢的人，自己会笑一笑，大方祝福她。

现在他想来，那些全是废话。

可是，他能有什么办法？酥酥对他一点儿多余的想法都没有，让他觉得自己这些潜藏的爱恋是亵渎，更是辜负她的信任。

抽完一支烟，井迟捏着烟蒂在灭烟器里摁灭，推开门下车，准备锁车时，想起后座那惨不忍睹的蛋糕还没收拾。

他拉开后座的车门，拎出那个被摔得稀巴烂的蛋糕。

出于一种“这好歹是宁苏意亲手做的”的心理，井迟揭开透明的盖子，抓了一把奶油塞进嘴里，甜度适宜，没那么腻。

可他一口一口将奶油吃下去，舌根还是有些甜得泛苦。

8月底，宁苏意挑了周一，向民政部门提交了法人登记申请书，正式成为 SUYI 慈善基金会的法人代表及理事长。

她办了一场盛大的慈善晚宴，公开募捐，一切都很顺利。

慈善晚宴过后，宁苏意拜托井迟介绍了一个软件制作公司。她想要做一个专属于 SUYI 慈善基金会的 APP（手机应用程序），还有 PC（个人计算机）网页，方便普通群众贡献一份力量。哪怕大家捐出一块钱，也能帮助一个贫困山区的小孩吃到一个馒头。

虽然宁苏意投入明晟药业的精力未减，但这还是引得宁老先生不满了。他将她叫到书房谈话，问她最近都在忙些什么。

宁苏意一五一十地如实相告。

老爷子咽下一口酽茶，眉头皱成几道折痕："慈善基金会的事我听说了，苏意，你这是在做什么？这么大的事不跟我商议，你眼里还有我这个爷爷吗？你别跟我说打着个人名义！你得看看你是什么身份，而那慈善晚宴，有多少人是冲着明晟、冲着宁家才肯赏脸出席的？！"

宁苏意抿着唇，静静地立在书房落地灯旁。

她想过爷爷会不高兴，却没料到他会气成这样。

"爷爷，没跟您商议是我不对。我原本没将这件事想得太复杂，您就当是圆我的一个心愿。"宁苏意敛目，声音沉重地说，"当年柳家那位阿姨救了我。没她，我活不到现在。最后她却因为没钱治病死在家中，尸体臭了都没人处理。我始终认为，如果我们家的人早一点儿找到她、报答她，她不至于那样凄惨。"

她深吸一口气，眼眶已然有些热："我过不去心里那关，总想着以后有能力了，至少做些什么事，帮一帮那些因缺钱而活在痛苦中的人。我不是要做那施恩济世的菩萨，只是能帮一点儿是一点儿。"

老爷子自始至终无法真正理解她的想法，懒得与她多言，挥了挥手打发她出去。

后来与井迟聊到成立慈善基金会的初衷，宁苏意低声叹气："所有人都在问我为什么要做吃力不讨好的事，是为了名，还是为了利……"

"我知道你不是那样的。"没等宁苏意说完，井迟就出声打断她的话，眼里是全然信任与虔诚的光，"你是对当年的事耿耿于怀，认为自己早一点儿联系柳家人，或许能救回一条命。你心中有愧，所以才想成立慈善基金会，在力所能及的情况下，哪怕是尽绵薄之力，也想帮助需要救助的人。"

他顿了两秒，眉头微蹙，声音沉沉地说："但是，酥酥，那不是你的错。况且这些年来你一直在资助柳家的姑娘上学，早就偿还了救命之恩。"

宁苏意错愕地睁大眼睛："你怎么……？"

"你想说我怎么知道？"井迟扬眉笑了，语气带着掩不住的得意意味，"我猜的。我就知道以你的性格，你不会什么事都不做。"

第五章

幽闭恐惧症

中秋节放假三天，宁苏意看了梁穗提交上来的需要救助者的资料，打算趁着假期亲自去其中一家社会福利院看看。

福利院里除了收容父母双亡且无亲戚照管的孤儿，还有一些是被遗弃的残障儿童。资金紧张，院里年年申报救助款，还是短缺，孩子们过得很苦。

宁苏意想先去实地考察一番，再确定拨款或是提供一些物资。

井迟听说她的计划以后，提出陪她跑一趟。

宁苏意怕耽误他的时间，在电话里说："我就是过去看一眼了解情况，一个人就够了。中秋节你不用陪奶奶？"

井迟说："我天天住家里，奶奶还嫌我烦呢。"

宁苏意笑了一声，接受了他的好意。

两个人约定早上八点左右出发，由井迟开车，前往宁城远郊一个叫落日的小镇。

车窗被降下半扇，晨风和阳光一起涌进车里，宁苏意用手压住被风吹起的头发，眯着眼看着前方："我在宁城生活了这么多年，第一次听说这个地方。落日镇，听名字是个很美丽的地方。"

井迟说："我也是第一次听说。"

车子驶了快三个小时，越临近小镇，道路越糟糕。

路面坑坑洼洼的，尘土飞扬，车轮胎碾过去"咯吱咯吱"地响。人坐在车里，被颠簸得摇摇晃晃，早上吃的饭都要吐出来了。

宁苏意皱着眉，从车里拿了瓶矿泉水小口小口地喝着。她是不晕车的，这会儿也被晃得有点儿难受，没忍住干呕了一下。

井迟紧张地问："没事吧？"

"还好。"宁苏意摆了摆手。

于是井迟放慢了车速，但宁苏意的情况并未好转多少。

他们终于到了目的地，车子刚停稳，宁苏意就飞快地推门跳下去，蹲在路边吐了。

井迟下车蹲在她旁边，抬手轻拍她的后背，担忧地问道："以前没见你晕车，怎么回事，肠胃不好吗？"

宁苏意吐完反倒舒服了，漱了漱口，拧上矿泉水瓶盖，撑着膝盖站起来："可能是这几天没休息好，没事。我们进去吧。"

福利院就在身后，灼热的太阳底下，一块长条形的白色招牌挂在锈迹斑斑的铁架子上，上面的字红漆掉了，依稀能看出点儿痕迹。周围都是低矮的自建房，远处是一块块田畦，种植着叫不出名字的农作物。

门口的保安亭里没人，大门从里面上了带铁链的黄铜锁，若不是能听到小孩儿的声音隐隐传出来，宁苏意都要怀疑这是一处被废弃的地方。

她上前去敲门，许久没人回应，于是看了一眼井迟。

井迟干脆扯着嗓子喊："有人吗？"

里面走出来一个四十多岁的妇女，短发，穿着玫红色碎花短衫、黑色七分裤，脚上是一双帆布鞋，胖乎乎的脸上堆满疑惑之色，打量着来人。

"请问二位有什么事吗？"这里很少来陌生人，妇人有几分警惕。

宁苏意从包里掏出名片——是她新印的SUYI慈善基金会的身份。她隔着铁门的空隙递进去给妇人："我是SUYI慈善基金会的负责人。前几天我们的工作人员给你们院长打过电话，我是过来了解情况的。"

妇人连忙从裤袋里摸出钥匙打开铁门的铜锁，让他们进去。

宁苏意举目四顾，总觉得这里不像福利院，问了之后，听妇人说："这儿以前是废船厂，经过改造建成了福利院。因为我们资金不足，一些设施保留了原样。"

三个人往里走，空旷的水泥地上，一群小孩在玩耍。

一个断臂的小男孩坐在滑滑梯的台阶上，正低着头用一只手艰难地拼装积木。他旁边坐着一个小女孩，小女孩看起来很健全。

当小女孩抬起头时，宁苏意的心猛地抽动了一下——那个小女孩只有一只眼睛，像是被烫伤或是烧伤的，左眼四周的皮肤皱巴巴的，枯树皮一样。

当中有一些健康的孩子大概是营养不良，十分干瘦，掀起衣服来，连肋骨凸起的形状都能看得清清楚楚。

妇人让他们稍等，自己则去叫院长过来。

井迟站在宁苏意身后，拍了拍她的肩膀，无声地安慰着她。

没过多久，院长出来了，是一位与方才那位妇人差不多年纪的妇女，穿着一身宽松的棉麻质地的衣服，笑容更亲切一些。

寒暄过后，院长请他们到办公室里详细聊一聊福利院的情况。

办公室十分简陋，里面只有一张两米长的办公桌、几张椅子，连茶几都没有，角落里放着一张简易的折叠单人床。

院长局促地请他们坐，从办公桌的抽屉里翻出一包用皮筋捆扎着封口的茶叶："没有好茶，只能委屈你们了。"

宁苏意说："不用给我们泡茶，说说外面那些孩子吧。"

情况跟梁穗在资料里汇报的差不多，院里统共一个院长、两个员工，日常负责照料这些小孩的饮食起居。孩子们有些是被捡回来的，有些是父母不要了丢在福利院门口的。

个别孩子运气好，身体没有缺陷，被好心人收养了，更多的则是因为无法接受正常教育，永远留在这里。

收容人数逐年增长，吃的、穿的、用的东西，样样都要花钱。政府拨的款根本不够，这几位阿姨常常补贴，也组织过大一点儿的小孩做手工换钱。

宁苏意沉默地听着，心里头沉甸甸的。

"情况我已经了解了。您放心，等我回去跟基金会的人商议，过几天就会送来物资和救助款，烦请您列个清单。"

院长以为他们还要继续考察，没想到宁苏意这么快就答应救助，当即热泪盈眶，站起来一迭声地替那些孩子说"谢谢"。

几个人又聊了一会儿，宁苏意才知道这位院长以前是一名护士，后来手受伤了无法继续留院任职，便到福利院工作。

她中年丧夫，有一个儿子，但前年儿子出车祸去世了。她如今在这世间已是孑然一身，把这些孩子当作寄托。

院长领着宁苏意到了院子里，指着那些小孩说："别看他们傻乎乎的，其实什么都懂，敏感，但也很坚强。"

井迟在外面等着，看到宁苏意出来，便走上前问："你跟院长聊好了？"

"嗯。"宁苏意看着他，突然问，"你说，宁城这么富饶的城市，这样的福利院也不在少数，那些更偏远的地方会是什么情况？"

井迟摇头，老实回答："不知道。"

宁苏意叹了一口气："可惜我自身精力有限，没办法一一考察资料上那些信息，只能交给手底下的人去做。"

"你再这么皱着眉就成老太太了。"井迟用拇指按她的额心，轻轻抚平皱起的地方，"你做得够好了，别把什么事情都揽在自己身上。之前你还口口声声说不做菩萨呢，我看你现在就悲天悯人得很。"

宁苏意笑而不语。

不知不觉就到中午了，院长留他们吃午饭。

很简单的一餐，白米饭配青菜和蛋羹，还有炒黄瓜，据说黄瓜是福利院的人在后面那块地里自己种的。

他们吃饭时，一个小女孩蹭过来，用勺子挖了一块鸡蛋给宁苏意。

院长愣了愣，连忙招手："小普过来，不要打扰姐姐吃饭。"院长转而对宁苏意抱歉地说道："不好意思，孩子不懂事。"

"没关系，让她坐这儿吧。"宁苏意往边上挪了挪，腾出一截板凳让小普坐下。

小普就是那个只有一只眼睛的小女孩，此时怯生生地望着宁苏意。她正处在换牙期，一张口就露出几个小缺口，声音软糯含混："院长妈妈说，你是来帮我们的，谢谢你。"

宁苏意摸了摸她的脑袋："不用谢。"

尽管宁苏意掩饰得很好，可目光落在小普脸上时，仍不可避免地去注意她那半张皱巴巴的脸，很是心疼。

院长说这里的小孩心思敏感，什么都懂——果然，小普嚼着米饭，小声问宁苏意："你是不是害怕？"

她指了指自己的左眼，有时候照镜子，自己也会被吓一跳，那一块皮肤很狰狞，像一只蜥蜴趴在那儿。

宁苏意喉头一哽，呼吸都停了一拍。

"我没有害怕。"她摇头，手指轻轻触碰小普的眼周，声音温柔地说，"你知道吗？这世上每个人都能看到美好和邪恶的东西，老天爷不想让你看到不好的东西，所以帮你蒙住了一只眼睛。"

"哇——"小普眨眼，"那我以后看到的都是漂漂亮亮的东西吗？"

"我保证，一定是。"宁苏意捏了捏她的脸。

手机铃声忽然响了，宁苏意放下筷子，从上衣口袋里掏出手机，起身到外面接电话。

电话是她父亲宁宗德打来的。他问她在哪儿，让她赶紧回家。

宁苏意心情尚未平复，手指揩了一下眼角，着急地问道："家里出什么事了？是不是爷爷他……？"

"你别紧张，不是爷爷。"宁宗德怕她慌起来往回赶不安全，缓了缓说，"你要是不忙就回来一趟，电话里一句两句说不清楚。"

车子停在宁宅门口，井迟没下车。如果是宁家的家事，在没打招呼的前提下，他不便参与。

井迟将手搭在方向盘上，目送宁苏意下车，进入铁栅门。

待她快要走远，他冷不丁地喊了一声："酥酥！"

宁苏意停下脚步回身，透过车窗看向他，目露疑惑之色。

井迟竖起大拇指和小指，其余三指收拢，贴在耳畔比了个打电话的手势，清朗的声音飘进她的耳朵："有事打电话给我！"

宁苏意点了点头，穿过被太阳炙烤得热气腾腾的前院，拾级而上，刚到正厅外，还未来得及按门铃，门倏地从里面被打开。

猝不及防地与门内的高修臣四目相对，宁苏意感觉心脏如同被敲了一下，登时冒出不好的预感：该不会是爷爷故态复萌，又提起让高修臣入赘的事吧？

"你怎么过来了？"宁苏意定了定神，问他。

高修臣也不说原因，错开身示意她进去。

宁苏意暗自嘀咕一句，没送他，进了门换上拖鞋往屋子里走去。

老爷子和她父母都在客厅里，面前的茶几上堆着几张纸，几人的神色都有些奇怪。

宁苏意从没见过爷爷红光满面的样子。老爷子那双因长久缠绵病榻而混浊的眼这一刻炯炯有神，毫不夸张地说，那里面有亮光闪过，是克制的激动，也是隐匿不住的欢喜。

宁苏意放轻脚步，唯恐打扰到什么，悄无声息地走到郜淑英跟前，轻声问她到底出什么事了。

宁宗德抬眼看她，笑了一下："酥酥回来了。告诉你一个好消息，中午修臣过来，说你大伯的下落有眉目了。"

宁苏意暗松一口气，不是谈入赘的事就好。

对那位素未谋面的大伯，宁苏意并无多么深厚的感情，乍一听见这个消息，没太大的情绪起伏。

她担忧的是这次的消息是真是假。

每隔一段时间就会传来"大伯有下落"的消息，经过查证，那些人最终都不是大伯。爷爷每每因为这件事悲喜交加，影响病情。

宁苏意不想扫爷爷的兴，压着声音问得小心翼翼："消息确切吗？"

宁宗德拿起茶几上的资料给她看："这人眉眼生得十分像你故去的奶奶，额头的美人尖都一模一样，再结合他的经历来看，应当错不了。"

资料里附有照片，宁苏意注视良久。不是她想泼冷水，根据第一眼的印象，实难叫她相信这是她大伯。

这人眉眼确实有几分像奶奶，可五官组合在一起……不像好人。

宁苏意看了看老爷子的脸，还是决定咽下心中的疑问："挺好的，爷爷总算夙愿得偿。"

宁宗德说："可不是？你爷爷听到消息高兴坏了。"

"那大伯什么时候会过来？"

"派了助手去垣城接人，明天下午就能到家。"

宁苏意在外奔波大半天，有些疲累，上楼回房间洗了个澡，换上宽大的白色 T 恤和灰白格子阔腿裤，躺在床上开始补觉。

翌日，宁老先生一上午都有些焦灼不安，时不时打电话询问助手人到哪里了，怎么还没过来。

午饭宁老先生都没吃几口，平常一贯要午休一个小时，今儿也没睡，在客厅里枯坐着，让宁宗德泡一壶碧螺春，时而抿一口，吊着精神。

宁苏意也被勒令不许外出。

她穿了一件薄荷绿卫衣，白色卫裤，头发松松地束着低马尾，坐在单人沙发上，手里摊开一本时尚杂志，看得漫不经心。

"叮咚"一声，门铃响了。

"快，人来了！"宁老先生拄着拐杖站起来，翘首向门口张望。

珍姨疾步过去开门，门外领头的是高修臣，身后跟着好几个人，男女老少，皆是风尘仆仆，神情迥异。

宁苏意纳罕，不是只有大伯一个人吗？

高修臣领着他们进门。看到珍姨准备给客人们拿拖鞋，宁老先生摆手，已是迫不及待："不用换鞋了，直接进来吧。"

宁苏意昨日在资料上看到的那个男人率先一步踏进来，睁大眼四处打量着，脸上挂着明晃晃的震惊表情，嘴里"啧啧"有声。

男人比照片上还要老一些，对比一下旁边的宁宗德就知道差距。宁宗德年近五十，仍然挺拔如松，儒雅清爽。反观那人，大腹便便，穿一件靛蓝色短衫，胸前大片劣质印花，洗掉了皮，满是裂纹的皮带紧紧勒着肚皮，黑色裤子松松垮垮的，随时要掉的样子。

随他前来的是一男一女两个年轻人，女人手里牵着一个六七岁的小男孩。

宁老先生先把人从头到脚打量了一番，眼眶泛泪，声音听着多了些颤意："一路过来累着了吧？"

中年男人这才将注意力拉回来，咧着嘴角，操着一口浓浓的乡音说："不累，一路好吃好喝着哩。"

"修臣都跟你们说了吗？"

"说了，说了。"男人笑得脸上横肉堆挤到一起，"他说我有可能是明晟药业董事长失踪多年的大儿子，对吧？"

宁老先生哆嗦着手摸出一张小像，递给他瞧："你看，你跟我过世的妻子眉眼有些相似。"

男人瞅了一眼，手抹了一把脸："不瞒你说，小时候街坊邻居都说我长相贵气，出自大户人家，这不就说准了吗？我是双亲去世后才知道自己是被买回来的，可这天大地大的，哪里去寻亲生父母？我只能过一天算一天。"

老爷子听着这话心酸极了，直说是自己的过错，没能早点儿找回他。

男人不大在意地摆手，眼中是难掩的兴奋之色，一把扯过身旁的年轻男人，语无伦次地说道："这个……这是我儿子，那是我儿媳，还有孙子。辰辰，过来叫太爷爷。"

六七岁的小男孩扭扭捏捏地走到前面，看着宁老先生，老大不情愿，撇了撇嘴，也不叫人。

男人在他的脑袋上摸了一下，讪讪地笑了笑："这孩子有点儿认生。"

宁老先生目光一时落在年轻男人身上，一时又垂下去落在还没人腿高的小孩儿身上，心绪久久难以平静："都别站着了，坐下来聊。"

一群人乌泱泱地坐下，双方简单介绍。

中年男人叫林伯成，妻子早年去世，留下一个儿子，儿子叫林牧。经人介绍，林牧认识了同城的毕兆云，两个人早早地成了婚。二人的儿子如今七岁，叫林辰安，在读小学。

林牧在老家的一家车行当销售员，妻子在服装厂工作，至于上了年纪的林伯成在家带孙子。一家人生活过得不算富裕，勉强维持温饱。

宁苏意全程冷静旁观。

要说那个叫林牧的年轻男人像奶奶，宁苏意还能接受，无论是样貌还是气质，都有一两分风韵。

林牧与他父亲林伯成的表现天壤之别，人坐在沙发上，手搭在膝头，背脊挺得笔直，整个人镇静得过分，好似周遭一切人、事物与他无甚关系。

只有老爷子主动问他话，他才敛目谦恭地回答。

"先说到这里，余下的咱们吃饭时再聊。"宁老先生让珍姨去准备晚餐，接着对林伯成说："小孩子估计在飞机上没吃饱，晚饭咱就提前吃。"

林伯成应道："行，正好我也有点儿饿。"

五点一刻，珍姨就把晚饭做好了，从厨房出来询问一声"是否现下就开饭"。

宁老先生点了点头。

宁宗德起身搀着他，众人跟随着老爷子往餐厅走去。邰淑英和宁苏意折去厨房，帮着珍姨一起端菜。

珍姨手艺好，做事麻利，一桌丰盛的菜肴荤素搭配，鸡鸭鱼虾样样不少，还有夏日爽口的凉拌菜。

长条形的餐桌上铺了雪白的桌布，林伯成一家四口坐一边，另一边坐着宁家三口加上高修臣，宁老先生则坐在侧边的主位上。

宁老先生见状，提了一嘴："往后换成圆桌，一家人吃饭热闹些。"

宁宗德记下了，应承下来。

吃饭时的话题没什么新鲜的，大家继续围绕着林伯成一家闲聊。

一时间周遭都是说话声以及比以往响亮数倍的碗筷碰撞声。

"没胃口吗？看你吃得不多。"高修臣坐在宁苏意右边，见她没动几下筷子，换上公筷给她夹了几块凉拌藕片。

宁苏意淡淡地说："还好，不是很饿。"

"啪嚓"一声脆响，所有声音戛然而止。

见林辰安抱着碗啃鸭腿时不当心摔碎了碗，边上的毕兆云万分窘迫，轻拍了一下他的后背，低声训道："让你吃饭的时候不要三心二意，乱摇乱晃，你非不听……"

林辰安的脾气上来了，他将手里的筷子掼在桌上，溜下椅子号啕大哭起来。

哭声充斥着整个餐厅，房顶都似要被掀起来了。

林伯成指着毕兆云的鼻子，话语随着唾沫和饭粒喷了出来："谁让你动不动就对孩子打骂的？他还小，手不稳摔碎个碗怎么了？你自己洗碗的时候还摔碎过碗呢，我打你了吗？"

毕兆云脸色难看："我没有打他。"

"老子都看见了！"

夹在中间的林牧皱起眉毛，从未这么难堪过。当着"外人"的面，让人家看见家庭闹剧，简直丢人，他沉声喝道："别说了！"

两个人都住了嘴，只余林辰安一个人扯着嗓子哭的声音。

林牧将他拉过来："不许哭了。"

林辰安看他一眼，见他面带怒色，渐渐止了哭声，只肩膀一耸一耸地抽噎着，乖乖坐回椅子上。林牧平日轻易不动怒，一旦板起脸来，威严慑人。林辰安纵使仗着受爷爷宠爱，也不敢跟林牧叫板。

邰淑英尴尬地说："带孩子去洗一下脸吧，小脸都哭花了。"顿了顿，她喊珍姨过来："再拿一副碗筷过来，地上的碎片简单清理一下，等饭后再彻底打扫吧。"

毕兆云低下头，牵着林辰安去卫生间洗脸，一刻也不想再在这里待下去，只觉得浑身每一个细胞都与这金碧辉煌的别墅相排斥。

林伯成重拾起木筷，冷静下来后方觉得自己行为过激，心下一凛，目光直直地看向主位上的宁老先生。

老先生搁了筷子，端起手边一盏茶呷了一口，面色发沉，谈不上是生气还是别的情绪。

林伯成找补似的说："孩子到了陌生地方不适应，在家不是这样的。"

宁老先生没接话，其他人也不出声，气氛一时有些凝滞。

沉默许久，宁老先生放下茶盏，抬起那双难辨喜怒的眼，缓缓说道："今晚就先在这里住下来，明儿一早再让修臣过来，带你去做一下亲子鉴定。"

林伯成愣了愣，当即垮下脸来："还要做亲子鉴定？！老爷子，你是怀疑我来诈骗的？我告诉你，要不是这个叫高什么臣的人一个劲地劝我来，打死我我也不愿意大老远地跑这地方来受罪！"

高修臣替老爷子说话："你误会宁董了，宁董不是怀疑你。做亲子鉴定稳妥一些，不然传出去名不正言不顺的，日后于你也不好。"

林伯成动了动嘴唇，没发出声音，暂且按捺下心头的不满情绪，只是有些不甘心，嘀咕道："以为人人都想攀高枝吗？"

宁老先生不再进食，起身离了座，往书房走去。宁宗德准备搀扶他，被他摆手拒绝了。

蹀到书房，宁老先生掩上门，走到书架前，上面一格放着妻子生前的照片。

他定定地看了照片片刻，叹息一声，嗓音低哑地说："孩子找到了，跟你说一声，你在底下也能安心了。"

虽然他们还没有做亲子鉴定，但他心里有数，结果八九不离十，纵然与预想的情况有几分落差，到底是了却了一桩心事。

昨天刚得到消息时，老爷子心中欣喜大过一切；今日初步接触，他满心都是欣慰感；待到此刻情绪回落，整个人镇定下来，心头才涌上一丝失望的情绪。

以前他不是没想象过大儿子归家的画面。他想，他那个幼时聪颖的儿子，即便身在别处也能在某一个领域里有所成就。

现在看来，后天环境对一个人的影响太大了。

他应该是指望不上林伯成了。

至于林牧，他寡言少语，瞧着岳峙渊渟，但只能说兴许是个可造之材，暂时还无法下定论。

按照一般流程，亲子鉴定七个工作日出鉴定结果。宁老先生要得急，托人从中协商，几名鉴定人员加班加点，只用了几个小时就拿到了鉴定报告。

高修臣亲自从鉴定中心取了被密封好的文件袋，没擅自打开来看，开车送去锦斓苑，交到了宁老先生手里。

"修臣，你看过了吗？"

宁老先生面前的书桌上铺着一张浅褐色宣纸。他刚临了一篇《瑞鹤帖》，墨迹还未干透。笔走龙蛇的瘦金体与原帖相差无几，他只添了两分自己的风骨在里头。

高修臣推了推眼镜："没有。"

宁老先生将桌上的文件袋推了过去："打开看看。"

这番举动叫高修臣好生疑惑，按理说宁董比谁都急切，比谁都希望这件事尘埃落定，临了了怎么反倒踌躇起来？

高修臣没有置喙，拿起文件袋，绕开封口缠了几圈的白线，从中取出鉴定报告。

前面几页 DNA 对比的专业术语他懒得看，也看不懂，直接翻到最后一页，目光锁定末尾的结论——综上检验结果分析，林伯成的基因型符合作为宁宪的遗传基因条件。经计算，亲权概率（RCP）为 99.9999%。

高修臣看完，语气平静地说道："林伯成是您的儿子。"

见宁老先生伸手，高修臣将鉴定报告递到他的手里。

他只看了一眼就将报告装回文件袋里，笑意淡淡地说："我就知道这次错不了。修臣，麻烦你这些年来费心调查，我死也能瞑目了。"

高修臣受宠若惊："宁董，您这么说就折杀我了。"

鉴定结果被林伯成知晓了，他的尾巴都要翘上天了。他打电话挨个儿告知了以前的老友，说自己前些年背时，如今终于苦尽甘来——好日子找上门来，苦日子到了头。

他那些狐朋狗友没一个相信他的话，都笑骂他在哪个酒馆里喝多了黄汤，满口胡言。

林伯成炫耀不成，气得直瞪眼，从鼻腔里哼了一声，让他们以后滚远点儿，遇到事了千万别找他救济。

他昨晚一宿没睡，查了不少关于明晟药业的资料。那些企业战略、发展史等他一概不懂，只看清楚了一个数据——明晟药业市值两百多亿美元。

以往他对"明晟药业"的印象，只模糊存在于平时买感冒药、胃药之类的，药盒上印的标签。他从没想过，有一天自己会离这个企业这么近，自己竟然就是明晟药业的大公子。

这种事不管发生在谁身上，做梦都要笑醒。

天上掉馅饼，不过如此。

宁苏意的处事风格用叶繁霜的话来形容就是八个字——落花无言，人淡如菊。

当然，这不是叶繁霜的原创，是我国唐代某位诗人的绝句。

简单来说，宁苏意这人恬静冷淡、处变不惊。天塌下来她也只是抬一抬眼皮，乐观地想，反正不止自己一个人遭殃。

林伯成是爷爷的儿子，这件事她接受起来很快，大抵是因为早有心理准备。

中秋假期弹指一挥般结束，宁苏意一大早起来，没在家里吃早餐，跟珍姨打了声招呼，拎着包出了家门。

一辆酷炫的黑色大铁兽停靠在别墅外的铁栅门边，宁苏意加快脚步，拉开副驾驶座的门，坐了上去。

下一瞬她怀里就被搁了个牛皮纸袋，隔着衣料传来热乎的温度。

车厢里飘散着食物的香气。

井迟两只手都搭在方向盘上，偏头看着宁苏意。她穿着一件白衬衫，肩部线条挺括，利落又英气，搭配一条浅咖色直筒裙，长鬓发披肩，被风吹得有些凌乱，露出了耳朵上图案不规则的金属耳饰。

"你还好吗？"井迟看她的眼睛，感觉她像是没睡好觉。

"我？我这不是好得很？"宁苏意打了个哈欠。

"我说的是你大伯被找回来的事。"

宁苏意打开牛皮纸袋，闻言动作一顿，惊讶地抬头瞅着他："你怎么知道？消息这么快就传出去了？我以为只有我们家里人知道。"

井迟噎住："圈子里昨天就有风声，我准备打个电话问问你的，又怕刚好撞上你心烦。"

宁苏意取出装水煎包的纸盒，用筷子夹起包子，两口就吃掉了一个。

井迟抽出几张纸巾，给她擦嘴角沾上的油渍，声音不自觉地变得温柔："你吃慢点儿，都是你的。"

"你买的还是那家的？"

"嗯，莲芳斋的。你不就是好他家这口水煎包？"他一大早去排队给她买的，再晚一步就得售罄。

宁苏意问："你吃过了吗？"

"没有。我跟傅明川约了吃早茶，顺便谈点儿事情，等把你送去公司再说，他这个时间点还没醒。"

井迟启动车子，慢悠悠地驶了出去。

宁苏意吃了半盒水煎包，喝完一杯黑豆浆，对着镜子补着口红，随口问他："圈子里都是怎么传的？"

"什么？"

"我家的事。"

井迟了悟，想了想他潜水的几个群里，那帮少爷讨论的那些话，不大想说给她听，那会平白惹得她烦闷。于是他散漫地说道："能有什么？他们无非是调侃多了几个争家产的人。说这话前他们也不看看自家的一摊子烂事，出轨、私生子的绯闻少了吗？"

宁苏意忍俊不禁，因为他这明显护短的语气，心里"汩汩"地淌着暖流。

井迟看了她一眼："我刚才就想说了，你是没睡好吗？眼睛有点儿红。"

宁苏意收敛笑意，在他面前不用掩饰自己的情绪，吐槽道："我大伯的孙子，七岁左右，闹腾又顽皮，恰好睡在二楼的房间里，大半夜不知道在搞什么，开了投影仪，声音太吵了。我的房间算是隔音比较好的，但我睡眠向来浅，轻微的动静都能吵醒我。"

半夜醒来很难再入睡，她苦熬了几个小时才再次睡着，结果没过多久，定的闹铃就响了，简直闹心。

井迟蹙眉："小孩没人管教？"

宁苏意一副"你可别提了"的表情："大伯偏宠那孩子，打不得骂不得，连我那堂嫂说教两句都会挨顿批评，其他人就更不能说了。"

"爷爷呢？他也不管？"

"他老人家住一楼，一无所知。"宁苏意捂住一只眼睛摇了摇头，只想想那孩子扯着嗓子尖叫的声音都一阵心悸，转头看向窗外，"我将来的小孩要是这么不听话，我估计会愁得掉头发。"

井迟笑了一声，看了看她的侧脸。淡淡的晨光里，她皮肤白皙，神情倒真添了少许愁滋味。

井迟收回视线看向前方，勾了勾嘴角，讳莫如深地说道："孩子他爸自会管教，怎么舍得看你掉头发？"

宁苏意没觉察他的语气，指节斜支着额角，笑得粲然。

到办公室后，宁苏意坐下来没两分钟，搁在桌面上的手机接连响起。她一手翻文件，一手拿起手机，懒散地瞄了一眼。

微信群里，邹茜恩 @ 了她。

"真的假的？我听说你那位失踪几十年的大伯被找回来了，还带了儿子、儿媳、孙子一堆人？"

宁苏意单手打字，言简意赅地回："真的。"

邹茜恩："那家里岂不是鸡飞狗跳？"

宁苏意："确实。"

叶繁霜不在他们那个圈子里，完全没听到一点儿风声，看到消息后着实被惊到了。她以前听宁苏意提过一嘴——宁苏意的父亲有个兄长，小时候被家里的保姆弄丢了，一直没被找回来。

叶繁霜大胆猜想："不会有人冒充吧？"

宁苏意扶额："你家庭伦理剧看多了？亲子鉴定作不了假。"

叶繁霜："也对，你爷爷那么谨慎的一个人，不会在这种事上犯糊涂。"

宁苏意想说，老爷子糊涂着呢，亲子鉴定结果出来前，他老人家的态度就已经摆在那里了。

叶繁霜想到什么，往群里发了条语音消息："前面茜恩说你大伯带了儿子和孙子进门。那么，你的燃眉之急不就被解了？"

邹茜恩问："怎么说？"

叶繁霜回复："傻啊你！宁老爷子想让高修臣入赘，不正是因为操心自己百年之后酥酥没人帮扶？现在她有堂兄了，不就不需要高修臣入赘了？"

邹茜恩恍然大悟："对呀！"

她俩讨论得火热，宁苏意没说话。

她想，且不说她对林牧的了解不够深，再者，人家兴许志不在此。

当晚宁苏意下班回去，家里人正在吃夜宵。她去卫生间洗了手出来，珍姨给她盛了一碗小馄饨。

罕见地，爷爷这个时间还未歇息。

估计是看人到齐了，他放下调羹，拿纸巾擦干净嘴巴，清了清嗓子说："既然都是一家人，有几件事我就趁此机会说一下。"

老爷子一开口，其余人都停了动作，专心听他讲话。

宁老先生扬了扬手，让他们不要拘谨，该吃就吃，表示他随便说两句话。

"林伯成、林牧、林辰安，这名字都得改，找个时间正式更正过来，以后是要写进族谱的。"

林伯成连连应承："是，是，是，都听爸的。"

宁老先生略感心安，朝宁宗德看去："宗德，你在文学圈子里有些人脉，问问看能不能将辰安送到翰林私立小学去，那儿的教育资源好，升学率高。"

宁宗德"唉"了一声，表示自己明日就去打听。

"再说起伯成，我瞧你没什么志向，进公司也帮不上什么忙，暂时就不替你做安排了。日后你想做什么营生，再跟你弟弟商议。"

林伯成抹了抹脸，尴尬地笑了一声，没反驳。

宁老先生看向林牧，正色道："林牧的资料我看过一些，大学你学的金融管理？"

林牧微微颔首，说："是。"

"国庆节假期过后，你就进明晟，跟着你妹妹和修臣好好学习怎么管理公司。"

宁老先生看了一眼宁苏意，额外嘱咐了她一句："多帮一帮林牧，他没接触过这个领域的事，一切都得从头学起，不像你从小到大耳濡目染，自己又是金融和生物学博士，懂的东西比他多。"

宁苏意敛目："知道了，爷爷。"

林牧微微蹙眉，担心自己做不好。他大学虽学的是金融专业，但毕业后一直做销售，对管理公司一窍不通。

宁老先生看着他问："有什么问题吗？"

林牧低下头："没有。"

宁老先生摩挲着腿边的拐杖，语气感慨地说："年轻就是资本，学什么都来得及，端看自己用不用心。"

林牧没出声，知道老爷子在旁敲侧击地提醒自己。

宁老先生目光掠过毕兆云，不再多言。

没过多久，改名一事就落定了。

林伯成改为以前的名字宁宗城，林牧改为宁屹扬，林辰安改为宁昱安，都被写进了族谱。

宁苏意国庆节假期依旧忙碌，白天不在家，晚上忙到很晚才回来。

国庆节假期结束的前一天，宁苏意比前几日早回来一个小时，拖着疲惫的步伐进门。时间已经不早，家里人基本都各自回房了，客厅里阒静无人。

珍姨听到动静从一楼房间里出来，轻声招呼道："酥酥回来了。要给你煮点儿夜宵吗？我下午包了饺子。"

宁苏意没胃口，摇头说："不用，我不饿。"

"那好，你早点儿休息，这都九点多了。"

宁苏意应了一声，伸着懒腰上楼，洗了个澡，敷面膜的时候点开微信，挑拣着一些未读消息回复。

十五分钟过去，她锁了手机，揭下脸上的面膜去浴室洗脸。

兴许是这几天忙碌到很晚，困倦感格外强烈，宁苏意躺下去后没像以往那样辗转反侧难以入眠，没过多久就睡着了。

凌晨两点多，毕兆云口渴起来喝水，握着杯子打开房门后，发现宁苏意的房间里有光亮从底下的门缝透出来。

幽微的一点儿光，洒在门口深蓝色的地垫上，像一簇磷火。

毕兆云怔住，苏意这么晚还没睡吗？

她下楼去接了杯水，边喝边上楼梯，又看了一眼宁苏意的房门，没忍住走过去轻敲了一下门，里面没回应。

毕兆云握住门把手试着往下一压，门竟然没被反锁上。

她推开门，看见墨绿色的大床上，宁苏意安然沉睡，床头柜上的台灯忘了关，昏黄的光照亮一室。

毕兆云从未进过宁苏意的房间，借着不甚明亮的灯光，第一次打量这间房内的陈设——色调略显暗沉的复古风装修，不太像女孩子的喜好。

毕兆云没多看，毕竟这是别人的私人空间，不请自来视为偷窥，不过那灯亮一整夜也不太好，还浪费电。

踌躇片刻，她轻手轻脚地进去，想帮宁苏意把灯关上。

她刚拧上台灯的开关，床上的人猛然惊醒，大脑尚未开始运转，目光陡然捕捉到床边伫立的一道影子，吓得惊声尖叫。

毕兆云也被吓了一跳，手里的杯子脱落，砸在地上。

幸好床边铺了一块圆形地毯，杯子落在上面滚了两圈，没碎。

宁苏意坐起来，迅速拍亮了顶灯！刺目的灯光洒下来，照着她额头上大颗大颗的汗珠。她心脏剧烈跳动，惊魂未定地看着床边的人，眯了眯眼，嗓音沙哑地唤道："大嫂？"

毕兆云捡起地上的水杯，嘴唇翕动。她说了什么，宁苏意没听见，这才后知后觉地意识到自己戴了降噪耳塞。

宁昱安晚上总是打游戏，吵闹不堪，她临睡前就做了应对措施，以防自己像上次那样被吵醒就再也睡不着。

宁苏意摘下耳塞，这才听见毕兆云饱含歉意的声音："我起床喝水，看见你的房间里灯没关，进来帮你关掉，对不起，吓着你了。"

宁苏意卸了浑身的力，软软地靠在床头，手搭在额头上，摸了满手冰凉的汗。她慢慢平复呼吸频率，眼眸半合，声音发虚地说："我睡觉不关灯的。"

毕兆云更歉疚了："对不起，我不知道。"

"没事，你去睡吧。"

毕兆云见她脸色发白，嘴唇都失了血色，烟粉色真丝睡裙裹着单薄的身体，额前的碎发被汗水打湿，贴在白皙的脸颊上，像一尊精美易碎的瓷器，叫人不敢靠近，唯恐一不小心将其打碎。

余下的几个小时，宁苏意自然再没睡着，爬起来喝了半杯温水，重新洗了澡，躺在床上睁着眼睛直到天边泛起鱼肚白。

她起床将窗帘拉开，站了许久才去洗漱。

珍姨一早就做好了早餐，一家人围坐在圆桌旁。宁宗德等会儿得带宁昱安去办理入学手续；邰淑英要去一趟医院，帮老爷子拿药；宁苏意这一天的行程也是满的。

整个用餐环境十分安静。

毕兆云瞅了瞅宁苏意，几番犹豫，最终还是嗫嚅着出声打破了寂静气氛："苏意。"

宁苏意坐在对面，闻言抬头看向她："嗯？"

"还是得跟你道声歉，昨天晚上肯定害得你没休息好。"

宁苏意宽慰道："都说了没事，你也不是故意的。"

邰淑英听她俩的对话感觉跟打哑谜一样，一句也没听懂："昨晚怎么了？"

毕兆云脸上窘迫和羞愧之色交织。她简单跟邰淑英说了昨晚的意外情况，一迭声地怨怪自己。

邰淑英出声安慰她，叫她别放在心上，一般人不了解情况可能会做出跟她一样的举动。

毕兆云问得很小心："苏意是睡眠不太好吗？"

邰淑英敛了敛神色，想着都是一家人，以后生活在一起，还是将事情讲清楚比较好，免得再发生类似的事。

"酥酥八岁的时候被绑架过，关在密闭黑暗的房间里好几天，患了幽闭恐惧症。之前她看过三年的心理医生，各种治疗方法都用了，也尝试过脱敏治疗，不太管用。"邰淑英缓慢地说道，"她房间的门晚上一般不会上锁，也不会关灯。"

过了许久，邰淑英又说："我以前看过一个视频，有人得了飞行恐惧症，一坐飞机就会产生应激反应。心理医生建议他要么尝试着学习飞行知识克服恐惧心理，要么以后出行永远不坐飞机。"邰淑英说，"酥酥的情况跟这个差不多。"

用完早餐，大家各自去忙碌。

宁屹扬和宁苏意一道出门。他目前还没有自己的车，出行坐的是宁苏意的车。同一个屋檐下相处了几天，兄妹俩并未有多熟络，一路上说的话没超过两句，将沉默进行到底。

幸好宁老先生事先给高修臣打过招呼，宁屹扬到公司后直接去找高修臣。他们两个男人交流起来更容易，倒不用让宁苏意过问。

宁苏意下午出去了一趟，约了人在茶馆里谈事情。

结束时四点多了，司机徐叔载着她回公司。车子驶出茶馆那条街，宁苏意发现拐角处新开了一家星巴克，揉了揉额角，疲惫地开口道："停一下。"

徐叔靠边停了车。

"我下去买杯咖啡。"宁苏意喝不惯茶馆里的茶，将人约在那里，不过是投其所好。

她接下来还有的忙，想喝杯咖啡提提神，虽然这可能对她来说没什么效果。

徐叔朝外头看了一眼，太阳毒辣，白晃晃的光刺眼得紧："你要喝什么？我去帮你买吧。"

"不了，我去。"宁苏意笑道，"在茶馆里拘了几个小时，透透气。"

她推开车门下去，顶着大太阳走过去，推开玻璃门，里面的空调凉气扑在皮肤上，凉丝丝的。

宁苏意走到柜台前，服务员微笑着问她要点什么。她从包里摸到手机，还未开口，边上一个声音蓦地响了起来："宁小姐。"

宁苏意转过头，眼眸微微一亮，发现对方是有过一面之缘的温璇。

温璇穿着一条靛蓝色长裙，罩着白色雪纺衬衣，胸前挂着工作牌，手里拎着两杯咖啡，笑意温柔地看着宁苏意。

宁苏意也笑起来："好巧。"

说完她才意识到这里距离罗曼世嘉的总部不远，走过一条街就是。

温璇将手里的咖啡放在柜台上："你喝点儿什么？我请你吧。上次吃饭你请的客，怪不好意思的。"

宁苏意没在这等小事上推让，从容地说道："一杯冰美式，谢谢。"

"不客气。"温璇问，"你怎么会在这儿？"

"约了人在附近谈点儿工作，刚结束。"

温璇点了点头，拿上柜台上的两杯咖啡，指了一下门外，声音带着一股清爽的甜意："那我先走了，回见。"

宁苏意说了声"回见"，往门口看去，意外地发现井迟推门进来了。他单手插在裤兜里，穿着白衬衫、黑西裤，周身弥漫着一股散漫和落拓气息。

井迟见到宁苏意惊讶不已，肉眼可见的笑意浮上眼眸，加快脚步走过来："酥酥，你怎么在这儿？"

宁苏意只好再回答一遍。

原本准备离开的温璇顿住脚步，定定地望着他们俩。井迟要给宁苏意点单，宁苏意说自己已经点过了，温小姐请的客。

井迟这时候才注意到温璇，目光在她脸上停留了两秒。

温璇心里涌上几分难言的酸涩感。若不是宁苏意提及她，他恐怕都没注意到她。

她略一垂眸，笑了笑掩饰过去，拎高左手上的咖啡杯："已经帮你点过了，红茶拿铁对吧？"

宁苏意脸上一副八卦的表情看向井迟。与此同时，瞥到店员做好了冰美式递过来，宁苏意神情微敛，侧过身去拿咖啡。

温璇的手悬在半空中，井迟抿了抿唇，不好拒绝，接了她手里的咖啡。他无视宁苏意窥探秘密的眼神，低声对宁苏意说："晚上一起吃饭？"

宁苏意抬起手腕看表："恐怕不行，我得回公司了，有点儿事没处理完。"

井迟没挽留她，目送她出去。许久后，人都走没影了，他也一动未动，宛如一尊雕塑。

温璇握着咖啡杯的那只手微微收紧。她盯着井迟的脸，轻声问："你喜欢宁小姐？"

井迟没有回答温璇的问题，跟她不熟，说什么都显得交浅言深。

"咖啡多少钱？我转给你。"他换了一只手拿咖啡，从口袋里掏出手机，语气淡得听不出一点儿情绪起伏。

温璇张了张嘴，喉咙一阵干涩，有时候真不晓得他是不懂人情世故还是本身就冷漠如斯，一杯咖啡都要清算。

温璇的脸上挂不住，然而当她看见井迟按亮手机屏幕时，又突然想到自己到现在都没有他的私人联系方式。

温璇当即点开微信的二维码名片给他扫，为了掩饰目的，语调平静地说了那杯咖啡的价钱。

井迟没有多想，扫了她的二维码，添加好友，转给她一笔钱，说了声"再见"，收起手机走了。

温璇看着聊天界面，指尖轻点了一下屏幕，接收了那笔转账。

井迟的头像是黑色背景、银色发光的 logo。logo 只有简洁的几根线条，勾勒出一个女人的侧脸，底下写着"MY"两个字母。如果她没有猜错，那应该是他创立的那家风投公司的 logo。

温璇盯着他的头像，良久方悟出了刚刚那个问题的答案。

"果然是这样。"她轻扯嘴角，"喃喃"道。

温璇点开井迟的头像，进入他的朋友圈，呈现在眼前的是一条浅灰色的线，大片空白，什么都窥不见。

井迟出了星巴克，走在门店的檐廊下，低头给宁苏意发消息："昨晚又没睡好？"

方才温璇在，宁苏意又急着赶回去处理工作，他没来得及细问。

他等了两分钟，宁苏意才回复："有这么明显？"

她以为自己的妆容掩盖得够好了。

井迟："还用说？我一眼就看出来了。你怎么回事？天天睡不好觉，家里那小孩又吵到你了？"

宁苏意："那倒没有，我戴了降噪耳塞。昨晚纯属意外。"

井迟锲而不舍地追问："什么意外？"

宁苏意："不说了，我快到公司了。"

井迟啜了一口咖啡，等了一会儿，见那边没有消息再发过来，便将手机锁上，揣进口袋里，又喝了一口咖啡，心里始终牵挂着她。

宁苏意回公司处理完工作后，给穆景庭打了个电话。那边的人接通得很快："酥酥，找我有事？"

"景庭哥，我想麻烦你一件事，我公司附近还有没售出的房子吗？二手的也行。"宁苏意想搬出来住。

穆景庭问："你要买房？"

"经常加班，在公司旁边买套房子方便一些。"

"你稍等，先别挂电话，我帮你问问。"

"好，谢谢。"

穆景庭按了办公桌上的内线，叫来助理，询问他明晟集团办公楼附近的楼盘销售状况。

助理查询过后，汇报给他："明晟附近我们的几个楼盘基本在预售期间就全部卖出去了，目前没有余房。距离明晟三十公里的几个楼盘还有少量房源。"

宁苏意清楚地听到了那边传来的反馈信息，轻抿了一下唇，三十公里的话上下班就不太方便了。

穆景庭重新拿起手机："喂，酥酥，你在听吗？"

宁苏意"嗯"了一声。

穆景庭没一口回绝她，让她先等等，说他再着人帮她打听。她不介意二手房的话，应当不难找到合适的房源。

他顿了顿，问："你要得急吗？"

宁苏意笑了笑，只说让他尽量快一些。

她刚挂断电话，不到三秒铃声就再次响起来。宁苏意下意识地以为穆景庭有话未说完，没看来电显示，手指滑向接听键，将手机放到耳边："景庭哥……"

"谁是你景庭哥？"井迟讲话的声音传来，裹着一股子不悦的情绪。

宁苏意把手机拿到眼前看了看，发现自己搞错了。那边的人"哼"了一声："我说方才打你的电话怎么老是提醒正在通话中，你和景庭哥聊什么？"

彼此太过熟稔，宁苏意跟他讲话每每不自觉地就带着两分怼人的腔调："要你管。"

井迟不甘示弱："说不说？不说我挂了。"

他俩总能互相拿捏，他这么说，宁苏意就没辙了，如实交代："我托景庭哥帮我在公司附近找一套房子。我不想在家住了，想搬出来。"

"在家里住得不开心？"井迟一猜便中。

宁苏意没说话。

她不想说，井迟就不逼她说。

其实他不用追问，动动脚指头都能想到她家里现在是什么情况：不闻不问的老爷子，粗鄙不堪的大伯，调皮捣蛋的孩子，其余人纵使有心管也管不住，只能宁苏意受委屈。

井迟琢磨着她刚才说的话，用一副顶傲娇的语气问："你要买房子怎么没想到我，首先找景庭哥？"

宁苏意觉得他这语气颇像遭受家长偏心对待的小孩，吃味了还要故作坚强。

"他家的主营业务就是房地产，我不找他找谁？"宁苏意反问。

"那他帮到你了吗？"

宁苏意无言以对。

她的沉默说明了一切，井迟顿时心情美好，语调由傲娇变成炫耀："实不相瞒，距离你的公司十分钟车程的钟鼎小区里，我买了两套房，目前空置着，你想住就给你住。"

宁苏意眼睛一亮："不用你白给我住，你卖给我一套。"

井迟轻"哼"一声，越发得意地说："别人不知道，我还能不知道你的状况？你的闲钱全投进慈善基金会了，你有钱买房子才怪。你不如先去打听打听那边的房价是多少。"

宁苏意被他吃得死死的。原本她还在考虑，倘若穆景庭那边有合适的房源，要真买下来还得找父母接济，因为自己手里确实一下子拿不出那么多流动资金。

“我租总可以吧？”

“我不要你的钱。”

“那你要什么？”

我要你的人可不可以？井迟心里这么想。

然而他只能默默想一想，没那个胆子将这话宣之于口。

宁苏意左等右等，等不来他的一句回应。正当她要再次问他时，井迟低沉而温柔的声音通过电流传来：“你先住着吧，非要跟我算这么清楚？你我是什么关系？扯上金钱就太生分了。”

他语意深切，宁苏意难以再开口拒绝，顿了许久，轻飘飘地挣扎道：“有句话说，亲兄弟还明算账呢。”

井迟气恼：“谁跟你是亲兄弟？”

亲姐弟他都不愿意，遑论是兄弟关系，她还能再气他狠一点儿吗？

宁苏意说：“好，我不跟你算账。不过你那房子是装修好的吗？什么时候能入住，我想尽快搬。”

井迟清了清嗓子，摆出正经房主的架势：“家具水电一应俱全，装修风格是宁大小姐喜欢的复古风。你随时拎包入住，额外给你配送一个搬家司机。”

宁苏意终于被逗乐，清脆悦耳的笑声传过去，叫井迟的心也软得一塌糊涂。

解决掉悬在心头的一桩事，宁苏意轻松不少，而后给穆景庭拨了一通电话。

铃声响了十来秒，那边的人才接通：“酥酥？”

宁苏意知道他时间宝贵，于是三言两语说明情况：“跟你说一声，不用帮我另找房子了，我已经找到合适的了。”

“这么快？”穆景庭惊讶，很快猜出来，“熟人的房子？”

“小迟帮的忙。他刚好在钟鼎小区买了两套房，自己没住，反倒便宜我了。”宁苏意笑道。

穆景庭沉吟了一下，说：“好，我明白了。”

钟鼎小区他怎会不知道？那正是他的公司开发的楼盘，三年前就售空了。井迟能一下购买到两套房，还是托了他这层关系，在动工前就定下了。

那个小区的房子走的都是高端路线，地理位置又恰好毗邻 CBD（中央商务区），房价奇贵。当时他还纳闷，小区离 MY 风投不近，离井家老宅所在的雍翠乐府也不近，井迟为何非要在那里买房。现下他倒是明白了，那里距明晟药业的写字楼仅十分钟左右的车程。

穆景庭将手机揣回口袋里，转身往会议室走去。

手将要触到门把手时倏地一顿，他没记错的话，井迟买的那两套房在相邻的上下两层……

宁苏意当晚回去就跟邰淑英说明了此事。她要搬出去住，肯定做不到悄无声息，得跟家里人讲清楚，免得他们担忧。

果然，邰淑英不大赞同："你在外面住，没人照顾你我怎么能放心？"

宁苏意说："妈，你别忘了，我在英国读了多少年的书？我怎么就不会照顾自己了？"

"不是，你为什么突然要搬出去？你在家里住我还能……"余下的话湮没于喉咙深处，邰淑英猛然想到什么，"是不是因为你大伯他们？"

"您别瞎猜，我就是为了工作方便。"

"既然你坚持，那就搬出去住吧。"邰淑英叹了一口气，最终妥协了。

宁苏意"嗯"了一声："房子都清理好了，我打算这周日就搬过去。"

"前几年给你购置的几套房产都没有离公司近的，你是打算住哪里？"邰淑英转而操心起她的住处来。

征得母亲的同意后，宁苏意心里松快多了："小迟有两套房在那边，给我一套住。"

"你跟他租的？"

"我是想租，他没同意，跟我闹脾气呢，说我与他的关系，谈钱生分。"

邰淑英笑了笑，心里觉得那孩子办事妥帖，对宁苏意也是情真意切，挑不出毛病。反观她这个女儿，忒不开窍了。

周末两天时间都被腾了出来，宁苏意就把搬家的事给落实了，联系上井迟，问他先前说的给她配备"搬家司机"的事靠不靠谱。

井迟打包票："放心，绝对靠谱，你先收拾好你的东西，司机马上到你家门口。"

日常用品、衣物首饰等等，宁苏意这几天利用晚上回来的空闲时间收拾了七七八八，都装进了瓦楞箱里，用胶带封好。余下的一些零碎物品，随时都能回来拿，她倒不急于一时。

毕兆云帮她搬了两个箱子下来，没忍住小声问："是不是安安在楼上吵到你了？我已经警告过他了，让他晚上不许大吵大闹。"

宁苏意笑着安抚她："不是，大嫂你别多心。我兼顾公司和慈善基金会的工作，住得离公司近一点儿会比较方便。"

宁苏意看了一眼时间，话锋一转说道："到点了，搬家司机怎么还没来？"

话音刚落，门铃就响了。

毕兆云说："是不是司机来了？"

宁苏意跨过挡腿的几个瓦楞箱，打开门。井迟站在门外，提前摆好了造型——单手撑住门框，身子向一边倾斜，微微歪着头，戴着一顶白色鸭舌帽，一身黑衣黑裤。

宁苏意愣住，恍然醒悟过来："你就是那个搬家司机？"

井迟用一根食指顶了顶帽檐，露出一双澄澈带笑的眼眸，狭长的单眼皮，不笑的时候表情又冷又酷，一笑便如春日桃花盛开。

"没错。"井迟挑了挑眉，站直身体，取下帽子戴在她的脑袋上，"我帮你搬东西，顺道把你送过去，你在那边慢慢整理。"

一直默默观察他们的毕兆云这时才出声："苏意，这是你的男朋友？"

毕兆云刚到这个家没多久，不了解宁苏意的感情状况，单凭他们说话间的熟稔感觉和眼神交会时的神情来推断两个人关系甚密。

宁苏意差点儿被口水呛到，定了定神，出口否认："不是，这是我弟弟，井迟。他家与我们家交情很深，从太爷爷那一辈就交好的吧？"

井迟颔首，只肯定她的后一句话："是的。"

宁苏意随后给井迟介绍："这是我堂嫂。"

井迟规规矩矩地打了声招呼："堂嫂。"

毕兆云愣愣地"啊"了一声，有些不知所措，还有一点儿尴尬，毕竟自己刚才把他当成宁苏意的男朋友，还说出来了。

宁苏意瞧出毕兆云无所适从的样子，踮起脚伸手抓了抓井迟被帽子压塌的黑发，回头对毕兆云说："你别理他，他平时就是一个冷酷的小屁孩。"

井迟瞥了她一眼："我是小屁孩，你是什么？"

闲聊了几句，几个人开始动手搬箱子。郜淑英和宁宗德也要帮忙，被宁苏意制止了。他们腰椎、颈椎都不好，她哪儿敢劳烦他们？

宁苏意正式入住新家，没先整理东西，而是到各个房间参观了一遍。一百五十平方米的大跃层，视野开阔，楼下是客厅、厨房、两个带独立卫浴的客房，楼上是大卧室、书房，还有一个影音室和一个杂物间。

家具的色调都是深胡桃木色。

客厅通往二楼的楼梯处有一幅巨幅壁画格外醒目，莫兰迪色调的人物画像——一个绾着发髻的女人侧坐着看向窗外，穿着露背的法式红丝绒裙，靠近后颈的头发上别了枚珍珠发卡。发卡的造型是蝴蝶结，烂大街的设计，宁苏意记得自己也有一枚一模一样的，不知道丢到哪里去了。

大门被推开，井迟抱着最后两箱东西进来。

宁苏意从二楼下来，再次在楼梯上驻足，纤腰抵着扶手，双手抱臂，仰面欣赏着壁画："这画里的人是谁？"

井迟望着她，答道："你啊。你看不出来？"

宁苏意不禁莞尔："还真是我。你找谁画的？画作的名字是什么？"

画家不都喜欢给自己的作品起名字，作完画还得留个落款和日期？眼前这幅画却什么痕迹都没留。

井迟捋了捋被汗水打湿的额发，含糊其词："一个不出名的画家，画作也没名字。"

宁苏意好奇极了："那他怎么画的我？他又没见过我本人。"

"我给他发了你的照片。"

"哦，这么说你有这位画家的联系方式？"宁苏意趿拉着拖鞋走下台阶，从冰箱里拿出一瓶矿泉水递给他，"我还蛮喜欢这个画风的，回头想联系他给我多画几幅画。"

井迟握着矿泉水瓶，手掌心里的汗被冰凉的瓶身冷却，耳朵的热度却迟迟降不下来。他没照镜子，但估计耳朵红了。

他被她逼得节节败退，泄气道："你是不是故意的？"

她早就猜到画是谁画的了吧，故意耍他。

"真是你画的？"宁苏意睁大了眼睛，"你一开始为什么要撒谎骗我？嗯？"

略微上扬的尾音带着探寻的意味，井迟一下子心慌到快要死去。

井迟吞咽了一口唾沫，喉咙像是用木塞堵住了，连一个像样的理由都编不出来。

他越发烦闷，早知如此，不如在她问第一个问题时就坦言相告。

宁苏意回过身，给自己也拿了一瓶矿泉水，小口抿着，也不是非要听他解释："你知不知道，你撒谎的时候会眼神乱飘，不敢看我，有时还会摸鼻子？"

井迟抬起头，迎上她笑意温柔的眼眸，自言自语："是吗？"

"是啊，你自己没发现？"

"我真正用心骗你的时候，才不会叫你看出来。"井迟认真地说道。

宁苏意震惊："你骗我什么了？"

"都说了骗你，我怎么会让你知道？"井迟攥住她的手腕，不由分说地将她拉到大门口，不想再跟她讨论骗不骗的问题，"录入你的指纹。"

宁苏意的大拇指指腹沾了矿泉水瓶外壁上的水珠，她往衣服上抹了抹，由他抓着手摁上去，成功录入指纹。

井迟把门锁上，确认一遍她的指纹能打开门，便放心了："密码是我的生日，万一哪天指纹解锁不灵敏了，你可以输密码。"

宁苏意重复了一遍："你的生日？"

"不然呢？"井迟看着她，说道，"改成你的生日吗？你也不想想，如果有熟悉你的人找过来，一试密码就试出来了。"

宁苏意点了点头："说得有道理。"

"不过你放心，整栋楼都一梯一户，安保措施做得很到位。其他楼层的住户到不了你这一层，需征得你的同意，楼下物业人员才会帮忙刷卡按电梯。"

宁苏意又喝了几口水，随手将矿泉水瓶放到餐桌上，叉着腰巡视满屋子的瓦楞箱，不知从何处下手，于是笑眯眯地看向井迟。

"我帮你收拾。"井迟认命地说道。

"为表谢意，晚上请你吃大餐！"

"行，大小姐。"

宁苏意将装内衣裤的纸箱抱到楼上的卧室里，其余的东西都交给井迟整理。幸好装箱时她都贴好了标签，日用品、首饰、衣服都一目了然。

井迟打开其中一个纸箱，从箱子里取出一件件衣服，用衣架挂好放进衣柜。首饰他按照分类，摆进了镶着一圈灯泡的玻璃柜里。

宁苏意当了一会儿监工，发现用不着自己插手，便从挂好的衣服里找出一条宽松棉布裙："我去洗个澡，身上出了一层汗不舒服。"

井迟背对着她"嗯"了一声，继续摆放首饰。

项链、耳坠、手链……他过去送她的，她都保存得完好，和其他的首饰一样，从英国被搬运到锦斓苑，再从锦斓苑被搬到新家。

他感慨，酥酥比谁都念旧。

宁苏意在卧室里带的那间浴室里洗澡——听见"淅沥"的水声在身后响起，井迟怔住，手里一条项链没抓住，冰凉的链条从指缝间溜出去，落在首饰柜边，碰到玻璃发出了细微的声响。

他的心仿佛也跟着坠入一片平静的湖里，起了涟漪。

井迟忍着没回头，手指捏起那条项链，捋好了纠缠在吊坠上的一截链子，将其挂在首饰柜里的银色小钉上。

吊坠晃晃悠悠，他的动作也变得缓慢，再不像方才那样利索。

过了许久，宁苏意洗完澡从浴室里出来，穿着一条及脚踝的白色裙子，有点儿民族风的味道，胸前绣有繁复的花叶藤蔓，图案配色清新，浅淡的薄荷绿叶衬托着橘色和粉色的小花。

她一头长发被干毛巾裹着，脚上是一双凉拖，来来回回趿拉着。她没找到想要的东西："我好像忘带吹风机了。"

井迟撑着膝盖起身，看她一眼，很快移开目光："你先坐着，我去十五楼找找。"

宁苏意抓住他话里的关键词："十五楼？楼下的房子不是空着吗？"

"以后就住人了。"

"谁？"

"除了我，还能有谁？"

宁苏意怔了怔。她知道井迟从上学到工作一直住在老宅里，比起她，他更是不让家长省心的那个，老太太就差把他捧在手心里了。

井迟问："你这么吃惊干什么？"

宁苏意摘下脑袋上欲掉下来的毛巾，用手握住，偏着头揉搓着头发，眼睛仍旧盯着他，不答反问："你也搬出来住了？为什么？"

"哪儿有那么多为什么？"

"井奶奶放心？"

"她有什么好不放心的？"井迟一脸吃瘪的表情，"你不会以为我还像小时候那样，前簇后拥地被一堆人照顾吧？"

宁苏意发誓自己没有那么想。

井迟说："别的不提，邰阿姨都说让我好生照顾你了。她那么疼我，她的话我是肯定要一字不差地听进心里的。"

"我妈？她什么时候跟你说的？"

井迟无声地用口型说："秘密。"

他摆明了不愿意跟她说。

井迟怎么可能跟她说呢？

他早上帮宁苏意搬东西时，邰淑英站在车尾，看着堆满东西的后备厢说："听酥酥说，她住的是你的房子。她的情况你怕是比我们都清楚，就替阿姨看顾好她吧。"

井迟点了点头："我明白。您放心，我就住在她的楼下，一定照顾好她，不让她再担惊受怕。小时候是她保护我，现在轮到我保护她了。"

再平常不过的话语，他说出来却重若千钧，有如承诺。

邰淑英抬起头看向他，心知自己没看错，声音里含着笑意："把酥酥交给你，我放心。"

井迟愣了一下，担心自己会错意。

他后来仔细琢磨着邰淑英那句"把酥酥交给你"，总觉得不是自己多想，真有另一层意思。这类似于婚礼现场，父亲牵着女儿的手交给女婿，郑重地说一声："我把女儿交给你，今后你要好好待她。"

宁苏意满不在乎地说："不说就算了，我还不想知道呢。你说要给我拿吹风机，吹风机呢？"

井迟拖腔带调地回道："遵命，我这就去帮宁大小姐拿吹风机。"

"等等，我跟你去，顺便看看楼下的房子。"宁苏意脑袋上顶着块毛巾，随手带上门，跟在井迟身后进了电梯。

锃亮的电梯内壁映着两个人挨在一起的身影，一个一身黑，一个一身白。宁苏意很快注意到了，开玩笑地说道："我俩像不像黑白无常？"

井迟无语。

电梯到了下一层，"叮"一声打开，两个人穿过深灰色的大理石走廊，走到一扇黑漆门前。

井迟刷指纹开了锁，想到什么，抓起宁苏意的手，录入她的指纹。

"以后有事你可以直接过来找我，不用敲门。"井迟说，"还有，这套房子的密码我设置成你的生日了。"

这回用不着他多解释，宁苏意全明白，防止熟悉他的人一试就试出密码——他说过的原话。

她住的房子密码是他的生日，他住的房子密码是她的生日。这样既好记又不会让其他人轻易试出来，真是好主意。

宁苏意进到房子里，发现没什么参观意义，因为不管是布局还是装修风格都与楼上那套房没太大差别。

宁苏意坐在客厅的黑色沙发上，看他到处找吹风机，忍不住说："两套房你为什么装修成同一种风格？"

怪不得先前他问她想住十五楼还是十六楼，敢情这两套房子一样。她喜欢高一点儿的楼层，最后选了十六楼。

井迟找到吹风机递给她："你今儿怎么这么多'为什么'？问题宝宝吗？"

"问问都不行？"

"我嫌麻烦，所以选了一样的风格。"井迟敷衍道。

等她伸手要接吹风机时，井迟故意抬高手臂，让她够不着。在她的眼睛里读出"幼稚"两个字后，他才得逞地笑了笑，拿掉她手里的毛巾，将其丢在沙发靠背上，找来插板插上吹风机，站在沙发后面给她吹头发。

宁苏意将手绕到脑后要抢吹风机："我自己来。箱子里的东西你都整理好了？"

"你当我是神仙呢，这么快整理完？"井迟不给她吹风机，身体斜斜地站着，漫不经心地拨弄着她湿漉漉的发丝，表情闲适地说，"还有几箱，慢慢收拾。"

等头发被吹得快干时，宁苏意叫他停下，随后拔掉插头抱着吹风机就准备回去。

井迟手撑在沙发背上，在后面喊："还没吹干哪！"

"先抹护发精油，剩下的我自己吹。"她的拖鞋可能有点儿大，她走路踢踢踏踏的，露出清瘦的脚腕子，很漂亮的线条，中间的骨头微凸，两边向里凹陷。

井迟画技不错，这一刻已在脑海里画了几笔草图，勾勒出轮廓，甚至对该怎么铺色、融合阴影以及皮肤冷暖色调，都有了构思。

第六章

他怎么舍得让姐姐为难

宁苏意搬家的消息传到了两个好姐妹那里。两个人约好了要来给她暖房，美其名曰"给新房子增添一点儿人气"。

宁苏意一口回绝："周末不成，家里堆着纸箱，还得清扫一番。"

见两个人不乐意，宁苏意只好改口："周一晚上吧。你们要是有时间过来，我亲自下厨，恭候二位大驾。"

按理来说周一是一周里最繁忙的日子，但是公司里现在又多出一位"宁总"，宁苏意手里的项目被分给宁屹扬一部分，因而比起前段时间轻松不少。这是老爷子的意思，意在锻炼宁屹扬的能力。

宁苏意曾听梁穗说起公司内部最近流行的一个玩笑：加上宁屹扬，明晟药业目前有三个"宁总"，即宁宗德、宁苏意、宁屹扬。所以每回有人说到"宁总怎么怎么样"，别人都要多问一句："你说的是哪个宁总？"

宁苏意听了这话后一笑置之。

周一下午，宁苏意提前一个小时离开了公司，不到晚高峰时间，十分钟就到小区门口了。

回来的路上，她拿手机在网上的生鲜超市点了一堆食材，大概半个小时后送到家。进屋后，她先去卧室换了身衣服，绾起长发。

宁苏意坐在厨房吧台边的高脚凳上，用手机备忘录粗略列了个菜单，刚列到番茄土豆炖牛腩，门铃就响了。

宁苏意以为网购的菜送到了，拿着手机走到玄关处才遽然想起，没她应允，外送人员上不来。

恰在此时，手机上进来一条消息。

井迟："开门。"

门外的井迟双手拎着几大袋食材，鸡鸭鱼虾、瓜果蔬菜应有尽有，手掌心都被勒红了，其中一个塑料袋的提手从手指上滑落，里头的洋葱骨碌碌地滚了出来。

宁苏意弯腰捡起洋葱，接过两个袋子："你怎么买这么多东西？"

"你说今晚开伙，我想你没时间买菜，所以买了这些东西送过来。"井迟胸膛起伏，喘着粗气，额头和鼻翼上都是汗珠，衬得两片唇又红又润。

宁苏意说："可是我在网上下单了。"

井迟一口气喝完大半瓶矿泉水："没事，你放冰箱里保存好，这些东西够你吃一个星期的。"

宁苏意哭笑不得："我不常下厨的。"

在英国还好，回国后生活被工作挤压，她再也提不起下厨的热情。

井迟咧了咧嘴角，无奈地望着她说："我做给你吃，这样行了吗？大小姐。"像是拿她没法子，他强调了一遍，"你可真是我的大小姐。"

宁苏意笑着说"好"。

她笑起来好看极了，平日里情绪太过寡淡，给人的感觉总是不喜不怒的，像一尊雕像。

两个人没等多久，外送员也到了。

见宁苏意忙着去厨房里处理食材，井迟挽起袖子在一旁帮忙，帮着帮着，就成了宁苏意给他打下手。

几个锅都被用上了，一个炖着牛腩，一个炖着椰子鸡，还有一个卤着东西。卤东西的锅里面放了鸭脖、鸭翅、鸭腿，还有一个卤料包，等到卤得差不多了，井迟又放了一些易熟的鹌鹑蛋、藕片、海带结。

买的椰子有多的，他将一个敲开一个小口，插进吸管递给宁苏意，让她抱着喝。

宁苏意双手托住圆滚滚的椰子，吸一口清爽微甜的椰汁，背靠着中岛台，看着他处理剩下的食材。

她不得不承认，井迟比她动作利索多了。

叶繁霜和邹茜恩下了班就过来了，进屋后鞋都没来得及换，先齐刷刷地看向厨房的方向。

那里飘来浓郁的香气，两个人闻着味道都感觉食指大动。

更让人惊讶的是，流理台前立着个修长清瘦的男人。男人穿着黑色卫衣、灰白牛仔裤，腰上系着灰蓝格子围裙，侧脸轮廓分明，被灯光晕染出一些朦胧诗意，很容易便让人想到"岁月静好"四个字。

叶繁霜蹬掉高跟鞋，换上室内拖鞋进来，朝宁苏意挤了挤眼："家里什么时候多了个男主人？我看看是谁？哎呀，是井迟弟弟呀。"

"……"

宁苏意想把她撵出去。

这女人说话常常很生猛，俗称"老油条"。

叶繁霜被宁苏意投来警告的眼神，没当回事："你和井迟同居啦？！"

她的声音很大，宁苏意敢保证，厨房里的井迟能听见，因为他手里用来炸东西的长木筷掉进了油锅里。

宁苏意狠掐了叶繁霜一下："你可闭嘴吧！他住楼下。"

叶繁霜眨巴着眼睛："你这不是大跃层吗？他住楼下，你住楼上，还说没同居？"

宁苏意吸了一口气，忍无可忍地说："我说的是，他住十五楼，我住十六楼。"

"哦，这好像也没太大差别。"

"……"

厨房里，井迟故作镇定，把掉进油锅里的筷子用夹子夹起来，嘴角微微勾起。

邹茜恩晃到厨房里，没忍住偷吃了一个井迟现炸的鱿鱼圈，赞不绝口，帮着叶繁霜说宁苏意："酥酥，要不你把小迟弟弟收了吧，奴役他天天给你做饭。"

叶繁霜附和："我看行。"

宁苏意不理她们，转身去冰箱那边拿饮料："收拾碗筷，准备吃饭了。"

井迟忙活了两个多小时，饭桌上的菜自然丰盛，椰子鸡被架在卡式炉上，煮得"咕噜咕噜"直冒泡。井迟给每个人调了一碗蘸料，鲜嫩多汁的鸡块蘸料吃是一绝，而锅底的椰子鸡汤也十分美味。

各种卤菜被堆在盘子里，三个女人戴着一次性手套边聊天边啃。那一锅番茄土豆牛腩被炖得软烂入味，邹茜恩愿意为它放弃减肥，并用浓稠汤汁拌一碗米饭下肚。其余的小炒就不一一点评了，总之，几个人吃完都是扶着肚皮的，连餐后水果都吃不下一块——尤其是邹茜恩，穿了条紧身的鱼尾裙，被勒得差点儿喘不上气来。

她和叶繁霜一致决定今晚就在宁苏意这里留宿。

宁苏意从衣柜里给她们找了两套睡衣。

两个女人洗完澡，霸占了楼上主卧的大床，还敷上了宁苏意的面膜，舒服得直叹气。

宁苏意在一楼帮井迟收拾完厨房的垃圾，送他出门。

井迟站在门外。走廊的灯不是特别明亮，灯光照着他头顶软软的发丝，使他整个人显得分外柔和，像刚洗完澡吹干毛的狗狗。

宁苏意扒在门边，朝他挥了挥手。

"你是不是忘了一件事？"井迟没急着走，点漆似的眼眸里落下点点灯光，声音在寂静的夜里仿佛沾着水汽，叫人的心也跟着软软的。

"忘了什么？"

井迟轻"啧"了一声："说晚安。"

宁苏意反应过来后推了他一把："搞得这么严肃，我还以为我忘了什么大事。去，去，去，你赶紧下去睡觉。晚安。"

井迟笑了笑，轻声说："晚安。"

将门关上后，宁苏意还能听到外面传来男人短促的笑声。

见他低声叮嘱她："把门锁好。"

宁苏意锁好门，再回到楼上，见那两个女人正横躺在床上，脸上敷着面膜，跷着白花花的腿，边玩手机边聊天。

"你送井迟送这么久，在门口亲亲呢？"敷面膜嘴巴不能大开大合，叶繁霜这句话说得有些含混。

宁苏意踢掉拖鞋，不留情地踹了她一脚："你得了，为了一个月的早餐至于吗？"

"怎么不至于？"

"再乱说就别敷我的面膜了。"

宁苏意去浴室洗澡，再出来时也敷了一片面膜。那两个人已经洗干净脸，正坐在梳妆台前抹护肤品，研究哪个精华比较好用，看得宁苏意翻了个白眼。

邹茜恩说："刚才你的手机响了，好像是微信消息。"

147

宁苏意拿起床头柜上的手机。

穆景庭："忙到现在才得空，听说你搬家了，还没庆贺你乔迁之喜，要不要出来吃点儿夜宵？"

叶繁霜抹着颈霜，扭头问她："谁啊？"

宁苏意低头打字，说："穆景庭，约我出去吃夜宵。"

"你还吃得下？"

"你当我长两个胃吗？我拒绝他了。"

宁苏意回绝了穆景庭的好意，声称自己准备休息了。

叶繁霜给颈部做按摩促进精华吸收，目光幽深又耐人寻味："我的错觉吗？我怎么觉得穆景庭不大对劲，他是不是在追你？"

邹茜恩爬上床，盘着腿说："景庭哥过生日那晚我就看出几分端倪了。他让酥酥帮他许生日愿望，切蛋糕时还特意挑出她喜欢的黄桃。"

叶繁霜摇头感慨："两个竹马围着你转，想都不敢想的剧情，真是旱的旱死，涝的涝死。"她挑了挑眉，兴奋地朝宁苏意招手，"来，酥酥，悄悄告诉我，你更喜欢哪一个？"

"小孩子才做选择，大人两个都要！"邹茜恩接话。

宁苏意看着她们闹，脸上贴着面膜仿佛戴了面具，叫人看不清她的表情。沉默许久，她终于开口："做男朋友？"

"嗯。"

"我选你。"宁苏意说。

"没意思。"

叶繁霜悻悻地躺下去，摸出手机处理一些工作上的信息。宁苏意的那张嘴堪比闷油瓶，她不主动开口，谁也撬不出半个字。

十来分钟过去，宁苏意去浴室揭了面膜洗干净脸，坐在梳妆台前开始护肤："我应该跟你们说过，我小时候被绑架过的事吧？"

叶繁霜丢下手机："说过。"

宁苏意声音很轻，在夜里宛如呓语："从那以后，除了落下个不敢在封闭黑暗的空间里独处的毛病，心里还有点儿抵触跟异性接触。我指的不是传统意义上厌恶异性，是生理层面上不可控……"

叶繁霜闻言，一骨碌从床上爬起来，双眼紧紧地盯着她，倒把宁苏意吓了一跳，余下的话卡壳了。

叶繁霜张了张嘴，哑巴一样，半晌没说出一句囫囵话。

宁苏意知道她在想什么，眼中古井无波："我没受到实质性侵害，那伙人绑架我主要是为财。"

叶繁霜定了定神，吐字艰难地说："怪不得你高中从来不跟男生玩。"

"我要是不说，你们会察觉到我的异常之处吗？"宁苏意问。

叶繁霜摇了摇头。

这是她第一次听宁苏意说起自己的病。从日常表现来看，宁苏意身上的确挑不出一点儿问题，顶多落在别人眼里，是个不爱与人亲近的高冷美人。

宁苏意再度开口，语气平静："这还是看过三年心理医生的结果，刚从绑匪手里逃脱那一阵比较严重，我看到陌生人都会浑身发抖，汗毛竖起，想要躲避。"

"井迟知道这个情况吗？"叶繁霜问。

"他知道。"

宁苏意说出这事后心里舒服许多，像堆在角落的废弃物品被扒了出来，尘土飞扬之后就是彻底寂静。

叶繁霜缄默不语。

宁苏意不会贸然提起往事。她想说，一定有她的理由。

果然，长久沉默过后，宁苏意拽过一个抱枕抱在怀里，语气谈不上沉重，但也不轻松："我不想一个人过一辈子，那样太孤单。要找伴侣的话，我希望对方是熟悉的人，至少不会让我那么抗拒。倘若景庭哥真心喜欢我，我可能愿意跟他试一试。"

叶繁霜只觉得大事不妙："那井迟呢？你当真不考虑？你也说了想要找熟悉的人。跟穆景庭比起来，你难道不是和井迟更熟？"

宁苏意说："我对他没那种心思，更不想让我们从小到大的情谊沾上别的不纯粹的东西。"

"你对穆景庭就有那种心思了？"叶繁霜有些咄咄逼人。

"我也说了，只是试一试。"宁苏意耸了耸肩，"当然，事先我会跟他坦白我的情况。如果他不能接受这事，我不会勉强。"

叶繁霜彻底哑口无言，再说不出一句劝解的话。

显然，哪怕是想试一试，宁苏意也绝不考虑井迟的原因并非对他不够信任。相反，她太过珍视与他之间的感情，才不愿在这份感情当中掺任何杂质。

叶繁霜真不知是该同情井迟还是该叹惋。

他和宁苏意明明是最熟悉的人，却是在爱情里最远的人。

这一夜过后，宁城下起了绵绵不绝的雨。

天气预报 APP 从上往下看，图案全是一朵乌云下面跟着一排雨点，小雨、中雨、大雨、小雨……循环往复，一个星期都没消停。

气温降了很多，宁苏意换上了秋款西装。

她这段时间又忙了起来。宁屹扬到底没从事过这一行，更别说一上来就以管理者的身份入职。许多事情他无法裁夺，拖到最后还得宁苏意拍板，这无形中增加了她的工作量。

周四晚上，宁苏意加班到九点多才回去。外面下着瓢泼大雨，天边闷雷"轰隆"作响，让她恍惚以为还在盛夏季节。

井迟九点一刻给她发了条信息，问用不用接她。

她说不用，徐叔会开车送她，车里备了伞，她不至于淋到雨。

顺利到家后，宁苏意先给井迟发微信报了平安，然后拉上客厅和卧室的窗帘，找出一套睡衣去浴室洗澡。

一场秋雨一场寒，近日来频繁降温，她可能有点儿感冒，嗓子干疼干疼的。洗完澡得吃两粒消炎药，宁苏意这么提醒自己。

浴室顶灯忽然闪了闪，犹如漆黑夜空中的闪电那般，没一点儿预兆。宁苏意拿沐浴露的手顿住，心里涌起一股不安的情绪。

这种情绪也就持续了三四秒，视线便陡然一黑，整个浴室被黑暗笼罩，像变成了一个密不透风的铁皮盒子，她透过磨砂玻璃往外看，卧室里同样是黑的。

宁苏意攥着拳头，掌心一片湿漉漉的冰凉之意，不知是没擦干的水珠，还是冒出来的冷汗，或许两者都有。

她努力调整呼吸，试图让自己冷静下来。不管是在英国独居，还是现下，她都存足了电费，应当不会出现欠费断电的情况。

偶尔遇到不可抗力因素导致停电，她也有应急措施。她循着记忆扯过浴巾裹住身体，手摸到冰凉的墙壁，一步步往外挪去，脚步虚浮得厉害，每一步都走得异常艰难，额头上布满了汗，汗滑落到眼角，眼眶被渍得有些酸痛。

屋漏偏逢连夜雨，将要走到门边时，宁苏意不知被什么绊了一下，跌到地上，膝盖磕在了又冷又硬的瓷砖地面上，霎时疼得钻心。

这下她真是一点儿力气都没了。

宁苏意背抵着墙面，脖子往后仰，呼吸好似成了一件困难的事。

四周阒静，她只能听到自己喘气的声音，一声大过一声。她觉得自己像一条被拍到沙滩上的鱼，即将渴死。

就在宁苏意以为自己要在幽闭的空间里窒息时，外面闪过一道亮光，下一秒，熟悉的声音传来："酥酥，你在哪儿？"

宁苏意强撑着意识张了张口，吐出轻不可闻的两个字："浴室。"

停电前一刻，风雨交加，井迟正在书房里对着电脑处理工作。跟宁苏意那边的情况相差无几，顶灯闪了闪就彻底熄灭了，只余电脑屏幕散发出幽蓝的光，笼罩着他冷峻的面庞。

井迟还保持着指节抵在下颌处的姿势，顿了几秒，第一想法是家里跳闸了。他打开手机照明功能走到窗边，拉开窗帘往外看，沉沉的夜色下，隔壁那栋楼也不见光亮。

心一瞬就提了起来，他想到了宁苏意，想到她不久前才给他微信说到家了。

井迟丝毫没犹豫，一边给物业打电话一边往外冲去。

电梯不能用，他只能走安全通道的楼梯。所幸只相差一层，他一步跨几级台阶，转眼间就到了十六楼。

井迟推开厚重的铁门，离弦之箭一般奔了出去，空荡荡的走廊里留下了一串急促而凌乱的脚步声。

物业的电话正好被接通，工作人员带着歉意的声音传来："不好意思井先生，刚得知停电，我们正在排查原因，给您造成不便深感抱歉。"

挂了电话，井迟没时间绅士地敲门等人来开门，直接刷指纹开了锁。

屋里漆黑得伸手不见五指，他上楼太匆忙，脚趾踢到台阶边缘，痛得顿失知觉。

在卧室里没找见宁苏意，井迟准备去书房时，幸好出声问了一句，才听到宁苏意回答的声音从浴室里传来。那样虚弱的声音，他差点儿怀疑自己幻听了。

井迟拧开门把，借着手机手电筒的光，入眼所见就是宁苏意背靠着墙壁，两条腿屈着放在瓷砖地面上，狼狈得叫人看一眼都心疼。

他想到了刚幻化出双腿的美人鱼初来到岸上，脆弱不堪。

"我抱你起来？"井迟蹲下身，声音喑哑地开口问道。她连件衣服都没穿，只用一条白色浴巾堪堪遮住身体，他一时无从下手。

宁苏意半合着眼眸，伸出双臂要他抱。

井迟一手揽过她的肩背，一手托起她过分细瘦的腿，轻松地将她打横抱起，视线尽量避开她的身体："有没有受伤？"

宁苏意找回了一丝丢失的魂魄，声音轻如蚊蝇："膝盖磕了一下，不严重。"

井迟控制不住自己的视线，瞟了一眼她的膝盖。把左腿上一片鸡蛋大小的瘀青痕迹，破了点儿皮，有血丝渗出来。

"别的地方有伤吗？"

"没。"

宁苏意摔下去时手腕扭到了，因没有太大的痛感就没说。

井迟将她放到床上，亮着电筒的手机被搁在床沿。他表面看着镇定，实则心慌得不行："我……我去找药箱，好像在电视柜下面。"

宁苏意身体骤然紧绷，无声地攥住他的衣摆，手指很用力。大脑里神经紧绷，她有点儿情绪不稳。

井迟没挪动脚步，在床边蹲下，伸手擦着她额头上的汗："没事，我在，你别怕，马上就来电了……"

他有些语无伦次，并不清楚什么时候来电，只想安抚她不安的情绪。

井迟摸到她额头一片冰凉，去抓她的手，发现温度也没高到哪里去，跟大冬天在室外被冻了许久一样。

宁苏意缓了很久，心跳回归到正常频率，手指也能渐渐感知到温度，咳嗽了一声："我有点儿渴。"

"我去给你倒水。"

"嗯。"

宁苏意松开了手，软软地靠在枕头上，手捂住眼睛，看起来已经恢复到正常状态，只不过有些虚弱。

井迟不放心，脚步迈不开："你可以吗？"

宁苏意拿开搭在眼皮上的手，扯了扯唇："已经没事了。"

井迟出了卧室，走下楼，以最快的速度兑了杯温水、拿了药箱，刚好在电视柜里搜罗出来一个大型手电筒，比手机自带的手电筒照明强度大。

重回到卧室后，井迟蹲在床边，把水杯放在宁苏意的手里，让她捧着慢慢喝，自己打开药箱取出碘伏和棉签。

井迟问："你要不要先换身衣服？我去给你拿。"

她身上围的浴巾随时会罢工，失去遮蔽的功能。

宁苏意低下头，有些尴尬地"嗯"了一声，指了指衣帽间："你帮我随便拿一件。"

井迟不用她提醒。衣帽间都是他帮忙整理的，东西放在哪里怕是比她还清楚。

他从衣柜里取出一条长袖的棉质睡裙扔到床上，自觉地转身出了门，没敢走太远，伫立在房门边。宁苏意抬眼就能看到他的背影，心安不少。

她扯掉浴巾，套上睡裙，动作还算利落，再看一眼那个背影——他纹丝未动，分明是清瘦的人，此刻看着却好似一堵墙，抵御着所有风雨的侵袭。

宁苏意说："我好了。"

井迟这才僵硬地转过身，走回她身边，轻抬下巴示意她把腿伸过来。他捏着棉签蘸取碘伏，涂在她膝盖的瘀青处。

窗外的雨下个不停，一阵急促一阵缓慢，这一幕熟悉得仿佛时光倒流。

他去英国找她的那一晚，在公寓里帮她涂脚指甲，外面也飘着雨。那时她穿着一条真丝裙，裙摆丝滑，不经意蹭到了腿上。

井迟努力想要做到心无旁骛，发觉有些困难。把棉签丢进垃圾桶时，他扫了一眼女人的脚，已经不是那时候涂的红色甲油，是偏深的奶茶棕色，仍然衬得她的脚很白。

"你怎么来这么快？"宁苏意缩回腿，捧着杯子继续喝水，经过这么一遭，原本有些疼的嗓子已经有些哑了。

"看到隔壁楼也黑了，猜想是大面积停电，担心你。"

宁苏意喝了一杯温水，舒服多了，干脆躺下来扯过被子裹住自己，看着床边的人："你要不要回去？我已经好了。"

井迟看着她问："我说不要，你要赶我走吗？"

"谁要赶你走？不过说好，我这里可没有给你打地铺的床垫。"宁苏意翻身侧躺，闭上了眼睛不打算管他。

井迟的手机恰在这时响起来，是物业的人员回拨过来的电话，对方告知他一处电路被烧坏了，目前他们正在联系电工加紧抢修，预计两个小时内可来电。

井迟回复："知道了，谢谢。"

他把消息转述给宁苏意，说："睡吧，时间挺晚了，等来电了我就走。"

"那我睡了？"宁苏意打开台灯的开关，这样来电后灯会自动亮起。

井迟握住她的一只手，让她知道他一直在这里，可以放心睡——在这死寂又空荡的房间里，不只她一个人。

手指那处的暖意源源不断地传来，好似能够催眠，宁苏意也不知自己何时产生的困意，竟有些混沌，像被关在一个玻璃罩子里。

两个小时过去，时针已悄然指向凌晨一点，台灯无声地亮起，洒下昏黄的灯光。一躺一坐的两个人影映在墙壁上，像一出缱绻的皮影戏，还未开场，所以人物静止未动。

等了片刻，井迟动了动僵掉的手臂，关掉原先用来照明的手电筒。

他将视线移到宁苏意的脸上。她素净的脸颊过分白皙，发丝有些乱糟糟的，一绺一绺或散在枕上，或窝在颈部。他很想帮她拂开头发，又唯恐将她吵醒，迟迟不敢有所动作。

井迟轻轻抽走自己的手，见她始终未醒，被一股邪恶念头驱动，鬼使神差地俯下了身。

嘴唇将要落在她的额心处时，他到底不忍亵渎她，微微错身，贴在她的发间亲了一下。

将门关上，他走下楼梯。床上的宁苏意眼皮颤了颤，将醒未醒。

那一晚所受的惊吓确实影响到宁苏意的睡眠情况，她连着失眠好几个晚上，深知再拖下去问题就大了，于是抽出一个下午的时间预约了医生。

她并不是讳疾忌医的人，早些年就知道"有病就去治"是真理。

但宁苏意有自己的顾虑，即不想父母操心。这件事她没跟他们提一个字，只叫了叶繁霜陪自己去医院。

治疗过程还算顺利，医生给她开了适量的安眠片，末了提醒一大堆注意事项。她双手搭在膝盖上做认真聆听状，其实对副作用与注意事项比谁都清楚。

她们出了医院，叶繁霜提议："去附近走走，散散心？"

宁苏意没拒绝。

叶繁霜挽着她的手臂，被宁城的妖风吹得眯了眼，不得不拽着衣襟微低下头："我以前把你看得无坚不摧，现在清楚了，都是假象。你呀，也就看着像一件精美瓷器，往里细瞧就知道有裂纹。"

两个人不紧不慢地走着，被风吹得太难受，一扭身进了商场，逛起了彩妆区、护肤区，还跑去试香水。

宁苏意捏着试香纸在鼻尖处扇了一下，停顿数秒，在叶繁霜面前挥了挥："这个味道怎么样？"

"好闻，前调是柑橘香？"叶繁霜深嗅了一下，"还有果香味。这个味道应该更适合夏天吧？"

"那就先买了，夏天再喷。"宁苏意招来店员，让她去拿一瓶正装。

等待的工夫，两个人接着试其他的香水。身后忽然传来一阵高跟鞋的声音，宁苏意不经意间回头，看到一张有几分眼熟的面孔。

女人也看见了宁苏意，脸上出现一副意外的表情，愣神片刻，大方地打招呼道："宁苏意，好久不见。听说你在英国读博士，什么时候回国的？"

叶繁霜觉得这声音耳熟，绝对是自己也认识的人，扭头看了一眼，果不其然，来人是老熟人杨婧雯。

杨婧雯就是高中暗恋过井迟，跟宁苏意交好也是为了接近井迟的那个女生，后来被拒绝就与她们几个疏远了，之后上大学天南地北再没遇见过。

这么些年，杨婧雯的容貌和声音都没太大变化，可见她过得不错。

宁苏意率先反应过来，笑着打了声招呼："好久不见。我几个月前才回国。"

宁苏意自认与杨婧雯没有多深的恩怨。当初不管是做朋友还是闹到绝交的地步都是杨婧雯单方面决定的，宁苏意从始至终没半分对不住她。

时隔多年再面对她，宁苏意是发自内心地感到欣喜。

店员取来香水正装，先拆开包装盒给宁苏意当面查验。

宁苏意接过随意瞥了一眼就准备将香水装回去，却不料杨婧雯忽然问："你和井迟在一起了吗？"

宁苏意停住动作，向她看去，震惊不已："你说什么？"

"你别误会，我早对他没那个心思了。"杨婧雯竖起自己的左手，无名指上一枚钻石戒指在奢侈品店里的光照下熠熠生辉，"我已经结婚了。"

杨婧雯笑了一声："你们不会没在一起吧？那时候，井迟拒绝我拒绝得相当干脆。我不死心地追问原因，他说他喜欢的人是你。"

"啪"的一声，宁苏意没拿稳，手里的香水掉在了地上。

尼罗河花园前调浓烈的柑橘香四散开来，萦绕周围，久久不散。

一刹那，宁苏意内心犹如山洪倾泻、巨石崩塌，涌出一种过去二十几年的观念一朝全部被击碎重组的荒唐感。

那种意外和震惊的心情是无以复加的，她可以毫不夸张地形容，感觉天与地都在她的世界里颠倒了。

以至呆滞许久，宁苏意才想起去看叶繁霜的表情，后者恰好对上她的视线，全然不似她这般震惊，还笑得出来。

宁苏意从她脸上读懂了她心中所想：我早知如此！当初说了你还不信！

被晾在一旁的杨婧雯看不明白她俩的眼神交会是何意，只觉得气氛趋向于诡异，甚至开始自省，怀疑自己说错了话。

"你们忙吗？不忙的话喝杯下午茶吧。"杨婧雯提议，"这么久没见，就当是叙旧。"

宁苏意还未开口，叶繁霜就一口答应了："好啊，我们正好没事。"

直觉告诉她，杨婧雯还有未说尽的话。

宁苏意赔偿了那瓶被打碎的香水，跟着叶繁霜走了出去。

风更大了，杨婧雯只穿着一条修身的卡其色针织裙，露出一小截白皙小腿，脚上穿着黑色短款马丁靴。她从大号托特包里拿出牛仔外套穿上，从领子里拨出头发。

叶繁霜随口问道："这几年忙什么？"

"我吗？"杨婧雯看了看她，轻描淡写地说，"在一家广告宣传公司做创意总监，没什么意思，经常忙得秃头。"

"少谦虚，我看你满面红光，不像被折磨的，倒像被爱情滋润的结果。"

"叶繁霜，你怎么还是老样子？我真说不过你。"杨婧雯笑弯了腰，"你这嘴皮子，没当律师？"

"脑袋笨哪，司法多难考。"

"那你现在做什么？"

"公关。"

杨婧雯摇头失笑："不违和呢。"

从走出商场到咖啡店的一路上两个人聊得火热，全无芥蒂。唯独宁苏意一个人，沉默得像是被人一碗药毒哑了。

叶繁霜和杨婧雯点了同样的焦糖拿铁。轮到宁苏意，刚想点老样子美式，就被叶繁霜推了一下，提醒道："别喝咖啡了。"

她做主给宁苏意点了一杯纯椰奶。

杨婧雯撑着腮，羡慕道："你俩感情还是这么好。"

叶繁霜笑了笑，将脸侧的短发别到耳后。

风吹过路边树枝的"沙沙"声越发响了，店里的人隔了道玻璃门都能清楚地听到，秋意渐浓。

杨婧雯靠着椅背，双手捧着咖啡杯，看向宁苏意。

宁苏意眼下的模样，可用"六神无主"四个字来形容。

杨婧雯轻叹了一口气，忆起往昔，语气真挚地说："说到当年的事，该给苏意道歉，虽然有些迟了，但我得承认，是我做得不够磊落，利用和你的友情满足私欲。那时我们闹崩了，我想过跟你讲清楚，却因为心高气傲拉不下脸，久而久之就给搁浅了。"

宁苏意淡笑："都是过去的事了，我没介怀过。"

杨婧雯点头："那就好。"

杨婧雯回想那时候的自己，感觉是有些矫情，被井迟拒绝后，内心阴暗地偷偷骂宁苏意虚伪。明明井迟喜欢的人是她，她还要帮别人递情书，怂恿井迟和别人谈恋爱，难道不是在变相地炫耀？

叶繁霜憋了一路的疑问，当下憋不住了，向杨婧雯求证："井迟真跟你说过他喜欢酥酥？"

杨婧雯喝了一口咖啡，瞥了叶繁霜一眼："这种话我有必要骗人？井迟就是怕我仗着跟苏意的关系继续对他死缠烂打，才下定决心对我说实话的。说真的，要是没他那句话，以我的性子，我铁定撞了南墙也不回头。"

叶繁霜听得心潮起伏，再看宁苏意——得了，整个人像一尊雕塑，眼都不会眨了。

"说了这么多，我就好奇一件事……"杨婧雯欲言又止，心知大概从宁苏意这里得不到答案，只能将目光投向叶繁霜："他俩在一起了吗？"

叶繁霜耸了耸肩，讳莫如深的样子。

杨婧雯不肯罢休："当是圆我年少时的一个执念都不行？"

"没在一起。"叶繁霜竖起手掌挡在嘴旁，压着声音说道。

她们离这么近，说的话分明能被宁苏意听见，叶繁霜偏做出这番偷偷讲话的样子。

杨婧雯沉默半晌，不无遗憾地"啊"了一声。她还以为依着他们的关系，他们早修成正果了："我能问问为什么吗？"

"还能为什么？"叶繁霜叹息一声，指了指宁苏意，"襄王有意，神女无心呗。"

手机铃声响起，相当激烈的摇滚乐，在寂静的咖啡店里格外吵闹。杨婧雯手忙脚乱地从提包里拿出手机，侧坐在椅子上接通："我在埃阜北路福乐广场旁边的咖啡店里，名字叫……"她看了一眼咖啡杯壁印的 logo，"七点 Coffee（咖啡），你过来就能看到。"

她挂了电话，脸上浮现甜蜜的微笑。

叶繁霜心下了然："你老公？"

"嗯，他忙完了要过来接我。"杨婧雯一阵脸热，垂了垂眼帘，"你们应该认识我老公，他是我们那一届九班的一个同学。"

叶繁霜来了兴趣，正襟危坐："谁啊？"

"先让我卖个关子，等他来了你们就知道了。"杨婧雯看向宁苏意，酸溜溜地说，"他还追过苏意呢。"

叶繁霜一时间怔住，没想到还有这样一层关系。

宁苏意沉静的眼眸里终于起了一丝波澜，开口撇清："我高中没谈过恋爱。"

"我知道呀，他追过你，但没追上。"杨婧雯眨了眨眼，狡黠地说道。

"……"

杨婧雯的老公就在附近办事，开车过来十几分钟。男人推开玻璃门进到店里时，杨婧雯站起来招了一下手。

高个子的男人阔步走来，身材不算瘦，穿一身深蓝色西服，头发三七分，打了发蜡，显得人很英俊。

"东西买了吗？晚上去妈那儿吃饭，堂哥他们一家也来，有小孩子，礼物得多备几份。"男人边看腕表边说。

杨婧雯按住他的手腕，朝对面使了个眼色："你的校园女神——青春期'白月光'在这里，不打声招呼？"

黎殊愣了愣，这才发现面前的两个人是老校友，原本还以为是老婆跟两个陌生人拼桌。

他目光先是落在宁苏意身上，笑眯眯地说："宁苏意啊，真是好多年没见了，最近还好吗？"

杨婧雯在他的臂膀上拍了一下，佯装恼怒地说："我说什么来着，你果然是念念不忘。"

黎殊握住她的手，哄道："哪儿啊，这不是你让打招呼的？"

宁苏意微微笑了笑，没多言地应了一声："还好。"

叶繁霜仔细扒量黎殊，过了半晌，终于从记忆长河中扒拉出那么一星半点儿与这个男人有关的场景。

宁苏意的众多追求者中，这一位算是浓墨重彩的一笔，九班的混世魔王，听说他家里是做建材生意的。他隔三岔五就从三楼跑到五楼找宁苏意，今天送巧克力，明天送奶茶，后天送项链，一个星期不重样，令宁苏意深受其扰。

拒绝几次无果后，宁苏意干脆视而不见。然而黎殊当她默许，越发高调起来，闹得整个年级对他追宁苏意的事无人不知无人不晓。

后来，突然有一天这人就偃旗息鼓了，毫无预兆，彻彻底底地从宁苏意的眼前消失了。

宁苏意终于耳根子清净，直言世界真美好。叶繁霜记得自己当时感叹了一句："这男生真不靠谱，这才追了多久就放弃了？"

杨婧雯拉丈夫坐下，挽着他的手臂说："算起来苏意是我们的媒人。我追井迟没追上，他追苏意没追上，我俩偶然碰到，同病相怜，本来想搞个'复仇者联盟'——别笑我，那时候我思想太幼稚。不知怎么的，我们互相看对眼了。"

黎殊挠了挠头。他上学比较晚，比同届的学生大两岁，如今是奔三的人了，再提起"中二时期"的事，难免有几分难为情。

"我那会儿对井迟怀恨在心，本来想等考完试整整他，后来跟雯雯在一起就不了了之了。"黎殊当个玩笑将以前的想法讲了出来。

叶繁霜诧异地问道："整井迟？为什么？"

"那就要问问他了。我为什么突然不追宁苏意了？还不是井迟跑来警告我，说他和宁苏意决定高考完就在一起，让我死了那条心。"黎殊笑着说，"我年少轻狂不假，还是有自知之明的，知道自己当然比不过井小少爷，索性就放弃了。"

叶繁霜差点儿咬到舌头，井迟竟说过这种话？

杨婧雯也是才知道有这么一回事，"哇"了一声，当即算起账来："怪不得你那会儿找上我，敢情受打击了。"

"别提了，别提了，这都多少年前的事了。"

两个人看似打闹实则恩爱，连怒视都含着情，好不幸福。

夫妻俩还有事要办，杨婧雯加上了宁苏意的微信，说以后有时间再聚，便拉着黎殊先一步离开了。

稍后，叶繁霜和宁苏意也走出了咖啡店。

叶繁霜问："你还好吧？"

没听见宁苏意回应，叶繁霜换了个问题："你打算怎么办？"

"不知道，脑子里一团糨糊。"宁苏意揉了揉额角，"我以前问过井迟有没有喜欢的人，他跟我说没有。"

"傻！你问他，他当然这么说。不然呢？他直接表白吗？你天天弟弟长弟弟短地叫着，他心里门儿清——你不喜欢他。这种情况下，他捅破窗户纸简直跟引火自焚没区别。"

"那你想让我怎么办？"

"别问我，我才是真不知道。"叶繁霜摊手，毕竟不是当事人，宁苏意的心里到底怎么想的，除了她自己没人清楚。

上了车，宁苏意没急着启动车子，脑袋趴在方向盘上，真正苦恼到极点了脸上反而没表情，是麻木的："好想时光能倒流，我一定不跟杨婧雯打招呼。"

"活该，让你过去那些年跟井迟相亲相爱。你拿他当家人疼，他拿你当自己的女人宠。"叶繁霜没心没肺地笑着。

毫无征兆地，宁苏意的脑海里闪过那一晚额间掠过的温热呼吸，想来不是她的幻觉，更不是她在做梦，那的的确确是井迟的杰作。

宁苏意临睡前吃了一粒安眠药，许是太长时间没吃，效果竟还不错，一觉睡到第二天早上闹铃响起。

身子犯懒不太想动，宁苏意翻了个身继续睡觉，眯了一会儿就想起今天是工作日，上午还有个会议，猛地一弹腿惊醒过来，摸到手机看时间，已经过去十分钟了。

宁苏意掀开被子下床，去浴室洗漱。

手机响了一声，她握着牙刷出去，从被子上抓起手机。

井迟："做了早餐，下来吃。"

宁苏意愣了愣，没拿稳电动牙刷，戳得牙膏沫横飞。她连忙将牙刷塞进嘴里，单手打字回复了一个"好"字。

她平静地去浴室漱了口，花十分钟化了个淡妆，再换上一身休闲款的浅米色西服，束起低马尾，样子简单干练。

宁苏意乘电梯到楼下，站在门外做了一番心理建设，这才推门进去。

井迟刚把碗端到餐桌上，清淡的阳春面卧了一个荷包蛋，没放她不喜欢的葱。一旁的玻璃小碗里切了几样她爱吃的水果。

"再不来面都要坨了，快坐下吃，吃完我送你上班。"井迟推着她的肩膀，将她按在椅子上。

不知道井迟的心意前，面对这样的场景，宁苏意再坦然不过，兴许还能与他玩笑两句。但是现在，她只觉得心口发堵，嘴里也尝不出滋味。

她慢吞吞地吃完碗里的面，又吃了几块水果："我给徐叔打了电话，他五分钟前就到楼下了，你不用送我。"

井迟坐在她的对面，闲散地靠在椅背上，静静地端详着她。

宁苏意别过脸，从包里摸出口红，借口去卫生间补妆躲避他的审视。

她关上卫生间的门，双手撑在盥洗台沿上，抬起头看着镜子里的自己，演技实在够拙劣的。

她莫名其妙地想到了井迟曾经说的话：我真正用心骗你的时候，才不会叫你看出来。

他真是演技精湛，竟骗得她毫无所觉。若不是从第三人口中得知他喜欢自己这件事，她不知要被瞒多久。

宁苏意敛目，慢条斯理地拧开口红盖子，对着镜子补吃面时被蹭掉的口红。

她出去时，井迟不在客厅里，厨房里也没他的身影。宁苏意望了一眼二楼，打算等他下来，她打声招呼就走。

她在沙发上坐下来，感觉后腰处抵了个东西，手绕到后面的沙发缝将东西拿出来，是深灰色的平板电脑，她的手指触到屏幕，不小心将其点亮。

宁苏意正要将平板电脑放在一旁，视线却被锁屏壁纸吸引了。

那是毕业典礼那天，两个人在剑桥的校园里拍的一张照片：身后是绿茵茵的草坪、翁郁绿树，她头戴博士帽，怀里抱着毕业证书，面对镜头笑容粲然，而身旁的井迟，手臂揽着她的肩膀，微微偏头笑看着她。

这张照片是用井迟的手机拍的，他并没有发给她。

宁苏意从来不知道，从旁观者的角度看，他的目光那样深沉而温情脉脉，与他平日里看她的眼神截然不同。

二楼的卧室里，井迟望着窗外陷入沉思。他不会判断错误，宁苏意对他的态度有问题。思考不出原因，他只能从叶繁霜那里下手。

"井迟弟弟，大早上的给我打电话有何贵干？"叶繁霜正准备出门上班，一只手拎着提包，另一只手带上了门。

井迟没头没尾地说了一句："酥酥都告诉我了，你说我找你干什么？"

叶繁霜神情一滞："那你们现在是……好吧，我就知道，她拒绝你了对吧。她要是喜欢你，昨天就不会那样伤神。那个……你也别太伤心，做不成恋人你们还可以做朋友，反正你们也做了这么多年的朋友。虽然可能会有点儿尴尬，但我想时间久了你们应该就会恢复如初。"

叶繁霜说了一堆，最后总结陈词："你别逼她太紧，她挺不容易的，既不想失去你又不想你难过。唉！"

井迟全明白了。

他喉结滚动，无声地吞咽了一口空气，哑声问道："所以，她知道我喜欢她了对吗？"

叶繁霜猛地怔住，后知后觉地反应过来他话里的含义，提高音量吼道："井迟！你套我的话！她根本没跟你说对不对？"

手机里传来"嘟"的一声，提醒她那边的人已经挂断了电话。

她好想时光能倒流——这句话轮到叶繁霜想说了。

如果时光倒流，她一定不会接井迟的电话。

这都是什么事啊？

叶繁霜没忍住低声骂了句脏话，编辑了一条消息发给井迟："下班后有时间吗？我们聊聊。"

她自己犯的错，自己负责善后。

昨天还打定主意不掺和他们俩的事，叶繁霜很清楚，这世上没有真正的感同身受，哪怕自己是宁苏意最好的朋友，也没立场替宁苏意做任何决定。

谁知道井迟虚晃一招，让她成了"背叛"宁苏意的罪人。

井迟没回她的消息，呆呆地在房间里站了许久，困扰他的一切问题都有了合理的解释——为什么酥酥看他的眼神、对他的态度起了微妙的变化。

原来，症结在这里。

可笑他还以为自己无意间做错事惹到她了。恐怕在她那里，他做的最大的错事就是喜欢她吧。

井迟双腿灌了铅似的，一步一步走下楼梯。客厅里早没了宁苏意的身影，空气中似还飘散着她身上树莓混合纸莎草的味道。

宁苏意几乎是落荒而逃。说出去很难让人相信，她是被一张壁纸吓的。

以前她没发现他的心意的时候，相处时的点点滴滴都稀松平常，一旦心里有了清晰的认知，之前被忽略的一切事情都有迹可循。

宁苏意坐上车，吩咐徐叔开车，手指摁着眉心，闭着眼陷入回忆之中。

毕业舞会那晚，或许那位男同学的意图并非井迟说的那样离谱，她却轻易相信了他的说辞。追溯到更远，去年夏至，她在一家商铺里与人弹钢琴，隐约好像看到井迟的身影，稍稍走神后，那道身影就消失了。后来他在她面前提过一次，问她是不是喜欢那个和她四手联弹的人——说明他夏至那天的确去过英国……

"宁小姐，到了。"徐叔温和地提醒道，从后视镜里看到后座上的人没反应，便解开安全带，扭过头再次提醒，"宁总？"

宁苏意蓦地回神，手指从额间拿开，有几分怔然地看着徐叔："不好意思，差点儿睡着了。"

徐叔推开车门下车，绕到后座这边帮她开了车门。

宁苏意颔首，下了车，神色颓然地走进了写字楼。

井迟整整一天没出家门，也没吃午饭，躺在沙发上入定一般。

到了与叶繁霜约定的时间，他才起身换鞋出门。

等了将近半个小时，井迟都要不耐烦了，叶繁霜才气喘吁吁地赶来："对不住，临时需要修改一份文书，迟到了。"

井迟抬了抬眼皮，示意她坐。

叶繁霜脱掉风衣搭在椅背上，将提包放在一旁的空位上，坐下来看着他，当即感受到气氛不对劲。

她和井迟没有单独见过面。以往都是宁苏意在场，她有些不适应这种氛围。

好在叶繁霜见过大场面，平复了一下呼吸，表现得足够平静："你害惨我了你知道吗？我做错了什么你要诈我？"

想到早晨井迟套她的话，她就悔得肠子泛青，没骂井迟一顿都算她有风度。

井迟答应跟她聊聊自然是有话问她："酥酥怎么知道的？"

叶繁霜说："你先告诉我，你为什么给我下套？"

"我和她一起生活了那么多年，她一举一动但凡有什么异样我怎么可能看不出来？我问她她肯定不会说，只好从你这里切入。"

叶繁霜实在没忍住，骂了他好几句。

井迟照单全收，声音低沉地问道："现在能说了吗？"

"我们昨天下午逛街时遇到杨婧雯和黎殊了。"

"谁？"

叶繁霜噎了噎，猜想他不记得了："杨婧雯，曾经追过你的女生，以前跟酥酥是朋友。至于黎殊，你掐过的桃花你也忘了？他们俩一唱一和，把你的老底掀了个干干净净。"

井迟的脑海里只残存一点儿模糊印象，他想了想，抿唇不语。

叶繁霜瞥了他一眼，冷冷地嘲讽道："你说你背后到底掐过酥酥多少桃花，报应来得这么快？"

井迟没反驳。她说的是事实，他无从辩驳。

井迟沉默的时间太久了，久到叶繁霜以为他不会再开口说话。直到叶繁霜添了第二盏茶，他才张口，嗓音较之方才沙哑了许多："酥酥跟你说过她是怎么想的吗？"

叶繁霜哼笑："她要是说了，我就不用见你了。"

又是长久的沉默，井迟低垂着头，敛下眼睑，眼里、心里都一片荒芜。只消看一眼，叶繁霜就能读懂他此刻无能为力的心情。

叶繁霜喝了一口茶："喂，你要没什么要说的我就走了。我约你出来主要就是替酥酥也是替我自己解释两句，接下来怎么做你自己看着办。"

井迟抬起视线，扯出一个比哭还难看的笑容："你那么了解她，应当能猜到她的心思吧？"

叶繁霜都准备走了，被他这浓浓的颓丧语气迫得不得不继续坐下来。

岂止是她，井迟自己也能猜到，如果宁苏意对他有半分男女之情，他所担忧的一切事情都不是问题。

164

正因她对他无意，才造成眼下的困局。

叶繁霜劝慰道："你也别太沮丧了啊，井迟弟弟，酥酥是什么性子你很清楚。她心软得不行，更何况是对你。"

叶繁霜被他死盯着，叹了一口气："当是我卖你一个人情。我跟你透露一点，酥酥还没打算正经谈恋爱，说你知道她的病。穆景庭喜欢她，可能还有那么点儿想追她的意思。她曾随口一说，若是要找伴侣，希望找熟悉的人，或许会考虑跟穆景庭试一试。"

井迟表情木木的，像是没知觉。

叶繁霜抬眸看着他："我当时问她，既然想选个熟悉的人，那怎么不考虑你？你猜她怎么说？"

顿了一下，叶繁霜将宁苏意的话转述给他："她说，不想让你们从小到大的情谊沾染上别的不纯粹的东西。井迟，她是在乎你的，就是因为太在乎，才不想给你造成哪怕一丁点儿伤害。你明白吗？"

井迟苦笑了一下，明白了。

所以，他怎么舍得让姐姐为难呢？

叶繁霜最后严肃交代，这些话宁苏意不让往外说，她已经食言告诉他了，叫他守口如瓶，别去找宁苏意对质，不然搞得她猪八戒照镜子——里外不是人。

井迟说她想多了。

他有什么立场去找宁苏意说这些？

他现在连见她一面都不知该摆出什么样的表情。往日戴的面具被揭了个干净，他只剩一层血肉模糊的本来面目。

叶繁霜拿上风衣和提包，打算走了："喝了一肚子水，倒出去一堆话，我是受够了，真不爱管你们这些痴男怨女的事情。"

井迟看着她，表情和语气都很真诚："谢谢。"

叶繁霜脚步停了停，脸上满是意外之色："听你道一声谢可太不容易了，你还是别谢我了，我瘆得慌。"

她走到门边，心里还是不踏实，婆婆妈妈地说道："我不知道你接下来要怎么做，只讲一点，别让酥酥难做。我也是最近才发现，她是个易碎品，脆弱得远超我的想象。"

说罢，她摇了摇头，自我否定："我说这些干什么？反正你最心疼她，不用我提醒也会为她考虑。"

叶繁霜再不看井迟一眼，拉开门走了出去。

怎么又起风了？西北风最冷了，宁城的深秋不好过，连带着深秋里的人都要比往日惆怅一些。

宁苏意晚上加班到八点左右，夜幕早已降临，对面写字楼依旧灯火通明，与远处的霓虹灯交相辉映。

不知何时，天空又下起了绵绵秋雨，上一次下雨分明没过去多久。她只觉得今年的雨水真多，从回国至今，每场雨都藏着一桩心事。

宁苏意在办公室的窗前静立片刻，给徐叔打了个电话，将东西装进包里，离开了办公室。

她坐上车后，徐叔问她回钟鼎小区还是锦斓苑。

宁苏意想了想，说道："钟鼎小区。"

徐叔没多问，启动车子汇入车流。他们已错过晚高峰时间，行驶途中畅通无比，十分钟的车程仿佛一眨眼就到了。

宁苏意按了电梯键，双手背到身后，微微垂头盯着鞋尖，安静地等候着电梯。

耳边突然传来一阵由远及近的脚步声，光是听声音她就能判断出对方穿的是运动鞋，步伐节奏也很熟悉。

她没抬头，却猜到那脚步声属于谁。

以前她不曾仔细辨别过，从来不知道原来单凭走路的声音也能认出一个人。

宁苏意缓缓抬头望过去，一楼大厅灯火辉煌，颇为空荡。井迟站在两米开外，穿着黑色连帽卫衣和深灰色束脚运动裤。

外面的雨似乎下得不小，他没撑伞，戴着卫衣帽子，松松垮垮的，帽子两边垂下来的抽绳晃来荡去，有种年轻蓬勃的朝气，没被遮住的额发湿漉漉的，浸润得那双眼眸也分外清澈明亮。

井迟手里拎着超市的购物袋，里面装着一些食材，与宁苏意相隔不远，因为心里那一重重山峦，此刻看着她就好像是隔山眺望她。

他们之间隔着他跨不过去的山岳。

电梯"叮"的一声终于到了一楼，伴随着轻微的推拉声，电梯门朝两边打开。

宁苏意见他还愣在原地，朝电梯间偏了偏头："不进来？"

本能驱动，井迟向前走了一步，脑中紧绷的一根弦时刻警示他，不能再往前走了。于是他敛了敛眸，说了一句蹩脚的谎言："我……我突然想起来有一样东西忘了买。我去一趟便利店，你先上去吧。"

井迟转身冲进了雾蒙蒙的雨幕，顷刻间被湮没在夜色之中。

宁苏意怔立在电梯前，及至电梯门要自动关闭时才急忙按了一下开门键，将要关闭的门再次开启。

她走进空无一人的电梯，仿佛走进一座与世隔绝的荒山。

这是第一次，井迟见到她的反应是躲开而不是迎上来。

宁苏意侧头看着电梯里光可鉴人的壁面，上面映照着自己寡淡至极的脸，心中不由得生出些许不适感和细微的疑惑情绪。

翌日早上，宁苏意出门比平时晚了半个小时。

电梯下了一层停住，门打开，外面的人是井迟。

他脸色憔悴，本就白皙的皮肤在清晨淡淡的光线下更显苍白，看起来清癯得过分。

宁苏意露出笑脸，正要与他打声招呼，就见井迟慌乱地回过身，背对着她声音闷闷地说道："我忘了把垃圾带出来，你先走吧。"

他留给宁苏意一个单薄的背影。

电梯门关闭，宁苏意的笑凝固在脸上。

电梯里仅她一个人，那种被困在人迹罕至的荒山的感觉重新席卷全身。

这一回，她何止不解，更有心口漏风的空寂感。

宁苏意回想起他们唯一的一次冷战，她与井迟的相处状态也绝非眼下这般。那时候他总是故意从她身旁经过，非要闹出点儿动静引起她的注意。她憋不住主动跟他说话，他还要故作冷漠地不搭腔，眼睛却直勾勾地瞅着她，意在表明需要她哄他他才肯低头。

宁苏意怀疑他在躲自己，可是，理由呢？

她都没想躲着他从此不相往来，他怎么倒行事古怪起来了？

宁苏意坐在车上，咬着下唇细思，想不明白，干脆发消息问井迟本人。

宁苏意："我最近得罪你了？"

臭小子回消息一如既往地快，只有一个字："没。"

167

宁苏意："昨晚就算了，今早为什么躲着我？"

聊天框上方显示"对方正在输入"，她等了许久，却不见对方的回应。

宁苏意盯着手机屏幕，看见同样的提示闪了好几次，聊天界面中始终没有文字出现。

她快到公司时，手机才响起一声提示音。

井迟："没有躲着你，我当时不是跟你说了，垃圾忘了提出来？你别多想，我怎么可能躲你？"

宁苏意将他的话在唇齿间反复咀嚼，字里行间的语气再无那种亲昵感，怎么读都是生硬的解释。

或许这连解释都算不上，更像是敷衍。

宁苏意只好作罢，不再追问他。

井迟见她不再发来消息，心一下坠到谷底。他算是体会到什么叫作"百般不是滋味"了，既盼望跟她有来有往，又害怕她追根究底。

井迟把手机揣进裤子口袋，再次出门，手里哪儿有什么忘记提的垃圾？

宁苏意忙了一上午，片刻没歇息，看日程安排下午没什么重要的事，便提前跟梁穗交代，中午不用订餐，她想去吃火锅，让梁穗跟她一起去。

梁穗怀里抱着一沓她上午签好的文件："我先把文件送下去。"

宁苏意挥了挥手，让她先去办事，自己坐在椅子上补妆，只涂了一下口红，别的都还保持出门时的清淡妆容。

等了许久不见梁穗回来，宁苏意拿上包，给梁穗发了一条微信，告诉她自己先去楼下车里等她，她处理完事情就直接下楼。

进了电梯，宁苏意转过身摁了数字"1"和关门键。

电梯门关闭，宁苏意后背靠在壁面上，看了一眼手机，发现电梯没动静。她抬头看向上方的蓝色显示屏，数字还停留在顶层，纹丝未动。

宁苏意皱了皱眉，向前几步，试着摁了一下开门键，奈何电梯一点儿反应都没有。她又摁了摁其他按键，结果还是一样。

没过多久，她就开始感到胸闷、烦躁，深呼吸定下心神，按了警铃按钮。

现在是午饭时间，宁苏意不确定值班室里有没有留守的员工，只能碰碰运气——她发现自己的手机信号微弱得几乎没有，估计电话打不出去。

几分钟过去，她却感觉仿若一天一夜那样漫长。

好在电梯间里有照明灯，不然她早就崩溃了。即便她这样安慰自己，也抵不住心里成倍扩大的恐慌感。

宁苏意此前从未研究过电梯内部按键面板的构造，现下不得不逼着自己冷静观察，发现还有个"对讲按钮"。她按下以后，试着呼叫："有人吗？"

她听到里面传来"刺啦刺啦"的电流声。

"有没有人哪？"宁苏意呼吸渐渐急促，徒劳地呼喊道。

"嘭"的一声，不知是什么原因，头顶的照明灯灭了。

巨大的恐惧感从四面八方袭来，裹住全身，没过天灵盖，宁苏意感觉胸腔里的空气受到挤压，越来越稀薄。一刹那她像被带回那个停电的雨夜，被困在潮湿黑暗的浴室里，瘫软在地，呼救无门。

宁苏意身体支撑不住，顺着电梯壁滑坐下去，呼气声渐渐变大。她合上眼帘，彻底失去意识前，脑海里闪过的是井迟担忧紧张的脸。

她想，这次自己可能没那么好的运气了。

宁苏意再次恢复意识，已是数小时后的事了。她睁开眼，入眼是一片洁净的纯白色世界。她以为地府该是黑黢黢的，怎么会这么干净？

她再次闭上眼睛，耳畔却传来一个很轻的声音，对方生怕将她吵醒一样温和，语气难掩关切和担心："酥酥，醒醒，睁开眼看看我。"

宁苏意的眼睫颤动，她好像听到了井迟的声音。

呼气声回荡在耳边，她缓缓睁开眼，忽觉灯光刺眼，这才意识到自己还活着，好端端地活在人间。

手指被人紧紧握着，掌心传来熨帖的感觉，宁苏意微微偏过头，才发现自己的口鼻罩着氧气罩，偏头的动作有些受阻。

她定定地看着井迟的脸——他比早晨她出门撞见他时更为憔悴，不知道的人还以为他才是那个进医院的人。

井迟替她捋了捋额角的碎发，胸腔里高悬的心落到实处。

"怎么那么不当心，电梯出故障不知道？"他声音低哑，仔细听还有一丝颤意，实在难以疏解那种差点儿失去她的惊惶情绪。

她这么不当心，让他怎么放手，退到她的视线之外？

宁苏意刚清醒过来，大脑转得慢，一时没接上他的话，只想在这样舒缓安静的环境里再睡上一觉。

她也不知道自己什么时候睡着的，手掌心的温度一直在。

夜幕降临时，宁苏意睡醒了，睁开眼不见井迟，却见病房里多了好几个人——宁宗德、邰淑英、毕兆云皆表情担忧地看着她。

邰淑英见她睁眼，坐去床沿，拉过她的手哽咽道："接到小迟的电话，说你在医院，因为被困电梯昏了过去，我魂都被吓没了。"

氧气罩已经被摘掉，宁苏意的精神也好了很多，她许久没开口说话，声音有些嘶哑："我这不好好的吗？您别担心。"

"总叫我别担心，可你哪里让我省心了？"邰淑英眼睛红红的，别过脸去，抬手抹了抹眼角的泪。

邰淑英问过主治医师，医生说宁苏意被困在封闭电梯间里引发了幽闭恐惧症，由于应激反应休克。

宁宗德拍了拍邰淑英的肩膀，低声安抚着她，让她别在女儿面前掉眼泪，惹得女儿心里不好受。

门被敲了两下，毕兆云前去打开门。

井迟手里拎着一个银色保温桶站在门外。跟离开时相比，他换了一身干净衣服，白色T恤，黑色运动外衣，裤子跟外衣是一套，裤缝有两道白线，个子高得将要顶上上方的门框。

毕兆云点了点头，让他进来。

井迟走进病房，对宁宗德夫妇说："你们都还没吃晚饭吧？我留下来照看酥酥，你们去吃饭吧。"

邰淑英要拒绝，被宁宗德打住："小迟在这里你还不放心？走，我们吃完饭再回来。"

邰淑英犹犹豫豫地不肯走。

宁苏意柔声开口："妈，你跟爸还有大嫂去吃东西吧，我也吃点儿东西。"

邰淑英这才肯跟着宁宗德离开，临走时再三叮嘱井迟好生看着宁苏意。

三个人走后，病房里宽敞起来。井迟坐到床边，将病床升到合适的高度，让宁苏意舒服地仰靠在上面。

他侧身打开保温桶，去卫生间清洗了勺子。宁苏意看着他走来走去，没忍住问："你是怎么知道我住院的？"

那时她醒来，身边只有他一个人，而且听邰淑英话里的意思，是井迟通知他们她住院的消息的。那么，他是如何知晓的？

井迟舀出一碗小米粥，看了她一眼："不然你以为你是怎么从电梯里出来的？"

"是你救的我？"宁苏意脑子不笨，一瞬间就反应过来，可还是有一点不明白，"你怎么知道我被困在电梯里？"

井迟吹了吹勺子里的粥，将其送到她的嘴边，眼神平静，说出的话却叫人难以信服："我说心有灵犀你信吗？"

宁苏意抿了抿唇，没作声，显然是不相信。

井迟也不多解释，笑了笑，提醒她："张嘴。知道你没胃口，但好歹吃一点儿，不然回头阿姨该说我了。"

宁苏意下意识地张嘴喝了一口粥，小米粥没什么味道，里面放了点儿南瓜，仅有一丝寡淡的甜味，也就胜在口感软糯，无须咀嚼。

她吃了几口就不肯再吃。

井迟没有勉强她，盖上保温桶，将她的手握在手里，百般疼惜地摩挲了几下，仿佛感受着她的体温才算真正安心。

宁苏意任由他攥着自己的手："你说的电梯故障是怎么回事？"

"值班室的工作人员说，专属电梯的轿门连锁开关接触不良，导致电梯闭合后无法正常启动，经过检查，发现励磁装置出了故障，需要专业人员来维修，所以先放了块警示牌，暂停使用。"

"我没看到警示牌。"

"我让你的助理调取了你的办公室外走廊的监控，电梯外面原本竖了块黄色警示牌，保洁员拖地时不小心将警示牌推到了墙角，拖完地就走了，忘了将警示牌移回来。你没注意到，进了有故障的电梯。"

宁苏意手指揪着被子，自言自语："是我倒霉。"

她正要躺下去，忽然听见井迟说："对不起。"

宁苏意惊讶，偏过头去看他，见他似乎很难受的样子，不解地问："为什么跟我道歉？又不关你的事。"

"我不是说这件事。"井迟垂下了头，再抬起头看她时，眼中有种决然的气魄，拨云见日一般清朗，"我对你撒谎了。酥酥，我前两天确实在有意躲你。"

到嘴边的"为什么"还未说出来，她就听见他声音颤抖地说："我喜欢你这件事……"顿了顿，他像是用尽毕生勇气说道，"你心里清楚对吗？"

井迟本以为自己决定坦白时做足了心理准备，然而真正把话说出口时，是这样一种覆水难收的心境。

171

第七章
井迟是属于宁苏意的

病房里的空气似乎都凝结了，宁苏意能听见自己的呼吸声以及心跳声。她不知如何回答，眼睛盯着白花花的被子，脑中也是一片空白。

具体沉默了多久，宁苏意自己也没概念。

"从什么时候开始的？"她听见自己这样问他，声音有些哑。

这是一个很突兀的问题，但井迟听明白了，她问的是他从什么时候开始喜欢她的。

井迟低头，后颈的皮肤一片白皙，微凸的脊柱延伸至衣领下方。他始终没回答她的问题，因为答案没有意义。

他早就知晓她的选择，那么如何回答都不再重要。

"我从来没想求所愿所得，真的。"井迟一直弓背垂首，令她看不清他的表情，更看不到他眼中涌动的情绪，"我甚至没想过让你知道、让你回应我的感情，你别因此感到困扰，好吗？"

许久，他终于抬起头，眼里原本的情绪早被其剔除得干干净净，只剩一片赤诚之色。

井迟扬起嘴角，语调轻缓地开口，欺骗她也在欺骗自己："我或许没那么喜欢你。你不知道，我大姐最近给我介绍了好几个漂亮的姑娘，当中还有我的校友，没准……没准我明天就喜欢上别人了。"

宁苏意看着他，想要配合他笑笑，却笑不出来。

"你听着，酥酥，只要你愿意，我可以永远是你的小迟弟弟。"井迟目

172

光深沉地看着她，一字一顿地说道，"我们从小到大的情谊，谁都比不了不是吗？我们就当什么事都没发生，跟以前一样好不好？"

他声音微弱地继续说："我不想躲着你。虽然你不说，但我知道你会难受，我的心也不会好过。同样，你也不要躲着我好不好？"

好不好？

当然好。

宁苏意侧过头，眼眶里的热流终是化作一滴泪，顺着眼角滑落，淌过太阳穴，洇在床单上。

"我没想过躲你。"宁苏意尽量让自己的声音听起来平和，"不管你信不信，我从来没想跟你划清界限。"

"我信。"井迟说，"你说的话我都信。"

他执起她的手贴在自己的脸上。他被今天这一遭变故吓怕了，不敢再想着远离她，想离她近一点儿，想保护她。

两个人聊完后不久，门外走廊上传来清晰的脚步声，是吃完晚饭的几个人回来了。

叶繁霜和邹茜恩听说了宁苏意住院的事，在微信上说要抽空前来探望。宁苏意叫她们别来，说她不久后就要出院，她们来也是白来。

邰淑英陪着她做了好几项检查，将报告拿到主治医师那里，确定了身体各项指标都合格，可以出院。

人是没大碍，但宁苏意遭了一场差点儿死去的劫难，瘦了不少。

邰淑英心疼坏了，叫宁苏意暂时别去公司，待在家里休养几天。

宁苏意没逞强，将一应事务都交与高修臣和宁屹扬，另外跟梁穗交代了一些工作，打算静心将养一段时间。

这天宁苏意午睡起来，拿了一本书坐去阳台上，一旁的小圆几上放着刚沏好的桂圆红枣茶。阳光暖洋洋地照在脚边，她有了一股久违的惬意感。

宁苏意捏着茶杯浅抿了一口茶，这时听见外面的敲门声，以为是邰淑英或毕兆云，扬声喊道："进来吧，门没锁！"

门被人推开，宁苏意透过阳台的玻璃门看去。见进来的人是井迟，她微微愣了愣。

井迟进屋后，回身关上门，朝阳台走去。

男人长身玉立，穿着一件纯黑色的法兰绒衬衫，套头的款式，领口开

173

得有些低，露出了清瘦的锁骨。

井迟仔细打量着她。她出院有几天了，但看上去还是病恹恹的，不大提得起精神。

"今天怎么样？没出现头晕恶心的症状吧？"井迟问她。

"还好，没什么感觉。"

宁苏意示意他到对面坐，倾身给他倒了杯茶，笑着说："不知道你喝不喝得惯。"

井迟在她面前哪里是挑剔的公子哥？他端起茶杯喝了一口，眼神就往她头发上看，皱了皱眉，问道："头发怎么是湿的？"

宁苏意午睡醒来出了点儿汗，便去浴室洗了个澡，头发也洗了，懒得拿吹风机，就坐在阳台上自然晾干。

这会儿头发已经半干，她用手指拨了拨发梢："快干了，不要紧。"

井迟说她"不爱惜身体，身子骨本就弱，还湿着头发吹风，怕是想感冒"，一边絮叨一边起身去找吹风机。

阳台上没插座，他只能将她叫进屋里，给她吹头发。

宁苏意身上有一股沐浴过后清淡的甜香味，穿着一条及脚踝的白色针织裙，微湿的头发乌黑柔顺，披在肩头，双手放在膝盖上，呆呆地坐着任人摆弄，有种孩童的纯稚感。

宁苏意在吹风机的"嗡嗡"声中问他："最近不忙吗？"

"不忙。"

等头发彻底被吹干了，井迟关掉吹风机，笨拙地用手理了理她打结的几缕发丝，然后从裤子口袋里摸出一个红色的绒布袋。

宁苏意侧过头，疑惑地看着他。

只见他拉开绒布袋的抽绳，从里面摸出一串白玉菩提子，整整十八颗，每颗都被打磨得十分圆润，雕刻着莲花纹样。

井迟拉过她的手，将手串套上她的手腕，说："不是我送的。老太太前日去庙里烧香拜佛，请住持开过光，要我送给你，保你平安顺遂。"

他本来是不信佛的，这一次却想要信一信，只希望佛祖能庇护她。

宁苏意心中动容不已，手指摩挲着手腕上的珠串："替我谢谢奶奶。"

井迟没久留，临走时让她好生休养，许诺等过几天再带她去吃好吃的——城南新开了一家私房菜馆，她或许会感兴趣。

宁城的秋季短暂，最后一场秋雨过去，开始大幅度降温。

宁苏意在立冬这天复工，晨起对着镜子打扮一番，一身深茶色西装外套着驼色长款大衣，以往偏爱豆沙色口红，今日却涂了枫叶红的颜色，搭配黑长鬈发，像极了时尚杂志的封面模特。

度过忙碌的一周，宁苏意到周六才稍有空闲。但她照常在公司里忙到下班时间。

桌上手机响了起来，她着急回复一封邮件，手指滑到接听键，点开免提，双手不得闲地敲着键盘，一行行英文出现在邮件回复框里。

电话那边传来穆景庭讲话的声音："路过你的公司，有时间吗？晚上一起吃顿饭？"

宁苏意的手指停顿了数秒，她估摸着回完这封邮件需要的时间，然后回复穆景庭："可能要等二十分钟，我正在忙。"

穆景庭不在意地笑道："没事，你忙你的，我等你。"

宁苏意轻"嗯"了一声，十指翻飞，敲完剩下的内容，拖动鼠标拉到开头，从头到尾细致地检查了一遍，纠正了几个由于敲键盘太快而出现的单词拼写错误，其他的倒没问题，于是点击"发送"。

她再看时间，比预计的晚了五分钟。

宁苏意起身收拾好东西，给徐叔去了一个电话让他先回家，不用等她。

这一个星期以来，温度一降再降，宁城的冬季来势汹汹，宁苏意一出门，冰冷刺骨的寒风就顺着衣服缝隙往里钻。

穆景庭透过车窗看见那一抹倩影，连忙从驾驶座上下来，绕到另一边给她开门。

"不好意思，耽误的时间久了点儿。"宁苏意说。

"也不晚。"穆景庭笑了笑，语调很温和。

宁苏意在黑色呢大衣里穿着白色高领毛衣，领口自然堆叠在下颌处，下身穿着一条深棕色格子半身裙和平底短靴。

宁苏意侧身坐进副驾驶座，穆景庭替她关上车门，再度上车，边系安全带边说："吃西餐可以吗？你要是不喜欢咱们可以换别的。"

他订完餐厅才意识到宁苏意留学那几年估计吃腻了西餐，犹豫着要不要退掉的时候，车已经开到了她的公司楼下。

宁苏意猜到他这么问便代表早有安排，不想再换来换去徒增麻烦："我都可以，不怎么挑食，况且你选的餐厅不会难吃到哪里去。"

车子启动后，宁苏意就歪靠在椅背上，抬起一只手搭在额前，微微闭着眼，尽显疲态。

前面是红灯，穆景庭踩下刹车。车子稳稳停住后，他偏过头静静地看着她，手掌将要挨到她的脑袋时，却见她猛地睁大眼，往车窗处偏了一下头。

穆景庭神色如常，问她："很累？"

"没有。"宁苏意放下手，随意地搁在腿上，"在想方才回复的一封邮件，可能有句话说得不大妥当。"

穆景庭正要开解她，宁苏意指了指前方提醒他："变绿灯了。"

将近四十分钟的车程后，车子最终停在一条七十年代的老街拐角处。整条街都是上了年头的餐厅，人从门外看不出名堂，一个个却内藏乾坤。

街道两旁各种着一排法国梧桐，被冬日的风摧残着，只剩乱糟糟的树杈，连地上的落叶都被清除干净了，仿佛从始至终梧桐就是这么光秃。

宁苏意走在穆景庭身侧，被他引到楼上的包间里。

候在门口的侍应生接过两个人的衣物归置好，做出邀请手势领他们入座。

包间内是富有年代感的装潢，颇具华丽复古的风格，墙上的壁画都镶着金色花纹的画框，画里是旧时报纸上的香港美人。壁灯的灯罩为一朵朵玉兰花骨朵，嵌在古铜色底座上，散发着乳白色的光。

临街是一扇欧式半圆形窗框，两边垂着棕红色丝绒窗帘。

电影里的美人都爱坐在这样的窗沿上抽烟，夹烟的那只手最好戴一只黑色手套，那样才有韵味。

宁苏意环顾一圈才落座，不吝称赞道："环境很美。"

穆景庭扬眉笑了笑，找这么一处用餐环境与口味都契合她的喜好的餐厅不容易，所幸辛苦没白费，能博她一笑。

长餐桌上铺着餐布，中间是一蓬新鲜的蓝紫色绣球花，夹杂几朵带水珠的白玫瑰，香气馥郁。

点餐环节过去，穆景庭与她闲聊了几句，忽然没头没尾地问了一句："你和井迟是不是闹矛盾了？"

宁苏意喝了一口白开水，有些莫名其妙地问："为什么这么说？"

"不知道，直觉吧。"

"没有，我们没有吵架。"

穆景庭岔开话题，聊起别的事，比如自己最近投资的电影，等一位女明星的档期等了将近三个月，临了那个女明星还要大牌，最终换了一位女明星，合作得很愉快。

宁苏意对娱乐圈的事不了解，倒听得新奇，问他："可不可以说是哪个女明星？"

"你指的是要大牌的，还是合作愉快的？"

"要大牌的。"

穆景庭笑意温柔，像是没想到宁苏意也会好奇这些事，低声跟宁苏意说了个名字。

宁苏意听完好失望："我妈前段时间还在追她演的电视剧，还挺喜欢她的。"

"她演技还行，人品就不评论了。"

餐点被推过来，开胃菜穆景庭选了热的，主菜是澳洲肉眼牛排、勃艮第焗蜗牛和龙虾汤，给宁苏意单独点了一份蜜饯鹅肝，甜品是苹果挞。

本该配白葡萄酒，奈何宁苏意不宜饮酒，穆景庭要开车，两个人就只喝了气泡水。

不是宁苏意熟悉的英式西餐，整套都是法式的。总体来说，她吃得很满足。

闲坐片刻，想到餐厅离住的地方不近，宁苏意看了一眼时间，提出想早点儿回去。

在此之前，她先去了一趟洗手间，回来后从侍应生那里接过大衣穿上，挎着包跟在穆景庭身后走进了电梯。

下了两层，电梯停了下来，进来一个人间富贵花似的女人，大冷天穿着开衩的黑色礼服裙，套着一件烟紫色皮草，妆发精致，像是刚从红毯上下来，一身的玫瑰花香，让冷清的电梯间也染上了几分火热气氛。

宁苏意暗自吃惊，不承想饭桌上刚聊完人家的八卦事情，转眼就撞见了女明星本人。

宁苏意脑海里仅有的几位娱乐圈明星中，眼前这人就是其中一位，得益于前些日子在家养病，陪邵淑英看了几集电视剧。

她不禁感慨，都说"上镜胖三分"，此话果然不假，这位女明星比镜头上清瘦多了，脸蛋也更漂亮鲜妍一些。

女明星自然认得穆景庭，神色一瞬起了变化，由方才的傲慢过渡到谦恭，演技之自然当得起一句称赞。

"穆总，真是太巧了，在这儿遇到你。"女明星看了一眼宁苏意，没多打量，微微点头当作打招呼，"跟朋友过来吃饭吗？"

穆景庭低头理了理腕表的表带，不大愿意搭理她。

宁苏意就更没什么好说的，伫立在那里，决定当个木头人。

"穆总，上次的事是个误会，助理不懂事，传达错我的意思了，我已经把人开除了。您看这件事还有没有转圜的余地？"女明星脸上已挂上讨好的笑容。

"女主角已经定了，现在你还说这些干什么？"穆景庭没看她，理完表带理袖口，脸上没有表情，摆明不愿与她多言。

女明星见穆景庭一面不易，岂会轻言放弃？她只得继续赔笑："穆总，我前日与谭导见过一面，他认为我的形象更贴合女主角的人设，想让我再试试，您看……？"

"那你让老谭亲自跟我说，"穆景庭这才抬眼，冷冷地瞥了她一眼，不留情面地说道，"看他到底是听你的，还是听我的。"

女明星脸色灰败，跟落了一层霜似的，眼神都跟着黯淡下去，好不可怜。

电梯恰好到了一楼，穆景庭偏头看向宁苏意，眼里带着点儿笑意说："走吧。"

宁苏意舒了一口气，跟着他走出电梯。

夜里比白日更寒凉，两个人走下餐厅门口的台阶，风声呼啸，似攀着裤腿一路往上，让人从脚凉到头。

宁苏意不由得缩了一下脖子。穆景庭见状，拿下自己的围巾给宁苏意围上。她想要拒绝，没来得及说。

"围着吧。"穆景庭说。

谁知这么巧，对面蹲了个狗仔，本来是听见风声前来偷拍女明星的，不料捡了个大便宜，竟目睹影视圈的投资大佬穆景庭与美女约会，当然是不遗余力地一顿狂拍。

许是受了凉，宁苏意次日就有些头疼，伴随鼻塞的症状，只上了半天班，就回到钟鼎小区的房子里休息。

房间的窗帘全部被拉上了，只留了一盏床头的台灯照明，她洗了个热水澡，皮肤都被泡得软软的，才躺进被子里睡觉。

她一觉醒来，室内除了灯光再无其他光亮。她摸到手机看了一眼，已经是下午六点多。

　　宁苏意不愿从温暖的被窝里出来，许久没动弹，迷迷糊糊似又要睡过去，还没被遗留的困劲捜进梦乡，手机就响了一声。

　　那铃声足够清脆，将她吓得激灵了一下。

　　宁苏意蹙眉，苦大仇深地眨了眨酸涩的眼，拿起手机一看，叶繁霜在群里发了个微博分享链接。

　　宁苏意还没问这是什么东西，紧接着叶繁霜就@了她，让她赶快点开链接看看，她上热搜榜了！

　　宁苏意不紧不慢地在群里发了个问号。

　　叶繁霜："你看了没有？"

　　宁苏意如实说："我没下载微博，点进去看不了，老是提醒我下载APP。"

　　叶繁霜："……"

　　宁苏意发过去一条语音消息，语气淡淡地问："热搜说什么了？"

　　叶繁霜再次感叹，宁苏意的心真大，自己也是服了。一般人听说自己上了热搜榜都该惊恐是不是发生了什么事，宁苏意倒好，半点儿情绪没有。

　　叶繁霜只好重新点开微博，截了一堆营销号爆料的图以及底下一些热门评论，发到群里让宁苏意慢慢看。

　　邹茜恩刚看完热搜话题，忍不住吐槽："什么鬼，营销号怎么还编故事呢？酥酥和景庭哥什么时候在一起了？我都不知道！他们倒是说得头头是道。"

　　叶繁霜深有同感："这年头，营销号不就喜欢看图说话？"

　　邹茜恩："典型的'开局一张图，内容全靠编'，无语！"

　　她俩讨论得热火朝天，宁苏意本人还游离在状态之外，慵懒地靠在床头，打开房间里的顶灯，拿起床头柜上的温水喝了几口，这才有闲心点开叶繁霜发来的截图。

　　昨晚她和穆景庭在餐厅里用餐被拍到了。门口的台阶下，风将她的头发吹拂到脸上，她用手拨开，缩着脖子偏头看向另一侧。身旁的穆景庭取下围巾给她围上，她一时没反应过来，回头看向他。他笑着对她说了句话，之后两个人一起坐车离开。

这么一个再简单不过的片段，被拍了十几张照片，每个细节都被定格了下来。

不知道狗仔用的什么相机，竟如此高清，其中有两张照片好似拍得很近，宁苏意自己都没觉察到。

照片没什么要紧，配的文字就有些耐人寻味了。

"君柏集团的掌权人穆景庭疑似婚期将近，女方身份成谜。"

前不久君柏集团投资的新电影开机，穆景庭作为出品方和投资方前去捧场，被媒体拍了照片，发到网上引发热议。广大网友称他为"颜值最高的投资人"，还问他考不考虑出道。另有一些粉丝向他推荐自己的偶像，期望将来自己的偶像能与他合作。

话题热度至今不减。

关于穆景庭的私事，网友深挖下去也没什么可说的，他无非是含着金汤匙出生，一路顺风顺水，旗下酒店、房产事业方兴未艾，近年涉足的影视项目如今也名声大盛。

现在他陡然被爆料出这么一桩私密的事，可谓赚足了关注度。

网友的看法向来刁钻新奇，有的人不信营销号的标题，猜测宁苏意是穆景庭要捧的新人，毕竟宁苏意那张孤傲的脸在娱乐圈少有，本着惜才之心，穆景庭对她好点儿也说得过去。另一拨网友则断言那就是穆景庭未公开的未婚妻，两个人门当户对，天作之合。

好在宁苏意回国不久，平日里行事低调，没多少关于她个人的爆料信息。

宁苏意粗略地看完截图，不置一词，丢下手机下床洗脸。

清洗一番，人精神许多，她走到窗边拉开窗帘往外看去。天色昏沉，四周路灯早已亮起，更远处的大厦亮起的灯光星罗棋布。

每当这种时候，她都会生出时间流逝过快的感觉。

叶繁霜没等到她的回应，打来电话，笑呵呵地说："宁总，需不需要我帮你公关处理？给你打折呀。"

宁苏意笑道："你是不是闲的？"

两个人没聊两句，宁苏意就挂了电话。她感觉肚子有点儿饿，打算找点儿吃的东西，但没精力去厨房鼓捣，准备点外卖。

她坐在床沿上，浏览着外卖软件里各个商家的美食图片，选好了想吃的东西，进入下单界面，屏幕忽地一变，一通电话打了进来。

宁苏意手指滑动屏幕，接通了电话。

穆景庭先是跟她道歉，网上的事给她造成困扰很不好意思，还说他那边正在联系人删掉不实内容，让她不用担心，他会处理妥当。

宁苏意没用心听他说了什么，分神地想，刚刚点的外卖没付款成功。

"酥酥，你在听吗？"穆景庭问得很小心，似乎怕她会生气，"对不起，我也没想到会发生这种事。"

"哦，我没关系。"宁苏意说，"这种八卦新闻娱乐圈挺多的，澄清一下就好了，我也没什么损失。"

"你真不在意？"

"他们又没有骂我，我为什么要在意？"

穆景庭被她独特的思考问题的方式折服，心里稍稍放松，很轻地笑了一声："没有对你造成影响就好。"

宁苏意让他放宽心，表示她没那么斤斤计较。

穆景庭一时沉默，不知她真这样洒脱，对万事万物不挂心，还是因为这件事从未在她的考虑范围内，她才不屑于让它浪费自己的精力。

穆景庭突然很想知道答案。

"如果……如果是真的，你会愿意吗？"

如果他真想让她做他的未婚妻，她愿不愿意？

宁苏意微垂着头，视线渐渐变得虚焦，盯着交叠在一起的小腿。

穆景庭这话虽未完全挑明意思，但她不傻。他是什么意思，她心里再明白不过。

沉默的时间久了些，宁苏意一颗心却不显慌乱，有的只是平静。她之前跟叶繁霜和邹茜恩聊过，当时想的是，如果穆景庭真心喜欢她，她未必不会踏出那一步，朝他走去。

她所求的爱情，不敢奢望情深似海、死生契阔，只求互相尊重、相伴到老就够了。

但这一切是以不伤害井迟为前提的，目前看来，她显然不能轻易答应穆景庭。她和井迟的关系还拧巴着，她怎么敢把穆景庭再牵扯进来，让两个人的事变成三个人的感情纠葛？

穆景庭到底没等来她的回复。

电话里传来一阵杂音，宁苏意连忙说："有一通电话打进来，我看看。"

穆景庭紧绷的神色霎时消散，失落感渐渐盘踞心头，声音低沉地说："好。"

宁苏意转接了另一通电话，眉头不禁皱了起来。那边充斥着啁哳声，夹杂着爵士乐的节奏，听着像是酒吧之类的场所。

"喂，小迟？"

电话里没有任何回应，仍旧是嘈杂的说话声，无端让人心慌。

宁苏意又喊了他一声："小迟？"

那一阵鼎沸的人声里，忽然冒出一丝极为细微的哽咽声，宁苏意瞬间愣住，心高高地吊了起来。

下一秒，她的耳畔传来玻璃杯或是酒瓶的碰撞声。

井迟吸着气，声音裹着浓重的难过情绪："你是不是和景庭哥在一起了？"

井迟和宁苏意一样，从不主动关注娱乐圈的动向，更别提留意八卦内容。

井迟在公司忙到六点多，傅明川给他打来电话。

接通电话将手机放在耳边，井迟听见傅明川长长地叹息了一声："我算是明白你前些日子为什么那副样子了。兄弟，希望你养好情伤，早日振作……"

井迟一句话也没听懂，缺乏耐心地打断他的话："你什么意思？"

"别逞强了，我都看到热搜了。"傅明川说得像煞有介事，"穆景庭和宁苏意官宣了！网友都说他们是金童玉女、天赐良缘！"

井迟不信："你在哪里看到的？"

"热搜榜啊，我不是跟你说了吗？微博热搜榜！"傅明川摇了摇头，心里想的是，井迟明明早知事实，却故意装傻，得多难受？

傅明川不忍再刺激他，用自己的一套道理将人安慰了一通。

井迟挂断电话，登上了微博，找到热搜榜单，顺着往下看。

关于穆景庭的话题热度并不算太靠前，排在第十五位。

他点进去，首先看到各个角度的所谓"亲密照"，每一张都有宁苏意。即使是深夜路灯下的微弱灯光里，她还是那么漂亮，眼睛又大又亮，下巴尖缩在毛衣领里，有种脆弱单薄的美感。

一瞬间，井迟就想到那日叶繁霜向他透露的话。

他不可避免地往更坏的方向猜测——酥酥是不是为了让他彻底死心，

干脆答应景庭哥的表白，借此断绝他所有的妄想？

他们之间，是不是再也回不去了？

井迟失魂落魄地出了公司，抬头望了一眼暮霭沉沉的天空，只觉得眼眶干涩得厉害，像有一只手拉着他下坠，让他放弃抵抗。

他不清楚自己怎么到的酒吧，或许是鬼使神差。

以往宁苏意和穆景庭旁若无人地讲话时，他总是靠故意喝酒这一招博取她的注意，让她的视线落在他身上。

宁苏意记得他对酒精过敏，唯恐他出事。只要他碰到酒杯，她就会如临大敌地及时制止，顺便骂他一顿。

他不知道如今这一招还顶不顶用，能不能把她投注在穆景庭那里的目光拉回来寸许。

其实井迟心里没底。如果宁苏意和穆景庭真的在一起了，那么穆景庭就是她的男朋友了。跟男朋友相比，其他人算什么呢？

井迟抬手招来服务生，没看酒单，只说"拿酒吧里最烈的酒"。

服务生见怪不怪。每天因为伤心失意过来买醉的人不在少数，今天也只是多他一个伤心人而已。

很快，金色托盘里装满了各种烈酒，被顶上炫目的灯光照着，漂亮是漂亮，吞咽下去的感觉却像是割破喉咙一般辛辣，井迟只喝了两杯，就被呛得想死过去。

他初学抽烟时，好像也是这种感觉。

他强忍不适感，修长的手指捏着杯口，一仰脖将酒灌入口中，微凸的喉结轻滚，一杯酒就进了胃里，火烧火燎的。

他喝到头脑发昏，全靠一股执念驱使着，给宁苏意拨了电话。

井迟不是爱哭的人，偏偏遇上与她有关的事，哭过不下三回。他一张口跟她说话，眼泪就跟有自我想法一样，不受控制地流了出来。

酒精是个好东西，井迟得承认。

借着这股酒劲，他能将心中的话问了出来——你是不是和景庭哥在一起了？是不是不再需要我了？

电话那边，宁苏意脸色一变，立马猜到他喝酒了，心脏像被人攥紧，话音都变得紧绷："你在哪儿？把定位发给我，我马上过去。"

井迟勾起嘴角，笑容有几分痴傻。

真好，她还是在乎他的。

井迟手臂一垂，手指误触红色的挂断键，挂断了电话。随后，脑袋"咚"的一声砸在玻璃圆桌上，他醉了过去，独留宁苏意在家里被吓得丢了魂。

她赶紧再拨电话过去，可无论打多少次，那边的人通通不接。

宁苏意没有井迟的公司里那些人的电话，在通讯录里好一顿翻找，终于找到一个能联系的人——井迟的助理魏思远。

她给魏思远打电话，问他知不知道井迟在哪儿。

魏思远说："不知道，老板六点多独自一人开车走的，我没跟他在一块儿。"

宁苏意心里头惊惶不定，咬住下唇，抱着手臂，握着手机在房间里踱步，继续给井迟打电话，期盼他能接一下。

一不留神，她把嘴唇咬出个口子。随着腥甜的血丝渗出来，她只恨不得咬的是井迟。他怎么能不拿自己的身体当回事？

夜色越深沉，酒吧里越是沸反盈天，舞台上唱民谣的歌手无人在意，底下的人三三两两地坐在卡座里把酒言欢。

若是到了午夜，恐怕更是纸醉金迷，漫天飘着红纸片，像一个光怪陆离的平行时空。

温璇和好友郑妍下了班过来消遣，往吧台那儿一坐，问调酒师要了两杯温和的 mojito（莫吉托鸡尾酒），就头挨着头低声闲聊起来。

温璇是怎么发现井迟的呢？

她觉得这大概是命中注定。她端起酒杯还没来得及将酒送进嘴里，稍一侧身，就在人头攒动的大厅里一眼瞧见那个趴在桌上的清瘦身影。

男人背脊的弧度像一把弯弓，撑着单薄的黑衬衫，一只手臂搁在头顶，另一只手臂弯着放在桌上，挡住了下半张脸，只露出一双闭着的眼睛。

温璇愣住。

郑妍问她怎么了，怎么突然发起呆来。

温璇没理会郑妍，放下酒杯就从高脚椅上跳下来，径直朝井迟走去。

男人眉心蹙得很紧，下颌线绷直，看起来非常难受。

温璇试着推了推井迟的肩膀，没再拘谨地叫他井先生，低头轻声唤他："井迟？井迟？醒醒。你是不是喝醉了？"

那人没一点儿反应。

温璇有些为难，踌躇了许久，最终去吧台那边叫来郑妍。两个人合力将井迟搀扶起来，付了酒钱，往酒吧外面走去。

郑妍问温璇："你打算送他回家？你知道他家在哪儿吗？或许你认识他的朋友，给他朋友打个电话？"

"我知道他住的小区，但是不知道具体门牌号，先把人弄过去再说。"温璇站在路边，伸手招来一辆出租车，看了井迟一眼，"我不认识他的朋友，总不能看着他醉倒在酒吧里不管吧？"

郑妍叹了一口气："要我陪你去吗？"

"不用，下车时让司机帮一下忙就好了。"温璇担忧地看着井迟。

出租车靠边停稳，司机下车搭了把手，将井迟塞进后座。

温璇紧跟着坐进去："到钟鼎小区。"

司机："好嘞。"

车子启动，温璇手扒着前面座椅的靠背："可能一会儿还得麻烦您帮忙扶一把，我一个人弄不动他。"

司机憨笑道："好说，好说。"

温璇连连道谢，往后坐了坐，转头看向井迟。

不知他喝了多少酒，人已完全醉过去，脑袋歪到一边，以极其别扭的姿势靠着车窗。

她担心他这么窝着会吐出来，再三考量，还是没忍心放任他不管，有些逾矩地轻轻掰过他的头，让他靠在自己的肩上，好歹舒服一点儿。

这样一来，温璇便听清了他翕动的嘴唇间溢出的字眼，是"苏苏"，还是"酥酥"，不得而知，总之是这个发音。

她一刹那想到了宁苏意。

温璇用手拂开他额前垂下来的碎发，感叹怎么有人连额头都那么好看，洁白如霜雪，眉骨微微凸起，眉毛是自然生长的样子，却如远山一般。他闭着眼眸，她可清晰地看见他一簇簇浓密的睫毛落下一排扇形阴影。

可能只有这种时候，她才能如此细致地观察他。

温璇不敢再肆意妄为，收回手，目光却还依依不舍地定在他的脸上，心里不由得幻想——他是她的男朋友就好了，她一定不舍得叫他难过。

打破她的幻想的是一阵手机铃声。

温璇这才意识到，井迟的手机在自己的口袋里。方才她过去扶他，看到桌上的手机，便顺手帮他收了起来。

她拿出手机，看见来电显示"酥酥"。

原来是酥酥。

温璇手指滑动屏幕，还没将手机贴放到耳边，那边就传来一阵急切的声音："你终于肯接电话了！你现在在哪儿？我过去接你！"

"我是温璇，井迟现在跟我在一起。他喝醉了，可能不方便接电话。"温璇看了一眼车窗外的街景，"我们快到小区门口了。"

宁苏意顿了顿，原本要说的话堵在喉咙处，缓了好长一口气，才显得语气没那么生硬和急迫："井迟对酒精过敏，麻烦你看一下他身上有没有起红疹，情况严不严重。如果严重的话，还得去一趟医院。"

温璇本来没注意，经她提醒，才去看井迟的脖颈、耳后。

车后座逼仄又昏暗，她看不清，让司机开了车厢里的灯，定睛一看，井迟身上果真起了好些红疹，皮肤也红红的。

温璇呼吸滞了滞，问电话里的人该怎么办。

宁苏意比她有经验，当即教她："用手探他的喉咙，看看他有没有出现咳嗽、呼吸困难的症状？"

温璇心慌意乱地照做，仔细观察井迟的反应后，告知她："没……没有。"

"那就好。"宁苏意松了一口气，"不用去医院，服用过敏药就会好，家里有药。"

听她这么说，温璇犹如吃了颗定心丸，身体渐渐放松。她乘机问宁苏意要了井迟家的详细地址，包括门牌号。

后面一小段路程，井迟开始说醉话，"酥酥""景庭哥""不要喜欢他"之类的。

温璇听了一耳朵，结合今天下午偶然听同事讲起的八卦内容，将故事的始末拼凑了个七七八八。

井迟陷得多深，她不清楚。比起他现下如同一摊泥，她倒宁愿他像之前那样矜贵冷漠，刀枪不入。

十分钟后，出租车开进小区，热心司机帮忙把人扶下来，送到了十五楼。

温璇出了一身汗，抓起井迟的右手，拿大拇指按在指纹锁上，好在不用再试左手的拇指，一下就打开了门。

仰赖司机一路相助，等井迟躺在客厅的沙发上时，温璇叉着腰呼吸急促，上气不接下气地说着"谢谢"。

　　司机摆摆手说"不客气"，转身离开。

　　温璇单腿跪在沙发边，看井迟用手抓挠脖颈上的红疹，猜想他大抵是难耐痒意，想让他稍微舒服一些，便替他解开了衬衫领口的扣子。

　　恰在此时，大门处传来"嘀嘀"声。

　　宁苏意在家里等了片刻，心始终无法安定下来，不知道井迟有没有顺利到家，便下来看一眼，没料到撞见这样一幕。

　　井迟横躺在沙发上，一只手臂垂到地上，另一只手搭在腹部。这样冷的天气，他连件保暖的衣服都没穿，只穿着一件薄薄的衬衫，发丝蓬乱地耷拉着，露出来的皮肤上有一片片红斑。温璇跪在他身边，替他宽衣解带。

　　听到动静，温璇松开手，站起身，隔着不远不近的距离与宁苏意的视线交会。

　　客厅的顶灯是做旧的黄铜树枝状，镶嵌着八个月球一样的灯泡，全部打开，洒下来的光如溶溶月色，明亮又柔暖。

　　两个女人对视，谁也没有率先开口讲话，像极了谍战电影里正派与卧底之间的无声对峙。

　　"酥酥……"打破僵局的是沙发上的人。

　　许是胃里难受，井迟半坐起来，弯着腰，手掌撑着疼到似要炸裂的额头，嘴里无意识地呢喃着那个名字。

　　宁苏意看了他一眼，没有迟疑，迅速去厨房拿了瓶纯净水，拧开瓶盖放在茶几上，又从电视柜底下的抽屉里翻出透明医药箱，找出一盒氯雷他定，抠出一片倒在掌心里。

　　她坐到沙发边，将井迟的脑袋扳正，捏着药片递到他的嘴边："张嘴，把药吃了。"

　　井迟靠在她的怀里，温顺地张开嘴巴，含住她捏在指间的药片。她倾身拿起纯净水，往他嘴里灌。

　　喉结滚动，伴随着"咕咚咕咚"吞咽的声音，他终是成功地把药给吞下去了。

　　宁苏意拿袖口替他擦了擦嘴角溢出的水渍，等他稍微缓过来后，再度将瓶口放到他的唇边，哄着他多喝了几口水。

从喂药到喂水，宁苏意几乎没费多大力气。光是听着宁苏意的声音，井迟身体就会自动给出相应的反应，无须大脑配合。

立在一侧的温璇目睹这样的场景，整颗心像摔在地上砸了个稀巴烂。

折腾一通，宁苏意额头上出了汗。她放下只剩小半瓶水的矿泉水瓶，起身打算去洗一下脸，腰却被一双手臂紧紧搂住，让她动弹不得。

井迟侧脸贴在她的腹部，深深地锁着眉，一副痛苦难忍的模样，执着地问出想要得到答案的问题："你和景庭哥，你们……在一起了吗？"

宁苏意闭了闭眼，眼眶和心脏一样酸涩。

他难过，她没比他好受半分。

他糟践自己的身体，也无异于往她的身上捅刀子。

"我没有和他在一起，你不要再做伤害自己的事了，好不好？"宁苏意到底拗不过井迟，更不忍井迟再做同样的事。

井迟顿了顿，说"好"，禁锢着她的手臂力道渐渐松懈。

宁苏意扶着他平躺在沙发上，起身理了理被揉得皱巴巴的裙子，去卫生间洗脸。再出来时，她手里拿着一条热毛巾，给井迟擦了擦脸和脖子，没敢用力，怕蹭到那些红疹，让他不舒服。

等做完这些事，宁苏意又去楼上抱来一条厚厚的毛毯盖在井迟身上，让他在沙发上将就一宿。

她再起身，抬眸一看，温璇还站在原处，姿势都没变过。

至此，宁苏意还有什么不明白的？温璇对井迟上了心，且有话对她说。

果真，见宁苏意得空了，温璇低声说："我们聊聊吧。"

宁苏意有些犹豫。其实她与温璇不过是见过两面的点头之交，没有聊天的必要。

可是在这样的深夜里，见温璇眼神恳切地看着自己，宁苏意一时间倒真的无法说出拒绝的话。顿了几秒，宁苏意颔首："好吧。"

两个人没走远，就在客厅另一端的木椅上坐下。

宁苏意打量着温璇——温璇穿着一身黑白细格纹的小香风套装，长发乌黑柔顺，因为去酒吧玩，妆容比平时张扬一些，带闪片的眼影、浆果色的口红，搭配自己设计的配饰，十分惹眼。

温璇也不打算铺垫或是拐弯抹角，一针见血地戳宁苏意的心窝子："我不信你看不出井迟对你用情至深。既然你不喜欢他，就该跟他彻底断干净。我知道你们是打小的交情，彼此分割不开，要做到这一点恐怕很难。但你想过没有？你继续跟他纠缠，又给不了他想要的结果，只会让他更痛苦。"顿了一下，温璇搬出那句老话，"当断不断，反受其乱。你能明白吗？"

宁苏意承认自己也有看错人的时候，仅凭两面之缘，以为温璇是那种温柔小意的女孩子，没想到对方也有如此咄咄逼人的一面。

她越发确信，自己的猜测是对的。

"你喜欢井迟？"虽然在类似谈判的气氛里问出这一句话有些违和，宁苏意还是问了出来。

温璇目光不自觉地瞥向客厅那端沙发上的人，语气平和："我是喜欢他，甚至想拥有他。这没什么不好承认的，我又没有做错什么。"

她不像井迟，就连喝醉酒说胡话，他都一口咬定自己喜欢宁苏意是错误。

温璇把话题拉回正轨，审视着宁苏意，眼里锋芒毕现："宁小姐，我敢打赌，只要你让他完全死心，我就有把握成为陪在他身边的人。我能用五年时间，从寂寂无名的小鱼小虾走到今天，同样能用五年时间走到他的心里去。哪怕八年、十年，我也不在乎。"

说话时，她迎着宁苏意的目光，始终不闪不躲。

宁苏意默然不语。

温璇不知她的沉默是否代表认同，却不打算就此住口。

温璇沉吟片刻，接着说："我的身份是没有资格要求你做什么，但我很清楚一点，你一边享受着井迟对你毫无保留地付出和爱护，一边用漠然的态度将他推拒门外，这对他实在不公平。"她站起身，居高临下地看着宁苏意，故意将话往重了说，意在让宁苏意拿出态度，至少别像眼下这样犹豫不决，"话说难听点儿，你这种行为跟犯贱有什么区别呢？"

万箭穿心，不过如是。

宁苏意切身体会到了被刺伤的痛觉比任何一次都重。

她不是不能找出温璇话里的漏洞，也不是没听出来对方后面几句话是在激她，目的是让她以断金切玉的决心远离井迟。

宁苏意看了看时间，避重就轻地说："你好好照顾他，等他醒来多给他喝热水，能稀释酒精加快代谢。我先走了。"

温璇盯着她，缓慢地舒出一口气："我可以理解为你妥协了吗？"

宁苏意没给她答复，径直走出去，"哐当"一声关上了门。

一刹那，温璇挺直的脊背软了下去。她踉跄了一步，跌坐在椅子上，胸脯起伏着大口喘气。那咄咄逼人的气势，不过是她营造的假象。

她的本质是纸老虎。

因为跟宁苏意相对，她既没立场也没资本。

宁苏意有井迟无条件的爱和信任，她有什么？

倘若井迟醒来，知道她对宁苏意说过这样一番夹枪带棒的话，指不定会恨她多管闲事。

温璇抱着膝盖蜷缩成一团，内心茫然，不知道该怎么靠近他。

凌晨三点多，井迟胃里一阵翻涌。他强撑着爬起来去卫生间吐了一次，身上满是烟酒的气味，臭烘烘的，难闻得很。

他吐干净了，身体舒服不少，大脑也清醒很多。他站在盥洗池旁漱了漱口，洗了把脸。

温璇缩在椅子上打了个盹儿，听见声音迷迷糊糊地睁开眼，往沙发那边一看，人不见了，急忙循声找来。

井迟正拿毛巾擦脸，余光瞥见门边闪过一道黑影，脱口而出："酥酥……"

待细看发现不是宁苏意，他立时皱起眉心："你怎么在这里？"

在他的意识模糊不清时，听到的分明是宁苏意的声音，他不会认错。

温璇说："是我把你从酒吧扶回来的，不然你以为是谁？宁苏意吗？"

井迟脸色微变，声音沉沉地问："她没来过？"

温璇模棱两可地说："你觉得呢？"

井迟冷下脸，只觉得头又开始痛了，脚步发飘地走出去，每一步都似费力无比。温璇要去扶他，被他搡开了。

"谢谢。你走吧。"井迟语气淡淡地说道。

前一句的"谢谢"，是感谢她从酒吧里把他送回来，后一句话则带有驱赶意味，他不喜欢私人空间里进入外人，这一点与宁苏意倒十分相似。

温璇看着他苍白的脸，哪里肯放心撒手不管？她记得宁苏意的话，提起趁他昏睡时烧开的一壶水倒进水杯里，从冰箱里取出蜂蜜，舀了两勺放进去搅了搅，端过去给他："你过敏了，得多喝热水。"

井迟没接水杯，还是那句话："你走吧，不用管我。"

"宁小姐吩咐的。"温璇对他软硬不吃的态度没辙，只能搬出宁苏意的名头。

井迟霎时怔住，定定地看着她，似在判断这话是真是假。

温璇心酸得很，面上却没显出来，握着杯子往他手里递："是真的。她来看过你。过敏药也是她喂你吃的，还说让我好好照顾你，盯着你多喝水。"

井迟不再怀疑，喝完一整杯蜂蜜水，准备上楼去洗澡睡觉，衣摆却倏地被人拽住。

温璇决然又软弱的声音在寂静深夜里响起："井迟，我帮你忘了她好不好？你相信我，我一定可以做到。"

井迟将手搭在楼梯扶手上，看也没看她，自嘲地笑了笑："你预备怎么帮我？"

他自己都做不到的事，难道还能寄希望于别人？

温璇抬头看着他。楼梯处的壁灯不比客厅的灯明亮，薄薄的一层暖黄光线落在他的身上，她看清了他眼中的讥诮之色。

他不信她的话。

温璇踏上楼梯，与他站在同一级台阶上，比他矮了一截。她踮脚凑近他，屏了屏呼吸，鼓足勇气说："我们在一起吧。"

井迟疑心自己听错了。

温璇眼神笃定："宁苏意把你交给我照顾，难道还不能说明问题吗？你要忘了她，那就别给自己留回头的路。"

宁苏意回到家以后，往楼上走去，没走几步，想到温璇那番话，忽地止住脚步，顺势坐在楼梯上，抱臂靠墙，许久未动。

她头顶就是井迟画的那幅肖像画，散发着淡淡的颜料味，很好闻的味道——井迟总说她喜欢闻奇奇怪怪的味道，是一种小怪癖。

想到此，她微微愣了愣。

不是说她与井迟断绝关系就真能做到互不相干，二十几年的岁月积淀，她的生活里哪里没有他存在的痕迹？

温璇说她对井迟不够公平，她要怎么做？

她不管不顾地答应跟他在一起，但心里其实还是拿他当弟弟，这样对他就公平了吗？或者，她严词拒绝他……事实上她也看到了，他更不会好过。

宁苏意是真有些迷茫了。

不久前，她和井迟在病房里的那段谈话，放到现今显然已经不适用了。井迟没他说的那么洒脱，说什么答应长辈去相亲，纯属扯谎。

宁苏意将下巴搁在手臂上，听着客厅里钟表"嘀嘀嗒嗒"的走针声响，一坐就是一个多小时，直至腿有些发麻，才撑着墙壁站起来，上楼去睡觉。

她忘了服用安眠药，躺下去又是一阵翻来覆去地折腾。

宁苏意摸到枕边的手机，看见半个小时前叶繁霜发来的微信消息："出来吃串串！"

宁苏意看了一眼时间，不确定地问："现在？"

叶繁霜把定位分享给她，发语音说："二十四小时营业，晚间还有打折优惠，来不来？"

宁苏意："你明天不上班？"

叶繁霜："调休了，多一天假期，后天上班。"

宁苏意："可是我明天要上班。"

叶繁霜："你一个集团老总，迟到了又不会被扣全勤奖金，担心那么多干什么？来吧，东西真的挺好吃的。"

宁苏意心想，干躺在床上也睡不着觉，不如出去散散心。

心念一动，她就不再犹豫，掀开被子起床，到衣帽间换外出的衣服。

初冬时节，夜里的室外温度能冻死人。宁苏意从衣柜里挑了一件厚些的黑色毛衣穿在里面，外面套了卡其色呢大衣，紧身牛仔裤裹进过膝的长筒靴里。

她对着全身镜照了照，懒得浪费时间化妆，披散着头发，就这么拎着车钥匙出了门。

那家店是真远，夜间行车通畅，几乎一路遇上绿灯，宁苏意不紧不慢地开了将近四十分钟才到地方。

店的门脸儿不大，瞧着有些破。门口挂了用来挡风的军绿色棉布帘子，又厚又重。宁苏意掀开帘子进去，里头四五十平方米的空间，到处弥漫着腾腾烟雾，暖意融融。

桌子上是两口方形大锅，一口是清汤，一口是红汤，一把把竹扦子穿成的串串浸在汤里，汤翻滚冒泡，散发出来的香味在这样寒凉的冬夜里很能勾起人的食欲。

叶繁霜和邹茜恩并排坐在两口大锅旁，手边的竹筒里堆着好些扦子，面前的碟盘里是老板调制的蘸料和干辣椒碟。

宁苏意没想到邹茜恩也在。

"快来，快来，我们都要吃饱了。"叶繁霜瞥见宁苏意的身影，连忙招呼，比店里的老板还热情。

宁苏意脱下大衣，折叠几下抱在怀里，过去落座。

邹茜恩让了一个位子，叫她坐在自己和叶繁霜之间，转头对老板说："大叔，帮我下一份方便面，再给我朋友调一碗蘸料。"

老板从后厨的窗口探出脑袋，应了声"稍等"。

叶繁霜勾着宁苏意的脖子，笑眯眯地说："随便吃，我请客。"

宁苏意瞧见墙壁上贴的价位表，嘀咕了一句："一块钱一根扦子，我还能吃穷你？"

叶繁霜笑出声来。

宁苏意摘下手腕上的发圈，将一头长发随意地绾起，露出纤细白皙的脖颈。她拿起红汤里的一串鱼丸送进嘴里，不蘸料吃更原汁原味一些。

除了她们三个，店里还有好些顾客，三五成群地聚在一起，吃饱喝足侃大山。

叶繁霜说："上次你住院，我们说去探望你你也不让。怎么样，你最近过得还好吗？"

老板递过来一碗蘸料，宁苏意说了声"谢谢"，又拿起一串豆皮卷香菜在蘸料碗里滚了一圈，一口吃进去。

"我要说我过得很好，那就是在撒谎。"她手托着腮，光是现下这副忧心忡忡的样子就不像过得很好。

叶繁霜有几分心虚，至今不敢对宁苏意坦言自己出卖了她。

"怎么了，说出来听听？"邹茜恩正在吸溜煮好的方便面，舀了一勺蘸料拌匀，吃得停不下来，说话声都是含混的。

宁苏意将手里的扦子投进竹筒里，叹了一口气，跟她们讲了上次在病房里与井迟的谈话内容以及今天晚上发生的事，包括温璇那些话。

她隐去了温璇的名字，称其为"井迟的一个爱慕者"。

叶繁霜深吸一口气，替井迟鸣不平："宁苏意，你好狠的心。她那么说，你就把井迟弟弟一个人扔在家里了？"

"他不是一个人，还有一个爱慕者照顾他。"

"这样才更可怕！你也不想想，他喝醉了酒，万一酒后那啥……"

宁苏意神色淡淡地说："你不要总把你那套流氓思想套在别人身上。"

叶繁霜挑了挑眉，故意揶揄她："你可别把话说得太满，往往越是不切实际的事，越有可能发生。你忘了你自己当初怎么信誓旦旦地说井迟对你绝对没有非分之想，结果呢？"

宁苏意被噎得心梗。

叶繁霜手背支着下颌，不解地问："那你又在烦恼什么呢？你认为那位爱慕者说得对？"

宁苏意回道："她说的话我也并非全部认同，但有那么一两句说得确实挺在理。长痛不如短痛，我总这么拖着不是办法。"

叶繁霜的心头猛跳了几下，她张嘴欲劝说，有一个声音比她更快，邹茜恩插嘴道："酥酥你和井迟从小到大都是这么相处的，有什么问题吗？你不要被其他女人影响了。如果井迟有女朋友，你和他纠缠不清是你的作风有问题，可实际上井迟从来都只对你一个人好，其他女人再怎么说都是忌妒。"

时间太晚，叶繁霜见宁苏意也没胃口再吃东西，便起身去结了账。

宁苏意一想到开车回去还得四十分钟，就有些不想动弹。她后悔了，早知道还不如不出门，躺在暖和的被窝里不好吗？哪怕她睡不着。

叶繁霜最后解救了她："走吧，去我家凑合一晚。"

这里离叶繁霜租住的公寓不远，开车过去十来分钟。宁苏意和邹茜恩都去她家借宿，各自洗漱完躺在床上。

唯一的不足之处是，叶繁霜的床没宁苏意家的大，三个人躺下有些挤。

邹茜恩吃饱了容易犯困，一沾到枕头就沉沉地睡了过去，很快响起轻微的鼾声，小猪一样。

宁苏意瞥了邹茜恩一眼，羡慕死了她这种一闭眼就能睡着的体质。

叶繁霜明天不用上班，不着急睡觉，靠坐在外边的床头玩手机。突然，她轻轻推了推宁苏意，压低声音说："我问你，那位爱慕者出现，除了让你理不清和井迟的关系，你有没有别的感觉？"

宁苏意洞察了她的真实想法："你其实是想问我吃没吃醋吧？"

叶繁霜被戳穿也只是笑了笑，"啊"了一声，承认自己就是这个意思："倘若有那么一天井迟把对你的所有关注放在别的女人身上，你心里是什么滋味？"

"非要我回答？"

"快说。"叶繁霜没忍住又推了她一下，动作有催促的意味。

"要说没一点儿感觉，就显得我这人虚伪了。"宁苏意咬了咬唇，声音很轻，"我确实有些……吃味。"

见叶繁霜猛地翻过身，宁苏意被吓了一跳，下一秒，她的脸就被叶繁霜给捏住了："你啊你，总算从你嘴里撬出这么一丁点儿心事。邹茜恩有句话说得对，也就是井迟这么些年惯着你、宠着你，让你身处其中不自知。你一旦从中跳出来，从旁观者的角度看，就能知道他对你到底是什么情况，你对他的感情也绝非一般的亲情。至少你依赖他胜过依赖其他任何人。"

叶繁霜用手拍了拍宁苏意，叫她再好好考虑，别轻易听信外人的话。宁苏意是欲望淡泊的那一类人，不代表别人也是。各人有各人的立场，在他人看来，当然是自己的利益至上。

这一夜，宁苏意几乎没合眼。

六点钟不到，天还未完全亮，考虑到她的情况特殊，房间里一直亮着灯，透过米白色的纱帘，她能见着外头淡淡的天光。

宁苏意轻手轻脚地起床，打算先回家换一身衣服再去公司。昨晚她在串串店待过，大衣上都是一股底料味，难以散去。

收拾完，宁苏意留下一张便笺就离开了。

她开着车，独自一人沐浴着清晨的茫茫雾气回去。城市刚刚苏醒，她偶尔能听到一声从辽远的地方传来的汽笛声，其余时候都十分寂静。

她到小区时，雾气渐渐散去，天已经差不多亮了。这时候，她倒有了些许困意。

宁苏意停好车，边走边捂着嘴打了个哈欠。眼里泛起水汽，她拿手指轻轻揉了一下眼角，去按电梯。

刚好其中一部电梯停到一楼，她暗叹一句，竟然有人跟她起得一样早。

电梯门打开，宁苏意却遇到一个意想不到的人。准确来说，是她没想到会在这个时间碰见对方。

站在电梯里的温璇抬起视线，瞧见外面的宁苏意，也愣了愣，然后微微点头打招呼："早。"

温璇反应平平，像是昨夜那场盛气凌人的谈话不存在。

宁苏意没第一时间回应，只注意到她敞开的小香风外套里穿了一件男式卫衣，黑色的，右边胸口有一枚小小的太空人刺绣，卫衣长度能遮住大腿。

井迟有一件一模一样的卫衣。

或者说，温璇穿的就是井迟的那一件卫衣。

宁苏意错开视线，盯着温璇的脸，过了好半晌才动了动嘴唇，挤出一个淡淡的字音："早。"

温璇和宁苏意擦肩而过，一个走出电梯，一个走进电梯，再无任何多余的交流，直到电梯门关闭。

温璇驻足回头，在光滑干净的电梯门上看见了一张模糊的脸，是神色苦涩的自己。

她捂住沾着血迹的手指，朝一楼大厅的柜台走去，问坐在柜台后面打哈欠的物业人员附近哪里有药店。

物业人员告知她，小区里头就有两家，给她指了方向。

温璇低声道谢，转身走出大厅。一阵冷风迎面吹来，她眯了眯眼，才发觉外面竟这样寒气逼人，连她的心脏也被冻住。

宁苏意刚从室外回到屋里，身上覆着一层同样的冷意。她先进浴室洗了个澡驱赶困意，然后坐在梳妆台前护肤、化妆。

眼线怎么也画不好，她卸掉重画了三次，心态终于有些崩溃，拿着一根棉签蘸取卸妆水，擦掉不满意的眼线，将眼线笔扔在梳妆台上，不再尝试画第四次。

宁苏意拉开首饰柜，挑出一对钻石耳饰，对着镜子穿进耳洞里。

不知怎么，今天连耳坠也跟她作对。她戴好了左耳，右边耳朵怎么也戴不进去，针尖戳得她的耳垂都疼了。

她有些泄气，干脆把另一只戴好的耳坠摘下来，换成另一对针尖更细的珍珠耳饰。

戴好耳饰后，宁苏意轻舒一口气，起身去衣帽间换衣服。浅杏色的高领宽松毛衣，套米白色呢大衣，加上与大衣同色的西装裤和棕色麂皮短靴，一整套浅色系的搭配，在冬日里既显温柔又显大气。

徐叔的电话这时候打了进来，宁苏意接起："我收拾好了，马上下去。"

没时间吃早餐，她给梁穗发了条微信，让梁穗带一份早餐到办公室，普通的三明治和热牛奶就行，不要咖啡。

宁苏意提着包下楼，大概是跟温璇犯冲，这一早上竟碰到她两次。

这一次，是宁苏意准备出门，而温璇从外面回来。

温璇手里捏着一个小小的透明塑料袋，袋子上印着绿色的 logo。宁苏意无须细看就可辨认出，那是小区里一家药店提供的塑料袋，因自己曾在那里面买过口罩和棉签。

两个人碰上，温璇比宁苏意还要犯怵，朝宁苏意轻点一下头就进了电梯，生怕宁苏意与自己说话。

然而她多虑了，宁苏意只平淡地扫了她一眼就走了。

温璇乘电梯到了十五楼。她出门时特意没将门锁上，此时轻轻一推门就开了，有脚步声从楼上传下来。

井迟站在楼梯上，穿着一套深蓝格纹的棉质睡衣，脸上带着宿醉后的倦色，更有两分憔悴之意。井迟见温璇不仅没离开，还穿着他的衣服，脸色一瞬间变得难看极了，声音冷厉地说："你怎么还在这儿？我昨天的话说得还不够清楚？"

他的脸色是难看，温璇的脸色则是难堪。

他的话霎时带她回到昨晚。

凌晨三点多，就在这间屋子的楼梯上，也就是井迟的脚现在站的地方，在温璇说出那样一句表白的话后，井迟嗤笑了一声："恐怕你搞错了一点，我没想忘了她。"

在这之后，他沉默了三秒，对自己也是对温璇说："她这辈子不喜欢我，我就等下辈子、下下辈子。她不属于我，可我是属于她的。"

井迟是属于宁苏意的。

井迟说："你走吧。"

说罢，他不再看她一眼，上了楼，回到房间洗澡睡觉。

温璇如坠深海，浑身僵冷乃至凝固。那种从头到脚血液一寸寸凉掉的感觉，她这辈子没体会过。

当年被人诬陷，差点儿露宿街头的时候，她都还憋着股气，没眼下这般无力。

半晌，温璇仰了仰头，将眼眶里打转的泪水逼了回去。

这一步，她迈出去了就没想过往回退。她跟井迟一样——他是一头栽到宁苏意那里爬不起来，而她对井迟的感情又何尝不是视死如归般决然？

她始终相信井迟有血有肉更有心，不会像一块没有温度的石头一样，只要她用心去焐，总有一天能焐热他。

呆站许久，温璇走下楼梯，坐在沙发上，双手交握着搁在膝头，心里念着井迟喝多了酒，又服用了过敏药。而且宁苏意走后，她看过那过敏药的说明书，副作用是头痛、乏力，还伴随胃肠道不适的症状，诸如恶心、胃炎等。她要是一走了之，万一井迟遇到突发状况，身边连个搭把手的人都没有。

越往坏处设想，她越是无法抽身离开。

温璇就势躺在沙发上，盖着井迟先前盖过的毛毯睡了几个小时。

六点一刻，她被一条微信提示音吵醒，拿起手机看了一眼，是条无关紧要的消息。她已经醒了，就没再躺下去，起身到厨房熬粥。

不确定井迟何时会醒，她本来预计在他睡醒前煮好一锅粥就离开，哪知淘米的时候，一打开水龙头，那原装的喷头突然掉落下来，她被滋了一身凉水，冷得骨头都似被针刺穿。

她手忙脚乱地关掉水龙头，费力将喷头拧上去，没留神，手指被锋利的接口处划了一道口子，鲜血直流。

温璇心里酸楚得要死，只得按捺下难过的情绪，捂着流血的伤口到处找医药箱。幸好昨晚宁苏意把医药箱放在客厅茶几上，没归置回去。

偏偏她翻遍箱子里的每个角落，没找到最常见的创可贴。

接二连三的倒霉事砸到她的头上，她都不确定这是不是昨夜用话语刺伤宁苏意所得的报应。

但容不得悲春伤秋，她胡乱抽出几张纸巾按住伤口，自顾自地取了一件井迟晾晒在阳台上的卫衣，换下身上湿透的针织打底衫，穿上外套，出门去找药店。

这便有了她在楼下与宁苏意撞见的一幕。

两个人位置对调，她成了狼狈不堪的那一个，而宁苏意一如往常地风轻云淡，无须做什么就显得高高在上。好似这世上的好物合该都堆到宁苏意的面前，宁苏意却看也不看一眼，更别提珍惜。

温璇买完创可贴从药店回来，心里想着一会儿还得抽空去医院打破伤风针，一抬头便与井迟的目光对上。

看来她的粥不用煮了，温璇心情十分悲凉，嘴角微动，扯出一个淡到极点的笑容："你过敏的症状好点儿了吗？用不用再吃一片药？"

井迟皱起眉毛，扶着楼梯扶手下来，走到客厅里。

不等他出声赶人，温璇就再次开口："我担心你出什么意外，昨晚就没离开，马上就走了。抱歉，你的衣服是我未经允许擅自拿的，我的打底衫不小心被水打湿了，不能穿了。你放心，衣服洗干净后我会还给你。还有，你那厨房洗菜池的水龙头的喷头松动了，我勉强拧上了，估计还会掉，你用的时候当心一点儿。"

交代完这些事，实在没话说了，温璇拿起沙发上的挎包出去，替他把门关上了。

温璇站在门外的走廊上，头顶灯光昏暗。她轻轻碰了碰被划伤的手指，这一刻是真觉得心凉。

井迟应当没发现她的手受伤了，而她还在担心厨房流理台上沾了血迹没清理干净，好难堪。

宁苏意到公司后，吃过梁穗带来的早餐，困得眼皮直打架。因她近期服用安眠药，戒了咖啡，连个提神醒脑的替代品都找不到。

强撑着处理完几份紧要文件，她闭眼仰靠在椅背上小憩，也就片刻，手机铃声响了起来。

宁苏意睁开眼，从办公桌上拿起手机，走到落地窗边接起电话。

她不意外穆景庭会打来这通电话。昨天他郑重问出的那个问题，她还未给出答案。

果然，穆景庭问了一句她在做什么，忙不忙，然后慢慢将话题引至那件事上："微博上的爆料我找人删除了，包括一些论坛上的帖子也叫人处理了。"顿了顿，他语气再温和不过地问道，"那么，你想好给我的答复了吗？"

宁苏意立在几十层楼高的落地窗前，有种摇摇欲坠之感，在他问出这个问题的下一秒，答案异常坚定："对不起，景庭哥，我不能答应你。"

她早先的计划全部被打乱了。未来的路要怎么走，她也还在盘算。

穆景庭早就有所预感，倒也不是特别意外，依旧是和煦温润的口吻，声音裹着一丝笑意："我能问问为什么吗？因为我可能不打算就这样放弃。"

宁苏意手贴上额头，轻微感冒加上彻夜未眠，她的脑筋有些转不动，不想编一套谎言去敷衍他，然而真实原因又说不出口。

她正进退两难之际，穆景庭适时开口，隔着电流洞穿了她的心思："因为井迟的存在，叫你觉得为难？"

能让宁苏意如此纠结的只有一个人，那就是井迟。

她最是顾念井迟的感受，比之井迟的三位亲姐姐也不遑多让。

穆景庭没逼她，给自己留足退路，也给她递上了台阶："好，我知道了。我会好好考虑一下接下来该怎么做。后天我得去一趟波士顿，归期未定，可能年前都回不来。你照顾好自己。"

他没直说就此作罢，也没说继续追求她，便是给自己留的退路。

宁苏意轻启红唇，说："祝你一路平安，一切顺利。再跟你道一声歉，景庭哥，你别把心思放在我身上了，去追求属于自己的幸福吧。"

穆景庭一时愕然，她这是连后路都给他截断了？

"酥酥，其实我……"

电脑响起一声邮件通知音，宁苏意怔了怔，跟他说了声"抱歉"，挂断电话，坐回去打开邮件。

仔细阅读完邮件，她点开回复框，飞快地打字回复过去，与对方约好会面的时间。涉及慈善基金会的事，宁苏意没假手他人，能自己做的事就自己负责。

回完邮件，宁苏意坐了片刻，梁穗敲门进来，站在办公桌前汇报："楼下前台的人给我打电话，说井先生过来了，要见您，但他没有预约，您看……？"

"让他进来吧。"

宁苏意觉得自己还是得喝杯咖啡提提神，不然招架不住他。

井迟从未在工作场合、工作时间找过她——他这会儿过来，不用想她也知道是为了什么。

第八章
我要追你

宁苏意没麻烦梁穗去鼓捣现磨咖啡，自己从抽屉里翻出一盒久未尝试的挂耳咖啡，撕开包装，展开架在杯子里，将开水淋上去，咖啡便从漏网里"淅淅沥沥"地往下滴落。

她端起咖啡再度走到窗边，一只手抱臂，眺望着远处的风景。

方才她还能隐约窥见一缕缕阳光刺破云层，转眼又变成沉沉的阴天。天边堆积着厚重的云层，像是挤出来的一块块灰色油彩，抹不匀。

咖啡她一口都没喝，身后的玻璃门就被人敲响了。

宁苏意没回头："进。"

井迟推开门。看见立在落地窗边的身影那样茕茕孑立，仿佛随时会跌落下去，他便好想过去抱抱她。

许久没听见声音，宁苏意忍不住转过身，视线看向门口。

井迟穿着一件薄款的深青色羊毛衫、黑色牛仔裤，竟连件外套都没穿，跟昨晚一样，脆弱得好似一阵风就能吹跑。他那酒精过敏症状也没痊愈，耳后连着脖颈那一块皮肤有好些没消下去的红疹，在白皙皮肤的映衬下难以被忽视。

偏他还穿宽领的衣服，一点儿没遮掩。

宁苏意瞧不过去，别开视线，问他："外敷的药用了吗？我记得药箱里有地奈德乳膏，你以前起疹子用这个见效比较快。"

井迟是过敏体质，不仅仅对酒精过敏，家里对抗过敏症状的内服和外敷药一大堆。

又没听到回应，宁苏意正要去看他，一转身，发现不知何时井迟已经走到她身边了。她稍稍一侧身就能看到他的脸，他的下眼睑下一小片肌肤是淡青色的，嘴唇没多少血色，一副难以掩饰的憔悴样子。

宁苏意不由得心软，在心里无声叹息，开口说话时，连声音都柔了几分："吃早饭了吗？"

井迟看着她，目光垂下，瞥了一眼她手里的咖啡，下一秒就夺走不让她喝了。

他们俩到底谁更不让人省心，他已经分不清了。就说她，服用安眠药期间还敢喝咖啡，还想不想好了？

井迟倒掉咖啡，单手插进裤子口袋，里面什么也没有，五指无意识地攥了攥，才将压在喉咙处的一句话说出来："你不是不管我了吗？还关心我吃没吃早饭？"

好浓的委屈感，宁苏意盯着他的脸："我什么时候说过不管你？"

井迟面色比室外的天气还冷，眼里却隐隐燃烧着一簇火苗。只消对视一眼，宁苏意就能被那里头的温度灼伤。

她瞬间没了底气，微微垂下眼，没敢与他的眼神较量太久。

井迟太了解她心软的特质，尤其是对他，她当"姐姐"当惯了，由来宽容又护短。他就是利用这一点，让她内疚："你没话说了？温璇是我的什么人，你凭什么把我交给温璇照顾？你倒是放心。"

宁苏意上下打量他一番，被他刺激得热血冲上脑门，不理智地说了句气话："我看她把你照顾得挺好。"

井迟简直要被她给气死："我不喜欢别人进我的房子，正如你讨厌别人闯进你的私人领地。那房子我妈和我姐都没去过，你让她留在那里照顾我……你想推开我也不用这样。"

"我……"宁苏意有些恼火。

那是她让温璇进去的吗？她过去的时候，温璇已经在屋里，在给他解衬衫纽扣，体贴又温柔。

她难道还能以房主的身份赶人出去？

"你要是为这事找我，我向你道歉。"宁苏意不想继续无谓地争吵，索性低头退让。

因而她一贯是息事宁人的性子，井迟只觉得一拳砸在棉花上。他在意的东西究竟是什么，她当真不明白？

而宁苏意已然抽离出去，用冷静的目光看着他。

那样陌生的眼神，不知她是拿他当公司里的任何一个下属，还是当一个无关紧要的人——总归这不是她以往看他的眼神。

井迟听见她说："既然你过来了，不如摊开了说，我现在的确有些不清楚该怎么面对你。有人说，我要是不喜欢你，就该跟你断得干干净净，不然就是犯贱。我觉得……"

井迟皱着眉打断她的话："谁说的？邹茜恩还是叶繁霜？"

"谁说的不重要。"

井迟不想听她剩下那些话，上前一步，以她难以预料的速度展开双臂将她搂进怀里，紧紧地抱住她，微低下头，下巴抵在她的肩窝处，呼吸的热度烫着一小片皮肤。

前所未有的亲密动作让宁苏意瞬间忘记所有反应，指尖的酥麻感如虫蚁一般攀爬至全身。

井迟说："你不要听任何人的话，这是我和你的事。我说的话才能代表我自己，其他人说的都不作数。不怪你，要说犯贱，那犯贱的人也是我，不是你。"

宁苏意试了几次都挣脱不开他的怀抱，只好放弃挣扎："可你那天在病房里说，让我当作什么事都没发生过。"

"我说的都是屁话……我反悔了。"

"……"

"宁苏意，"井迟每次称呼她的全名，那就代表接下来要说的话很郑重，"我昨晚是喝醉了，但清清楚楚地听见你说，你没有和景庭哥在一起。你曾经说过，想要找个熟悉的人试着共度余生，为什么愿意跟景庭哥试试，不愿跟我试？我不怕不能有圆满的结果，怕的是你一开始就将我踢出局。"

宁苏意睁大眼，震惊得语不成句："你……你怎么知道……？"

"我怎么知道的不重要。"井迟学她说话。

宁苏意一猜即中："是霜霜告诉你的？"

井迟不置可否。

他仍旧搂着她，仿佛只有这样她才能安心听他把话说完："我不懂，为什么别人可以追你，我就不可以？我不要当你所谓的朋友、亲人，只想当你男朋友。

"酥酥，我就是喜欢你。我这辈子都只会喜欢你。

"我想好了，不管你答不答应，我要追你。"

宁苏意原先准备好的一番说辞，此刻一句话都想不起来，哪怕曾打过多次腹稿，本该流畅地说出来。

怪只怪井迟的话对她的冲击力太大，叫她久久无法平静。

她的心就像漂浮在海面上的一根木头，原本几无波动，突然一个海浪打过来，彻底被淹没。

井迟却还嫌给她的刺激不够，握住她的手腕拿到她眼前，让她看看两个人肌肤相触的画面。

"你看，你根本就不会排斥我，不会感到不舒服。"井迟难掩那股隐秘的欣喜之意，"可你对景庭哥不是这样。"

他观察细致入微，何止穆景庭，其他异性都没特例，除去正常社交范围内的举动，其他异性任何稍微亲密的接触都会叫她浑身不适。

他一直知道她是这样的。她八岁那年刚被接回家的那段时间，情况最为严重，连对宁宗德的靠近都不愿意接受。唯独他，守在她的床头对她说"乖乖睡觉，不要害怕，我会永远陪在你身边"，她才肯听进去。

在此之前，他们有过数年朝夕相伴的时光，是彼此最亲密的人。

她抵触谁都不会抵触他。

他心里十分确定，哪怕她将话说得再绝情，也不可能做到真正疏远他。

井迟又说："我不要你做什么，你也不用迁就我，顺其自然做你自己就好。我慢慢追你，心里有分寸，不会让你觉得烦扰不堪。"

宁苏意维持的镇静样子被他的三言两语击得粉碎，只剩虚张声势的空架子，渐渐失去抵抗的能力。

她试着挣了挣手臂，发现仍然推不开他，无奈地低语："放开我。"

井迟刚说完一番剖白心迹的话，不敢再挑战她的底线，松开手后退一步，手攥成拳头抵在腹部。

贴在后背的热意散去，宁苏意方觉得没那么紧张了，四肢百骸僵直的感觉也如潮水般退去。她松了一口气，转过身来，却见井迟佝偻着身体，手按在胃部，立时有些慌张。她记得他没有肠胃病。

"你这是怎么了？"

井迟额头上都是细汗，声音暗哑："早上没进食，可能是过敏药的副作用加重了，胃有些疼。"

宁苏意想骂他都找不出话来，走到办公桌前，拨通内线叫梁穗再准备一份早餐送过来。

井迟坐在沙发上，仰靠着沙发靠背，偏头看着她，心情晴朗了几分："现在知道紧张我了，昨晚你又为什么扔下我？"

宁苏意顿了一下，又摆出那副淡然的样子："你要是再提，以后别跟我说话了。"

"好，我不提了。"

井迟蹬了鞋躺在沙发上，闭上眼假寐。

梁穗送来一份早餐，一眼看见没所顾忌地睡在沙发上的男人，暗暗吃了一惊，放下手里的东西，没敢多打扰就悄无声息地走了。

宁苏意弯腰碰了碰井迟的腿，语调平淡地说："起来把早餐吃了，回家去睡觉。我还有工作，没空管你。"

井迟咕哝了一声，手肘撑着沙发沿坐起来，指节揉了揉眉心。醉酒的后遗症真叫人烦躁，他脑袋里闷闷地疼，像扯着一根弦，时松时紧。

宁苏意板着脸教训道："现在知道难受了？下回看你还喝不喝。"

井迟没吭声，蹲在沙发前的茶几旁边吃完早餐，喝光了杯里的柠檬水，没再打搅她，打车回家去补觉了。

不养精蓄锐，他怎么追姐姐？

送走井迟，宁苏意像被人抽走灵魂似的呆坐在椅子里。直到梁穗进来叫她开会，她才找回神思，起身跟着梁穗走出办公室，往会议室走去。

忙碌了一天，虽然中午抽空睡了个短暂的午觉，到下班时间，宁苏意还是感到体力不支。

从公司到小区这短短的十分钟的路她都昏昏欲睡。下车时是徐叔叫的她，她才反应过来到了。

她强打起精神，乘电梯上楼。

宁苏意在想晚上点什么外卖，感觉不太有食欲，喝点儿粥就行，边想边按指纹。门打开后，她换鞋进屋。

恐怖的是客厅里竟然亮着灯，灯光延伸至厨房，那里立着一道人影。那人戴着灰蓝格子的围裙，正手持细长柄的勺子低头尝砂锅里的汤。

宁苏意咬了咬牙，心道，迟早把门锁的密码改了，把他的指纹删了！

然而脑海里的另一个声音告诉她：醒醒，这是人家的房子。

宁苏意这时候才后知后觉，自己入了他的圈套。

井迟早听见开门的声音，一直没出去看她，后来再没听到别的动静，才从厨房出来，发现宁苏意还站在客厅中央，一副发呆的模样。

他微笑着说："回来了。晚饭差不多做好了，你是想先休息一会儿再吃，还是现在就吃？"

休养大半天，他看起来精神好了许多，一副唇红齿白的清俊模样，可能抽空出去理了发，头发相较上午更显清爽干净。他穿着白色T恤和灰色卫裤，清瘦骨感的手腕上戴着一根手编的红绳，令宁苏意瞧着有点儿眼熟。

宁苏意没忍住心里的疑问，但克制着情绪，没露出半分责问的语气："你怎么不打声招呼就进来了？"

井迟说："我打招呼了，给你发了微信。"

宁苏意从手提包里拿出手机点开微信，果真有两条未读消息，可能是太忙了才没注意查看。

他是在四十分钟前发的，那时候她还在公司里。

井迟："我问过梁助理，你今晚不加班。我现在做晚饭，来我家吃？"

井迟："要不还是去你家做饭？免得你跑上跑下的。"

宁苏意在两条微信里抓住了一个重点："你什么时候问的梁穗？"

她的日程表下午更新过，原本她是打算加班的，但身体过于疲累，支撑不住，让梁穗把晚上的电话会议挪到了明天上午。

井迟听出宁苏意的潜台词，没隐瞒，十分真诚地交代："我上午从你的公司离开时，要走了梁助理的微信，傍晚时分发消息问的她。"

宁苏意牵了牵嘴角，似笑非笑地看着他，心里想着：果然如此，他倒还算坦诚。

井迟抿了一下唇，开口时语气带着试探之意："你不会怪我收买你身边的人吧？你也别因此迁怒梁助理，我不会打听别的事，只关心你的私人情况。"

他无比坦然，既说了要追她，便也清楚地让她知道他是怎么做的。正如他所说，时刻注意分寸，不会让她感到烦扰。

宁苏意当然相信他能做到这点，也信任梁穗不会透露别的信息。

于是宁苏意不再追问，上楼换了一身家居服，浅黄色长袖衫配牛奶白宽松长裤，袖子挽了起来，露出的小臂瘦瘦的。她取下手腕上的发圈，将头发束成低马尾，去厨房洗手。

她再回到餐厅里时，井迟已将做好的菜端上桌，砂锅里是鲫鱼豆腐汤，熬得奶白鲜香，该撒一把香葱的，换成了香菜。另外两道菜，一道是爽口的凉拌素丝，另一道是蘑菇片炒肉。

两碗米饭分别被放在各自面前，冒着腾腾热气。

宁苏意拉开椅子坐下，看见井迟另取了一个干净的小碗给她盛了一碗鲫鱼汤。

动作间，他那修长白皙的手指在她眼前晃来晃去，实难叫人忽视那一抹扎眼的红色。宁苏意喝了一口鱼汤，不经意地问："你手腕上的红绳，我好像在哪里见过。"

红绳是很老旧的款式，四股绳编成的，接口处的绳子尾端缀着两颗珠子。

井迟转了转手腕，笑说："你自己编的，能没见过吗？"

宁苏意喝汤的动作明显滞了一下，在她的印象里，编手绳的记忆得追溯到高中时期。

那时候班里的女孩子都喜欢鼓捣一些手工，比如织围巾、编手绳、叠星星、折千纸鹤。她也不例外。

但她向来对手工一类东西不精通，先学的是织围巾，结果织了两排就打了结，不得不拆掉重新开始，织到一半发现越织越窄，不像围巾，倒像腰带。

只有编手绳还算像模像样，不过编了两条她就失去了兴趣。

井迟说不嫌弃她编的手绳，要走了一条。

她自己的那一条手绳，戴了没多久就不喜欢了，洗澡时取下来随手丢进了垃圾桶。至于井迟那一条，她以前没见他戴过，现在……

那手绳崭新得没一点儿褪色的痕迹，是被妥善保管的结果。

宁苏意目光闪烁，不再细看他的手腕，咽下去的鱼汤霎时没了滋味。

井迟表明要追她后，就不再掩饰过去潜藏的爱意。反正窗户纸已经被捅破了，他不介意将那一层窗户纸的窟窿捅得更大，甚至连整扇窗户都给掀起来。

宁苏意逃不掉、避不开，想来想去都只能用岿然不动的面具来维持镇定。

两个人安静地用餐，气氛倒也不尴尬。

吃完饭，井迟负责收拾，将杯盘碗碟都放进洗碗机里，按下启动键后，拿出冰箱里的车厘子和草莓，洗净装进玻璃碗里递给宁苏意。

他就势在她身边的位置坐下，中间隔着半臂的距离，不过分亲近，也不显疏离。

宁苏意吃着水果看了一会儿电视，昨晚没休息好需要补觉，连打了两个哈欠，而后关了电视准备上楼。

井迟站起身对她说了声"晚安"，就离开了。

宁苏意洗好澡，坐在梳妆台前时，井迟发了条微信过来。

井迟："明早想吃什么？我上去给你做，你可以多睡一会儿。"

他的潜台词是：我明早还会自己刷指纹开锁，进你的屋子，提前跟你说了就不算"未经允许擅自闯入"。

宁苏意机械地往脸上拍着爽肤水，目光有些凝滞。从上午进行那番交谈到此刻，她始终没有一丝真实感，像被浸泡在温水里，又像踩踏在棉花上，一切全凭直觉。

片刻后，井迟又发来一条微信消息："不回答我就当你默许咯。"

宁苏意躺到床上，在群里分享了井迟要追她的事，想听听她们怎么说。

邹茜恩："这不挺好？"

叶繁霜："我也觉得挺好。他叫你不用多做什么，那你就顺其自然，哪天动心了就从了他。"

宁苏意想听的不是这些话："可我现在跟他相处总有些无所适从，心里时刻提着一根线，很难做到完全放松。"

叶繁霜："能理解，但无解。"

她太能理解了。设想一个二十几年的乖弟弟突然间换成追求者的身份，展露对自己的侵略性，她可能还不如宁苏意表现得从容。

宁苏意："我让你出主意，你跟我说无解？"

叶繁霜："我可不敢再乱出主意了。我算明白了，我们说再多都是瞎掺和，你们之间的事就该由你们解决。"

宁苏意："呵，那你别向井迟通风报信哪。景庭哥那件事是不是你透露的？我只跟你和茜恩提过。"

邹茜恩适时接话："我没透露过。"

叶繁霜："……"

怎么回事，井迟弟弟怎么能出卖她呢？！

翌日清晨，宁苏意难得睡了一夜好觉，醒来只觉得神清气爽。

洗漱完，她下到一楼，餐厅里的餐桌上放着简餐。她找了一圈，没看见井迟。

手机这时候响了一声，进来一条消息："傅明川急需一份资料，我得去公司拿给他，先走了，你慢慢吃。"

宁苏意吃完早餐，去公司上班。

一连几天皆是如此。

两个人时而能一起吃顿饭，大多数时候宁苏意忙着加班，在公司里凑合一顿晚餐，除此之外关系没有别的进展。

唯一要说的是，宁苏意渐渐也适应了这种相处模式，只有井迟偶尔流露的直白眼神叫她有些许不自在。

这天傍晚，井迟抽空去了趟罗曼世嘉，给二姐井韵荞送东西。这是老太太吩咐的，他推托不掉。

从井韵荞的办公室出来时，他碰见了温璇。

温璇叫他稍等片刻，自己拿了个纸袋过来，里面装着他那件黑色卫衣，散发着一股清洗过的洁净香气。

井迟垂眸看了一眼，没接纸袋，语气不咸不淡地说："我买了一件一样的，这件就不要了，你替我丢了吧。"

温璇瞬间鼻酸眼热，伸出去的手缓缓收了回来，手指捏紧纸袋的边缘，抓出一道道细细的褶皱。

她像被人打了一巴掌一般狼狈。

她穿过的衣服，井迟就不打算要了。哪怕是维持成年人表面的礼貌交际，他也该先将袋子接过去，而后再找个没人的角落丢掉。可他就当着她的面……

她清楚，他这个举动里有让她知难而退的决绝之意。

井迟到底没太过分，淡淡地说："谢谢你那天送我回家，至于其他的，我想我们之间没有什么好说的。"

这几天温璇的心情跟外头的雾霾天一样灰蒙蒙的，她画设计稿都难以调动丝毫积极的情绪。到这一刻，她彻底有种被现实压垮的颓败感。

井迟点了点头告辞，转身走进电梯。

温璇看着他的背影，视线渐渐模糊，背过身去擦了一下眼角，眼前才又恢复清明。她抱着纸袋坐回工位，再无心打磨设计稿。

温璇下班回到家中时，郑妍在她家里准备煮火锅的食材，问她脸色怎么这么难看，是不是感冒了。

温璇摇摇头没说话，推开客厅东边那间房的门，进到衣帽间里打开衣柜，将纸袋里的卫衣取出来，拿一个衣架撑起来，挂在一件男式西装外套旁边。

那件高定的黑色西服也是井迟的，因熨烫平整、套了防尘袋，即使过去多年看起来依然簇新。

井迟放出要追宁苏意的话，实则没遇上好时机。

临近年关，宁苏意身为公司领导者，比任何人都要忙。进入12月，井迟更是连她的人影都看不到。

井迟也没比她清闲到哪里去。公司那边一摊子事需要他处理，办公桌上时常堆着小山高的文件。

宁城今年冬天的第一场雪在12月中旬降临，比往年都要晚。

细小的雪花纷纷扬扬地下了两个钟头就停歇了，地面积了薄薄一层雪，像漏网里筛下的一层糖霜。

雪停了没几个小时，行人踩上去，眨眼间就变得灰黑泥泞。

宁苏意刚结束一场会议，从会议室里出来，面带倦色，眼睛半合，拿食指骨节揉了揉太阳穴。

回到办公室里，一股甜香味飘散在空气中，她霎时顿住脚步往办公桌看去，上面放了一个浅褐色牛皮纸袋。

宁苏意问梁穗是怎么回事。

梁穗站在她身后，一副十分了然的样子，回答："井先生叫人送过来的，我刚下去拿上来。"

宁苏意走到办公桌后，在椅子上坐下，拆开牛皮纸袋，里面是一杯热的红豆奶茶、一小块黑森林蛋糕。

外面刮的大风吹起屋顶的积雪，室内暖气温热，再有这两样东西加持，瞬间让人心情好了不止百倍。

宁苏意拿起静音的手机翻了翻微信，罕见地，井迟这次竟没有留下只言片语。

她拆开包裹着吸管的纸套，将吸管插进杯盖上的孔里，喝了一口奶茶，嘴里能嚼到甜糯糯的红豆，开了两个小时会议的疲惫感仿佛被这个味道给治愈了。

宁苏意点开微信对话框，想跟井迟说点儿什么，一句话删删改改，最后一个字也没发送出去。

她等了片刻，倒是井迟先给她发过来消息。

井迟："收到了吗？"

宁苏意："嗯。"

井迟："晚上加不加班？"

宁苏意："你不是有梁穗的微信，没有问过她？"

井迟："要是能从你这里问出来，我何必麻烦梁助理？"

宁苏意不禁莞尔，回了一个字："加。"

井迟："哦。"

没有任何表情，宁苏意却能从他这个孤孤单单的"哦"字里读出几分不快之意。但也没办法，她确实要加班。

12月里，稍微有点儿气氛的节日便是圣诞节。这年头，诸如圣诞节、元旦节，都能过成情人节。虽然宁苏意和井迟绝对称不上情侣，但在井迟那里——他已然计划好了，要给她一个浪漫的惊喜。

奈何宁苏意临时要去外地出差，23号就走了，一走就是一个星期，其间他们只能靠微信交流。

井迟准备的惊喜计划自然泡汤了。

闲来盘算起这段日子以来跟宁苏意见面的次数，他发觉一只手都数得过来，顿时有些恼怒了。

怎么"男友预备役"的待遇还不如以前当弟弟的时候呢？！

宁苏意真正空闲下来是元旦假期。

她给自己留了一天假，然而这里面没井迟什么事。她应邰淑英的召唤，得回锦斓苑陪家人过节。

为了应景，宁宅上下被装点一新，廊檐下挂了几盏大红灯笼，客厅的各个木柜上的宽口玻璃花瓶里插着火红的北美冬青枝，枝头挂着红底烫金的福字，有过年的喜庆气氛。

宁苏意晨起到外面跑了一圈，回来洗了个澡，换了身衣服，穿着一件圆领的海蓝色毛衣、呢料的米白阔腿裤，脚上是一双毛茸茸的拖鞋。

上午她陪郜淑英和毕兆云出门逛街，下午休息了几个小时，到厨房帮忙备菜，晚上一家人吃了顿团圆饭。

宁苏意没帮什么忙，只贡献了一道清蒸鲈鱼，大部分菜是郜淑英和毕兆云完成的，珍姨也回家陪家人过节了。

晚间饭桌边热热闹闹的，一家人都到齐了。

宁宗城前些日子浮萍一样四处飘荡，被宁老先生打电话叫回来好一顿训斥，最近老老实实地待在家里。只是他人瞧着有些不大有精神，穿着一件棕色夹克，胡子也没刮，不修边幅。

气氛和乐融融，老爷子懒得骂他，低声说教两句就揭过了。

宁昱安相比刚到这个家时的样子，规矩了不少，主要是因为宁宗城时常不在家，没人再一味袒护他。但凡他犯了错，毕兆云和宁屹扬就轮流叫他去阳台罚站。加上在这边没有能玩到一块儿的小伙伴，他久而久之就被约束得乖顺了两分。

吃过饭，宁苏意去老爷子的书房例行汇报工作。老爷子倒也没把气氛弄得太凝重，一边听她讲话一边临帖，今儿写的是《五色鹦鹉帖》。

她汇报完工作，老爷子提点了她几句，就让她出去了。

宁苏意步入客厅陪父母聊天，电视里播放的家长里短的电视剧沦为背景音。

宁苏意吃着蜜饯，有一搭没一搭地接着父母的话，免不了聊到婚姻一事。她赶紧打住："我不着急，别催我。"

郜淑英苦口婆心地说道："元旦一过，你的生日没两个月就要到了，你也不小了，身边就没个合适的能发展成男朋友的人？"

宁苏意简直避之不及，搂住郜淑英的手臂撒娇："妈，咱能聊点儿别的话题吗？"

郜淑英拿她没办法，手指点了点她的额头："你大嫂都准备要二胎了，你还没点儿动静。我也就这点儿心事没了，能不上心？"

宁苏意逮住机会立时转移话题，转头问毕兆云："真的吗？大嫂，你准备再生一个？"

毕兆云抿嘴轻笑，很小声地说："我是看安安最近懂事多了，自己也还有余力，想给他添个妹妹或弟弟，都好。"

宁苏意笑了笑，拈了一颗话梅丢进嘴里，酸酸甜甜的滋味在舌尖滚动。

手机响了一声，她光顾着看电视没听到，还是邰淑英提醒她道："我听见手机响了，是不是你的？"

宁苏意将手绕到身后，从沙发缝里摸出手机，不少人发来元旦节祝福语，微信里积累了上百条未读消息，她一眼看去一排小红点。

最新跳出来的一条消息来自井迟，发的还是语音。

宁苏意左右各看一眼，拿着手机走上楼，到房间里才点开语音消息。

呼啸的风声里，井迟的声音低沉有力，他生怕她听不见似的，有种隔着窗户呼喊的感觉。

"酥酥，出来玩，我在门外等你！"

这很像小时候，过年的夜晚，她陪家里人在客厅里看春晚，而别墅外的栅栏门口，一个小少爷隔着整个院子的距离，高声喊她出去放烟花。

宁苏意那时跑出去，看见井迟嚣张得很，踩在他爸的车顶上，手做喇叭状，一遍一遍地重复："酥酥，跟我去放烟花！"

幸好现在通信设备发达，他不必像多年前那样隔着整个院子扯着嗓子大喊。

宁苏意笑了一声，进衣帽间换上外出的衣服，没耽搁太久，只在毛衣外面套了件白色的长款羽绒服，拿上了围巾。

下楼时难免引起注意，面对几道探寻的目光，宁苏意敷衍地解释了一句："跟朋友出去逛一会儿。"

邰淑英挤了挤眼睛，笑眯眯地说："男朋友？"

宁苏意不理会她的调侃，走到玄关处换上短靴，开门出去，登时被寒风吹得眯了眼。那风带着冰凉的水汽，不知是不是下雪的前兆。

宁苏意站在檐廊下，头顶是廊灯。白色灯光混合着红灯笼洒下的橙红光芒，一冷一暖的光落在她身上，画面显得有些梦幻。

宁苏意举目眺望，黑色栅栏门外立着一道颀长的身影，有几分落拓和孑然，几乎要与沉沉的夜色相融合。

宁苏意跳下台阶朝门口走去，近看才发现他的羽绒服敞着，里面就一件薄衫，好像还是短袖，也不知他在冷风中站了多久。

"你不冷吗？"她问。

井迟双手插在羽绒服口袋里，笑起来那双向来清澈的眼眸里似有光。他把右手从口袋里拿出来，伸到了她面前。

宁苏意问："干什么？"

"摸摸看。"

宁苏意大概被他的声音蛊惑了，没有迟疑地伸出手握住他的手指，掌心感知到的体温竟比她的手还热。

然而下一秒，井迟以迅雷不及掩耳之势反手攥住她的手，一把塞进自己的口袋里，带着她大步往前走去。

宁苏意被拽得趔趄一下，察觉自己上当了，要把手抽出来，却怎么也敌不过他的力气，声音带着恼羞成怒的意味："井迟！"

井迟回头看向她。

她脖子上围着酒红色的围巾，衬得皮肤特别白，乌黑长发没从围巾里扒拉出来，有些凌乱，但不失美感。

因着恼怒，她的脸颊比平日多一层薄红，像夕阳将散时天际的一道嫩粉色晚霞，很有娇羞的感觉。

井迟勾了勾嘴角，语气里掺着两分不正经之意："怎么，牵手也要跟姐姐打报告吗？"继而他换成小声嘀咕，"以前又不是没牵过。"

宁苏意素日里实在是个情绪波动不大的人，眼下却被他挑衅得想要抬脚踹人。

比起年味更浓厚的除夕，元旦节似乎是属于年轻人欢聚的节日。

通往市中心的路上车流如织，越是靠近大型广场，越是人如潮水般涌动的场景，热闹非凡。两个人下了车，置于其间，毂击肩摩，被人流推着往前走着。

宁苏意许久没这样轻松过，将诸事和烦恼都抛到脑后，只顾看眼前的璀璨夜景。

灯火一盏一盏地绵延至远方，路过的店铺橱窗里流光溢彩，不知从哪里飘来一缕甜香，伴随着欢快的音乐，让人觉得不虚此行。

她双手插进羽绒服口袋里，呼吸间带出一缕缕白气，唇畔始终挂着浅笑，心脏像小商贩手里攥着的氢气球一样在空中飘飘荡荡。

井迟怕她被人群冲散，攥住她的手臂带着她缓慢前行："等到了零点，对面那一排大厦会有灯光秀，勉强能当烟花看吧。"

宁苏意抿唇，原来他还记得小时候除夕夜放烟花的事。

寒风凛冽，四周火热的气氛好似驱赶了冷意。

宁苏意笑着说："你早说你要带我来看这个。"

"早说你就不来了吗？"

"不是，我会叫上我妈和大嫂一起过来看热闹，她们待在家里也无聊得很。"

"你认真的吗？"井迟有点儿挫败，顿了顿，面色由阴转晴，扬眉笑道，"幸亏你没叫上她们，我想和你单独庆祝。"

宁苏意看他一眼。

他的眼睛亮晶晶的，不知是他开心过度，还是融合了路边暖白灯光的缘故。

她匆匆别过视线，有些受不住他这样炽热如火的眼神。

手臂上的力道倏地松开，宁苏意有所感知，回过头就见身边已没了井迟的身影。她踮着脚四处张望，只能看见一片黑压压的人头。

宁苏意在原地转了几圈没看见人，没来由地一阵心慌，以为自己哪句话说得不对，惹他不高兴了。

她又不敢随便乱走，担心井迟回来找不见人。

她正有些焦急，肩膀忽被人轻拍了一下。宁苏意用手指拨开缠绕在脸侧的发丝，回过身来。

井迟高大的身躯替她挡住了寒风，亦挡住了身后的些许灯火。他敞着羽绒服，气喘吁吁的，手里拿着一串半米长的糖葫芦，山楂颗颗饱满鲜红，中间夹了几颗草莓，外面裹着脆脆的糖衣，举到了她面前。

宁苏意不由得生出失而复得的感觉，心脏"怦怦"地剧烈跳动，声音不稳地说："你……你去买这个了？"

"对啊，看到路边有卖的，就去给你买了一串。"井迟低下头，看进她的眼里，见里头有未退尽的焦灼之色，便语含玩味地问，"你担心我丢下你跑了啊？"

宁苏意翻了个白眼，不想理他。

井迟摸了摸鼻子，不再逗她，拿着糖葫芦往她怀里递了递："你看，好大一串，以前糖葫芦都没这么大的。"

宁苏意说："我都不爱吃糖葫芦了。"

"我知道，给你拿着玩，当是迎合节日气氛。"

宁苏意接过糖葫芦，走了没几步，等反应过来时，已经无意识地把糖葫芦往嘴里送了。她并不是想吃，只因手里拿的是吃的东西，就自然而然地塞进了嘴里。

井迟仿佛洞穿了她的心理，促狭地笑了笑。

距离零点还有一个多小时，井迟怕她在外面逛太久会冷，带她去了附近的商场，目光不期然地瞥见门口的台阶下，一个小姑娘正在贩卖鲜花。泛黄的旧报纸包裹着鲜艳的红玫瑰，其中点缀着几枝尤加利叶。

井迟这回没擅自跑开，叫宁苏意在原地稍等，自己过去买了一束花。

宁苏意目光追随着他的身影，注意到他买花的举动，心里荡起波澜，一瞬间无措极了。

以前他不是没送过她花，毕业典礼的时候、哄她开心的时候、节假日的时候，可那都是朋友之间的馈赠，但是眼下……

她正胡思乱想之际，井迟已经回来了，将一束花递到了她的怀里。

宁苏意犹豫着要不要接过花时，听见井迟低沉的嗓音夹杂着紊乱的呼吸声响起："我看那小姑娘实在可怜，我们就当做善事了。"

一个很好的理由，能让她心安理得地接受这束花。

宁苏意说："卖火柴的小女孩怎么没遇到你？"

"我这不是被你传染得才开始关心人间疾苦吗？菩萨姐姐。"

"救命，能别瞎喊吗？"宁苏意表情无奈。

以前她没发现井迟恶劣的一面，最近看他就像是看武侠小说里打通任督二脉的练武奇才，突然被激发出某种技能，叫人无法招架。

井迟歪头笑了笑，狭长的眼里春意盎然。

他们进了商场，周身便被温暖的气流包裹。

两个人没任何目的性地随意乱逛着。

宁苏意买了一堆装饰房间的物件，又去逛服装店，意外地挑了一件很中意的米色针织背心，可以套在衬衫外面穿的那种。井迟帮她付钱，被她拦了下来。她要自己付。

井迟手里拿着钱夹笑得有几分无奈，故态复萌地揶揄："以前花我的钱都没这么见外，现在为什么又不愿意了？"

宁苏意懒得与他掰扯。往往她越说他越是起劲，自己根本讨不着好。

两个人从店里出来，走在光滑的瓷砖地面上，不知从哪家店里飘出来的音乐声，播放的是《天真有邪》，歌词唱到了耳熟能详的那段——

"就是你，狠狠把我一夜之间变成了大人。"

"奋不顾身的天真，瞬间化成一路走来的伤痕。"

"我悼念，我的笨。"

"爱人，你太知道，害一个人，怎样害一生。"

　　井迟跟着调子哼唱了后面一句歌词，突然表情认真地看着宁苏意，重复那一句歌词："酥酥，你也是一样。你太知道，害一个人，怎样害一生。"

　　宁苏意刚把几个购物袋归置到一个大袋子里，方便手拎，冷不丁地听到这句类似控诉的话语，怔了几秒，抬起头看向他的脸。

　　井迟说："小时候你到我家，那样细致地照顾我，害我这辈子都不可能再找到第二个这样的人，难道不是你在害我？"

　　她害他情根深种，无法自救，却不管不顾。

　　这样严重的指控，宁苏意哪里担得起："可我对你的好，跟施华姐、韵荞姐她们……"

　　"不一样，"井迟知道她要说什么，那不是自己喜欢听的话，索性打断，"不一样的。她们哄着我喝药的说辞是希望我赶快好起来，而你，只有你对我说，你想要我长长久久地陪着你去更远的地方，而不是只待在风吹不着、日晒不着的屋子里。"

　　他又说："我的姐姐们也不会睡前给我讲童话故事，告诉我要做一个披荆斩棘的勇敢的王子，这样才能拯救他的公主。"

　　宁苏意哑然。她早就忘记自己说过那样的话，如果说过，那时也是单纯的小孩心性，想多一个玩伴或是想满足一个童话梦。

　　她哪里会知道，他真的听进了心里，还较真了。

　　可能自己那些有意无意做出的举动害了他一生，她却不自知。

　　宁苏意抿着唇瓣，心情直线坠落下去，一句安慰开解的话都找不出来。

　　"走吧，快到零点了，我们去占个好位置看灯光秀。"井迟轻吐出一口气，适时出声转移话题。他可不想在这样的日子里与她再起什么争执。

　　原本他也没打算跟她说这些话，平白给她增加负担，只是刚好气氛合适、歌词合适，那些话就从胸腔里跑了出来。

　　两个人顺着电梯下到一楼，再缓缓走到广场上，已晚了一步，前面绝佳的观看位置被赶赴而来的人占得满满当当的。

　　井迟要带宁苏意挤进去，被她拽住了手臂。

　　她出声阻止道："我们就在这里看吧，其实也能看到。"

　　不久后，两个人耳边传来人群齐齐高呼倒计时的声音。

"十、九、八、七……"

与此同时，前面高楼大厦上的 LED 屏出现同样的倒计时数字，待到"一"字的音落地，那一排商业大厦的灯光全部亮起，变幻出绚丽多彩的颜色，组合成各种祝福语、图案，不比烟花逊色。

井迟转过身与宁苏意面对面，琥珀色的瞳孔里映着她的脸，也有灯光掠过的残影。他弯起嘴角："酥酥，新年快乐，新的一年也要健健康康的。"

宁苏意回以一笑："新年快乐。"

新的一年，希望你能对自己好一点儿，开心一点儿。

没过多久，灯光熄灭，四周一下暗淡了不少，可也足够明亮，只是不如方才那般亮如白昼。人群四下散去，好在井迟与宁苏意站在外围观看，想要出去很容易。

随着灯光灭掉，人的情绪也一同回落，兴奋了一整晚的神经到零点过后终于渐渐冷静下来。

回到家已是零点四十，宁苏意将那束花和购物袋放在沙发上，拿了睡衣去浴室洗澡，懒得洗头发，很快就捯饬完毕，躺进被窝里。

房间里很安静，她依稀能听见外面的风声。这样的环境分明利于思考，可她大脑纷乱，好似还停留在灯火最明亮的那一刻。

井迟说的那些话，也一并在她的脑海里盘旋。

春节转瞬即至，宁苏意多休了几天假。

年夜饭比元旦那顿团圆饭更为丰盛，一家八口人围坐在红漆圆桌旁举杯庆祝，互道"平安喜乐、万事顺遂"。

一顿饭吃了将近两个小时，大家离了座，到客厅坐着看春晚。没了燃放烟花的环节，年味总是淡一些，但相比前几年，今晚是热闹多了。

老爷子体力不济，只看两个小品就去歇息了，其余人继续守岁，到十一二点再各自回房。

宁苏意年初四就开始工作，但身为一位人性化的老板，给梁穗留足了假期。

春节期间的人情往来都由宁宗德和邰淑英完成。唯独井家，宁苏意是绝不能不去的。

井老太太拿她当亲孙女看待，逢年过节的礼数她自然不能少。她提前定了时间，推掉了工作上的安排，陪父母去了一趟井宅。

当天中午，除了他们家的人，还有一家人也前来拜访老太太。

这是正常现象，元宵节前的这段时间，圈子里各家往来频繁，常常凑巧赶到一起。

今日是秦家两位长辈带着女儿秦笑嫆过来拜年，秦家与宁家打过交道，彼此熟识。三家人聚在一起一团和气地聊着天，气氛犹如融融春日般和煦。

井迟早知道宁苏意要来，没跟父亲井从贤出门去别处拜年，专门在家等着她。

自宁苏意进门起，他就紧盯着她。她穿着一件黑白格子的羊绒大衣，里面是奶黄色毛线裙，腰间束着一条浅棕色皮带，简约大方。她娴静地坐在邵淑英身边，唇畔笑意浅浅，先问候老太太的身体状况。

老太太向来疼她，当即招了招手，让她坐到自个儿身边来，握住她的手低声询问几句近况，然后与其他人交谈。

"敏惠啊，你这女儿叫什么来着，我记得是笑容？"

"是笑嫆，奶奶。"秦笑嫆自己接过话茬，伸出手掌，食指在掌心里写自己的名字的最后那个字，"女字旁加一个'笑容'的'容'。"

"哦，哦，有什么深意吗？"

"没什么深意，那字纯属给女孩子起名用的，我妈投机取巧。"

老太太笑起来，听着女孩子那清脆悦耳的嗓音，再打量一眼她的身形和脸蛋，心里满意极了。

秦笑嫆提前被母亲告知了今天过来的另一个目的，视线不自觉地朝坐在单人沙发上的井迟瞥了几眼。男人除了一开始客套寒暄了一番，其余时候都沉默地望着老太太那边。室内暖气充足，他只着一件单薄的羊毛衫，身上是掩不住的清贵无双的气质。

恰好，老太太注意到井迟过于沉静，不知打的什么主意，突然给他派了个任务："小迟，秦小姐前日说要找几本书，你带她去楼上的书房瞧瞧那里有没有她要的书。"

井迟下意识地脱口而出："让琼姨带她……"

"你说什么傻话？琼姨在厨房里备菜，我看你没什么事，不如你亲自招待一下。"

井迟无奈到极点，但不至于驳老太太的面子，微微颔首，看向秦笑熔："走吧，我带你去找找。"

他心里纳罕得紧，老太太终日在家，从哪儿知道秦小姐要找书的？

秦笑熔笑了笑，起身跟着他上楼。

待两个人的脚步声逐渐远去，老太太收回视线，转头对宁苏意说："酥酥，你觉着两个人站在一起般不般配？"

宁苏意一时间没反应过来，疑惑地"啊"了一声。

老太太看了看坐在对面的秦家夫妇，捂着嘴低声说："以前你施华姐给这臭小子物色了不少对象，他一个都不愿接触，连人家的微信都不肯加。我怕他这回又拒绝，没跟他言明，想让两个人先试着来往。没把相亲拿到明面上说，他应当不会抵触。"

宁苏意恍然大悟。

原来老太太有意让秦笑熔和井迟相亲，拿"拜年"打掩护，而且他们一家人也过来了，怎样都不会显得尴尬。

秦家夫妇跟着笑了笑，一脸"知情者"的表情。

秦太太柔声搭腔："出发前我跟笑熔说过，权当今日就是来拜年的，让她别拘谨，她若是觉得小迟不错，试着先交个朋友。"

老太太拍了拍腿："你提前跟笑熔说了呀？"

"我倒是想瞒着她，她精明着呢。一听我叫她好好打扮，她就猜到了。"秦太太有些无语，"你说现在的孩子都怎么了，一个两个的一提相亲就跟要了命似的？"

老太太深有同感。

宁苏意手捧着茶杯小口呷着茶，唯恐下一秒话题就转移到自己身上，当场上演催婚的戏码。

好在井迟和秦笑熔才是今天的主角，几位长辈围绕着他们二人展开讨论，从各个方面将他俩往"般配"二字上凑。

比如，秦笑熔是学油画的，在圈子里小有名气，开过画展，也举办过拍卖会。井迟虽是创立了一家风投公司，但是打小对艺术方面的东西兴趣浓厚。他自己单独辟了一间画室，常在里面作画，不让任何人进去，连打扫工作都是自己来做，不让保姆插手。两个人日后若是在一起，不愁没话聊。

临了老太太还要问一问旁人的意见，重新拾起那个问题，问宁苏意："酥酥觉得呢？"

宁苏意勉强扬起嘴角，应了一声："挺好的，挺般配。"

老太太看着她，轻轻拍了拍她的手背，慈爱地说道："我们酥酥也要早点儿考虑终身大事，找个贴心人照顾自己。"

宁苏意当是哄老人开心，笑容真诚地应承了下来。

身后传来脚步声，她回过头去，就见井迟面无表情地走下楼梯，他身后那位秦小姐怀里抱着几本老旧泛黄的书籍。

井迟坐回单人沙发上，眼睛直直地瞅着宁苏意，盯得她不自在极了。她不得不转开视线，胡乱看着果盘里圆滚滚的大橙子。

下一秒，最上面那颗橙子被一只骨节分明的手拿走。

宁苏意顺着腕骨往上瞥向那只手的主人，除了井迟还能是谁？

他没用水果刀，徒手剥开厚厚的橙子皮，溅出的浅黄汁液染上指尖。不消片刻，他就剥出了一颗完整的橙子。他垂着头，露出一截白皙后颈，耐心撕着上面的白络。

橙子比橘子的白络多，很难撕得干干净净，井迟却极有耐心，将那橙子剥出了工艺品的感觉。他站起身，绕过宁苏意那边的沙发扶手，顺手将橙子丢进了她手里，然后去厨房洗手。

宁苏意猝不及防，手里就多了个光溜溜的橙子，果肉饱满。

客厅里谈话的声音小了一些，大家大概是瞧见了井迟的举动。

井家和宁家的人见惯了，只觉得稀松平常。面对秦家人投来的好奇目光，老太太不免念叨了一句："这俩孩子打小感情好，亲姐弟一样。"

宁苏意默默掰下一瓣橙子塞进嘴里，很甜。

井迟洗了手回来，坐在那里继续扮演"沉默的木头人"，一言不发地听长辈交谈。

十二点过半，琼姨到客厅知会了一声，可以开饭了。

老太太止了话题，招呼众人到餐厅用餐。

大家都先去厨房洗手，宁苏意见有些拥挤，轻车熟路地去了一楼卫生间。掰开水龙头放了一会儿水，等热水出来，她将手伸过去按了两下洗手液，搓出泡沫，再用水冲洗干净。

蓦地，敞开的门边一道阴影袭来，挡住了外头的部分光线。

宁苏意抬眼去瞧他，自觉地让出位置准备出去："我洗好了。"

她以为井迟是过来用卫生间的。

井迟倏地伸臂撑住门框，拦住她的去路。

宁苏意脚步停了停，微仰起头看着眼前这挺拔修长的身躯，没办法像小时候那样不高兴了一把就能将人搡开。她平静地出声："这是做什么？"

　　井迟："你说的，我和秦小姐'挺好的，挺般配'。"

　　他特意咬重后面那两个字，分明气得咬牙，面上还要维持三分平和的样子，怕露出坏脾气吓着她。

　　宁苏意觉得有些无辜，后退了一步："你真有意思，又不是我让你相亲的。你不乐意找奶奶说去，找我有什么用？"

　　她退一步，井迟就上前一步，将她圈在逼仄的角落里。

　　宁苏意这时候才生出紧张情绪，伸手抵住他的胸膛，阻止他更近一步："干什么，叫人看到像什么样子？"

　　如今她再拿出当姐姐的派头已经镇不住他了，只盼望他能稍微自觉一点儿。

　　井迟再怎么细看，从她脸上也看不出丁点儿吃味的痕迹，轻"哼"了一声："像什么样子？像姐弟的样子，老太太亲口说的。"

　　宁苏意拿捏不住他，退而求其次，跟他讲道理："那你现在堵着我做什么？怪我应承奶奶的话？秦家的叔叔阿姨在场，奶奶那么问，你让我怎么应？"

　　井迟低头望着她的脸，小声说："你别把我往外推就好，什么相亲不相亲的，不是我的意思。"

　　宁苏意偏过头："我知道了。"

　　"等客人走了，我会跟奶奶解释清楚。"

　　"解释什么？"

　　"你放心，我不会供出你的。"井迟认真地说。

　　他不敢让长辈知道他们的事，唯恐长辈给宁苏意施加压力，让她更焦虑——那不是他想要的结果。哪怕让她感到一丁点儿不适，他都不舍得。

　　两个人回到餐厅里落座。

　　宁苏意抬起头，看见井迟浅灰色的羊毛衫胸前印着两个潮湿的手掌印，颜色略深，发现是她方才没擦手按上去的痕迹。

　　宁苏意顿时脸热，不敢再去看他。

　　饭后闲坐片刻，宁苏意便起身跟着父母向老太太告辞。秦家人也不好再留，一道离开了井家。

　　他们一走，井迟就走到老太太跟前，有话跟她说。

老太太原想睡午觉，看他一脸严肃的样子，便暂时压下困意，叫他就在客厅里说，还说正好她也有两句话要问他。

井迟猜到她老人家要问什么，无非是满不满意秦小姐，能不能试着和秦小姐发展成男女朋友关系之类的自己不感兴趣的问题。

他先把话撂出来，阻止了老太太不切实际的盘算："我对秦小姐无意，对张小姐、林小姐更无意。您用不着再替我张罗这种事，我心里有人了。"

听到他说的前面那些话，老太太还略为不满，听见后头那一句，脸色登时就变了："你有中意的姑娘了？哪家的？"

井迟娓娓道来："那姑娘您认识，但恕我现在不能告诉您。我还在追人家，不确定追不追得上，怕说了惹您空欢喜一场。"

老太太更吃惊了，眼里都比平日多了些神采："还有你追不上的姑娘？她是想要挑怎样的夫婿？"

"您也别说这种话，是我配不上她。"井迟说。

老太太看孙儿眉眼间流露出些许落寞之色，对他多了几分同情，跟他拍胸口保证以后绝不再插手他的感情的事。

她原以为井迟到这岁数还跟柳絮似的飘着，没个着落，哪承想他心里早就装了人。先不说他追不追得上，他能有这份心思，她就安心不少。

过完年没多久就到了宁苏意的生日——2月14日，情人节。

从小到大她没少被人说过生日的日期真好，能在情人节这天收到好多礼物，不知道让多少人羡慕。

宁苏意前几年都在国外，生日是跟同学一起过的。井迟偶尔会去凑热闹，要是赶不及就提前把礼物给她寄过去。

好友问宁苏意这回生日打算怎么过。

宁苏意不当回事地说："还能怎么过？加班度过呗。"

生日那天是周四，工作日，宁苏意要开一天的会，到晚上还有个推不掉的应酬，估计没时间跟好友聚会。

邹茜恩当即抗议："往年就算了，今年你都在国内了，稀里糊涂地把生日过了就是我们的错，我看还是得办个派对庆祝。你不用操心，我给你订场子，你忙完只管过来。"

叶繁霜举双手赞成。

宁苏意不想扫好友的兴，依了她们。

等邹茜恩那边订好场地，宁苏意就把地址分享给了几位关系要好的发

223

小，让他们有空去坐坐，说她随后就到。

井迟当然不会缺席。事实上，哪怕邹茜恩不提议办派对，他也会想办法给宁苏意庆祝生日。

当晚，宁苏意结束饭局直接从餐厅过去，徐叔开车又快又稳，车子到目的地时还不到八点半。

邹茜恩订的是一家圈子里的人开的清吧，顶楼 VIP 豪华包间，里面重新布置了一番，有气球、鲜花、香槟塔、蛋糕，空气里香味浮动。

宁苏意一身应酬场合的装扮，整套浅褐色西装搭配高跟鞋，手拿黑色鳄鱼皮手袋，妆容精致得没有瑕疵。被服务生一路领过去，她一推开门，耳边就响起"砰砰砰"的声音。有人拉响了礼花筒，彩带碎屑漫天飞舞，纷纷扬扬地撒落在她的头发、肩上。

宁苏意很给面子地做出惊喜的表情："这是谁的主意？"

邹茜恩举手认领。

大家原本是打算营造屋子里漆黑无人的假象，宁苏意一进来，他们再突然出现吓她一跳。井迟一听这个主意就否决了，说会吓到宁苏意。于是大家毙掉这个计划，改为现在这种，灯火通明下，明目张胆地给她惊喜。

好在宁苏意的表情反馈没让人失望。

屋子里有七八个人，彼此相熟，宁苏意没说客套话，只感谢大家这么忙还来给她过生日。

接下来的环节老套得很，大家吃吃喝喝、聊天、玩游戏。邹茜恩霸占着麦克风，唱着一些走调的经典老歌，逗得大家前仰后合。

宁苏意正准备切蛋糕，包间门被人敲响。

坐在靠门边位置的井迟起身过去开门，外头是风尘仆仆的穆景庭，一身板正的西装三件套，黑色大衣折了折，搭在臂弯上，手里拿着一个礼物盒。

"我没来晚吧？"穆景庭笑了笑，低头看了看腕表。

宁苏意没想到他会过来。她拒绝了他的表白，事后想着自己说的话未免过于决绝，两个人见面必少不了尴尬气氛。更何况穆景庭近来很忙碌，君柏集团在海外的酒店事业发展蓬勃，她听说他近期时常在国外出差。

"没来晚，正好要切蛋糕了。"宁苏意笑着迎他进来。

井迟瞥一眼她唇畔漾开的笑，不由得吃醋。怎么同样是追求者，她对穆景庭就态度亲和自然，对他就总有几分不尴不尬的意味？

穆景庭先把礼物给宁苏意，说了一声："生日快乐。"

宁苏意："谢谢。"

邹茜恩和叶繁霜围着那个三层的大蛋糕手忙脚乱地插上蜡烛，拿打火机一一点燃，然后叫宁苏意赶紧过去许愿，顺便给她的头顶戴上了一顶金黄色的王冠。

宁苏意从善如流地闭上眼许愿。短暂十几秒过去，她睁开眼睛，吹灭蛋糕上的蜡烛。

叶繁霜似笑非笑地打量着井迟和穆景庭，别说，这两个人站在一块儿，以最直观的感受来判断，一时真难分高下。

宁苏意切了蛋糕分给在座各位，实际上没几个人爱吃，纯属意思意思地抿两口。

有人提议："不如就接着玩刚刚的游戏吧！那个谁，刚才被罚了两杯酒，喝了吗？"

他们方才玩的游戏等同于变态版的大冒险。不知一个发小从哪儿搞来一副纸牌，大家抽牌，然后按上面写的要求完成任务，做不到就被罚酒。

宁苏意光是围观心里就怵得很。奈何他们都爱玩，她不得已只好舍命陪君子。

另一个发小自觉地喝了两杯酒，指着宁苏意说："我记得该酥酥抽牌了吧，赶紧的，寿星的运气应当不错。"

如果宁苏意有未卜先知的能力，定然不会信他的话。

她伸手从那一摞纸牌里抽出一张，拿到眼前凑近一看，上头蝇头小字写着：请玩家与左边第三位玩家喝交杯酒。

宁苏意眉心一跳，心里冒出不好的预感。

她还没扭头去看左边第三个人是谁，包间里就爆发出一阵起哄的声音，夹杂几道暧昧的"嘘"声。

穆景庭紧跟着短促地笑了一下。

叶繁霜手抵额头，只觉得眼下这个场面比修罗场还要恐怖三分。

宁苏意瞥过去，紧挨在她左边坐着叶繁霜，接着是邹茜恩、穆景庭。

发小看热闹不嫌事大，当即给两个人倒酒，两个小酒杯，里头装满剔透的白葡萄酒。这项冒险任务不难达成，是以发小下意识地以为宁苏意会爽快地执行。

其他人也这么认为，都一脸看好戏的表情。

现下这仿佛"闹洞房"一般的喜庆气氛，井迟多待一秒都觉得胸口窒闷，不愿再自我为难，遽然离座，以去洗手间为由走出了包间。

他走得很快，片刻就将那些嘈杂的笑声抛在身后。

井迟自然没去走廊尽头的洗手间，站在另一头的窗边伸手推开了窗。正月里料峭的寒风吹进来，没过多久他的手指就没了温度。

他蜷了蜷被冻僵的手指，从口袋里摸出烟和打火机，嘴里叼一支，手指向内弯曲，拢着打火机准备点燃烟，余光一扫，瞥见墙上醒目的禁烟标志，只好松开按打火机的手，任由燃起来的火苗熄灭。

井迟咬着香烟滤嘴呆站片刻，估摸着包间里那出戏要结束了，正准备回去，一转身，看见几步开外静静地站立的宁苏意，整个人诧异极了。

见宁苏意朝他走来，井迟立时反应过来，慌忙取下那支没点燃的香烟，拇指往中间一撮，一根烟断作两截。

四周没垃圾桶，他只能把断掉的烟攥进手里。

"我都看到了。"宁苏意盯着他握成拳的右手，声音被风吹得有些缥缈，"什么时候开始抽烟的？"

很久前她坐他的车，在置物格里发现一盒烟，以为那是他朋友的，怎么都没往他身上想。

半晌，井迟勾了勾嘴角，笑意不抵眼底："时间太久，记不起来了。"

就像她永远不知道他是从什么时候开始喜欢她的。一样的道理，她也不知道他从何时起开始抽烟的。

他从未在她面前表露过的事，她怎么会知道呢？

宁苏意出来时没穿外套，一手抱着手臂，偏了偏头，示意他："进屋吧，外面这么冷。"他也没穿外套，只穿了一件套头的黑色薄绒衬衫，皮肤都被冻得更白了些，似冰雪的颜色。

井迟跟在她身后进了包间，那些人玩得不亦乐乎，没被影响丝毫。

他朝穆景庭看去一眼，后者斜靠在沙发扶手上，手里端着一杯葡萄酒轻轻摇晃，有一下没一下地轻啜着，脸上看不出情绪。

按理说，他该是得意的。

聚会到十点半左右散场，宁苏意喝了酒，坐井迟的车回去。

车后座上都是朋友们送她的生日礼物，下车时，她一个人拿不了，井迟帮她拿了一部分。

电梯间里仅他们二人，井迟看着金属内壁上映着的宁苏意模糊的面容，低声说："给你的礼物放你屋里了。"顿了顿，他补充了一句，"照旧，两份。"

宁苏意十八岁生日那天，井迟送了她两份礼物。

她问："怎么是两份？"

井迟说，一份是生日礼物，另一份算作成人礼。

这么多年来，他都没改变这习惯。但凡她过生日，他都送两份礼物，从无例外，十分特立独行，即使她的成人礼早就过去多年。

宁苏意解了锁，推开家门。井迟进到屋里，帮她把礼物放在沙发上，站在她面前，微抿了抿唇，笑道："生日快乐，酥酥。还有，晚安。"

然后，他在心里补充了一句：情人节快乐。

那两份礼物，一份是生日礼物，另一份是情人节礼物。不能明着送的那一份，他记在心里，一个人知晓就够了。

宁苏意送他到门口，补了句"晚安"，再将门锁上。

一室寂静，略显空荡。

在包间里吃了半块蛋糕，又喝了好些甜腻腻的果酒，嗓子发干，宁苏意去厨房打开冰箱，从里面拎出一瓶矿泉水，拧开盖子一口气喝了小半瓶。

她仰头吞咽着水，发现通往二楼的楼梯侧面墙壁上的壁画被换了。

原先的那幅画里的女人是侧坐着，脸朝向窗外，穿法式红丝绒裙，戴珍珠发卡。因为女人的那张脸只露了四分之一，如果不是熟识的人，可能看不出那画里的人就是宁苏意。

眼前这一幅画是宁苏意的正脸，仍是在一扇窗前，她穿着简单的白衬衫，趴在书桌上，微眯着眼睡着了。

宁苏意怔怔地看了一会儿，走近打量。这一幅画"画家"倒是落了款，右下角写着"井迟"二字，时间是三个月前。

她记得搬到这里的那天开玩笑说，她很喜欢这幅画的画风，想联系"画家"给她多画几幅画。

所以，井迟这位"画家"把她的话放在了心上，又给她画了一幅，当作生日礼物送给她。

宁苏意视线下移，壁画下方的台阶上放了一个礼物盒。她打开盖子，里面是一双漂亮的水晶鞋，鞋面镶满大大小小闪闪发亮的水钻。

不需要额外说明，宁苏意看到礼物的第一时间就懂了井迟的意思。

你曾说，要我做一个披荆斩棘的勇敢的王子。

那么，你愿意穿上水晶鞋，做我的公主吗？

第九章

有没有一点儿喜欢我

3月，宁城尚未有回暖的趋势，雨倒是下得勤，时常打连阴。

宁苏意忙碌之余，不忘关注慈善基金会那边一些项目的进展，了解到先前购买的一批医疗器械已顺利被运送至偏僻山区的当地医院，几栋希望小学也在近期完工，预备投入使用。

3月15日这天，宁苏意吃过午饭，难得没那么忙，便将就着在办公室的沙发上小憩。她不常睡午觉，没养成习惯，迟迟酝酿不出困意。

也不知过去多久，宁苏意将将有些困顿时，外头就响起急促激烈的敲门声。

可能说"敲门"都算轻了，那力度根本就是在拍门。宁苏意从睡着的边缘清醒过来："进来。"

门被大力推开，高跟鞋"咚咚咚"一阵响，梁穗十万火急地杀到她面前，手里拿着平板电脑："宁总，出事了！"

宁苏意坐起来，理了理被压皱的衬衫："出什么事了？"

梁穗一直很冷静，这得是多棘手的事情才让她这么火急火燎的？宁苏意心道。

梁穗滑动平板电脑，微躬着身，调出一篇媒体报道给宁苏意看，声音无法维持平稳，带着些颤意："目前多家医院售出的明晟药业的中成药，患者服用后出现腹痛、腹泻、呕吐等不良反应，还有一名患者因服用药物引起并发症死亡。经过医院检测，发现中成药的药材成分正常，但里面含有对人体有害的物质，怀疑是其中几种药材霉变所致，正在进一步检测……"

宁苏意胸口起伏，一把拿过平板电脑，看着上面的报道。患者出事的图片、视频、文字版的症状描述、医院检测报告等等，所有证据摆在眼前。

梁穗急得脸都红了："这事在各大网络平台上已经闹开了，大家要明晟出面给一个说法。"

宁苏意定了定神，起身走到办公桌后面打开电脑，忽然想到什么，问梁穗："两个月前那批损坏的中药材，确定已经被销毁？"

春节放假前，仓储部主管递上来一份文件，表明手底下的养护员失职，没做好冬防计划，致使一大批名贵的中药材以及中药饮片损坏。质管部的人审查过，确认药材报损，需要将其销毁。

那些被损毁的名贵中药材有效成分降低，当中有些药材完全失效，当然不可能再拿来制成成品药，公司损失了四千万元左右。

涉事的养护员已被开除，仓储部重新制订了计划，加强了冬防措施。

宁苏意得知这件事后，签署文件，让采购部的人加紧时间再采购一批药材，尽量不影响生产。至于那些被损坏的药材，她要求严格按照流程进行销毁。

提及此事，梁穗震惊地问："宁总怀疑是……？"

宁苏意点了点头。

梁穗说："我那时交代下去了，事后也看了签过字的销毁清单，确认那批药已经全部被销毁，替换成了新购的药材。"

宁苏意手撑着办公桌沿，冷静地吩咐："拿上一批生产的中成药，重新找一家医疗机构检测药物成分。"

她要首先排除被诬陷的可能性，再想办法解决眼前的危机。

与此同时，秘书办的电话被人打爆了，梁穗的私人电话也接二连三地响起，没给人喘息的时间。

梁穗领了命令，还未去施行，公司前台的人就打来紧急电话："梁特助，楼下来了一批警察，要带走宁总接受调查。"

梁穗刚从宁苏意的办公室里出来，还没走进电梯，接到这通电话立马转身回去，门都忘了敲，直接推门进去。

"宁总，警察过来了，要调查这件事。"梁穗慌了神，没想到警察会来。

宁苏意不一样，纵使惊讶，倒还有心理准备，不至于乱了阵脚。

从头至尾，涉及这件事的所有重要文件全部是宁苏意一个人签的名。出了这么严重的医疗事故，警方得到消息后当然要头一个找她负责。

宁屹扬不在公司，高修臣听到助理的汇报，立马赶到宁苏意的办公室门口。

警方的人已经乘电梯上来，要求宁苏意跟他们走一趟，配合进行相关调查。

高修臣几个人阔步走过去，挡在宁苏意面前，摆出生意场上那一套社交笑容，和和气气地商量："警察同志，这当中是不是有什么误会？事情尚未明朗，你们就要把人带走，这不合适吧？"

为首那位年长的警察手里拿着宁苏意曾在报道里看过的药物检测报告，递给他们看。

"你要清楚，我们现在怀疑明晟药业集团生产、贩卖假药。根据《中华人民共和国药品管理法》规定，变质、被污染的药品，视为假药。我们初步调查的结果显示，审批文件为宁苏意本人签署，目前需要她配合调查。"

高修臣说："这件事我们公司也还在调查中，可否通融些时日？"

警方态度还算温和，出言表明，他们带走宁苏意是例行问话。如果调查清楚，她确实没有责任，警方会放她回来。

双方正在交涉，电梯门再次打开，井迟从里面出来，面容冷峻如斯，大步流星地走到宁苏意身侧，捉住她的手将她护在自己身后："你们不能带走她。药品从生产到上市要经过多少人的手，凭什么她就要被带走接受审问？"

警察说得口干舌燥，无奈来了个态度更强硬的人，不得已口头警告他别妨碍公务，小心连他一起抓了。

双方再僵持下去反而影响调查进度，宁苏意搡开拦在自己前面的井迟，主动站出来对警察说："我跟你们去一趟。"

井迟愕然地回头："酥酥！"

她到底知不知道过去一趟意味着什么？她在那审讯室里万一再被刺激得起应激反应，休克昏迷……

那场面井迟连想都不敢想，反正就一句话，死活不放她走。

宁苏意攥住他的手臂，神情严肃地说："我没做过的事情就是没做过。我问心无愧，愿意接受调查。我相信司法会还我一个公道。"

井迟根本听不进劝："可是你想过没有，如果这件事找不到源头……"

宁苏意斩钉截铁地说："不会的。"

井迟拗不过她，更加留不住她，眼睁睁地看着她被警察带走，远离自己的视线，去向一个他到不了的地方。

他比死还难受。

井迟坐在车里，叫魏思远开车，不远不近地跟着前面那辆警车，简直心急如焚，一通电话打到了大姐那里。

万幸井施华这会儿还没开始坐诊，在办公室里休息，很快接了他的电话："小迟，你……"

没等她问完井迟找她有什么事，那边的人就焦急地打断了她的话。

井迟知道大姐不关注这些消息，先简明扼要地跟大姐讲清楚事情经过："明晟药业的药品出现了问题，警方怀疑酥酥涉嫌生产、销售假药，我拿身家性命给她做担保，她绝不可能做违法的事。能不能让我姐夫帮我问问到底是怎么回事？"

井施华长这么大没见家里的老幺低声下气地求过人。他幼时体弱多病，是全家人的重点保护对象。此后多年，但凡他有所需要，家里人必定尽力满足他。

"你先冷静，我这就给你姐夫打个电话，叫他想办法问问那边具体是什么情况，然后给你答复。"井施华说。

井迟哪里冷静得了，理智都没了，还谈什么冷静？

"你跟姐夫说，酥酥肯定没有任何问题。"

"好，好，好，我帮你转达。"

井施华想劝他宽心，宁苏意这种情况比较特殊，警方必不可能拿她当罪犯对待，可听他那副焦心不已的口吻，想着他大概也听不进去劝慰的话。

前面的警车停下，魏思远跟着停下车，转头想跟井迟说句话，被他凛冽的神色吓得一时忘了要说什么，索性没出声，静默地陪他坐在车里等着。

去明晟前，他们原本同傅明川、肖晋等人一起在一家餐厅里吃午饭。

傅明川边吃边玩手机，在网上看到医疗事故的新闻，再看关键词与明晟挂钩，多留了个心眼，点进去仔细看完报道，了解完事情的前因后果后震惊不已。

他可能不清楚事态的严重性，但评论区各个领域的网友科普了相关法律知识。

"今天还是消费者权益日呢，出了这档子事，你说讽刺不讽刺？"

"卖假药的人怎么不去死？为了一点儿利益，他们不把人命当回事。"

"科普一下，卖假药的人还真能去死。我国刑法第一百四十一条规定：'生产、销售假药的，处三年以下有期徒刑或者拘役，并处罚金……致人死亡或者有其他特别严重情节的，处十年以上有期徒刑、无期徒刑或者死刑，并处罚金或者没收财产。'以上，别说去死，财产都能给你全部没收了！真当国家法律是玩笑？"

傅明川灌了一口饮料，无法平心静气，赶紧拍了拍井迟的肩膀："井总，你的小青梅出事了。"

井迟对"小青梅"三个字极度敏感，在傅明川那里，这三个字是宁苏意的代名词。井迟拿过傅明川的手机，越看脸色越沉。

丢下手机，井迟站起来拎起椅背上的外套穿上，脚步生风地就往外冲。

天空呈现一种雾蒙蒙的灰蓝色，天气预报说今日是多云，可瞧着似有一场雨。

傅明川追不上井迟的脚步，拍了一下魏思远的后背："还不快去给你老板开车，他那慌里慌张的样子，可别出什么事。"

魏思远抹了一把嘴，拔腿跑了出去。

宁苏意接受审问期间，警方成立了专案调查小组，经手这件事的所有人都要被彻查。与此同时，明晟药业的药品在各大医院、药房，包括网上的药店，全面下架。

外界不知晓，内部的人却都清楚，明晟药业早不如从前。从去年起，由高修臣和宁苏意联手改革，公司情况稍见起色。如今闹出这么一桩事故，公司摇摇欲坠，随时会坍塌成废墟。

可以预见，哪怕之后警方调查清楚此事，真相大白，民众对明晟药业的信任度也将大打折扣。

这些都不是宁家人现在操心的事。他们最担心的是宁苏意的情况，一家人几通电话打过去，都石沉大海一般没个动静。

邰淑英万分焦心，急得直流眼泪，让宁宗德想办法先把人保出来。

宁宗德刚给人打完一通电话，安慰邰淑英："我打听过了，酥酥暂时没事，警方只是走正常程序询问一些内情。你别把自己急出病来，她出来了反倒要担心你。"

邰淑英难以安心，管不了那么多，将休息中的老爷子叫醒，问他能不能帮忙找人从公司那边下手，早日调查清楚事情真相，让宁苏意少受点儿罪。

再怎么说，老爷子都是集团的实际掌舵人，那些老董事都听他的话。

老爷子大门不出二门不迈，更是不关心网上乌七八糟的事。以往公司的事务都是由听宁苏意和高修臣定期汇报，他还不知道发生了这等大事。

邵淑英怕他急火攻心，对病情不利，用缓和的口吻大概讲了讲事情的经过。

老爷子立时给高修臣打电话，质问他："公司出了这么大的事，你怎么不通知我？"

高修臣无辜得很，跟他解释，现下集团内部乱作一团，宁苏意不在，宁屹扬也不见人影，全靠自己一力支撑。他忙于应付宁城药检所、药监局派来的人。

这两方接到消息后就公开发声明表示"已予受理，正在依照相关法律法规进行全面检验调查"。

高修臣忙得焦头烂额，自然无暇给老爷子汇报此事。

如此山摇地动的境况，老爷子在家里坐不住，叫宁宗德进来："备车，送我去公司。"

高修臣一个人镇不住场面，更别提宁宗德或是宁屹扬，关键时刻还得老爷子出山。

父子俩乘着一部低调的名车出门，一阵汽车轰鸣声过后，别墅里越发显得空荡寂静。

傍晚时分，乌云缓缓移动，堆积成团，有种黑云压城城欲摧的氛围。

天气预报所示的"多云"不准，一场雨来势汹汹，浇在汽车的风挡玻璃上，一阵激烈的"噼里啪啦"声响起，眨眼间，洁净的玻璃上起了一片模糊水雾。

天光迅速暗淡，夜幕即将来临。

井迟一言不发地坐在车后座上，微垂着头，从晌午等到此时。

前面驾驶座上的魏思远频频看表，又看外头的天色，屏了屏呼吸，沉吟了一下，轻声问后座上的人："井总，宁小姐一时半刻出不来，要不我们先回去？"

两个小时前，井施华回拨了个电话过来，把丈夫的话转告给了井迟，明晟药业的事情影响太大，内情较为复杂，宁苏意恐怕没那么快被放出来。

魏思远听了个大概情况，那时就劝井迟先回家等消息，井迟跟没听见一样。

井迟扭头望了望不远处的折叠门栏，里面的人进进出出，穿着醒目的蓝色制服，唯独没有宁苏意的身影。

"你先回去吧，"他嗓音低哑地说道。

魏思远正要启动车子，愣了一下，反应过来他说的是"你先回去吧"，不是"先回去吧"。这两者区别很大。

"井总你不回去？"魏思远问。

"你不用管我。"

魏思远劝不动他，把车留给了他，自己从车里拿了一柄备用的黑色雨伞，推开车门，撑开伞下车。雨点砸落在伞面上，声响剧烈。

老爷子下午去的明晟总部，临时召集全部董事开会。会议结束，他便派遣先前留在公司的几个心腹着手搜集资料。

宁宗德挂心他的身体，随身带着药，晚饭时劝他进了些食物，等了半个小时，又倒了一杯热水叮嘱他服药。

夜已深，老爷子丝毫没有要离开的架势，撑着拐杖坐在宁宗德办公室的沙发上等待着什么。

宁宗德看了一眼腕表，凑近他低声说："爸，已经快十点了，我先送您回去休息，等明儿您再来公司坐镇。"

老爷子瞅了他一眼，对他的话置若罔闻。

他大半辈子在商海里浮沉——宁苏意年轻，一时看不透其中的弯弯绕绕，着了那些人的道，不代表他瞧不出这里头的名堂。

若是没内部高层搅和，怎会有人捅出这么大娄子却找不出痕迹？

老爷子闭着眼静坐着，如同山寺里的洪钟，古老而厚重，布满斑驳的岁月痕迹，一旦被撞响，必然声势浩大。

宁宗德劝不住他，只得陪着坐在办公室里干等。

两个人这一等就等到凌晨两点，在此之前，宁宗德泡了两壶茶。老爷子服了药，本不宜饮茶，没听劝地喝了一盏，一直熬到现在。

办公室的门突然被人敲响，在寂静的夜里格外清晰，老爷子睁开混浊的双眼，沉沉地说了声"进"。

推门进来的是一位五十多岁的男人，同样熬红了眼，两鬓的头发有些银白，穿着一件挺括的黑色夹克，手里拿着一沓资料，用三个密封袋封起来。

老爷子看过去，那男人对上他的视线，微微颔首，眼神讳莫如深。

宁宗德和老爷子再回到锦斓苑时已是凌晨三点多了，下了半宿雨，空气里满是潮湿的泥土腥气，混合着草木的淡淡涩味。

老爷子到家也没得片刻歇息，捂着嘴一阵咳嗽，径直去了书房。

别墅上下灯火通明，除了最小的那一个孩子，没人睡得着。

邰淑英听到动静，披上外套从房间里出来，迎上宁宗德，问他："酥酥那边的情况怎么样？"

宁宗德说："听老爷子说，事情有了眉目，你且安心。"

邰淑英长松了一口气。

三天后，宁苏意被放了出来。踏出大门的那一刻，阳光刺眼，她抬手遮在额前挡住眼前的光线，微眯着眼看向脚下的台阶。

身上的衣服还是她被带走时穿的那一套，浅蓝衬衫搭配布料精良厚实的深棕色西装，上面添了好些褶皱，显出了几分狼狈的样子。

她将将踏下去一步，一个身影冲过来攥住她的手臂往他怀里一拉。下一秒，宁苏意被裹进一个温暖干净的怀抱。

那双手臂紧紧地箍着她，手掌按在她后背的肩胛骨上，那似要将她嵌进自己身体里的力度几乎让她喘不上气。

井迟低沉的声音在她的耳畔轻缓地落下，抚平了她心头所有的不安和慌乱情绪："没事了，酥酥别怕，一切有我。"

出来之前，宁苏意心态还算平稳。

此刻，不知是被这过分令人沉溺的怀抱感染，还是被他话语里难掩的深情触动，她心里难得地生出两分委屈的情绪，眼眶干涩又滚烫。

她嗅到熟悉得让人安心的味道，心脏酸酸胀胀的。

"井迟，你先放开我……"他再不退开，她真要呼吸不过来了。

"我不放。"井迟垂下脑袋，下巴蹭到她的发间，呼吸间带出一股股热气，手臂越发搂紧，"你说什么我都不会放开。"

宁苏意微张着嘴唇呼出一口气。她好像也有点儿贪恋这个怀抱的温度，听着他胸腔里急促又紊乱的心跳声，只觉安稳。

井迟讲话的语气比她还委屈："你知道我有多担心你吗？"

我想，我知道。宁苏意终是闭上眼，垂在身侧的手缓缓抬起，抱住他的腰，掌心里也是他的身体的温度，真的好暖和。

良久，宁苏意睁开眼，拍了拍井迟的后背，开口问他："还打算抱多久？"

井迟在心里回答：一辈子。

宁苏意看见从旁边车上下来的两个人，一时窘然，狠狠拍了一下井迟，提高音量说道："我爸妈过来了，放开。"

井迟松开手，一扭头，果然看见宁宗德和邰淑英站在一辆奔驰车旁。两位长辈目光一致地看过来，那眼神里既带着探寻意味又含着些许尴尬之意。

井迟摸了摸鼻尖，礼貌地颔首跟他们打招呼："叔叔，阿姨。"

宁宗德开口："我们过来接酥酥，没想到小迟你比我们先到一步。"

井迟不语。他哪里是先到，这三天他就没离开过。

到了饭点他就买点儿吃的东西对付几口，睡觉就在附近的酒店开间房。他躺在床上根本睡不着，一闭上眼就想到宁苏意只身一人在封闭陌生的环境里有多孤独和无助。

哪怕他有时挨不过困意睡过去，梦里也全是她，很快惊醒。

邰淑英走过去拉住宁苏意的手，打量她的脸，泪水在眼眶里打转："酥酥受苦了。"

宁苏意赶紧抬手给她擦眼泪，声音低柔地说："没那么严重，我很好。"

宁宗德双臂拢着母女俩，拍了拍两个人的背："有什么话咱们回家再说，别挡在门口引人围观。"

几个过路的人投来好奇的眼神，大概最近有关明晟药业的新闻满天飞，宁苏意的样貌早不是什么秘密。

一家三口先后上了车。宁苏意降下车窗，眨了眨困倦的眼，看着车窗外的男人："小迟，你也回去吧。"

她方才被井迟拢进怀里，没仔细看，现在看到他的下眼睑处有一小片青黑色，他的眼睛里也有红血丝，下颌处白净的皮肤上冒出了短短的青色胡楂，可见他这几天没休息好。

井迟朝她挥了挥手："晚点儿我去找你。"

宁苏意顿了一下，没拒绝，升上车窗，身子微微后仰，将后背抵靠在座椅上，闭上眼睛休息。

等车子开走后，井迟钻进自己的车，摸了摸上衣和裤子的口袋，没找到烟，拉开车里的置物格，从里面摸出一盒烟，点燃一支静静地抽着，给自己醒神。

他身体疲累得很，脑海里却有一根名为"兴奋"的神经在跳跃。抽了几口，他将烟拿下来夹在指间，缕缕淡白烟雾散开来。

井迟回想刚刚那一幕，应当不是他的错觉，宁苏意伸手抱了他。

虽然跟他的力气比起来，那双手抱着他的腰的力度轻轻的，可那是她主动、清醒地朝他迈出的一步。

井迟心里很满足，有一种被泡在蜜罐里的感觉。

他忍不住一再回味那一丝丝的甜蜜感，勾了勾嘴角，掐灭了烟，预备回家洗个澡，休息一会儿再去锦斓苑看看她。

一路上宁苏意都在闭目养神，大脑却十分清醒，顺便梳理着一些事情。

警方放她出来前给出的说法是，涉事的人已经被找到了，主谋是明晟药业集团的一个高管，帮手是仓储部的主管。两个人沆瀣一气，欺上瞒下，调换了那批新购的药材，用仓库里没来得及销毁的霉变药材替代，从中私吞了一笔巨款。

经此一事，估计董事会的人不会给她好脸色，搞不好还有一出下马威等着她。她虽不是犯错的人，但身为领导者，眼皮子底下出了这档子事，确实有失察之责。

回到锦斓苑，宁苏意暂时没想太多，先上楼回房洗澡、换衣服。身上这套西装她穿了三天，幸好天气冷，不然早臭了。

她在浴室里泡了好长时间的澡，出来时感觉头重脚轻、昏昏沉沉的，草草吹干头发，躺到了床上。

井迟是两个小时后过来的，换了一身衣服，上身是浅灰色套头毛衣，搭配宽松版的米色休闲裤，头发刚洗过，清清爽爽，蓬松柔软，带着洗发水的香味。

偌大的客厅里只有郜淑英在，他先过去问候了一声。

郜淑英笑道："小迟过来了，快坐。"

"我就不坐了，阿姨，酥酥呢？"

"她从回来起就待在房间里没出来，可能洗完澡要睡一觉，这会儿还没醒。"郜淑英看了一眼挂钟，"要不我上去看看？"

井迟说："我去吧。"

邰淑英不作他想，两个孩子从来感情深厚，很是难得。有些话他们年轻人在一起更容易说出口，宁苏意信赖他，有什么话也乐意向他倾吐。

有他关心宁苏意，邰淑英也放心不少："去吧。"

井迟点头，上楼敲响宁苏意的房门。里面没回应，他等了三四秒，里面仍没有动静，便推门进去。

房间里窗帘都被拉上了，床头柜上照旧亮着一盏台灯，散发着幽微的灯光，床上的被子隆起一块，宁苏意睡得正熟。

井迟放轻脚步，坐在床沿上。温暖的灯光下，她睡得很安稳，长而卷翘的睫毛也安安静静的，不再扇动。

他凑近一点儿替她掖了掖被子，手指触到她的手臂，忽觉那温度有些异于正常体温。

井迟探手去摸她的额头，果然有些烫。

他推了推宁苏意的肩膀，将她叫醒："酥酥，醒醒。"

宁苏意眼皮沉重，咕哝了一声，好久才睁开眼，视线先扫了一圈，然后定在井迟的脸上，终于意识到自己已经回家了。

"你发烧了，恐怕得去一趟医院。"

"不去，家里有退烧药，我吃一粒就好了。"

井迟起身，到楼下去找药。

邰淑英见他脚步匆匆，连忙问："酥酥还没醒吗？"

井迟说："她发烧了，不愿意去医院，我下来给她找退烧药。"

邰淑英蹙着眉"哎呀"了一声，慌里慌张地起身去帮忙找药，跟他一道上楼。

井迟先拿体温枪给宁苏意测了一下，38.7℃，脸色微变。

宁苏意就着井迟递来的温水服用了退烧药，重新躺了下去。

两个人没再打扰她休息，轻手轻脚地退出了房间。

宁苏意一觉睡到深夜才醒。窗帘留了条缝隙，外头的天色已黑，华灯点亮，离得远，她只能看见星星点点的朦胧光晕。

背后出了点儿汗，她起身活动了一下，感觉轻快了不少，就是肚子里空荡荡的，饥饿感比较明显。

这个想法刚起，她就见房门被人从外边推开了。

邰淑英将半边身子探进来，见宁苏意站在窗边拉开窗帘往外看，顿时舒了一口气："你醒了啊，烧退了吗？"

她说着，拿起床头柜上的体温枪再给宁苏意量了一遍，差不多已经退烧了。

"肚子饿不饿？厨房里煨了粥，我去给你盛一点儿过来？"邰淑英抬手，给她理了理睡得凌乱的头发，柔声问道。

宁苏意摸着肚子，笑着说："正好饿了。"

"那好，你先坐一会儿，我下去盛。"

邰淑英见她在沙发上坐下，自己便下楼去盛了一碗白粥佐以两碟小菜，放在木质托盘上端到她的房间里。

宁苏意腾出小桌上的杂物，将托盘放在桌上，对邰淑英说："时间不早了，您回房睡觉去吧，我吃完了自己把碗送去厨房。"

邰淑英陪她坐下来，笑了笑说："我还不困，陪你聊聊天。"

宁苏意拿瓷勺搅了搅碗里的粥，看着腾腾的热气扑上来模糊了视线，觉得暖融融的，有些惬意。

她张口吃了一勺粥，随口问道："爷爷呢？"

"早就去休息了。"邰淑英低叹，"出事那天，你爷爷去公司待到凌晨三点多才回，身体吃不消，这两天都没缓过来。"

宁苏意就知道，自己这么快被放出来是爷爷出面的功劳。

宁苏意慢条斯理地吃完了一小碗白粥。邰淑英问她"还要不要"，听她说"吃饱了"，便把碗、勺连同托盘一起拿走，临了叮嘱她"好生休息，别熬夜"。

门被掩上，隔绝了走廊里漏进来的灯光。

宁苏意到衣帽间重新找出一套睡衣，去浴室简单冲个澡，回到床上后浑身懒洋洋的，但睡了大半天，现在没困意。

她给没电自动关机的手机插上充电器，开了机。

未接来电、未读消息一箩筐，有来自穆景庭、叶繁霜、邹茜恩的，还有一些是来自关系亲近的发小的。

他们听说了网上的事，担心她的情况，奈何面对这种事也没门路，只能一遍遍地打电话、发来消息询问。

宁苏意大致看完消息，拣重要的消息回复了。

她刚给叶繁霜回完消息，叶繁霜就打了一通电话过来。宁苏意笑了笑，心道，这都几点了，估计叶繁霜还在加班。

叶繁霜说："你没事了吧？我看到网上的新闻了，明晟药业的一个高管还有一个什么主管被抓了。"

"没事了，谢谢关心。"

"跟我提什么'谢'字？我也没帮你什么。"叶繁霜确实还在加班，面前摊开亮着屏幕的笔记本电脑，手指滑动触摸屏，一面浏览文件，一面跟宁苏意讲话，"说真的，需不需要我帮你做公关？"

宁苏意仰头笑了一下："我要是你的老板，一准给你加薪。"

上一回她和穆景庭吃饭被狗仔偷拍了，叶繁霜也说要帮她做公关。

但那时候叶繁霜是在开玩笑，眼下不是。

"你以为我跟你说笑呢？涉事人员被抓了没错，但明晟的声誉很难挽回，尤其是你这个老总的名声。你看没看新闻？网友都说那两个人说不定是你的替罪羊。"

"企业公关已经启动了。针对我个人的舆论，那就不需要了吧。"宁苏意一副无所谓的态度，"清者自清。"

"我的大小姐，这世上早就不是一句'清者自清'就能洗脱嫌疑的，网友只愿意相信自己想要相信的事。你当我每年接手那么多的公关案子，相关人员真的都是清白的？我不过是把死的说成活的，再把活的说得更漂亮点儿。"

宁苏意知道她真心为自己考虑，笑说："那么金牌 PR（公共关系）叶女士，你预备怎么帮我做公关？你先说个大致方案。"

叶繁霜笑骂她一句，推开笔记本电脑，点燃一支女士香烟，仰头靠在沙发背上，正经地说道："你知道你身上的闪光点是什么吗？"

宁苏意虚心请教："什么？"

"慈善。"谈到正事，叶繁霜从不说一句废话，精准地切中要害，"你以一人之力创立 SUYI 慈善基金会，救助养老院、福利院里的人；建立希望小学、给偏远地区捐赠医疗器械，大大提高了当地的医疗水平。你私底下做了这么多慈善项目，从未公之于众，这个时候适当报道一些，不论是对你个人还是明晟来说，能够很大程度地挽回形象。"

人心都是柔软的，利用善事牵引广大群众的同情心，让宁苏意重新获得信任，这不失为最有效直接的方式。

但宁苏意不想那样，认为这与她当初成立慈善基金会的目的背道而驰。

"倘若我真想要这些虚名，当初就该以'明晟'的名义来成立慈善基金会，而不是以私人名义。我知道现在很多企业做慈善是为了给公司树立一个良好形象，从而获利——这样做其实没错，哪怕初衷不同，至少做的是善事，受益的是需要帮助的人。但我从没这么想过。"宁苏意强调。

　　叶繁霜摇摇头，被她折服："你呀，我也不是第一天认识你了。你跟井迟一样执拗，我不劝你了。"

　　宁苏意笑道："怎么扯到井迟了？"

　　"你俩都执拗，只不过执着的东西不同。你是执着于普通人无法理解的虚无信念，而他，是对你执着。"

　　"你把我绕晕了，但我肯定，我听明白了。"

　　叶繁霜幽幽地叹气："你明白就好。活成你这样，我是真的觉得累。"

　　两个人就此结束话题。

　　宁苏意与叶繁霜通电话期间，井迟发了一条消息过来。

　　"有没有好点儿？"

　　宁苏意此时回他说"已经退烧了"。

　　井迟见她回了消息，赶紧追加了一条："怎么还没睡？"

　　宁苏意："睡了大半天，再睡就要睡傻了。"

　　过了好一会儿，井迟又叮嘱她："别急着去公司上班，先把身体养好再说。"

　　宁苏意笑着发过去一条语音："知道了，你比我妈还啰唆。"

　　她退出微信，顿了许久，做足心理准备，自虐似的打开社交平台，也不用费心去搜索有关明晟药业的事，这几天随便点开哪个浏览器，搜索一栏里自带的关键词就是这起医疗事故的相关话题。

　　宁苏意首先看到官方通报：徐某、谭某被抓，明晟药业交了上亿元罚款，同一批生产的药品全部被销毁，给死亡病患的家属付了赔偿金……

　　除去这些消息，就是叶繁霜口中所说的群众的"阴谋论"，有人认为被推出去的那两个人不过是宁总的替罪羊。

　　宁苏意面无表情地读着那些文字，有些头疼，懒得再看，以免给自己添堵，丢了手机躺进被窝里。

　　她叹道，最近也不知冲撞了哪路神仙。

　　宁苏意在家休息了一个星期，其间老爷子找她谈了两次话，情绪不高地嘱咐她日后多注意公司的动向。

一场雨过后，近期都是阳光明媚的大晴天，气温有丝丝回暖，后花园里枯败的树木抽出新芽，鲜嫩的绿芽挂在枝头上，十分惹人怜爱。

宁苏意清早起来，梳洗一番后换上一套咖色西装，外套长风衣，下楼吃了早餐，由徐叔开车送去公司。

整个上午的会议开得人头昏脑涨。

不知是不是老爷子事先打过招呼的原因，董事会的人并未对宁苏意发难，只提了一句"监管不严、实属失职"。

宁苏意没反驳，虚心称"是"。

散会后，她回到办公室里，手撑着额头，有些做完力气活精疲力竭的感觉。

梁穗递来一份文件，向她汇报："明晟药业目前的股价跌到历史新低，公关策略换了一套又一套，作用微乎其微。"

宁苏意抬了抬手，轻飘飘地说了一声"知道了"。

下午更是没有一刻得以停歇，她又召集公关部开会。

宁苏意忙到晚上快十点才离开公司，为了方便明早上班，回了钟鼎小区，没回锦斓苑。

她乘电梯时还在想事情，思绪翻飞间，耳边响起清脆的微信提示音。她从包里拿出手机，点开微信看了一眼。

井迟："到了吗？来我家喝汤，喝完再上去睡觉。"

微凉的春夜里，他还在等她，给予她这样一份暖意。

宁苏意把手机揣进风衣口袋，没去十六楼，摁了十五楼的按键，往后退了几步，靠在电梯内壁上静静等待着。

电梯缓缓上行，不多时到了十五楼。电梯门"叮"一声打开，井迟就站在电梯门外迎她，冷峻的面庞被廊灯照得暖融融的。

他说："回来了，累不累？"

宁苏意卸下戴了整天的面具，肩膀瞬间放松，全靠硬挺的风衣强撑出轮廓。她点了点头，直言"很累"。

她身体累，心更累。

井迟接过她手里的提包，带她回自己家。

宁苏意换了鞋进屋，径直坐到客厅里那张柔软的沙发上，将身体陷下去，心情也一并陷落。

井迟去厨房端了一锅汤出来，放在餐桌的垫子上，再折回去拿了两副碗和勺。

熬了好几个钟头的老鸭汤香味飘散出来，浓郁至极。宁苏意本来不觉得饿，被这味道勾得顿时生出饥肠辘辘的错觉。

井迟先给她盛了一碗汤，喊她过来喝。

宁苏意喝着汤，眼睛亮晶晶的，表示味道极好。

井迟坐在她的对面，也在喝汤，眼睛始终盯着她。

宁苏意喝了两碗汤，身体都暖了，疲惫感消了许多。

井迟见她在看腕表，说："要吃水果吗？下午去超市买菜，看到有你爱吃的草莓，买了一些。"

听宁苏意说"好"，井迟便起身打开冰箱，拿出一盒草莓到洗菜池边清洗，去掉了草莓的叶子，只剩光溜溜的果肉，然后装进玻璃碗里端去给她吃。

宁苏意已经离开了餐桌边，盘腿坐在沙发上，风衣和西装都脱了，穿着一件紫藤色绸质条纹衬衫，胸前打了个松松垮垮的领结。

井迟看她拈起草莓吃进嘴里，心情跟着好起来，去收拾餐桌上的餐具，拿去厨房丢进洗碗机，再将有些狼藉的流理台清理了一番，然后回到客厅里。

宁苏意侧身躺在沙发上，呼吸平稳均匀了些。

井迟走近，弓着腰细看她的脸，不确定她是睡着了还是闭眼养神。若是前者，她这么睡肯定要着凉。

于是他轻推了一下她的肩膀，低声唤她："酥酥。"

宁苏意轻不可闻地"嗯"了一声，眼皮微动，大概处在清醒和睡着之间的迷糊状态，声音好似呓语。

井迟也不自觉地放轻了声音，用气声说："你要是困了，我送你回去睡觉好不好？"

"不想动。"

"那在我这儿睡？"井迟低咳一声，替自己辩解了一句，"主卧让给你，我去睡客房。"

"我睡沙发。"宁苏意动了动身子，将脑袋从扶手上挪下来抵在沙发一角，声音慵懒至极，"以前没发现，你家的沙发这么软，我家那个没你这个舒服。"

"一个牌子的，不同款式。"井迟轻笑。

"是吗？不清楚……"

宁苏意打定主意不动弹，井迟也拿她没办法。对她，他就只会无限妥协。

蹲在沙发边守了片刻，见她真不愿起身，井迟摇头轻笑，去楼上房间里抱了一床被子下来，还从衣帽间里拿了件宽松的卫衣和一条运动裤给她当睡衣，总不能让她穿着衬衫和西裤睡觉。

井迟弯着腿，拿膝盖碰了碰她的腿："让你睡沙发就是了。不过你说不想动，澡也不打算洗了？"

沙发宽敞，她身材纤细，浑身没几两肉，睡在上面绰绰有余，夜里应该不会掉下来。

宁苏意抓着手肘坐起身，头发在沙发上摩擦起了静电，好几缕直接飞起来，井迟看着憋不住笑了一声。

宁苏意看他一眼，一脸莫名其妙的表情。

井迟也不解释，把一团被子丢到沙发上，往她怀里塞衣服："你将就穿我的，实在不行，我上十六楼去给你拿你的睡衣。"

想必他还是得去十六楼一趟，这里没有贴身的衣物给她换。

宁苏意看着怀里的衣裳觉得有点儿眼熟，拎起那件卫衣仔细看了片刻。井迟的卫衣大多是黑色，款式也大同小异，看到胸前小小的太空人刺绣，她一下想起来，脱口而出道："这不是温璇穿过的吗？"

井迟下意识地反驳："她什么时候穿……"

话未说完，他就想起确有其事。他喝醉酒的第二天早上，温璇的衣服被水弄湿了，她擅自穿了他的卫衣。

但她穿的不是眼前这一件。温璇后来把那件衣服洗干净了还给他，他没要，重买了一件一样的回来。

可宁苏意是怎么知道这件事的？

井迟直接问了出来。

宁苏意敛目，把手里的卫衣丢在沙发上："我那天早上从外面回来撞见她了。这都多久的事了，不说了。"

她刚迷迷糊糊地睡了一小觉，脑子里乱得很，没多少思考能力，怕说错话，索性站起来："既然醒了，我就回家去睡吧。"

宁苏意捞起自己的西装和风衣挂在臂弯上，拎上提包，不经意间看了一眼钟表，居然已经十二点多了。想到明天早上还有个早会，她就脑袋疼。

井迟握住宁苏意的手腕不让宁苏意走，定要解释清楚："那天喝醉了，半夜醒来发现温璇在家里，让她离开，然后我到楼上卧室去睡觉了。谁知道她那晚没走，第二天早上在厨房里鼓捣，打湿了衣服。她穿走的那件卫衣我没要。给你拿的这件卫衣是我新买的，一模一样，过了水一次没穿过。"

宁苏意挑了挑眉："所以……？"

"所以，你别生气，也别不理我。"

"我没有生气，"宁苏意有点儿无力，"更没有不理你。"

"可是你要走。"井迟声音低了一分。

"我想起来还要卸妆、护肤，好麻烦，还不如回家去睡。我就住楼上，乘电梯上去一点儿不费事。"宁苏意两只手拢住衣服，见他似乎还有些情绪，便转移话题，"对了，你下个月过生日，想要什么生日礼物？你可以现在告诉我。"

井迟瞅着她，没好气地说："你有没有点儿诚意？给人送生日礼物还要问一下，你不能自己研究？"

宁苏意腾出一只手做抚额状，语气无奈地说："行，我自己研究。"

井迟的生日比宁苏意晚了两个多月，是 4 月 22 日这天。

他以前暗恋宁苏意，又被她当亲弟弟看待，还偷偷在心里埋怨过，怎么他妈妈没早几个月生他。如果他比宁苏意先出生，何至于让她一口一个"弟弟"地称呼他？她一开始就把他的身份定得死死的。

生日当天是周一，大家最忙碌的工作日。

宁苏意当然不会忘记他的生日，一早打电话来问："生日准备怎么过？傅明川他们肯定得给你办个派对吧？"

井迟支支吾吾的。

宁苏意："嗯？"

井迟说："往年都是中午在老宅吃顿饭，晚上跟公司里的人去聚餐，他们喝酒喝得面红耳赤，我也不能喝，干坐着没意思得很。"

宁苏意想象了一下他描述的画面，弯唇笑了笑："那你想怎么过？"

"你晚上加班吗？不加班就在家里吃饭吧，我不想跟一群人一起过。"井迟说话时声音轻轻的，带着不确定的试探之意。

宁苏意沉默，听懂了他的言下之意，他想他们两个单独过生日。

那边的人不出声，井迟的心沉沉地坠了下去，他压低声音小心问了一句："可以吗？"

宁苏意一听他略显低落的声音，心就软得稀巴烂，没法言辞强硬地拒绝他，沉吟片刻后说："好吧，我早点儿回去。"

顿了顿，她又交代了一句："你先别做饭，等我回去再说。"

让寿星亲自做饭，宁苏意断然不允许这种情况发生。

井迟知晓她的意图，表情明媚起来，笑嘻嘻地说："你要为我下厨？"

宁苏意不接他的话："要开会了，挂了吧。"

井迟仍旧是笑着的，装模作样地应承她："行，宁总，晚上见。"

原是一句打趣的话，只因他带笑的声音有几许缠绻味道，通过电流落在宁苏意的耳畔，像是丢下一颗火星子，燎得她耳朵热热的。

井迟跟宁苏意约好了，心情大好，用一上午的时间处理完手头的工作，临近十一点，拿上车钥匙走出办公室。

中午他要回一趟雍翠乐府。家里给他备了一桌生日宴，老太太昨夜就给他打了电话，让他别忘了。

井迟穿过办公室外的走廊往电梯间走去，被身后的傅明川叫住。

后面的人三两步走上前，勾住井迟的脖子，另一只手插在西裤口袋里，语声含笑地说："晚上到哪儿消遣啊井总？我朋友新开了一家酒吧，要不去那儿捧场？"

井迟睨他一眼，语气凉凉地说："去什么酒吧，看着你们喝酒快活吗？"

"啧，给你准备气泡水行不行？"傅明川笑得肩膀一颤一颤的。

每当这种时候，他都有种井迟未成年的错觉，谁让井迟滴酒不能沾？

井迟直截了当地推掉了："没兴趣，你们去玩，别带上我，我有安排了。"

"今天你是寿星，没你怎么能行？"傅明川不甘心地追问，"你晚上有什么安排？"

"跟酥……"井迟差点儿说出口，猛然反应过来，自己犯不着跟他交代，于是换了副语气淡淡地说道，"要你管。"

"你不说我也知道，跟你的小青梅单独约会吧？"傅明川跟他一起走进电梯，点了点头，一副了然于心的样子，"你为了小青梅放兄弟鸽子也不是一回两回了。你今天过生日，我就不说刻薄话了，祝你生日快乐，再祝你早日摘下你的小青梅。怎么样？兄弟这祝福够真心实意吧？”

说罢，他还朝井迟做了个单边挑眉的动作，搞得井迟一阵恶寒，让他滚远点儿。

傅明川“哈哈”大笑。

井迟回家吃了顿大餐。

老太太还说他最近是不是工作忙，胃口不佳，怎的没吃几口东西就撂了筷子。

井迟没解释——他是为了留着肚子吃晚上那顿。

宁苏意单为他一个人下厨，机会不可多得。

在老宅待到傍晚，井迟就驱车回到钟鼎小区，乘电梯到十五楼，坐到沙发里，给梁助理发微信：“你老板什么时候下班？”

梁穗在忙，隔了十几分钟才回他：“宁总下午就走了。”

井迟一弹腿从沙发上站起来，趿上拖鞋跑出去，随手摔上了门，到楼上去，进门前先象征性地摁了门铃。

里头没人回应，他就直接开门进去，绕过客厅，果然看见厨房里晃动的身影。

宁苏意穿着一件白色套头羊毛衫，宽松的款式，衣摆能遮到大腿，底下只穿着一条紧身瑜伽裤，头发高高绾起，露出细长的脖颈。柔和的光照着她后颈没被扎起来的碎发，像镀了一层浅浅的金色。

厨房里放了台小音响，正在播放一首粤语老歌，歌手的嗓音十分迷人。

宁苏意在腌制一只嫩鸡，往鸡肚里塞柠檬片、姜片、葱结等等一大堆作料，然后将鸡装进保鲜袋里密封，放去冰箱里冷藏。

她冷不丁地瞥见不远处的一道挺拔身影，被吓了一跳：“你怎么来了？也不吱声，魂都被你吓没了。”

井迟手扶门框，无辜地耸肩轻笑：“我摁了门铃，你没听见。”

宁苏意朝搁置音响的中岛台抬了抬下巴，表示里面在放歌，加之自身在专心备菜，当然没听见外边的动静。

井迟走过去，瞄了一眼流理台，各样食材都备好了，还有一整条处理好的海鱼，旁边切了葱丝和辣椒丝，看样子她打算将其清蒸。

他心情极好：“我听梁助理说你下午就回来了？”

“上午开会，下午没什么事，忙完我就先回家了。”宁苏意一面跟他说话，一面抓起调好味的肉馅儿在手心里搓成一颗颗肉丸，下到热水里，煮十几秒变成浅色，然后捞起来留待稍后做肉丸汤。

"为了给我准备生日宴？"

"你少得意。我备了好些菜，吃不完你试试。"宁苏意说完就让他先出去，别在厨房里分散她的注意力。

井迟没走开，看着她在厨房里走来走去，摸摸这个碰碰那个，很是忙碌的样子。她是为了他而忙碌。

宁苏意不比井迟烧菜利落。她是属于慢条斯理那一类的，所以才会提前好几个小时回到家中，不然以她的手速，到夜里十点都未必能做出一顿生日宴。

"好了，你去把餐桌收拾出来，我拿饮料。"宁苏意忙活好久，终于宣布大功告成，支使井迟干点儿活。

餐桌上的杂物都被收走了，只余一只琥珀色的宽口花瓶，里面插了两枝新鲜的蓝紫色绣球花。宁苏意把菜一一端上桌：一整只烤鸡，周边铺了些烤蔬菜；一条清蒸海鱼，上面用白葱丝和红辣椒丝点缀，浇上半碗热油，激出了香味；一份海鲜煲、一道裙带菜肉丸汤，另外还有两盘家常炒菜。

当然，她给寿星单独煮了一碗长寿面。

寿星不能喝酒，宁苏意拿出一瓶白葡萄汁当作葡萄酒，用以佐餐。

井迟惊叹："这么多菜，我真不一定吃得完。"

宁苏意给两个人的杯子里倒满饮料，收起先前的玩笑话："吃不完就吃不完，反正我一年到头也不会下几次厨，所以一次性做得多了些。"

她坐下来，先举起杯子跟他的杯子碰了一下，祝他生日快乐。

两个人一起用餐，宁苏意原以为会尴尬，实际上一点儿没有。他们聊了些无关紧要的话题，说到井迟的三姐井羡近日可能要从悉尼回来，跟她当机长的丈夫在宁城住一段时间，打算要个小孩。

宁苏意笑了笑，说如此一来恐怕老太太更要催他了。

井迟："不会，我上次跟奶奶说过了，她不会再催我。"

宁苏意愣了愣，讷讷地问："你怎么说的？"

"不告诉你。"井迟"呼哧呼哧"地吃着长寿面，故意卖关子，"你猜。"

宁苏意猜不到。不过他之前说过不会供出她，想必另有一番说法哄得老太太不再催婚。老太太一向偏疼他倒是真的。

他们吃到最后还是剩了不少菜。收拾碗盘的任务交给井迟，宁苏意打开冰箱，从里面取出一个十寸左右的蛋糕。

奶油上撒了一层可可粉，满是甜香巧克力的味道。

井迟洗了手过来，见她正低着头点蜡烛，烛火轻轻摇曳，暖黄微光笼罩着她的漂亮脸蛋。

一米八几的男人僵愣在原地，双目怔怔地望着她柔和的侧脸。他以为她没有买蛋糕。

宁苏意直起身，笑意盈盈地朝他看过去，微抬起下巴："快许愿。"

井迟垂眸看了一眼蛋糕，再抬头看她，黑白分明的眼眸里映着暖融融的烛光，闪烁又晶亮："你什么时候买的？"

宁苏意刚敛下嘴角，闻言又扬唇笑了笑："我可以当你是在夸赞我的手艺吗？"

井迟明白了她的潜台词，更惊讶了："你亲手做的？！"

宁苏意只是笑，也不应声，等同于默认。

上一回她亲手给穆景庭烤了个蛋糕，被井迟在耳边念叨许久。她当时就跟他保证过，等他过生日的时候，她也给他做一个。

井迟从没觉得过生日是这么开心的事，眉梢眼角都是明晃晃的笑意，嘴角上扬的弧度完全掩不住。他闭上眼认认真真地许了个愿望，在宁苏意的注视下吹灭了蜡烛。

两个人晚餐吃得饱，胃里没有空余的地方再吃蛋糕。但井迟不舍得就此浪费她的心意，没用刀切，直接用勺子挖了一口蛋糕送进嘴里，甜度适宜，口感绵密，一吃就知是出自宁苏意之手。

他暗道，终于在生日这天吃到了属于自己的蛋糕——他去年偷偷吃掉的那个蛋糕，是属于穆景庭的生日蛋糕。

宁苏意不打算加餐，只看着他吃，好奇地问道："你许的什么愿？"

井迟："你确定要我说？"

宁苏意对上他过分幽深的目光，一下别过脸，心里隐约猜出大概，慌慌张张地说："我去给你拿礼物。"

井迟挑眉："还有礼物？我以为蛋糕就算礼物了。"

宁苏意不置可否，跑去了楼上的房间，手里拿着一个黑色的礼物盒下来。

淡淡的香味萦绕四周，她把礼盒递到井迟怀里："是男士香水。托英国的朋友专门定制的，世上只此一瓶，够有诚意吧？"

井迟打开香水喷了一下，前调是陈皮混合甘草的味道，有点儿像是中药味，却比药味好闻太多，足够特别。

"酥酥，我不要跟你说谢谢，那样太见外了。"他笑得好开心，"我要跟你说，我好喜欢你。"

送走了井迟，宁苏意检查了一遍厨房，见到处被他清理得干干净净，碗盘的位置也摆放如旧，放心地上楼去了。

洗完澡，她坐在窗边的桌前，打开笔记本电脑开始处理工作。窗开了小半扇，微风浮动，吹拂得她的心也起伏不定。

空气凉丝丝的，吹进来小区里某种不知名的花香。

到十点半，工作处理得差不多了，宁苏意关掉电脑躺到床上，这才有精力想起井迟，想到他临走时靠在门边说的话。

"你现在有没有一点儿喜欢我？哪怕一点点。酥酥，你别骗我，跟我说实话。"

她是怎么回答的？

她沉默了好久，歪着头看他，笑道："我从小到大哪一天不喜欢你了？不喜欢你我能天天跟你玩？"

井迟愣了一下，下一秒就气急败坏地说道："你知道我说的是哪种喜欢！不跟你说了，我走了，你就会顾左右而言他。"

他气呼呼地拿背影对着她，一次也没有回头，径直走进电梯。

想到这儿宁苏意摇头失笑，掀开被子起身，到楼下酒柜里挑瓶红酒启开瓶塞，找出个高脚杯，倒了小半杯酒，轻轻摇晃着。暗红的酒液在杯子里荡来荡去，她仰起脖颈，小口小口地啜着。

晚饭时她没喝酒，现下给补上了。

红酒助眠，她打算喝完这一杯就去睡觉。

这段时间宁苏意过得并不轻松。唯独今天，别说井迟开心，她也是难得地放松了心情。做菜时她听着经典老歌，大脑放空，什么也不想，只想着怎么把菜做得好吃。至少整个下午到晚饭期间，她没去想公司里那些惹人烦恼的事。

许是那杯红酒起了作用，宁苏意一夜安眠，做了个好梦。

翌日，梁穗到办公室来汇报工作，结束后给她说了件事："网上有个新闻工作者写了篇稿子，为明晟澄清的。那篇稿子在微博转载数有几十万，我看了看，内容更偏向于替宁总澄清，很是中肯且动人。"

宁苏意听她这么夸赞，心下好奇："哪篇稿子？你找给我看看。"

梁穗放下文件，去拿了平板电脑过来，登上微博找出那篇稿子给她看："热度不小，估计得上热搜榜。"

宁苏意首先看到屏幕上对方的微博主页，是一位 ID（账号）名叫"小蝴蝶"的博主，粉丝只有三万多，日常分享一些考研经验和撰写的新闻稿，读的是新闻学专业。

至今，她的微博热度最高的就是她前几天写的一篇稿子，正是梁穗口中说的那篇。

宁苏意点开稿子看完，洋洋洒洒五千多字，却无一句赘言。

她放下平板电脑，拿起自己的手机，在微信通讯录里翻了好久，找到一个许久不曾联系过的人，开门见山地问道："网上那篇文章是你写的？"

好半晌，对方回她："哪篇？"

宁苏意："别装傻。"

对方发来一个"憨笑"的表情包。

"你帮我那么多忙，我也没什么能帮你的，只略懂新闻学，随便写写。说实话，我没想过稿子热度会那么高，可见这篇东西广大群众都认同。你就是那么好——你带领的明晟药业肯定也不会差。"

宁苏意没忍住笑意："就你最会说。"

"姐姐，再跟你说一个好消息。我 9 月份会去宁城大学读博，到时候就能见到你了。不过你一定很忙。"

"再忙跟你见面的时间还是有的。"

"等我哟。"这句话后面，那人跟了个"亲吻"的表情包。

宁苏意笑着放下手机，拿起桌面上的平板电脑还给梁穗，跟她说是一个认识多年的妹妹写的新闻稿。

梁穗道了一声"难怪"，细细品读文章，能读出字里行间是偏向宁苏意的。

到 6 月初，明晟药业的股票缓步上升，但远达不到以往的巅峰。好在有两个项目的进展十分顺利，宁苏意拿着文件回了一趟锦斓苑给老爷子过目。

老爷子看得细致，从文件第一页翻到最后，眼见着各个环节都运作起来，笑得眼角的皱纹都堆到了一起。

"苏意啊，你可是了却爷爷的一桩心愿了。"老爷子像是好久都没这么开心过了。

宁苏意附和着轻笑，说自己不过是个策划人，真正施行项目全靠手底下的能人干事，称不上有功劳。

老爷子打量着宁苏意，只觉得她不骄不躁，性子沉稳，有他当年的风范。

宁苏意见没自己什么事就先出了书房。恰好口袋里的手机振动起来，她快步走到阳台上去接通电话："什么事？"

"宁总，您让慈善基金会的一个理事私底下下乡去调查，他发现运送到桐花乡的医疗器械和药品的数目跟原定的对不上。"梁穗汇报，"目前还不晓得是哪个环节出了问题，用不用让那位理事继续查？"

宁苏意目光沉沉地盯着远处。

端午节将至，天气一天比一天热，夜间人都能听到隐隐的蝉声。后花园里花木扶疏，傍晚的夕阳光照下来，油画一般美不胜收。

宁苏意手搭在阳台栏杆上，心里思忖着，慈善事业说起来容易，真正实行就知道里头每一环都马虎不得，不仅仅是把钱财散出去就可以撒手不管，还得核实每一笔钱是否到了真正需要的人手里。

这不，她也就近两个月忙着处理明晟药业的事，没顾得上慈善基金会那边，就出了问题。

捐赠的物品数目为什么对不上？她稍微动脑子想一想，肯定是某些人以为她做慈善是为沽名钓誉，后期基本不管不问，他们好从中捞油水。

宁苏意手指点了点栏杆，说："让邱理事回来，我亲自去查。"

她已经忙完了手头的项目，接下来闲着无事，不如乘机休息一段时间。

一想到有人连送往贫困山区的医疗器械都能昧下，宁苏意就大为光火，但还没到失去理智的地步。她先趁着端午节三天假期，把公司的一应事务安排妥当了，又跟梁穗说明情况，让梁穗接下来一段时间多加注意，有事就给她打电话或是发邮件。

安排好一切，宁苏意订了10号的机票，要先飞往距离桐花乡最近的一个市，再转大巴到镇上，到达之后还得坐车才能到乡下。

邱理事跟她说，等她抵达镇上，会派一个信得过的老师前去接她，让她不必担心找不到路。

宁苏意此行为了调查内情，行事自然低调，预备在桐花乡底下一个名叫丹山村的地方落脚。

　　那里有她去年建成的希望小学。听说学校已在使用，她也好过去看看实情。

　　宁苏意坐在机场的候机室里，行李办了托运，身边只带着一个中号托特包，手机握在手里，连上蓝牙耳机，听着里头播放的一首接一首的老歌。

　　一通电话打过来，中断了音乐软件里的歌声。

　　宁苏意低头看了一眼手机屏幕，脸上半分意料之外的表情都没有，像是早猜到井迟会打来电话。

　　她滑了一下屏幕，耳机里传来井迟的声音，分外急切："我刚才在开会，才看到你给我发的微信，你说你要去哪儿？"

　　实际上她写得清清楚楚，井迟想知道的是她怎么突然要跑到那么远的地方去。

　　他现在慌张得很，猜想是不是自己最近的举动太冒进了，吓到她了，她才要躲得远远的。

　　宁苏意耳边传来机场广播的声音，像是在提醒她留给她的时间不多了。她只好长话短说："慈善基金会出了点儿事，我正好得空，亲自去查一下。"

　　井迟松了一口气，不是自己的原因就好。

　　下一秒他又竖起眉毛，"哼"了一声："你怎么不早告诉我？我好歹是基金会的副秘书长，应该陪你一起去。"

　　宁苏意临登机才与他说明情况，本就存了让他老实待在宁城的心思。她需要一个清静且陌生的环境，认真思考该给他一个怎样的结果。

　　她实在不想继续拖着井迟，更不忍他时时提心吊胆，生怕自己哪里做得不够好就被她踢出局。

　　井小少爷向来是天之骄子，自有傲气，哪怕在恋情里也不该堕落至此。

　　广播在循环播放，宁苏意站起身，一手拎着包，边走边对电话那头的人说："井迟，你不许来找我，我要冷静思考一下，等我回宁城就给你答复。"

　　井迟一下哑了声，沉默半晌才问："什……什么答复？"

　　宁苏意戳穿他的伎俩："别装傻，你知道我说的是什么。"

　　井迟呆住，戳在会议室门口。

　　好几个职员从走廊上经过，瞧见老板一副呆愣的表情，被人勾了魂似的。

　　井迟的呼吸滞了滞，心跳太快，他得用手紧紧按住胸口，仿佛只有这样做才能防止它跳出来。

他张了张嘴，吐出来的每个字都充满艰涩感："会是我想要的答案吗？"

宁苏意时刻注意着前方大屏幕的情况："不知道，或许吧。"

"宁苏意，你害得我抓心挠肺的！"

"那就不说了，我要登机了，再晚一点儿整个机场广播就要叫我的名字了，很丢脸。"宁苏意顿了一下，笑得轻松，"拜拜。"

"哎，你等等……"

等什么等？那边的人已经潇洒地挂了电话，徒留井迟一个人痴痴地对着显示"通话结束"的手机屏幕。

井迟有一股冲动，想立刻飞去机场把人抓过来问个清楚再放她走。

飞机已经起飞了，而且宁苏意说了不让他去找她，还说她要冷静地想一想再给他答复。

井迟真没信心笃定她最终的答复就是他想的，因此除了期待，心情更多的是忐忑，像等待宣判的犯人，既盼着早日下达判决书，又怕结果万劫不复。

等反应过来时，他发现自己忘了问宁苏意打算什么时候回来。万一她三五个月不回宁城，他岂不是要急死？

算了，他一贯会安慰自己，多少年都等了，也不差这一时半刻。只不过在她回来之前他可能再也无心做其他事，只一心盼她归来。

宁苏意只身一人登上飞机，去往一个对她来说全然未知的地方，心却无比平静。

飞机进入平流层，舷窗外天空湛蓝如洗，飘着大朵白云。她拉下遮光板遮住天光，从包里拿出本书，惬意地翻阅起来，满腹度假的心思。

度假的心情在飞机降落后就宣告破碎，她鲜少见到这么荒凉破旧的机场，稍稍调整了一下心态，踏上了机场外的大巴车。

两层的大巴里有一股难闻的窒闷气味，混合着空调散出来的味道，熏得人直皱眉头。宁苏意把买来的车票递给检票员，提着包往后走去。

座位是随便坐的，都没差别，深蓝色的座椅和车窗的帘子上都是长时间未清洗留下的泥垢，油腻腻的。

宁苏意胸脯起伏几下，勉强坐了下去。

到了发车时间，大巴慢悠悠地晃动着向前行驶，宁苏意旁边坐下一个抱小孩的妇女。宁苏意自觉地往里让了让，给这位妈妈挪出更宽的空间。

妇女朝她投来感激的笑容，抱起怀里的孩子掉了个方向，让孩子的脑袋朝宁苏意那边，脚朝过道处，免得小孩的鞋子弄脏宁苏意身上那件一看就很贵的外套。

宁苏意把这举动收在眼底，心里添了一分笑意，扭头透过车窗去看沿路的风景。

大片大片的田畦尽头是连绵不绝的青山，自山间淌下来的一条银白色小溪她都能清楚瞧见。

宁苏意曾去过宁城远郊的福利院，那个废弃船厂改造的地方已经很荒僻，眼前的画面是更为直观的穷乡僻壤。

大巴摇晃了一个多小时，宁苏意终于有些受不住，头晕、犯恶心，估计是那不常见的晕车症在作祟。她把车窗推开两指宽的一条缝隙，脸凑上去呼吸外头的新鲜空气。

没多久，隔着一个过道的中年男人叫嚷道："谁开的窗啊？热风吹进来了，空调都不起作用了，赶紧关了，关了！"

对方说的是夹杂着地方口音的普通话，指责的对象正是宁苏意。

宁苏意不愿生事，将车窗关上，细心地留了一条肉眼不怎么能看清的小缝。

这趟车开了将近三个小时，差不多等于她坐飞机的时间了。车停稳后，宁苏意头一个冲下去，蹲在路边干呕起来。

缓了好半晌，她才直起身，去大巴车侧边掀起的盖子里拖出自己的行李箱。

宁苏意身处一个岔路口，朝路牌指向桐花乡的方向眺望，是一条看不到尽头的柏油路，道路两边，一边是稻田，一边是自建的房屋。

她正想跟那位老师联系，视线尽头就驶来一辆银灰色面包车。

宁苏意按住头顶的遮阳帽，仔细辨认那辆车。

面包车开到路口停下，驾驶座的车门被打开，下来一个二十多岁的男人。男人穿着蓝白细条纹的短袖衬衫，扣子系到最上面一颗，衣摆掖进了浅棕色休闲裤里，脚上是一双洗得泛黄的白色运动鞋，皮肤是自然健康的颜色，理着短发，身形清瘦，浑身透着一股"知识青年"的清雅气质。

他定睛看了宁苏意几眼，询问："是……宁总？"

宁苏意点了点头："我是。"

男人立马在衬衫上抹了抹手掌，伸出手去打招呼："您好，您好，我是周越，丹山希望小学的老师。邱理事跟我说过您今天会过来。实在不好意思，临时用车发现没油了，加油站在一条岔路上，我来晚了。"

宁苏意握了一下他的手，笑道："没关系，我也刚到。"

周越连忙提起她脚边立着的行李箱，将其放进后备厢，给她拉开后座的车门："天太热了，您快上去坐。村里给您安排了住处，我现在带您过去。"

宁苏意说："我坐前面吧，有点儿晕车。"

"行。"

周越推上后座的车门，准备给她打开副驾驶座的车门，宁苏意已经先他一步自己动手拉开，坐了上去。

周越摸了摸后脑勺，绕去驾驶座，从车里找出一瓶矿泉水给她。

宁苏意拧开瓶盖喝了几口水，见他在调空调的温度，问了一句："我能开窗吗？"

周越连连颔首："能的，能的。"

宁苏意开了自己这边的车窗，车子启动后，悠悠的风吹进来，虽带着些许初夏燥热的温度，却比空调风舒服太多。

周越怕她晕车难受，车子开得慢，可乡下道路不好，前几天又一直在下雨，路面泥泞不堪，车子难免颠簸。

他频频用余光打量宁苏意，怕她面露不满之色，掉头就走。

可她耐心得很，摘了帽子放在腿上，一手拿着矿泉水瓶，手肘搁在窗沿，露出手腕上一串白玉菩提子。风吹起她绑得松松的马尾，几缕发丝散乱在脸侧，她的皮肤细腻白皙，只脸颊处生有一粒淡色小痣，面容冷淡，却难掩惊艳之色。

周越低咳了一声，收回目光专心开车："十里八乡的人早就听说过您的名字，十分感谢您捐建的希望小学。以往邻近几个村的孩子都要到老远的地方上学，年纪小的学生又不能住校，得走两个小时的路去学校，现在方便了好多，年后还有支教老师过来帮忙。我代替那些孩子谢谢您。"

在他开口说第一个字时，宁苏意就转过头看向他，认真听他讲话，没再看车窗外的山区风光。

等他说完，宁苏意笑着把吹到脸上的头发别到耳后："你千万别这么说，我能做的事有限。至于孩子们的谢意，我就不谦虚地受了。"

她口气亲和，不拘泥——周越笑起来，心口都是热的。

第十章
梦见你答应当我的女朋友了

从镇上到村里车子开了四十分钟左右，宁苏意以前总觉得时间转瞬即逝，现在却感觉一秒都无限漫长。

周越见她难受的模样，跟她解释："连下了几天雨，都是积水，路不好走。"

宁苏意点了点头，没精力说话。

她跳下车，臂弯上挎着包站在路边，远远地就看见了那栋新建的学校。那栋楼有五层，外壁被粉刷得雪白，在一众低矮的房屋面前显得鹤立鸡群。前面是水泥地的操场，正中央的五星红旗随风飘荡。

宁苏意环顾四周，三面环山的地区，空气比城市里清新，可实在偏僻，到镇上都得好长时间，更何况是到县里、市里。

宁苏意四处观察的工夫，周越帮忙把后备厢里的行李箱卸了下来。路面不平整，不好推滚轮，他提在手里："走吧，那边是给你安排的房子。"

附近一片地区大多是一层两层的自建房，留给宁苏意的是一间平房，面积倒宽敞，里面的设施就不必提了。

房屋的格局是宁苏意之前没见过的。她一进大门，左侧是一间独立的厨房，门敞开着，里面堆砌着烧柴的土灶。大概是安排的人员考虑到宁苏意要住一段时间，单独辟出了一块地方，放了一罐煤气，旁边是一个小小的煤气灶。她再往里走是一方小院，院子里栽种了些花花草草。穿过小院当中的石板路，她拾级而上，又是一道门，进去便是堂屋，靠墙放着一张八仙桌、几把木椅，左右两侧各有一间房。

宁苏意看得出来，屋里屋外都被仔细清扫过，干干净净，只是家具有些陈旧，不过不至于不能住人。

周越跟在她身后，放下手里提着的行李箱，指着左边那间房说："这房子就单给你一个人住。右边那间房空着，你不用担心有人打搅你。要是有什么需要的东西，你可以跟我说。"

宁苏意说了声"谢谢"，便坐在木椅上歇息。

周越指了指院子北边的小门，跟她说："那是卫生间，可以用来洗澡，"他挠了挠眉尾，声音低了些，"上厕所得去外边的公厕，里面没安装管道。"

宁苏意一一记下。

"那就没什么事了，你先收拾，我出去一下，一会儿过来接你吃饭。"周越说，"乡亲们一早知道你要来，准备了一桌筵席，在村干部家里。"

宁苏意愣了一下，这一点在她的计划之外，但也不是很难接受："好，我知道了。"

周越穿过院子，出了大门。

宁苏意擦了擦额头上的汗，拿出手机看了一眼，庆幸手机还有信号，只是偶尔会从 4G 变成 3G。

她一贯是泰山崩于前而面不改色，稍事歇息，便推着行李箱去了左侧那间房。

房间里有一张木床，罩着白色蚊帐，蚊帐两边用挂钩钩着。床上换了干净的床单和被罩，浅蓝色的格子点缀白色小雏菊。床边搁了个老式的雕花床头柜，柜旁是一台电扇。临窗的地方放着一张木桌，上面除了一面圆镜，再无其他东西，可做简易的梳妆台。

宁苏意拉开木柜，里面是空的，飘散出淡淡的木头味道。她先把行李箱打开，拿衣架撑起衣服挂进去，再把一应生活用品放到桌子上，笔记本电脑被丢到床上。

她没在屋里看见电视，不知有没有网线。

宁苏意收拾好东西，出了一身汗，拿上一套干净衣服去卫生间。里头更是简陋，除了洗漱台就只有一个淋浴的喷头。

想到夜晚上厕所要去外面，她心里还是有点儿怵的。

洗完澡，宁苏意穿上简单的白 T 恤和休闲裤，挽起裤脚，趿拉着拖鞋走回堂屋，用毛巾擦着头发。

手机在房间里响个不停，宁苏意把毛巾搭在肩上，快步走进房间，从床上拿起手机，是井迟发来了视频通话邀请。

宁苏意按下接通键，画面晃了一下，出现井迟的脸。他已经回到钟鼎小区的房子里，屋子明亮又复古，满眼低调奢华的装饰，头顶璀璨的灯光笼着他俊美的面庞。

井迟看见她身后的木头柜子，眉头顿时皱了起来："你住在什么地方？把镜头转过去让我瞧一眼。"

宁苏意调成后置摄像头，拿着手机在屋里扫了一圈，不放过任何一个角落。

然后她就听见井迟在那边嫌弃又担忧地说："这里能住人？跟个棺材铺子似的，窗户连帘子都没有，人家一进院子就能看见你的房间里的景象，有没有点儿隐私？还有那蚊帐，根本防不住蚊子！你被蚊子一咬一个大包……"

宁苏意打断他的话："我点蚊香行不行？"

"胡扯，你闻不惯蚊香那味道。"

"大少爷，我是下乡来调查的，不是来度假的。"宁苏意无语，"都说了是贫困山区，这样的条件已经很不错了，我能克服。"

他别把她想象成四体不勤五谷不分的娇贵小姐，她不是。能有个洗澡的地方，她就十分满意了。

井迟郁闷地嘟囔："你能克服，我不能。"

"这不是没让你来？"宁苏意笑道。

"不是，"井迟着急地辩解，"我的意思是，你能克服，可我不忍心看你克服！我难受都不行？"

"好了，你不用担心我。大不了我每天跟你报备情况。"

"你最好是这样。"井迟看着她那边的荒凉破屋，心还是揪了起来，叹了一口气，无奈地说道，"你把镜头转过来，让我看看你。"

宁苏意："我有什么好看的？挂了吧。我要擦头发，等会儿去外面吃饭，中午在飞机上没吃。"

井迟依依不舍地挂断了视频通话，心里还在想，不知道她那地方的电压稳不稳，万一碰上雷雨天气停了电，她身边没个熟悉的人照应可怎么办……

宁苏意放下手机，拿起毛巾继续擦头发，隔了一个院子的大门传来敲门声。

她洗澡的时候担心有人进来，把大门给闩上了。

宁苏意穿过小院前去开门。

周越扛着一箱矿泉水进来，累得满头大汗："下雨的缘故，自来水里一股土腥气，还有不少杂质，倒一杯水静置一会儿杯底就能落一层黄土末子。你要喝水就喝这个，想喝热的灌进热水壶里烧开。"

宁苏意挺不好意思的："麻烦你了。"

"这点儿小事，不值一提。"周越把一箱矿泉水挨墙放下，拍了拍衬衫上的褶皱，"收拾好了吗？好了我们就出发。"

宁苏意说："马上。"

她回房间换了双运动鞋，来不及化妆，一张脸白白净净的，披散着半干的乌黑长发，跟着周越出了门。

宁苏意沿着路边走着，听周越讲一些小学和村里的事。

他是这个村子里考出去的大学生，父母早亡，乡亲们东拼西凑地出钱资助他上学。他学成之后就回来教书，回报当年的恩情。

之前，他在桐花乡里另一所学校当老师。自从去年建了希望小学，他就换了地方，来这里教学。

两个人说着话，吃饭的地方就到了。门口站着一个微胖的妇女，妇女的手里牵着一个小姑娘，皆被晒红了脸。

周越给宁苏意介绍："这是李阿姨，村里厨艺最好的人，负责这次筵席的菜肴。"

宁苏意笑了笑，同李阿姨打招呼，伸手摸了摸她身边穿着碎花裙子的小女孩的脸蛋，柔声问小女孩："你叫什么名字呀？"

小女孩脆生生地回答："乐吉。"

宁苏意又问："姓什么？"

"姓宁，安宁的宁。"

宁苏意佯装惊讶："真有缘分，你跟我一个姓，我也姓宁。"

小女孩眨着圆溜溜的眼睛，牵着她的手往屋子里走去。堂屋里坐了好些人，闻声都出来迎接她。一时间她耳边充满淳朴的感谢词，场面十分热闹，宁苏意有些受宠若惊。

宁苏意谢绝了大家让她坐主位的好意，坐去李阿姨身边，另一边坐着乐吉。

大家虽然很热情，但也有几分拘谨，怕她不适应这里，没给她夹菜，只催她多吃些，还道乡野间没什么好东西。

盛情难却，宁苏意吃了好些菜，喝了半杯饮料。听他们一口一个"大恩人"地叫着，一向淡定的她脸都要红了。

还有人说："先前说是个女企业家捐建的学校，我还以为是上了年纪的女企业家，没想到宁总你这么年轻。"

宁苏意不知说什么好，以微笑回应。

幸好周越适时开口解救了她："快别聊了，吃菜，吃菜。李阿姨做这么多菜，不吃浪费了。"

宁苏意吃饱先离了席，走到院子里。

不多时李阿姨也出来了，任由几个男人在里边喝酒聊天。

宁苏意走过去，悄声问李阿姨厕所在哪里。

李阿姨带她出了门，往房屋后面的狭窄巷子里走去。一股冲天臭味扑鼻而来，宁苏意差点儿把刚吃的饭吐出来。

李阿姨指了指那道破旧的小木门："这里就是了，我在外边守着，有事你叫我一声。"

宁苏意打开了手机的手电筒，推开那扇门，还没进去就偏头干呕了一下。对上李阿姨带笑的眼睛，她窘迫极了。

李阿姨了然，也无措："是不是太臭了？要不我给你找个桶……"

宁苏意连连摆手，英勇就义一般屏住呼吸冲进去，不消片刻就跑了出来，大口呼吸着新鲜空气。

周越吃完饭出来，看见李阿姨和宁苏意坐在门口的石桌旁聊天。他单手插进裤子口袋，默默看了一会儿，见天色已晚，扬声问："宁总，现在要回去吗？我送您。周边的小路恐怕您还没认全，会迷路的。"

宁苏意起身跟李阿姨告辞，和周越一道回去。

她想起什么，纠正他："别总叫我宁总了，你叫我宁苏意就行。"

周越顿了顿，试着称呼："宁苏意？"

宁苏意："嗯。"

乡下的夜晚十分寂静，没有汽车的喧嚣鸣笛声，也没有彻夜常亮的霓虹灯，只有不知名的虫子发出的声音和路边草丛里一闪一闪的萤火虫。

四周漆黑，没有路灯，宁苏意始终开着手机的手电筒照明，没料到还是有所疏忽，不留神一脚踩进积了雨水的坑里，身子跟着趔趄了一下。

周越手疾眼快地伸手攥住她的手臂，只一秒宁苏意就挣开他的手站直身体，隔开了两个人之间的距离。

周越没觉察到她的异常之处，紧张地问道："有没有崴伤脚？"

"水坑不是很深，没有崴到。"宁苏意的声音有些许不自然，她确实没崴到脚，但运动鞋全湿了。

宁苏意当晚就失眠了，因为突然换了个陌生的地方，加之她的睡眠状况本就不好，睡不着才是正常的。

没什么娱乐活动消遣时间，她靠在床上打开笔记本电脑，没有 Wi-Fi，只能开手机热点联网，登上邮箱查看未读邮件。

到凌晨三点多她才睡下，时而被蚊子"嗡嗡"声吵醒，第一夜睡得很不安稳。

她唯一感到舒服的是，这个房间临后山那面墙也开了一扇小窗，夜里山风吹进来，十分凉爽，电风扇成了摆设。

宁苏意不需上班，临睡前关了第二天早上的闹铃，第二天睡到上午十点才起。

洗漱过后她打开大门，门边墙根处被堆了好些食材，拿红红绿绿的塑料袋子装着，青椒、西红柿、黄瓜、茄子、豆角，还有好大一个南瓜。

宁苏意愣住，走出来四下张望，不见半个人影。

她分了好几趟才把菜搬到厨房里，给周越发了条微信询问是不是他送来的菜——他们昨天回来时加上的微信，之前只留了电话号码。

周越在上课，下课了才回她："是乡亲们送的，免得你去集市上买菜。"

宁苏意："帮我跟他们说谢谢。"

周越回了一个"好"字。

宁苏意早餐吃得简单，煮了一碗素面条，洗干净几棵鸡毛菜丢了进去。吃完她就出门到附近闲逛，发现昨夜差点儿让她栽倒的水坑里被垫了两块青砖——她不必再担心踩上去弄湿鞋袜。

宁苏意拿手机对着平平无奇的水坑拍了一张照片，记录微小的感动瞬间。

来丹山村的第三天下起了大雨，宁苏意在家里待了一天，坐在临窗的桌前办公，能听到后山"潺潺"的水声。

她泡了杯茶，听着雨声和流水声，接着处理工作。

手机铃声响起，见是井迟打来的视频电话，宁苏意推开笔记本电脑，拿起一边的手机，靠在椅背上接通视频通话。

井迟不在家里，在公司的办公室里。他背后是白色的百叶窗，窗帘被拉到顶端，框出宁城的炎炎夏日，隔着屏幕宁苏意都能感觉到暑气蒸腾。

"在做什么？"他问。

宁苏意晃了晃手机屏幕，让他看一眼窗外的天色："外面在下雨，出不去，我在家里处理一点儿工作。"

"什么？"

"我说，外边在下雨……"宁苏意以为雨声太大他听不清楚，提高了音量。

而井迟在那边只听得见断断续续卡顿的声音，紧接着连她的脸也卡得一动不动，变成打了马赛克一般的模糊画面。

下一秒，井迟就看到屏幕上系统提示：当前通话对方网络不佳。

井迟败给了山区里糟糕的网络信号，挂了视频通话，改为给宁苏意发文字消息："你那边信号不好，我这边看到的画面卡成幻灯片了！"

他的文字里充满了暴躁情绪。

事实上，井迟确实有些暴躁。

见不到宁苏意的日子，他每天就靠几分钟、十几分钟的视频通话聊以慰藉，却还要被差到极点的网络信号中断，真不知道自己还能忍几天。

宁苏意接收消息很慢，过了好久才给他回复消息："哦，那等信号好了再联系吧。这边雨下得很大，可能与这个有关。"

井迟气得把手机丢在桌上，脚跟蹬地，万向轮的椅子往后滑了一段。他整个人都处在崩溃的边缘。

傅明川端着杯咖啡路过他的办公室门口，探头往里瞄了一眼，见他滑动椅子向前抓起办公桌上的手机，低头点了几下。

傅明川心里好奇，啜了一口咖啡，走进去抻着脖子窥视井迟的手机屏幕。那上面居然是订票界面，始发地是宁城，目的地是一座傅明川没听过的城市。

傅明川把咖啡杯搁在桌上，没控制住音量，声音有些尖锐："你疯了？泰辰科技 B 轮融资，说好了是你的任务，你别想再放我鸽子！我的老母亲病了，我今儿就在公司里待一天，明天就得回去！你不干活谁干活？"

井迟的手指悬在橙色的"选购"键上方，他迟迟没按下去，这张票终是没订成功。

傅明川调侃了一句："你真是色令智昏。"

别以为他不知道井迟订机票是要去找谁。

见井迟冷静下来，傅明川松了一口气，端着咖啡杯出了办公室。

远在千里之外的山区连下了两天的大雨。

宁苏意早起刷牙，打开水龙头，流出来的水都带着黄土的颜色，里面满是杂质，与周越上次描述的一致。

她已经适应了这边的生活，趁着雨停，拿着杯子出了门，在门口用潜水泵压干净的地下水刷牙洗了脸。

吃过早饭，她换了一身轻便的白色运动装，步行去希望小学。

她事先没跟任何人说，悄悄去的。

校门口没有门卫，正是上课时间，操场上空无一人。水泥地上残留着前些天被雨水摧残的树叶，围墙角落处冒出小簇小簇的野草，风裹着雨水的凉意。

宁苏意双手插进口袋里，站在一楼走廊上，透过窗户看进教室里。

几十张课桌挨着，有的课桌边坐三个学生。孩子们两条手臂交叠，规规矩矩地放在桌面上，眨着懵懂的眼睛看向黑板。

这些孩子的生活和学习条件远比宁苏意以为的要艰苦许多。他们穿着破旧的衣服，裤腿上都是泥水。个别孩子穿的橡胶鞋都被磨破了，露出被雨水泡得发白的脚趾，小脸上也有干掉的泥点，像在泥坑里打了个滚。

靠窗坐的乐吉先看见了宁苏意，朝她笑了笑。

讲台上正在教数学的周越点了乐吉的名字："乐吉，认真听讲……"

周越注意到窗外的宁苏意，微微一怔，连忙放下手里的粉笔和课本，走出来同她打招呼："你怎么过来了？要不要我带你参观一下？"

宁苏意回道："我就是心血来潮过来看看，你快去上课吧，别让孩子们久等了。"

周越邀请她进来旁听，然后走上讲台接着上课。

乐吉扭了好几次头去看坐在教室后面的宁苏意，被周越发现，叫到讲台上做题。

宁苏意看得好笑，心里又酸涩又有些难过，也说不清为了什么。

下课铃响了，是老式的铁铸铃，响声清脆得有些刺耳。

周越拿着书和教案走到宁苏意面前，她沉默着跟他一起出了教室。他叫乐吉帮忙把书送到办公室，自己带宁苏意逛校园。

"班里的学生年龄参差不齐，大的大小的小，让你见笑了。"

宁苏意摇了摇头。

沉默了好久，宁苏意开口说："有什么地方需要我帮忙的吗？"

周越笑了笑，转头看着她说："你已经帮了很大的忙。"

这些日子以来，他没再把她看作高高在上的宁总，话语间流露的态度也是待她跟相熟的朋友一般。

宁苏意心里想着，还是要再帮一把，不然自己这一趟就白来了，也白白辜负了那些可爱可亲的乡亲对她的付出——无论风雨，她家门口的蔬菜就没断过，都是他们自家菜园子里栽种的，他们也是挑最好的送来。

回家后宁苏意打开笔记本电脑，连上手机热点，编辑邮件给慈善基金会的理事发了过去。

距离隔得远，快递也要慢好几天，她 14 号发出去的邮件，慈善基金会那边的人筹备了几天，运送过来的物资 23 号终于到了。

宁苏意的手机里进来一条快递到站的提醒短信，奈何短信上写的快递接收点地址实在模糊，什么"利民超市斜对门五十米处的巷子里"，她连利民超市在哪儿都不清楚。

恰好是周日，她便向周越求助。

周越说街上就三个快递点，表示那地方他知道，要去帮她取。

宁苏意提醒他："你可能得开一辆大点儿的车，东西有点儿多，那面包车不一定装得下。"

最终宁苏意和周越一起去的。他借了一辆别人运货的大三轮车，载上了宁苏意，启动后发出"突突突"的声音。

周越笑着问："不晕车吧？"

宁苏意想到刚来那一天的情形，笑得眼睛眯了起来。她承认，早已习惯这坑洼不平的乡间路。

"这不是敞篷车吗？当然不晕。"宁苏意开玩笑道。

周越朗声笑起来，笑声被风吹远。

两个人到达快递存放点，就见十几个大大小小的包裹被码成一座小山堆在地上。周越愣了愣，转过身问宁苏意："你买的什么东西？"

对上周越的视线，宁苏意声音含笑地说："买给孩子们的东西，我上次参观完学校回去后，让慈善基金会的人准备的，快递运了好些天。"

周越："你真是……"

他找不出形容词来表述，大概这世上所有代表美好的词都能用到她身上。

宁苏意知道他要说什么，可能是感激的话。她不想听，已经听得够多了。她故作烦恼地说："我只是个出钱的人，出不了力。"她抬了抬下巴，"还得麻烦周老师你将东西搬到车上，再运送到学校去。"

周越无奈地笑了笑，跟快递点的老板协作，把地上的包裹搬到了车里。

回去的路上，那些包裹差点儿挤得宁苏意没地方坐。

周一上午，宁苏意和周越一起去学校，给孩子们分发新衣服、课外书，还有一整套文具。

宁苏意额外给女孩子们准备了一个小包，里面装着几件小背心、一堆发卡。

这一节是体育课，男孩子比较顽皮，领完新衣服就开开心心地跑远了。女孩们则坐在宁苏意身边，围着她像小麻雀一样"叽叽喳喳"地说个不停。

宁苏意起了兴致，给她们梳头发。她手艺不佳，只会梳简单的发型，编两条辫子，一边别上一枚色彩鲜亮的发卡。

小姑娘们给足面子，直夸她梳的头发好看，个个开心得手舞足蹈。宁苏意听得颇有成就感。

周越站在办公室后门口处看了许久，杯里的茶变凉了都没觉察，只觉得风吹起她的头发的画面那样美好，像她第一次坐在他的车上，风从侧边的车窗吹进来，撩得她长发乱飞，她用手指钩住别到耳后的画面。

宁苏意在学校里待了一整天，忙这忙那，等孩子们都放学了才回到家中。身上弄得到处是灰尘，出了好多汗，她便先去卫生间洗澡。

洗完澡出来，她一边擦头发一边思考晚上吃什么。

冰箱里有一块鲜牛肉，可以和芹菜凑一起做一道小炒，再拍个黄瓜拌一拌，添一道凉菜。

将头发擦得半干后，宁苏意打开冰箱拿出芹菜和牛肉，听见外面有人叫她："宁姐姐，你在家吗？"

这好像是乐吉的声音，宁苏意不确定，放下手里的东西答了一声"我在"，过去开门。

来人果然是乐吉。

小姑娘还顶着宁苏意白天给她梳的辫子，两边各别了一枚粉色的蝴蝶结发卡。她手里捧着个宽口大瓷钵，里面盛着刚蒸出来的包子，还冒着白白的热气，很烫，钵底垫了一块打湿的布。

宁苏意忙不迭地将瓷钵接过来："手有没有被烫到？"

"没有，我小心着呢。"乐吉解放了双手，往额头上抹了一把汗，嘟着嘴呼气，"我姨妈刚蒸出来的，让我给你送来。"她补充了一句，"是……荠菜馅儿的。"

说罢乐吉仰起头，怯怯地看向宁苏意，怕她不喜欢吃。

乐吉的姨妈就是上次款待宁苏意的李阿姨。宁苏意只知道她做菜的手艺好，没想到做出来的包子也跟早餐店里卖的相差无几。

晚饭有着落了，她不用再忙活下厨的事了。

宁苏意说："谢谢。你要留下来一起吃吗？我一个人吃不完这么多。"

她平日里吃饭都是一个人吃，难得过来个人陪她。

乐吉当然想跟她多待一会儿，高兴地点了点头。

她很喜欢宁苏意。在乐吉心里，宁苏意就是上天派来的仙女，给他们送了好多衣服和文具，还有课外书。她长这么大没有读过那么好看的书，里面有彩色的插画和许多篇有趣的故事。她捧着书都不舍得看，生怕读完就没有新故事了。

宁苏意笑起来总是像微风一样舒服，身上香香的，头发也是香的……其实乐吉有些不好意思跟她靠太近。

宁苏意没觉察到小姑娘敏感的心思，让她找地方坐，自己进厨房做了一道青菜蛋花汤，一人盛了一碗端到堂屋里去吃。

乐吉咬一口包子，喝一口蛋汤，埋着头小声说："班里的同学今天都好开心，谢谢你送给我们的礼物。"

"你已经跟我说过谢谢了，不用客气，我们是朋友。"宁苏意一本正经地跟她交谈，全然是对待平等的大人的态度，没有敷衍。

乐吉睁大眼睛，睫毛像两把小扇子一般快速扇了扇，重复她的话："朋友？"

宁苏意喝了一口汤，抬头看着她，眼里染上笑意："难道不是吗？"

乐吉回过神来重重点头，强调了一遍："是，我们是朋友。"

宁苏意吃完一个包子，忍不住又拿了一个，不禁夸赞："你姨妈的手艺真好，比我吃过的包子铺里卖的包子还好吃，我回去以后肯定会想念的。"

乐吉本来弯着月牙儿般的眼睛笑得很开心，闻言顿时觉得嘴里的包子没味道了。

小孩子不会掩藏情绪，失落和难过的表情都明明白白地写在脸上，嘴角的弧度一点点地落了下去，嘴巴都能挂起油壶了。

见乐吉突然间愣着一动不动，眼睛里泛起亮闪闪的水光，宁苏意有些慌乱地问："怎么了？咬到舌头了？"

乐吉摇头，执拗地问："你要走了吗？"

宁苏意伸手抚了抚她的额头，用安慰的语气说道："没有那么快离开，我还要调查一些事情，会多住一段时间。"

乐吉的心情并没有因为她的话好转，仍旧很失落。

她意识到，就算宁苏意现在不走，以后也会走的，宁苏意不可能永远待在这里陪着他们。就像那些前来支教的老师，来来回回换了好几拨，除了周老师，他们最后都走了。

吃完饭，宁苏意收拾了碗筷拿去厨房。乐吉没离开，坐在堂屋外的台阶上，垂着脑袋偷偷抹眼泪。

月光照下来，她的小脸上泪痕清晰又晶亮，见宁苏意走近，她就赶紧把脸埋进臂弯里，不让宁苏意看见。

宁苏意默默地在她身旁坐下，手臂搂着她瘦小的身体，将她按在自己的怀里。

乐吉只觉得自己被甜甜的花香味环绕，跟妈妈的怀抱是完全不一样的感觉，太美好了。她舍不得睁眼，害怕这是个支离的梦。

宁苏意悦耳的声音在她的头顶响起，月光一般轻柔："乐吉，你看看天上的月亮。"

乐吉慢慢从她怀里退出来，抬头仰望浩瀚夜空，今天是农历二十二，月亮的形状像极了一瓣切好的西瓜，没什么稀奇的。

这样的月亮，乐吉经常能看到，不懂宁苏意叫她看月亮的意图。

宁苏意轻声告诉她："月有阴晴圆缺，人有悲欢离合。你以后会学到这首词，到时候就能明白这句话是什么意思了。"

乐吉睫毛上挂着泪珠，懵懂地说："可我现在不明白。"

"你看天上的月亮有时圆满有时缺失，人间也一样，有快乐悲伤也有分离和重聚，自古以来都是这样。你努力读书，总有一天我们会再见面的。那些不能见面的日子，我们看同一轮月亮，是不是也觉得相隔得不是很远？"

乐吉大致能听懂，但是不能接受，她的情绪好不了了。

宁苏意也不强求乐吉完全理解自己的意思，只给乐吉举了一个最简单的例子："我很久以前资助过一个妹妹，我们平时见不到面，她学习很刻苦，再过不久就要到我所在的城市读博士，以后我们就能经常见面了。"

乐吉这下明白了，倏地站起来说道："从今天起，我也要好好学习！不对，今天快过完了，从明天起！"

宁苏意赞许地点了点头，竖起一只手："Give me five（击掌）。"

乐吉："嗯？"

"击掌的意思，相当于盖章，盖完章你就不能不认账了。"宁苏意一副很认真的神情，跟她说，"乐吉，你要争取走出这里，我等着你来找我。"

乐吉也绷着张稚嫩的小脸，跟她击了响亮的一掌，保证自己一定做到。

教乐吉他们班英语课的女老师雨天路滑摔伤了腿，无法久站，请了几天病假。学校教师资源紧张，宁苏意临危受命，暂代英语老师一职。

别的科目或许不能胜任，英语老师她勉强可以当一当。

周越说她太谦虚，还说他偷偷站在教室后门处听了半节课，她那发音都能当翻译了，教这些小孩绰绰有余。

乐吉最积极，上课举手回答问题，下课还要追着宁苏意请教。她跟别的小朋友相比，与宁苏意的关系更为亲近一些，惹得别的同学羡慕得不行。

课余时间，宁苏意走访了乡里的几家医院了解情况。

她访问到最后一家时，是院长腾出时间亲自招待的她，两个人在办公室里谈的话。

老院长戴着啤酒瓶底那么厚的眼镜，拿遥控器调低了空调的温度，担心宁苏意热。

"先前有一个姓邱的男人过来调查过,他是你们慈善基金会的人?"老院长边说,边从抽屉里拿出一本册子,上面记录着目前受赠的医疗器械和药品数量。

宁苏意说:"他是我们的同事。"

"哦,我也不太敢信任他,只粗略地说了些情况,没全部交代。"院长把册子交给她,"我们这医院缺 CT、核磁共振,小的器械也时常不够用,像是输液泵、电子血压计,这些东西都很急需。几个月前有人过来做统计,我按照需求报了数目,后来就……"

他的声音越发低了下去,略显沧桑。

宁苏意低头翻看着册子。

院长趁她查看册子的工夫,仔细与她说明:"我们作为受赠方,支付了保险费、安装费等等,但实际上运送过来的器械和药品数目远没有达到当初核对好的数目。我知道这毕竟是别人好意捐赠的,说到底是我们占了便宜,即使出了问题,我们也不好意思提要求、上报情况。"

宁苏意震惊不已,丢下册子,直愣愣地看着他问:"您说有人要求你们交付保险费、安装费?"

"不只是这些费用呢,还有什么……哦,对了,还交了设备运输费。"

院长再次拉开抽屉,从里头拿出几张票据单子给她看。因为有些医疗器械精密昂贵,所需的运输费、保险费等数目不低。

宁苏意面覆寒霜。

若不是深入打听,她哪里会知道有人不仅仅从中捞油水,更是打着捐赠的名义趁机骗取钱财?

设备运输费、保险费、安装费之类的费用,慈善基金会一早就支付过了。

宁苏意按捺着胸中腾起的火气,面上装作镇定,用手机拍了单据和册子。

"您放心,这件事我会调查清楚,新的医疗器械和药品正在运过来,不会收取受赠方任何费用,关于之前收取的费用也会如数退还。"宁苏意站起身,神色严肃地说,"我既是 SUYI 慈善基金会的理事长也是法人代表,说的话还是能作数的。出了这样的事,确实是我们疏忽,我深感抱歉。您放心,我一定会给您一个交代。"

院长跟着站起身，激动得不得了："单凭你亲自过来调查，我就知道这件事不会没着落。"

他叹了一口气，深深感慨："以前也有民企给我们捐赠物品，都是作秀，请来一大堆媒体拍照采访，后期捐赠的物资根本没到位。"

宁苏意说："我向您保证，我们绝不会那样。"

"我相信你，是真的相信。"院长语气真诚地说完，跟她握手表示感激。

这件事算是有了新的进展，宁苏意回去就给梁穗发了邮件，让她暗中清查慈善基金会内部人员。

周四上午有节英语课，宁苏意暂时把物资捐赠一事挪到了一旁，专心给孩子们上课。

她教学生读英语书上的对话，为了让他们听清发音，刻意放缓了语速，每一个单词都咬得很清晰，改掉了以往口语上连读的习惯。

个别难读的单词，她会写在黑板上着重教学，同样改了连笔的习惯，每个字母都写得像是打印出来的。

周越敲了敲教室的门，朝里面喊了一声："宁老师，有人找！"

宁苏意表情有些诧异，想不通谁会在这时候找自己。

她把英语书放在讲桌上，走下讲台，出了教室，一眼看见台阶下顾长挺拔的男人。男人戴着鸭舌帽和墨镜，穿着白色 T 恤、黑色束脚工装裤，脚边立着一个银灰色的大行李箱，箱子上贴满了奇奇怪怪的贴纸。

井迟歪了歪头，没露眼睛，又薄又红的唇翘起，声音一如既往地低沉："姐姐，快一个月没见，你怎么当起老师了？你有教师资格证吗？"

宁苏意手里攥着的小半截粉笔头掉在地上，骨碌碌地滚了出去。

井迟松开行李箱的拉杆，弯腰捡起地上的粉笔头，在走廊的水泥地面上写字：我来找你了！

不知从哪里吹来一阵风，拂动了操场上的五星红旗，拂动了宁苏意披肩的乌发，好似也拂动了她的心。

井迟摘下墨镜，手指抬了抬帽檐，一双澄澈的眼眸锁定她，笑出声来："不是吧，这就认不出我了？"

笑容掩饰的眼中是难以抑制的惴惴不安的情绪，宁苏意先前与他讲好了条件，不许他过来找她，他犯规了。

他已经忍到极限，迟迟等不到她的归期，就把自己送过来了。

过了许久，宁苏意找回丢失的神志，深吸一口气，平静地问他："你怎么过来了？我们不是说好了……"

井迟截住她的后半句话："你也不看看你那手机信号，每回说不了几句话就卡住了，我哪儿能放心？你不回宁城，我只好来找你。"

他的潜台词是：你别骂我，都是网络信号的锅，别让我背。

宁苏意终于被他的抱怨语气逗笑，侧过头望了一眼躁动起来的教室，匆忙撂下一句话："你先等着吧，我现在没时间跟你说话，还有二十分钟下课。"

周越站在两个人旁边，听他们之间熟稔的交谈内容，心里微微起了波澜，面上仍是和煦的笑容："宁老师，这位是……？"

宁苏意话到嘴边倏然滞住，她不知该怎么定位井迟的身份。

从前她总说"朋友""弟弟"，现在却有些纠结。

宁苏意清了清嗓子，快速说道："他是井迟，SUYI慈善基金会的副秘书长，过来找我有点儿事。"

井迟感觉心口堵了一下，不置可否，她倒是也没说错。

宁苏意紧跟着介绍周越给井迟认识："这是学校的负责人，也是老师，周越。"

两个男人互道"你好"，伸手交握了一下。

宁苏意让周越帮忙招待井迟，自己转身走进教室，站到讲台上道了一声"安静"，然后拿起讲桌上的英语书继续上课。

走廊里，周越笑着对井迟说："井先生，要不去办公室坐坐，我给你泡杯茶？"

既然对方是慈善基金会的成员，就是宁苏意的同事，人家远道而来，他应该盛情招待。

井迟没见过宁苏意当老师的画面，不肯错过眼下千载难逢的机会——打死他他都不愿挪开一步，却还要装模作样地客气道："不麻烦周老师了，我就在这儿看看，你忙你的去吧。"

周越心想，他可能是为了视察孩子们上课的情况，于是没再多言。

离开前他周到地说："办公室就在一楼尽头，井先生想歇息尽可过来，我还有作业要批改，就先过去了。"

井迟颔首："好。"

周越进了办公室，井迟立马原形毕露，从口袋里掏出手机打开摄像功能，透过洁净的玻璃窗对着讲台上的宁苏意录像。

学生们好奇，频繁扭头看教室外面的陌生男人。

井迟已经摘了帽子放在窗台上，墨镜挂在T恤领口上，一张脸完整地露了出来，录像时嘴角不自觉地牵起弧度，俊朗得像广告牌上的明星。

这个年纪的孩子已经具有审美能力，看到好看的人当然会忍不住多看几眼。

宁苏意背对着学生写板书，转过身就觉察到气氛有些浮躁，似有所感，目光朝侧边窗户看过去，将井迟逮了个正着。

她脸色一沉，挥了挥手示意井迟走远点儿，别妨碍她讲课。

井迟讪讪地收起手机，步下台阶，长腿一跨就坐在自己的行李箱上等人，没去办公室。

二十分钟左右，下课铃声打响，他听见教室里传来"起立""老师再见""同学们再见"的声音，恍惚感觉回到了记忆里暌违已久的场景。

宁苏意抱着课本走出来，教室里一瞬间由安静变得嘈杂。一群小麻雀飞出了笼子，奔去操场做游戏。

井迟起身，手扶在行李箱拉杆上，定定地看着她朝自己走来，心跳逐渐变得剧烈，尽管已在努力控制。

宁苏意垂眸，看见走廊的水泥地上留着他方才写的一行粉笔字，后面附着一个大大的感叹号，只觉幼稚得可爱。

"上完课了？"井迟笑着问道。

宁苏意"嗯"了一声，微抬起下巴："我先去放书，等会儿再来安置你。"

井迟被她的话引得发笑，肩膀都在轻颤——她那轻飘飘的口气活像把他当成一个物件随便"安放"在哪里。

宁苏意被他笑得有些莫名其妙，瞪他一眼，先去了办公室。

英语老师的办公桌在周越的对面。

他面前放着两摞作业本，一摞正在批改，听到动静，抬起头来："井先生呢？"

"在外面等我。"

周越放下红笔，呷了一口茶，想起有件事亟待解决："井先生要在这边住几天？我得看看还能不能安排出空房子，主要是他来得突然，没时间准备。"

宁苏意放下课本，拿起办公桌上自己的水杯，喝了几口红枣片泡的水，说："他估计待不了两天，别折腾了。我那里有间空的房间，可以给他住。"

周越不清楚他俩到底熟识到何种程度，不免替她着想："会不会不方便？"

"不会，"宁苏意笑着说，"我来安排就好。反正我接下来也没别的事。"

周越就没再费心，专心批改作业。

宁苏意拿起椅背上的防晒外套穿在 T 恤外面，衣襟敞开着。

走出办公室，看见井迟在原地等她，她喊了他一声："走吧，带你去我那儿。"

井迟拖着行李箱乖乖地跟上她，底下的轱辘滚在坑坑洼洼的路上，声响巨大，是一串没规律的噪声。

宁苏意问他："你打算在这里待几天？"

井迟抿唇。

他刚来，她就要赶他走了吗？

没听到回答，宁苏意扭头看着他，手肘碰了碰他的胳膊："问你话呢。"

"你什么时候走，我就什么时候走。"

"我在这边的事差不多告一段落了。等金老师腿好了，能上课了，我就结束代课回宁城。"宁苏意慢慢解释完，眼里满是质疑之色，"我是担心井小少爷适应不了这里的生活，待一天就浑身过敏。"

井迟生气地问："你都能住一个月，凭什么我不能待？难道我比你还娇贵？"

"说不定哪。"宁苏意耸了耸肩，"你别喊苦就行。"

井迟都不知道她这一个月经历了什么事，嘴皮子竟变得如此利索。他被堵得没词了，只剩一句总结："你且瞧着吧。"

宁苏意嘴上说"相信你"，那表情却十足敷衍。

"你怎么上午就到了？我上回过来花了大半天时间。"她岔开话题。

"我买了今天最早的一趟航班的机票，出机场后包了辆车直达丹山村。"井迟忍不住吐槽，"这地儿够难找的，包车钱比机票钱贵三倍不止。"

宁苏意直觉他被人敲竹杠了，但井小少爷显然也不差这点儿钱，且此举十分符合他的少爷做派。

到了住处，宁苏意从口袋里摸出钥匙打开铁门上的黄铜锁，"哐当"一声推开门，领他进去。

　　屋里的设施对井迟来说并不陌生。他与宁苏意视频通话时见过多次，却是第一次亲临，直面观看，心道：确实够破的。

　　宁苏意看出他在想什么，扬了扬眉："井小少爷，能住惯吗？不能的话，我给你在街上找个小旅馆。"

　　虽然她没住过街上的小旅馆，仅凭外观判断，搞不好还比不上这里。

　　井迟直接用行动回答她，一手提着行李箱到堂屋里，指着右边那间房："我的？"

　　宁苏意点了点头："你先去洗澡，我帮你收拾一下。"

　　"我能叫你动手？你歇着吧，宁老师。我自己来。"

　　宁苏意握拳捶了他一下，为他明显揶揄的"宁老师"这一称呼。

　　井迟笑了笑，自行去了右边那间房。

　　他有心理准备，屋里的条件不会好到哪里去，进去一看，果然，除了一张木床，没别的家具，忍不住在心里低呼一声：得，这下也用不着费力收拾了，将床单和被罩一铺，直接躺上面睡觉。

　　宁苏意不放心，跟过去看他整理东西。

　　原本她早已适应周围的环境，可是眼下见到井迟一身清贵气质，站在光秃秃的木板床边，脑海里突兀地蹦出了"凄凉"二字。

　　宁苏意斟酌片刻，开口说："要不你还是……"

　　"你别说，我不走。"

　　井迟打断她的话，问了洗手间的位置，接了盆水端过来，绞了块毛巾擦干净木床。宁苏意见时间不早了，轻叹一口气，先去厨房做饭。

　　等她做好两个人的午饭，井迟那间房已经焕然一新。床垫还是原来那个，他自带了墨蓝色的床单和毛毯，铺在上面提升了整体的高级感。

　　整理完东西，井迟草草冲了个澡，此刻在宁苏意的房间里，挪走了她书桌上的一堆物品，垫了张报纸踩在上面，拿锤子往窗户顶端的边框上钉钉子，然后扯了一块布给她做窗帘。

　　宁苏意来叫他吃饭，被他的举动吓到了："你这是在干什么？"

　　"早看不惯你这没一点儿隐私性的房间了，给你装个窗帘。"井迟指了指桌边，让她把另一枚钉子递给自己。

　　非常简陋的窗帘，因为安装不了滑轨，他就一端钉一枚钉子，中间拉一根铁丝，将缝了线的窗帘布挂在铁丝上。

宁苏意仰面看着他，心里像装了只野兔在拼命地扑腾。

"好了。"井迟跳下书桌，把报纸收起来团成一团丢进垃圾桶，洗手准备吃饭。

宁苏意做了三菜一汤，南瓜丝炒青椒、四季豆炒肉、麻婆豆腐，一道西红柿鸡蛋汤。井迟扫了一眼，表情顿了顿。

宁苏意没放过他脸上微妙变化的表情："你不爱吃？"

"不是我，是你。"井迟拿筷子指着其中一道菜，"我记得你不吃南瓜，只能接受它和小米搭配煮成粥。啊，还有，西红柿你也不喜欢。"

宁苏意嘀咕道："我现在不挑食了。"

冰箱里大部分蔬菜是左邻右舍送的，她不想浪费，也就不挑了。

井迟给她夹了一箸菜，笑道："回去以后可以继续挑食，我又不嫌你。"

宁苏意眯眼盯着他。

他见势不对，立马举手投降，咧咧嘴角做讨好状，卖乖的伎俩炉火纯青。

井迟舟车劳顿，宁苏意没让他刷碗，吃过饭就催他去房间里午休。她下午没事，可以带他四处逛一逛，叫他领略一回山区的自然风光。

宁苏意收拾完也回了房间，躺在床上，出神地望着头顶的白色蚊帐，激荡的心情实难平复。

井迟一声招呼没打就来找她，打乱了她给自己预留的时间。她心里忽上忽下的，既紧张，又有一丝难以忽略的惊喜感。

井迟一觉睡到下午三点多，去敲宁苏意的房门。

"进。"

宁苏意早就睡醒了，坐在书桌前整理资料。这里没有打印机，资料全在电脑文档里，看得她眼睛累得慌。

井迟推开门，却没进去，侧身斜倚着门框看着她："不是说要带我出去走走？"

"走吧。我不看了。"

宁苏意合上电脑，拿了件外套，锁上房门和大门，带他出门。

宁苏意对周边大大小小的路都很熟悉，两个人顺着门口的小路往前走，到一个岔路口，拐进去顺坡而下，走在软软的田埂上。

今日多云，迎面吹来的风很凉爽，两个人丝毫感受不到暑热之气。

井迟闭眼深呼吸，做了个伸展手臂的动作："我有点儿理解你迟迟不回宁城的原因了，这里的生活节奏别说是慢，根本就是没节奏，惬意死了。"

宁苏意但笑不语，随手捡了根小道旁的狗尾巴草拿在手里玩。

前面就是一条横穿南北的河流，即使没有阳光，仍泛着粼粼碎光，像一匹延伸到天边的银白缎带。河岸对面是起伏的苍翠青山，真正是山清水秀。

宁苏意寻了一处杨柳树底下的阴凉处，跟井迟席地而坐，撑着下颌欣赏大自然馈赠的风景。

井迟更是会享受，双手交叉垫在脑后，躺在绿茵茵的草地上，率先开口问道："酥酥，你想好了吗？"

宁苏意放下支颐的手，抱着膝侧过身俯视他："什么？"

自从见面，两个人谁也没主动提那个遗留的话题，井迟当然是最心焦的那一个，给了她一句提示："你说会好好考虑我们的关系。"

宁苏意心道：他真是一刻都等不及。

这想法只在她心里闪过一秒，仿佛能被井迟感知到。他腾出一只手拉住她的手臂，顺着小臂柔滑的皮肤往下滑，最后握住她的手："事先跟你声明，我没有等不及。实际上我已经等了太多年，不介意多等几天。"

你别误会，我不是在逼你——他说。

他一贯会惹人心疼。

宁苏意屏住呼吸，盯着他的眼睛。

井迟被看得无处躲藏，抓起她随手放在草地上的白色薄外套盖在脸上。

霎时间，鼻间净是洗涤剂的柠檬清香，掺了一丝丝她的身体自带的香味。

"你躲什么？"宁苏意伸手，要扯开蒙住他的脸的外套，被他用手死死按住。

他不让她动，仿佛那是自己最后的武器。

井迟讲话的声音隔着衣服传出来，模糊沉闷，挠得人心痒："那你倒是给我个痛快啊，姐姐。"

"说不介意多等几天的人是不是你？现在怎么又要求我给你个痛快？你到底想怎样呢？"

"你就是故意折磨我。"井迟咬牙，狠狠地放话。

"我没有。"宁苏意的表情无比真诚，意识到他蒙着眼睛看不到自己，她趁他不注意一把扯下外套，与他四目相对，"原本打算回宁城后再跟你说，是你先不守承诺的，怎么倒怪起我来了？"

井迟比她手速更快，握紧她的手往后拽。

宁苏意猝不及防，随着那股力道身体一歪，倒在草地上。井迟趁势翻身将她压在身下。

天旋地转间，两个人的呼吸紧密纠缠。

井迟深深地凝视着她惊魂甫定的模样，哑声开口，替自己申冤："你真是要冤死我。我什么时候怪过你，哪里舍得怪你？"

这个姿势暧昧极了，宁苏意能感觉到他的双腿分跨在她的身体两侧，双手钳制住她的肩膀。两个人身形的差异摆在那里，他几乎将她整个人密不透风地包裹在怀中。

宁苏意仰起脖颈，呼吸都不平稳了，胸脯一起一伏，伸手推了推他的胸膛，没推动。她气势虽弱，话语却强硬："起来。"

井迟呼吸粗重，像是刚刚在篮球场上比完赛，身体热气腾腾的。不知是不是被他的体温传染了，她只觉得自己置身蒸笼里，脸颊和身体的温度都在徐徐攀升。

井迟恍若未闻，一寸寸压下脸，呼吸好似与她的相融。

他鼻梁高挺，嘴唇薄，随着距离拉近，下一秒唇瓣就要与她鼻尖相触。宁苏意倏地偏过头："井迟，你吃错药了？"

井迟见吓唬她的目的达成，恶劣地扬眉笑了笑，微微抬头，嘴唇离开她的鼻尖，在她的额间轻轻落下一吻。

他顿了一下，忽觉这个场景有点儿熟悉，略一细想，笑意深了一些。

这应该算是补上了许久之前，他趁她睡着没能成功偷亲的遗憾。他要亲就趁人清醒的时候光明正大地亲，做不来偷鸡摸狗的事。

宁苏意完全呆住了。

她没料到井迟胆子大到这种程度，以至忘了该作何反应。等她意识回转，他已经翻身从她身上下来。

宁苏意恼得想捶他，他却慢悠悠地替自己的行为找了一个合理的解释："不要你现在就给答案，但我要收一点儿利息。宁总不会不懂商人的手段吧？"

宁苏意不接他的话，扭头看向另一侧，耳朵根子红得好似要滴血，幸好被黑发遮挡住了，不至于叫他看到。

井迟拔了一根草叼在嘴里，心情好得不行。

方才他玩闹的那一出除了收获一枚额头吻，并非没有别的收获。至少他试探出来宁苏意心里的答案更偏向于他所期盼的那一个。

否则，凭他对她做的事，足以叫她翻脸一百次。

翌日是周五，英语课在下午，宁苏意睡了个懒觉，睁开眼睛，屋里的光线远比前段时间睡醒时要暗，即使床头亮着一盏小夜灯。

那是井迟给她装的遮光窗帘起了作用。

宁苏意伸了个懒腰，走出房间，堂屋的门大敞，厨房里飘来淡淡的香味。她绾起头发，先去卫生间刷牙洗脸，然后顶着张带着水珠的脸跑去了厨房。

"醒了？"井迟关火，盛起锅里的宽面，舀了一勺提前做好的肉末浇头，将面端给宁苏意，低低笑了一声，"姐姐过来得正是时候，面刚煮好，你是闻着香味起来的？"

宁苏意忍了忍，没与他计较这调侃的称呼，只注意到他穿了件长袖衫。

"我的冰箱里没有面条了，你哪儿弄来的？"她尝了一口，不是超市里卖的那种面条的味道，更像是手擀面。

井迟轻哼一声，不无邀功的意思："我一看你没按照以前的作息起床，就猜到你要睡懒觉，干脆和面，自己动手做面条。这不，时间算得刚刚好。"

唯一的难题是家里没有擀面杖，他洗干净一个啤酒瓶代替的，下了好大功夫。但是看她吃得满足，他就觉得辛苦没白费。

他的酥酥是他从小宠到大的——他特自豪。

宁苏意咽下嘴里的面，心脏无限柔软，好似要化成水。

井迟三下五除二地吃干净碗里的面，挠了挠手臂。

宁苏意余光捕捉到他的细微动作，起了疑心，问出了刚刚就想问的问题："大夏天的，你穿长袖不热吗？"

井迟的表情找不出一丝异样，他平静地说："不热啊，我觉得还好。"

宁苏意趁他开口讲话的工夫，丢下筷子捉住他的手腕，撸起他的袖子。果然如她预料的那样，他过敏了，白皙的皮肤上起了好些红疹。

井迟对上她的视线，一时间尴尬得想钻地缝，别过头去不作声。

昨天的话回荡在他的耳边，宁苏意说："我是担心井小少爷适应不了这里的生活，待一天就浑身过敏。"

他当时怎么回答的来着？

"你都能住一个月，凭什么我不能待？难道我比你还娇贵？"

现实摆在眼前，他自己说的这话，打脸也被打得彻彻底底。

井迟其实挺无奈的。他就是过敏体质，实在跟"娇贵"二字扯不上关系。偏偏他的话说在前头，如今倒真显得他娇贵无比。

宁苏意又心疼又气他瞒着自己，数落了他几句，回房间打开行李箱开始找药。幸好她出发前考虑周全，担心发生各种意外状况，备的药品较为齐全。

"回房去换件短袖，我给你抹药。"宁苏意催促他。

"要不先涂了药再穿衣服？我身上也有好些疹子。"

"……"

宁苏意顶着无语至极的表情看着他。

井迟挠挠头，闷声笑了一下，双臂交叉捏住长袖衫的下摆掀上去，从头顶将其拽下来，扬手丢在一旁。

青天白日，阳光明媚，他赤裸着上半身，坐在宁苏意那床缀满小雏菊的被单上。

宁苏意脑袋都要炸开了，及时背过身去，眼睛都不知道往哪儿看。

可就是那么几秒钟，她脑海里已映出清晰的轮廓，不管是井迟的脸还是身体，全是白皙而细腻的皮肤，锁骨的弧度明显，腹部线条紧致分明，腰精瘦，胯部挂着黑色的裤腰，手腕上戴着一根颜色鲜艳的红绳……

宁苏意烦恼得很，不知道自己为什么会记得这么清楚。

她把手伸到后面，手里捏着一支药膏，呼吸有点儿重："自己涂。"

井迟盯着她僵直的背影，觉得有些好笑。

这时候她讲究什么呢？她又不是没有看过。他身上哪里有胎记、哪里有幼时过敏挠过以后留下的印子，她很清楚不是吗？

"后背我看不到，没办法自己涂。"仗着她此刻看不到他的脸，井迟摆出了看好戏的神情。

宁苏意蹙着眉轻"啧"了一声，像是嫌弃，又像是拿他没办法，霍然转过身，恰恰与他对视。

她微垂眼睑，避免跟他直视。

宁苏意拧开药膏的盖子，将药膏挤到棉签上，涂在他的身上。他身上真是没一块儿完好的皮肤，也不知是吃错了东西还是触碰到什么引起过敏。

宁苏意给他涂完身前的红疹，拍了拍他的肩，示意他转过去，要给他涂后背。

不知道哪根筋没搭对，她脱口问他："下身有吗？"

井迟抿了抿唇，嘴角微扬，憋不住笑出声来："有也不能让姐姐代劳啊。"

宁苏意捏着棉签戳他的后背，佯装淡定地训他："正经一点儿，别给我嬉皮笑脸的。"

井迟舔了舔唇瓣，闭上嘴，怕把人惹毛了得不偿失。

大门外，周越叫了宁苏意一声，没听到有人应答，见几道门都敞开着，想是人就在屋里，要么在忙，要么就是戴了耳机听不到。

周越径直走上台阶进到堂屋里，听到左边的房间里传出对话声，便扭头朝那边看去。

出乎意料的画面闯入视线，井迟光着上身坐在宁苏意的床上，而她背对着房门，触碰着那个男人的脊背，对外面的一切动静毫无所觉。

宁苏意不知道有人来了，还在跟井迟说话："你还要留下来吗？"

"为什么不？我是铁了心的，你别想赶我走。"

"万一你明天又过敏……"

"那也是我活该。"井迟接话。

宁苏意说不过他："一会儿别忘了服一粒过敏药。"

"知道了。"井迟为自己的胜利而笑。

偷窥很失礼，哪怕这不是自己的主观意愿，周越意识到这一点，慌忙后退，想要当作从没来过。

他的脚步声有点儿大，惊到了房间里正在说话的两个人。

宁苏意转过身，井迟则微微歪头，视线越过她看向外边。

"周老师？"宁苏意抓起床上的毯子丢在井迟身上，给他遮羞，放下手里的药膏和棉签走了出去，"找我有什么事吗？"

周越尴尬到无地自容，缓了缓，说："我来是跟你说一声，金老师的情况有点儿严重，她去了县里的医院做检查，短时间内回不来。马上要到期末了，英语考试的卷子还得你费心。"

对宁苏意来说，给小学生出卷子不难。

她笑道："好的，我这几天抽时间完成。"

"给你添麻烦了。"

"举手之劳，不用这么客气。"

两个人有来有往，井迟听着刺耳，心里也不舒坦。

周越刚要与宁苏意话别，井迟突然站起身，从宁苏意的房间里出来，打着赤膊悠悠地踱回右边的房间蹲下来，从行李箱里扯出了一件T恤套在身上。

宁苏意一脸怔然地目睹他的一举一动，搞不懂他在想什么。

周越离开后，宁苏意拆掉井迟床上的床垫，拿到院子里刷洗。她猜想多半是前些日子下雨，床垫受潮，生出什么肉眼看不见的细菌惹得他浑身过敏。

过了好几遍水，彻底将床垫清洗干净后，两个人合力将其抬到院子里太阳最烈的地方晾晒。

宁苏意扶着腰仰了仰脖颈，活络筋骨："床垫今天要是晒不干，晚上你就睡地上。"

"……"

井迟站在阴凉处，手臂上的红疹还有些痒，抹了药，皮肤上凉丝丝的。他想用手去抓红疹，又忍着不敢触碰，只轻轻蹭着。

宁苏意看他难受的样子，叮嘱了一句："别乱抓，当心挠破皮留疤。"

井迟看着她也不说话，浑身散发着郁闷的气息，可怜兮兮的。

宁苏意叹了一口气："何必呢？要不你还是先回宁城吧。我给你订票，再找辆车送你去机场好不好？"

"休想。"

宁苏意现在信了叶繁霜那日说的话，井迟执拗起来只会比自己更甚，九头牛都拉不回。

下午宁苏意去学校上课，井迟一个人在家。

周五的下午放学时间比平时早了一个多小时，上第一节课的时间也提前了，英语课恰好排在第一节。

上完课，宁苏意去了办公室，打算批改完作业再回家。

放学铃声打响，乐吉来敲办公室的门，听到应允，跑进来站在宁苏意身边说："宁姐姐，我回家了，下周一见哟。"

宁苏意摸了摸她的脑袋："路上注意安全，周一见。"

乐吉开开心心地跑出教室，跟小伙伴一起走了。

她的家距离希望小学有点儿远，周日到周四借住在姨妈家里，每周五回去，周日下午再返回姨妈家，方便周一早上去学校。

周越在整理桌面上的作业本，听到她们的对话，笑道："小姑娘很黏你。她最近上课认真不少，是不是你对她说了什么话？"

宁苏意把上次与乐吉的对话内容讲给他听。

周越沉吟片刻，望着她的脸说："你还挺适合当老师的。"

"跟孩子们沟通确实比跟一群豺狼虎豹交涉简单多了，如果可以，我也乐意教他们。"宁苏意说。

"放学了，你还不走吗？"周越看了看表，快四点了。

宁苏意批改完最后一份作业，将所有作业摞在一起码整齐，堆在桌角，跟他一起走出办公室回村里。

周越边走边问："什么时候走？"

"原定计划是等金老师伤好以后我就离开。"宁苏意说，"照目前的情况来看，估计要等孩子们考完期末考试再走。"

"下周就该安排期末考试了。"周越算了算，距离她离开丹山村也没剩几天了，心情突然有些低落。

"我周末两天一定把试卷搞定，不会耽误孩子们考试。"宁苏意会错了意，只当他提起期末考试的时间是担心来不及出试卷。

周越也不解释，勉强用笑容应对。

到了住的地方，宁苏意与他挥手作别。

她推开虚掩的大门，穿过院子拾级而上，还没进房间就看见井迟躺在她的床上呼呼大睡的画面，他身上还盖着她的毛毯。

宁苏意愣了愣，放轻脚步，悄声走到床边。

井迟侧脸压在枕头上，眼眸闭着，一副十足俊秀的模样。大概是昨晚换了新环境，他睡不习惯木板床，加上过敏，身体不舒服，连个囫囵觉都没睡好。

宁苏意将撤离时，床上的人忽然睁开眼睛，满脸迷蒙的样子，嗓音含混沙哑："你回来了？几点了？"

"四点多了。"宁苏意说。

井迟坐起来，指节揉了揉额头，一脸没睡醒的困倦样子："我怎么睡着了？"

宁苏意笑："我怎么知道？"

"我做了一个梦。"

"什么梦？"

"梦见你答应当我的女朋友了。"

"……"

周末又下起了雨，雨势不小，砸在院子里的水泥地上发出一阵鼓噪的声响，后山又传来"潺潺"的流水声，是从山沟里淌下来的雨水。

宁苏意自打来到这里，最大的感觉是雨水丰沛，隔三岔五就要下一场大雨，偶尔连绵数天。

每回落雨后，道路总是被踩得泥泞不堪，人一不留神就会摔倒，栽进水洼里。

不用给学生上课，宁苏意索性躲在房间里用电脑写试题，一些简单的单词拼写题目，或是课本里原对话的填空，难度都不大。

井迟斜靠在她的床上玩手机，时而叹一口气，烦躁地说："这是什么破信号？游戏都加载不出来。"

宁苏意笑得手抖，单词都要打错了。

坚持了一会儿，井迟直接放弃加载游戏，到自己的房间去，从行李箱里找出一罐从宁城带来的红茶泡给宁苏意喝。

他端着茶壶放到她的书桌上，见她不到两个小时就出完一张试卷的题目，挑了挑眉，不吝夸赞："你干脆当老师得了。"

"周越也是这么说的。"宁苏意合上电脑，靠在椅背上端起茶杯喝了一小口茶。

这红茶不怎么苦，咽下去，舌根很快有丝丝回甘的味道，适合下雨天细细品味，用以消磨时光。

井迟一听那个名字脸上的表情就绷不住了，刚想损两句，门外就传来脚步声，伴随着一句热情的问候话语："宁小姐在吗？"

"在。"宁苏意应了一声，从房间里出来。

那人已走上台阶，站在堂屋门口的廊檐下，手里拿着一把老旧的黄伞。黄伞被人收起来时，雨水顺着伞面往伞尖滴落，不多时地上就聚起一小摊水渍。

宁苏意认得她，前天她来家里送过菜，这是村里顶有善心的一位大婶。

大婶从怀里摸出一张正红色的喜帖递给她："我儿子这个月25号办婚礼，宁小姐要是不忙，过来吃顿喜酒吧。"

宁苏意不好开口应承。25号的话，她恐怕已经离开了。然而对上这样一张热切慈祥的脸，她说不出拒绝的话来。

井迟比她自己还要了解她心里是怎么想的，做主替她接过了喜帖，笑着说："我们到时候一起去。"

大婶乐呵呵地看着宁苏意："好，好，好，带上你男朋友一起来，人多热闹。"

三月棠墨

著

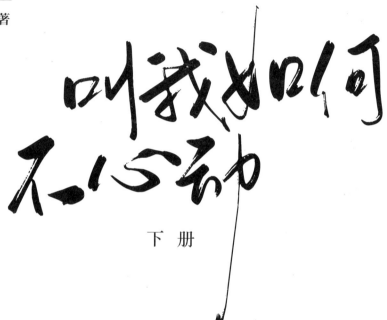

叫我如何
不心动

下　册

青岛出版集团 | 青岛出版社

第十一章

我们在一起吧

因为别人口中的一句"男朋友",井迟乐得找不着北。

见宁苏意扭头看他,他扮起了无辜,朝她眨了眨眼,满眼都是笑意,顾左右而言他地小声说:"不差这几天。我看人家挺想邀请你吃席的,大雨天还亲自前来送喜帖。"

宁苏意同样小声说:"你都替我应了,还说这些干什么?"

井迟心里更乐,她居然没去纠正大婶口中的"男朋友"这一称呼。

大婶没听到两个人嘀咕的内容,脸上堆满笑容,重复了一遍:"25号,到时可别忘了一起来呀。"

这一阵雨下得更大,四周雨声"噼啪"作响,丹山村像被包裹其中,远处山峦间漫起浓雾。

宁苏意邀她进屋:"坐下喝杯茶吧,雨下大了,打伞也会淋湿衣裳。"

大婶看了看外头的雨,确实不方便冒雨回家,于是坐了下来。

宁苏意支使井迟去倒茶,她则坐在一旁陪大婶闲聊。

大婶喝完两杯茶,雨势小了不少。她没久坐,也没让宁苏意相送,撑起伞风风火火地走下台阶。

临出大门时,大婶脚步一停,回过头对宁苏意说,若是空闲,婚礼前一天就过去玩,他们家请了舞团表演节目。

宁苏意连连点头说"好"。

井迟在一旁听她们交谈,没插过话,等人走了才笑着说:"我们酥酥在哪里都受人欢迎。"

宁苏意瞥他一眼："明明是这里的人热心淳朴好不好？"

二人坐了一会儿，井迟去厨房准备晚饭。

晚餐时两个人围坐着八仙桌，宁苏意心情不错，眉眼间都是愉悦之色。

井迟打趣了一句："参加别人的婚礼这么开心？"

"不是参加婚礼开心，是那种氛围，怎么说呢？给人一种美好圆满的感觉。还有，我想……啊！井迟！蜈蚣！"话说到一半，宁苏意突然瞅见桌脚处爬出来一条蠕动的蜈蚣，吓得失声尖叫，丢了碗筷跳到了井迟身上。

她的动作快到井迟都没反应过来，只觉眼前一晃，怀里一沉，宁苏意就挂在了他的身上。井迟慢半拍地伸出手托住她的身体。

宁苏意感觉头皮发麻，全身汗毛都要竖起来了！

她从前只在图片上见过蜈蚣，图片就够让人毛骨悚然的了！她不敢想，再晚一点儿发现，它就要爬上她的脚趾……

宁苏意蜷了蜷腿，身体止不住地发抖，脚根本不敢落地。

"你别怕，我看了，不是蜈蚣，是蚰蜒。"井迟侧过头看着地上那条跟蜈蚣外形非常相像的虫子。

"那也很可怕好不好？！你快把它弄死。"

见宁苏意脸都发白了，井迟不敢再玩笑，抬脚踩死了那条不知从哪儿冒出来的可怜蚰蜒。

"好了，好了，它已经死了。"井迟腾出一只手轻轻抚摩宁苏意的后背。

没良心的他居然有点儿想笑——她特像一只树袋熊。

宁苏意紧闭双眼，心跳过快，差点儿就要疯了。

井迟轻咳一声，掩藏笑意，偏头在她耳畔轻声说："虽然我很乐意抱着你，但你确定不打算下来？"

他这话换来宁苏意气急败坏的一记重捶。她松开搂住他的脖子的双手，瞥了眼地面。见蚰蜒的尸体还躺在那里，她又赶紧闭眼，不敢多看一眼。

"送我回房间，我不想在这里待了，一刻都不想待。"

井迟手掌摸了摸她的后颈，语调极其温柔："没事，这不有我吗？"

回到房间里，他把宁苏意放到床上。她重重地喘了一口气，坐在床上哪里也不去，还把蚊帐的前帘放了下来。

宁苏意手捂住脸，嗫嚅道："真不是那什么吗？"

她连"蜈蚣"两个字都不想说。

井迟笑了一下，坐在床边："你说蜈蚣？真不是。"

"你别说那两个字！"

宁苏意现在觉得屋子里哪儿哪儿都不安全，下雨天地面湿气重，屋后又临着山，那些喜好阴暗潮湿环境的虫子就爬出来"招摇过市"了。

这回不是蜈蚣，谁知道下一回是不是？

宁苏意只是想想都要被吓死了，想找个密不透风的玻璃罩把自己给罩住。

她看了看井迟，想让他留下来陪自己，又不好意思提。

井迟倾身，用手背给她抹去额头上被吓出来的冷汗，在她的肩膀上摩挲了几下，声音充满安抚的意味："还要吃饭吗？"

"不吃了。"她被吓得什么都不想吃了。

"不吃饭的话，先冲个澡？我陪你待在房间里，哪儿都不去。"

见宁苏意同意了，他就去堂屋里拿来拖鞋放到床边。她穿上鞋跑去卫生间，潦草地冲了个澡，回来就坐在床上，打算接下来就在这方寸间活动。

井迟把餐桌收拾干净，用更短的时间洗完了澡，到房间去陪她。

宁苏意靠在床头，怀里抱着毛毯，缓过来后顿觉羞窘不已，回想自己那一惊一乍的表现，像极了上蹿下跳的猴子。

记忆里，她就没有这么不顾形象过。

井迟用手指碰了碰她有些潮的发丝，无声安慰着她。

宁苏意将脸埋在毯子里，闷声闷气地解释："我不是怕虫子，是小时候看《天龙八部》，段誉误食了蜈蚣和蛤蟆那一段情节，简直称得上我的童年噩梦……我一直认为那东西会往嘴里钻。"

井迟哭笑不得，倒是没想到真正的原因是这个。

"就算怕虫子也没什么，你是姑娘家，不是挺正常的？偷偷跟你说，我二姐夫一把年纪了，每次看到蜘蛛都大喊大叫。"

宁苏意忍俊不禁："你怎么知道？"

"当然是我二姐说的。我二姐夫死活不肯承认，结果我小外甥拿了一只仿真蜘蛛玩具丢他怀里，他的叫声能掀起房顶。"

宁苏意笑得不行。

"家里有没有驱虫剂啊？我担心屋子里还有没被发现的虫子，都睡不着了。"

"好像没有。"井迟想了想，说道，"就算有也不能现在喷药，那是要门窗紧闭的时候喷效果才会好。现在喷药，你晚上住哪儿？"

宁苏意好崩溃，这下连脑袋都想蒙到毛毯里。

井迟侧身躺在床沿上，手支着脑袋，另一只手搂着她，下颌抵在她的发间："那……我晚上留下来陪你，打地铺行吗？"

"你在开什么玩笑？"宁苏意抬起头看着他，"就算你答应，我也不会答应。平房的地板湿气重，特别是下雨天，睡一晚就寒气入体，你身子骨别想要了。"

"那怎么办？你又害怕，又不让我打地铺，不然我睡你的床上？"

"你……"

宁苏意陡然发现他们的身体已经亲密到除了一层毛毯和彼此的睡衣，再无别的阻隔，即将出口的话被咽了回去。

眼见她呆愣不语，井迟退而求其次地提议："你看这样好不好？我陪着你，等你睡着了再回去。人睡着了就不会胡思乱想了。"

宁苏意无可无不可地沉默着。

井迟当她答应了，身体完全放松地躺了下来，手臂弯折，脑袋枕在其上，跟她讲小时候的故事，企图转移她的注意力。

他嗓音低沉，像醇香酒液，混合着窗外的淅沥雨声，房间里小夜灯亮起一团暖光，是说故事的好氛围。

"你记不记得，我刚上学那会儿身体将将好，没再频繁犯病，瘦胳膊细腿的，看着特好欺负。班里一个小胖子总抢我的东西，被你发现了。你把人家堵在厕所门口，照他的屁股上端了一脚，然后你们就打起来了。"井迟眼里有对她的深深迷恋之情，"我那时候就想，以后一定要强身健体，换我保护酥酥。"

宁苏意："这件事我记得，但你后面那句话，胡扯吧，你那时候就懂了？"

"情情爱爱当然不懂，是我自己单纯懵懂的想法而已。我就是想保护你。"

井迟将视线落在她薄薄的眼皮上。

灯光被蚊帐过滤，浅浅一缕笼着她冷淡的面容，她的眼睫像是最轻柔的羽毛。

他多看她一眼，心跳就快一分。

两个人之间短暂地安静下来。

宁苏意被某种不可明说的冲动驱使着，开口问他："那你是什么时候喜欢我的？"

那天在病房里，她问过井迟同样的问题，他什么时候开始喜欢她的。

他当时并未回答，那么现在呢？

井迟呼吸都变轻了，喉结滚动了一下。冥冥之中有种强烈的预感，他要好好回答这个问题。

或许回答对了，他就能抓住什么东西。

可事实上，他根本不知道准确的答案。

"我不知道。"井迟语气颓丧，呼吸时的热气拂在她的额间，一呼一吸间像是落下无数个细碎的吻。

他表情纠结，呼吸渐渐紊乱，胸腔里憋出钝痛感："我不知道是从什么时候开始喜欢你的。在我意识到什么是喜欢的时候，心里就装满了你。"

宁苏意心软得一塌糊涂，仿佛陷进一方温热奶酪里，甜是甜，细细品味仍余一丝丝酸意。

她感觉心滚烫，终于伸手抱住他，脑袋用力埋进他的怀里，轻轻地说："那就在一起试试。井迟，我们在一起吧。"

井迟被吓傻了，手直哆嗦。

数不清过去了多少秒，或是多少分钟，井迟浑身发热，却有一种在茫茫风雪中踽踽独行的感觉。

更确切地说，他愿称之为行走在梦境里。一切都是那样虚幻，他找不到能够证明自己存在于现实世界的东西。

井迟想要一遍遍地确认她说的话究竟是不是真的，可脑海里有个声音告诉他，千万别惊扰这个梦。

漫长的时间流逝而去，他哑声开口："酥酥，你再说一遍好不好？"

这一回他没能如愿听见想要的答案。

井迟往后撤退一点儿，半边身子悬在床边，垂头看着宁苏意的脸。她双眸微闭，睡得正酣。井迟愣了一秒，忍不住发笑，又不由得有些郁闷。

她搞什么啊？她上一秒跟他说要和他在一起，撩拨得他心痒不已，许久不能平复，转眼间自己却倒头大睡，有没有心？

他转念一想，自己还要不要回自己的房间里去？他不想离开她……

井迟陷入纠结情绪中，特别想抽一支烟来发泄情绪。

平日里他偶尔心情烦闷，借抽支烟来排遣情绪，唯独这一刻只想纵情做点儿什么事，不然满脑子兴奋的神经无法平静。

窗外响起闷雷声，他怕吵醒怀中的人，用手捂住她的耳朵，手肘触碰到她的手臂，这时候才发现她的手仍旧抱着他。

井迟无法抑制内心的窃喜之情，痴痴地亲着她的额头。他曾说过，不做偷鸡摸狗的事，宁苏意已经是他的女朋友，那就无所谓偷不偷，总归是他的人。

他的酥酥。

井迟的宁苏意。

以前他总不自觉地在心里给她的名字前加一个"我的"，聊以慰藉自己漫长暗恋路程的苦涩心情。而今，他终于可以有底气地说出那句：我的酥酥。

井迟无声喟叹，自己今晚大概也不用睡了。

果然，过了夜里十二点，他也没冒出一丝困意。确定宁苏意睡熟了，他就轻手轻脚地起身出了门，站在廊檐下。

漫天的雨没有停下来的趋势。

井迟孑然站立许久，骤然起了一阵风。不知从哪里吹来的风令雨丝斜着飘进来，浇了井迟满身。一股清凉之意不仅没让他恼火，他反而感到畅快。

他可能疯了。

房间里，宁苏意睡醒了一小觉，身边已经没有井迟，猜测他应当是趁她睡着就离开了。

床头的小夜灯仍旧散发着光亮。

宁苏意嗓子干渴，想要喝水，坐起来拿手机看了看时间，十二点多。

堂屋里的灯似乎还亮着，从门缝底下透进来一缕光线。

她撩开蚊帐的帘子，脚伸出来，脑海里立马蹦出晚饭时那惊悚的一幕，脚立即缩了回来。

"井迟？"宁苏意试着唤了一声。

片刻后，房门被人一把推开，井迟疾步走来，紧张地问道："怎么了？是不是做噩梦了？"

宁苏意刚睡醒，大脑迟钝，被他打岔，一时忘了自己要说什么，眯着眼睛看着他，不确定似的伸手摸了摸。他身上的T恤湿透了，她用点儿力都能攥出水来。

"你大晚上干什么去了？"

"没什么，在屋檐下站了一会儿。"井迟话语犹豫，似有些不好意思，低垂着头，手指挠了挠耳垂。

宁苏意移开视线，仰面盯着他的脸。用以驱赶黑暗的小夜灯灯光实在不够明亮，她不敢确信自己的判断："你哭了？"

他眼眶有点儿红，很像哭过的样子。

神情和情绪可以掩饰，眼睛里的那一点儿红一时半刻消不掉。

井迟俨然一只被踩到尾巴的猫，急忙反驳："没有，你看错了！"

他越是这般反应激烈，宁苏意越是笃定，点了点头，下结论："你就是哭了。可是，为什么？"

"我说没有就是没有。"井迟岔开话题，"快睡吧，这都几点了？"

"我口渴了，想喝水。"宁苏意说。

"我去给你倒，你别下床了。"

宁苏意正有此意，看着他走出房间，到外面的堂屋就看不见他的身影了，却能听见他的脚步声以及倒水的声音。

他兑了杯温水端过来，等她喝完，拿走杯子放到桌上。

宁苏意躺下来，见他如一棵孤傲的松树伫立在床边，微微叹气："你快去换件衣服吧，也不怕感冒。"

井迟边走边脱掉身上的湿T恤，到右边的房间里拿了一套干净的衣服，套上后又回到宁苏意的房间。

她总是这样，夜半醒来就再难入眠，睡眠状况堪忧。

井迟自觉得很，撩开蚊帐钻进去，扯了毛毯的一角盖在身上，侧着身躺在她身边，手搭在她的后背上。

他身上有一股清新的味道，潮水一般裹着宁苏意。

宁苏意脑子越发清醒，直勾勾地看着他。

"看什么？"井迟有些害羞，声音极不自然，"等你睡着了我就走，免得你又想这想那的，自己吓自己。"

宁苏意闭上眼，将被赶跑的瞌睡虫重新找回来。

在她出神之际，井迟忽然低喃："你还记得你自己说过的话吗？不会睡一觉起来你就忘了吧？"

宁苏意顿了一下，睁开眼睛要去看他。下一秒，他用一只手掌覆过来盖住她的双眸："别看我。"

宁苏意怔住，好几秒没动弹，连眼睛都没眨一下："你怎么会认为我是在同你开玩笑？"

"得偿所愿"四个字听起来容易，实际上又有几个人能真正得到自己想要的东西？井迟害怕眼前发生的事是短暂的惊喜。

他很想问宁苏意一句，她答应跟他在一起是因为喜欢上他了，还是因为经过一番权衡发现他比较合适？毕竟有穆景庭那个例子在前。

可是他问不出口。

他已经得到想要的答案，答案背后是什么原因似乎不重要。奢求过多的孩子注定品尝不到甜味，他属于乖孩子那一类。

宁苏意没听到他出声，自顾自地说："我是认真地想要和你在一起。虽然……我也不确定我们能不能走到最后那一步，但……"

不等她说完，井迟就迫切地说道："我先前说了，你只需给我一个机会，剩下的事交由我来完成。结果能不能圆满、能不能永远圆满，我说了算。"

宁苏意"嗯"了一声，不再多说。

她扯了扯身上的毛毯，分给他更多，状似无意地问："你跑到外面哭，是担心我说话不算话，还是太开心了，喜极而泣？"

井迟语塞。这个问题是过不去了吗？

"我没哭。"他强调。

井迟睡得晚，醒得早。

他一歪头就能看到她熟睡的脸，起初脑子有点儿蒙，等到找回意识，想起昨晚十二点多，两个人盖着同一床毯子有一搭没一搭地聊着天，最后双双睡着了。

井迟闭上眼眸，有些纠结。他是现在跑出去，假装昨夜没跟她睡在一起，还是该闭上眼睛装作睡看她有什么反应？

他还没纠结出个结果，宁苏意就醒了。

她睁开眼，第一眼看到的就是井迟。她跟他一样，先蒙了数秒，很快想明白是怎么回事，平静地接受了现实。

她的性格一贯沉着，遇事不慌不乱，更何况同床共枕在她这里算不得什么惊恐的大事。

宁苏意看着"沉睡"的井迟，用脚踢了踢他："别装了，你的呼吸都乱了，装得一点儿都不像。"

井迟翻了个身背对着宁苏意，卷起毛毯盖在脸上，弱声弱气地说："我不是故意的，昨晚不小心睡着了。"

宁苏意笑着催促他起床。

井迟掀开毯子："你不生气了？"

"我生什么气？你都说不是故意的了。"

宁苏意坐起来，撑开五指捋了捋被睡乱的头发，眼睛看着他，示意他赶紧起来，不要赖床。他的身体挡在床沿，他不先起床，她没法下去。

井迟与她长久对视，呼吸不由得紧了紧。在这个雨水气息弥漫的早晨，他突如其来地心猿意马，想要亲亲她。

心里这么想的也就这么做了，他拉住宁苏意的手，稍微一使力就将她推倒在床上。

宁苏意没有半分反抗之力，呆呆地看着他，不明所以。

直到他的脸距离自己越来越近，她瞬间明白了他的意图，心跳变得急促。

四周暧昧的气氛都能拉成丝了，不像那天下午在草地上装腔作势地吓唬她，井迟这次是要来真的。

唇瓣快要挨上的时候，宁苏意伸手盖住他的脸推开他。说不清谁的呼吸更乱一点儿，她勉强镇定地拒绝道："不行。"

井迟用疑惑的眼神看着她，眼中添了一分晦暗之色。

"你是不是要亲我？暂时不行，等我做好了心理准备再说……"宁苏意给了他一个眼神，让他自己体会。

她不傻，当然明白与他确定关系后，有些亲密的事不可避免，或是水到渠成，或是他单方面地想要索取……她都能理解。

但理解是一回事，真正实践起来又是另一番体会，至少她现在无法克服心里固有的障碍。

井迟问："接吻需要做什么心理准备？"

"该怎么跟你说呢？反正……我就是有种说不上来的别扭感觉。我以前就跟霜霜说过，没办法想象跟你谈恋爱的场景。我们太熟悉了，我心里会有种奇怪的感觉。就像现在，我一看到你的脸，脑子里就自动播放你小时候穿着开裆裤满地乱爬的样子，无法坦然地跟你做亲密的事。"

井迟眉毛挑得老高："你胡说的吧？我穿开裆裤的时候，你跟我一般大！我都不记得，你怎么可能记得？"

"不知道，我就是记得。"

"那你什么时候能做好心理准备？通知一声。"

"……"

宁苏意现在觉得他好烦哪，没脸没皮的。

对学生来说，周末过得最快，一眨眼就用完了假期额度。对宁苏意来说也一样，两天时间做梦一样就过去了。

非要说有什么让她印象深刻的事，那就是井迟时不时地会在她耳边问一句："你做好心理准备了吗？我想亲你。"

宁苏意一张冷静面皮被他扯了个干净。她时常被气得跳脚，想拿胶带封住他的嘴巴。

周一早晨天色昏暗，依然是惹人厌烦的下雨天。

昨天两个人去了一趟集市，临走时关闭门窗，给家里各个角落喷上了驱虫剂，回来就发现几条虫子的尸体躺在地板上，其中包括宁苏意最害怕的蜈蚣。

她整个人都不好了。

她过度害怕的结果就是，昨晚井迟又没回自己的房间，宿在了宁苏意的房间里。

宁苏意在睡前不禁感叹一声，问井迟："你说我们的发展步骤是不是有点儿快了？"

井迟老神在在地躺在她的身边，盖着她的毯子，手里握着手机，正蹙着眉与差劲的网络信号做斗争，闻言递给她一个复杂的眼神。

宁苏意没看懂，虚心请教："你那是什么眼神？"

"质疑的眼神。"井迟扔了手机，抬眼正视她，周身泛着一股据理力争的气势，"我们这也叫有进展？不是倒回去了吗？"

宁苏意目露困惑之色。

井迟屈起一条腿，眉梢略扬，一副风流公子样："难道我说得不对？你小时候住在我家那几年，我们不知同床共枕过多少次，现在不过是退回原点。"

宁苏意无语。

井迟乘胜追击："你自己就没发现，你对我睡在你旁边这件事适应起来非常快，那都是年幼时打下的基础？"

宁苏意捂住他的嘴："你别说了。"

周一早上第二节课是英语，宁苏意吃过早餐，换身衣服就出了门。

她的白色运动鞋踩在泥泞路上，她没走出几步，鞋帮就沾满泥渍，差点儿要逼死洁癖患者。

头顶一把黑色大伞，足够两个人躲避，撑伞的人是井迟，骨节分明的手握着伞柄，伞尽量往宁苏意那边倾斜。

他坚持要送女朋友去学校，宁苏意拒绝不掉，于是一人独行变成两人行。

两个人到学校的时候，早自习刚结束。小朋友们从教室里跑出来，下雨也不老实，在走廊里扎堆玩丢石子。

乐吉远远瞧见宁苏意，跑过去跟她打招呼，注意到她旁边的井迟，认出他是上次站在他们教室窗外拍照的男人。

乐吉捂着小嘴偷笑起来。

宁苏意问她笑什么。

跟宁苏意相处了多日，乐吉不再像从前那样怯懦，笑嘻嘻地问："这个帅哥哥是不是你的男朋友啊？"

井迟低眸浅笑，一米八几的大男人竟有两分像姑娘家，转头去看宁苏意的表情，不知道她会怎么说。

宁苏意则是满脸惊讶的表情。现在的小朋友怎么什么都懂？他们连"男朋友"都知道，真是不能拿自己那个年代的人来对比。

她没含糊带过，点了点头说："是啊。"

井迟满意地扬眉，伸臂揽住宁苏意的肩，跟着颔了颔首，十分傲娇的样子，仿佛非要听到她先为他正名才肯做出回应。

当着学生的面，宁苏意有些不适应，打了一下井迟的手背让他规矩一点儿："你先回去吧，我要忙到中午。"

井迟垂下手，手插进裤子口袋里，眉眼似被雨水冲刷过一般干净，一副清朗少年的模样。

"到时候来接你。"井迟看着她说，"不许拒绝。"

宁苏意说："好。"

井迟重新撑起雨伞，走在雨幕之中，像极了一幅水墨画。某一瞬，他微抬伞面，回过头看了她一眼。

他似乎是笑了，宁苏意不确定，只因雨下得急，模糊了他的脸。

宁苏意不确定他能不能看到，也笑了笑，当是回应。

周越坐在办公室里。办公桌临窗，他一抬头就看到那两个人隔着雨对望的画面，宛若世上最般配的一对璧人。

依照自己连日的观察来判断，他们不可能是单纯的同事关系，也许是情侣。

总归，这与他没有关系。

中午，井迟按时过来接人，出门前蒸上了米饭，将几道菜的食材处理好了放在餐盘里。还有两条他从邻居那里买来的鲫鱼，给她炖汤喝。

两个人徒步回到家中，宁苏意要给他打下手，到厨房一看，没自己插手的地方。

井迟赶着去学校接她，预料到下雨天路不好走，提前出发的。因而那两条鲫鱼就只来得及处理一条，他正在处理剩下的那条。

他腰间围着粗布围裙，一手执刀，一手按住鱼身刮鳞破肚，掏出内脏，然后拿着鱼到水龙头底下冲洗。

宁苏意在一旁观看，不由得在心里称赞他动作行云流水，赏心悦目。

井迟偏头看向她，抬了抬下颌："过来一下。"

宁苏意走近，然后听见他说："帮我把袖子挽一挽，滑下去了。"

他今天穿了件白色的长袖衫，带过来的几件短袖都被洗了，连绵阴雨，衣服都没干透。原本挽好的袖子现在随着他的动作滑到手腕处，有碍他的发挥。

宁苏意两只手捏住他的袖口一层一层往上叠，再卷好，免得再掉下来。她整理好了左边袖子，然后是右边。

将两只袖子都弄好后，她刚要退后一步，井迟忽然收回手臂将她圈进怀里。

因他双手都是鱼腥味，还沾着没洗干净的血水，宁苏意怕脏污蹭到自己身上，不敢乱动，仰头看着他："你干什么？"

井迟低下头，小声问："我可以亲你吗？"

宁苏意反问："我说不可以，你就不亲？"

井迟揣摩出她的心思，弯了弯嘴角，俯下身子，抿住唇，在她的嘴唇上轻轻碰了一下。

两个人俱愣住，有不一样的感觉，却同样心跳加速。

井迟再开口说话时，嗓子一下就哑了："以前很听姐姐的话，现在不想听话。"

他的叛逆期来得有点儿晚。

宁苏意脸上的温度急剧升高，倒是与害羞无关，只觉得好尴尬。

不行，他们彼此太熟悉了，接吻都像在做什么背德的事。

弟弟和男朋友，两个身份在她的脑子里拉扯。

井迟见她没反抗，重新压下嘴唇，含住她的唇，触感柔软，逐渐深入便是令人上瘾的温热濡润感。

深吻持续了不知多久，宁苏意脊背酥麻，几欲站不稳，幸好后背抵在洗菜池边，以此作为支撑才不至于腿软地滑下去。

井迟睁开眼，呼吸略微粗重，还没说话，就被宁苏意一把推开。她仓皇地逃出厨房，避免与他对视的窘态。

宁苏意几步踏上台阶，躲去堂屋，忽然感觉到背后的衣裳有些潮湿。

她将手探到后面摸了摸布料，手指沾上了一股子鱼腥味，立时反应过来，是井迟吻到忘我时手掌按到了她的背上，想让她更靠近他的身体……

鱼腥味的初吻，回味起来也是够出奇的。

井迟想了几天的事终于成功，心情自然无比悦然，做菜的时候都忍不住哼起歌来。

"我承认都是月亮惹的祸，那样的夜色太美你太温柔，才会在刹那之间只想和你一起到白头……"

他越唱越大声，到最后索性开起了个人演唱会。

隔着整个院子，宁苏意都能听见他的歌声，脸上的热度许久没退下去。

几天后，期末考试来临，宁苏意的代课生涯告一段落。她想，以后也不会再有类似的体验了。

考试结束的铃声响起，孩子们解放了，开启暑假生活，宁苏意也一身轻松，抱着收来的卷子走出教室。

井迟等在门外。他这几天来得勤，班里的小朋友都认得他。

乐吉这个大嘴巴，跟姐妹聊天时说过井迟是宁老师的男朋友，因此这些矮树苗一般的学生见了井迟都挤眉弄眼，小声交流自己听说的八卦消息。

"宁老师的男朋友又来咯！"

"啊？男朋友？"

"你还不知道吗？那个帅哥哥就是宁老师的男朋友！"

宁苏意回头扫了他们一眼。

她平时讲课表现得太过温和，没发过脾气，更没有身为老师该有的气场。那些"矮树苗"都不怕她，被逮住了也只是做着鬼脸大笑着跑远。

宁苏意拿他们没办法，还得贴心地叮嘱一句："打好伞，走路小心一点儿，注意安全。"

井迟同样撑起伞，接他的宁老师回家。

说实话，他是真有点儿爱上这个总是下雨、交通不便、网络信号时有时无的山区了。

在这里生活的每一天都无比惬意舒适，他不舍得离开了。

井迟比谁都清楚，回了宁城宁苏意不再是宁老师，只会是宁总。她不会这般轻松愉快，有忙不完的工作、处理不完的人际关系，时间被无限挤压，真正留给他的没多少。

宁苏意挽住他的手臂轻晃了一下："想什么呢？伞都打歪了。"

井迟连忙把伞扶正，遮在两个人的头顶，朝她看过去一眼："不想回宁城了，想跟你一直待在这里。"

宁苏意说："你上午还在骂信号太差，跟傅明川打视频通话被迫中断，只能靠邮件交流，而且邮件半天发不出去。"

井迟不满她拆自己的台，龇牙扮凶。

宁苏意看了"扑哧"一笑，想到了邻居养的白色小狗。有时候它会跑到她家里来，毛发被雨水淋过，湿漉漉的，卷起来的样子特别可爱。

宁苏意把卷子带回家，花了点儿时间批改完后交给了周越。

余下的再没别的事需要她操心。只待参加完村里大婶儿子的婚礼，她和井迟就要启程返回宁城。

这天晚上七点多，李阿姨急匆匆地敲响了宁苏意家的大门。井迟听到响声，打着伞穿过院子前去开门。

"乐吉来过你这里没有？"李阿姨一脸担忧焦急的神色。

"没来过。"井迟说。

随后，宁苏意也从房间里出来，询问发生了什么事。

李阿姨急得不行："我妹妹打来电话，说乐吉三点多就从家里出发过来找我，想在这边住几天。我一下午都在邻居家打牌，手机没带在身上，前面几个电话没接到，刚刚才知道这事。见乐吉不在我家，我想问问她来没来你这里。"

宁苏意摇了摇头，也说乐吉没来过。

她和井迟一整天没出门，若是乐吉来了，不会不知道。

李阿姨终于绷不住，眼泪一下子涌了出来。她挨家挨户地问过，没人见过乐吉。

近期雨水多，到处都被淹了，河流水位上涨，她怎能抑制住不往坏处想？

宁苏意回房间披了件外套，换了双鞋，拿起立在堂屋墙角的一把伞："您别着急，兴许乐吉见您不在家，到哪个同学家去玩了，我们再找找看。"

李阿姨边抹眼泪边点头，希望她说的话是对的。

井迟也没耽搁，换上衣服跟宁苏意一道出门，先到就近的几个同学家里询问情况。

宁苏意拿手机给周越打了通电话。他那里有班里各个同学的家庭电话，她让他帮忙联系稍远一点儿的同学家里，问问大家有没有见过乐吉。

几个人忙活了三个多小时，夜已经深了，仍旧没有乐吉的消息。

恰逢天降暴雨，宁苏意撑着伞也不顶用，裤脚被打湿了半截，走到泥泞的小路上，积的雨水没过脚踝，鞋袜都被浸透了。

井迟同样没好到哪里去，衣衫湿了大半。他一把抓住宁苏意的手腕："这样下去不是办法，我们先回家，报警扩大范围找人。"

宁苏意看着伞外如注的雨水，心中的不安感越发强烈。

另一边，李阿姨和周越都无功而返，聚集在宁苏意家里。

"怎么办，乐吉是不是出事了？"李阿姨全身都湿透了，情绪再次失控，抖着肩膀哭起来，"都怪我，要是早点儿接到电话就能去路上接她。"

宁苏意搂住她的肩膀低声安慰道："已经报警了，相信很快就会有消息的。"

李阿姨摇了摇头："你不清楚，从乐吉家到我家要过一座石桥……我刚才去看了，那桥面都被水淹了半尺。你说她会不会，会不会……？"

声音抖得不成样子，余下的话她再也说不出口了。

"不会的，不会的。"宁苏意嘴上宽慰着她，心却沉了下去。

李阿姨抹掉眼泪："不行，我再去找找，说不定乐吉被大雨困在了哪里，正等着我去接她。"

宁苏意根本拉不住她，眼睁睁地看着她没拿伞就再次冲进了暴雨里，往村口跑去。周越不放心，追了上去。

宁苏意转头看向井迟，眼神无助："我……"

井迟岂会不明白她的想法？要是找不到乐吉，她晚上不会睡好觉。

他轻叹了一口气："穿件雨衣吧，我陪你再出去找找。我只有一点要求，别离开我的视线。"

周越陪同李阿姨往乐吉常走的那条路上寻找，不放过任何一处草丛或是岔路口，同时给村里人打电话，动员全村的人帮忙找人。

众人忙到半夜，一无所获。

暴雨越来越大，有侵吞世间万物的架势。宁苏意和井迟排查完最后一户人家，准备返回，毫无预兆地，前方路旁的山体乍然塌陷，无数黄沙碎石混合姜黄色的水顺坡滑下，冲到了路上。

井迟丢了伞，揽住宁苏意的肩膀迅速后退。

顷刻间，伴随着一阵"轰隆"声响，道路被滚落的巨石和泥沙堵了个严严实实。除非长翅膀，否则谁也过不去。

意外发生得太过突然，宁苏意惊魂未定，心口"突突"直跳。

两个人都被淋得湿透了。井迟的手掌按在她的脑袋上，刚刚那一秒，他满脑子想的都是如果躲避不及，至少能护住她的头不受伤。

他也是头一回遇到这种天灾，心惊肉跳，喘着粗气问："你有没有受伤？"

"没有。"宁苏意摇头。

井迟松了一口气，不再耽误时间，拉着她原路撤回。方才突发泥石流，整条道路旁的山体随时可能塌方，他们继续前行不安全。

"我们现在怎么回去？"宁苏意表面镇定，说话时上下牙齿却磕在一起，泄露了她的惊惧情绪。

井迟手持的电筒灯光较之两个小时前显得十分微弱，恐怕再过不久电筒就要没电，四周漆黑一片，到时不知会出现什么意外状况。

他紧搂着宁苏意，让她不要害怕，说："刚才去过的那户人家不远，我们先借住一晚，明天再想办法回去，现在走夜路不安全。"

两个人回到那户人家，他家的小孩也是宁苏意代课班里的学生。周越打不通他家的电话，本着不放过任何希望的想法，宁苏意和井迟便亲自过来询问。

眼见两个人折返，孩子的妈妈一问才知他们在路上遇到了泥石流，若不是反应及时，搞不好已经被压在那碎石下面了。

一家之主连忙邀他们进屋，再让妻子找两套干净衣服给他们换上。

小孩跑来问宁苏意："找到乐吉了吗？"

宁苏意神色黯然，摇头说："没有，再等等，或许周老师那边有她的消息。"

小孩点点头，跟父母回了房间里，让他们好好休息。

家里没有多余的房间，只收拾出来一间，井迟和宁苏意同住。宁苏意简单梳洗过后躺在床上，眉间的褶皱就没淡下去过。

井迟见她眉眼间愁绪浓重，指腹贴在她的额心上轻轻抚平："先睡吧，我帮你等消息。一有消息我马上叫醒你，好不好？"

宁苏意把脸埋在他的怀里，嗅着他身上的味道，依偎得更紧："我睡不着。"

她的脚不小心碰到了井迟的小腿，换来一声克制的轻"咝"声，宁苏意十分敏锐，立马抬头看向他。

井迟面色如常，看不出半点儿痛苦神色，还很平静地问了一句："怎么了？"

宁苏意没有被他的演技骗过去，坐起来掀开被子要去看他的腿。

他穿了条棉质长裤，裤腿宽松。见她一下将裤子扯上去，井迟急忙拦住她的手，不让她乱动。两个人僵持不下，宁苏意板着脸叫道："井迟。"

井迟见唬不住她，只好松开了手。宁苏意冷着脸将他的裤脚再往上捋了一截，看清伤口后倒抽一口气。

他左腿的外侧被刮了好长一道口子，连着一块拳头大小的瘀青痕迹，那道口子被水泡过，颇为触目惊心。

宁苏意问他："怎么弄的？"

井迟捉住她的手，不在意地说道："你别大惊小怪，没多大的事，过几天就好了，不严重的。"

宁苏意推开他，翻身下床，趿上拖鞋出了房间。

井迟愣愣地盯着房门，看着她的背影远去，以为自己刻意隐瞒伤势把人给气跑了。过了片刻，宁苏意去而复返，手里拿着棉签和一瓶碘伏。

他不肯说，她动动脑子也能猜到。八成是道路旁的山体塌方那一刹那，他只顾护着她往后退，自己避之不及，被滚下山的碎石砸伤了腿，而那道长长的口子，应该是被尖锐的石头划伤的。

如果没被她发现，估计井迟会一声不吭地死扛到底。万一伤口发炎引起他发高烧……她不敢再往下想了。

宁苏意怪他不爱惜自己，但想到他是为了保护自己受的伤，又心疼又无奈，最后生起了闷气。

"腿伸过来一点儿，我够不到。"

井迟哪里还敢忤逆她，跷起腿放在她的双腿上，方便她上药。

宁苏意低着头沉默不语，给他简单处理了一下伤口，然后扔掉棉签，掰着他的腿平放在床上。

井迟小心翼翼地问："还生气啊？"

宁苏意逮住机会发作："知道你不想让我担心，可你瞒着我算什么？我又不是什么脆弱的小女孩，什么风浪没见过，还能被吓到？哪怕你不是我的男朋友，单单是井迟这个身份，我也不能看着你出事。"

井迟吞咽了一下口水，话音染上悔意："我错了。"

宁苏意叹气："睡吧。"

两个人一同躺下，像一对风雪夜归人抱在一起互相取暖。虽然正当夏日，但外头泼天的雨将两个人困在此处，意境是一样的。

一整晚，宁苏意醒来数次，每次都忍不住摸手机查看时间，再看一眼有无未接来电和微信消息。

一切都是那样平静，平静得有些不寻常。

次日，不到六点两个人就起来了。

天色昏沉如夜，他们谢过主人家的收留，离开了这里。

来时的路被山石阻断，井迟和宁苏意绕了远路回到家中，先后洗了个澡，换上干净的衣服，再吃了一顿简单的早餐，就继续等消息。

二十四小时过去，乐吉还是没有被找到。

警察跟李阿姨的猜测一样，怀疑小姑娘被冲进了河流中，另请了专业打捞队进行搜索。

到晚上临睡前，宁苏意的手机响了，井迟从床头柜上拿过手机，看到周越的名字，替她接通电话，按了免提。

周越的嗓音混合着雨水的杂音，显得低低的："打捞队那边传来消息，在河流的下游……找到了乐吉出门时打的一把彩虹伞和背着的红色书包，小姑娘可能……已经遭遇不测。"

宁苏意向来情绪自控能力强，但此时当下眼眶里已蓄满泪水。等她意识到的时候，眼泪已经流了出来，滑过脸颊到下颌上，一滴滴砸在床单上，洇出一个个圆形的深色痕迹。

挂断电话，井迟捧起宁苏意的脸，拇指拭去她脸上的泪水，这一刻，任何安慰的话语都显得苍白无力。

她将手掌覆在他的手背上，垂下头，额头抵在他的肩颈上，无声地啜泣起来。

井迟仰了仰脖颈，难过的情绪同样难以缓解，收拢双臂将她圈在温暖的怀抱里，无声地安抚着她。

与此同时，山区多处山体滑坡，爆发中到大型泥石流。伴随来势汹汹的洪水，冲垮了房屋、道路，路边电线杆倒塌，造成大面积断电。

天灾最不讲人情，永远不会给人准备的时间，短短时间里就能带来翻天覆地的变化，把美好人间变得疮痍满目。

夜间，大多数人在家中，听到后山传来异常响动，想要查看已经来不及——转瞬间墙体裂开、倒塌，将人埋在里面。在大自然面前，人如蝼蚁一般没有丝毫反抗能力。

周遭一片混乱，到天亮都未曾休止。

没人再有时间和精力去寻找下落不明的乐吉，大家都拖家带口地前往地势高的地方等待救援。

井迟和宁苏意也在其中。手机没电了，就算有电也没有信号，发不出消息，打不了电话，除了等，他们什么都做不了。

雨还在下，冲刷着这片贫瘠的土地，和着黄土流向地势低洼处。

人站在高处，能更加清晰直观地看到那些低矮的山丘已被洪水淹没，洪水连根卷起大树，涌向远方。

丹山村的人都聚集在一处，躲避到山上许久无人居住的寺庙里。

村干部在盘点人数，发现少了十几人，当中大部分是行动不便的老人，少数是壮年。可村子已被泥石淹没，无人敢下山去搜寻这些人的下落。贸然前去，可能人没救回，自己反被折进去。

井迟扫了一眼四周或坐或站的乡亲们，心情无比沉重。

他活了二十几年，昔日只在新闻报道里见过这种画面，头一回亲身经历，只觉得一股悲凉感充斥心间，无能为力的感觉在心中不断扩大。

目前尚有几片瓦能够遮挡风雨，若是没人发现他们躲在此处，雨又不知会下到何时停止，水和食物都成了问题。

宁苏意站累了，找了一处空地坐下来休息。井迟陪她坐着，脱下外套披在她的肩上："渴不渴？"

他算是反应比较迅速的，夜里听见不正常的"轰隆"声，瞬间记起不久前回家的路上遇到山体塌方的事，翻身抓起桌上两个人的手机，拉上宁苏意就跑出房子，其他的一应物品都没带走。

宁苏意靠在他的怀里，心情沉重："不渴。"

井迟望着外面无边的雨幕，突然生出一种末日来临的感觉。如果真是末日，他跟她待在一起好像也不错。

想到此，他不免又觉得自己过于悲观，这样不好。

宁苏意舔了舔唇，看他一副神游的样子，问道："你在想什么？"

井迟回过神，垂下眼看着她。他右边的脸颊上有一块泥渍，身上的白T恤也被溅上泥点，脏兮兮的。

宁苏意用指尖抹去他脸上的泥点，听见他声音浅含两分笑意地说："我在想，我们要是真过不去这关，死在一处似乎也不赖。"

话音刚落，他就换来宁苏意一巴掌拍在他的脑门上。

她警告道："不许胡说八道，我们一定会没事的。"

"好，不说了。"井迟用力抱住她，像是要借给她几分力量，让她的体力可以支撑久一些，他的声音低了下去，不叫旁人听到，"挺过这关，我们算不算是共同经历了生死？"

宁苏意没回答，心里却在想，算是吧。

不只丹山村受难，整个桐花乡都在泥石流的侵袭下变得面目全非。

县市级消防员、武警官兵全部出动，投入抗洪救灾的行动中，邻市也派了救援人员前来襄助。

丹山村的众人在23号傍晚被转移到了安全地区。有遮风挡雨的屋子住，有热乎的食物和水，大家感觉终于活了过来，脸上都是劫后余生的放松表情。

宁苏意找到可以充电的地方，给关机三天的手机插上充电器，信号仍然不怎么稳定，不过好歹能用。

她刚开机，手机就疯了一般振动起来，好多条提示未接电话的短信跃入视线。

不用想她都知道，这几天网上和电视上少不了关于泥石流灾害地区的新闻报道。家人和关系好的朋友都清楚宁苏意的动向，必定第一时间打来电话询问情况。

可惜没有一通电话能被接通，他们一边担心，一边锲而不舍地打电话过来。

宁苏意先给邰淑英回拨了电话，电话响了不到三声就被接通。

那边邰淑英情绪激动地问："酥酥，你还好吗？"

宁苏意刚换上一身清爽的衣服，如果不看脸色的话，勉强称得上好。她该庆幸没有打视频电话，那边的人看不到她的脸。

"我很好，已经到安全地区了，您和爸别忧心。"宁苏意说，"等道路被疏通后，我就回宁城。"

邰淑英一个劲地抹眼泪，想骂她又舍不得："快三天没能联系上你，看到网上的新闻说你那里突然遭遇大型泥石流，埋了好些人，被埋的人生死未卜，我和你爸都要急死了。我告诉你，等你回来了，再不许到处乱跑了！"

"好，好，好，都听您的。"

"那你一个人注意安全，早点儿回来，记得每天给我打电话。"

"好，我保证。"

宁苏意哄好了情绪崩溃的老母亲，微微叹气，转过身，就见井迟不知何时进来了，手里端着冒着热气的杯面。

"你没给家里人报平安？"宁苏意伸手接过杯面，揭开盖子，里头的面已经泡好了，放了一根火腿肠。

"我临走时跟奶奶撒谎说要去外地出差，归期未定。我每个星期固定往家里打一通电话，所以奶奶应该还不知道情况。我也没打算跟她讲，平白让她担心。"

宁苏意掰直塑料叉子，搅了搅杯里的面。她好久没吃过泡面了，尝第一口，只觉得是人间美味，让人有"活着真美好"的感觉。

井迟拖了张椅子在她旁边倒着坐，两条腿跨在椅子两侧，手臂搭在椅背上，下巴垫着手臂，出神地望着她。

宁苏意抬了抬眼睫，问他："你吃过了吗？"

"你打电话的时候我就吃完了。"

宁苏意吃了几口面。那股饥饿感缓过来以后，她就没了胃口，也不再认为这是什么值得称赞的人间美味，吃起来没滋没味的，索性将其放在了一旁。

"有……消息了吗？"

宁苏意宛如惊弓之鸟，不太敢提那个名字，提起就一阵心痛。

乐吉是她来这里交的朋友，她们曾走过同一条去学校的路，曾同桌吃饭，坐在台阶上对月聊天。她鼓励小姑娘要努力读书，争取走出山区，到大城市去看更为广阔的世界，还说她会等着小姑娘兑现承诺。

小姑娘与她击掌，稚气的脸上满是执着的表情，表示一定会遵守约定。

现在约定还在，她也还在这里，小姑娘却不知去了何处。

井迟握住她的双手，指腹摩挲着她的手背，薄薄的皮肤下是青青紫紫的血管："我叫人额外留意了，如果有消息会传过来的。其实没有确切的消息未尝不是一种希望。"

人人都想往幸运的方向想，实则心里很清楚是怎样的结果。

宁苏意被井迟哄着草草吃完了剩下的面，歇息不过片刻，就意识到自己是 SUYI 慈善基金会的发起人。发生了这样的灾难，她还有重要任务在身，容不得休息。

宁苏意拔掉正在充电的手机，跟梁穗联系上。两个人进行了长达一个小时的电话会议，说到最后宁苏意已经有些口干舌燥。

井迟在一旁听着，适时给她递上一杯温水，叫她润润嗓子，像个贴心的小助理。

宁苏意看他一眼，接过水杯喝了几口水，又说了一会儿，最终确定了需要送到桐花乡的物资、前来增援的志愿者人数以及灾后重建事宜。

梁穗一边听，一边效率极高地进行同步记录。

宁苏意就身处灾情严重的地方——没人比她更了解情况，对所需物资她的心中都有数，挂电话前叮嘱了一声："尽快。"

梁穗明白这是刻不容缓的事情，立刻跟慈善基金会的几个理事商议，调运常用物资和所需药品。

25 号，慈善基金会的志愿者抵达桐花乡，一行人分为几个小组到附近各个灾民聚集点展开救助工作。

25 号原是村里办喜事的日子，如今房屋尽毁，山河倾倒，喜事变成了丧事。

宁苏意和井迟身为慈善基金会的领头人物，自然责无旁贷。两个人在运动服外套上橙色救生衣，穿梭在灾民当中。

"我和邱理事去邻村帮忙给伤患送药，你自己注意安全。"临行前，井迟争分夺秒地抱住宁苏意，在她额间亲了一下，叫她在自己离开的这段时间里一定保重。

"你也是，一切小心。"宁苏意眼眶温热。

她从不承认自己是个脆弱的人，可最近总是热泪盈眶。

"嗯。"

两个人短暂分别，宁苏意留在原地帮志愿者清点物资，做好分配工作，心里仍记挂着乐吉。

她从货车厢里搬出一箱药品，忽然听见前方有人在议论，是统计的死亡人数和死者姓名出来了。

宁苏意耳朵嗡鸣，过了半晌才拖着灌铅一般的双腿前去询问。

她得到的答案是，死者名单里有"宁乐吉"的名字，尸体已被打捞上岸，联系了家属前来认领。

宁苏意背过身去，仰头望着灰暗的天空，不敢再探听，抬手抹去眼泪，耳畔似乎还回荡着小姑娘坚定而稚嫩的声音：

"从今天起，我也要好好学习！不对，今天快过完了，从明天起！"

忙碌了整整三天，到第四天，宁苏意体力不支，发起了高烧，伴随头痛的症状，整个人都迷糊了。

所幸聚集点现场就有前来救援的医护人员，给她量过体温，手背扎上了输液针开始输液。

井迟眼看着她一日比一日憔悴，心里难受得不行。

宁苏意坐在折叠椅上，盯着旁边架子上的输液袋发呆，没过多久就因为困倦睡着了。井迟叫来一个志愿者帮忙取下输液袋。他打横抱起宁苏意，将她平放在刚好空余出来的一张病床上。宁苏意先前不愿占用紧张的床位，坚持坐在椅子上输液。

井迟给她脱了鞋，扯过被子盖在她身上，然后拉过一把椅子坐在床边继续守着她。手指拨开她额间的发丝，他凝视着她的脸，半晌，低低地叹息了一声。

纵使她闭口不提乐吉的名字，井迟心里也清楚，乐吉的死对她打击很大。

25号傍晚，他和邱理事去邻村送完救助物资，返回到临时聚集点时，看见宁苏意一个人呆呆地坐在那里，无声无息地哭泣。

他走过去抱住宁苏意。宁苏意这才像是找到支撑自己的依靠，发出低低的呜咽声，语无伦次地跟他说："她怎么可能没了呢？她明明……跟我说好了，会……好好学习，将来考大学，去宁城找我……"

之后宁苏意就像个不休息的机器人不停地工作，帮忙搬运货物，帮伤患简单包扎伤口，几乎没怎么停歇过，最终把自己的身体折腾垮了。

殊不知，她这样靠不断做事来转移注意力的行为，他作为她身边的人，作为一个爱她的人，只会心如刀绞。

井迟握住她的手，垂着眼眸，祈祷快点儿雨过天晴，她快点儿好起来，像他许下的新年愿望那样永远开心、健康。

宁苏意睡了一觉，醒来时手背上的针已经被拔掉了。

她微微偏头，看见趴在病床边的人，手指动了动，触碰到他的脸。

井迟一下惊醒，抬起头看向她，眼里的困意未散，声音倦倦的："醒了？感觉怎么样？"

他将手掌贴在她的额头上，又试了试自己的额头，她的体温总算没那么高了。

"好多了。"宁苏意开口说话，嗓音微哑。

井迟拿起桌上的大号保温杯，倒了一杯盖热水，扶她半坐起来，再把杯盖递给她："喝点儿热水。"

宁苏意连喝了三杯盖水，嗓子舒服不少。她靠在床头，两只手的手指缠在一起，垂着头，声音很低："是不是让你担心了？"

"还说呢，上一回发烧把我吓得够呛，这回又来。你总说我不爱惜自己的身体，你呢？"井迟越说越憋屈，"你说你不能看着我出事，那么同样，我也不想看到你奄奄一息地躺在病床上。"

"没那么严重吧？哪里奄奄一息了？"宁苏意下意识地反驳他的话，

对上他冒着腾腾怒气的双眸，气势弱了两分，"对不起，我以后不会了。"

井迟不想提乐吉惹她伤心，却不得不说："那个小姑娘最喜欢你，要知道你这样，恐怕要伤心了。"

宁苏意手掌覆在他的额头上轻推了一下："不许拿这一套说辞哄我。我很清楚，活着的人总是背负更多东西，没理由停滞不前。我会过好每一天，不会一直沉浸在过去，需要记住的人只在心里记住就好了。"

井迟希望她看开一些，但当她真的表示出释怀了，又心疼她是否在压抑自己。

宁苏意见他眉心蹙蹙，明白他在想什么。她弯唇笑了笑，笑容里没有掩饰的成分："我没骗你。"

7月的最后一天，连绵多日的雨终于停了。天空放晴，金灿灿的阳光普照大地，落在皮肤上有灼热感，是属于夏季的温度。

周边村落的洪水得到控制，各方正在积极安排泄洪工作。

宁苏意休息了两天，满血复活，穿着一身蓝白色运动服，头戴棒球帽，跟随着丹山村的人回到居住地。

大树、电线杆、泥沙、墙体……各种不明物体混杂在一起，形成一片废墟。

大家看到现状都忍不住掩面流泪，个别情绪崩溃的人，对着残垣断壁号啕大哭，那是真正不知所措，且束手无策。

幸好希望小学那栋建筑完好无损，被洪水冲刷过后，满地的黄泥，被烈日晒成一层厚厚的尘沙，勉强能当作一个落脚地。

宁苏意了解完情况，知道自己再留下来也帮不上忙，尽快回宁城制订房屋重建计划才是正经事。

她对井迟说："我们明天回宁城吧。"

井迟应道："好。"

旁边有人听到两个人的对话内容，擦了擦眼泪，过来问宁苏意："宁小姐要走了吗？"

"我回去安排建筑专家过来看看，尽快帮大家把房子重新建起来。政府会有补助措施，慈善基金会，包括一些企业也会捐款和物资。大家别灰心，早日振作起来。"宁苏意说。

这里是她生活了一个多月的地方。虽然听起来时间很短，但她对这里的一草一木都有了深厚感情，更何况是这里的人。她记得他们每一个人，手艺很好的李阿姨、为人正直的周越、活泼调皮的乐吉……他们都是可爱的人。

她会永远记得他们。

临行前，两个人没有什么东西可以收拾。行李箱里的一堆物品早被泥石掩埋，他们只一身轻便装束。

全村人前来送行，依依不舍地看着宁苏意，叫她保重身体，并感谢她为他们做的一切。

人人都要前来说一句话，周越怕耽误时间他们赶不上飞机："再拦着宁老师，她就要误机了。"

大家这才退开几步，目送宁苏意和井迟坐上车。

宁苏意降下车窗探出头，挥手跟他们告别。

周越借了辆车，亲自开车送两个人去机场。

一路上宁苏意所见的风景与来时见到的情形对比鲜明。

昔日绵延千里的青山绿水，如今却满目黄土泥沙。

道路崎岖，车开到县道上才稍微好一些，周越从后视镜里看了他们一眼。宁苏意有点儿晕车，正靠在井迟的肩头闭目养神。

三个人到机场时已近中午，周越几乎开了一上午的车，半边身子都要麻了。宁苏意下车时连声道谢，周越只说"不用那么客气"。

两个人面对面站立，烈日当头，身边走过去稀稀拉拉的旅客。

宁苏意扭头扫了一眼身后的机场大厅，拂开脸侧的发丝，再看向周越，笑着说："那么就此别过了，周老师。"

周越目光深沉。第一次见面时他就觉得她撩头发的动作自然随意，却又那样具有美感，像精心设计的电影镜头。

"再见。"周越说。

他穿着蓝白竖条纹的短袖衬衫、浅棕色休闲裤、白色运动鞋，跟那天去岔路口接宁苏意时的穿着一样。如今仍是同样的装扮，他却是要将她送走，心里油然生出一股惆怅情绪。

井迟轻咳了一声，打破两个人之间奇怪的氛围："走吧。"

周越手指蜷缩，突然开口："能抱一下吗？"

宁苏意愣住，心里愕然，正不知该如何婉拒，井迟就替她解了围。他上前一步，展示了一个男人之间的拥抱，手用力地拍了拍周越的后背："后会有期。拥抱就免了，我女朋友只能我抱。"

周越暗道一声果然，他们果然是情侣。

他释然地笑了笑："后会有期。"

井迟最后说道："我们走了，周老师路上小心。"

说罢，他揽过宁苏意的肩膀带着她转身，大步往机场大厅走去，留给周越一双登对极了的背影。

机场周边荒芜，两个人准备随便吃点儿东西对付一下。

井迟的手机在这时响了，他从口袋里掏出来看了一眼，是葛佩如打来的电话。

按理说他昨晚才往家里打过电话，若是没什么重要的事，家里人怕影响他工作，不会主动打来电话。井迟犹犹豫豫地接起电话问道："妈，什么事？"

葛佩如压着声音，开口就问他："你在哪儿？"

"我在……"

"你给我说实话！"葛佩如打断他即将出口的谎言，克制着脾气说，"你奶奶在看午间新闻，那什么桐花乡突发的大型泥石流灾害，死伤数百人。有个镜头扫到你的脸，奶奶的眼睛比我还厉害，一下认出是你，让我打电话问你到底在哪儿。"

井迟手掌蒙住双眼，暗道一句倒霉，瞒了这么些天，临到快回宁城时露馅了。

宁苏意听了个大概情况，能想到井家人在看到新闻后有多么担心井迟。她碰了碰井迟的手指，无声地告诉他："别扯谎了，实话实说。"

井迟听她的话，一五一十地跟葛佩如解释，最后说："我没出什么事，好得很，今天下午就能到宁城，到时候让您亲眼看看行了吧？"

宁苏意别过脸去，微微弯起嘴角。

井迟瞥了宁苏意一眼，手指捏住她的下巴掰过她的脸，让她正视自己："酥酥在啊，我跟她在一起。"

他把手机递给宁苏意："我妈要跟你讲两句话。"

宁苏意顿时有些头大，绝望地闭了闭眼。

电视里正在播放午间新闻，井迟的镜头只有一两秒，宁苏意的镜头就多了。去前线采访的媒体各种角度一通拍摄，所以葛佩如才知道宁苏意与他同行。

宁苏意从井迟手里拿过手机贴在耳边，轻声应答："他没骗您，我们马上就回去。没受伤，我们都好好的。"

宁苏意把手机还给他，井迟接过来抱怨了一句："怎么，我说的话不可信，非要酥酥说的话你才肯相信？"

葛佩如怒道："你这死孩子，谁叫你撒谎在先？信任度已经没有了！你等着回家挨老太太一顿骂吧！"

"好了，不说了，我们要去吃午饭。"井迟挂了电话，舒了一口气。

他摸了摸额头，出了一层汗。还好有宁苏意相助，不然他不知道还要解释多久。

宁苏意想到方才葛佩如叮嘱的话。葛佩如让她看好井迟，别再由着他任性胡来。想必井迟还未跟家里人说过他们的关系，葛佩如还当她是井迟的贴心姐姐。

她面色为难，拉了拉井迟的手。他收起手机转头看向她，漂亮的眼眸盯着人的时候总是特别无辜，又十分有魅力。

宁苏意欲言又止，心里的话有些说不出口。

井迟猜不到她在想什么，只能问出来："你要跟我说什么？"

"我们在一起的事，能不能先不要跟家里人说？"

"为什么？"

井迟眼神微沉。他原本打算回家后亲口跟家里人说他们的关系，在电话里说这种事不够郑重，可她……

"是我的问题。我觉得有点儿尴尬，不知道该怎么面对你的家人，需要一点儿时间适应。再等等吧，行吗？"

"你说怎样就怎样咯。"井迟不敢说自己心里郁闷得很。他尊重她的决定，侧了侧脸，装腔作势地说："作为补偿，姐姐能亲我一下吗？"

宁苏意没亲他，倒是拍了他的胳膊一下，再附赠一句警告："大庭广众之下，你稍微注意一点儿。"

井迟唇边没了笑意，深吸一口气，告诉自己要有耐心，慢慢来。他要的从来都是来日方长，不是当下的短暂甜蜜。

可脑海里有个声音在拉扯他的思绪：酥酥不愿公开他们的关系，是不是心里认为他们在一起并不会长久，让家里长辈知晓，以后分开会很麻烦？

他无从得知她的想法。

姐姐的心，海底针。

第十二章

她是他见一次心动一次的人

下午五点一刻，飞机准时降落在宁城机场。

魏思远前来接机，是直接从公司过来的，开的是傅明川的车。魏思远下了车，先替他们打开后备厢，准备帮忙放行李，结果发现他们两个什么也没带。

"井总、宁小姐。"魏思远尴尬地打了声招呼，合上后备厢，拉开后座的车门。

车子行驶在路上，井迟垂在腿边的手摸索着去抓宁苏意的手。她拒绝，他不满，不管不顾地抓住她的手指。他的动作被前座的椅背挡住了，魏思远从后视镜里也看不到什么。

"井总，回雍翠乐府还是钟鼎小区？"

"先去锦斓苑，再回雍翠乐府。"井迟说。

回去定少不了要被老太太一顿批评，他已经做好了心理准备。

不过老太太一向疼他，他扮乖巧就能逃过一劫，只是少不得要被她老人家说教好久。

井迟叹气的声音有点儿大，引起了宁苏意的注意。她最懂他，只看他一眼就明白他在烦忧什么："我回去也得挨一顿骂，跑不了。"

两个人同病相怜，井迟与她对视，笑了一下。

车子先开到锦斓苑，宁苏意下车，与井迟告别。他站在车旁，眼神黏糊糊地瞅着她："打算什么时候上班？"

"明天休息一天，后天得去公司，有很多事等着我处理。"

如井迟所预想的那般，宁苏意回到宁城就变成了严于律己的宁总，只肯给自己留出一天休息时间。

还没分别，井迟就尝到了想念的滋味。

"后天周六，不休完周末再回去？"他像只引诱人堕落的妖精，连语气都藏着一丝难叫人拒绝的蛊惑之意。

可惜宁苏意心似磐石，轻易撼动不得。她拍了拍他的脸："你什么时候见过老板双休？"

井迟挫败，眉梢都耷拉了下来。

兴许是听见汽车轮胎的摩擦声，许久不见人进来，邰淑英出了正厅，走下台阶，穿过院子走了过来。

"酥酥、小迟，站在那儿干什么，还不赶快进来？"邰淑英一副盼望漂泊在外的子女归家的老母亲形象，翘首张望，目光热切。

邰淑英露了面，井迟不过去问候一声显得失礼，便跟宁苏意一块儿进了铁栅门，走到邰淑英跟前："阿姨好。"

邰淑英笑着说："我中午接到你妈妈的电话，才知道你也去了桐花乡。你是去找酥酥的？"

井迟最会在长辈面前装乖，个子高得像棵树，在邰淑英面前却低着头，十分礼貌温顺的样子："是的，不大放心酥酥一个人住在偏僻的山村里，正好最近不忙，我就过去看看她。"

邰淑英点了点头："进屋再说吧，外面热。你留下来吃顿晚饭，让珍姨给你做红烧鱼。"

"不了阿姨，我得回家一趟，奶奶在家等我。"

"对，对，对，老太太担心你，是该看你一眼才放心。"邰淑英说，"那下回吧，下回你再过来用餐。"

井迟满口答应，最后瞄了宁苏意一眼，那一眼里饱含不舍的情绪，视线在她身上停留好几秒。

意识到邰淑英在看着自己，井迟才收回目光转身离开。

母女俩携手进屋，邰淑英拉着宁苏意的手好一通打量，说她瘦了、黑了、憔悴不少。

宁苏意学会了井迟那套，乖乖答应她会好好吃饭，争取早日养回来。

邰淑英一想到那些新闻报道就心有余悸，没忍住骂了她一顿，说她年岁越大越不叫人省心云云。

宁苏意没反驳，向她保证以后绝不乱跑——先稳住她的情绪，至于以后的事，以后再说不迟。

邰淑英说完了正经事，见客厅无人，附在她耳边小声问："你跟我交个底，你和小迟有没有在谈朋友？"

宁苏意心虚，敛下眼帘，呼吸急了几分："没有的事，您别八卦了。"

说完她更加心虚了。

她应付完邰淑英，分别跟宁宗德和老爷子打了个招呼，便上楼去洗澡，换上 T 恤、短裤，躺在暌违已久的大床上。

井迟回家后被老太太骂得不轻，那番话的大意是：他真是个不靠谱的人，说心里有人，不让家里给安排相亲，转眼又跑去偏远山区瞎折腾，这哪里像是有心上人的样子？他别是诓骗人的吧？

井迟心里委屈。

他就是去追心上人的，还成功地把人追到手了。问题是宁苏意暂时不让公开，他只能把委屈情绪吞进肚子里。

回头还是得找她要补偿，井迟想。

想着想着他就忍不住给宁苏意发消息，拉着她陪自己聊天，约好了明天晚上一起吃饭。算起来他们连一次正经的约会都没有。

翌日傍晚，井迟拉开衣柜开始翻找衣服，以往看着十分顺眼的一排衬衫，此刻在他的眼里平平无奇。

他扯出一件黑色的衬衫套上，对着全身镜扣好扣子，再挑出一条相称的休闲款西裤，系上皮带。他喷了宁苏意上次送他的香水，前调是甘草香，细嗅夹杂一丝山参的味道，独特又低调。

拾掇完毕，井迟看了一眼时间，还早得很，回想自己刚刚那一套操作，叹一声幸好没人看见，真的好傻。

时间差不多了，井迟拿上车钥匙，开车去锦斓苑接宁苏意。

她的装扮就居家多了。她穿了少有的娇嫩颜色的衣服，一件淡粉色的衬衫裙，长袖的，还将袖子挽了半截，露出来的手腕戴着他那天拿给她的白玉菩提子；脚上是一双白色马衔扣浅口鞋；长发用一条浅杏色小丝巾编了起来，低低地绾在脑后。

她是他见一次心动一次的人。

"酥酥。"

宁苏意正低头扣安全带，听见井迟叫自己，应了一声，扭头看向他，蓦地被他捧住脸颊。下一秒，他的唇贴了过来。

他含混地说："好想你啊，才一天没见而已。"

宁苏意的姿势很别扭，她身前系着安全带，身体被束缚在座椅里，却被井迟强行掰过身子侧坐着，隔着座椅中间的扶手箱，同他吻在一处。

鼻间萦绕着淡淡的中草药味的香水，宁苏意最喜欢闻奇奇怪怪的味道，这种味道恰好戳中她的偏好。她有些贪婪，还有些痴迷。

肺里的氧气快供不上了，她感觉井迟要把她整个人活生生地吞下去，他吻得实在凶狠。

"我妈……"寻到一丝空隙，宁苏意轻推了一下井迟的肩膀。

井迟听到那个字眼，倏地坐直了身体，四处张望，哪里有郜淑英的身影？宁苏意吓唬他还差不多。

"再不走的话，我妈出来会看到。"宁苏意的心脏跳得快要冲出嗓子眼，补完要说的话，她靠在椅背上微闭着眼调整呼吸频率。

"好烦，你接吻都不专心，还吓我。"井迟嘀咕了一句，扣上安全带，手握方向盘，一脚踩下油门，将车子驶离别墅门口。

宁苏意脸还是热的，没去看他，扭头看向窗外。正值傍晚，夕阳如橘子汽水，泼洒在沿路的商铺橱窗上，折射出一片灿灿金光。

整条路的风景她都再熟悉不过，不知有什么好看的。井迟在心里想，她还不如看看他这个正经的男朋友。

两个人一路上有一搭没一搭地闲聊着。

井迟带宁苏意去吃之前挖掘的一家私房菜馆的菜。

两个人吃完出来，天色暗了下来。华灯连成一串，灯光璀璨似星河，远比偏僻山区的零星灯火热闹。

井迟牵起宁苏意的手，想要做尽情侣之间该做的事："时间还早，我们去看场电影吧？"

"你爱看电影？"宁苏意不怎么喜欢电影院里的氛围，封闭又室闷。前方大银幕的光常亮还好说，要是哪一秒突然暗下来，她会感到不适。

"不爱看，但是想和你一起看。"见宁苏意沉默了两秒，井迟立马察觉到她的犹豫心情，"是不是不想去？没关系。我们要不就在附近逛逛再回去，当是消食？"

总之一句话，他不想这么早就跟她各回各家。

宁苏意停下脚步，从包里拿出手机搜索："找一家私人影院吧，我不太喜欢普通电影院的环境。"

"我知道哪家比较好，我来找。"

井迟拿过她的手机，打出一家私人影院的名字。里面各个包间风格不同，他挑了间宁苏意喜欢的法式复古风的包间。

下了订单，井迟把手机还给宁苏意，让她输付款密码，一点儿不介意让女朋友来买单，反正他们从不分彼此。

宁苏意一个数字一个数字地输进去，问他："你来过？"

"我跟谁来私人影院？是老肖跟他的前女友来过，说环境不错。"

"前女友？"宁苏意知道他口中的老肖——是 MY 风投的投资分析师肖晋，她见过一面。

"女方劈腿，两个人分手了。"井迟简单概括完情况，"啧"了一声，"这家影院不太吉利，换一家吧？"

宁苏意笑道："你是不是有毛病？"

开车到私人影院不过半个小时，两个人直奔楼上提前订好的包间。

井迟没关包间里的灯，连窗帘都没拉，主要是怕宁苏意不适应陌生昏暗的环境。

墙壁贴了深褐色的复古花纹墙纸，壁灯是南瓜形的白色玻璃罩，嵌在银质灯座上，灯光明亮。银幕挂在南面的墙上，正对着一组黑色皮质沙发。空调开着，除了清新的清洁剂味道，没有别的奇怪味道。

将选片子的任务交给了宁苏意，井迟叫了服务生过来，让他送些小食拼盘和饮料过来。

宁苏意问："不知道新上映的电影好不好看，看老电影可以吗？"

"你决定就好。"

"《四个婚礼和一个葬礼》，你看过没有？很老的片子。"

"没有。什么题材的？"

宁苏意说："是爱情片。它还有个译名叫《你是我今生的新娘》。"

井迟垂眸，笑了笑。

宁苏意不解，问他笑什么，难道他以为她是在暗示什么吗？

井迟拉着她到沙发上坐下。片子开始播放，他开口跟她解释自己为什么笑："我记得你钟爱悬疑片，能选出一部爱情片说明考虑到我们的关系了，不容易。"

宁苏意被噎住了，他最近好爱调侃她。

"除了悬疑片，我也很喜欢看爱情片好不好？我在国外留学那几年，你又没有跟我一起生活过，别以为了解我的全部喜好。"

"嗯，酥酥说得对，我还需努力。"井迟直接宣布投降。

宁苏意靠在沙发背上，井迟的左臂就横放在她的后颈处。如此一来，她就像是枕在他的手臂上，而他环抱着她。

过了一会儿，包间的门被人轻敲了两下。宁苏意的位置靠近门边，她准备起身去开门，被井迟捏了一下后颈。

他示意她别乱动，随后对着门口喊了一声："进来吧！"

服务生推门进来，在他们面前的茶几上放了个金属托盘。

托盘里是两瓶饮料，因为井迟没说要喝什么东西，服务生就随便挑了两样畅销款饮料。小食拼盘被装在藤编小篮子里，上面垫了一层白色硅油纸，放着现炸的薯条、鸡翅、鸡米花，还有爆米花和蛋挞，比普通影院准备的小食要丰富一点儿。

听说还可以点比萨，他们吃过饭，没点那些饱腹的食物。

服务生送完东西就不再打搅他们，轻手轻脚地出去了。

宁苏意也是第一次尝试这样的观影体验，浑身舒适极了。即使这部电影她看过一遍，仍然看得津津有味，沉浸其中。

井迟截然相反。可能男人和女人天生脑子构造不一样，他时不时看她一眼，受周遭气氛感染，总是忍不住想，这里好适合接吻。

宁苏意喝了一口果汁，他就在想，她的嘴巴一定很甜，好像是葡萄味？他喜欢的味道。宁苏意一口一口地吃掉一根薯条，他又在想，她嘴唇翕动，像是蚕食掉他的理智。

井迟别过脸去，一脸痛苦状。他怎么能这么卑劣？！

他深呼吸定了定神，透过玻璃窗看向外面，天色彻底黑了下来，华灯在漆黑夜幕的映衬下变得更亮。

神思飘忽之际，宁苏意推了推他的手臂，很有观影道德，说话声音小小的，哪怕这里只有他们两个人："是不是不好看？"

"嗯？不是。"井迟矢口否认，对上她一脸真诚坦荡的样子，越发怀疑自己有毛病。

怕她看出什么异样，井迟连忙转移话题："我口渴了，你的饮料呢？"

说着，他就拿起她放在茶几上已经开瓶的饮料。

宁苏意按住他的手："我尝着似乎带有酒精的味道，可能是果酒一类的东西。你别喝了，再开一瓶别的饮料吧。"

"是吗？我尝尝。"

宁苏意正想说"你不要命啦，都说有酒精还要尝试"，然而井迟接下来的举动就让她明白过来他真正要尝的是什么。

他大概是不满出发前那个吻被打断，这一回吻得尤其久、攻城略地、分寸不离，十分的耐心都用在了这上头，势要讨回所受的委屈。

直至后背抵上沙发扶手，宁苏意才惊觉事态不妙，及时叫停。

井迟错开脑袋，额头埋在她的发间，喘气声一声比一声清晰。宁苏意将这声音听进耳朵里，臊得想捂住他的口鼻，让他暂时别呼吸。

偏偏他还嗓音低沉又沙哑地在她耳畔追问："你说你喝了酒，我再亲你会不会过敏？"

那谁知道？

被他这么搅和，宁苏意看电影的节奏被迫中断。后半段他们也不必看了，电影声音成了两个人聊天的背景音。

宁苏意恍恍惚惚地问："你今天喷的是我送你的那瓶香水？"

"你才闻出来？"

井迟用手肘撑起身体，坐远一点儿，不敢离她太近，很容易失控。他怀疑包间里的空调坏了，怎么不起制冷作用？他额头上出了好多汗，发梢都被打湿了。

宁苏意轻哼一声，早在车里就闻出来了。

歇息了一天，次日，宁苏意正式上班。

早上出门前，她穿上衬衫和西装，对镜化妆，不知是不是看错了，感觉嘴唇似乎有点儿肿，指尖碰了碰唇峰，果真有隐隐的疼意。

脑海里跳出昨晚在包间里差点儿失控的一幕，宁苏意不禁赧然。

哪怕现在只有自己一个人，她也要故作正经地板着脸，不做小女儿姿态。她从盒子里挑出一支口红，涂抹均匀，下楼跟家人打了声招呼，出门去公司。

宁苏意一整天没空闲，上午到临床部验收项目，下午在明晟药业总部开了个会议，紧跟着前往慈善基金会所在的办公楼，召集建筑学专家以及基金会的几位理事开会，确定桐花乡房屋重建计划。

会议结束时，落地窗外太阳西沉，暑气难消。

宁苏意看了一眼腕表，不到六点。

跟在她身边的梁穗见状，上前一步提醒，晚上得出席个重要的商业酒会，已经跟造型工作室打好招呼了。

宁苏意给井迟发了条消息，叫他不用给自己准备晚餐，她可能得很晚才能回去。

井迟："收到。"

井迟："给你准备夜宵。"

宁苏意笑了笑，把手机装进包里。

晚饭来不及吃，宁苏意坐上车，前去工作室做造型，就指着酒会散场后回去吃井迟做的夜宵。

造型师根据她的气质给她挑出了几条合适的礼服裙。

宁苏意不想一件件试穿，太耽误时间："简单大方的风格就好。"

造型师最终给她选了条黑白拼色的单肩礼服裙，上身的抹胸并非齐整的平直线条，是与胸型相契合的弧状，镶满了亮晶晶的碎钻，腰间做风琴状的收紧褶皱，凸显纤细的腰线，裙摆曳地，为纯白色，后面是半露背设计，别了一枚黑色带钻的绢花。

礼服款式优雅，色彩也足够简约不惹眼，正合宁苏意给人清淡如水的感觉。

为了凸显礼服裙后背的别致设计，造型师绾起了宁苏意的黑长鬈发，妆容也是相称的淡妆，整体效果丝毫不显寡淡。

做造型差不多花了一个半小时，徐叔开车送宁苏意和梁穗去会场。

现场都是各个领域的顶尖人物，宁苏意见到医疗器械制造公司的吴总和他太太，先过去问候了一声。

这种觥筹交错的场合，于宁苏意来说枯燥乏味得很，但也应付得来。她面带微笑，不停地迎来送往，与人寒暄，既是为明晟药业积累人脉，也能关注一些行业内的动向。

宁苏意倒是没想到穆景庭会出席酒会。她转念一想，君柏集团如今对各个行业都有涉猎，他出现在这里也不奇怪。

穆景庭随手取了一杯香槟，正准备过去找宁苏意说话，突然被几个老熟人绊住了脚步。

他只好隔着人群遥遥朝宁苏意举了一下杯，唇边带笑，而后与身前的几个人交流，说些不走心的场面话。

好不容易打发了他们，穆景庭迈步去找宁苏意。多日不见，他仍是温润如玉的模样，笑着问她："还好吗？"

宁苏意忙了一天，脑子里塞满各种信息，到了这会儿不大转得动，过了好几秒才领会穆景庭表达的意思："还……还好。"

"怎么想到跑那么远的地方去，也不怕不安全？"

"为了慈善基金会的事，我恰好空闲就亲自过去看看，按照原计划不会待那么久，遇到一点儿事情回来得就比预期时间晚了很多，后来又突发泥石流。"

穆景庭也是 SUYI 慈善基金会的理事之一，但他的本职工作繁忙，时常出差，一般不管基金会内部的事，只负责捐款，出手相当阔绰。

宁苏意没打算跟他细说有人从中贪钱诈骗的事。她已经将那人逐出基金会，并且找了律师向对方追责。

穆景庭说："说起桐花乡的泥石流灾害，我坐飞机时在报纸上看到关于你的报道了。那些大篇幅的称赞文字，我看了都与有荣焉。"

宁苏意笑了笑："都是媒体夸大。我没做什么事，真正该被夸的是那些救人于危难之中的消防员和武警。"

酒会到晚上九点半左右结束，宁苏意出了会场，看见外面下雨了。

因前段时间的天灾，她烦死下雨天了。

穆景庭就站在她身后，看了一眼漫天的雨，说："我送你吧。"

宁苏意正要拒绝，旋即想到随行的还有梁穗。她和梁穗不顺路，让徐叔送两趟太麻烦。

她点了点头，对梁穗说："让徐叔送你回去，我坐穆总的车。"

梁穗："好。"

宁苏意提着裙摆坐上穆景庭的车。他坐在她的身侧，后排有三个座，两个人中间隔了一段距离，不会显得拥挤。

穆景庭上车以后就解开了西装的系扣，浑身放松地仰靠在椅背上，侧过头看向宁苏意的侧脸。他们从小一起长大，她却总给他一种疏离冷淡的感觉，很难靠近。

司机启动车子，车窗被雨丝浇得模糊，投射在上面的霓虹灯灯光成为一个个晕染开的光圈。

一路上两个人没说几句话，十点一刻车子到了钟鼎小区。

宁苏意拿上手包，低着头提起一团云似的裙摆，免得洁白的裙子扫到地面的雨水不好打理。

司机从驾驶座上下来，撑开一把黑色大伞，快步绕到后面，举高伞遮在宁苏意的头顶。

穆景庭随后从另一边下了车，从司机手里接过雨伞。

宁苏意抬眸看向他。

他轻轻笑了笑，黑伞下的面容俊朗如月："看你不太方便，我送你过去。"

她穿着长礼服行动艰难，无法撑伞。

穆景庭护送着她过去，状似无意地问："井迟也搬来了这边？"

当初井迟把房子借给宁苏意居住，穆景庭就猜到那小子要利用上下楼之便，达到"近水楼台先得月"的目的。

宁苏意"嗯"了一声，又解释了一句："他住十五楼，我住十六楼。"

穆景庭将她送到公寓楼下的大厅里，没有要走的意思，手里握着收起来的雨伞，伞尖在滴水。

宁苏意这才看到他的左肩被雨水打湿了一片，颜色比周围的布料深，发梢也似有些潮湿。

她有点儿纠结要与他说什么，说"谢谢"太见外，说"再见"有驱赶人的意思。

"那……"宁苏意语气迟疑地开口。

"不请我上去坐坐？想跟你讨杯水喝。"

宁苏意的话卡壳了，她抿了抿唇，两个人一前一后地走进电梯。她伸手摁了十六楼的按键，就近站在靠电梯门的位置，没往里走。

思绪有点儿乱，她想着，井迟可能在她家。

夜间电梯里无人进出，两个人沉默着到了十六楼。随着电梯门打开，宁苏意包里的手机也响了，是井迟的消息。

"忘了跟你说，我在十五楼，你回来后直接来我家。"

走廊的地板很干净，宁苏意没再提着礼服的裙摆走路，手得以解放，打字回复："我到家了。"

井迟："快下来。"

宁苏意："景庭哥送我回来的。他现在在我家门口，我请他喝杯水，可能要等一会儿才下去。"

虽然不是她主动邀请穆景庭上来的，但还是得跟井迟报备一声，不仅仅因为他是她的男朋友，还因为这房子是他的。

井迟发来一排问号，再追加一排感叹号，最后补充了一句话。

"你完了。"

穆景庭是谁？那是他一生之情敌！

井迟在家里一刻都坐不住，握紧手里的手机冲到玄关，顾不上换鞋，穿着拖鞋出门就往电梯里走，门也不锁，丝毫不担心被偷。

穆景庭跟随宁苏意进了屋。他第一次来这里，作为开发商，对房子里大致的格局清楚，但对装修风格怎样就不得而知了。

宁苏意从鞋柜里给他找出一双一次性的酒店式拖鞋，放下手包，叫他坐在沙发上。她去厨房给他拿水时问道："纯净水行吗？我找不到热水壶了。"

这些东西平日里都是井迟收拾的，一时不知道他放哪里了。

穆景庭不挑："都可以。"

他本来也不是为了喝水。

穆景庭扫了一圈，视线最终落在通往二楼楼梯处的那幅画上，认出画里的人是宁苏意。他不自觉地走过去，看到右下角的落款：井迟。

穆景庭心下一沉，背后忽然传来开门的声音。他转过身去，瞧见了匆匆赶来的井迟。

井迟在客厅中央站定，挑了一下眉，还算有礼貌："景庭哥。"

"嗯。"穆景庭没问他是怎么进来的这种傻话，走回到沙发边坐下。

宁苏意从厨房里出来，手里拿着两瓶纯净水，见到井迟先是愣了一下，随即表情如常。她递给穆景庭一瓶水，手里还有一瓶，给了井迟："你要吗？"

井迟没接水："我家又不是没水喝，我不要。"

穆景庭原本有几句话要跟宁苏意单独说，现在井迟在这里，就没必要再说了，起身告辞："小高还在楼下等我，我就先走了。"

宁苏意想说送送他，话未出口就被井迟出声打断："我送景庭哥，你去换衣服，穿着礼服跑来跑去的不嫌麻烦？"

宁苏意说了声"好"，手提着累赘的裙摆上楼，迫不及待地想换身清爽的家居服。

井迟送穆景庭到电梯口就不再多送一步，双手插进裤子口袋里，偏着头，样子有几分落拓随性，闲闲地目送着穆景庭的身影。

电梯门朝两边打开，穆景庭扭头看向他："你不跟我一起走？"

"酥酥是我的女朋友，我为什么要跟你一块儿走？"

穆景庭临走时那个眼神，井迟怎么感觉他不相信呢？井迟不禁反省自己，自己说话的语气那样认真，难道听起来很像开玩笑？

谁会拿这种事开玩笑？

井迟揣测完穆景庭的心思，被一股浓浓的挫败感包围，回身进了屋。

宁苏意换好了衣服，一整套的浅灰色家居服，短T恤搭配短裤的款式，一双腿细白笔直，绾起的发髻被拆掉了，披散在身后。她一边下楼，一边取下手腕上套的发圈扎了个低马尾，方便待会儿吃饭。

井迟木头桩子一样戳在客厅里，浑身散发的气息实难叫人忽略。

宁苏意踩在最后一级台阶上，愣怔地看着他："不是说准备了夜宵，去你家吃？"

"等会儿。"井迟抬了抬下巴，"你能不能先说一下，景庭哥怎么会送你回来的，徐叔呢？"

"我们在酒会上碰到，结束后正在下雨，我就让徐叔送梁穗回家了。"宁苏意摸了摸肚子，"我好饿，没吃晚饭，一直忙到现在。"

井迟一下没了审问的气势，抓住她的手带她下楼吃夜宵。

他给她炖了筒子骨汤，汤汁奶白浓郁不油腻，配了玉米猪肉馅儿的蒸饺。

宁苏意仅仅看了一眼，饥饿感就更强烈了。她先喝了一碗热乎乎的汤，缓过饿劲才细嚼慢咽地解决蒸饺。

井迟吃过晚饭，没什么胃口，只吃了几口："为什么不吃晚饭？"

"忙啊，没空吃。"

"以后再忙也不要不吃晚饭，饿久了对肠胃不好。"井迟顿了一下，又问，"景庭哥是不是还在追你？"

宁苏意被他冷不丁转移话题的行为给弄呛着了，别过脸去低着头咳嗽。被呛得狠了，她咳得白净的面皮通红。

井迟绕到对面给她拍背顺气，脸上带着自责的表情："我又没有说什么惊悚的话，你怎么就被吓得呛成这样？吃饭也不知道注意一点儿。"

半晌，宁苏意终于顺过气，靠在椅背上仰头看着站在自己身侧的罪魁祸首："你吃醋了？"

"我不该吃醋吗？"井迟就势坐在她旁边的椅子上，转头看向落地窗外，拿后脑勺对着她，"无论过去多久都改变不了他是你的第一选择。"

"那是我随口一说的话。我不是也没有答应景庭哥的表白？"宁苏意耐心解释，"他那时刚好对我表示好感，我想着他是我从小就认识的人，比较合适。我没有喜欢他。"

不知道为什么，她有种越描越黑的错觉。

井迟抓住她话里的关键词，质疑道："可你也没说过喜欢我，难保我不是另一个'合适'的选项。"

话一出口，井迟就后悔了。

这样太不理智了，他原本想好要慢慢来，怎么一碰上穆景庭就失了风度？井迟呼了一口气，主动道歉："对不起，我不是那个意思。我没有怪你……"

宁苏意放下汤匙，侧过身体搂住他的肩膀，脸靠在他的肩头，声音轻轻地说："我是喜欢你的，井迟，你别不自信。"她接着说，"可能我喜欢你没有你喜欢我那么深，但我的心很清楚，你不是我权衡利弊后的选择。"

时间好像过去了几秒，还是十几秒？井迟不清楚，耳边一遍遍地回荡着她说的那句"我是喜欢你的"。

他以为要等好久的一句正面告白，原来竟唾手可得。

心脏重重地撞着胸腔，每一下都像是要蹦出来，井迟喉咙发涩，眼眶发酸。

井迟低下头，借她的T恤布料蹭掉见不得人的"罪证"，缓了缓呼吸，换回平静语气："我知道了，你喜欢我。"他拍拍她的背，提醒道，"再不喝汤就要凉了。"

宁苏意放开他，目光掠过他的脸，微微一愣，凑上去看他，被井迟捏住下巴推远。

他再次催促："快吃。"

她拾起汤匙，舀了一勺汤，忍不住偷偷看他的脸。她没有看错，他的眼睛有点儿红。

心里有了清晰的答案，宁苏意视线不再停留在他的脸上，看着碗里的汤，顺便腾出一只手摸摸他的脑袋："以前没发现你这么爱哭。"

"我没有。"

"好吧，当作没有。"

"……"

井迟憋了半天，丢下一句"反正我没哭，是你看错了"，起身去了洗手间，捧起凉水往脸上浇。

洗完脸，井迟脸上挂着冰凉的水珠从里面出来。宁苏意往嘴里塞了最后一个蒸饺，放下筷子表示自己吃好了。

井迟让她放着碗筷别动，他来收拾。

"收拾碗筷又不费力。"宁苏意自己整理好了桌子。

井迟跟在她身后，像小尾巴一样进进出出，看她把碗盘整齐地放进洗碗机。

他斜侧着身体靠在流理台边缘："你明天晚上有空吗？"

"你先说是什么事，我不一定腾得出时间。"宁苏意拧开水龙头，摁了一点儿洗手液搓洗双手。

"我想带你回家吃顿饭。"

"什么？"宁苏意悚然一惊，眼睛都瞪大了。

"不是见家长的意思！"井迟就知道苏宁意会想歪，耐心解释，"奶奶上个月 21 号过生日，当时我们在桐花乡，赶不回去给她庆生，只打了个电话祝寿。往年她的寿辰，家里没人缺席，唯独今年。奶奶觉得有点儿遗憾，计划明天晚上安排一桌筵席，让小辈们都过来吃顿家宴。"

宁苏意想了想，说："我尽量早点儿过去，不敢保证能准时。我明天下午有两个会议。"

"我错了。"井迟突然没头没尾地道歉。

"嗯？"宁苏意怔了一下，不明白他又做错了什么事。

"我一时冲动，跟景庭哥说了我们的关系。"井迟说，"虽然他没有相信我的话，以为我在要诈。"

他答应过她暂时不公开他们的恋情，怪刚刚昏了头。

宁苏意没说话。

井迟有点儿忐忑地垂眼看着她，没看出她是生气还是没生气，抿了抿唇，唯唯诺诺地说："我真的知道错了。"

宁苏意终于憋不住扬唇笑了起来，手指捏了捏他的耳垂上的耳钉，见他低眉顺眼的样子，觉得太好笑了："你这么怕我？我是说过短时间内别让长辈们知道，没说不让朋友们知道，没关系的。"

"真的？"

"嗯。"

"你跟你的朋友们说过？"

"那倒没有。"宁苏意笑了笑，"她们没问，我突然说起这事多奇怪？搞得好像我在炫耀我有男朋友一样。"

"这年头，有男朋友难道不值得炫耀？"

"……"

分明是相同的年岁，宁苏意时常有种自己和井迟之间存在代沟的感觉。这有什么好炫耀的？她不懂。

宁苏意轻咳了一声："时间不早了，我明天还要早起上班，先走了。"

"这就要走了？"

井迟看了一眼时间，十一点多了，她还没卸妆、洗澡，确实有点儿晚："走吧，我送你回十六楼。"

即便宁苏意住在他的楼上，他也要亲自送女朋友回家，这是作为男朋友跟女朋友约会时的基本素质。

翌日下午，宁苏意的时间被安排得满满当当的，两场会议连着开的，中间几乎没给她留喘息的时间。

赶在五点半之前终于忙完了所有事，宁苏意交代梁穗一声，自己先回了办公室，到休息室里换上一条薄荷绿连衣裙，将脚上中规中矩的黑色高跟鞋换下来，穿上了另一双亮眼的银色渐变高跟鞋。

手机响了一声，是井迟发来的消息，说他已经到楼下了。

宁苏意让他稍等，抓紧时间补了一下妆。

黑色的名车停在公司门口，宁苏意刚走出来，井迟就推开车门下来，给他的公主开车门。

他穿着一身剪裁得体的黑色西服，皮肤白净，五官优越，站在下班时人来人往的大门外，惹眼得很。

宁苏意赶紧上了副驾驶座，动作太急，鞋跟被绊了一下，差点儿摔倒。

井迟手疾眼快地扶稳了她的手臂，调笑了一句："慢点儿啊姐姐，我打电话跟奶奶说过晚点儿开饭，咱不用着急。"

宁苏意坐稳以后瞪了他一眼。

井迟说不着急就真不着急，车速始终不疾不徐，四平八稳地将车子开到雍翠乐府。

没等宁苏意下车，井迟就先一步下去，绕到副驾驶座那边给她开门。

见宁苏意解开安全带，一只脚伸到车外，下一秒井迟就倾身搂住她的腰，将她从座椅上抱了下来。

"喂！"宁苏意惊了。

这是在院子里，偏厅的落地窗正对着前院，他也不怕被人看到！

井迟歪头朝她笑了笑："你放心好了，就算被他们看到，也不会有人怀疑什么——他们顶多称赞一句'酥酥和小迟这俩孩子感情真好'。"

宁苏意被逗得绷不住，"扑哧"笑了笑。

井迟握住她的手腕带她进屋。

一屋子都是自家人，宁苏意都熟悉，一一打了招呼。

上个月老太太寿辰，是郜淑英出席的寿宴，送上了寿礼。今儿宁苏意单独给老太太准备了一份礼物，哄得老人家心花怒放。

晚宴准备得很丰盛，偌大的红漆圆桌上摆了好几圈菜肴，冒着腾腾热气，可见今日的主厨费了心思。

大家一起举杯祝愿老太太长命百岁。

老太太笑得满面红光，嘴上还嗔怪道："什么长命百岁，只要你们一个个都幸福美满，过好自己的日子，我就称心遂意了。"

井羡撑着腮柔柔地笑着，脑袋歪靠在丈夫的肩膀上，视线却瞟向对面的井迟，对老太太说："除了小迟，我们哪一个不幸福美满？您呀，该多多念叨他才是。"

井迟抬眼，目光锁定声源处，看见三姐一脸幸灾乐祸的表情。

井羡眨了眨眼，忽略他的警告眼神，继续问老太太："我记得过年那会儿奶奶您不是给他介绍了一个相亲对象？"

葛佩如接话："不算正经相亲，就是趁着拜年让他俩认识一下。他们只见了那一面，后来就没动静了。"

井羡问："小迟不喜欢人家？"

葛佩如看了井迟一眼："那姑娘对你弟弟的印象不错，可你弟弟不待见人家。我后来听你奶奶说，小迟亲口向她承认自己有心上人了，让家里别再给他安排相亲，这件事就不了了之。这孩子，早不说，我见了秦太太怪尴尬的。"

宁苏意就坐在井迟旁边，闻言心脏不受控制地乱跳，既紧张又心虚。

大人们聊得热火朝天，几个小孩也"叽叽喳喳"地说笑不断，趁没人注意，井迟腾出一只手在桌底下捏了捏宁苏意的腰。

她一点儿没防备，被他吓了一跳。

井迟的手贴在她的腰间没放开，不得已，宁苏意将手缩到桌下推了推他的手臂。井迟正好逮住机会，握住她的手。

宁苏意觉得好羞耻，周围都是家人，他们这样跟偷情似的，太要命了。

她蜷缩手指，指甲掐进井迟的掌心，想让他松开，他却一再收紧手指。宁苏意多淡定的一个人，也被他调戏得红了脸。

好在井迟懂得见好就收，趁她处在失控边缘，果断地松开了手，还假模假样地起身拿起一旁的柳橙汁给她的杯子里添满果汁。

饭后宁苏意去卫生间洗了手，出来时井羡叫了她一声："酥酥，打不打麻将？三缺一。"

宁苏意婉拒："不打，太长时间没碰过，忘了怎么打。"

井羡没有勉强她，拉着自己的丈夫顶上。几个人围坐在牌桌边，余下的人在客厅的沙发上坐着聊天。

井迟找了个机会拉着宁苏意悄悄溜走。

楼上无人，宁苏意终于不用再顾忌，握拳捶他："你吃饭的时候太嚣张了。奶奶和姐姐们都在那里，你竟然……"

井迟笑了笑，手臂揽着她的后背："不是没被发现吗？我很小心的。"

"你就仗着我不会生你的气！"

"是啊，姐姐从小就疼我。"

两个人顺着三楼的走廊一直往里走，到最后一间房门外，井迟从口袋里摸出了钥匙，插进锁孔里拧开。

宁苏意好奇："这是什么地方？"

井迟说："我的秘密基地。"

他推开门，宁苏意闻到一股油画颜料的味道，猜到了什么。还没等她进一步验证，井迟的手就摸索着门边的开关打开了灯。

暖白的灯光洒下来，照亮了整间画室。

井迟带她进去，随手掩上了门。

宁苏意呼吸滞了滞，画室的四面墙壁有两面摆满了大大小小的画，画中人无一例外全是她，或坐或卧，或笑或嗔，细致入微。

另一面墙前放置了一个深褐色的木柜，柜子被分隔成一个个格子，放着油画颜料，各种不同的牌子，不同的颜色。

临窗的地方立着画架，上面绷了一张画布，是一幅未完成的油画作品，她看轮廓似乎也是她。

宁苏意看得怔怔出神。井迟伸臂圈住她的腰肢，从后面抱住她。他比她高出许多，能把她整个圈住。

"你什么时候开始画的？"宁苏意问，声音裹着浓浓的酸涩情绪。

"不记得了，刚开始学人像就是画的你。"井迟说，"画画是我的个人兴趣，我不靠这个谋生，所以只愿画自己想画的人。"

宁苏意以前就听老太太说过，井迟的画室绝不让外人进，里面都是他一手布置的，日常的卫生他也不让家里的阿姨插手。

原来，竟是这个原因。

他小心隐藏多年的心思，当然不能让外人窥见。

井迟下颌靠在她的肩上，声音很低地说："你知道吗？我原本以为一辈子都不会让你看见这些东西。现在你看到了，我就觉得满足，这些画都有了不一样的价值。"

宁苏意转过身来，换成面对面抱住他。

井迟缓缓低下头，嘴唇擦过她的额角、鼻尖，温热的呼吸伴随柔软的唇瓣往下滑。他寻找她的唇，碰上以后就舍不得分开了。

宁苏意后背抵在画架上，一边承受他细腻温柔的吻，一边分神担心画架会不会倒下来。她还在想，幸好画布上的颜料已经干透了，不然她靠在上面，蹭得裙子上都是颜料。

井迟啄了一下她的嘴角，呼吸声很重："你专心点儿好不好？每次接吻都走神……"

宁苏意手指拽住他腰侧的衬衫往自己的方向拉。他后背的布料绷紧，凸显出肩背的流畅线条。她微微仰头，主动凑近一点儿吻住他。

霎时间，井迟感觉自己被一把火点着了，手掌用力按住她的后颈。

楼下客厅里，井施华的女儿谭未萝在妈妈身边哼哼唧唧的。

坐在对面的井羡看得好笑："小萝要什么呀？你给她就是了。"

井施华丢出去一张九条，麻将碰撞声十分清脆。她说："给不了。小萝啊，报了个绘画班，最近爱上了画油画，想去参观小迟的画室，我哪儿能做主？"

谭未萝揪着裙摆小声说："我看到舅舅和宁姐姐上了三楼，他们肯定去了画室……我也想去看一眼。我不会乱动东西的，你跟他说一声好不好？"

井施华："你怎么不去跟你舅舅说？"

谭未萝摆明了不敢找井迟，才来妈妈身边央求。

"得，我带你去瞧瞧好了。"井羡喊了琼姨过来替她打一会儿，带着谭未萝上楼。

谭未萝有点儿担心："舅舅会不会生气呀？"

"生气有我顶着呢。"

谭未萝放心了，蹦蹦跳跳地上楼梯。

井羡不得不提醒她一句："小祖宗，我们是偷摸干坏事的，你小声点儿，别这么用力跺楼梯。"

谭未萝"哦哦"了两声，点了点头，放轻脚步跟上她。

井羡走路更是无声无息。她一个专业芭蕾舞演员，身材纤细，体态轻盈，足尖点地如一只蹁跹的蝴蝶。

到了三楼最靠里的房间前，她的手刚挨上门板，她还没敲门，门就自动开了。

随着门缝越开越大，井羡率先看清了室内的画面，目瞪口呆地望着临窗拥吻的两个人，赶紧用手捂住未成年小姑娘谭未萝的眼睛，嘴里惊叫："天哪，天哪！"

宁苏意被突然冒出来的声音吓得够呛，一把推开井迟，匆忙往后退了一步，小腿绊到了木棍似的东西，只听见"哐当"一声，立在那里的画架终于还是在她的担忧中倒了下去。

所幸画架后面的木条卡在窗沿上，画架没彻底摔到地上。

井迟双手扣住她的腰将人拽回来，免得她随画架一起栽下去。

宁苏意惊魂未定地看向门口。

站在那里的井羡讪讪一笑，一脸深浓的歉意神色。她身前站着谭未萝，谭未萝的双眼被一只手蒙住了。

谭未萝不清楚发生了什么事，小手在空中乱挥，像只被人扼住后颈的小鹦鹉，大叫道："小姨，你蒙我的眼睛干什么？我要参观舅舅的画室！"

井羡一边说着"sorry（对不起）"，一边带着谭未萝往后撤退，走出几步，才松开蒙住小姑娘双眼的手，拉着她火速下楼。

谭未萝被拽得踉跄好几步，差点儿摔跟头，不满地对她控诉："小姨，你说要带我来看画室的。"

"祖宗，你跑快点儿吧，再晚一步你舅舅就会考虑把我俩灭口了。"

"搞什么？你说舅舅生气有你顶着。"

"我顶不住。"

"我白信任你了，臭小姨。"

"随你怎么骂，我认了。"

两个人气喘吁吁地从三楼跑到一楼客厅，颇有慌不择路的感觉。

牌桌边的人听到脚步声纷纷看过来。

井施华刚和了一把，笑得嘴都合不拢，将麻将堆砌成长条，随口问道："怎么这么快就下来了？"

谭未萝一屁股坐到沙发上，双手抱臂，噘着嘴说："别提了，小姨一点儿都不靠谱，说好了带我去参观画室，刚推开门就捂住我的眼睛！我什么都没看到！"

井羡松了一口气，补上一句："没看到就好。"

井施华没听懂："什么情况？"

"大情况！"井羡跑到牌桌边。

琼姨要起身给她让座，被她制止了，"我不打了，你们也别打了。"

井施华意犹未尽："别呀，我刚自摸赢了一把，手气正好。来，来，来，继续。"

"你猜我在楼上看到了什么？"不等别人问，井羡深吸一口气，自己揭晓答案，"小迟和酥酥在接吻。"

她说着，生动形象地比画了一个手势——两只手握成拳头相抵，大拇指朝内勾了勾，碰在一起。

老太太坐在沙发上看电视，戴着老花镜，眼镜脚架垂下两条小金链子，朝她看去一眼，乐呵呵地说："听你胡说八道，糊弄他们还行，糊弄我啊，没门儿。"

井羡手扶着腰，看向拆自己台的老太太，当真无语。

这年头她说真话都没人信，要怪就怪井迟和宁苏意多年来营造的"姐弟"关系深入人心。

井羡拿不出有力证据来证明自己的话是真的。她指着楼梯口偏了偏头："等会儿人下来了，您自己问好吧。我不说了，说了也没人信我。"

三楼的画室里，宁苏意脑袋"嗡嗡"响，还处在呆滞的状态。

从前她就万事不放在心上，一向淡定得很，自从坐上明晟药业老总的位置，更没什么场面能叫她应付不来，眼下她的脑子里却一片空白。

井迟扶起倒在窗台上的画架，坐在椅子上，拉着宁苏意的手到自己跟前："我也没想到三姐会突然闯进来，平时家里人都知道我的禁忌，不会乱闯我的私人空间。多半是未萝要进来玩，三姐纵着她。"

宁苏意耳根发烫，低头俯视他："要怎么跟他们说？"

三姐都看到他们接吻了——他们编别的瞎话没说服力，肯定是要承认的，可她连说辞都没想好。

井迟作为男人的担当这时候就体现出来了："交给我，我来说。"

宁苏意将手搭在他的脑袋上，手指一下一下地捋着他的柔软短发："你打算怎么说，不如你先说给我听一下？"

"这还不简单？"井迟认真地说道，"就说'我们在一起了，先前瞒着大家是因为感情还不稳定，想过段时间再挑明。既然被三姐看到了，那就索性告诉你们好了。嗯，还得额外跟奶奶说一声，我当初跟您说的心上人就是酥酥。怎么样，您满意吧？您可悠着点儿，别一激动高血压犯了'……"

"贫嘴。"宁苏意情不自禁地笑了一下，在他的脑门上轻轻拍了一下。

碎发扫到额前，遮盖住眉眼，井迟闭了一下眼睛。宁苏意能看到他薄薄的眼皮上的淡青色血管，好乖的样子。

宁苏意在想，他怎么可以时而冷酷时而乖顺，切换起来没任何压力？

井迟站起来，抬手拨了拨额发，带着她下楼："走吧，面对狂风暴雨的洗礼。"

宁苏意："你别这样说，我紧张。"

两个人下楼，客厅里一切如常。

宁苏意和井迟对视一眼，眼里有同样的疑问之色：怎么回事，他们都不感到好奇吗？

井羡最先注意到他们："来了，来了，人来了。井迟，你个臭小子，害得我好苦。"

井迟抬了抬眼帘，语气淡淡地问："到底是谁害谁？"

他和酥酥好不容易单独待在一起亲热，说些悄悄话，她非要来插一脚，丢了个炸弹就跑了。

井羡想了想，确实是自己打搅了小情侣的好事，顿时心虚，撇了撇嘴："你自己跟奶奶解释吧。"

老太太见两个孩子朝自己走来，牵着手，心里惊了一下，不动声色地拿遥控器关了电视，客厅霎时安静下来。

井迟到老太太跟前，垂下头对她说："奶奶，跟您说件事。"

老太太张着嘴"啊"了一声，手在空中划拉了两下："你说，你说。"

井迟看了一眼身边的宁苏意，发自内心地笑了，按照在画室里提前与宁苏意对好的说辞重复了一遍，更多了深切的意味："奶奶，郑重地跟您说，我和酥酥，我们在谈恋爱。您看着长大的酥酥，我喜欢了她好多年，现在终于达成所愿，希望能得到您的祝福。"

老太太仰头看着他说话，脖子都要仰酸了："你……你三姐没开玩笑？"

"嗯。我是认真的，上次就跟您说过，我喜欢的姑娘您也认识。"井迟执起宁苏意的手晃了晃，"您看，您可不就是认识酥酥？"

老太太瞧了瞧宁苏意，咧嘴笑了笑，再三跟她确认："酥酥，你来说，你真的跟小迟在一起了？"

宁苏意郑重地点了点头："是的。奶奶，我们在桐花乡的时候就在一起了。"

老太太终于确定不是老三在开玩笑，也不是井迟在撒谎，是百分百既定的事实，连忙放下茶杯，拉着宁苏意到自己身边坐下："快跟奶奶说，你们在桐花乡都发生了什么事，怎么就走到一起了？你们是不是共患难，一感动就看对眼了？电视剧里就是这么演的。"

井迟皱眉："奶奶，您别说这么直白，吓到酥酥了。"

宁苏意倒是没有被吓到，单纯有些难为情，但还是老老实实地回答："不是共患难，我们在那之前就确定了关系。"

葛佩如在一旁听完，笑得牙龈都露出来了。

井从贤拍了拍妻子的手背，低声提醒："收一收嘴巴，下巴要脱臼了。

不就是有儿媳妇了？淡定点儿。"

葛佩如说："你不开心？那可是酥酥，打小在咱家住着长大的。我当初把她接来家里真是接对了，回头儿子得感谢我。"

直到时间过了九点半，井迟才出声打断老太太的兴致："您别拉着酥酥问东问西了，回头我跟您细说。现在挺晚了，您洗洗睡吧，我送酥酥回家。"

老太太说道："回什么家？住一晚得了，又不是外人。"

井迟："……"

宁苏意不好意思留宿，自己提出来想要回家。

老太太没再坚持，只一个劲地叮咛，叫她有空常来家里玩。

宁苏意笑着应承下来，起身跟老太太告辞，由井迟开车送她回锦斓苑。

路上她把车窗降到底，大口吸着空气。

井迟瞥了她一眼，颇觉有趣："姐姐，我敢说没人见家长能有你这么顺利。你没看到我全家人整齐划一咧嘴角的画面，滑稽死了。"

宁苏意捧着脸，盯着窗外的夜景："先别说话，让我冷静一会儿。"

她脑子里好乱。刚刚奶奶问什么她就答什么，现在开始复盘，发现完全想不起来自己说了些什么话。

宁苏意吹了一路的风，到家时脑子彻底清醒了。

客厅里，郜淑英和珍姨正坐在沙发上看晚间播的电视剧。两个人乐在其中，边看边点评剧情。

宁苏意在玄关换了鞋进屋："妈，我回来了。"

"再晚十分钟，我就要给你打电话问你晚上是不是不回了。"郜淑英笑道，"井家这么好玩？"

宁苏意轻笑，走到郜淑英跟前说有话要跟她讲。

珍姨见状，准备起身回房。

宁苏意拦了一下："珍姨不用回避。电视剧还没播完，您坐下继续看吧，我就说两句话。"

珍姨起身动作做到一半，听她这么说，又坐了回去。

"我和井迟在一起了。"宁苏意无须酝酿，自然地把话说出了口。

井家的人都知道他们在一起的事了，她没必要再瞒着家里的人，也不合适。

邰淑英愣了愣："是我想的那个意思？"

"嗯，就是您想的那个意思。"

宁苏意简单说了一下两个人确定关系的过程，对其余的事就没再赘述。

汇报完，宁苏意没给邰淑英反应的时间，打了个哈欠，上了楼。

宁苏意的身影消失在楼梯口后，客厅里又剩下邰淑英和珍姨两个人。

半晌，邰淑英回味过来，跟珍姨对了对眼神。

珍姨笑道："这下太太的心愿算是达成了。"

邰淑英看不进去电视剧了，跟珍姨小声聊女儿的事，话题围绕着"小迟好啊，知根知底的，不用考察""佩如多温和的一个人，酥酥将来嫁过去也不用愁跟婆婆处不好关系"等等内容进行。

聊完，邰淑英手掌抚了抚胸口，熨帖得不行。

因为宁苏意情况特殊，邰淑英最操心的就是她的感情问题，现在知道她和打小一起长大的并迟在一起了，只觉得安心。

宁苏意周日照常上班，相较平时要闲一些，没有开会，没有与人商谈项目，也没有枯燥的应酬活动，只在办公室里处理一些文件。

临近中午，梁穗例行过来问她想吃哪家餐厅的东西。

宁苏意不挑，在以前常吃的餐厅里随便选了一家。她是最不愿意尝试新鲜食物的人，菜式也要老样子。

梁穗说了一声"好的"，拿着手机出了办公室，准备订餐时，屏幕上方跳出来一条微信消息。

看到熟悉的头像，梁穗习以为常。

半个小时后，宁苏意停下手头的工作，闭着眼仰头靠在电脑椅背上，拇指和食指在山根处轻轻揉捏，缓解疲劳。

听到敲门声，她没睁眼，知道是梁穗过来送餐，说了声"进"。

玻璃门被人推开，接着响起脚步声。听出那绝不是梁穗走路的声音，宁苏意猛地睁开眼，转头看向来人，愣了一下："你怎么过来了？"

并迟停在距离门口不过两步的地方，有些泄气："我怎么这么快就被你识破了？原本我打算走到你身边给你个惊喜。"

"已经够惊喜了。"宁苏意弯唇，"梁穗穿高跟鞋，我当然一听就知道不是她来了，而这个时候一般不会有别的人来打搅我。"

今天气温达到 37 摄氏度，井迟穿着清凉、宽松的白 T 恤、黑色运动短裤、一双简单的板鞋，手里提着不符合他气质的蓝色保温桶。

宁苏意推开椅子，绕过办公桌走向另一边常用来吃饭的餐桌。

井迟打开一层层保温桶，把菜摆在桌上："我进来时遇到了出去吃饭的职员。他们八成是上次见我出现在公司门口，而你上了我的车，都以为我是宁总养的小白脸，看我的眼神都充满八卦意味。"

宁苏意笑道："谁这么不长眼睛，连罗曼世嘉的小少爷都不认识？不过你确实有点儿像小白脸。"

井迟无奈地笑了笑，弯下腰，趁她还没动筷，在她的嘴巴上亲了一下："我要是以色侍人的小白脸，保准缠着你不让你工作。"

宁苏意经不起调戏，推开他的脸，触手的皮肤光滑细腻，手感好得不行。她忍不住抚摩了两下，一副调戏小白脸的做派："乖，不工作怎么养得起你？"

井迟仰头笑了一下："你还真当我是小白脸了，我赚钱养你不行？"

"换你赚钱，你还不是一样要工作？"宁苏意取出筷子，夹了一颗鸡丁放进嘴里，嚼了嚼咽下去，面含浅笑地说出结论，"所以，不管谁养谁，结果是一样的。"

井迟："我可以奴役傅明川给我打工。"

宁苏意差点儿被呛到，端起一旁的水杯喝了一口水："你最好别让他听见这话。"

井迟就此打住，坐到她的斜对面，手搁在桌面上，下颌抵在手背上，有几分孩子气地趴在桌上看着她。

"你不吃？"宁苏意看了看摆出来的菜，两荤一素三道菜，还有一份海带汤，两个人吃足够了。

"不吃，没胃口。"

"教育我按时吃饭的时候头头是道，我看你也就嘴上说说而已，自己都没做到。"

宁苏意重新拿了一副她平时吃饭用的碗筷，洗干净递给他，分出去一半米饭，两个人一起吃。

吃饭的时候两个人都很安静，间或说几句家常话。

他俩之间从不存在冷场的情况。

吃完饭，井迟负责收拾东西。宁苏意给他拿了瓶矿泉水，拧开瓶盖递给他，他却不接，眼睛只盯着她的唇。

这一次宁苏意反应很快，别过脸去，声音很轻地说："别，我刚吃过饭。"

井迟走近，两只手撑在餐桌边缘，将她困在自己的双臂与餐桌之间，鼻尖碰了碰她的，低喃："谁不是刚吃过饭呢？"

宁苏意到底没能拒绝他，两个人嘴唇相碰，吻得极致温柔缠绵。

井迟闭着眼，凭感觉捉住她的手，拿走她握在手里的开了盖的矿泉水，随手放在身前的餐桌上，让她腾出手抱住自己的腰。

宁苏意被他的唇舌追逐着，不断后仰脖子，呼吸渐渐跟不上了。

井迟退开一点儿，垂眼看着她。她的眼睫在轻颤，鼻尖出了点儿细汗，她嘴唇上涂抹的口红在吃饭时蹭掉了一半，再被他吃掉一半，已经所剩无几。

宁苏意以为他放过自己了，刚想缓一口气，他的唇又追了过来。

他还担心她仰着脖子太累，两只手掐住她的腰把人抱起来放在餐桌上。这样她就和他一样高了，姿势更方便——更方便他亲吻她。

宁苏意双腿悬在桌边，脚尖触不到地面，缺乏安全感，推了推身前的人。

井迟喘着气远离她，不似方才那样稍微退开，随时准备再亲上来，而是彻底远离她，往后退了好几步，不让宁苏意看见自己失态的样子。

两个人各自平复，良久宁苏意才叫他："抱我下来。"

井迟偏着头笑了一声，走过去伸手将她抱起来，却没立刻撒手，静静地搂着她，好一会儿才不舍地问："什么时候下班？"

"晚上会晚点儿回去。"

"嗯？"井迟带了点儿鼻音，声音无端地有些勾人，"要加班？"

"跟霜霜和茜恩约了一起吃晚饭，结束后再逛一下街。"宁苏意说。

井迟沉吟片刻，很认真地问她："你们姐妹之间有没有那种'脱单了要让对方的男朋友请客吃饭'的规矩？"

宁苏意听出他的言下之意，笑得眼睛眯了起来，摇了摇头："没有。"

提前结束下午的工作后，宁苏意出门坐上车，从包里拿出手机在群里发消息。

"你们想吃什么？"

邹茜恩："海鲜！"

叶繁霜："我都行。"

宁苏意："那就吃海鲜吧，哪家海鲜餐厅的东西比较好吃？"

邹茜恩截了一张大众点评的评价图发到群里，发语音说："我看这家好像不错。"

宁苏意："介不介意我多带个人过去？"

宁苏意扭头看向驾驶座。下午井迟抽空去理了发，头发短了点儿，碎发浅浅地遮着额头。他专注开车的时候，侧颜俊朗又立体，下颌线优越，白皙修长的手搭在方向盘上，腕骨处戴着一根亮眼的红绳。

宁苏意微微挑眉，这样的他有点儿赏心悦目。

手机响了一声，拉回她的视线，是群里有了回应。

叶繁霜问她要带谁过去，她们认不认识。

宁苏意："小迟，他买单。"

叶繁霜："欢迎。"

邹茜恩："欢迎。"

征得两个人的同意后，宁苏意就放心了，忍不住笑了一声，收起手机。

等红灯的间隙，井迟转头看向宁苏意，笑了笑："跟她们说好了？"

宁苏意："嗯。"

宁城的夏季不知要延续到几时，8月份正是最热的时候，傍晚的气温没有丝毫降低的趋势。

两个人到达海鲜餐厅时，叶繁霜和邹茜恩已经落座。

人少，没有开包间的必要，他们在临窗一张四人桌边就餐。

邹茜恩对着门口，先看见宁苏意的身影，朝她招了招手："酥酥，这里，这里……"

目光下移，邹茜恩注意到井迟和宁苏意牵在一起的手，脸上的表情一点点地凝固，慢慢转变为惊讶。

她知道他俩是青梅竹马，关系好得不行，可大庭广众之下牵手是不是有点儿奇怪？

叶繁霜见她表情怪异，放下茶杯微侧着身望过去。此时，井迟和宁苏意已经走到她们跟前。

叶繁霜挑眉："酥酥，不交代一下？"

她不傻，端看宁苏意的表情就知道有情况。她有预感，自己一个月的早餐有着落了。

宁苏意大方承认："嗯，欠你的早餐我会如约履行。"

邹茜恩忙不迭地说："还有我的。"

井迟没听懂三个女人打的什么哑谜，迷茫地听了一会儿，不得不问宁苏意："你们在说什么？"

宁苏意没好意思说，招来服务生，拿过两本菜单分别递给对面的二人，让她们先点餐。

叶繁霜掀开菜单，垂眸从上往下看，指尖一一滑过："我就不客气了。"

宁苏意笑道："没让你客气。"

井迟捉住宁苏意的手腕，不甘心地追问："欠的早餐是什么意思？"

宁苏意摸了摸额角："我能不回答吗？"

"不能。"

叶繁霜和邹茜恩竖起菜单，头挨着头，一边研究菜单一边偷笑。

井迟执拗地让宁苏意说出来。她拿他没辙，小声跟他道出实情。井迟听完，皱起眉头："她们俩都相信我们会在一起，就你一个人不相信，还打了赌。你好伤我的心。"

宁苏意冤枉："不是我要打赌的！是霜霜！"

叶繁霜看热闹不嫌事大，在一旁拱火："让我想想，我们当初打的赌是，如果小迟弟弟对酥酥有意，就算我和茜恩赢，按说你早该兑现赌约了。"

"没错。"邹茜恩附和。

宁苏意举手投降："翻旧账就没意思了啊。"

叶繁霜给姐妹留面子，比了个给嘴巴拉上拉链的动作，开始点餐。

既然是好姐妹的男人买单，她就不打算给小井总省钱了，看着好吃的东西都想要尝试。

吃完晚餐，井迟没参与她们几个的"姐妹逛街时光"，临走时跟宁苏意说："逛完了给我发定位，我开车来接你。"

宁苏意站在餐厅外，七点多，街边的路灯都亮了起来。灯火辉煌，他立在台阶下微微仰头看着她，眼睛里是星星点点的碎光。

叶繁霜和邹茜恩互相给对方的手臂搓鸡皮疙瘩。

邹茜恩说："我们吃饱了，不需要再吃'狗粮'了，谢谢。"

送走井迟后，三个女人沿着路边往前走，前面就有一家大型购物商场。

吃饭时井迟在场，很多问题不方便问出口，此刻男主角不在，叶繁霜释放了本性，直白地问宁苏意："跟弟弟谈恋爱是什么感觉？"

宁苏意顿了顿，差点儿吐出一口血："你能别提那个词吗？"

"哪个词？弟弟？弟弟有什么不好？我看他好贴心的。以前他对你就没二话，现在升级为男友，对你更是照顾得细致入微。"叶繁霜挽着她的手轻晃了一下，压着声音暧昧耳语，"你们那个没有？他在床上是不是也……"

宁苏意脑子都快炸开了。她狠掐了叶繁霜一把，令叶繁霜余下的生猛话语变成一道拉长的尖叫声。

"啊——"叶繁霜捂着被掐的地方，"疼死我了，你下手真狠。"

宁苏意用眼神警告她不许再说那些话。

"不是吧大姐，都是成年人了，讲点儿边缘话题都不可以？"叶繁霜说，"你们不会都没有接吻吧？"

宁苏意看着她，面无表情："你觉得可能吗？"

"在你身上就没什么事是不可能的。不过你这么说，那就是亲过咯。什么感觉？你以前好像说过，跟井迟太熟会笑场。"

"你好八卦。"宁苏意嫌弃她。

三个人说说笑笑地进了商场，逛到九点多。

宁苏意提前给井迟发了条消息，从商场出口出来时，那辆显眼的车就停在对面路边的停车位上。

井迟下了车，迈着颀长的双腿，于灯火璀璨中穿过马路来接她。

等人走到跟前，宁苏意撩了撩发丝："你在车里等着我过去就好了，天这么热。"

井迟没说话，接过她手里的一堆购物袋，然后牵过她的手，与另外两个人告别，带着她穿过马路，回到对面车上。

车里空调徐徐地吹着冷风，人坐上去就能感受到恰到好处的凉意。

车子启动，行驶在宁城如水的车流里。

宁苏意看看窗外的夜色，再看看身边的男人，想起在商场里排队买冷饮时叶繁霜说的一句话："你发现没有，你谈恋爱后整个人都变鲜活了。"

叶繁霜还说："以前的你当然也是漂亮惹眼的啦，但就像插在花瓶里的花朵，鲜艳是鲜艳，总给人缺少养分的感觉。"

宁苏意被她的比喻逗得笑起来："你说井迟是我的养分？"

叶繁霜："我的意思是你们是天生一对。"

宁苏意忍不住弯起嘴角，刚好被井迟的目光捕捉到，他以为自己看错了，仔细看，能看见她眼睛的弧度弯弯的，眼里有灼灼亮光。

井迟问她："笑什么？"

宁苏意抿了一下唇，掩藏笑意："我笑了吗？"

井迟目视前方，腾出一只手比画自己的嘴角，做了个上扬的弧度，被宁苏意警告了一声："抓好方向盘，专心开车。"

井迟笑了一下，将手放回去握住方向盘，语气玩味地说道："是因为一见到我就心情愉悦吧，宁苏意。"

第十三章

谈个恋爱还真神奇

8月底，宁城的气温降了两天，就在大家以为即将步入秋季时，气温又陡然升高，夏天的尾巴拖得长长的。

周一下班前，宁苏意的手机进来两条微信。

"宁姐姐，还有一个小时我就到宁城啦。"

"你有空吗？我请你吃饭吧。"

宁苏意拿起手机，盯着屏幕，莞尔一笑，搁下手里的签字笔回道："机场还是高铁站？我去接你。既然你来宁城，我就是东道主，怎么能让你请客？我请你。"

柳西蝶很快回消息过来："高铁站。宁姐姐，你太客气了。给我个机会好不好？我想请你吃饭。"

宁苏意坚持："下回再说，这次我请。"

柳西蝶这下满意了，一连发来好几个亲亲的表情包。

宁苏意加快速度签完几份文件，看了一眼腕表，从公司开车去高铁站得四十分钟，差不多要迟到了。

她出了办公室，到楼下就看见了停在公司门口的车。

自从被明晟的职员撞见过几次，井迟就无所谓低调不低调，每次都大大咧咧地把车停在正门，十分引人注目。

宁苏意提着包朝他奔去："你怎么来了？"

井迟打量着她。她今天穿了条款式简约的白裙，小西装挂在臂弯上，脚上是一双裸色小猫跟尖头鞋，脚踝处的白色系带印了一圈黑色字母logo，在侧边打了个蝴蝶结。她小跑着过来的模样，格外清丽动人。

井迟没忍住摸了摸她的脑袋："瞧你说的，不忙的话，我哪天没来接你？"

"送我去一趟高铁站吧。我去接一个人，再晚就要来不及了。"

等宁苏意上了车，系好安全带，井迟问了一句："男的女的？"

宁苏意："女孩子。"

"哦。"

井迟一脚踩下油门，车子蹿了出去，既稳又快。

恰好遇上高峰期，路上被堵了好几分钟，他们到达高铁站比预计的时间晚了点儿。

宁苏意推开车门下去，从包里拿出手机给柳西蝶打电话，等了好一会儿那边都没有人接通。她猜想可能是出站时人潮拥挤，四周太吵了，柳西蝶没听见铃声。

她正准备再打一遍，3号出口处有个女孩举起手臂朝这边大力挥着。

井迟提醒了宁苏意一句："招手那个人是不是你要接的女孩？"

宁苏意抬眸远眺——一个女孩头戴米黄色渔夫帽，乌黑长发披在肩头，穿着白色泡泡袖衬衫搭配背带牛仔裙，肩上背了个双肩包，推着一个巨大的银色行李箱，行李箱上方放着一只大号手提袋。

"是她。"宁苏意收了手机，快步走过去迎接人。

"宁姐姐！"见宁苏意走到近前，柳西蝶挥手挥得更欢快了。

自从宁苏意到英国留学后就没跟柳西蝶见面。一晃小姑娘变化好大，渔夫帽的宽边帽檐下，一张巴掌大的小脸，杏眼灵动，鼻头小巧，嘴唇上涂了一点儿蜜桃色的口红。柳西蝶是那种显年龄小的圆脸，十八岁是这副模样，二十八岁还是这副模样，韶颜稚齿，鲜妍亮眼。

柳西蝶撒开手里的东西，按捺不住激动情绪，张开双臂跟宁苏意抱了一下："真是好久好久没见你了！好想你。"

行李箱上的那只手提袋失去主人的掌控，"哗啦"一下从上面掉下来。幸好井迟手疾眼快地接住了手提袋，重新将其放到行李箱上面。

宁苏意拍了拍姑娘的后背，眉眼带笑地说："是挺多年没见了，长这么漂亮了。"

柳西蝶有些不好意思，脸红红的，从她怀里退出来一步。

她摘下渔夫帽，用手整理了一下被压塌的刘海，笑起来颊边有两个小酒窝："你知道吗？原本我们在此之前有机会见面的，就桐花乡发生泥石流灾害那次，一开始主管让我去现场采访，后来被人顶替了就没去成。"

宁苏意说："那地方那么大，你去了也不一定能撞见我。"

"也是。"柳西蝶摸了摸脸颊，傻笑了一声。

"先上车吧。"宁苏意说，"你在高铁上肯定没吃好，我订了家特色餐厅，我们边吃边聊。"

柳西蝶点头，转过身去伸手拉自己的行李箱。

井迟作为男士，责无旁贷地揽过体力活儿，说了一声"我来吧"，一手拎起手提袋，一手握住行李箱的拉杆，推着行李箱前行。

柳西蝶神情愣怔，定定地看着他。

男人身材挺拔，大夏天穿着一身吸热的黑色衣服，衬得面皮白皙如玉，五官帅气惹眼，给人格外清爽干净的感觉。他那双眼尤其特别，窄窄的单眼皮，本是凌厉感十足，眼神却很清澈无辜。

宁苏意拉开后座的车门，同柳西蝶一起坐在后面。

井迟先放好行李箱，再绕到前面去开车。

空调风散出来，消除了空气里的燥热感。柳西蝶把渔夫帽放在腿上，紧挨着宁苏意，用手挡在嘴前，生怕被前面的人听到，小声说："姐姐，你的小助理长得好帅。"

宁苏意愣了愣，反应过来，顿时笑起来。

宁苏意轻咳了两声，憋住笑意，没收敛音量，有意跟她介绍道："他不是我的小助理，是我的男朋友，井迟。"

柳西蝶面露尴尬之色，嘴唇翕动，声音更小："我搞错了……"

井迟从后视镜里看了她们一眼。

宁苏意恰好抬眸与他对视，顺便给他介绍："柳西蝶，你没见过，应该听说过吧？"

井迟"嗯"了一声。一听她说这姑娘姓柳，他就猜到是谁了。

这是当初有恩于宁苏意的那户人家的女儿。这些年她一直在默默资助柳西蝶，成立慈善基金会的初衷也是这个。

车子开到一家高档特色餐厅门前，井迟率先下车，绕去宁苏意那一边给她拉开车门，扶着她下车，每一个动作都透着体贴之意。

柳西蝶从另一边下来，再看向宁苏意，微微一笑，杏眼里泛着盈盈光："怪不得我误会，姐姐你的男朋友真跟小助理一样。"

井迟看着宁苏意，半开玩笑地说道："我倒想给你当小助理，是你不肯答应。"

"我有梁穗就足够了，谢谢。"宁苏意一本正经地说道。

"梁穗是你的工作助理，你缺个生活助理。"井迟一副循循善诱的语气，"我可以照顾你的衣食住行，你要不要试用一下？"

宁苏意说不过他，宣布投降。

三个人有说有笑地到了楼上的包间，服务生进来端茶倒水。宁苏意拿过菜单，转头就给了柳西蝶。柳西蝶是客人，宁苏意让她先点餐。

宁苏意端起清茶抿了一口，见柳西蝶研究菜单，问她："你哪天开学？"

"9月9号学校开放，我就能搬进宿舍了，这几天可能得在学校附近找一家酒店开间房凑合一下。"柳西蝶研究半天菜单，实在不知道点什么，把菜单退回给了宁苏意，"你看着点吧，我不挑食。"

宁苏意就把菜单给了井迟，让他负责点餐，自己专心跟柳西蝶聊天："你要是不嫌弃，在我家住几晚好了。你人生地不熟的，住外面我也不放心。"

柳西蝶摇头："不嫌弃，不嫌弃，我就怕给你添麻烦。"

"我平时比较忙，可能没空带你四处逛，白天一般不在家，你可以自便。"

柳西蝶点了点头，这件事就这么定下来了。

井迟点好餐，把菜单递给服务生。他点的是餐厅里的招牌菜。既然柳西蝶说不挑食，他就完全按照宁苏意的偏好点的。

两个人商量好了，宁苏意才知会井迟："可以吗？房东大人。"

毕竟房子是井迟的，无论他对她如何纵容，她都该跟他这位真正的房主报备一声。

井迟愣了愣，端着茶杯的手抖了抖，一种浑身过电、背脊酥麻的感觉涌了上来。

对上宁苏意含笑的眼睛，他低头无声地笑了笑。很少听见她用娇软的语气开玩笑，他十分受用："当然没问题。"

三个人吃了一顿愉快的晚餐，饭后依然由井迟这个"小助理"送两个人回家。

下车时，井迟忙前忙后，拎着行李箱送她们到十六楼。

宁苏意开了门，井迟靠在走廊的墙壁上，没打算进去。柳西蝶后知后觉地意识到他们有话要说，从井迟那里拿回自己的东西，搬到了客厅里。

"不送送我？"井迟偏着头，白皙的肤色被灯光染上暖意，笑起来特别好看。

宁苏意无奈，楼上楼下的距离，哪里至于相送？

心里是这么想的，行动上却截然相反，她随手把小西装和包放在了玄关的木柜上："走吧，送你。"

实际上她仅仅是把人送到电梯前。井迟垂着头，露出一截白皙后颈，轻笑了一声，手勾住她的腰往怀里一搂，俯身在她的嘴角咬了一下。

在她皱着眉启唇呼痛时，他再乘机进一步占便宜。

半晌过后，宁苏意红着脸回到屋里，一抬头就与柳西蝶的视线撞了个正着。

她这个主人家没招待，柳西蝶没有乱动乱摸，木棍一样立在客厅里，手搭在行李箱的拉杆上。

宁苏意觉得失礼，走到柳西蝶身边给她指了指一楼的一间客房："你住那间房吧，带独立卫生间，比较方便。至于其他的地方，你都随意，不用征询我的意见，当这里是自己家。"

柳西蝶弯了弯唇："我知道了。"她指着二楼楼梯处的那幅壁画，"这幅画好漂亮啊，找人定制的吗？"

她当然能一眼辨认出画中人是宁苏意，只不过没有走近，看不清右下角的落款。

宁苏意随之看过去，脸上的笑容温柔动人至极："井迟画的。"

柳西蝶表示惊讶："他是个画家？真看不出来。"

她觉得艺术家身上都该有某一种特质，井迟的气质实在不像个艺术家。

宁苏意摇了摇头："不是，他的业余爱好是画画。"

而且，他只画人像，只画她一个人。

宁苏意洗完澡，坐在书桌前打开笔记本电脑，刚输入邮箱密码，突然响起的敲门声打断了她的节奏。

"进。"

宁苏意握住鼠标点击了右上角的缩小窗口，转过椅子看向门口。

柳西蝶走了进来。她也刚洗漱完，穿着一条宽松的T恤样式的睡裙，衣摆能遮住小腿肚，头发被吹得半干，披在身后。

她手里捏着一张银行卡。

宁苏意愣了愣。

柳西蝶抿了抿唇，酝酿了许久才开口说："这是我这几年兼职攒下来的钱，先还给你一部分。剩下的钱，我以后再慢慢还。"

她把银行卡放在了宁苏意的书桌上。

宁苏意不可思议地看着她："你这是做什么？"

柳西蝶腼腆地笑了一下："我妈去世后，我能顺利读书，走到今天这一步，全靠你资助。可说到底，你不欠我什么。我妈对你有恩，那是她，我没办法心安理得地享受你无条件的付出。这么多年来，生活费和学费我都记着账，有朝一日肯定是要还清的。"

宁苏意站起身，拉下了脸："你一定要跟我这么见外？"

她比柳西蝶高大半个头，板起脸来冷声说话时气场十足。

柳西蝶小声为自己辩解："不是见外，我觉得这笔钱应该还给你。"

"我不只资助了你一个人，对贫困山区的小朋友也在资助。我要是指望人人长大后偿还我一笔钱，还不如拿着资助的钱去搞投资，收益不是更高？"

柳西蝶较真道："虽知道你资助了很多小朋友，但我心里清楚，你对我是特殊的。这几年我都能自己赚钱了，你还在给我打生活费和学费。"

宁苏意有点儿无奈。

柳西蝶不愿为难她，退一步讲："这样行吗？我就还你这几年的钱，你以后也不要再给我打钱了。"

宁苏意："你坚持？"

柳西蝶点头，郑重地说道："我坚持。"顿了一下，她又说，"相信你能够理解，我不想欠着你。我很感谢你，真的。"

宁苏意背靠着书桌，拿起桌上的银行卡，当是接受了。

柳西蝶顿时喜笑颜开："我就不打扰你工作了，先下去睡觉了。我好困。"

宁苏意："去吧。"

柳西蝶转身下楼。

宁苏意看了看手里的银行卡，默默地叹了一口气，坐下来敲了一下键盘。电脑屏幕亮起来，她继续查阅邮件。

临睡前，宁苏意想起了久远的往事。

那一年她才八岁，放学时被一伙盯梢已久的人绑架，事情只发生在几秒间，现在想起来都一阵心悸。

她走在路上，一辆面包车经过她身边。车门突然被打开，车上伸出来一双手，她就被拖了进去，眼睛被蒙住，嘴巴也被贴上了胶布。

她哭喊无门，挣扎无效。

那伙人绑走她是为了钱，当然不想那么快被警方找到，带着她辗转数个地方，最后藏匿在深山老林中一处废旧的木屋里。自己被关了三天还是四天，宁苏意记不清楚了，只记得睁眼闭眼都是无边的黑暗。

宁家第一时间报了警，一边与绑匪周旋，一边通过话术诱导绑匪确定其藏身方位。

突破点在于柳西蝶的母亲金芷兰。她上山捡柴，意外发现废弃的旧屋里传出细微的动静，便撬出一条门缝，看见里面有个脏兮兮的小女孩。

金芷兰还没问出什么，那伙人就回来了。

山里落了枯叶，脚踩在上面"嘎吱"响，金芷兰隔老远就听见了，不敢招惹他们，先从屋后的小路悄悄离开了。

金芷兰回去以后没有犹豫，立即报了警。

这之后，宁苏意获救，绑匪落网。

她那时刚被接回家里，身心都出现了问题。全家人围着她，自然没心思管救命恩人如何。

等她病情稍有好转，宁家人想起报答恩人时，金芷兰已经去世了。金芷兰得了癌症，因为没钱去医院，生生地在家里苦熬，死的时候柳西蝶还小，金芷兰的尸体僵硬发臭后才被邻居发现。

这是后来宁苏意了解到的事实。

她心感歉疚，直到如今想起这件事都觉得遗憾。

她缩在小黑屋的角落里，透过门缝看出去的那一眼，瞥见了金芷兰的脸，只觉得那是带着光的，是生的希望。

回忆终止，宁苏意抬手盖住眼睛。她已经很久没有想起以前的事了，大概是见了柳西蝶，才被勾起了久远的回忆。

翌日，吃过早餐后宁苏意交代柳西蝶："我中午不回来，冰箱里有食材，你要是想做饭就自己动手，不想做就点外卖。"

柳西蝶送她出门："你别担心我了，我是大人。"

宁苏意笑了笑，走进电梯。

今天她没让徐叔来接她，由井迟开车送她上班，主要是因为他要去一趟罗曼世嘉总部，正好顺路。

井迟顺利地把人送到了明晟办公楼下："到了，宁总。"

宁苏意忍俊不禁，拿上包和外套，推开车门。下一秒，手腕突然被握住了，她扭过头来。

与井迟的视线交会时她一秒钟福至心灵，余光睃了一圈，见四周无人，在他的嘴唇上亲了一下。

井迟满意了，松开手，看着她下车走进公司，才转动方向盘将车子掉头。

十多分钟后，车子停在罗曼世嘉的地下停车场里。

井迟进了井韵荞的办公室，脸上是掩饰不住的春风般的笑容。

井韵荞起身给他倒了杯水，忍不住打趣："你这是人逢喜事精神爽呢，还是来见我开心呢？"

她把水杯递给井迟，不用他回答，自然知晓是前者。

"最近跟酥酥蜜里调油吧？"井韵荞弯眼笑起来，眼角的细纹陡生，却不折损她的雍容美貌。

井迟还是没说话，只顾喝水，但唇畔的笑意始终不曾消失。

井韵荞被他的沉默噎到了，感觉自讨没趣，也不跟他计较，让他准备准备，等会儿参与项目研讨会。

小坐片刻，井迟跟在井韵荞身后出了办公室，往会议室走去。

温璇抱着一沓文件推门进来。她是这场会议的主讲人，目光一扫，留意到坐在主位靠右的位子上的井迟，心头紧了紧，面上依然从容。

井韵荞能一眼看出井迟的变化，温璇岂会看不出来？他整个人的气场都变得不一样了，藏在眼角眉梢的那股子快意似乎能感染人。

井迟该是达成心愿了吧？温璇不禁猜测。

心里自嘲地一笑，她就知道没有人抵抗得了那样毫无保留的井迟。

宁苏意真是上辈子修来的福气。

9月9日，宁城大学尚未开学，由于提前开放，柳西蝶打算从宁苏意家搬到学校宿舍住。

前一晚她就收拾好了东西，跟来宁城时一样，一个大行李箱，一只手提袋，再加一个双肩包。

吃早餐的时候，宁苏意面露歉意地说："我没时间送你去学校，上午得开个会。"

柳西蝶说："你不用管我，我自己打出租车去学校就行了。"

宁苏意看了一眼客厅里堆的行李箱："你那么多东西，又很重。"

"没事。"柳西蝶大手一挥，比画了一下，"到时候我随便在学校里拉一个帅气小学弟，嘴甜一点儿，让人帮个忙。"

宁苏意喝掉杯子里最后一口牛奶，对柳西蝶说："我去拿个东西。"

她站起身，拉开身后的椅子上了二楼。

一旁当透明人的井迟默默吃完了自己那份早餐。这一早上只顾着听她们说话，他连句话都插不上。

柳西蝶看了他一眼，不知该说什么，索性继续沉默。

宁苏意很快下来，手里拿着一个四四方方的黑色大盒子，放在柳西蝶面前："送你的开学礼物。"

柳西蝶惊讶地说道："还有礼物？"

宁苏意笑了笑："打开看看，应该挺实用的。"

柳西蝶第一次来宁城，要开启新的征程，宁苏意这个做姐姐的应当送上一份礼物。

柳西蝶打开盒子的盖子，里面是一款口碑极好价格却一点儿都不美好的相机，镜头是另外配的，两者搭配起来堪称顶级配置。

"这……这太贵重了。"柳西蝶倒吸一口气，抬头看向宁苏意。

她那张银行卡里的钱全取出来都不够买这台相机。宁苏意送给她这样的礼物，等同于没收她的钱，还贴进去不少。

"都说了礼物以实用为主，你经常外出跑新闻，需要一款性能比较好又轻便的相机。"宁苏意将手搭在井迟的肩上，"我不懂这些东西，让井迟帮忙选的。"

柳西蝶眨了眨眼睛，感动得不行，对她说了声"谢谢"，又对井迟说了一声"谢谢"。

立了秋，太阳落山以后气温就没夏季那么高了。宁苏意下午不怎么忙，处理完事情就回了锦斓苑。

她正陪老爷子说着话，口袋里的手机响了。她走到一旁接起电话，电话那边的人是井迟："到家了？"

"嗯。"

"吃过晚饭出来一趟，我给你看个好东西。"

"什么东西？"

"现在说了你的期待值就不高了，不说，等你见到我就知道了。"

"好吧。"宁苏意习惯他时不时地带给自己的小惊喜，笑了笑，话锋一转问他，"你回雍翠乐府了？"

"嗯。"井迟声音低低地说，"你不住钟鼎小区的公寓，我一个人回去没意思，所以回来住了，明早送你上班。"

宁苏意低着头，抿唇笑了笑，最近时常品尝到甜蜜的感觉，在嘴里，更在心间。

两个人结束通话，宁苏意听见珍姨在客厅里说："晚饭好了。"

饭后，宁苏意跟邰淑英报备了一声："妈，我出去散散步。"

"要去哪儿啊？"邰淑英问。

宁苏意硬着头皮回答："去见小迟。"

邰淑英怔了一下，连"哦"了两声，笑着挥了挥手："去吧，去吧，记得喷点儿花露水，秋天的蚊子比夏天的还毒。"

"知道了——"

宁苏意的话音伴随着关门声一道响起。

邰淑英和正在喝茶的宁宗德对视一眼，摇头失笑："你女儿越活越小，读高中那会儿就一副内敛老成的样子，现在反倒有了点儿活泼可爱的感觉。谈个恋爱还真神奇。"

宁宗德喝了一口茶，"哼"了一声："什么叫'我女儿'，不是你女儿吗？"

邰淑英翻了个白眼。别以为她没听出他语气里的酸味。他吃醋了吧，放在手心里宠着长大的小公主，一转眼就快成为别家的人了。

锦斓苑距离雍翠乐府很近，这一片都是别墅区。

宁苏意步行前往与井迟约定的地方，远远就看见井迟站在一棵枝繁叶茂的梧桐树下。成片的阴凉里，他身形颀长，穿着一件白T恤，怀里抱着什么东西。他藏得太严实，宁苏意没有看清。

井迟看见她，不仅没迎上来，反而背过身去，拿背影对着她。

宁苏意快步上前："喂，你不是说给我看个好东西，东西呢？"

"你先猜猜。"井迟捂紧怀里的东西，不让它乱动，笑得眉眼生动。

"我猜猜啊——"宁苏意故意拖长语调，给人造成一种她正在思索的错觉，然后以迅雷不及掩耳之势绕到了井迟面前。

井迟躲避不及："你要诈！"

宁苏意看着他臂弯里毛茸茸的可爱小东西，心生怜爱之情："你要不要先松开手？我怕你把它闷死了。"

井迟抱着一只很小的柴犬。

小东西背上的皮毛微黄，软软的，靠近嘴巴和腹部的毛是偏白的，张着嘴"呼哧呼哧"喘气的样子像极了在微笑。

"你从哪儿弄来的？"宁苏意伸手摸了摸狗狗的脑袋，声音不自觉地软了下来，"好小，跟小猫一样。"

"买来的。"

"多少钱？"

"便宜，五千二。"井迟跟她讲述购买的经过，"我去宠物店挑狗的时候，一眼相中了它，问老板多少钱。老板说，五千。我说，不行，我要送给女朋友的，数字得浪漫一点儿，五千二行不行？老板说……行。"

宁苏意"哈哈"大笑："井迟，你有神经病。"

"逗你玩的。"井迟也笑起来，把小柴犬放在她的怀里让她抱着，"你就说你喜不喜欢吧？"

宁苏意垂眸看着缩在自己臂弯里的小东西，听见它"呜呜"叫着，只觉得心都要化了。

谁会不喜欢这么可爱的宠物？

"可是我好忙，怕照顾不好它。"宁苏意由衷地担忧起来，举起小柴犬的两只前爪把它抱起来，任它的两只后爪在空中扑腾了两下。

"我们一起养它。"井迟说。

这主意听起来还不错，宁苏意重新把狗狗抱在怀里，抚摸着它的后背上软软的毛，像是在摸毛绒玩具："带回钟鼎小区养吗？"

"嗯。"

"行，我还蛮喜欢毛茸茸的小动物的。"

"知道你喜欢。"

宁苏意想起一桩往事，叹了一口气："可我总是养不好小动物。你还记得我小时候养过一只橘猫吗？最后在一个下雨天弄丢了，我难过了好久。"

"当然记得，不过这回我们一起养，肯定没问题。"

两个人聊着天，一起沿着路边散步。见宁苏意一直把小柴犬抱在怀里，井迟让她放下来，说它可以自己走。宁苏意说不要，它看起来真的好小，走路会累到。

井迟被她的话噎到："再怎么样它也是一只小狗，怎么可能累到？你见过哪个遛狗的人是抱着狗狗散步？"

宁苏意蹲下来把小柴犬放到地上。小柴犬小小的一只，迈着小短腿在宁苏意的裤脚边打转。她好怕踩到它。

"它叫什么名字？"宁苏意手里牵着绳子，放慢脚步，跟井迟掉转方向，往锦斓苑那边走去。

夜幕降临，路边亮起了路灯，两个人肩并着肩，地上的影子时而被拉长，时而变短，小豆丁一样的狗狗在脚边"嗒嗒"地跑着，怎么看都是一幅浪漫极了的画面。

"等着你给它取呢。"井迟从裤子口袋里摸出几片驱蚊贴，撕开了两个贴在宁苏意的衣角上。

宁苏意抿着唇做思考状。原谅她没什么文学细胞，取不出好听又有寓意的名字，半晌，用一副平静的口吻说："叫小柴。"

井迟挑高了眉毛，简直难以置信："你认真的？想这么半天你就取了个它的品种名？"

宁苏意听出他在嘲笑自己，也没羞恼，手肘撞了撞他的胳膊，向他投去一个鼓励的眼神："那你取一个呗。"

谁让井迟对宁苏意纵容？他妥协道："算了，就叫小柴吧。"

宁苏意笑起来，"小柴，小柴"地叫着跟在脚边的狗狗。

快走到锦斓苑时，两个人都闻到了淡淡的蔷薇花香。别墅铁栅围栏的蔷薇花藤繁茂，花却是有开败的趋势，预示着秋天即将来临。

井迟停下脚步，拉着宁苏意的手。她仿若未觉，还在低头看小柴，有点儿苦恼地说："我家里没有狗粮和狗窝，今晚还是由你带回去吧。"想了想，她又说，"等钟鼎小区那边准备好小柴的用品，我再接它过去。"

井迟吃味极了，本意是哄她开心，现在感觉给自己找了个麻烦："你一路上都在聊小柴，怎么不关心关心我？"

"你不是好好的？"宁苏意抬眸看着他，眼睛里含着笑意。

井迟懒得与她多说，直接抱过她抵在铁栅围栏上亲个够。

宁苏意被迫仰着头。他贴心地把一只手掌垫在她的脑后，嘴唇灼热，彼此熨帖，难舍难分。

蓦地，宁苏意神色顿住了。

井迟慌忙退开，抱起地上的小柴咳嗽了一声，支吾道："先……先走了，明天见。"

宁苏意在原地发呆了好一会儿，想到方才无意间感知到的变化，脸颊还有些滚烫，迈着迟缓的步子进了屋子。

她刚洗完澡，手机响了起来。宁苏意轻拍着脸上的爽肤水，拿起床上的手机："喂？"

叶繁霜在休假，闲得无聊，找人聊天解闷。

两个人有一搭没一搭地聊着工作和生活。叶繁霜八卦心起，问起宁苏意和井迟的事。

宁苏意趴到床上，刚吹干的头发柔软顺滑，散在脸颊边："我和他很好啊。"她语调有些迟疑，"就是那个……"

"什么？"叶繁霜听出她声音的细微变化，不禁感到好奇。

"他好像……"宁苏意纠结着，不知道该怎么说，有点儿羞于启齿。

叶繁霜"啧"了一声，不理解了："宁苏意，你什么时候变得这么婆婆妈妈了？有情况就直说。"

宁苏意没忍住，抿嘴笑了笑，清了清嗓子重新开口："他好像……很容易……冲动，就我们……接吻的时候。"

她磕磕巴巴、话音含混地说完刚刚的事，把脸埋进了枕头里，短暂装死。

其实不只这一次，前面还有过两次，井迟掩藏得很好，但她还是有所察觉。

叶繁霜愣了好一会儿才明白她说的是什么意思，顿时大笑起来，笑声透过听筒传来，荡在宁苏意的耳边。

宁苏意觉得难为情，连忙捂住手机，生怕别人也听见这魔性的笑声，虽然房间里没有别人。

"你收敛一点儿，笑太大声了，像恐怖片。"宁苏意恼道。

叶繁霜捧腹大笑好久，笑够了才慢慢停下来，上气不接下气，说话时声音还带着一股难掩的笑意："不是我说，你俩也太单纯了吧，在一起都好几个月了……"

宁苏意打断她的话："哪有好几个月？才两个月零几天。"

"你是把你们前面认识的二十几年都刨除了吗？就你们这熟悉程度，按照我的想法，怎么着你们也该是确定关系当晚就直接homerun（全垒打）了。"

宁苏意说不出话了。

她就不该问叶繁霜这种问题，老油条的见解永远前卫、永远开放，不是我等平凡人能理解的。

叶繁霜叹息一声："你体谅体谅你家小迟弟弟吧，一心暗恋你多年的纯情小男生，不冲动才有毛病。"

宁苏意张了张嘴，哑口无言。

"哎，你不会还拿他当弟弟吧？"叶繁霜问。

"我没有。"

"没有就行。说真的，人家一个正常得不能再正常的男人，对着喜欢那么多年的女人，没直接扑上去就算有君子之风了，"叶繁霜老神在在地说，"是不是你表现得太过抗拒，他才没敢付出行动？"

"叶繁霜，你可以消音了。"

"得，找我聊天的时候好热情，用完了就翻脸不认人，"叶繁霜嗤笑了一声，"宁苏意，好无情一个女的。"

宁苏意准备挂电话时，叶繁霜还意犹未尽地追加了一句："酥酥，你适当主动一点儿，别让人家憋出……"

没让她把话说完，宁苏意很没礼貌地挂断了电话，心脏"扑通扑通"狂跳，脸颊比刚进屋时还要烫。

宁苏意丢了手机，蜷着身子侧躺在被子上，不可避免地想到了叶繁霜的话——你适当主动一点儿。

她和井迟之间，主动的一直都是他。除了答应跟他在一起是自己主动迈出的一步，其余的事她都是听之任之的态度。

叶繁霜说得对，有些事她不点头，井迟是没办法主动的。

宁苏意胡思乱想着，脸上的温度迟迟降不下去。她感觉今晚要失眠，早知道就不和叶繁霜说这事了。

翌日清早，井迟开车来锦斓苑接宁苏意。

邰淑英给他开的门，面带微笑，关切地问了一句："吃早餐了吗？"

井迟如实说："还没呢。"

"那正好，酥酥也才刚吃，让珍姨给你盛一份。"

井家老的老，小的小，有上学的，还有几个上班族，吃早饭的时间不一致，早餐时间基本能跨越几个小时。

"谢谢阿姨。"

井迟在玄关处换了拖鞋，走进餐厅，看见宁苏意一个人安安静静地坐在那里喝粥，面前的餐盘里有热气腾腾的小笼包。

听见脚步声，宁苏意抬眸看过去，被一口烫嘴的粥呛了一下，咳嗽起来。

邰淑英看了她一眼，嗔怪道："不就是男朋友来了，激动成这样？"

听着妈妈明显的打趣口吻，宁苏意有些无语。

井迟却忍不住笑了一声，坐到她身边。

珍姨送来一份早餐，同样的一碗粥和一盘小笼包，还有两碟自制的爽口小菜，摆在井迟面前。

珍姨很快出去了，餐厅里只剩他们两个人。

宁苏意看着井迟的脸，不禁回忆起昨晚的情形，总觉得背着他跟闺密交流那方面的话题有点儿不好意思。

井迟注意到她看向自己的目光，摸了摸脸，疑惑地问道："我的脸上有东西？"

宁苏意埋下头，抿了抿唇，小声说："没有。"

"你看着好像没睡好，失眠了？"

"有点儿。"

两个人闲聊了几句，吃完了早餐，一起出门。

一路上宁苏意都有点儿沉默，时不时瞟井迟一眼，不等他察觉就收回视线。

不承想井迟还是察觉了，把车停在明晟的写字楼下，侧身看着她："你是有什么事瞒着我吗？"

"我能有什么事瞒着你？下车了，拜拜。"宁苏意从车上下去，绕到另一侧，手扶着驾驶室这边的车窗，"我这几天不怎么忙，下班时间会早一点儿，你要是有什么安排，可以跟我说。"

井迟坐在车里，仔细揣摩她这话的意思，乌黑明亮的眼眸里映着她的脸："你指的安排是……约会？"

宁苏意顿了顿，以为他在征询自己的意见，认真地回答："约会也可以。"

井迟扬起了眉梢，手臂探到窗外，手掌勾住她的后颈，在她的嘴唇上亲了一下："好。"

人来人往的公司门口，宁苏意相当不自在，连忙后退一步，四下环视，又跟他说了一声"拜拜"，拎着包转身进了公司，脚步有点儿乱。

井迟一个人坐在车里，靠着椅背，抿唇笑得肩膀一颤一颤的。

上午十点左右，宁苏意接到了穆景庭的电话。

"我要去机场接一位国外的重要客户，车子路过明晟附近，突然出了点儿故障，已经给拖车公司打过电话了。我估计再让公司那边派一辆车过来有点儿来不及，能不能先从你这里借一辆车？"穆景庭没绕弯子，开口就说明打来这通电话的目的。

他去接客户，对座驾的档次有隐性要求，当然不可能在路上随便拦一辆出租车代替，思来想去，只有宁苏意能帮上忙。

宁苏意不知该不该说一声巧，自己正好也要出门去见一位合作商，需要用车。

不过幸好在公司的停车场里，她不止停了一辆车。

"没问题，你稍等，我让梁穗把车钥匙给你送下去。"

随后宁苏意把具体的停车位置告诉他，叫他直接让司机过去开走。

穆景庭舒了一口气，语调平缓温和地说："谢谢。"

"不客气。"

挂了电话，宁苏意按下内线叫梁穗进来，把车钥匙交给她，吩咐她抓紧时间给穆景庭送去。

"好的。"梁穗拿了车钥匙，离开办公室。

宁苏意知道接待客户的规矩，能劳烦穆景庭亲自前去机场接人，只能说明一个问题：对方的身份地位十分尊贵，且牵涉公司的重大利益。

她自己这边，开什么车去倒无所谓。

等梁穗回来，宁苏意看了一眼腕表："时间差不多了，我们也出发吧。"

梁穗点了点头："我已经通知徐叔了，车就停在楼下。"

宁苏意稍做收拾，跟梁穗一起下了楼，坐到车上，前往与合作商约定的地点。

车行到半路，手机铃声突然响起来，宁苏意掏出手机，看到来电显示是穆景庭，有些疑惑，接通电话后将手机放在耳边。

然而，电话那头不是穆景庭的声音。

"你好，请问你认识穆景庭吗？他出车祸了，我们联系不上他的家人，麻烦你来一趟第三医院。"

联系不上病人的父母，院方只能给通话记录里的最近联系人打电话，这才打到了宁苏意这里。

宁苏意听完这话，脸都吓白了。半个小时前穆景庭才跟她通过电话，清润温和的声音尚在耳边，转眼人就进了医院，具体情况未知。

怎么会这样？

梁穗坐在前面的副驾驶座上，从后视镜里看见宁苏意一张脸惨白如纸，扭过头来，关切地问："宁总，出什么事了？"

宁苏意回过神来，喊了一声："徐叔，停车！"

"刺啦"一声，徐叔在路边紧急刹车，跟着扭头看向她。

宁苏意手指紧攥着手机，指节绷得泛白，勉强定了定神，开口说话时声音都有些抖，对徐叔说："我现在要去一趟医院，你送梁穗去仙堂居见荣总。"

她目光转向梁穗，抿了抿唇，严肃地说道："具体怎么做你清楚，我就不一一交代了。你记得替我向荣总致歉，就说我下回亲自登门赔罪。"

以梁穗的能力，她早就能独当一面，宁苏意其实不怎么担心她搞不定此事。

"好的，宁总，我知道了。"梁穗神色从容，顿了一下，看着前方路上拥堵的车流，为她着想，"距离与荣总约定的时间还很宽裕，让徐叔送您去医院吧，我打车去仙堂居来得及。"

说罢，梁穗伸手推开车门，拎起座椅上的手提包下车，随手关上了车门。

宁苏意没与她推辞，降下侧边的车窗看了她一眼："你自己注意。"

梁穗笔直地站着，朝她点了点头。

宁苏意面朝前方，说："去第三医院。"

徐叔轻点一下头，重新启动车子。

车里气氛冷凝，空气都仿佛凝固了，宁苏意的心却怎么也定不下来，她时而看表，时而按亮手机屏幕查看无用的信息，整个人显得焦灼不安。

"到了。"徐叔提醒了一声。

宁苏意恍然回过神来，抬眸看去，第三医院的招牌就在眼前。

徐叔把车开进去，急诊大楼坐落在医院主干道南面，第一栋楼就是。他刚把车停稳，宁苏意就匆忙推开车门下去，奔进急诊大厅。

来往的护士和病患家属脚步匆匆，夹杂着推动担架床的滚轮声，一阵嘈杂。宁苏意跑到护士站，趴在柜台边向里面的值班护士打听穆景庭的状况。

护士抬眼看着她，回忆了一下，说道："您是说一个小时前出车祸被送到急诊抢救的穆景庭穆先生？"

抢救……

宁苏意捕捉到这个词，脑袋里"嗡"一下，整个人更乱了，胡乱地点了点头："对，就是他。他怎么样了？"

护士说："这会儿应该在做手术，你去三楼左拐那间手术室外等着。"

得到护士的指示，宁苏意来不及等电梯，从安全通道跑到了三楼。她的额头上和手心里都出了一层冷汗，黏糊糊的，后背也出了汗，呼吸不匀，胸脯上下起伏着，难以平静。

手术室外的走廊空荡荡的，一个人也没有。宁苏意从包里拿出手机给穆景庭的父母打电话，结果二老的电话都打不通。

穆景庭的姑姑在外地，联系上了也没用，人赶不过来。

宁苏意心乱如麻，坐在手术室外的长椅上静静等候着。她手撑着额头，垂眼盯着地砖的花纹，听到耳边传来一阵脚步声，抬起头看去。

护士见状顿了一下脚步，迟疑地问了一句："您好，您是穆景庭的家属吗？"

宁苏意一下站起来，解释道："我是他的朋友，请问他现在是什么情况？"

"人被送过来的时候还清醒着。手术同意书和麻醉同意书都是他自己签的，刚签完就晕过去了。根据已做的检查显示，病人小腿和右臂有不同

360

程度的骨折，脑袋上有外伤、脑震荡，脏器没问题，只是失血过多。给他做手术的是我们的主任，您不用担心。"

宁苏意怔怔地听着护士的话，悬着的心稍稍落下，总算了解了大概情况，不用再胡乱揣测，自己吓自己。

"谢谢。"宁苏意调整了一下表情，挤出个微笑。

"不客气。"

护士抱着一摞病历本离开了走廊。

宁苏意刚松一口气，侧边忽地响起一阵匆匆忙忙的脚步声，过来的人正是穆景庭的助理徐朗。

"宁小姐。"徐朗拖着发飘的步伐走到她跟前，看了一眼手术室的方向，一副自责万分的表情，"穆总进去多久了？有没有生命危险？"

宁苏意看向徐朗，见他浑身狼狈，也没好到哪里去：白衬衫上染了大片鲜红的血迹，湿乎乎地黏在皮肤上；胳膊用夹板固定着吊在脖子上；额头上缠着一圈绷带，有血渗出来；脸上有大大小小的擦伤，脖颈处还有好大一块瘀青。

"我刚到，不知道手术要进行多久。"宁苏意让他先坐下来，"根据护士说的情况，景庭哥应该没有生命危险。"

徐朗听完这话并未感到轻松，表情依然很凝重，眉心深深锁着，垂着头坐到椅子上。

宁苏意跟着坐下来，与他之间隔了一个空位，偏头看了他一眼："怎么就出车祸了？赶时间也要注意安全啊。"

"不是的，时间来得及，不是我们的原因。"徐朗捂着脸，说话声音低哑，带着一丝不明显的鼻音。

他们的车行驶到一个十字路口时，侧方突然闯过来一辆红色的超跑，速度非常快，至少有两百迈，直直地朝他们的车撞了过来。

徐朗负责开车，意识到危险来临的那一瞬间猛打方向盘躲避，然而根本来不及。两辆车相撞，他们作为被撞的一方，车子当场就侧翻了。

他昏迷过去，醒来就躺在医院里，问到穆总做手术的地方，赶紧过来。

徐朗记得那辆车是从侧面撞上来的。他坐在驾驶座上都当场昏了过去，坐在后座上的穆景庭只会比他伤得更严重。

宁苏意蹙起了眉心："原来是这样。"

"在市区最拥堵的十字路口，那辆车偏偏开那么快！"徐朗握拳猛捶了一下座椅，情绪激动地咒骂了一句。

宁苏意能理解他的心情，轻声安慰了他两句。

徐朗垂着脑袋，手掌扶着额角，想到什么，猛地坐直了身体，抬起手腕看着碎成蜘蛛网状的表盘，模模糊糊能看到走针还是正常的，已经过了接机的时间。

他摸了摸浑身上下的几个口袋，没找到手机，估计在车祸中丢了。

徐朗面色纠结地看向一旁的宁苏意，吞咽了一口唾沫："宁小姐，能借您的手机用一下吗？我打个电话。"

宁苏意给手机解了锁，将其递给他。他说了声"谢谢"，到走廊另一边去打电话，派公司的人去机场看一眼。

无论如何他们都算迟到，能不能挽回损失全靠天意。

依着那位客户的脾性，他下了飞机没见到公司前去接机的人，恐怕掉头就买机票飞回纽约了。

他眼下派人去机场看看不过是图个心安，顺便赌一把。

徐朗打完电话，低低地叹了一声，走回去把手机还给了宁苏意。

"你知道景庭哥的父母在哪里吗？我联系不上他们。"宁苏意接过手机，问他。

徐朗思考了几秒，说："穆总的父母一个星期前出国度假去了，预计在那边小住半年，换成了国外的手机号。"

他下意识地摸了摸西裤的口袋，想给她找手机号，顿了一下，暗道自己的脑袋真是被撞糊涂了，刚才还找宁苏意借手机用呢。

没了手机，穆董和穆夫人的新电话号码他的脑子也没记住，他只能叹气。

徐朗无力地坐下来，靠着椅背，一副疲累的模样："穆夫人月前体检，查出来心脏有点儿问题，这事能不能通知她都两说。万一她受了刺激，后果不堪设想。"

宁苏意抿紧了唇，见他一副昏昏沉沉的样子，眼睛都快睁不开了，叮咛了一句："你先回去休息吧，这里有我看着。"

徐朗摇了摇头，不肯离开。

出了车祸，他身为助理兼司机脱不了责任。虽然算不上主要过错方，但他后悔不已。但凡他反应再快那么几秒，哪怕一两秒，就有可能躲过这场无妄之灾。

说到底，这事还是他不够机灵。

宁苏意明白他自责的心理，没再劝说，沉默地坐在长椅上等待着。

外面艳阳高照，但一丝阳光都投不进走廊，这里始终冷冰冰的，四处都透着瘆人的凉意。

宁苏意时而看一眼手术室，默默数着时间。

人在手术室外等候时，时间是最漫长的，每一秒都像被分成了好几份，一个小时能有一个世纪那么长。

徐朗内疚，她又何尝不是？那辆车是她借出去的，接到医院的电话通知的那一刻，她的脑中甚至闪过一个念头：是不是车有什么问题？

人总是习惯在事故发生后进行千万种设想，句式永远是"要是没怎么怎么样，说不定事情就不会发生"。

宁苏意胡思乱想了好久，久到徐朗歪靠在椅背上睡着了，久到宁苏意的脊背坐得僵硬，久到走廊上的人来来回回换了好几拨，手术室的门终于打开。

徐朗惊醒，茫然了数秒，耳边响起一串凌乱清脆的高跟鞋声，那是宁苏意奔上前去询问医生的脚步声。他恍惚间听见医生说："手术很成功……"

后面的话徐朗没有精力继续听，身体彻底放松了下来，再次歪倒在长椅上昏睡过去。

穆景庭被推出手术室，转移到病房里。

医生说，等麻药过了人自然就能醒过来，应该是事故发生的一瞬间，伤患采取了紧急躲避措施，否则就不只是骨折和脑震荡这么简单了。

宁苏意看了一眼处在昏迷中的穆景庭，心落到实处，跟着护士前去缴费。

穆景庭醒过来后，浑身都疼，怀疑自己全身的骨头被敲碎了，四肢百骸都跟针刺一样疼。

病床边，宁苏意蹙着眉、抿着唇、脸上的妆容再精致都掩不住担忧之色。穆景庭目光定定地看着她，扯了扯干燥的嘴唇，露出一个不明显的笑容，嗓音低哑含混，处处透着虚弱感："我这是……在做梦呢？"

宁苏意见他醒了，略显僵硬的身体放松下来，轻叹了一声："要是做梦就好了。"

他要是在做梦，梦醒了，一切事情就都没发生。

穆景庭动了动手指，仿佛要确定是不是在做梦。宁苏意见状，忙不迭地出声提醒："别乱动，身上有伤呢。"

比起徐朗，他的确伤得严重多了，身体上没一块好地方，俱是被玻璃割破的口子。徐朗是额头缠着绷带，穆景庭整个脑袋都被白色网格头套罩着。宁苏意问过医生，穆景庭的脑后有一道缝合伤口，戴着头套能固定纱布，有助于伤口愈合。

医生还说，幸好没有颅内出血。

穆景庭闭了闭眼，再睁开眼时淡淡地笑了一下："看来不是做梦。"

宁苏意不知说什么好，憋了半天问了他一句："疼吗？"

她感觉自己问了句废话，他伤成这样能不疼吗？

穆景庭舔了舔嘴唇："可能是疼过劲了，有点儿麻木了。"

宁苏意端起床头柜上的水杯，拿棉签蘸取少量的水往他的嘴唇上涂抹，眉目微垂，眼神专注："用不用给你的家里人打个电话？"

其实要找到穆景庭的父母在国外的号码，对她来说不是全无办法。但徐朗说穆景庭的妈妈心脏有问题，她就不敢擅自决定了。

果然，穆景庭拒绝了："别通知他们，他们指不定得担心成什么样。我妈心脏不好，上个月才检查出来的，说是隐性心脏病，所以我爸放下一切事务陪她出国散心。千万不能让她知道我出车祸的事。"

宁苏意答应他："好，我不说。"

时至下午五点，太阳将落未落，橘色的霞光铺在病房的玻璃窗上。宁苏意盯着窗户，混混沌沌的，竟然大半天时间就过去了。

"我去叫医生过来看看你。"宁苏意起身，用征询的眼神看着他。

听他说"好"，她才转身走出病房。

下班时间，井迟忙完自己的工作就直接把车开到了明晟办公楼下，给宁苏意打电话，结果连打了两通均无人接听。

他准备联系梁穗的时候，手机屏幕上方的通知栏弹出一条浏览器推送的新闻，标题夸张——中苑路两辆豪车相撞，车祸现场惨烈！

井迟原本没打算看新闻，手指误触，点开了页面，正要退出去，目光扫到事故现场的照片，那辆被撞得凹陷进去的车非常眼熟。

同款的车不少，但他就是能一眼认出那是宁苏意日常工作时用的那一辆。

井迟心头发颤，给梁穗打电话，不知怎么回事，梁穗的电话也无人接听。

他丢下手机，根据新闻后续的报道，掉转方向前往第三医院。也是他关心则乱，没想过先打电话到宁家问清楚。

医院里，医生给穆景庭检查过后，将手插进白大褂的口袋里，例行问了他几个问题，而后道："接下来就好好休养，没什么大问题。年轻人身体底子好，恢复得快。"

医生离开后，宁苏意看了看穆景庭，说："既然不让叔叔阿姨知道，医院这边得有人照顾你，我帮你请个护工？"

"好。"

"正好我这段时间不怎么忙，会尽量抽空过来。"宁苏意坐在病床边的椅子上。

抛开别的事不提，眼前这人是自己从小认识、称作"哥哥"的人，她不可能对他坐视不理。

穆景庭又应了一声"好"，声音轻缓地说："麻烦你了。"

宁苏意摇头说"没什么"，躬身给他披了披被子："要住院多久暂时还不清楚，我先去你家给你拿几套换洗衣服，顺道再带一份吃的东西过来。医生说你身上都是外伤，饮食上清淡点儿就行，没什么特别忌口的。你想吃什么？"

穆景庭也就没跟她客气，直言道："粥就行。"

然后，他给她说了家里门锁的密码。

宁苏意起身准备离开。穆景庭注视着她线条柔美的侧脸，突然抓住了她的手腕。她霎时紧张起来，忍着没表现出异样，张了张嘴，声音变了调："怎……怎么了？"

"有件事我一直很好奇。"

这一刻穆景庭被她关心着、重视着，身体的痛都没那么明显了，也暂时忘了前段时间得知她和井迟在一起后的煎熬苦痛。

宁苏意敛下眼眸，愣怔地盯着他握着自己手腕的那只手："什么？"

穆景庭动了动嘴唇，哑声道："你……凑近一点儿。"

宁苏意倾身向前，以为他要说什么重要的事情。谁知下一秒他松开手，手臂揽过她的肩背。她变了变脸色，不适极了，咬紧牙关，身体轻轻颤抖起来。

宁苏意一只手掌撑在床边，挣扎着想要起身，却因为顾及穆景庭受伤的右手臂和脑袋，动作不敢太大，怕牵扯他的伤口。

穆景庭闭上眼睛，用尽全部力气把她抱进怀里，渐渐地，唇畔泛起一丝苦笑，沙哑的嗓音在她耳边响起。

他说："我好像知道答案了。你很讨厌跟我接触对吗？为什么？我不懂，为什么会这样？"

原来那几次无意中的肌肤触碰，她过于奇怪的反应，真的不是他的错觉。

井迟以最快的速度赶到第三医院，闷着头往里冲的时候，徐叔先看见了他，叫了他一声："井少爷。"

井迟脚步猛地一顿，扭头朝他看去，瞳孔骤缩，大步走到他跟前："酥酥呢？她是不是出车祸了？！"

"不是我家小姐，是穆总。"

徐叔简单跟他说了穆景庭借车一事，再到半路出了车祸，最后医院联系不上家人，打电话通知宁苏意过来。

井迟略松了一口气，问起穆景庭的情况："景庭哥他……"

"手术很顺利，幸好穆总躲避得及时，捡回一条命。"徐叔感叹不已，"听说他的家人都在国外，这会儿小姐正在病房里陪他。"

井迟敛了敛眼眸，声音淡淡地说："哪间病房？我去看看。"

徐叔给他说了病房号。井迟朝他颔首，放缓了脚步，乘电梯上楼，找到穆景庭的病房。

透过门板上方的玻璃窗口，井迟看见了难以置信的一幕。

穆景庭闭着双眸，一副痛苦难忍的模样，手臂紧紧搂着宁苏意的后背，她披散的长发柔顺地垂在他的臂弯上。从井迟的角度，他看不清宁苏意脸上的表情。穆景庭嘴唇艰难地翕动了几下，不知说了什么。她一动未动，任由穆景庭抱着。

宁苏意明明最抵触别人的触碰。井迟念及此，握住门把手的那只手悄然攥紧，手背凸起明显的青筋，骨节绷得越发嶙峋。

他没推开那扇门，背过身去静静站立了片刻，抬步离开。

病房里，穆景庭一声声难过的话音回荡在宁苏意的耳畔。她蹙着眉，额角冷汗狂冒，强忍着战栗感低声说："景庭哥，你先……放开我，好不好？"

穆景庭表情痛苦，放开了手。

宁苏意直起身，退开一步，垂眼看着他，呼吸声急促而凌乱："我……"

她很想跟他解释清楚，不是他的原因，是她自身的原因，却又不知该从何说起。

穆景庭没去看她，一时陷入回忆之中。他原本以为她是疏离淡漠的性子，对任何人都留三分距离感，可事实并非如此。

井老太太举办寿宴那一晚，他担心她被蚊子咬，给她披外套。她像是受了惊吓，闪躲的动作很明显。他那时并未起疑，只当是自己行为突兀吓到她了。后来有一次下大雨，咖啡厅外的排水系统出故障，水淹到脚踝，他自作主张地背起了她。上车时她脸都白了，嘴唇在颤抖……

还有几次，他印象比较深刻，都是她避开他接触时的动作。

他从没当面问过宁苏意是什么原因。一来，男人的自尊心作祟，他问不出口；二来，怕她会觉得尴尬，他一向不喜欢为难她。

他拖着拖着，拖到了现在，她和井迟已经在一起了。穆景庭想了想，还是不愿给自己留遗憾，问出来算是做个了断。

宁苏意看着他俊朗的面庞。

他的颧骨处有一块擦伤，不怎么严重，已经结痂了，却无损他的气质。他脸上的表情很是受伤，结合脸上的伤疤，整个人更显得憔悴易碎。

宁苏意沉沉地呼出一口气，决定如实相告，沉默着思索了一会儿，组织好语言，跟他说了以前的事。

她小时候被绑架的事，穆景庭是知道的，但是关于她的病情，因为涉及女孩的隐私，瞒得很紧，除了家里人和井迟，没人知晓。叶繁霜和邹茜恩跟她关系那么好，她也是去年才跟她们俩说的。

穆景庭听她说完以前的事，愣了许久，像是又一次陷入回忆之中。

宁苏意低着头，盯着自己的手指发呆，声音很低，似叹息似无奈："不单单是你，我对其他异性也一样。对超过基本社交范围的肢体接触会产生应激反应，有时候我没办法控制。景庭哥，这是我自己的问题，不是你的问题。"

穆景庭的眼眶有些干涩，他眯起了眼睛，喉结滚动了一下，嗓音如同粗粝的砂石："那……并迟呢？"

宁苏意抬起眼帘，对上他探究又执着的双眼，一下没了话。

穆景庭继续问："你对他不会产生应激反应对吗？"

她和并迟从小到大亲密无间，连长辈们都戏言，说他们像连体婴。

宁苏意别过视线，看向窗外。霞光的颜色变浅，将要被黑暗吞没，像是在提醒她时间已经不早了。

并迟很可能在家里等着她吃晚饭。

宁苏意走神片刻，收回视线："他很早就知道我的情况。"

穆景庭想知道的不是这个，重复问了一遍方才那个问题："你对并迟不会那样，对不对？"

其实他心中有答案。他见过很多次两个人凑到一起玩闹的样子，只是想听她亲口说出来而已。

良久，宁苏意点头，"嗯"了一声。

穆景庭提了提嘴角，笑容苦涩。果然如此，并迟从一开始于她来说就是特殊的存在，他对上并迟没有赢面可言。

"为什么？"穆景庭追问。

耽误的时间太久了，宁苏意看了一眼腕表，只觉得不该再跟他聊这些事，徒增他的心理负累不说，于他的病情也不利。

她没回答他的"为什么"，拿着包起身："有点儿晚了，我先去你家给你拿衣服。"

穆景庭看着她的脸，陡然意识到，她从上午接到电话就赶来医院，没吃午饭，这都快到晚饭时间了。

他不再执拗，说了声"好"。

宁苏意呼出一口气，走出病房，跟护士说了一声让她帮忙留意一下穆景庭的状况，然后乘电梯下去。

她埋着头走下台阶，没注意远处桃树底下的并迟。

并迟坐在花坛边的瓷砖上，身后的花坛里种植着一圈低矮的四季青，当中栽了一棵桃树。他的指间夹着一支烟，青白的烟雾缭绕，他吸了一口，不声不响地瞅着宁苏意的背影，眼见她坐上了车，车子很快驶离医院大门，驶出他的视线。

"小迟？你怎么在这里？"

他旁边突然响起一个低柔的女声，紧跟着，来人走到并迟跟前。

井迟站起身，将手里的烟蒂摁灭在垃圾桶盖上，然后丢进去，看着距离自己不过三步远的井施华，声音低沉地唤了一声："大姐。"

井施华打量四周一圈，没看见其他人，好奇地问："怎么来医院了？"

井施华是第三医院妇产科的主任，刚结束下午的坐诊，没想到在这里碰到井迟，他还一副颓然的模样，坐在花坛边抽烟。

"没什么，有个朋友出车祸了，过来看看，该走了。"井迟平静地说道。

井迟迈步欲走，井施华拉住他的手臂打听道："哪个朋友？"

"景庭哥。"

"原来是他。他怎么出车祸了？"

井迟三言两语说完情况，跟井施华告别，离开了医院。

井施华看着他渐行渐远的背影，摇头道了声"奇怪"。

就算是穆景庭出车祸了，井迟何至于情绪如此低落？难不成穆景庭伤得很严重？

井施华匆匆折回去，打算找人询问一番，毕竟受伤的是私交不错的穆家小孩。

井迟坐到车里，手机响了起来。他摸了摸裤子口袋，拿出手机来看，来电显示"酥酥"。他抿紧了唇，听了半天铃声，才接起电话。

电话那边，宁苏意声音悦耳："你给我打电话了？手机静音了我没听见。"

宁苏意的手机一直放在包里，因为身处病房里，怕打扰穆景庭休息，她给调成了静音，上车后拿出手机才发现有两通未接来电，均来自井迟。

井迟嗓音低沉地问："你在哪儿？"

"景庭哥出车祸了，我得去一趟他家帮他拿点儿东西去医院，可能会晚点儿回去。要不你先吃晚饭？你不用等我，我在外面吃。"想到井迟爱吃醋的性子，宁苏意跟他多解释了两句，"他父母不在国内，姑姑又在外地，身边没人照顾，我就帮着照看一下。晚上有护工，送完东西我就回去。"

井迟很想反问一句，难道景庭哥就你一个朋友？

这话他问不出口，显得太计较、太忌妒、太没同情心。他和穆景庭毕竟算是从小一起长大的兄弟。

井迟劝自己不要那么小心眼，可病房里穆景庭抱着宁苏意的那一幕在他的脑海里挥之不去。时间越久，他内心越烦躁，像有一团火在胸腔里熊熊燃烧。

宁苏意听着那边的人深深浅浅的呼吸声，耐心地等着，直到听见他的一声"哦"。

结束通话，宁苏意揉了揉眉心，感觉又累又饿。

半个小时后，到了穆景庭独自居住的公寓，她让徐叔在楼下等着，自己上楼拿东西。

宁苏意没来过穆景庭的住处，四下扫了一眼，清新简明的色调，北欧风格的装修，屋子一尘不染。她直奔主卧，到衣帽间里收拾了几套以宽松舒适为主的衣服，多拿了几条干净的毛巾，装进一个手提袋里。

他们去医院的途中经过一家老字号的养生粥店，徐叔下车打包了两份粥带到医院里。

宁苏意请的护工已经到了，正在病房里照顾穆景庭。

穆景庭看着宁苏意："这边没什么事了，你忙了大半天了，回去休息吧。"

病床被升了起来，他靠在上面，护工坐在床沿上给他喂粥。

他不大习惯让人喂，抽出病床一侧自带的小桌板，把那碗粥放在上面，自己用左手捏着勺子缓慢地舀起来送进嘴里，看起来动作自如。

宁苏意站着看了一会儿，确定没自己帮忙的地方，叮咛了护工几句话，便先离开了。

徐叔开车送她回了钟鼎小区。

宁苏意走进电梯，手揉捏着肩膀，垂下去的那只手提着从超市买回来的猪骨头，打算吃完晚饭就把汤炖上，明天热一下就能带去医院。

到了十六楼的家里，她没看见井迟，想来他在自己家。

宁苏意把多余的那份粥热了一下，坐在餐桌边吃完，挽起衬衫的袖子，先给猪骨焯水，然后将其转移到另一只深口锅里慢炖。

她上楼去洗澡，刚吹干头发，听见门外传来脚步声，试探着唤道："井迟？"

卧室的门被人从外面推开，宁苏意看见井迟的脸，轻舒一口气，偏过头，手指拨弄着刚吹干的头发，将手心里残余的护发精油涂抹在头发上，嘴里嘀咕道："吓我一跳，我还以为……"

井迟没等她说完，双手握住她的肩膀，掰过她的身体，低下头凶狠地吻了上来。

宁苏意猝不及防，一声低呼被他吞了进去。她感觉到一股前所未有的强势的侵略气息席卷全身，被逼得节节败退。

小腿肚挨到床边的棉质被单，她一下回过神，手撑在井迟的胸膛上，被他一把攥住手腕，身体跌到了床上。

第十四章

我真的好爱你

"为什么要让景庭哥抱你？"井迟嘴唇压在宁苏意的耳郭上，声音低而模糊，呼出的热气灼人。

宁苏意愣住。

井迟一只手扯开她的睡衣扣子，没给她开口解释的机会，动作急切又混乱，一切全凭本能，让宁苏意转瞬间就失去了思考能力。

衣襟被扯开，皮肤暴露在空气里，一片微凉，宁苏意按住他的手，找回一丝理智，皱着眉说："你去医院了。"

她不是疑问的语气，而是在陈述事实。

如果井迟没有去医院，怎么会知道穆景庭抱了她的事？他是不是误会了什么？

井迟不想听她为穆景庭说话。那一幅画面深深地烙印在他的脑海里，不断重复播放，他感觉自己可能又要发疯。

宁苏意寻着间隙喘了一口气，实在不想带着误会跟他做这种事，权衡之下，双手并用地用力推着他，眉心蹙得更深："井迟，你先听我把话说清楚。"

"我不想听。"井迟有些蛮横地禁锢住她的双手，头埋在她的颈间。

宁苏意剧烈挣扎起来，顶起膝盖与他的身体隔开。男女之间力量悬殊，她拼命扑腾，像一条砧板上的鱼，而他岿然不动，轻而易举地就能将她制服。

宁苏意的脑中一团乱麻，她紧抿着唇瓣，呼吸因惧怕而慢了半拍，仰起脖子，嗓音逐渐染上慌乱惊惧的情绪："井迟，你冷静一点儿好不好？我有点儿怕……"

她不是没想过要到这一步，却绝不是眼下这种场景：她恐惧，而他单向掠夺，轻易勾起她脑海里不好的回忆。

被绑架的时候她不小，有清晰的记忆，直到今天对每个细节都记得一清二楚。

那伙绑匪里有个男人夜里喝醉了，意图侵犯她。她拼了全力挣扎，已抱着必死的决心。而对方像捏蚂蚁一样轻易掐住了她的脖子，将她控制在一方角落里，污言秽语在耳边响起，伴随着的是衣服被撕破的声音。

她差一点儿就以为自己要死了，幸好另一个男人及时过来，一脚踹翻了喝醉酒的男人，低声呵斥："灌了几碗酒就神志不清了？知不知道她是谁？！明晟药业老总的独生女！我们用来换钱的！毁了她我看你是不想活了！"

宁苏意感谢那时候的自己哪怕明知是以卵击石仍在奋力反抗，没有一刻认命，拖延了时间。但凡她有一点儿逆来顺受，那人或许已经得逞了。

听见那个"怕"字，井迟如遭当头棒喝，猛地从床上翻身下来，退后一步站在床尾，垂眸去看宁苏意。

她的衣服被他扯开了，露出来的脖子上和肩头印着一块块深红的痕迹，在莹白的肌肤上分外明显。

井迟一下心慌到快要死去。

那是他捧在手里、放在心上的人！他怎么会失去理智到这种地步？

"酥酥，酥酥，对不起，对不起，我……"井迟单腿跪在床边，眼眶霎时红了，替她拉好衣领，系好扣子。

宁苏意从未瞒过他任何事，可他明知道她最怕什么，还要以同样的方式欺负她。他哪里是在爱她，根本就是在伤害她。

井迟愧怍到极点，不知道要怎么安慰她。他整颗心像被揉作一团，紧紧绞住，眼泪毫无预兆地流了出来，砸在她的衣领上。

宁苏意被拉进痛苦的回忆里，脑海里回荡着那时听到的不堪入耳的秽语，没听清井迟说了些什么。她手臂环抱在胸前，慢慢把身子蜷成一团。

井迟看到她细微的动作，心揪着疼，伸臂抱住她，不住地跟她道歉。

过了好久，宁苏意才从不好的回忆里抽离，语气闷闷地说："你别这样，我没事。"

听到她的声音，井迟不仅没平静下来，心里更加慌乱。他握住她的手腕，红着眼眶看着她："你打我一顿好不好？我不该那样对你。"

宁苏意还没反应过来，他就带着她的手毫不迟疑地扇了自己一巴掌，在寂静的房间里，巴掌声尤其清脆响亮。

她的手心都麻了。

宁苏意眼神复杂地看着他，又看了看自己的手掌，内心惊诧和心疼的情绪交织。长这么大，他什么时候挨过巴掌？

哪怕这是他自己打的，也让她难以接受。

井迟不敢再抬头看她。

他怕宁苏意现在不想看见自己，更怕她受伤难过地对他说分手。因为他也觉得自己的行为混账得很，无可救药。

井迟重重地吐出一口气，丢下一句"对不起"，转身出了卧室。

宁苏意缓慢地起身，呆坐了片刻，再到楼下时已不见井迟的身影。厨房里发出细微的声响，她猛然想起燃气灶上还炖着汤，连忙跑过去看。

锅里的汤煮沸了，热气顶起了盖子。

宁苏意揭开锅盖，将其斜放着，留了一条月牙儿似的缝隙，转为小火慢炖。

井迟呼吸到夜里微凉的空气，恍恍惚惚地意识到，夏季已经过去了，秋天来了，早晚气温寒凉。

他茫然地站在公寓楼下，望着茫茫夜色，心里也是空茫的，渐渐地被自责的情绪塞满。他伤了宁苏意的心，罪无可恕。

井迟叹了一口气，踱出了小区，在路边拦了辆出租车。

司机扭头问他去哪儿。

他侧身上车，垂着头用手指揉了揉额头，去哪里都好，只要暂时可以回避宁苏意就行。他觉得自己糟糕透了，没脸见她。

司机没听到回应，又问了一遍："咱这是到哪儿去啊？"

井迟降下车窗，淡淡地说了一声："随便。"

司机："……"

自己问了等于白问，这人说了等于白说。

司机启动车子，绕着城市繁华的街道兜圈子。乘客不喊停，他就不停车，反正赚钱的是自己。

兜了许久的风，司机放慢了车速，想起一件事，问车后座上的男人："我说哥们儿，你身上带够钱了吧？"

井迟烦得很："带了，带了。"

"那就好，我怕我再开下去，你没钱给了。"

井迟只觉得他说话声音好吵，自己原本就想安安静静地兜一圈，心情都被他破坏了，虽然自己的心情本来就不好。

"停车。"井迟突然说。

司机依言靠边停了车，咧了咧嘴角，短促地笑了一声，手撑在副驾驶座的靠背上，回过头看着井迟："怎么样，被我说中了，你真没钱了吧？"

井迟懒得翻白眼，扫了一眼打表器上显示的车费，拿过印着收款码的小卡片，用手机扫码付了车费，外加了一句："是你话太多了，我嫌吵。"

"你这人……"

井迟推开车门下去，站在路边摸了摸裤子口袋，烟和打火机都搁在家里了。

他随便走进路边一家便利店买了包烟，拿了一枚普通的塑料打火机，拆掉烟盒外面的透明塑封膜，抽出一支烟咬进嘴里。

起风了，井迟按下打火机，没打着火，果然是劣质打火机。他又按了一下，"欻"的一声燃起火苗。他凑上去点了烟，眯着眼吸了一口。

再简单不过的一个点烟动作，路过的几个女人却看得心神荡漾。

男人穿着白衬衫、黑西裤，衬衫领口的扣子松开了两颗，露出一小片雪白肌肤，自然垂坠的衣摆被风吹得上下翻飞，偏着头熟稔地点烟，别提多蛊惑人了。

几个女人不知从哪个酒吧喝完酒出来的，一个个一身酒气，其中一个胆子大的女人抛着媚眼问："帅哥，加个微信呗？"

井迟连个眼神都没给对方，手指夹着烟走远了，身后传来女人遗憾的声音："长得帅的人都有个性。"

井迟摸出手机给傅明川打电话，语调带着明显的惆怅之意："出来，陪我喝一杯。"

傅明川疑惑地"啊"了一声，继而发出三连问："你是发烧把脑袋烧坏了吗？你酒精过敏，不是不能喝酒吗？你失恋啦？"

井迟皱了皱眉："是酒精过敏，死不了。"

他上次亲身试验过，喝那么多也没事，顶多就是起红疹，没什么，醒来吃一粒过敏药就好了。

怪不得那么多人喜欢借酒浇愁，喝酒的滋味一开始不好受，到后来喝醉了就不会胡思乱想了。

傅明川说道："你要发疯找魏思远去，别烦我。我要看两个评估案子，没空陪你消遣。改日吧，改日一定奉陪。"

井迟摇摇头，挂断电话，摁灭了指间燃着的香烟，独自一人走进前面一家酒吧。

他是酒吧新手，没看酒水单，到吧台边随便点了几样酒，毫不讲究喝法，一杯接一杯地灌进肚里。很快，从喉管到胃里都火烧火燎的，就是这样的感觉，他很清楚，等那一阵激烈的灼烧感过去，便是彻底轻松迷醉的感觉，不知今夕何夕。

"小蝶，你不要玩手机了，走快点儿。"室友碰了碰柳西蝶的手臂，催促她赶快往里面走。

今晚柳西蝶和室友出来吃火锅，吃完在附近散步，路过这家酒吧，打算进来喝一杯再回学校。

柳西蝶收起手机，抬起头就看见了坐在高脚凳上的井迟，有些惊讶，出于礼貌走过去打了一声招呼："井先生。"

井迟蹙了蹙眉，修长白皙的手指捏着一个方口酒杯，一颗圆球状的冰块在浅褐色的威士忌里晃动。

听到声音他瞥过来一眼，那眼神温柔又受伤，像一只森林里踩到捕兽夹的小鹿，特别招人心疼。

柳西蝶愣了愣，目光落在他脸上的巴掌印上，不知所措。

"是你啊，有事吗？"井迟黑眸微眯。

柳西蝶忘了自己要说什么。

井迟手臂搭上吧台，换了一只手捏住方口杯凑到唇边，仰脖饮了一口酒。伴随着吞咽的动作，他喉结上下滚动，侧脸棱角分明，在流转的暗色调灯光下半隐半现。

"你……你没事吧？"沉默半晌，柳西蝶主动走近一步，干巴巴地问候了一句，碍于室友在场，也不便打听别的情况。

其实，她想问的是：你是不是和宁姐姐吵架了？

他脸上那个清晰的巴掌印作不了假，看着很像是女人打的。

宁姐姐打人？她还扇巴掌？柳西蝶怎么也不敢相信这事是宁苏意干的。

根据她的了解，宁苏意不是会乱发脾气的人，遑论打人了。当中指不定有什么误会，柳西蝶再看一眼井迟，感觉他好像喝醉了。

"我给宁姐姐打个电话吧，让她过来接你？"柳西蝶小声问道，语气带着点儿不确定。

"别！"井迟从高脚凳上下来，定定地看着柳西蝶，脸上退去了散漫慵懒的神色，目光沉沉，"别告诉她。"

"可是你……"

"别告诉她。"井迟重复了一遍，眼神逐渐涣散，没再看她，坐回了高脚凳上，三两口把一杯威士忌喝光了。

室友拉了拉柳西蝶的手臂，压着声音问："我们要不先找个地方坐？"

柳西蝶看了一眼井迟，不怎么放心让他一个人待在这里，但也确实无权过问他的事，便扭头看向室友："我们坐哪儿？"

"不如就坐吧台边的散座，反正我们喝一杯酒就回学校。"

室友的提议正合柳西蝶的心意，她点头同意："好。"

两个人各自点了一杯酒。柳西蝶端着酒杯，目光时不时朝井迟看去一眼。井迟脑袋歪靠在臂弯里，手里握着手机按了几下，不知在给谁发消息，还是单纯在看手机打发时间。

柳西蝶抿了一口桃子酒，默默叹息——他和宁苏意感情那么好，青梅竹马，多难得，怎么会吵架呢？

"井迟？"

一个女声突兀地在耳边响起，语气带着浓浓的不可思议之意，扰乱了柳西蝶的思绪。

柳西蝶微微一怔，扭头朝后看去，一个纤瘦窈窕的女人几步走到了近前。

女人穿着一条黑色长裙，搭配小香风薄款短外套，脚上是芭蕾舞鞋样式的平底宽口皮鞋，耳坠和项链都是极具设计感的蓝宝石制成的，是夹竹桃的造型。分明是日常的穿着，加上配饰，整个人气质就不一样了，女人温婉动人，却又添了几分时尚感和贵气。

她边上还有一个年轻的女孩子。女孩子穿着随意一些，一字肩的秋香绿小短裙，臂弯里挂着一件白色外套。

"阿璇，你说奇怪不奇怪，怎么每次我们姐妹聚会，到酒吧喝一杯，总会遇到小井总？这缘分也是绝了。"

郑妍印象深刻，上一次去酒吧，她们就碰到了喝醉酒的井迟，结果温璇丢下她，带着井迟走了。

这一回她希望不是如此。

郑妍从温璇那里知道井迟已经有女朋友了。温璇为此独自难过了好久，最近才稍微回归正常生活节奏。

柳西蝶听着穿秋香绿短裙的女孩笑着慨叹的话，忍不住悄悄打量二人。

被她称呼"阿璇"的女人脸色微变，伸手推了推井迟的肩膀，试图将他叫醒："井迟，醒醒，井迟。"

柳西蝶这时候才发现，刚刚靠着手臂玩手机的井迟已经醉过去，双眸微闭，趴在了吧台上。

"井迟！你醒醒！"温璇蹙着眉，使劲摇晃井迟的胳膊。

有过上一回的经历，温璇当然知道井迟对酒精过敏。上回是运气好，没出什么事，这一回难保他不会出现宁苏意所说的"呼吸困难""咳嗽"等过敏反应。

郑妍见她脸色不对，不解地问："你这么紧张干什么？他就是喝醉了，又不是昏死过去。"

温璇摇头，神色焦急地说："你不知道，他对酒精过敏，万一出事怎么办？"

"啊？真的假的？那现在这……"郑妍听到这话也没心情调侃了，将臂弯上的外套搭在肩上，跟温璇合力把人从高脚凳上扶下来。

喝醉的男人如同一座山，两个人半天挪动不了。

两个人的对话被柳西蝶听得一清二楚。她惊讶之下，心脏一下一下剧烈地撞击着胸口，既担忧又无措。

井迟对酒精过敏？他不会有事吧？

温璇扶着人快要走出酒吧时，柳西蝶才后知后觉，放下酒杯，追上去拦住他们的去路："不好意思，请问一下你们是谁？跟井先生是什么关系？"

温璇没耐心应付一个陌生人，皱起眉心："麻烦让一让行吗？"

柳西蝶有些纠结为难，不知道这人是井迟的朋友，还是他的姐姐或妹妹，或者两个人是别的什么关系，不敢轻易让她们把人带走。

"先让我给宁姐姐打个电话行吗？"柳西蝶态度坚决，拦着没让他们离开。

郑妍看不过眼，自然是偏向自己人："我说这位妹妹你怎么回事啊？小井总酒精过敏，人命关天的事，耽误了时间，出了什么事算你的？"

温璇若有所思地看着柳西蝶，听柳西蝶说起"宁姐姐"，首先就想到了宁苏意，问道："你认识宁苏意？"

柳西蝶："嗯。"

温璇面色微沉，淡笑了一声："那你不妨再告诉她一声，要是不懂得珍惜，趁早一拍两散，省得祸害人。"

凭她这句话，柳西蝶几乎立马就能确定这人应该是对井迟有倾慕之意的。她的话处处带刺，让人听着很不舒服。

柳西蝶勉强定了定神，帮宁苏意说话："你凭什么这么断言？他们之间的事你了解多少？你连发生什么事都不清楚，单凭自己的臆测就说别人不懂得珍惜，从而诋毁别人，是否不够光彩？"

"你谁啊？"郑妍皱着眉，目光不善地睐着柳西蝶。

"我是谁不要紧。总之，你们不能带走他。"柳西蝶折回去拿上自己的包，从包里掏出手机，要给宁苏意打电话。

温璇神情冷淡地说："告诉你，我要是想乘人之危，早没她宁苏意什么事了。与其教育我，你不如留着力气回去好好教育你的宁姐姐。"

她心里正窝着一股火气，眼前这个不知道从哪里冒出来的女人简直莫名其妙，还自以为是地说教，当自己是什么人？

她每次见到井迟他都是一副狼狈不堪的样子，哪次不是跟宁苏意有关？她冤枉宁苏意了吗？井迟脸上那个那么红的巴掌印，敢说不是出自宁苏意之手？

也就只有宁苏意，伤害得了井迟。

温璇言尽于此，恼火地推开柳西蝶，让郑妍去路边拦辆出租车。

刚好有一辆亮着空车牌的出租车停在路边，郑妍弯腰凑到车窗前跟司机说了一声，让他帮忙搭把手。

司机下车帮了一把，将井迟塞进了车里。

温璇出了一身汗，想到那个女人的话，面色越发阴沉，缓缓吐出一口气，对司机说："去钟鼎小区。"

郑妍拉住温璇，表情心疼地劝说："你差不多得了。小井总都有女朋友了，你还这么费心费力地对他好，有什么用？他又不会多看你一眼。让司机把人送到，留个电话号码让宁苏意接走算了，她不是也住那儿吗？"

她是不忍心见自己的好姐妹越陷越深。讨不到半点儿好处不说，受伤的只会是温璇自己。

温璇看一眼醉倒在后座上的井迟，到底于心不忍，撮了撮眉心，无力地说道："你先回去吧，我把人送到就离开。"

司机扭头跟乘客确认："钟鼎小区？离这边有点儿远哪。"

温璇回道："我知道。"

听到"钟鼎小区"四个字，原本醉得一塌糊涂的人突然清醒过来，撑着手肘爬起来，推开车门下去，嘴里含混地说："我不回去，我不回去……"

他做错了事，还不知道要怎么求得宁苏意原谅，面对她时要说什么。这些他通通没想好，暂时不能回去。

眼看着井迟下了车，要栽倒在大马路上，温璇连忙过去扶住他，被他一抬手挥开，脚踝磕到路牙子，差点儿崴了脚。

温璇踉跄一步，眼泪都要出来了。

那个女人说得对，她的确不知道井迟和宁苏意之间闹了什么矛盾。可看到这样的井迟，她怎么可能不对宁苏意产生怨怼情绪？

想到宁苏意，温璇继而想起上一回井迟喝醉，根本听不进去话，偏偏宁苏意开口他就温顺得跟小绵羊一样。

温璇心口堵得慌。她实在是无可奈何，便翻找到井迟的手机，抓起他的拇指指纹解锁后，从通讯录里找出宁苏意的电话号码，打了电话过去。

在温璇打电话过去之前，宁苏意已经接到了柳西蝶的电话，说是井迟在金数酒吧喝醉了，让她过去一趟。

宁苏意听说这事以后自然满心紧张，让柳西蝶先帮忙拦着点儿，别让他再喝。

柳西蝶无奈地说："他被人带走了，是一个叫什么'阿璇'的女人。我也不认识她，拦不住。"

宁苏意神色一滞："阿璇？"

宁苏意飞快地换了身外出的衣服，下楼到厨房去关了炖汤的火，拿上车钥匙，刚准备给井迟打电话，那边的电话就打了过来。

"喂，井迟……"

"宁苏意,是我。"温璇出声打断她的话,站在路边,一只手环着手臂,不经意间抬眸,瞥见不远处亮着金蓝色光芒的酒店灯牌,冷冷地说道,"金数酒吧往南走三十米的君柏酒店,给你半个小时时间,如果你不来,我就不客气了。他现在满嘴胡话,人都分不清,你自己看着办。"

宁苏意拿下手机,看了一眼屏幕显示的时间,一贯没什么表情的面容微沉。

郑妍一言难尽地看着温璇,无法理解她的做法:"你装什么恶人?"

温璇轻吐一口气,把手机塞回井迟的口袋里。

司机坐在驾驶座上,透过车窗看向外面的两女一男,有点儿不耐烦了:"你们走不走啊?我都等半天了。"

温璇回道:"不好意思,我们不走了。"

她倒是想走,井迟不听她的。他醉得神志不清反应还能那么迅速,一听到要回钟鼎小区就从车上跳了下来。

她能有什么办法?她又不能把人绑住。

温璇算是认命了。醉酒状态下的井迟,除了宁苏意,没人制服得了。

司机恼怒,低低地啐了一口,手握住方向盘,踩下油门,车子蹿出老远,喷他们一身车尾气。

温璇脸色郁闷,重新扶住东倒西歪的井迟,朝身后的郑妍说:"走吧,还得麻烦你送一段。"

"真把他送酒店去?"

"不然呢,扔在大马路上?他站都站不稳了。"

郑妍撇了撇嘴,怒其不争:"你真够可以的,当情敌当到这个份儿上,我都替你感到悲哀。"

温璇是气质偏柔婉小意的那一类女人,对上井迟,却每一次都像个披着战甲的冷面勇士。

"我是输了,可没输给宁苏意。我是输给了井迟,输给了他的深情。"温璇仰了仰头,倔强地说,"我认了。"

郑妍长长地叹了一口气,找不出话来安慰她。

三十米的距离,他们走了十几分钟,终于到了酒店大厅。靠落地窗的地方有一组供客人闲坐的黑色长沙发,两个人把井迟弄到沙发上,累得气喘吁吁。

酒店前台的服务人员从柜台后面绕出来,高跟鞋踩在光可鉴人的大理石地面上，声响清脆。服务人员走到两个人跟前，微弯着腰问："女士，请问有什么需要吗？"

"暂时不需要，我们等人，谢谢。"温璇说。

服务人员瞄了一眼躺在沙发上的男人，贴心地问："给你们倒杯热水吧？"

"好的，谢谢你。"

"不客气。"

服务人员转身走到饮水机旁，拿出几个一次性纸杯接满热水，分两趟端给了他们，微笑着说："请慢用。"

郑妍嘀咕："君柏酒店的服务就是不一样，难怪久盛不衰呢。"

温璇目光直直地看着井迟。郑妍注意到她的视线，也跟着看向井迟。小井总果真酒精过敏，脖子和耳根处都起了红疹，一片一片的，在白皙的肌肤上分外显眼。

"用不用给他买点儿药吃啊？"郑妍有点儿担心，没见过起红疹起得这么吓人的情况，光是看着就觉得难受死了。

温璇当然清楚药要趁早吃，听郑妍这么说，也只是淡淡地说了句实话："除非宁苏意喂，别人给的他不肯吃。"

上次她就见识过井迟的执拗样子，无奈得很。

郑妍抿了一口热水，忍不住感叹："啧啧，这痴情的程度，连我这个旁观者都有点儿羡慕宁苏意了。她怎么就能让一个男人死心塌地到这种地步？"

温璇别过眼，抿了抿唇，不咸不淡地说："谁知道呢？"

她也想知道宁苏意哪里好了。宁苏意也就占了个认识井迟多年的先机，早早将他的心夺了去，没给别人留一点儿空隙。

温璇抬腕看表。

郑妍见状，"扑哧"一笑："你真掐着时间等宁苏意？"

"我看起来像是在开玩笑？"

"像，非常像。"

且不说是不是开玩笑，关键是温璇没法实践哪。人家醉成这样，她怎么睡？

"不是我说，你这有点儿强人所难了。我记得钟鼎小区是在明晟办公楼那一片CBD区域吧，到这儿可不止半个小时的车程，除非宁苏意飙车。"

"我就想看看她会不会在约定的时间内赶到。"

"你想测试她对井迟的用心程度？"郑妍打趣她，"何必呢？人家情侣之间的事，一个愿打一个愿挨，再怎么样跟你没有半点儿关系。"

温璇斜睨了她一眼，语气凉飕飕地说："你今晚泼了我那么多冷水，能少说点儿打击我的话吗？"

"好，好，好，我不说了。"郑妍投降。

与此同时，宁苏意双手握住方向盘，目光沉着冷静地看着前方。立秋过后的夜风裹着凉意拂在面上，月光如流水，照着她孤傲的一张脸。

耳边时不时响起导航的语音提醒，距离目的地还有一千米、九百米、八百米……

宁苏意提了车速，跑车的轰鸣声响彻整条街道，被街边住户听到，估计人家要骂一句：谁大晚上飙车？神经病！

她猛打方向盘，跑车在君柏酒店大门口急刹停下。

宁苏意按开安全带，拿上车钥匙和副驾驶座上的一袋药，推开车门下车，看了一眼腕表，迟到了三分钟。

宁苏意拾级而上，酒店的玻璃门自动朝两边打开。

她沉着脸走进去，在大厅里扫了一圈，没见着人。

服务人员看见她，连忙过来招待："宁总晚上好，您是过来找小井总的吗？他在 2603 号房。这是房卡，您到 26 楼出了电梯左拐第三间就是。"

宁苏意说了声"谢谢"，接过她手里的房卡，走进电梯。

光滑的金属门映着她的脸，不染而朱的唇微微抿着，显得一张脸过分冷淡疏离，身姿笔直，一双腿修长匀称，垂在腿侧的手五指微蜷。

电梯"叮"一声，到达 26 楼。

宁苏意走出电梯，踩在深咖色的地毯上，向左转，就见第三间套房的门敞开着，门口站着两个女人。

郑妍最先看见她，推了推身边人的手臂。

温璇这才扭头看过去。这当然不是温璇和宁苏意第一次交锋，却是气氛最诡异的一次。

深夜、酒店、套房，怎么看这都是一幅过于违和的画面。

事实上，因为井迟突然在大厅里吐了，温璇不得已到前台跟服务人员表示想开一间房。对方要求出示入住人的身份证，她没找到井迟的身份证，最后人家看在小井总的面子上给开了间套房。

温璇才知道，并迟与君柏酒店的老板穆景庭交情颇深。服务人员都是人精，正是知晓这一点才破格让并迟入住。

"人呢？"宁苏意朝里面看了一眼，碍于套房的格局，一眼望不到里边的卧室。

"你迟到了——"温璇看表，精确到秒，拖长了音调说，"五分多钟，快六分钟，怎么算？"

宁苏意手指攥着药袋，有些好笑："我跟你有什么账可算？"

温璇皱了皱眉，对她的态度不满："你是太过相信我不会动他，还是不在乎他，所以表现得这么漫不经心？"

前几次见面，凭着不深的接触，温璇只以为宁苏意是天生性子冷淡沉静，还曾羡慕过她待人处事的态度，永远随和，不过分亲近也不过分疏远。现在看来，她分明满身傲气，锋芒毕现。

"先前就说过，我不需要跟你交代什么，以前如此，现在也是一样。"宁苏意丢下一句话，越过温璇走进了套房。

郑妍扯着温璇的衣摆想把人拉走。既然宁苏意来了，那她就少说两句吧，反正讨不着好处。

不同于温璇，这是郑妍第一次在现实中看见宁苏意——以前郑妍只在网上看过她的照片。郑妍不得不承认，宁苏意长得真的很漂亮，且不是俗气的美。那一张偏古典的鹅蛋脸配上高冷的气质，整个一雪山顶上的冰花，可远观不可亵玩。

郑妍想了想，宁苏意本就是明晟药业的实际掌权人，为数不多的女总裁，在生意场上厮杀过，怎么可能没脾气？

温璇输给这样的人也不亏。

当然，这样的话郑妍可不敢明说，免得又被温璇说她泼冷水。

宁苏意将要走进卧室时，身后的温璇语气凉凉地追着说："我是没有立场，可你再怎么样也不该扇他巴掌吧？"

那样侮辱人的举动，谁忍受得了？

宁苏意脚步一顿，回过身看着她，本不愿与她解释什么，但是看她的架势似乎非要一个答案不可。

于是宁苏意面无表情地说："不是我打的，是他自己打的。"

温璇："……"

郑妍趁她失神，拉着人赶紧进了电梯，松了一口气，后背靠着电梯内壁，看了一眼仍旧呆滞的温璇，摊了摊手："你看你误会了吧，人家没扇他巴掌，怪尴尬的。"

这一整天，宁苏意没有哪一刻真正放松下来，这一路压着限速的最高标准开车过来，初秋的夜里仍感觉燥热。

她没精力把醉过去的井迟扛下去再带回家，索性留在了酒店里。

宁苏意扎起头发，到卫生间洗了手，出来后往床上瞥了一眼，气得想打他一顿。她以为这人在自己家里好好待着，谁能想到他居然跑出来喝酒？

他明知道自己是什么体质，上回也就算了，这次居然还喝酒。

宁苏意觉得自己快被他气死了，拿起一瓶矿泉水拧开，给他喂了过敏药，听见他声音低低地唤她的名字。

"酥酥，我错了……"

宁苏意顿时又气不起来了。

她能猜到井迟在想什么。冲动之下对她做了那样的事，他回过神来后自责愧疚，觉得不该用她最害怕的方式发泄脾气，一时不知该怎么面对她，想暂时避开她独自冷静。

可事实上情况没他想的那么严重。

那一瞬，她的确被迫勾起了恐惧的回忆，短暂地丢了魂，但很快就清醒过来，明白眼前的人是井迟，他不可能伤害她。

所以，她没有生他的气，也没有因此就对他产生厌恶情绪，一切都是他过度揣测。

宁苏意低叹一口气，倾身给他解了衬衫纽扣，脱下衬衫丢到床尾。他裸露的皮肤上起了好些红疹，她去卫生间绞了条热毛巾，拿过来给他擦身。

擦到腰腹边缘，宁苏意顿了顿，起身把毛巾丢进盥洗池里，剩下的等他醒了自己解决。

她从袋子里翻出外敷的药，拿棉签给他身上的红疹搽药。

这是个细致活儿，等到涂抹完药膏，宁苏意因为保持俯身的姿势太久，腰都酸了，慢慢直起身，把手里的棉签丢进垃圾桶里。

时至十二点一刻，宁苏意从衣柜里拿出一套浴袍去浴室冲澡，二十分钟后出来，躺在了大床的另一侧。

凌晨两点多，井迟酒醒了。

他嗓子不舒服，撑着手肘半坐起来，扫视周围略显陌生的环境，脑子里有模糊的印象，知道自己身处酒店房间里，酥酥喂他吃了药。

房间里亮着灯，井迟侧过身一看，宁苏意蜷着身体侧躺在床边，枕着另一个枕头，被子只盖了角。

他伸手抚摸她的脸。

宁苏意向来浅眠，眼睫轻颤了两下惊醒过来，睁开眼睛看着他。寂静的夜里，她声音轻柔似呢喃："醒了？身上还难受吗？"

井迟的脑袋靠在床头，脸上是醉酒后的憔悴之色，他看着她不发一言。

"不舒服？"宁苏意揭开被子，一只手探过去摸上他的额头，感觉好像有点儿热，又好像不是很热，竟分不清了。

宁苏意将要把手缩回来试一下自己额头的温度时，井迟伸手攥住了她的手指。他垂下眼眸，一副分外歉疚的模样："对不起，酥酥，我那会儿不知吃错了什么药，居然对你……"

"井迟，"宁苏意抽出自己的手，捂住他的嘴，"别说了，你已经道过好多次歉了，我没有生你的气。"

井迟揽住她的肩膀，将人搂进怀里，下颌轻搭在她的额间，油然而生一种失而复得的欣喜感。有那么一瞬，他真的以为宁苏意会跟他说分手。

宁苏意将脸埋在他的胸口，他没穿上衣，裸露的肌肤带着灼热的温度。四周阒静，她能听见他一下一下的心跳声。

宁苏意仰了仰头："你要听我解释吗？"

"嗯，解释什么？"

"你说呢？"

井迟另一只手也搂住她，将她完完全全地包裹在自己怀里，下颌蹭了蹭她的发顶："不需要解释，我都相信你。"

她和穆景庭之间的事是他自己忌妒心作祟，被冲昏了头脑，明知道她和穆景庭之间不可能有什么事，她肯原谅他已经是万幸，哪儿还用得着解释？

宁苏意觉得有点儿热。周围都是他身上的气息、他身体的热度，时刻干扰着她，她都没法好好说话了。宁苏意挣了挣，从他怀里退出来一点儿，总算能顺畅呼吸了。

"既然去过医院，那么景庭哥出车祸的事你早就知道了？"

"在新闻上看到的，我以为出事的人是你，后来在医院里碰到徐叔，才知道是景庭哥借了你的车。我快吓死了，事后都想不起来自己是怎么从明晟赶到医院的。"

"医生说景庭哥是侥幸捡回一条命，那样严重的车祸，他原本躲不过的。"宁苏意细细道来，"他伤得真的很严重，脑后缝合了十几针，手臂和小腿都骨折了，身上的擦伤也不少。抛开他喜欢我这件事不提，我是从小拿他当哥哥看待的。他父母不在国内，穆阿姨心脏有问题，我不能放任他不管。"

"我知道……是我小心眼。"

"我没怪过你。"宁苏意捏了捏他的上下嘴唇，让他闭嘴。

井迟乖乖闭嘴，听她讲。

宁苏意放下了手，有点儿不好意思，脑袋往下埋了埋："至于你看到他抱住我的画面，是因为他发现我抗拒跟他肢体接触，想要验证一下。"她声音低下去，很小声地在井迟耳边说，"他刚做完手术，脑袋和手臂上都有伤，我不敢用力推开他。"

井迟轻哼了一声，表示知道了，她不用再多说了。

"我也有不对的地方，忙得晕头转向忘了提前跟你说一声，害得你担心。"宁苏意说。

"是我不对，当时就该推门进去解救你。"井迟拢了拢她的乌发，露出她光洁的额头，他的唇落上去亲了亲，"你被景庭哥抱着，是不是会难受？"

"是会有一点儿，能忍受。"

"我好自私卑劣，有时候竟然在想，你这样也挺好，别的男人靠近你，你会排斥，只有我可以靠近你，你是我一个人的。"井迟嘴唇慢慢移下去，亲她软软的面颊，声音很轻，"我知道这样想不对。"

她看了三年的心理医生都无法彻底痊愈的"病"，不该成为他占有她的砝码。他唾弃自己的想法，深深地唾弃。

宁苏意对此没发表意见，沉吟片刻，突然说："我都交代完了，那你呢？"

"我？什么？"井迟愣了愣，有点儿接不上话。

"还说呢。"宁苏意一把推开他，目光如炬地盯着他，"你这一言不合就喝酒的毛病跟谁学的？自己是过敏体质不知道？你照照镜子，看你身上有一块皮肤是好的吗？"

井迟摸了摸鼻子，心虚地垂眸。没穿衣服，他当然一眼就能看见自己身上是什么情况。

宁苏意眼神锁住他，不给他回避的机会："连着两次喝醉酒不省人事，还都被温小姐撞见，你们缘分不浅哪。"

宁苏意很少说一些带有情绪偏向的话，所以这句话一说出来，井迟立刻就觉察到不对劲，慌了神，倾身过去拥住她。

"都是巧合，我和她一点儿关系都没有！"井迟着急撇清。

宁苏意岿然不动，不冷不热地反问了一句："真的吗？可她亲口跟我承认喜欢你，这还叫没关系？"

井迟急切地解释："不是，我对她没有别的心思！一丁点儿都没有！你该知道的，我只喜欢你一个人。"

宁苏意不听他的话，自顾自地算起账来："不止呢，今晚人家拿你的手机给我打电话，放出话来，说我半个小时内不来君柏酒店，她就要和你共度春宵。"

井迟傻眼了，对着宁苏意一个劲地摇头，脸上是明显的慌乱无措的表情，不仅仅是因为她复述的话，更是因为后怕。

酥酥车技不好他是知道的，从钟鼎小区到君柏酒店，半个小时，可想而知她是如何赶过来的。万一路上她出了什么意外，他会恨死自己。

"我以后不会再碰酒了，对不起。"

"你自己说的话自己要记得，下不为例。"宁苏意面色松动，"再一再二不再三，再有下一次，我让你好看。"

"我保证。"

他们该谈的话都谈完了，宁苏意再一看时间，挺晚了，凌晨三点。她打了个哈欠，抖开乱成一团的被子："睡觉吧。我明天上午还有个会，不能迟到。"

她去看井迟的脸——房间里只亮着一盏小壁灯，暖黄色的灯光笼罩着床头一隅，他身体一动不动，脸上的表情很难过。

"怎么了？不都说清楚了？"宁苏意钻进被窝里，难得有种困得不行、闭眼就能睡着的倦意。

井迟声音很低，再一次说道："我保证以后绝不喝酒。"

"知道了，知道了。"宁苏意笑起来，"你刚刚都保证过了，我信你。"

她主要还是为他的身体考虑，过敏他不难受吗？

"那我可不可以再问你一个问题？"井迟小心翼翼地问。

"问。"

"首先声明，我就是随便问一下。你不想回答可以不回答，我也不是非要知道答案。"井迟语气认真地说。

"你要问就问，怎么婆婆妈妈的？"

井迟躺下来，紧挨着她，彼此都能感受到对方的呼吸声："我就是想知道，温小姐跟你说那些话的时候，你有没有一点儿吃醋？"

他酝酿半天就为了问这个问题？

宁苏意有些无语，眨动着困顿的眼眸瞅着他。他一脸期待的表情又让她想到小狗，一时忍俊不禁。

"没有就没有吧，你笑什么？"井迟郁闷地说道。

"你存心不让我睡觉？"宁苏意将将有了困意，被他这么一打岔，又来了点儿精神，一语点破他的真实意图，"你真正想知道的是，我在不在乎你？"

井迟不语。

宁苏意又说："你怎么总是在这件事上犯糊涂？我不在乎你在乎谁？有些话我不说，不代表我不在意。"

人的性格决定行为，她可能永远做不到像井迟这样，吃醋或者生气就用激烈的情绪表达出来。她本身是个万事藏心间，且能很快自我消化的人，习惯了面上不露分毫。

所以，她给了他她不在意他的错觉？

她委实有点儿冤枉。

井迟拱到她身边，嘴唇凑上去亲她的嘴角，到最后两个人的唇瓣都是濡湿的，气息相近。井迟追着问："那你是承认吃醋了？"

"嗯，有点儿吧。"

"吃醋就吃醋，分什么多一点儿和少一点儿？"

宁苏意笑不可遏，指尖轻轻摩挲着他左边的脸，巴掌印还没消下去，清晰地挂在上面："疼不疼？你怎么那么傻，下手那么重？"

井迟捉住她的手，侧头吻了吻她的手心："把你的手打疼了？"

"我是问你脸疼不疼？"

"还好，脸不是很疼，那时候心更疼。伤害你，我就心疼。"

井迟拽过枕头，脑袋枕在上面，重重地叹息一声。将修长的双腿蜷缩起来，每回想一次，他就自责一分。

　　宁苏意指尖点在他的眼尾处。井迟眼眸轻合，浓密的睫毛在眼睑下方落下淡影。她指腹好像触碰到湿润的水珠，心脏霎时间好似被泡软了。

　　话题似乎回到了原点，宁苏意倾身向前，手臂抱住他的脖颈，额头贴上去，鼻尖与他的鼻尖相触，吻他的唇，轻柔缓慢地描摹轮廓，嗓音如同梦呓："我说了，我没觉得你在伤害我。"

　　柔软与柔软相贴，二人身体被激起点点战栗感。

　　他的身体抖得比她还厉害。

　　两个人谁都不知道是怎么开始的，没人在意，彼此靠得太近，心跳声重叠成相同的频率，"扑通扑通"，难分彼此，俱是要将对方嵌入身体里的决心表现。

　　井迟手掌紧扣着她的腰肢，唇抿成一条平直的线，额头上的汗滴落在她的锁骨处，"啪嗒"一声。他吞咽了一口唾沫，哑声在她耳边问了一句话。

　　听到她轻轻地"嗯"了一声以作回应，他只觉得脑子里有什么东西炸开了，理智不复存在，一切行为皆随心而动。

　　"我好爱你。我真的好爱你……"

　　宁苏意听着他一声声诉说着爱意，想要睁开眼看看他，却被一只手掌捂住眼睛，而后，一个滚烫的吻落在她的耳垂上，像是一枚烙印。

　　她感觉身体都不是自己的了，变成了一个挂件，依附于他。

　　房间如同巨大的火炉，触手所及皆是温热的。

　　时间"嘀嘀嗒嗒"地走着，原本打算聊完天就入睡的人，直到悬挂在树梢的月亮垂落仍醒着。她宛若身处虚幻的空间里，被海水包裹，浮沉淹没。

　　许久之后，当一切归于平静，宁苏意连眼睛都睁不开了，浑身酸痛，恍恍惚惚地想，自己可能死过一回。

　　那一瞬，海水没顶、濒死的体验，不是假的。

　　井迟从后面搂住她，再不能更满足地低喃："你是我的。"

　　宁苏意害怕黑暗，房间里的壁灯始终亮着，不至于过分明亮，近距离下，人的表情还是能够看得一清二楚的。

　　除了被蒙住眼睛那一会儿，其余时间，她任何一次睁开眼眸，都能瞧见井迟痴迷的神色，那样迷人。

他紧抿着薄唇，唇色比平时深了两分；狭长的眼眸半合，定定地看着她的眼；眼皮到眼尾处泛着不正常的酡红颜色，像极了醉酒后的过敏反应——他本就对酒精过敏，今夜又饮了酒，这自然是过敏反应，可又有些不像。

某一个瞬间，井迟倏地低下头，离她很近，额头抵着她的，滑落在眉骨处的汗珠粘上她的皮肤……

她分明没有饮酒，也像喝醉了，重度沉醉。

停歇了许久，宁苏意的心跳都没回归到正常频率，仍有些急促紊乱，她像是刚结束一场马拉松，连眼皮都有些沉重，眨眼的动作变得艰难。

枕头不知被丢去了哪里，她歪头枕在被褥上喘息着，平复自己的情绪。

宁苏意后背贴着一具热铁一般的躯体，他的手臂霸道地揽着她的腰，姿势亲密。好半晌，井迟嗓音低沉愉悦，滚着热气拂过她的耳畔："要去洗澡吗？"

宁苏意捂着脸"嗯"了一声，声音娇软得不像自己的。她霎时愣住，故作正经地清了清嗓子。

井迟听见了，在万分寂静的夜里笑出声来。

宁苏意恼怒窘然，抬腿踹了他一脚，动作太猛，拉扯到腿部肌肉，滋味不好受，当即蹙起了眉头。

井迟握住她的脚踝抬眼一看，见她染着红棕色甲油的脚趾衬得脚背白生生的。顿了两秒，他低头在她的脚背上亲了一下，像个变态。

宁苏意瞪大了眼，神色怔怔地看着他，忘了思考。

井迟则面色如常，从床尾沙发上捡起她的浴袍披在她的肩头，随意裹了裹，弯腰将她打横抱起来，大步走向浴室。

再出来时，两个人都是一身清爽，鼻间萦绕着相同的沐浴乳气味，是马鞭草混合海盐的清新味道。

宁苏意大概是困过劲了，彻底睡不着觉，问身边的人："几点了？"

井迟摸到手机摁亮，看了一眼屏幕上的数字："还有一刻钟就到五点了。"

"……"

宁苏意登时感到头痛。她上午还要开会，休息不好很折磨人的。

井迟手掌在她的后背上轻轻拍着，像哄小孩睡觉那样："闭上眼，什么都别想，还能再睡一会儿，到时间了我叫你。"

宁苏意听话地闭上双眼，试图放空大脑，然而作用不太明显，脑中的思绪依然十分活跃，半点儿不受控制。

他们怎么就到了这一步呢？

虽然想过会走到这一步，但她原本没打算进行这么快的，完全出乎她的意料。

她回忆起来，脑海里根本没有一个清晰的起始点。从一开始他们两个就是混乱的，房间里的气氛、两个人交心的谈话、动情的亲吻、想要靠近彼此的心思等，促成了这样一个结果。

他们没有提前计划，也没有足够的心理准备，一切似乎水到渠成，再自然不过。

很久以前，她心里闪过那么一个荒谬的念头：她想知道自己跟井迟亲密到什么程度才会产生抵触的应激反应。

可事实上，没有，中途她没有一丝抗拒的感觉。

井迟好像也担心这一点，时不时问她会不会有不适感，如果她哪里不舒服，无论是心理还是身体，一定要告诉他。

想到此，宁苏意倏地睁开了眼睛，对上井迟深深迷恋她的眼神。

宁苏意："……"

井迟的手还在不停歇地轻拍着她的后背，与她对视良久，他忍不住弯唇笑了笑："经过试验，拍后背这种哄睡法没效果。那些哄小孩入睡的家长，是不是不知道这一点？"

宁苏意弯弯嘴角，被他逗笑了。

"我睡不着就算了，睡眠老毛病，你为什么不睡？"

"我也睡不着。"

要井迟自己说，他都描述不出来心里的感受，飘飘忽忽的，如在云端。看着周遭陌生的房间布置，他不禁怀疑自己是不是误入了某个仙境，被困在了里面。

如果说当初宁苏意答应跟他在一起他是得偿所愿，那么眼下发生的一切事情就是额外的馈赠。

贪心得来的东西，他怎么都有点儿诚惶诚恐的感觉。

井迟不舍得睡觉，眼睛一眨不眨地看着宁苏意。他胡思乱想的工夫，她已经重新闭上了眼睛。

情之所动，井迟俯身在她的嘴唇上啄了一下，触感那么真实，一点儿都不像是在虚幻的世界里。

宁苏意猛地睁开眼，恼火地看着他，觉睡不好，脾气都上来了："我差点儿就要睡着了！你又把我弄醒了！"

井迟轻抿嘴角，露出抱歉的表情，连忙抚了抚她的后背，低声哄道："好了，你快睡吧，我再不吵你了。"

他也心疼她，这都五点了，她上午还有工作。

宁苏意再次睡着。也不知道具体是几点，她就感觉还没睡多久，手机的闹铃就响了。她困得头晕眼花，连关闹铃的动作都懒得做。

跟她相比，井迟是一宿未眠，但他的脸上瞧不出半点儿困倦之色，反而精神奕奕。他拿起床头柜上的手机，关了闹铃。

宁苏意双眼蒙眬，眉心紧蹙。

井迟见状，说："要是没有重要的事，你干脆别去公司了，给自己放一天假。"

宁苏意强打起精神起床，声音裹着浓重的倦意，添了几分沙哑感，不似平常那样冷淡："那怎么能行？会议时间早就定下了，不能随意更改。"

她趿拉着拖鞋，去浴室洗漱。

井迟套上长裤，跟着进了浴室，站在她边上拿起盥洗台上的另一个漱口杯，拆开一支牙刷挤上牙膏，跟她一块儿刷牙。

宁苏意抬眸，酒店里的浴室镜镶了一圈白色灯条，打开以后格外明亮。两个人肩并肩刷牙的画面映在里面，无端多了两分旖旎感，让人轻易联想到昨晚的场景。

宁苏意别过眼去，低头含一口水，漱干净嘴里的牙膏沫。

"你就不能先把衣服穿上？"宁苏意接起一捧热水洗脸，小声提醒他一句，"也不怕着凉。"

"不怕，房间里温度刚好。"

宁苏意没话说。水珠沾了满脸，她闭着眼，抬手在一边摸索。

井迟取下架子上的干毛巾放在她的手里。她抓住毛巾一角擦了擦脸上的水珠，露出一张白皙干净的脸。

留井迟一个人在浴室里，宁苏意先出去换衣服，穿的自然还是昨晚那一套：酒红色翻领衬衫，搭配黑色高腰牛仔裤。昨晚出门匆忙，她从衣帽间里随便拽了一套衣服穿上，以行动方便为主。

经过一晚，牛仔裤倒没什么，布料精良的衬衫却皱巴巴的，不怎么能见人。宁苏意对着镜子整理了许久。要不是时间来不及，她得叫酒店服务人员送挂烫机过来。

好在公司里常备着几套正装，用来应付突发状况，不然她还得回家一趟。

宁苏意出神之际，井迟也收拾好了，从浴室出来，拾起床上的衬衫套在身上，低着头从上到下地扣纽扣。

井迟拿上两个人的手机，牵着宁苏意的手出了套房："走吧，送你去公司。"

"我怕你昨晚喝的酒没代谢掉，还是我自己开车吧。"

"你不是没休息好？疲劳驾驶一样不安全。"井迟按了一楼的电梯，"不行就找个代驾，稳妥一些。"

电梯很快到了一楼，宁苏意收了声，跟他步伐一致地出了电梯。

井迟让她在原地稍候，自己去前台退房。

车子安全到达明晟办公楼下，宁苏意看了一眼腕表，略微松了一口气，万幸还有换衣服和化妆的时间。

她推开车门准备下去，井迟握住她的手，将人扯过来。余光瞥了一眼驾驶座上的代驾，见人家规规矩矩地坐着，视线没乱看，井迟敛了敛眼眸，手掌捧着她的脸颊，飞快地在她的唇上亲了一下。

这是小情侣之间分别时的"小把戏"。

井迟眨了眨眼："不忙的时候记得联系我，我等着你召唤呢。"

他可能自己都不知道，他眼巴巴地盯着一个人，再用低沉略哑的嗓音说出这样一句任人予取予求的话，有多蛊惑人。

宁苏意目光定定地看了他几秒，"嗯"了一声，下了车快步走进公司。

"宁总早。"梁穗碰见刚从电梯里出来的宁苏意，打了声招呼。

"早。"宁苏意点了点头，目光沉静，"会议资料放我的办公桌上，半个小时后准时开会，会议结束后别忘了跟我汇报荣总那边的情况。我下午大概没太多时间留在公司，紧急文件最好在下午三点前送过来。"

宁苏意面色淡然，一边冷静吩咐一边走进办公室。

梁穗紧跟在她的侧后方，短暂失神后，跟上了节奏，恢复惯常的工作状态："好的，我明白了。"

宁苏意进了办公室，脚步没停，直接去了里面的休息室，随着门被关上，外间仅剩梁穗一人。

梁穗看了一眼休息室的门，方才之所以失神，是因为看见了宁总脖子上的吻痕，大脑有些凌乱。

宁总皮肤白，脖颈纤长，那一枚深红色的吻痕特别惹眼，像是明晃晃的一枚印章，烙印在那儿，宣示着什么。

宁总平日里冷淡自持，梁穗很难想象这样一个人有一天早上会顶着吻痕来公司。宁总是懒得遮掩，还是不介意被人看到？这实在引人遐想。

梁穗敛了敛思绪，抱来会议资料放在办公桌上，又去茶水间泡了杯茶端过来。

宁苏意正好从休息室里出来，换了一身正装。不同款式的白西服她有很多，每一套都能穿出独属于自己的风格。

梁穗看出她还化了淡妆，只扑一层薄薄的粉底，涂了砖红色的口红，气色比方才好了许多。

"资料都在这里？"宁苏意坐下来，随手翻了翻。

"啊，对。"梁穗应了一声，走近一步，站在办公桌前听候吩咐，不动声色地瞄了一眼宁苏意的颈侧。那一枚吻痕看不出来了，可能宁苏意用遮瑕盖过。

忙到下午三点左右，宁苏意处理完手头上要紧的事，站起来抻了抻手臂，舒展筋骨，拿起手机给井迟打电话。

那边的人很快接通，诧异地问道："忙完了？这么早？"

宁苏意跟井迟说明："准备去一趟医院，探望景庭哥。他一个人住院，身边只有护工陪同，我得去看看。"

井迟沉默了。

宁苏意随后说道："你要不要跟我一起去？"

"就算你不说，我也是要跟你一起去的。"井迟说，"再怎么样他都是我们从小玩到大的朋友，我们本就该去探望。"

"那我在公司等你，你到了给我发消息。"

"很快就到。"

"我不急，你开车慢一点儿，注意安全。"

穆景庭昨天出了车祸，事情就发生在自己身边，宁苏意被吓得不轻，因此格外注重出行安全。

"遵命，我慢慢开。"井迟笑着说。

从 MY 风投到明晟总部没那么快，宁苏意坐下来，重新开了电脑，打算再处理一会儿工作。

不知不觉看完一份二十几页的资料，直到井迟给她发来消息，她才关了电脑，拿着手机下楼，坐上车。

井迟单手搭着方向盘，侧过头来提醒她："安全带。"

宁苏意一边低头扣上安全带，一边跟他说："等会儿路过王记煲汤铺记得停一下，我下去买份汤。"

她昨晚去超市买了猪骨，原本打算自己煲骨头汤，今天抽空带去医院给穆景庭喝。汤炖到一半，接到温璇打来的电话，她慌忙出了门，赶去君柏酒店，到现在也不曾回家，那锅没炖好的汤怕是要浪费了。

井迟点头："知道了。"

语气听着没什么异常，宁苏意侧头盯着他的脸，不确定他是什么情绪，半开玩笑地问："你不会还在吃醋吧？"

"没有。"井迟看她一眼，眼神意味深长，沉吟了一下，用一副似笑非笑的口吻说，"姐姐亲口承认自己是我的，我还吃哪门子的醋？"

宁苏意："……"

他指的是她昨晚在床上快要失去意识前被逼着说出的一句话。

去第三医院的途中，井迟记着宁苏意的提醒，在王记煲汤铺停了一下，宁苏意去店里买汤。

这家是口碑相当不错的老字号，因用料实诚而闻名，可以放心，而且铺子里有很多种适合病人喝的补汤。

宁苏意要了一个大份的山药骨头汤，打包带走。

井迟坐在车里，视线扫视，见附近有家水果店，下车去买了一个高档果篮，往前走了几步，在一家花店里挑了一束包装好的花，总算有了点儿探望病人的样子。

他从花店里出来，宁苏意正好提着一份打包好的汤走出店铺，两个人一同上了车。

井迟把鲜花和果篮放在车后座上，宁苏意则是把汤抱在怀里，担心弄洒了。

半个多小时后，车子开到医院门口，停在路边的露天停车位里。

两个人拿上东西，轻车熟路地找到穆景庭所在的 VIP 病房，敲了敲门。

听到里面传出一声"进"，宁苏意伸手推开了病房门。

病房里空荡荡的，穆景庭独自一人靠坐在病床上，腿上摊着一本书。他左手按着书，抬眸朝门口看去。见是宁苏意进来，他微微笑了一下，柔声说："过来了。"

下一秒，穆景庭的目光落在宁苏意身后的井迟身上，脸上的笑容淡了些，他合上书放在床头柜上："小迟也过来了。"

穆景庭将视线从井迟的脸上下移，怔了怔，不知井迟是吃错东西还是碰了什么，露出来的脖子上布满了红疹。

井迟面露笑容，把手里的东西放在沙发旁的茶几上。

昨天井迟没进病房，只透过门板上的小窗户粗略地扫过一眼，现在近距离看，发现穆景庭伤得比他想象中严重。一天时间，穆景庭看起来像是瘦了好几斤，面部轮廓清癯立体，一副掩不住的憔悴样子。见他脑袋裹着网格头套，想起宁苏意说那里缝了十几针，井迟再看他露出来的其他地方，大大小小的伤不少，几乎可以想到出车祸时的凶险场景。

医生说他侥幸捡回一条命，绝不是夸张说辞。

"感觉怎么样？"井迟拉了张椅子坐到床边，语调关切地询问。

穆景庭倏地笑了笑，打趣道："得了，你什么性子我还不知道吗？你突然这么关心我，我反倒觉得别扭。"

"怎么说话的？我是发自内心地关心你。"井迟没好气，瞪了他一眼，"你也不用回答了，我看你好得很。"

"除了不大能动，是好得很，说明我这人福大命大。"

"福大命大能出车祸？"

宁苏意有些无奈地笑了笑。

两个加起来年龄超过五十岁的大男人，拌起嘴来跟小学生一样。

井迟的性子她是了解的，他偶尔较真幼稚。她没想到的是，穆景庭居然也有这样的一面，实属不多见。

两个男人听见笑声立刻休战，开始聊一些寻常话题。

宁苏意插了句嘴："我带了汤过来，景庭哥你现在要不要喝一点儿？"

穆景庭朝她看来，点了点头说："好，麻烦了。"

宁苏意找出一副碗勺，拿到卫生间里清洗，把打包盒里的骨头汤倒出来一部分，端到病床边。

穆景庭自己动手升起了桌板，叫她放在上面就好，他自己来。

井迟旁观他用左手捏着汤匙别别扭扭地舀起汤喝进嘴里，看似能自理，实则一副羸弱凄惨的样子，便同情心泛滥："要不我喂你喝？"

穆景庭睨了他一眼，微微眯眼，一副没听清楚的样子。

井迟耐心地重复了一遍："我说我喂你。我这不是看你左手不灵便吗？别害羞啊，特殊时期特殊对待，景庭哥。"

穆景庭："滚。"

他看都不看井迟一眼，低头喝汤。

井迟："……"

眼看他们又要斗嘴，宁苏意及时出声，问穆景庭："汤的味道还行吗？我今天没时间，在外面店里买的，明天得空了再给你炖。"

穆景庭对上她，态度完全不一样，温和地笑着说："挺好喝的。你那么忙就别下厨了，炖汤耗时间。"

煲出一锅适合病人喝的汤不容易，要想汤清淡不油腻，她得守在一旁小火慢炖，时不时看一眼，撇掉上面的浮沫。

宁苏意说："没事，我最近也不是很忙。"

井迟附和："我也不怎么忙，厨艺还行，回头亲自给景庭哥炖汤，保准你喝了三天能下床五天跑得飞快，喝了还想喝。"

宁苏意笑得不行，手掌在他的脑袋上推了一下。

井迟猝不及防，被推得脑袋往左边偏去，挑了挑眉看着她："推我干什么？我说得不对？我的厨艺比你的还好。"

"我没质疑你的厨艺，但你后面说的那是什么话？'三天能下床五天跑得飞快'，跟网上的虚假广告一样。"

"我开玩笑活跃气氛不行？"

穆景庭刚舀起一勺汤，手指顿了顿，汤洒了几滴在桌板上。他身体的伤还没痊愈，心里的伤又加重了。

宁苏意摸井迟的脑袋的动作那么自然，没有半分反感的样子，让人好生羡慕。

等穆景庭喝完一碗汤，宁苏意拿过碗勺，抽了张纸巾递给他："还要吗？"

她买的汤是大份，还能倒出两碗来。

穆景庭摇了摇头："不喝了。"

井迟从果篮里挑出一个鲜红的脆苹果，在掌心里抛了抛："要吃点儿水果吗？我亲自给你削，切成块。"

穆景庭睨他一眼，不想搭理他了，淡淡地说："你自己吃吧。"

井迟把苹果放了回去，起身坐到沙发上，手臂挨着宁苏意，有一搭没一搭地陪穆景庭聊天解闷。

穆景庭看着他们，他的眼光多毒辣啊，一眼就能看出宁苏意跟以往相比多了很多细微的变化。

她一贯是寡淡的性子，可是在井迟面前，她的表情更丰富一些，眼睛里闪动着灼亮的光，唇畔笑意绵绵。

她是真心喜欢井迟的吧？

穆景庭回想起来，她打小就疼井迟多些，对他格外好。

这像是一种宿命，由天而定，旁人更改不了。穆景庭只能这么安慰自己，才能稍微好受一些。

几个人正说着话，外面传来敲门声。

宁苏意愣了一下，以为是穆景庭的哪位朋友过来探望，站起身准备去开门，从门板上的窗口里看见一个戴着标志性警帽的中年男人。

宁苏意连忙把门打开。

站在门外的警察笑了笑，问："请问穆景庭先生是在这间病房里吗？"

"是的，请进。"宁苏意侧过身让人进来。

警察身后跟着一位庞眉皓发的男人，脚步佝偻而来，神色有些局促。

井迟跟着站起来，打量来人，后面那一位瞧着有几分眼熟。

警察过来的目的是跟穆景庭核实车祸现场的情况，而跟着他前来的男人是肇事者的父亲，自我介绍叫周路国。

井迟和宁苏意一听这个名字，对视一眼，想起了这人的身份。

隆星电器的董事长，周路国，年逾五十。他之所以看起来像是六七十岁的老者，是因为他早早白了须发，显得年纪大。

他们没记错的话，他有个小儿子，今年刚满十八岁。

果不其然——

根据警察的说法，肇事者周临远年满十八岁，考驾驶证期间只考完了前面三科，剩科目四没考，仗着有点儿车技就敢开车上路，行驶到拥堵的交通路口，一慌张错把油门当刹车，造成了这起车祸。

目前人已经被拘留了，罚款也交了。

警察说完，周路国到跟前赔笑道："穆总，真是对不住了，犬子年幼无知闯下大祸，害你受一场无妄之灾。你放心，医药费由我们来出，至于额外的赔偿，只要你开口，我一定不推脱。"

隆星电器早些年就没落了，如今不过是苟延残喘。周路国要是有底气，自然不会亲自前来赔罪。

穆景庭要想使绊子泄泄火气，周家没活路可走。

正所谓伸手不打笑脸人，周路国深谙其道，于是跟着警察一道过来，先把姿态摆得足够低。再者，他是个长辈，穆景庭再如何恼火也不好出言驳他的面子。

见穆景庭一言不发，周路国只得笑笑，接着说："改天，改天等犬子被放出来，我一定带他前来给你磕头认错，还望你大人不记小人过，饶他这一回。"

穆景庭有点儿烦了："警察那边该怎么处理就怎么处理，不必知会我。至于医药费，不劳周董费心，我不差那点儿钱。"

"应该的，应该的。"周路国笑得尴尬，脸都有些僵了。

警察这边做完笔录，问了穆景庭几个问题，核实完情况就先离开了。

周路国叫门外等候的助理进来，送上了一些补品，聊表慰问，临走时还在一个劲地点头道歉，满口说着"对不住"。

一般人见了这个场景，可能真不忍心苛责这样一位爱子心切的老人。

穆景庭却没什么表情。他待人谦和不假，可遇到这种事实在难给好脸色。他损失了一个几十亿元的单子不说，身体受伤是几句道歉的话就能抹平的？

井迟看出穆景庭的疲惫之色，碰了碰宁苏意的手臂："时间不早了，我们回去吧，让景庭哥好好休息。"

宁苏意看向穆景庭："那我们就先走了，明天有时间再过来看你。"

穆景庭开口："路上注意安全。"

到家前，井迟问宁苏意晚上想吃什么东西。宁苏意不太有胃口，靠着副驾驶座靠背，懒洋洋地说："不想吃饭，想睡觉倒是真的。"

井迟轻挑眉梢，眼神倏然间变得意味深长，嘴角带笑地看着她。宁苏意知道他在想什么，懒得理他，拿出手机当"低头族"。

正好路过一家商超，井迟停了车，两个人下去逛超市。家里的食材所剩不多，他们需要购买一些填上冰箱的空缺。

井迟在入口处扫码推走一辆购物车："想吃鱼吗？"

"你决定就好。"

两个人在超市里闲逛，看见什么好吃的、好玩的东西就随手放进购物车里。当井迟拿起一包果汁软糖时，宁苏意眼神终于不对劲起来："你要吃这个？我不吃。"

井迟将糖拿在手里晃了晃："看着挺好吃，给你试试。"

他拿了几包软糖丢进购物车里，带着她继续往前走，有点儿像带女儿出来逛超市，不像是带女朋友。

宁苏意不说话了，由着他买了好些零食，正经蔬菜倒没买多少。经过水产区时，井迟停下来认真挑了条武昌鱼，打算红烧，最后买了法棍和牛奶，留作明日的早餐。

结账的时候，宁苏意看着购物车里花花绿绿的零食，深感无奈，不知道的人还以为家里养了小孩子。

井迟却乐此不疲，还在货架上拿了一瓶彩虹糖放在里面。

东西被装在两个大号塑料袋里，宁苏意要帮井迟提一袋，被他拒绝了。他把两个塑料袋归拢到一起，腾出一只手牵着她，一同往停车的地方走去。

宁苏意垂下眼眸，望着两个人紧紧相握的手。

这种感觉很神奇，仿佛他们是一对在一起生活很多年的夫妻，下班后一起逛超市，商量晚上吃什么，再挑一些零食，给家里的小孩子。虽然他们目前没有小孩。

宁苏意想，大概是因为他们太熟，跟别的情侣相比，少了些热恋期的激情，多了缓缓流淌的温情。

宁苏意很喜欢这种感觉。她本身就不是个多有激情的人，比起所谓的轰轰烈烈的感情，更偏爱细水长流的温情。

第十五章

他的心思早就昭然若揭

回家的路上，两个人聊着一些没营养的话题。到了公寓楼下，井迟下车拎东西，身体突然顿了一下，脸色变得奇怪，嘀咕了一句："有样东西忘了买。"

宁苏意听见了他的自言自语，问："什么东西，很重要吗？小区里的便利店里能不能买到？"

她的话提醒了井迟。

他垂下眼睑暗笑一下，也不看她，低声说："应该能买到。你在楼下等我，我去去就回。"

宁苏意说："帮我带一包棉签，普通的那种，我化妆要用，家里囤的快用完了。"

"好。"井迟把两个购物袋放到地上，摸了摸口袋，手机在里面。

"你还没说你要买什么。"宁苏意感觉他奇奇怪怪的。

井迟神色有点儿别扭，视线瞥向一旁，声音含混地说："我买包烟。"

宁苏意想说抽烟对身体不好，但井迟基本没在她面前抽过烟，想来他的烟瘾不重。她也不想管他太严："你去买吧，我等你。"

井迟快步走进小区里一家二十四小时营业的便利店，买完需要的东西，站在收银台前扫码付款，连塑料袋都没要，将东西塞进口袋里。

宁苏意等在原地，低着头看自己的鞋尖，没多久，视线里出现井迟的鞋。他拿着一包棉签递给她："是这种吗？"

宁苏意接过来看了一眼："嗯，能用就行。"

井迟拎起地上的两个购物袋，跟宁苏意进了电梯。她按了电梯按键，问身后的人："去你家还是我家？"

井迟突然被戳中笑点，忍俊不禁："这有什么区别吗？"

"快说。"宁苏意催促道。

"我家。"

于是宁苏意按了十五楼的电梯按键，退回去站在他身边，上下瞄了他一眼："你买的烟呢？"

井迟："口袋里装着……"

宁苏意伸手探进了他的西裤口袋。

井迟察觉她的意图，侧身躲避了一下，但因为提着两大袋重物，没能及时躲开。她触碰到一个四四方方的小盒子，感觉那明显不是烟盒。

宁苏意了然，仰头看着他。

井迟撒谎其实很好拆穿。起先虽然没反应过来，但等他去了便利店，她站在原地越想越觉得他的表情耐人寻味。

被她猜对了，他根本不是去买烟。

井迟高高仰起脖颈，利用两个人的身高差，不让她看自己的脸，只拿下颌对着她，顾左右而言他："电梯要到了。"

宁苏意将手从他的裤子口袋里缩了回来，若有所思地抿了抿唇，觉得有些好笑。绕了一大圈，他就为了避开她买安全套？

电梯打开的提示音打断了她的思绪，两个人谁都没说话，一前一后地出了电梯。

宁苏意空着手，输入指纹解锁。

进到屋里，井迟把东西丢在玄关地垫上，手掐住宁苏意的腰，将她抵在门板后面，嗓音低低地说："能不能给人留点儿面子，明知我撒谎还要拆穿我？"

他低头，鼻尖抵上她的鼻尖，嘴唇似有若无地蹭着她的唇瓣，有点儿懊恼。

宁苏意偏过头，避开他灼热的侵略气息，小声替自己辩驳："你是在控诉吗？我也没说你什么吧。"

井迟抿唇笑了笑，在她的脸颊上亲了一下，意味不明地说："姐姐真好。"

宁苏意还没回味过来他说这话的本意，只见他弯腰拎起食材，蹬掉脚上的鞋，换上拖鞋去了厨房。

宁苏意背靠着门板，神色呆愣。

他是以为她默许了什么吗？

井迟很快从厨房里出来，见她还呆站在玄关处，不由得笑了一下，过去拉着她的手，走到沙发边："你坐着休息，我去做饭。"

他翻出一袋果汁软糖塞给宁苏意，拿遥控器开了电视，然后钻进厨房就没再出来。

宁苏意脱了外套，身上穿着一件打底衬衫，解了袖扣靠在沙发上，没认真看电视节目，眼神时不时往厨房那边瞟一眼。手指捏了捏装着软糖的包装袋，她不由自主地拆开，拈了颗放进嘴里，软糖软糯弹牙，水蜜桃味的。

宁苏意钟爱井迟家里这组沙发，踢掉拖鞋躺下来，听着电视背景音，嘴里嚼着软糖。一会儿工夫，软糖就被她吃得只剩小半袋了。

她舔了舔嘴唇，上面都是水蜜桃的甜味。她把剩下的软糖放在茶几上，闭着眼小憩，不知道怎么就睡着了。

井迟做好晚饭出来，见沙发上的人一动不动，不禁"啧啧"称奇。别说电视还开着，哪怕夜深人静，以宁苏意糟糕的睡眠状态，她都不一定睡得着。

"酥酥？"井迟坐去沙发边，轻轻推了推她。

宁苏意醒了，迷迷糊糊地睁开眼，对上了井迟带笑的眼睛。

客厅里开了灯，明亮柔和的灯光洒下来，窗外的天色已擦黑，像是还在做梦，她闭了闭眼，听见他说："吃完晚饭再睡吧。"

宁苏意缓了缓，起身去卫生间用凉水洗了洗脸，总算清醒了些，移步到餐厅吃饭。

井迟做了一整条红烧鱼，放在长条形白瓷盘里，浇了浓稠的酱汁，色香俱全。他另外还做了一道清炒藕片、一道柠檬鸡块、一份蛋花汤。

这大半年来，两个人对桌吃饭的画面稀松平常，但是身处其中，宁苏意总能体味到别人难以理解的温馨感动。

吃过饭，井迟问她要不要再吃点儿水果。

宁苏意说："吃不下了，我去沙发上躺一会儿。"

井迟收拾了餐桌，走过来坐在她的腿边，手搭在她的腰上，眼睛盯着电视，话是对她说的："晚上留下来？"

等了几秒，井迟没听到她的回答，扭过头看着她，俯下身，手臂撑在她的身侧，将她挤在沙发里侧："好不好？"

他目光太直接，对视的时间久了宁苏意就忍不住退却，偏过头盯着沙发靠背上的纹理，拒绝道："我择床。"

"骗人，我家主卧的床跟你睡的那一张床一模一样。"

宁苏意还要说什么，井迟一把将她扛起来放到肩上，脑袋朝下的那种。天旋地转间，她大脑都眩晕起来。

宁苏意一点儿防备都没有，不顾形象地喊叫起来："你这里没卸妆的东西啊，也没睡衣，我要回去睡……"

"我上去给你拿。"

井迟驳回她的申请，抓起遥控器关了电视，从容地抬步上了楼梯。

宁苏意个子高挑，体重却是偏轻的。井迟经常锻炼，毫不费力地就将她扛到了二楼，用脚踢开房门，弯腰将她放在沙发上。

他两只手臂架在沙发靠背上，形成一个圈，将她整个人困在其中。

宁苏意脸都红了，不是害羞，是脑袋朝下憋的，还伴随着紊乱的喘息声。她这个被扛的人，看起来倒是比扛人的人还累。

"你先去洗澡，我到楼上给你拿东西。"

井迟抬手在她的头发上揉了一下就转身下了楼，脚步飞快地出了门，乘电梯到十六楼，给宁苏意收拾了一堆日常用品和一条睡裙。

听到脚步声的时候，宁苏意不敢相信他动作居然这么快，感觉也就过去了三五分钟。

卧室门被推开，井迟走了进来："你怎么没去洗澡？刚才不是还说挺困的？"

宁苏意沉默不语。她才不要洗澡洗到半途叫他进来送衣服。

井迟将手里的纸袋放在她的怀里，抬了抬下巴："看看有没有遗漏的东西，要是有就说一声，我再上去给你拿。"

宁苏意无话可说，他倒是不嫌麻烦。她打开纸袋往里看了看，惊得差点儿咬到舌头，他这是把她的梳妆台都搬空了吗？

见她神色异样，井迟在她边上坐下："缺什么了？"

"不缺。"

"那就好。"

"我去洗澡了？"

"嗯。"

井迟点了点头，目光落在她去往浴室的背影上，微弯了一下唇。

听着浴室里传出的水声，井迟缓缓吐出一口气，手撑着膝盖起身，到衣帽间里拿了套干净的衣服，出了卧室到隔壁客房的浴室冲澡。

"淅淅沥沥"的水自头顶淋下来，井迟闭了闭眼，手掌捋起打湿后掉在额前的碎发，露出光洁的额头。

清俊的面庞笼了层水汽，显得眉眼格外深沉，眼睫被水沾湿，闭眼时一簇簇耷拉在眼睑处，鼻峰高挺，嘴唇红红的，像吃了浆果染上的颜色。

浴室里很快升腾起白雾，有点儿闷热。

井迟脑子里胡思乱想——他提议让酥酥晚上留下来，她嘴上拒绝了，可他抱她上楼时，她没有表现得太抗拒，还同意他上楼给她拿洗漱用品，是答应和他同床共枕的意思吧？

他抿了抿唇，告诉自己她应当是默许了。

井迟想的事情有点儿多，澡就洗得漫长了些。他出来时，一身清新的沐浴乳气息，是柠檬混合天竺葵的气味。

他穿着最普通的白色T恤和宽松长裤，手里拿了条干毛巾，歪着头擦拭着头发，踩着拖鞋踱回卧室。

浴室里的水声未停，表明宁苏意还在洗。

井迟听着这声音有点儿心不在焉，不知道脑子里在想什么，摸摸这个薅薅那个，有多动症似的满屋子乱转。

蓦地，"啪嗒"一声，浴室的门传来响声，随后被打开了。

宁苏意脑袋上裹着毛巾出来，穿着一条烟粉色的真丝睡裙，吊带的款式，胸前肌肤、锁骨和肩膀都露了出来，灯光下皮肤白皙剔透，沾着潮湿的水汽，像被剥了皮的圆润荔枝。

井迟神色有些恍惚，想起来吊带睡裙外面好像带着一件睡袍，自己忘了给她拿。

宁苏意把脏衣服叠好放在一旁，明天要拿去干洗店的。她抬手拆了脑袋上的毛巾，看了一眼戳在房间里的人："你洗完了？"

井迟慢半拍地"啊"了一声，丢下擦头发的毛巾，多余地补了一句："在客房里的浴室洗的。"

说话间，他拿了吹风机过来，叫她坐在沙发上，给她吹头发。

井迟不是第一次给她吹头发，动作熟稔无比。

宁苏意静静地坐着，耳边是吹风机"嗡嗡"的声响，头皮热乎乎的。他修长的手指穿过她的发间，拨弄着她的长发。她能感觉出来他的动作很轻柔，快赶上专业人士了。

她许久没有开口说话，干脆抱着小腿缩在沙发里，眯着眼享受。

井迟注意到她的举动，不自觉地挑了一下眉，越发温柔耐心，像对待世间珍宝。

此刻的宁苏意特别像一只刚从水里捞出来的猫，而且是毛色纯白的布偶猫，高贵优雅又娇软。

十几分钟过去，渐渐地，宁苏意生出一股困意。

吹风机的声音停止，井迟拔了插头将其丢在一边，拢了拢她的头发拨到一侧，低下头在她的脖子上落下一吻。

宁苏意正困着，被这突如其来的吻刺激得打了个激灵，偏头瑟缩了一下，不客气地伸手捏住他的下巴："不许再弄出痕迹。"

今天早上从酒店离开，因为要赶时间，出门时匆忙混乱，直到进了办公室到休息室里换衣服、对镜化妆，宁苏意才发现脖子一侧留了吻痕。

一路过去不知被多少人看到，她只是想想就臊得慌。

在公司职员面前，她一向高冷严肃，今早那画面够毁形象的，不知道那些看到痕迹的人怎么想她。

宁苏意埋怨他："遮瑕膏都很难盖住，我早上盖了两层。"

见她一本正经地跟他解释掩饰吻痕有多难，井迟莫名其妙地就笑了起来，一股热热的气息喷洒在她的皮肤上。

宁苏意瞪了他一眼。

他还笑？这有什么好笑的？

井迟对上她的眼神，笑得越发放肆，胸腔都在震颤："对不住，是我的错，以后我一定注意。"

他记着了，往后只要她第二天早上要去公司，自己一定顾及宁总的形象，不乱来。

宁苏意思考两秒，莫名其妙地觉得他这话说得好有歧义。不等她细思，井迟就绕到沙发前面，双手抱起她。

她低呼一声，下意识地伸手攀住他的肩膀，转瞬间就到了几步开外的床上。

宁苏意立马卷着被子划分阵地，跟他说，今晚不可以，她好困，想要早点儿休息。

井迟不语，给她指了指床头柜上硕大的一个电子钟。

宁苏意看了一眼："不到九点，怎么了？"

"时间还早，你要这么早睡觉啊？"井迟像一只大狗，扑过去抱住她，心头悸动得不行，四肢百骸都像是涌动着兴奋的电流，完全没办法理智。

她怎么就能这么冷静呢？不像他——他只要见着她就好开心。

"我想你一天了。"井迟凑上来，毫无章法地亲着她。

宁苏意躲都躲不开，这回是真的脸红了，不再是憋的。

她也确信，井迟话里的"想你"不只是单纯思念。

井迟克制着汹涌起伏的情潮，嗓音低哑地在她耳边说："以前没有体会过，做梦都是细碎的片段，没有太具体的画面，经历了昨晚的事，我一整天都在回想。"他不停地追问，"你会想吗？我会。我总是控制不住地想昨晚的场面。"

宁苏意简直想捂住耳朵，或者捂住他的嘴巴。

救命，他怎么什么都说？！

她是会忍不住回忆某些片段，可绝不会像他这样直白地承认。

还有，他说的什么？做梦？什么时候？

宁苏意脑子晕乎乎的，怀疑自己现在就在做梦，要不然怎么能如此颠覆认知？眼前这人还是她印象里单纯冷酷的小迟弟弟吗？

她吞了吞口水，问："做梦是什么意思？"

"装什么傻？我不信你听不懂。我刚成年那会儿就做过我和你在一起的梦。最近的一次，我想想啊，是去年。你喝醉了，亲了我的那一晚。"

那一晚，他几乎没睡好觉，迷迷糊糊地做了好几个梦，一直在半梦半醒间。

宁苏意的脑子有点儿转不过来，她推了一下他的胸膛，难以置信地看着他："去年……去年我什么时候亲过你？"

他们今年才在一起，在此之前她亲过他吗？她完全没印象。

"你傻不傻？我都说你喝醉了，你当然没印象了。"井迟搜刮了一下脑海里的记忆，拖着音调说，"啊，我想起来了。你得知爷爷有意让高修臣入赘宁家，心情郁闷，跑去跟叶繁霜喝酒，不小心喝多了。那晚，我送你回来的。"

"然后呢？"

"然后我把你抱到床上，你就亲我了。"井迟弯起嘴角，笑得甜蜜蜜的，指尖点了点自己的下颌，"当时就亲在这儿。"

宁苏意表情颇为一言难尽，这也叫亲？

井迟说："别这么看着我，你明明知道的，我喜欢你那么久。你给一点点回应，我就好开心，哪怕是无意识的行为。"

宁苏意目光深沉地凝视着他，望进他一往情深的眼里，心霎时就软了，不知是动容更多，还是心疼更多。

她伸手摸着他的脸，轻合眼眸，主动吻住他的唇。

"对不起，我以后好好补偿你，好不好？"

"是我自己要爱你的，你不需要补偿，爱我就好了。酥酥，你爱我就好了。"

井迟闭上眼，加深了这个吻。

中秋节连着放了三天假，宁苏意实际上只休了一天，回锦斓苑陪家里人吃了顿团圆饭，9 月 14 号早晨就去了公司。

井迟比她清闲一些，休满了三天假，16 号早上应邀去罗曼世嘉总部参会。

他每回来罗曼世嘉都待不了多久，一般办完事就会离开。单给他辟出的那间办公室成了摆设，他过来了就直奔井韵荞的办公室。

"小井总早。"

刚走出电梯，井迟就被迎面而来的职员问候。

他淡笑着点了点头，单手插进西裤口袋里，去办公室里找井韵荞。

井迟来早了，井韵荞这个正儿八经的井总都没在。井迟坐在沙发椅上，脑袋往后仰，姿态十分放松。

办公室的门被人敲响。

井迟说了声"进"，坐直上身，视线转向门口的方向。进来的是井韵荞的秘书，穿一身黑色职业正装，手里抱着文件，见到他先是微微一愣，很快反应过来，微笑着打了声招呼："小井总早。"

"早。"

秘书把文件放在井韵荞的办公桌上："一会儿井总过来了，麻烦您跟她说一声，这些文件比较急，下面的人等着要。"

井迟略颔首："知道了。"

秘书转身出去，走到门边想起来问他："小井总喝点儿什么东西？"

"不喝，你不用给我准备。"井迟躬身拿起茶几上的时尚杂志随意地翻开来看，神态有几分漫不经心。

秘书笑道："好的，那就不打扰您了。"

办公室的门被关上，里面归于安静。秘书踩着高跟鞋穿过走廊，到茶水间动手煮咖啡，是给即将过来的井总准备的。

走廊里传来一阵高跟鞋的声响，那串脚步声在茶水间门口停了停，有人轻声问："林秘书，井总来了吗？"

林秘书停住动作，抬眸循声看去，只见温璇手里拿着一沓资料，唇边挂着温柔的笑容。

秋季阴雨绵绵的天气里，温璇穿着一件白衬衫，领口打着黑色蝴蝶结丝带，略长的带子垂落在胸前，配了一条黑色高腰纱裙，裙摆高低错落，有的地方蓬松，有的地方单薄透亮，脚上穿着一双烟筒靴。

温璇以往总是温柔知性的打扮，很少穿得这么酷，令林秘书多打量了她几眼。

温璇目前是罗曼世嘉的首席珠宝设计师，很得高层器重。听说井总有意让她去巴黎分公司当设计总监，目前还未确定下来，不知结果到底如何。

林秘书说："井总还没过来，不过应该快了，早上有个会。"

温璇扬了扬手里的资料："有点儿事情找她，那我先过去等。"

林秘书忙不迭地提醒："你最好不要现在过去，小井总在办公室里。"

"小井总？"温璇面露疑惑之色。

"对，早上那个会他也参加。"

"好的，我知道了。"温璇抿了抿唇，若有所思，转身朝电梯间走去，准备回自己的工位等。

电梯门打开时，她又后悔了，折回去，往井韵荞的办公室方向走去。

井迟无所事事地翻看了两页杂志，耳边再次响起敲门声。

"进来。"

办公室的门被人推开，井迟目不斜视，盯着杂志上面的内容。直到那脚步声走到近前停下，他才若有所感地抬起眼皮，有些意外地看着来人。

温璇手指攥着资料的边角，骨节很用力，目光定定地看着他，一时间太多情绪充塞在胸口，绞得有些难受。

井迟略垂眼帘，撤回目光，语气淡淡地说："井总还没过来，有事找她你可以待会儿再过来。"

温璇深深地吸了一口气，脸上是强装出来的从容表情："我有几句话想对你说。"

井迟的指腹抵在杂志的边缘，任又脆又硬的纸张划着指尖，他再次抬眼看着她，态度很明显，并不想与她过多交谈："不好意思，我们之间似乎没有什么可说的。"

温璇强忍着心中翻涌的酸涩滋味，开口问他："你知道我为什么会喜欢你吗？六年前，你出手帮过我。"

她很清楚，有些话眼下不说，以后不会再有机会当面跟他说清楚。出国要用的资料准备得差不多了，她即将离开宁城，前往巴黎，归期不定。

井迟眼神错愕，不记得自己六年前见过她。

温璇盯着他的脸，将他所有的表情变化收进眼底，不由得凄然一笑。他果真忘记了，一丁点儿印象都没有。

"六年前我还没毕业，在一家珠宝公司实习，给一位姓李的设计师当助理。当时公司里有推荐参加珠宝设计大赛的名额，我没资格报名，但还是想要试一试……"

她到现在都记得一清二楚，熬了整整一个月，每天睡觉时间不足六个小时，经过无数次从头再来，修改调整，最终完成了相对满意的一套珠宝设计图。

如果给她充裕的时间，她还能继续完善设计图，可是报名截止日期快要到了。

她拿着设计手稿和优盘去找带她的那位珠宝设计师，央求对方给自己一个名额。

她真的很需要那笔奖金。

小十万元的奖金，对她来说是救命的钱。她父亲卧病在床，需要一笔手术费，她已经借了不少钱，凑上这一笔奖金就够了。

李设计师为难地表示不能破坏规矩。

温璇不肯放弃，再三请求，希望李设计师能给她一个机会，表明她以后一定会好好报答李设计师。

许是被她缠得没办法，李设计师面色纠结地答应帮她看看，替她去问总监那边有没有什么办法破格让她参加比赛。温璇感动不已，一瞬间眼眶滚烫，差点儿涌出泪来，不停地鞠躬道谢，离开了办公室。

漫长的时间里，她一边画设计稿一边满怀希冀地等着消息。

最后李设计师给她的答复是名额有限，已经给了别人。

温璇希望落空，只能咬牙认命，继续给各方亲戚打电话筹钱，得到的回答均是"先前借的钱还没找你要，再借我们也没有了"。

在她绝望之际，珠宝设计大赛落幕，最终获得金奖的正是带她的那位李设计师。

时隔一个星期，她才意外得知李设计师用来参赛的作品就是她当初交上去的那一套设计稿，一时气愤难忍，跑到办公室去找李设计师理论。

谁知人家翻脸不认人，咬死设计稿是自己画的，连手稿都拿出来做证。

温璇没想到有人能如此颠倒黑白，同时悔恨不已。她不该那么信任对方，把手稿和电子版都给了对方——人家把落款一改就成了自己的。

她不想这件事不了了之，拼着一口气，翻出自己当初画稿时修改过很多版的草稿，准备去找总监要一个说法。

李设计师早就料到以她的性子她不会吃哑巴亏，在此之前诬陷她盗用同组成员的作品来完成任务，倒打一耙，将她给辞退了。

同一天晚上，她父亲突然发病，被送到医院没能抢救过来，永远离开了人世。

那是春末夏初的时节，天降大雨，温璇如同一具行尸走肉，毫无目的地在街头晃荡，最后实在走不动了，蹲在路边抱着手臂大哭起来。

眼泪被雨水湮没，哭声被雨声遮掩，谁也没发现路边绿化带旁的瘦弱小姑娘。

温璇的视线被雨水浇得模糊，她望着道路上来来往往的车辆，脑海中闪过一两秒轻生的念头。倘若自己死在这个雨夜里，是不是就不会那么痛苦了？

她的脑海中又闪过许多与父亲有关的片段，想要活着的希望越发微弱。刹车声拉回了她的思绪，她慢慢仰起头看过去，一辆看不出牌子的黑色轿车停在路边，车身被雨水洗刷得锃亮。

驾驶座那边的车门被打开，一个年轻男人下了车，撑着一把黑伞，脚步匆匆地走进她身后的便利店。

过了一会儿，后座的车窗被降下来一小半，她看见了一张俊美的脸。男人皮肤白皙，在雨夜里如霜雪一般，薄唇微微抿着，脸部轮廓尤其好看。

男人侧过头来看了她一眼，脸上没带什么情绪，眼里也没温度。可在那样的环境下，她觉得他像一道光，温暖而虚幻。

她知道自己眼下有多狼狈，长发被打湿了，仿若一条条丑陋的蚯蚓贴在脸颊上。雨水淋得她睁不开眼，深灰色的薄衫也湿透了，像一团破抹布裹在身上，整个人单薄凄惨得像个乞丐。

他可能真的以为她是乞丐。

车窗被彻底降下来，坐在后座上的男人丢了把雨伞给她，顿了顿，又把身旁的一件黑色西装外套团了团，丢出来给她，从头到尾没说一个字。

很快，车窗被升了上去，以防外边的雨水随风飘进去。

温璇茫然地看着他，张了张嘴，想说点儿什么，却没发出声音。

便利店里的男人走出来，上了驾驶座。她眼前的车子眨眼间就开走了，车轮胎溅起地上的雨水，消失在城市的茫茫车流之中，再也寻不见。这像是一场梦，像卖火柴的小女孩临死前的一场梦。

卖火柴的小女孩被冻死在冬夜里，温璇却活了下来。

回忆到这里终止，温璇看向办公室的落地窗外，同样在下雨，细细的雨丝飘下来，比起那一晚的雨，眼前的雨就显得微不足道了。

温璇痴痴地笑了一下，扭头看向井迟，终于可以大方承认："我进罗曼世嘉也是为了接近你，去年在网上看到你和井总的采访视频，才知道你原来是罗曼世嘉的小井总。可惜我用错了办法，你不常来这里。"

她又笑了笑，摇摇头，语气带着两分自嘲的意味："后来了解到你和宁苏意的事，我突然看清了。什么方法都不重要，哪怕你天天来罗曼世嘉，我也是没机会的，对吗？"

温璇不需要井迟回应，自言自语一般倒出埋藏在心里已久的话："我有时候真的挺容易钻牛角尖，时常一遍又一遍地问自己，跟宁苏意相比，我究竟输在了哪里？时间？缘分？天意？这些因素说起来都太虚无了。直到上次你喝醉酒，我跟闺密聊天，某个瞬间终于明白过来——我不是输给了宁苏意，是输给了你，井迟。"

温璇又说："只要你还爱她，我就绝无可能接近你。"

井迟的思绪还停留在她方才讲述的雨夜赠伞和衣服的事情上，他实在想不起来自己做过这样的事。

他分明不是个热心肠的人。

有那么一秒钟，他很想问温璇是不是认错人了。

可是，她描述的画面与他记忆深处的另一幕极为相似。

温璇最后问了他一句："你那个时候为什么对我那么好？"

如果他不是在她最悲观绝望的时候给予那样一丝暖意，她不至于念了这么多年忘不掉，任何男人都入不了她的心。

世人都说，念念不忘，必有回响。

可事实上，大部分念念不忘，换来的是空想。

"不好意思，我不记得了。"井迟合上手中的杂志，将其放在一旁的沙发上，起身走到落地窗前，垂眸看了一眼腕表。

还有五分钟到九点，会议九点半开始，二姐怎么还没来？难道她被堵在路上了？

温璇怔怔地看着他的身影，表情是那样难以置信，胸口好似压着块巨石，喘气都变得困难。

若是之前，井迟没有印象也就罢了。他日理万机，帮她大抵只是举手之劳，没放在心上也正常。可她都描述得这么清楚细致了，他怎么可能还想不起来？

有的人连自己四五岁时的事都记得清清楚楚，距离这件事才过去六年，六年而已，他怎么会记不起来呢？她不明白。

温璇有些伤感，走到他身边，努力帮他复盘当初的画面："我当时就蹲在路边的绿化带旁，穿一件深灰色的针织衫、蓝色牛仔裤。那条街在医院附近，你让司机下车去便利店里买东西，丢给我的西装是高定款，黑色的……"

她努力补充着更多的细节，只盼他能想起当时的场景，给她一个答案。

这个问题在她心间盘桓多年——他当时为什么要帮她？

跟井迟有过接触后，她了解到的他对待一般人向来冷淡疏离，他绝不是乐于助人的性子，为何会对她动了恻隐之心？

她只是想要一个答案，有那么难吗？

井迟被纠缠得有些不耐烦，转头对上她渴盼的目光，平静地开口："如果你一定要让我回答，我只能说，可能当时某个瞬间我想到了酥酥。"

温璇瞪大了眼睛，嘴唇抖了抖："什么意思？"

"她有一年养了只橘猫，非常喜欢。那只猫在一个下雨天走丢了……"

初夏的雨总是来势汹汹，时常有摧枯拉朽的气势。在那样的雨天里，宁苏意不听家里人的劝，执意跑出去找丢失的小猫。

家里的用人都跟着出去找猫了，他放心不下宁苏意，要去追她，被葛佩如给拉住了。他那时刚大病一场，还未痊愈，不能淋雨。

葛佩如让他老实地待在屋里，说有用人跟着酥酥，不会有事。

他一个人坐在客厅里，望着外面黑沉沉的天色，如坐针毡。趁着大人不注意，他拿了伞偷溜了出去。

他记得最后在一个花坛边找着了宁苏意，她身边还跟着个用人。用人撑着伞弯腰劝她回去，还说小猫可能已经回家了。

宁苏意一个字都没听进去，蹲在花坛边上小声叫着猫的名字。这里是小猫最喜欢玩捉迷藏的地方，她上回找过来就看见小猫卧在花坛里睡觉。

宁苏意叫了几声没回应，有点儿绝望，双手抱着膝盖，脸埋在臂弯里，难过得想哭。

她的鞋子和小腿都被溅了雨水和泥点，看起来脏兮兮的，好不狼狈。

井迟急急忙忙地跑过去，让用人替自己拿伞，脱了身上的外套披在宁苏意的肩头，带她回家。

他回去以后病情加重了，宁苏意愧疚不已，不再提那只橘猫。可他知道，她很自责难过……

井迟说起这件事，连提到宁苏意的名字嘴角都不自觉地带了笑意，那张冷峻的脸霎时显得温柔许多。

他的记忆里，下雨天，花坛边，女孩蹲在那里，有些狼狈、难过，这些画面组成的片段只与宁苏意有关。

温璇神色僵滞，一副难以置信的样子，心间好似寒风过境，片甲不留。

在面对与井迟有关的事情上，她不止一次觉得自己可悲，却从来没有哪一次如眼下这般荒唐可笑。

原来，她从他那里汲取的一点点怜悯之情、她奉之为光的暖意、她念念不忘的情感，是因为他无意间路过，抬起眼皮看了一眼，想到了心里那个人。

原来，她自以为的救赎得益于宁苏意。

井迟啊井迟，你对我要不要这么残忍？

温璇眼睛泛红，努力地昂起头颅，一个字都说不出来。一直以来的执念被他的几句话摧毁了，她心痛到无法呼吸。手里的资料被她攥得皱巴巴的，怕是不能用了。

顿了几秒，温璇决然地转过身，大步朝门口走去。

短短几步路的距离，好似耗费了全身的力气，她握住冰凉的门把手，用力将那扇玻璃门拉开，结果差点儿撞到人。

温璇猝不及防地堪堪顿住脚步，抬眸看向来人，眼眶里氤氲着水汽，早已看不清任何东西，凭直觉猜到来人是井韵荞。

她头一回失礼，连声招呼都没打就扭头走了。

井韵荞目光追着她的背影到走廊另一端，然后收回视线，默默地叹息一声。她来了有一会儿，隐隐听见里面的说话声，震惊得久久无法平静，于是没有贸然进去打扰。

井迟转过身来，对上井韵荞有些复杂的眼神，没说话。

"我这算不算预言家？"井韵荞进了办公室，随手关上门，把手里的包放在办公桌上，似笑非笑地看着井迟，"当初一句戏言，如今应验了。温小姐跳槽到罗曼世嘉还真是冲着我的宝贝弟弟来的。"

井迟看了她一眼，没接话茬，走回沙发边坐下。

井韵荞转身，继续看着他："你就没什么话想说的？人家为了你放弃原本唾手可得的升职加薪的机会，投向罗曼世嘉，差点儿被她的老东家梵蒂珠宝'追杀'。"

井迟语气平淡地说："没什么好说的。"

井韵荞摇摇头，对他的冷漠态度习以为常："你好歹安慰人家两句，别这么绝情，我看她都哭了。"

井迟从口袋里摸出一个打火机，在指间翻转着玩，语调散漫地说："没必要，当断不断，反而会让人家产生错觉。"

让她误以为他在给她希望就不好了。

井韵荞想一想，觉得他说得确实在理。可能是她惜才之心泛滥，不忍心见姑娘难过。

井迟下午回老宅把狗接上，没留下吃晚饭，开车回了钟鼎小区，从阳台里拖出狗窝。

宁苏意给小柴选了一个姜黄色的狗窝，里面是白色的，软软的，看着很像一块大大的吐司摊在地板上。

井迟蹲下来，抱起小柴放进狗窝里，捋了捋它的后背。狗窝的颜色和小柴的毛发十分相近，他不由得勾唇笑了笑，跟狗狗对话："你妈妈给你选的窝，你喜不喜欢？"

小柴在狗窝里打了个滚，脑袋枕在边缘。

井迟看乐了，在它的脑袋上摸了好几下，站起身看了一眼挂钟，差不多到下班时间了，于是拿起手机给宁苏意发微信："下班了吗？"

宁苏意："刚出公司，十分钟到家。"

井迟："收到。"

宁苏意坐在车后座上，这会儿又下起了小雨，雨丝"淅淅沥沥"，轻拍着车窗。她看着屏幕上的消息弯了弯嘴角。

下雨天，车开得慢，十几分钟后，车子驶进钟鼎小区。

宁苏意一打开门，还未换下鞋，一眼看见在客厅里咬着毛线球的小柴，眼睛一亮："小柴！"

宁苏意脱下高跟鞋，换上拖鞋走到客厅里。

这段时间狗狗被养在井家老宅里，家里的人都叫它小柴。它似乎知道那是它的名字，此刻听见有人这么叫，丢下毛线球就跑到宁苏意身边，绕着她的脚转圈。

宁苏意笑眼弯弯，蹲下来把它抱进怀里，自言自语道："好像比上次见面长大了点儿，是我的错觉吗？"

井迟在厨房里准备晚餐，听见客厅里传来的动静，等着宁苏意来找自己，左等右等，她只顾着跟狗玩耍，丝毫没在意这屋里还有另一个人。

"酥酥。"他无奈地主动唤了她一声。

宁苏意放下小柴，走去厨房，站在门口问："怎么了？"

井迟站在流理台前处理食材，黑色卫衣的袖子被挽到手肘处，手指修长，握着一把嫩绿的芹菜，小臂紧实白皙，线条好看。他侧着头，眼神哀怨地看着她。

宁苏意不解，凑到他跟前去，难得软着声音又问了一遍："你怎么啦？"

她进门到现在只换了鞋，身上的衣服没换下来，衬衫外面套着一件驼色格纹薄款西装，搭配黑色的紧身牛仔裤，干练中透着休闲感。乌黑的长鬈发披肩，一侧的钻石耳饰在发间若隐若现，折射出闪亮的光芒，她嘴唇上涂抹的口红是适合初秋季节的玫瑰色，很显气质。

井迟丢下手里的食材，搂住她的腰，面色郁闷地说："你说怎么了？进门到现在你都在跟狗玩，看都没看我一眼。"

宁苏意反应过来他在别扭什么，笑着伸臂勾住他的脖子，在他怀里仰起脸，眉眼柔和，春情浮动。

"你现在不跟人吃醋，开始跟狗狗吃醋了？"

她笑起来很好看，那张带着冷感的脸仿佛被春风吹开的桃花，眼睛里似有星星，分外迷人。

井迟不发一言，低头咬住她的唇瓣，堵住她嘴里蹦出的恼人话语。

宁苏意只顿了一下，便踮起脚，闭上眼睛回应他的吻。

井迟被她的回应激得心颤，身体僵了一下，很快回过神来，更紧地搂住她的腰，转个身将她抵在流理台边，情绪汹涌地加深这个吻。

过了许久，宁苏意感觉裤脚被什么东西拉扯了一下，喘着气推开身前的人，眼里还弥漫着水雾，垂下视线看向脚边。小柴不知什么时候从客厅跑了过来，咬住她的裤脚，"呜呜"叫着。

宁苏意舔了一下唇，开口说话时，声音有点儿哑："它是不是饿了？"

井迟不满她转移注意力，手掌托起她的脸颊，让她看着自己，再一次吻下来。宁苏意笑着偏头往一旁躲："我跟你说话呢。"

"你回来前我给它喂过狗粮。"井迟不耐烦地解释了一句，手掌探进她宽松的西装里，隔着一层薄薄的衬衫布料摩挲着她的后背，心跳得很快，某些心思在发酵活跃，快要冲破牢笼。

宁苏意抬眼，被他眼里的温度烫到，轻咬了一下唇，小声说："别闹。不是要做饭？我肚子饿了。"

井迟搂着她没再乱动，呼吸渐渐平稳，眼神幽深地凝视着她："中午没吃饭？"

"吃了一点儿。"

"不是让你好好吃饭吗？拿我的话当耳旁风？"井迟蹙着眉心，语调不悦，"再有下次，我亲自过去给你送饭，盯着你吃。"

宁苏意笑道："知道了。"

井迟一眼看穿她的心思，低下头去，嘴唇又蹭上她的唇，将她原先涂抹的口红吃得一干二净，含混地说着话："我看你也就是嘴上说知道了，不在我的视线里的时候还是我行我素。"

"你到底要不要做饭？"宁苏意一边笑，一边被迫承受他密密匝匝的吻，快要喘不过气来。

"晚上我要睡在你这儿。"井迟低声说。

"什么？"

"我知道你听见了。"

宁苏意被他扑过来的灼热呼吸不断干扰思绪，脸颊晕染开一片绯红的颜色，低低地"嗯"了一声。

井迟这才放过她，洗了手，继续处理食材，嘴角挂着散不去的笑意。宁苏意带着小柴出了厨房，先上楼去换一身家居服，再下来给井迟打下手。

两个人做了简单的三菜一汤，六点多时坐到餐桌旁吃晚饭。外边的雨已经停了，窗户开了条缝隙，吹进来潮湿的清新空气。

餐厅里灯光温暖，照在食物上显得色泽鲜亮，让人的食欲都跟着好起来。

两个人吃着饭，聊着一些日常琐事。小柴的小短腿蹦蹦跶跶，它想要跳到椅子上来，尝试几次无果，放弃了，跑去躺在狗窝里啃玩具。

吃过饭，井迟去厨房切水果。他买了很甜的哈密瓜，削皮去籽，切成大小均匀的小块，装进碗里端去给宁苏意。

两个人坐在客厅的沙发里，宁苏意抱着玻璃碗，双腿平放在沙发上，后背靠在井迟胸前，手里持着一柄叉子，扎起一块哈密瓜举起手喂给他。

面前的宽屏电视在播放动漫，井迟没怎么认真看，张嘴吃下她喂来的水果，随着咀嚼的动作腮帮子鼓了起来，话音模糊地问："你最近很忙吗？"

宁苏意自己也吃了一块哈密瓜，说："这几天有点儿忙。月底得去邻市参加一个金融峰会，为期三天，在此之前要把公司里一些该处理的工作处理完。"

井迟平时不会干涉她工作上的事，只不过话题刚好聊到这里，不得不提一句："酥酥，我问你一个问题。"

"嗯？"听他语气有点儿认真，宁苏意下意识地坐直了上半身。

井迟没让她乱动，手臂扣在她身前，将她揽了回来，让她像方才那样舒服地靠在他身上。

"你坐上'宁总'的位子,是你自己喜欢,还是逼不得已?"井迟补充说,"我的意思是,如果抛开那些乱七八糟的因素,你最想做的事是什么?"

很寻常的问题,他到现在才问出来。

以往他觉得这个问题没意义,不管她的答案如何都无法改变事实,她还是得坐到那个位子上。

现在他们不是单纯的朋友关系了,他得越过那条线问问她真实的想法,再做自己的打算,想让她过得简单开心一点儿。

宁苏意又往嘴里塞了一块哈密瓜,机械地咀嚼着,沉默不语。

井迟看着她没什么表情的脸:"回答不出来?"

"我不知道。"宁苏意目光空茫地盯着某处地方,"我读高中以后就潜意识里把明晟当作自己身上的担子,总想着有朝一日等我羽翼丰满就挑起它,没考虑过做别的事。回国后,一切按部就班,我也没多余的精力去思考另外的路。"

井迟抿紧了唇。他听不得这样的话,会心疼她。

宁苏意能领会他问这个问题的目的,默了片刻,放下手里的玻璃碗,侧身抱住他:"我知道你心疼我。虽然有时候的确会很累,但大部分时间里,我觉得满足充实。至少目前,我没有厌恶当下的处境。或许将来我会有不一样的想法,谁知道呢?我只管现在。"

井迟用额头碰了一下她的额头,心里既感到与有荣焉又酸酸胀胀的,声音无限柔软:"姐姐好豁达,我都要佩服你了。"

宁苏意用一根手指推开他的额头:"不许再叫我姐姐。"

井迟眸似点漆,故作不解地问:"为什么?以前我不叫你姐姐,你还不乐意,现在为什么又不让叫了?"

宁苏意羞窘得不行,使出惯用的伎俩,说不过他就干脆动手捂住他的嘴巴,不让他发表意见:"我说不许就不许,听见没有?"

井迟用无辜的眼神讨饶,却在她松开手之后故态复萌:"不要。姐姐。"

宁苏意恼了,翻身将他压在沙发上,手掌按住他的肩膀,手肘压制住他的手臂:"你怎么这么贫?都说了不许叫了。"

井迟手指摸到沙发上的遥控器,将其抽出来关了电视。客厅里少了动漫的背景音,倏然寂静下来,两个人只能听见侧边窗户吹进来的风声,窗帘随之轻轻晃动。

小柴睡在狗窝里，安安静静，没发出一点儿声音。

宁苏意后知后觉，自己和井迟的姿势过分暧昧，手掌按着的地方似有些灼烫。她连忙撤回手，跟软脚虾一样身子往后退。

井迟挑起一边嘴角，岂会如她所愿，手攥住她的肘部，不由分说地把人拽了回来，紧紧控制在怀里："躲什么？姐姐刚刚不是挺有气势的？"

"井迟……"宁苏意含着难以言说的情绪叫了他一声，也不知要说些什么，没了下文，目光有些闪躲，没好意思与他对视。

井迟平躺在宽敞柔软的沙发上，而她以十分契合的姿势躺在他身上，两个人都穿着单薄的衣衫，体温互相传递。

他一时情动，温软的唇一点点地从她的额头吻至嘴角，烙下一枚枚濡湿的印记："你答应让我留下来，难道不是这个意思？"

宁苏意仿佛置身篝火旁，对窗外吹进来的秋夜凉风丝毫没感受到。

井迟先停了下来，眼眸晦暗如深海，可隐隐又似蹿起一簇灼亮的火苗。他揽着她的肩膀起身，将人打横抱起，往楼上走去。

进了房间，宁苏意就挣脱他的怀抱跳了下来："我先去洗澡。"

她赤着脚跑进衣帽间，拉开衣柜准备找一套睡衣，冷不丁地被眼前的画面惊到。

晚饭前，宁苏意到卧室换衣服，那套居家服就在床边放着。她没进衣帽间，所以当时没能发现衣柜里的变化。

她的衣服占了衣柜三分之二的空间，剩下的三分之一的地方挂着属于男人的衬衫、卫衣、西服。不仅如此，衣柜下面一层多了两个一模一样的黑色收纳箱，分别放着袜子、内裤。

宁苏意想到什么，往自己的首饰柜里瞄了一眼，果然，空出来的地方放着井迟常戴的几块腕表。

他什么时候把自己的东西搬过来的？

很明显，他是趁她不在家的时候，动作迅速地完成了衣物"迁徙"活动。

这人越来越放肆了，居然玩先斩后奏这一套。

可宁苏意转念一想，这套房子的房主是井迟，她平时连房租都没交过，算不得租户，他支配自己房子的空间，好像不需要经过她的同意。

"在看什么？"井迟拎着拖鞋放在她的脚边。

宁苏意脚踩进拖鞋里，手指拨着衣柜里属于他的衣服，语气无可奈何地说："你这是什么意思？"

"同居的意思。"井迟坦坦荡荡地说。

宁苏意没想到他会这么直白地承认，准备好的话一个字都说不出来了，默了默，从衣柜里取出一套睡衣去洗澡。

井迟紧跟其后。

宁苏意眉心跳了跳，站在浴室门口与他对视，无声地拒绝。

井迟的眼神比话语更直白，他推着她的身体往里走，随手关上了浴室的门，"砰"的一声，掩盖了其低沉略哑的声音："一起。"

宁苏意拒绝："谁要跟你一起？"

井迟回答："你啊。"

宁苏意："……"

他们洗了将近一个小时。宁苏意被热气熏得头昏脑涨，被井迟抱出来时，跟喝了高度白酒一样，眼尾到两颊皆是晕不开的红晕。额角不知是汗珠还是淋浴时沾上的水珠，衬得她像一颗鲜嫩多汁的水蜜桃，诱人又可口。

井迟看得嗓子痒痒的，低咳了一声："给你吹头发？"

"不要你。"

井迟低笑一声，先拿了干毛巾给她擦头发，再换成吹风机吹干。

服务完她，井迟胡乱地吹了吹自己湿漉漉的短发，不像给她吹头发那般细致体贴，用手抓了几下，便收起吹风机放进浴室里。

宁苏意瞥了他一眼，默默地拿了自己的手机，到床里边躺下，心不在焉地翻看着微信里的未读消息，手指不小心点进了与井迟的聊天界面。

井迟的微信头像是公司的logo，看着像女人的侧脸，下方写着细小的"MY"两个字母，组合起来非常有设计感。

宁苏意点进他的朋友圈，首先映入眼帘的就是他不久前换的朋友圈封面——他们小时候穿小西装和公主裙站在一起的照片。

宁苏意想把照片保存下来，按了下封面图，没有弹出"保存"选项，手指反而误触到右下角，给他的背景封面点了个赞。

宁苏意手忙脚乱地想要取消点赞，下一瞬，身后就贴上一个温热的胸膛。

井迟笑道："喜欢这张照片？你跟我说，我给你发原图就好了。"

"……"

井迟拿起自己的手机，从相册里找到那张照片，通过微信发给了宁苏意："你要不也把朋友圈背景图换成这个？"

宁苏意说："我不要。"

井迟并不介意，搂着她躺下去："老宅还有很多我们小时候的照片，被奶奶保存在相册里，回头我用手机拍下来发给你。"

宁苏意七八岁前大部分时光是在井家度过的，井家的长辈比较有仪式感，喜欢记录那些温馨欢乐的场景。

"好啊。"宁苏意懒洋洋地说。

气氛安静了一会儿，宁苏意闭着眼，困意逐渐席卷大脑。临睡着前，她迷迷糊糊地想到他的微信头像，突然问了一句："你公司的 logo 有什么寓意吗？"

井迟以为她睡着了，突然听见她出声，表情怔了一下。

"你没发现，那张线条简单的侧脸跟你有几分相似？"他抚摩着她的脸颊，轻轻笑了，"公司的 logo 是我设计的。"

这件事井迟没在她面前提过，她到现在才想起来问他，好像也不算晚。

宁苏意酝酿出来的睡意散了一些，侧脸枕在枕头里，不可思议地眨了眨眼。她不是第一次看井迟的公司的 logo，从来没有往自己身上联想过。

"是我？"宁苏意低声反问。

"都说是我设计的了。我为什么要画别的女人？不是你还能是谁？"井迟语调微扬，带着点儿好笑的意味，"画了那么多次你的画像，无论是简笔画还是油画，我闭着眼都能描绘出你的样子。"

宁苏意心潮起伏，呼吸渐渐变重，思绪有些纷乱，满脑子都在想，他到底默默做了多少与她有关的事，而她全然不知情？

他一手创办的风投公司，在宁城乃至国内都声名鹊起，居然用了她的抽象简笔画作为 logo。

如果网上盘点情侣之间为对方做的最浪漫的事情，这件事绝对能上榜。

说到这里，井迟突然哼笑一声，说道："你只注意到 logo，我猜你一定不清楚公司名字的由来。"

宁苏意略微思考片刻，尝试着解读："MY，不就是英语单词吗？翻译成中文的意思是'我的'。"

但凡学过英语的人，都不会不清楚这个意思。

MY 风投，我的风投公司。这是井迟在大学时期就着手创办的风投公司，取这样的名字，有一种少年人意气风发的气势。

井迟摇头失笑。他就知道，若非他言明，宁苏意不可能猜中。

虽然大部分人听说公司的名字，会下意识地按照宁苏意说的那种意思去理解，但实际上他的初衷与这个单词不沾边。

宁苏意琢磨着他的表情："我说得不对？"

"那你知道 MY 风投的中文名字是什么吗？"井迟没有直接为她解惑，而是以一种循循善诱的语气引导她猜出真相。

宁苏意眼神茫然："MY 风投还有中文名字？"

她对井迟的事业了解不多，甚至连他的公司都没进去参观过，所得的信息不过是人们口口相传的那些。

"姐姐，你对我未免太不关心了。"井迟话语里透着委屈之意。

宁苏意张了张嘴，无言以对。她算是发现了，这人称呼她"姐姐"时，通常不是表达委屈情绪就是调侃她，变着法子寻乐子呢。

井迟清了清嗓子，语气正经地给她解释："MY 不是什么英文单词，是汉字首字母的缩写，所对应的汉字是'慕意'，爱慕的慕，宁苏意的意。明白了吗？"

他的心思早就昭然若揭，纵然早些年他没向她言明，可无论是他的生活还是事业，通通离不开她的影子。

宁苏意心头涌上来的各种情绪久久无法平复，脑海里不断回放他适才说的话：爱慕的慕，宁苏意的意。

MY，合起来是"爱慕宁苏意"的意思。

宁苏意内心被巨大的震惊感冲刷，彻底没了睡意，一时间五味杂陈。他怎么能用那样一副云淡风轻的口吻诉说动人至深的事？

"你到底还瞒着我做了多少事？"宁苏意情不自禁地低喃。

他瞒着她喜欢了她那么多年，偷偷画了她那么多年，他的公司以爱慕她而命名……或许还有很多很多她不知道的，他为她做的事。

宁苏意心里乱极了，也酸楚极了。

井迟听她这么问，闭着眼认真想了想，唇边笑意更深："不知道，没有了吧？我也不确定。"

他没特意想过要为她做什么，全凭自己的心意行事，是本能为之。

宁苏意抱住他的腰，脸埋进他的胸膛："我这辈子都偿还不清了。"

井迟哭笑不得地按住她的后背："你又忘了我上次说的话？我不需要你偿还，你爱我一辈子就好了。"

宁苏意："嗯，我爱你，一辈子。"

井迟被她深情缱绻的话语撩拨得不能自已，简直不知道要怎么对她好才行，觉得自己好幸福。

他是这世上最幸福的人。

接连加了几天班，宁苏意终于有一天能在下午六点多下班。她推开办公椅，站到落地窗边，抬起手臂活动着肩膀，顺便等井迟的消息。

三分钟后，井迟发来一条微信："我到你的公司楼下了。"

宁苏意听见桌面上手机的振动声，拿起来看了一眼，打字回复："马上下去。"

近两天秋老虎作祟，气温高得仿佛带着大家一秒回到炎炎夏日。夕阳的余晖泼洒了半边天，呈一种漂亮的金橘色，由浅至深地自然过渡。一团团洁白的流云变幻成不同的形状，被霞光染上金黄的边。

宁苏意坐在副驾驶座上，开了侧边的车窗，举起手机对着天空拍了一张照片，低头欣赏一眼，不输网上那些精修过的壁纸图。

"我们要去吃什么？"宁苏意动手将照片设置成了锁屏壁纸，随口问道。

宁苏意难得不加班，今晚两个人不打算做饭，准备在外面的餐厅吃完饭再回家。

"吃点儿清淡的东西。"井迟说。

"什么啊？"

"水煮鱼。"

"水煮鱼还清淡？"

井迟笑了笑，没有解释。

一个多小时后，遥远天际的夕阳散尽了，天色擦黑。井迟把车停在一条巷子外的路边，下了车，牵着宁苏意往巷陌深处走去。

一家竖着大红色招牌的餐厅映入眼帘，进门的地方堆着好几个水族箱，里面养着各类可食用鱼，后院的大型玻璃缸里也养了好些鱼。

正值饭点，餐厅里气氛热闹，人头攒动。

井迟做主挑了一条两斤多的梭边鱼。服务生现场处理，将鱼片成鱼片，和萝卜、豆腐一起煮成一锅奶白的鱼汤，另外可以往里面烫青菜、豆腐皮等配菜，相比火锅，更为滋补清淡。

宁苏意尝了一口被煮熟的鱼片，肉质鲜嫩细滑，再喝一口鱼汤，鲜美醇厚，不由得眼睛一亮："味道还不错。"

井迟一手持着一柄不锈钢漏勺，给她捞出好多鱼片放在小碟子里凉着，笑道："你多吃点儿，每天工作那么辛苦。"

宁苏意倏地笑了笑："你这语气，有小娇妻的味道了。"

井迟："……"

宁苏意见他露出一言难尽的表情，弯起嘴角笑得更欢了，顺手夹起一片不那么烫的鱼肉喂给他："听不出来我在开玩笑？"

井迟张嘴接下她投喂的鱼肉，心情顿时好转："听出来了，但是我觉得你可以把'小娇妻'改成'小娇夫'，或许我还能接受。"

话音落地，两个人同时笑出声，聊着天，不知不觉胃口大开，吃了好些东西。

宁苏意的额头上出了点儿汗，她感觉浑身都轻松了，工作上带来的疲惫感因为一顿朴实无华的水煮鱼一扫而空。

吃过晚饭，两个人从巷子里慢悠悠地走出来，万家灯火依旧璀璨。

宁苏意挽着井迟的手臂，晚风吹起她的发丝，拂来阵阵洗发水的清香，或许还杂糅着餐厅里的食物味道，不怎么明显。

蓦地，她停下脚步。

井迟跟着停下，问她："怎么了？"

宁苏意抬眸远眺，用手指着前方："前面就是我们高中吧，要不要进去逛逛？我好久没回来看过，不知道里面的建筑有没有翻新重建。"

井迟朝前面看了一眼，晚自习还没结束，路边的小吃摊已经支起来了。铁板鱿鱼"刺刺"作响，臭豆腐、麻辣烫、烧烤的味道浓郁，周围弥漫着各类食物的香气，很有印象中的美食街的感觉。

"好。"井迟说。

两个人踱到校门口，与门卫解释许久，门卫大叔才让他们进去。

两个人进了校门，顺着主干道往右走，走到底再左拐就是操场。

经过白天一整天暴晒，空气里飘浮着一股子塑胶跑道的胶味。主席台那边挂了探照灯，照亮大半个操场。

两个人都有些沉默，还是宁苏意率先出声，打破了寂静的气氛，用手指戳了戳井迟的手肘："你在想什么？怎么不说话？"

井迟轻轻哼笑，偏头看她一眼："在想高中的事，天天被你气死。"

宁苏意霎时瞪大眼，怀疑他这话的真实性："哪儿有？我们的关系不是一直很好吗？除了那次冷战，架都没吵过，我哪里惹你生气了？"

井迟垂下眼，看着她被操场上乳白色的灯光照得分外柔和恬静的侧脸。

他抿了一下唇，沉默半晌，絮絮叨叨地提起旧事："夏天的校服裙本来就短，你还私自把它改得更短。我跟在你身后，时时刻刻担心你会走光，能不生气？"

宁苏意哑口无言。

这不是她的错，是叶繁霜非要学别的女生改校服，先拿她的校服裙试验。

井迟想了想，又说："来例假还喝冰的东西，怎么说都不听。我劝不住你，只能自己生气。"

宁苏意听着这些话，气势渐渐弱了下来："我以前身体好，不大注意这些，现在年纪大了不敢造作了。"

井迟深深地吸了一口气，才没有让自己的语气听起来像"怨夫"："还有，我打篮球的时候，别的女生又是欢呼又是送水，只有你——只有你宁苏意，坐在看台上要么打盹儿，要么跟叶繁霜聊天……看都不看我一眼，气死了。"

宁苏意用更为微弱的声音说："我错了。我其实在看你，你没发现而已。"

不过她只是单纯观看，没带别的情绪。

井迟想要倾吐的话犹如开了闸的洪水，奔流不息。他接着翻起旧账："最让我恼火的是你竟然把我介绍给你的好朋友，还帮她递情书。你知道我有多难过吗？"

宁苏意捂住额角，垂下头不敢看他。

她一时兴起带他来逛校园，目的是重温旧梦，现在看来似乎是个错误。

"你那会儿跟我冷战，我不是没再给你介绍了吗？我还因此跟那个朋友绝交了。"宁苏意小声为自己辩解。

"你还敢说？！要不是我跟你冷战，你压根没意识到问题的严重性。"

"行，我的错。"宁苏意闭了闭眼，就差举手投降了。

井迟又心软了："算了，我也没怪过你。"

两个人走到篮球场上，井迟站在篮筐底下，回过头来看着她。夜色里，他的眼眸仍旧明亮，不知想到什么，他满是惆怅地叹了一口气："你说，我们要是高中就在一起了，会怎么样？"

宁苏意摇了摇头，实诚地说道："不知道。学校不允许早恋，我爸妈也不允许，所以这种假设不存在。"

井迟捏了捏她的脸颊，执拗地说道："让你设想一下。"

宁苏意仰了仰头，望着不知何时彻底黑下来的夜幕，零星的几颗星挂在上面，声音在空旷的操场上响起，有些缥缈："想象不出来，那会儿没有谈恋爱的心思。"

井迟泄气，重新牵住她的手，一边设想一边说："如果那时候我们在一起了，我肯定要跟你做同桌，让叶繁霜一边儿去。"

"哈哈。"

"别笑，我说正经的。"井迟晃了一下她的手，接着说，"上自习的时候，写完作业要牵着你的手；午睡的时候，会把自己的校服给你盖上；放学后，等班里同学都走光了，会拉着你躲在窗帘后面接吻……"

宁苏意停下脚步，倾身抱住他的腰，声音轻柔地说道："跟你说，我昨晚梦到你了。"

"什么梦？"井迟顿了顿，挑了挑眉，语调上扬。

"不是你想的那种！"宁苏意握拳捶了他一下，随即嘴角扬起弧度，跟他讲了一下梦里大概的场景。

她梦见自己回到了高中校园，坐在操场一侧的单杠上，脚底下是绿茵茵的草皮。

她和叶繁霜手里各握着一瓶冰镇的橘子汽水，因为在浓密的树荫下面，丝毫不觉得热。白晃晃的阳光从树叶间隙落下来，光影斑驳细碎，洒在少女们稚气清纯的脸上。

两个人晃悠着脚，聊着班里的趣事，抬眸望向远处的篮球场。

一群少年穿着校服白T恤，青春洋溢，追逐着一颗篮球。炽热的阳光照在他们身上，给他们镀上了一层柔暖的金边。

他们好似感觉不到太阳灼热的温度，奔跑、跳跃、扣篮，身姿那样矫捷，像草原上刚成年的猎豹，不惧危险。

井迟是他们当中的一个。他高中时期个子蹿得很快，在一众男生里显得鹤立鸡群，背影瘦削，力量感却很强。

他投进了一个球，转头朝她的方向看过来，素来冷峻的脸上绽放一丝迷人的笑容。

宁苏意看到有女生靠近篮球场，把手里的橘子汽水递给了井迟。

一群男生在旁边哄笑，气氛暧昧又火热。

宁苏意低头看了一眼自己手里的汽水，还没想好要不要拿过去给他，这个梦就被闹铃声打断了。

她睁开眼的那一刻，思绪还沉浸在梦里，神色有些恍惚。

所以，他们吃完饭从巷子里出来时，宁苏意发现这里距离高中校园不远，才会提出进来逛一逛，重温梦里的场景。

井迟认真听她讲完，蹙着眉"啧"了一声："你什么时候见我接过别的女生送的饮料？我就等着你送呢！偏偏你长了个榆木脑袋，根本就不开窍，气死我了，天天怄气。"

听他说着说着又绕回了方才那个话题，宁苏意不肯服输，手指掐他的后腰，仰起头幼稚地叫嚷起来："你说谁榆木脑袋？！"

井迟的笑声被吹进晚风里，他低头堵住她的唇，重重地亲了一下，同样不肯屈服于她的威严之下："说的就是你，你还不承认？"

两个人嬉笑的模样那样天真烂漫，仿佛回到了许多年前的高中时代。

他们亲手抓住了那个夏天的尾巴。

一声软绵绵的猫叫惊醒了吻得投入的两个人。嘴唇分开，两个人目光一致地瞥向墙根，是一只长得胖乎乎的狸花猫。

每个学校似乎都有几只流浪猫，在食堂附近流窜，不缺学生投食，所以比外面的流浪猫肥。

宁苏意想跟它打声招呼，还没伸出手，那只猫就跑了。

别看这只狸花猫体形壮硕，动作却十分轻盈矫捷，一会儿工夫就跑没影了。

宁苏意打消了寻找狸花猫的念头，跟井迟手牵着手在操场上逛了半圈，吹着温度正好的夜风，气氛静谧，温情脉脉。

他们最后从侧边一道小门出了操场。宁苏意脚步慢下来，循着记忆里的方位看去，那里果然亮着一束灯光。

"你等我一会儿，我去去就来。"

宁苏意松开井迟的手，朝亮着灯光的地方跑去。

井迟立在原地，身形修长挺拔，目光追着她的背影。那是一道白色的纤细身影，在夜色里也很显眼，她跑起来身后披散的鬓发随风扬起，很有意境的一幅画面，让他有种强烈的想要作画的冲动。

直到看不见那道身影了，井迟才收回视线，微垂着头盯着脚下一块块青蓝色的地砖。砖缝里长出一簇柔韧的青草，脚踩上去，散发着一股草香。

不多时，一串脚步声从远处传来，越来越清晰。

井迟猜是宁苏意回来了，笑着抬起头。

她跑得太猛，一下没能停住，扎进他怀里，手拽住他的胳膊稳了稳身形，将另一只手里的东西举到他面前。

"喏，请你喝橘子汽水，补给你的，打篮球辛苦了。"宁苏意说话时还带着明显的喘气声，是激烈奔跑后的结果。

井迟心跳慢了半拍，愣愣地看着被递到眼前的汽水。

那是当年他们常喝的那一种，细窄的透明玻璃瓶，蓝色的齿状金属盖，跟啤酒瓶差不多，型号要小一些，里面装着橘色的汽水。许是刚从冰箱里拿出来，瓶身挂满了细密的水珠，沿着她的手指握出的痕迹往下淌。

"不要吗？"宁苏意将汽水往前递了递。

"没说不要。"

井迟勉强从汹涌的情绪中冷静下来，伸手握住汽水瓶，一瞬间像是弥补了许多年前的遗憾，有一种被治愈的感觉。

这么说好像有点儿夸张，这却是他的切实感受。

学生时代，宁苏意对他其实很好。大概就是因为彼此关系太亲近了，很多他在意的事，在她的眼里成了寻常的事，所以她不屑于去做。

回到家里，宁苏意首先跑去看小柴。

小柴已经吃过狗粮，乖乖地在沙发上趴着。宁苏意一坐过来，它就"汪汪"叫了两声，跳到她的怀里。

她陪小柴玩了一会儿扔毛线球的游戏，就上楼去洗澡。

井迟的手里还攥着宁苏意给他买的橘子汽水，他没舍得喝掉，已经从冰镇的慢慢变为常温。他把橘子汽水放进冰箱里，脚步沉稳地往楼上走去。

思绪百转，他继而想起更多的往事，桩桩件件都藏在他的心里，如今被翻出来，犹如发生在昨日。

宁苏意洗完澡，穿了条很短的真丝睡裙，烟粉色的，衬得皮肤白里透红，笔直纤细的大腿暴露在空气里。

看着她走来走去，井迟坐在沙发扶手上，视线停留在她身上的时间久了点儿。

她当然有所察觉，走过去挤进井迟两腿间的空隙，捧住他的脸，低着头与他额头相抵，小声说："我那时候穿的校服裙有这个短吗？"

井迟愣了愣，视线下移，落到她的腿上，眸色一下就变了，脑子里乱七八糟的往事荡然无存，只余不知所起的躁动情绪。

宁苏意伸出食指点了点他的胸膛："说话。"

再平常不过的举动，在此时此刻做出来，难免染上些许暧昧的色彩。况且在宁苏意身上，这样的主动行为实属难得一见。

井迟舔了舔干燥的唇，手掐住她的腰往怀里使劲一揽。

宁苏意没推拒他，顺着那股力道撞到他的胸膛上，沾着潮湿水汽的红润唇瓣正好落在他的耳侧。

她也没挣扎，乖顺地伏在他的身上，对着他的耳朵吹了一口气，轻声问："你那时候跟在我身后，就只是担心我走光吗？你有没有想别的？"

井迟没作声，扣在她腰间的手往下滑，过了好半晌，声音低沉如深夜呓语："想知道？我慢慢告诉你……"

宁苏意跌进沙发里，只来得及喘一口气，下一秒便被卷进更深的旋涡里，跌宕沉浮，摇摇欲坠。

他以往总是温柔耐心的，这回却那样凶猛，前所未有的刺激感瞬间侵袭她的大脑。

她的心好像被他填满了。

这一晚惊喜太多，井迟无限动情。

宁苏意时常对他说，好像无论做什么，一辈子都偿还不清他过去那些年的情意。他说不用她偿还，是他要爱她的，爱情哪里需要算得那么清楚？

能算清楚的东西就不叫爱了，而是交易。

可他能感觉到宁苏意在用自己的方式一点点地补偿他，一点点地抹平他暗恋时期苦痛的心伤。

第十六章
想跟你结婚了

秋老虎被一场突如其来的雨浇熄，气温骤然降了下来。

邰淑英打电话给宁苏意，提醒她天凉了注意添衣服，别被冻感冒了，还让她不忙就回家吃顿饭，带上她男朋友。

宁苏意立刻答应下来："今晚就回去陪您。"

邰淑英自然欣喜，还说要亲自下厨。

井迟下了班就开车过来接宁苏意。

宁苏意上车后给他说了回锦斓苑吃饭的事。

井迟愣了两秒，说道："你怎么没提前跟我说？我好准备一下。"

宁苏意笑道："准备什么？你平时不知道来我家蹭过多少次饭，我妈拿你当半个儿子看待，不用那么讲究。"

快到锦斓苑时，宁苏意接到邰淑英打来的电话，问他们到哪儿了。

宁苏意说："雨下得比较大，开车慢，还有十分钟到家。"

"不着急，安全第一。"邰淑英笑着说，"等你们到了再炒菜。"

"好。"

十分钟过去，车子驶进锦斓苑宁宅的大门，院子里的地面被雨水洗刷得干干净净。天已经黑了，路灯在雨幕中显得有些模糊。

井迟先下车撑起伞，绕到副驾驶座拉开车门，接宁苏意下来。

"你别光顾着我，自己的后背都湿了。"宁苏意推了推伞柄，往井迟那边移了一点儿，遮住他的后背。

井迟揽着宁苏意的肩膀，她一只手搂上他的后腰，两个人以相拥的姿势最大限度地躲在伞下，快步走上门廊。

他们还没按门铃，门就从里面被打开了。

邰淑英发髻半绾，穿着一件深紫色的套头针织衫、黑色阔腿裤，脸上挂着笑容，站在玄关处朝两个人招手："快进来，这会儿雨下得好大。"

宁苏意先一步进门。

井迟收了伞，将其立在门边的墙壁上，跟着进屋："阿姨好。"

"唉。赶紧擦擦。"邰淑英说着话，分别拿出两条毛巾，一条递给井迟，一条拿在自己手里给宁苏意擦肩上的雨水，"冷吧？一场雨下来，气温陡然就降了。"

宁苏意："今天是挺冷的。"

宁苏意没淋到雨，邰淑英擦了几下就把毛巾挂起来了，看向井迟："小迟就留下来住一晚吧，别折腾了。"

井迟不好意思地说道："那多麻烦，雍翠乐府离这儿也不远。"

"是不远，可大晚上的又下着雨，光线不好，开车也得二十来分钟。"邰淑英笑着打趣，"还不好意思啊？以前你不是经常在阿姨家里住？你的房间都还留着呢，平时家里来客人也没给人家住。"

宁苏意小时候在井家住了几年，后来邰淑英没那么忙了，就把宁苏意接回了自己家。井迟不舍得跟宁苏意分开，隔三岔五地拎着自己的行李包来锦斓苑借住，也不见外。

哪怕是读高中了，他也来住过许多回，有时候在这边玩晚了或者写作业写晚了，干脆就不回去了。

提起往事，井迟有点儿羞臊，也不好再反驳，模棱两可地说："等吃完饭再说吧，雨小了就回去。"

邰淑英点了点头，叫他到沙发那儿坐下，先喝杯热茶，自己则去厨房炒菜。

客厅里没别人了，宁苏意一手勾上井迟的脖子。

井迟比她高小半个头，一下被勾得低了头，听见她揶揄地说："你怎么害羞了？以前你的脸皮不是挺厚的吗？"

井迟更低地俯下脑袋，方便她攀着自己："上次你去我家，奶奶让你留宿你怎么不答应？你小时候不是也在我家住过好几年，又不存在不适应的情况。"

他一句话把宁苏意堵得上不去下不来。

"咯咯。"

一阵明显不是正常咳嗽的声音在两个人身后响起，只为了起到提醒的作用。

宁苏意一下缩回自己的手，老老实实地站在那里，转过头来，就见宁宗德从老爷子的书房里出来，于是尴尬地打了声招呼："爸。"

井迟也喊道："叔叔。"

"都站着干什么？被你妈罚站哪？坐。"宁宗德抬了抬下巴。

两个人坐到沙发上，宁宗德给他们俩一人倒了一杯热茶："国庆节干什么去了？也没回趟家。"

宁苏意瞄了一眼井迟，捧着热茶喝了一口："和小迟……还有几个朋友自驾游去了，回头把地址发给你，你和妈待在家里无聊了就过去玩一两天。"

宁宗德笑呵呵地应了。

有邰淑英和珍姨两个人忙活，很快就开饭了。一家人围坐在餐桌边，话题主要围绕着宁苏意和井迟展开。

"你们俩现在是正式同居了？"邰淑英突然问道。

有一天早上她给宁苏意打电话，是井迟接的。她当时就有所猜测，一直没问过。

宁苏意刚吃进去一块牛腩里炖的胡萝卜，滚烫滚烫的，冷不丁地听到这话，一不留神那块胡萝卜就滑下喉咙，被烫得直眨眼。

"你这孩子怎么这么不小心？"

邰淑英嗔怪了一句，还没来得及行动，一旁的井迟就把自己的水杯递给了宁苏意："喝口水缓一缓。"

宁苏意灌了一口水下去，水温偏凉，刚好缓解了那灼烫的感觉。

等她缓过来，井迟接过她手里的水杯放在桌子上，抬眸看向邰淑英，主动交代："先前酥酥和我住同一栋公寓，她住十六楼，我住十五楼。后来我们在一起了，您和叔叔是知道的。在相处了很长一段时间后，为了方便照顾她，我就搬到了十六楼，现在我们的确是住在一起了。"他解释完，总结道，"算是同居。"

宁苏意呆若木鸡。

当着父母的面，他怎么能如此淡定地讨论同居的事？他好歹遮掩一下啊！

邰淑英点了点头，看向宁苏意。

宁苏意窘得不行，手撑着额头不敢抬眼与她对视。

邰淑英笑道："躲我干什么？你妈我又不是老古董。你俩从小一起长大，这么多年的感情了，同居也没什么。"

宁宗德原本还想说什么，妻子的话都说出去了，自己也不便再说别的，只能听她的。

井迟心里满足，面上却十分矜持，一字一顿地说道："谢谢叔叔阿姨，我会好好照顾酥酥的，你们就放心吧。"

邰淑英换成公筷给他夹了一箸菜："放心，放心，快吃吧。"

吃过晚饭，外边的雨势一点儿没小，仍旧下得犹如瓢泼。按照井迟那会儿说的话，雨小了就走，现在是走不成了。

邰淑英叫珍姨去把楼上那间客房收拾干净，自己则去找一套丈夫的睡衣给井迟穿。

宁苏意在一旁悠悠地插话："不用给他找了，我的房间里有他高中时穿的睡衣，他应该还穿得下。"

井迟的个子在高中时期就有一米八几，睡衣一般是宽松的款式，他长高了几厘米也没问题。

珍姨收拾好了楼上的客房，下楼来通知井迟一声："小迟，房间给你整理干净了，洗漱用品拆了一套新的，已经放进卫生间了。有什么需要你再叫我。"

"麻烦珍姨了。"井迟放下手里的水杯，笑着说道。

"那么客气干什么？"珍姨摆了摆手，坐到客厅沙发上陪邰淑英看电视剧。

冗长又曲折的家庭伦理剧，两个中年妇女看得津津有味。随着剧情推进到高潮阶段，两个人陷入激烈的讨论中，痛斥里面的恶毒婆婆，流着眼泪同情当儿媳的女主角。

宁苏意和井迟对视一眼，从对方的眼中看到同样的兴致缺缺的意思。

还是宁宗德聪明，刚才一看到邰淑英拿起遥控器要换台，立马起身开溜，说自己要去书房搞创作。

干坐了一会儿，宁苏意卡着刚好适合早睡的时间，清了清嗓子跟邰淑英说："妈，我和小迟先上楼休息去了，明早还要早起上班。"

邰淑英正脸色凝重地沉浸在剧情里，敷衍地应道："去吧，去吧。"

宁苏意无奈地摇摇头，拍了拍井迟的手臂，两个人一起上楼。

许久没在宁家留宿过，井迟心里还有点儿不适应，跟着宁苏意走到二楼，目光落在她的卧室门上。

他还没说什么，宁苏意便伸出一只手拉住他的衣摆："先来我的房间，我给你找睡衣。"

他对宁苏意的卧室并不陌生，轻车熟路地走进去，大大咧咧地坐到了沙发上。

宁苏意翻箱倒柜地给他找睡衣。

她一边找一边自言自语："完了，我只记得有衣服放在我这里，忘记放在哪里了……衣帽间里没有。"

井迟背靠着沙发，给她提供思路："要不你在放旧物的地方找一找，说不定能找到。那都是高中时穿过的衣服了，肯定不会摆在日常能拿到的地方。"

宁苏意说："我知道放在哪里了。"

井迟笑着看她躬下身，从书桌旁边的木柜里拖出一个蓝色布艺收纳箱，里面堆着一些乱七八糟的杂物，除了衣服，还有书本类的物品。

宁苏意翻了翻，果然在中间一层翻出几件旧衣服，全是井迟的。除了一套灰色的睡衣，还有两套运动服，是他读高中时在她家过夜，洗干净后忘了拿走。

"好久没穿了，不知道干不干净。"宁苏意将鼻子凑到衣服上嗅了一下，没闻到霉味，扬手将衣服丢到椅背上，"凑合着穿吧。"

井迟不知什么时候从沙发上起身，走到宁苏意身侧，蹲在收纳箱旁从里面抽出一本相册。

他翻开封面，第一张照片就是高中毕业班的大合照。

男生女生站了好几排，第二排坐着老师，老师前面的一排女生则是蹲着的。宁苏意个子高，站在女生里的最后一排。井迟的个子在男生堆里也高，他却站在男生中的第一排，在宁苏意侧后方。

大家都看着前面的镜头，只有井迟的视线是偏的，不难看出他正看着宁苏意。

"这张照片我高中毕业后看过好几次，以前怎么没发现呢？"宁苏意没着急盖上收纳箱，从井迟手里拿过相册，看着照片里的自己和井迟，"你在偷偷看我。"

井迟手撑在膝盖上，偏着头看她："你那时候没有心。"

宁苏意给了他一个"就此打住"的眼神："不许翻旧账。"

"我说的是事实。你那时候对我没心思——即使我露出那么多破绽，连叶繁霜这个外人都看出我对你有意，你偏偏感觉不到。"井迟在她渐渐变化的眼神里笑出声来，"你看，你现在对我有心，哪怕我没开口说，你不也一眼看出这张照片的秘密了？"

宁苏意一时没想好要说什么，沉默的时间久了点儿，蹲得腿脚发麻，手扶着旁边的书桌站起来，再一次问他："你还留有什么秘密等着我发现？"

井迟耸了耸肩，语调随意地说："不知道，等姐姐慢慢挖掘咯。"

宁苏意："……"

两个人没继续往后翻相册，宁苏意把东西放回原处，盖上收纳箱。

一辈子那么长，反正有的是时间让她去挖掘，并不急在这一时。

"愣着干什么，还不去洗澡？"宁苏意收拾好了东西，一转身，见井迟还站在床边一动不动，忍不住出声提醒了一句。

井迟看着宁苏意的大床，万分惆怅地叹息了一声："姐姐的床好大、好舒服，可惜我只能看看，不能睡。"

"你少来，演戏上瘾了？"宁苏意绷不住笑出声来，两手搭在他的肩上，把他往外推，"就算我让你睡，你敢造次吗？"

井迟认真思考了一下，老老实实地说："还真不敢。未来的岳父、岳母大人就在楼下，万一暴露了，对我的形象有损。这种事不敢赌，"于是他更加惆怅地叹了一口气，"主要是我没名没分的。"

宁苏意将人推到门口："那你还等什么？快回隔壁的客房去。"

井迟抱着睡衣回过身，与她面对面站立，俯身在她的嘴唇上碰了碰。宁苏意主动搂着他的脖颈，与他缠吻了一小会儿。

井迟微垂着眼帘调整呼吸的频率，鼻尖蹭了蹭她的鼻翼，嗓音哑哑地说："晚上做梦记得梦到我。"

宁苏意嘴唇湿湿亮亮的，翕动了几下，随着气息吐出几个模糊的字："我才不想做梦。"

井迟弯唇笑了笑，大掌罩在她的脑袋上揉了一下，走进隔壁的客房。

秋雨断断续续地下了一夜，早上空气更凉了。窗外的树叶被风刮落不少，被雨水打湿了，粘得到处都是，给清扫工作增加难度。

叫醒宁苏意的不是闹钟，是井迟。

宁苏意被井迟轻轻推了几下，睁开眼睛就看到他坐在自己的床边。她这房门从来不锁的习惯到底便宜了他。

宁苏意眯着眼打了个哈欠："几点了？"

井迟手撑在床沿，俯下身子看着她："没睡好？"

宁苏意揉了揉脸，咕哝道："睡得差不多了。"

两个人各自洗漱完，下楼去吃早餐。

珍姨知道他们俩上班要早点儿出发，比平时早起了半个小时做早餐，他们俩下来时正好可以吃东西。珍姨还贴心地说了一句"不用等其他人"。

雨停了，空气里除了湿漉漉的水汽和凉意，不再像夏季的雨后那样清新。

宁苏意穿着浅卡其色衬衫，套了件针织马甲，外面罩着及小腿的风衣。出门时，井迟握了握她的手："冷不冷？"

"不冷，我里面穿了马甲，很厚实。"宁苏意说。

井迟放心了，让她在廊檐下等着，自己去车库把车开出来，送她上班。

宁苏意想起很久以前他说过的话，望着车窗外没下雨但是雾蒙蒙的天色，说道："你以前说要给我当助理，现在真成我的助理了。"

他还是专门开车的助理。

井迟侧头看了她一眼，很快收回视线看着前方的路况："你不乐意？"

"没有不乐意，我这不是想着太耽误你的时间吗？"

"不送你上班，我的时间也是用来浪费的。"

"傅明川听到这话要揍你了。"

井迟笑了一下："你出国的那几年，我没日没夜地工作，他可是悠闲了好久，现在是时候还给他了。"

井迟没有说玩笑话。那几年确实大多数投资案是他亲自把关的，出差也是亲自去，不管是三五天还是三五个月，从没拿自己当老板。有项目他就做，没项目就找项目，时间塞得满满当当的。

下午五点多，宁苏意准时下班，乘电梯下去，井迟就站在门口等着她。

他是直接从公司过来的，穿得很正式，白衬衫配黑色西服。

井迟见她出来，三两步走到她跟前，接过她的包拎在手里，另一只手贴着她的后背，自然地揽过她的肩："跟傅明川讨论案子没看时间，让你等久了吧？"

"也没有多久。"

井迟拉开副驾驶座的车门，让她坐上去，再把包放在她的腿上，自己没上车，手撑在车门顶上，笑眼弯弯地看着她："晚上想吃什么东西？"

宁苏意没什么食欲，把问题丢回给他："你呢？有没有想吃的东西？"

"你这是踢皮球啊。我问你，你反过来问我。"

"我不知道。"

"我也不知道。"

每顿饭吃什么东西基本可以列入人生难题，宁苏意想了一会儿，拿不定主意，干脆说："不如我们去吃火锅吧，那么多菜，想吃什么都可以煮。"

井迟对这个提议没表达赞同的意思，主要是为她考虑："你最近有点儿上火，不适宜吃辛辣的火锅。如果你能接受不辣的清汤锅，当我没说。"

宁苏意也化身"灵魂怪"，跟他说了一句："没有辣味的火锅是没有灵魂的！"

井迟："不行，重新想一个。"

宁苏意实在想不出要吃什么，最后抛弃了火锅的灵魂，主动退让："我决定吃菌菇汤的火锅。"

"好的，宁总，您系好安全带，我们马上出发。"

明晟的写字楼很快被他们抛在身后。

半个小时后，两个人坐在一家火锅店靠窗的四人桌旁。

闻到隔着一条过道飘过来的辣锅香气，宁苏意馋得不行，跟井迟打商量："要不我们点个鸳鸯锅？"

井迟一眼看出她的意图，要是点了鸳鸯锅，她肯定会忍不住把筷子伸进辣锅里，不会想要吃菌菇汤底，于是从源头上切断这种可能性："我今天不想吃辣的东西。你要是嫌一个菌菇汤底口味不够丰富，再点一个番茄汤底，这样也可以凑成鸳鸯锅。"

宁苏意："……"

井迟隔着桌子，身体前倾去摸她的脑袋，哄道："乖，先忌口两天吧，自己口腔溃疡不难受吗？之后你想吃什么东西我都陪你。"

宁苏意也知道他是为自己好，没有再矫情，叫来服务生，只点了一个菌菇汤底，其他的配菜就交给井迟来点。

他知道她的口味偏好，点的都是她爱吃的东西。最后因他点得有点儿多，服务生忍不住在一旁提醒两个人肯定吃不完，还贴心地告诉他，有些菜是可以点半份的。

井迟就把其中几种菜改成半份，另外又多点了两种，让宁苏意可以有更多选择。

天黑得早，落地玻璃窗外的路灯早早亮了起来，隔着一条街的商铺灯火辉煌，夜晚也不显寂寥。

室内有点儿热，宁苏意脱掉身上的风衣，穿着衬衫和针织马甲，举起筷子在热气腾腾的锅里捞着肉卷，往蘸料里一滚，然后塞进嘴里，满足极了。

"海带苗快捞起来，再煮就要烂了。"井迟提醒。

"嗯，吃不过来了。"宁苏意吹了吹筷子间夹的一块煮好的小酥肉，表示自己没有手可以用了。

井迟几下将海带苗和一些易熟的菜捞起来，装进另一个碗里凉着，让她慢慢吃。

宁苏意咬断一根蔬菜，跟他说："不用管我，你自己也吃。"

她越吃越觉得清淡的锅底也很好吃，突然就食欲大增，吃得停不下来。

两个人吃完火锅，宁苏意说有点儿撑了，怕就这么坐车回去会积食，拉着他去隔壁的商场闲逛，顺便买几套秋冬季节的衣物。

商场里有个琴行，门口就摆着一架钢琴，用来给客人试弹的。一个七八岁的小朋友正坐在那里，小手在钢琴键上翻飞，弹得似模似样的。

宁苏意听到一阵钢琴声，不由得朝声源处看去。

井迟早就看到了，不知想到什么，愣怔地望着那里，许久都没有收回视线，像是陷入某个回忆里。

宁苏意见他看得出神，笑道："是不是在惊叹年纪这么小的孩子也能把钢琴弹得这么好？"

"不是。"井迟说完，转头看着她，突然木着脸叫了声她的名字，"酥酥。"

宁苏意被他的反应弄得莫名其妙，下意识地应道："嗯？"

耳边的钢琴曲变了一首，井迟在有些沉闷的琴声里开口："我想起那一年立夏，我去英国找你，在离你住的公寓不远的一家琴行里，隔着玻璃橱窗看到你和一个男人四手联弹。"

宁苏意一怔，没想到他愣了许久竟是想起了这件事："我想我当时应该看到你了，只是还没来得及确认，你就坐上车走了。"

井迟回想着那一天的事，唯独漏掉了她的视线，惊讶地说道："那你怎么不跟我说？或许你那时联系我，我就不会走了。"

宁苏意说："我不确定那是不是你，一闪而过的一道侧影……可能我潜意识里认为你要是来英国找我，肯定会跟我联系。我是回国以后，在偶遇了杨婧雯的那一天才反应过来那真的是你。"

井迟不想一再提起过去的事，可又控制不住地问她："你回国后，我们和傅明川他们聚餐那一晚玩真心话大冒险，你说你喜欢过别人，是不是也是他？"

"……"

宁苏意没想到还能牵扯出这一茬，只能叹一声他的记性真好。

她用手指点了点额头，知道这人吃醋的后劲，于是有些词穷，但也不能随便揭过，否则他以后想起来还是会问。

宁苏意索性坦白了："他是我的校友，也是华人，在一次活动上表演节目，如你所想，表演的是弹钢琴，我那时坐在观众席上，觉得他弹钢琴的样子很好看。被你看见的那一次，是他第一次约我出去，就是在琴行里，我们共同弹了一首曲子。他是从小受外国艺术文化熏陶的人，思想上更为开放随性。弹完曲子，他就趁着气氛美好主动向我表白。我一时没想好……他大概当我是默认，凑过来亲我。"

说到这里，宁苏意感觉到井迟捏着她的手在用力，叹了一口气："结果可想而知，因为我……无法适应太过亲密的接触，在他靠过来的时候躲开了，气氛瞬间就冷了，后来也就不了了之了。他可能是觉得被伤了自尊吧。"

宁苏意讲完，瞟了一眼井迟的表情："事情就是这样。我没记错的话，从一时心动到索然无味满打满算也就一个星期。"

井迟沉默了大概有半分钟，不知是该气她用词太夸张，还是该笑她说最后一句话时无语的小表情。

"你管这叫心动？"井迟承认自己吃醋了，也气笑了。

宁苏意也承认自己闻到酸味了："不算吗？"

"你因为人家钢琴弹得好听就对他多了几分欣赏，跟邹茜恩那种因为人家长得好看就多看几眼的行为也没什么区别。"

井迟按照自己的想法去理解，认为那根本不叫喜欢。

见宁苏意没有反应，井迟继续说："那我问你，你对那个男人的'喜欢'和现在对我的'喜欢'是一样的感觉吗？"

"当然是不一样的。"宁苏意很确定地说。

毕竟当初那样不了了之以后，她虽然很难过，难过的点却不是源自那个男人，而是深刻地意识到自己可能没救了，一辈子也就这样了。而且她也没有在那个男人身上体会到思念、牵挂、心痛或是欢喜的情绪。

井迟顺着她的话下了结论："所以，那不是喜欢。"

宁苏意被他认真解释的模样逗笑了，乖巧地点头："行，你说不是就不是吧。是我用词夸张，错把欣赏当成喜欢，这样可以了吗？"

井迟拉起宁苏意的手，大步走向琴行。

宁苏意被他拽得差点儿没跟上："你要做什么？"

井迟说："我的钢琴弹得也不差！"

宁苏意以为井迟在跟自己开玩笑。当他拉着她的手走到琴行门口时，她才知道他是来真的。

那个小男孩还坐在琴凳上弹奏，眼睛看着上面竖起的谱子浑然忘我。琴行里，小男孩的妈妈正在跟店员沟通，可能是要买一架钢琴回去。

井迟走到钢琴边，弯下腰，一只手撑在膝盖上，语气友好地跟小男孩商量："小朋友，让哥哥和姐姐弹一首好不好？"

宁苏意伸手推了一下井迟的后背。

他怎么好意思？人家小朋友弹得好好的。

小男孩停下手上的动作，仰头看了井迟一眼，乖乖地点了点头，从琴凳上下来，退到一旁。

井迟把手里的购物袋放在地上，解开了袖扣，两只手臂前伸，做了个展臂的动作，让袖口自然地往上蹭了一截，露出骨感的腕部。

他坐在琴凳上，十指修长，如玉般莹白，搭在黑白琴键上顿了一小会儿，大概在想弹什么曲子，之后就敲出一串熟悉的《卡农》。他没看琴键，侧着头专注而认真地看向一旁的宁苏意。

他弹到中间一段耳熟能详的调子时，旁边的小男孩抬起手，几根手指随着节奏在空中轻点着。

宁苏意两只手拢在身前，臂弯上挂着风衣。出了火锅店后她就没穿外套，仍旧是衬衫配针织马甲的装束，黑色的紧身牛仔裤，脚上是一双烟筒靴。她姿态随意地站在那里，却难掩职场丽人的风韵，鬈发红唇，微微歪着头，一脸笑意地看着弹钢琴的男人。

有时候她觉得他执拗又小气，可偏偏不讨厌，幼稚起来都很迷人。

男人一身名贵西装，在琴行门口蹭着不怎么名贵的钢琴，试图去讨好吸引一个女人，这些因素组合起来本身就够迷人了。

井迟没说话，专心弹奏，却在用眼神询问宁苏意：我和那个男人比起来谁弹得更好？

大概是心有灵犀，一个眼神，宁苏意就看懂了他在表达什么意思。

宁苏意垂下眼睑，忍俊不禁。

琴行里的店员听到一串流畅的钢琴曲，明显不是小男孩弹奏出来的，连忙跑出来看。小男孩的妈妈也跟着出来了。

小男孩站在一旁，两只小手合在一起，想找个机会鼓掌，却一直没找到合适的机会，所以又将手掌置于下巴处，表情崇拜地看着弹钢琴的大哥哥。

一曲毕，井迟将手从钢琴键上拿下来，搭在腿上，视线一刻没离开过宁苏意："宁苏意小姐，点评一下？"

四周好几个人都在围观，宁苏意都想原地遁逃了，偏他丝毫不觉得引人注目，眼睛一眨不眨地注视着她。

宁苏意最终举手投降，败给他了："你的琴弹得好听，你最好看。"

井迟心里平顺了不少，转头对站在身后的店员礼貌地说道："麻烦帮我再拿一张琴凳，我想跟我女朋友一起试试，谢谢。"

店员本着每个试弹的客人都是潜在消费者的原则，微笑着说了声"请稍等"，走进侧边的玻璃门，从店里搬出一张琴凳放在井迟身边。

宁苏意将两只手拿着的风衣拢到一只手上，手指点了一下井迟的肩膀，压低声音问："真要四手联弹？"

"嗯。"井迟偏了一下头，示意她坐在旁边。

宁苏意豁出去了，手里的衣服被颇有眼力见的店员接了过去。她坐到井迟身边，十根手指悬在琴键上方，笑着问他："想弹什么曲子？"

井迟想了想说："那次听你和那个男人弹的好像是《F小调幻想曲》对吧？"

宁苏意再次感叹他记性好。

虽然她没回答，但井迟自顾自地点了点头，确定自己没有记错。那钢琴曲隔着橱窗，隔着一条路的距离，清晰地传进了他的耳朵里。

"我们也弹这个。"井迟说。

宁苏意听他的，率先起了头："那就弹这个，来吧。"

很久没有弹过，所幸她还记得怎么弹，自然而流畅的旋律倾泻而出，井迟紧跟其后地配合着她。

两个人之间的默契程度显然更胜之前宁苏意和别人合奏，许多逛商场的顾客闻声前来围观。

宁苏意注意到有人举着手机录像，一时分了神，好在肌肉记忆没有让她出错。

井迟手上没停，还有多余的精力用只有两个人能听到的声音提醒她："别跑神了，我们弹完它。"

等真正弹完曲子，宁苏意舒了一口气。后半段她完全沉浸其中，没心思注意周围的动静，此刻才发现围观的人多了不止一倍，赶紧从店员手里拿回自己的衣服。井迟拎起地上的几个购物袋，拉着她大步离开。

店员听得入迷，回过神来时两个人已经走没影了。店员顿时懊恼不已，怎么忘了上前去推销呢？！

井迟和宁苏意顺利溜走，乘着扶梯去了三楼。宁苏意右手搭在扶梯的扶手上，侧身打量井迟满足的表情："满意了？"

井迟得了便宜还卖乖："勉勉强强。"

在三楼买了两套秋装，两个人就离开了商场，步行去停车位。

车子在路上行驶着，漆黑的夜色里，如水的霓虹灯灯光向后拉扯，人坐在车里像坐在时空列车上，有一种虚幻的美感。

周末两天，宁苏意待在家里休息，不是吃就是在睡觉，实在是荒废时间。她说这话的时候，井迟正搂着她的肩膀，两个人靠在沙发上看电视剧，已经看了三集，正在播放第四集，播到了后半段。

"怎么能这么说？这明明很有意义。"井迟反驳。

宁苏意将思绪从电视剧里短暂抽离，扭头看着他。他将手伸进腿边的一个包装袋里，两根手指拈出一片薯片塞进她的嘴里。

宁苏意话都还没说出来，嘴里就被塞了东西，只能顺从地嚼了嚼薯片，声音含混地说："吃和睡还叫有意义？"

井迟"嘎吱嘎吱"地嚼着薯片："民以食为天，没听说过？"

宁苏意："……"

"晚上想吃什么东西？"井迟把剩下的半包薯片放到茶几上，顺手抽了两张纸巾擦手指，"冰箱里还有不少食材，你可以点几个菜。"

宁苏意无语了。

他们刚聊完大好周末时光不是吃就是睡的问题，转眼话题就跳跃到"吃"上面了，还真是跟某种动物的习性一致。

宁苏意看电视的时候被井迟投喂了不少零食，薯片、饼干、话梅、花生豆等等。好多年她都不曾碰过这些零食，却被他喂了个遍。她都懒得计算那一块奶油夹心巧克力饼干的卡路里是多少。

"肚子不饿，不想吃晚饭。"宁苏意说。

井迟时刻记着自己在邰淑英面前说过要好好照顾宁苏意的话，当即搬出了家长的口吻："不饿也不能不吃晚饭，一日三餐不能缺。"

一集电视剧放完了，宁苏意揉了揉泛酸的眼睛，打了个哈欠，暗暗感慨怎么放假比上班还累……

"那就吃清淡一点儿的东西，随便煮个面吧。"宁苏意拿起遥控器关掉电视，脑袋从井迟的胸膛上移下去，枕在他的大腿上，"晚点儿吃。"

"听你的。"

井迟靠着沙发，手指做梳子给她梳理一头乌黑的长发。

宁苏意用手指挑起自己胸前的一缕头发："赶明儿我剪个短发怎么样？齐肩的那种，也不是特别短。"

"随便，你喜欢就好。"

"你喜欢我剪短发吗？"宁苏意仰着脖子问他。

以前她不知在哪里看过一个说法，说是躺在爱人的腿上从下往上看，因为角度清奇，会把人看得很丑。可见这话没什么真实性，她现在就是用这样的视角去看井迟——他弧度漂亮的下颌线、微微凸起的喉结、从领口里露出来的一截锁骨，都显得十分性感。

"你什么样子我都喜欢。"井迟说了自己内心的真实想法，手指把她脸上的发丝撩到一边，握着发尾比画了一下到肩部的长度，"你的脸型好看，长发、短发都适合。"

宁苏意侧了侧身，面朝着他的腹部，双手搂着他的腰，当即做了决定："那我回头找个时间叫上霜霜她们去剪个短发。"

井迟喉结动了动，没张嘴，轻"哼"了一声，带着点儿鼻音。

宁苏意嘀咕："我有点儿担心 Tony 老师一剪刀下去，给我剪得特别短。"

井迟低头，在她的眼皮上落下一吻。他的嘴唇的温度比她的眼皮更灼热，她猝不及防之下，似被烫了一下，眨动了几下眼睛看着他。

井迟薄唇翘起弧度，笑得很好看，突然凑近她缓慢地说："想跟你结婚了。"

宁苏意怔住，大脑死机了好几秒："嗯？"

"别告诉我你没听见。"

"听见了。"宁苏意笑了一下，手指捏住他的下巴，她的指甲修剪得圆润，轻轻刮蹭着他的下颌连接脖子的那处皮肉，惹得他喉咙处痒痒的，有一种想咳嗽的感觉。

安静了一会儿，井迟听见她说："明年吧。"怕他不满意，宁苏意解释给他听，"结婚这么大的事也不是现在说结就能结。"

井迟愣了一下，跟她方才的反应一样："嗯？"

宁苏意学着他说话的样子，原话奉还给他："别告诉我你没听见。"

井迟没忍住笑了起来，笑完又觉得自己刚刚那样问她不够正式，也不够有仪式感，有点儿懊悔："我都没正儿八经地向你求婚呢，你怎么就答应我了？"

"不想我答应你？"宁苏意清了清嗓子，故作严肃地端起架子，"好啊，那我收回我刚才说的话。等你什么时候拿着戒指向我求婚，我再考虑考虑。"

这下井迟又不高兴了："说出来的话还能收回？"

"这也不行那也不行，井迟，你怎么这么难伺候？"宁苏意的手指从他的下颌绕到他的后颈处，她想捏他的后颈的软肉，却只摸到硌手的骨头。

井迟抬手绕到自己的后颈处抓住她的手，朝她展露自己最拿手的无辜笑容，说话的调子微微上扬："谁让我是姐姐养的小白脸呢？小白脸都是恃宠而骄的，可不是难伺候吗？"

"滚啊你。"宁苏意一边笑一边抬脚去踢他。

没见过他这么无赖的人，不管她说什么，他都接得住话，简直像个皮球，搓圆捏扁也拿他没办法。

井迟另一只手握住她踢过来的脚。这样一来，她的手脚都受制于他了。

他慢悠悠地跟她理论："我说得也没错啊。我的臭脾气不都是你小时候惯出来的？"

宁苏意被他压制得死死的，只剩一张嘴还能开口反驳他："我不背这锅。"

"你就是要背锅。"两个人的姿势不知什么时候变成交缠在一起，他在她的身体上方，眼睛注视着她，两片唇一张一合地说着磨人的话，"难道我说错了？从前你整天在我面前弟弟长弟弟短地叫，一边不许我做这个不许我做那个，一边又纵容我肆意妄为。我真是又爱你又敬重你，谁让你是姐姐？"

宁苏意都被他说得开始自我检讨了。

"没看出来你有多敬重我。"她散乱着头发，眼睛里有点点笑意，完全被桎梏也不显狼狈，反而高傲得很，像一只引颈的白天鹅。

井迟但笑不语。

短暂的秋季转瞬间过去，冬至那天，宁苏意回锦斓苑吃饺子，井迟也回老宅陪老太太过节。

一些地区开始降雪，宁城始终没有动静，干冷的风席卷了整座城市。

宁苏意待在家里过完又一个惬意的周末，迎来灰暗的周一。光是阴沉沉的天色就够让人心烦了，一大早还下起了雨夹雪。小雨裹着细小的雪粒，落在伞面上"噼噼啪啪"地响，气温降至个位数。但也仅仅是雨夹小雪粒，真正的雪没落下来。

周一向来忙碌，宁苏意开了几个例会，一天就这么过去了。

周二的傍晚下起了雪，刚开始下，雪花飘落到地面上很快融化，被汽车轮胎压出一条条泥泞的痕迹。

宁苏意到家时井迟还没回来。他给她发了条消息，告知她可能一个小时后结束工作，会回家吃饭。

宁苏意上楼换了一身舒适的家居服，去看冰箱里的食材，心里盘算好了，既然井迟忙，那么今晚的晚餐就由她来做。

储藏的食材很丰富，荤素都有，她拿着手机给井迟发微信："晚上我们在家吃火锅吧？"

宁苏意是火锅爱好者，天冷不知道吃什么东西的时候，她的首选永远是火锅。

井迟："好。"

之后宁苏意就贴心地没去打搅他工作，打算等他快到家时再着手准备煮火锅的配菜，先去客厅陪小柴玩。

比起刚来家里那段日子，小家伙壮了不少，往那儿一趴，仿佛一块特大号的瑞士卷，胖嘟嘟的一坨。宁苏意坐在沙发与茶几之间的地毯上，时不时抚摩它的后背。趁着闲暇，她登录手机邮箱，查看起了邮件。

手机通知栏弹出微信群里的消息，宁苏意的手指点了一下，界面跳转到微信群界面，她看到邹茜恩刚发了一条消息。

邹茜恩："跟你们说一声，我要订婚了。"

宁苏意心里"咯噔"了一下。

邹茜恩怎么突然就要订婚了？

宁苏意顾不上查阅邮件，忙不迭地问邹茜恩订婚是怎么回事。

邹茜恩没有隐瞒，跟她说是家里安排的商业联姻。很早以前，她的父母就属意闻家的公子，之所以没跟她提，是因为那位闻公子一直在国外没回来，无从说起。前些日子她的父母得知他回国了，联姻一事就被提上了日程。

邹茜恩闷闷不乐地说道："我爸妈其实问过我的意见，给了我选择的权利。如果我不愿意，他们不会逼迫我，是我自己答应联姻的。"

宁苏意问她："既然心里抵触，你为什么要答应？"

邹茜恩说："家里人养着我，供我吃、供我穿，我没有你和霜霜那样的能力，不能在事业上帮助他们，唯一能回报他们的就是答应联姻。况且我爸妈只有我这一个女儿，不会害我。他们相中的人，肯定不会差。"

仿佛是为了寻求认同，邹茜恩怯怯地问了宁苏意一句："对吧？"

宁苏意没给她确切答案，还是想劝她深思熟虑。既然父母给了她选择权，她不一定非要用牺牲下半辈子的幸福的方式来巩固所谓的家族企业。

叶繁霜忙完了工作，闲下来一看群消息就被吓了一跳。跟宁苏意一样，她也劝邹茜恩冷静，别太冲动。

那可是婚姻大事，岂能马虎随性？

叶繁霜问她："你见过对方吗？你相中了吗？哪怕抛开样貌不谈，他的品行如何？你认真了解过他吗？怎么就匆忙决定订婚了？"

一连好几个问题，邹茜恩发现自己一个都答不上来，连最基本的信息都不了解。半晌，她发了个"笑哭"的表情："目前还不知道对方叫什么，只知道姓闻。"

叶繁霜差点儿咬到舌尖。

她真是佩服邹茜恩的勇气，连男方叫什么都不清楚邹茜恩就敢答应订婚，万一对方是什么歪瓜裂枣邹茜恩也要嫁？

豪赌也不过如此了！

叶繁霜讲话的态度比宁苏意强硬："茜恩，不管你是怎么想的，我还是建议你先见对方几面再做决定，这件事可不是玩笑。你父母见过他也没用，他们的意见不可能代替你的意见，你自己的想法最重要。"

邹茜恩知道她和宁苏意是为自己好，心里也很感动，但已经答应了父母，不想再左右摇摆，那样只会让自己陷入更加纠结的境地："谢谢你们，不用啦。举办订婚典礼的日子已经确定了，下个月24号，也就是平安夜当天，是不是很好记？你们要是有空都来参加啊。"

宁苏意这下是真被她的行动力惊到了："日子都定了？为什么会这么仓促？"

邹茜恩如实说："我家和闻家好像要合作什么项目，我也不懂生意场上的事，只听说前期投入的资金很多，联姻是最牢固的方式。"

她这么说，宁苏意心里就更不是滋味了。

邹茜恩："你们别替我担心了，我自己也不是太难过。虽然没见过闻家那位公子，但我在宴会上见过闻家二老两次。两位长辈都很和善，至少我未来的公公和婆婆不会太难相处。还有，他们俩的颜值都很高，他们唯一的儿子再怎么长残了也不可能是歪瓜裂枣系列吧？"

叶繁霜原本挺同情她的，还在想用什么办法劝说她重新考虑一下，没想到她自己这么看得开，还安慰起别人来了。

邹茜恩接着说："我自己找不一定能找到合适的人。嫁入这样的富豪家庭，本公主未来依然是公主待遇！"

宁苏意怕她是故作坚强："你要真这么想就好了。"

邹茜恩："你当我是故意乐观给你们看的？没有，没有。"

邹茜恩："不说了，我去挑礼服和请帖的样式了。对了，我的订婚典礼不管你们有没有时间，必须给我到场！"

先前她是跟她们假客套，故意说她们要是有空就过去参加，然而内心真正的想法是，她的人生路程上的重要日子，一定要有姐妹在场见证才有意义。

宁苏意和叶繁霜算是看出邹茜恩的决心了。此事没有任何转圜的可能，邹茜恩是铁了心要和闻家公子联姻。

作为她的好朋友，宁苏意只能祝愿她能有个美好的结局。

一个小时后，井迟顺利到家。

餐桌上自购的鸳鸯锅已经被插上了电，红汤和清汤都被煮得"咕嘟咕嘟"冒泡。一应配菜被洗干净切好了，被装在长方形的白瓷盘里，围绕着中间的火锅摆了一圈。

井迟洗了手就能落座开吃，没有干活的机会。

宁苏意坐在餐桌旁，没有动筷，静静地等着他。脑子里还在想邹茜恩的事情。当初同样的问题摆在她面前，她选择的是跟爷爷对抗，最终没有被绑住。

可她不能用自己的行事标准让邹茜恩跟她做出一样的选择。

井迟在对面的椅子上坐下，隔着白蒙蒙的雾气，看见她盯着桌面发呆，不知在想什么事情这么投入。

他伸手在她眼前晃了一下："想什么？"

宁苏意眨了眨眼，视线聚焦，抬手将自己调好的一碗蘸料放到他面前，一副心事重重的样子："在想茜恩的事，她下个月就要订婚了。"

井迟把盘子里的菜下到煮开的汤里，有些讶异："订婚？没听说过她有男朋友啊。"

宁苏意说："她确实没交男朋友，答应了家里的商业联姻，跟闻家的公子订婚，估计也会很快结婚。"

她情不自禁地幽幽叹息一声，总觉得太草率了，免不了要替邹茜恩问一句："你认识闻家那位公子吗？他人怎么样？"

井迟握着筷子的那只手举起来抵在下颌处，手肘支撑着桌面。他仔细回想闻家那号人，可惜脑子里压根没有多少关于那人的记忆，只依稀记得打过几次交道，没深交过。

"你的问题把我难住了。"井迟无奈地笑道，"我也有好几年没见过他了，而且，他出国前我们也不算熟，所以没办法给你准确的答案。"

宁苏意换了个简单的问题："那他叫什么名字你总该知道吧？"

"闻朝，朝夕的朝。"井迟说。

12月24日那天正好是工作日，但宁苏意和叶繁霜提前安排好了工作，抽出一整天的时间陪伴邹茜恩。

提前半个月各家就收到了请帖，宁家自然不例外，宁苏意的父母晚一点儿会过来。

因为宁苏意先一步到达举办订婚典礼的酒店，井迟没人陪伴，就跟家里的两位姐姐一起出席。

化妆间里，邹茜恩穿着一身漂亮的银白色修身礼服，抹胸的款式，边缘贴合胸型，大半身衣料是纯手工的刺绣花纹，缀满了闪闪发光的碎钻，灯光下十分耀眼，只有脚踝处散开的裙摆采用了质地精良的层层薄纱，宛若一簇盛放的花朵。

造型师正在给她化妆。宁苏意和叶繁霜坐在沙发上，陪她聊天解闷。

叶繁霜跷着二郎腿，手肘撑在沙发扶手上，掌心托着下巴："时间过得好快，跟流水一样，怎么一眨眼就到了订婚的日子？我感觉距离你上次跟我们说这个消息没过去多久。"

邹茜恩不能乱动脑袋，盯着面前的镜子跟她对视了一眼："收起你那悲春伤秋的表情，我妈嫁女儿都没你这么伤感。"

叶繁霜比了个"OK"的手势，立马换了副表情，更悲悯了："我说真的，你想好了吗？你要是现在反悔了，我和酥酥立刻带你逃离现场。"

宁苏意赞同地点了点头，并提出可行方案："把你藏国外去，谁都找不到。"

造型师心理素质不够强大，闻言控制不住地手抖了一下——幸好不是在画眼线，不然全毁了。

邹茜恩对着镜子哭笑不得，双手合在一起作揖："谢谢姐妹们，你们有这份心我就知足了。"

宁苏意打算说点儿实际的问题："这段时间你和闻朝相处过吗？你觉得他怎么样？"

邹茜恩被造型师按着化了好久的眼妆，脖子都快僵了，反应也跟着慢了半拍："你说闻什么？"

"闻朝，你的未婚夫。"

见邹茜恩的表情渐渐从怀疑变成困惑，宁苏意不禁蹙起了眉心，心说：她不会到现在还不知道未婚夫叫什么名字吧？

邹茜恩不确定地说道："他的名字里的那个字是读 zhao 吗？我一直以为是念第二声 chao，'朝代'的'朝'。"

这下轮到宁苏意不确定了。

她是听井迟介绍闻朝时，说是"朝夕"的"朝"，便跟着念 zhao。邹茜恩是闻朝的准未婚妻，应当不会弄错。

叶繁霜见她俩大眼瞪小眼，还有什么不明白的？

"你在此之前没跟你未婚夫见过面？"叶繁霜问。

造型师终于化好了眼妆。

邹茜恩用手按住脖子一侧扭了扭，那股酸劲越发明显："没见过。我倒是闲得发慌，但他很忙，刚回国接手公司的事务碰上牵扯几十亿元的大项目，每一个环节都离不开他的监督。他每天忙得焦头烂额、夙兴夜寐，我们见不上面也正常。"

叶繁霜将托着下巴的手撤回，坐直了身子，一时不知该说她体贴还是该说她心大。

今天就要订婚的两个人，在订婚前连一面都未曾见过，这说出去恐怕没有一个人会相信。别人听了此事，要么觉得这两个人不上心，要么认为这场订婚荒谬。

邹茜恩开始焦虑了："所以他的名字到底是读 zhao 还是 chao？我好怕一会儿在台上念错。"

叶繁霜摊开手掌："你问我们，我们问谁？"

宁苏意也不敢打包票说自己读的音一定是对的，只好对邹茜恩说："你自己去问他比较稳妥。"

化完妆，造型师默默地给邹茜恩编发，就见她垮下肩膀苦着小脸说："我太难了！"

化妆间里暖气充足，叶繁霜觉得有点儿闷，叫宁苏意先陪邹茜恩一会儿，自己披了件外套，拿上烟盒和打火机出去抽支烟。

订婚仪式在傍晚时分举行，准确来说，是下午五点零八分，据说是双方长辈找大师算的时辰，图个吉利。

邹茜恩却一大早为此做准备，全套 SPA（水疗）加头发护理，中午没吃饭，下午紧接着对流程，换礼服、做造型，没一刻清闲。

宁苏意问她要不要吃块蛋糕先垫垫肚子，担心她一会儿举办仪式被饿昏头。

邹茜恩连忙摆手，表示敬谢不敏："我穿的是修身礼服，多吃一口食物都能在小腹处显现出来。那么多媒体前来拍照，要是哪个角度拍到我有小肚腩，我后悔都来不及。"

宁苏意摇头失笑："哪儿有那么夸张？"

"等你结婚的时候，就知道有没有这么夸张了。"

造型师在邹茜恩身后，时而端详镜子，时而调整她的发饰、妆容细节，力求做到尽善尽美。

邹茜恩对着镜子左右转头照了照，认为够完美了，挑不出任何瑕疵，于是挥挥手让造型师先出去。

造型师收拾好梳妆台上的一应化妆品，装进化妆箱里，暂时没拿走，放在原处，微笑着说："闻太太，我就先走了，需要补妆你再叫我。"

邹茜恩皱眉，纠正她的称呼："叫我邹小姐。"

造型师面露尴尬之色，弱弱地唤了一声"邹小姐"。

等造型师出了化妆间，邹茜恩从椅子上站起身，小幅度地绕着房间走动着，活动一下僵硬的肢体，顺便吐槽造型师的称呼："我还没结婚呢，只是订婚而已，'闻太太'都叫上了，这怕不是闻家派来的卧底。"

她气鼓鼓的样子惹得宁苏意发笑："人家可能是认为订婚过后离结婚也不远了，先让你适应一下。"

邹茜恩活动了小半圈，一屁股坐到她边上，抱住她的胳膊，歪着脑袋枕在她的肩上，惆怅地问："你和井迟什么时候结婚啊？万一你们结婚的时候我已经结了，岂不是不能给你当伴娘了？"

"你当心点儿，别把精心做的造型压塌了。"宁苏意用手掌推了一下她的脑袋，让她坐好，"谁规定结了婚的人就不能给人当伴娘？"

邹茜恩瞅着她："所以你们什么时候结婚？"

宁苏意仰着脖子枕在沙发靠背上，盯着天花板上的水晶吊灯，思索片刻，自己也说不准，笑了一声："不知道。我尽快，尽快好吧？"

邹茜恩努了努嘴："这还差不多。"

宁苏意搁在沙发上的手机响了。她抓起来看了一眼来电显示，是邰淑英打来的电话，接了起来。

邰淑英和宁宗德到了，问她在哪儿。

宁苏意刚接完电话，化妆间的门就被人推开，抽完烟的叶繁霜回来了。她一身黑色丝绒裙，脚上穿着绑带的细高跟鞋，即使外面裹着羽绒服，仍显得人高挑纤瘦，配上一头利落的短发，像是即将走T台的模特。

宁苏意握着手机站起来，对叶繁霜说："正好你回来了。你留下来陪她，我去看看我爸妈那边，我妈刚才给我来电话了。"

叶繁霜挥了一下手，示意她放心去。

宁苏意踩着高跟鞋，四平八稳地走在铺满红地毯的室内，很快就找到了父母。老两口一个西装革履温文尔雅，一个身穿靛蓝旗袍优雅高贵，正站在一起同别人讲话。

宁苏意见夫妻俩对面的人正是闻家的两位长辈以及一位个子挺拔的年轻男人，想必那就是闻朝。

双方正在寒暄，她就放慢了脚步，没过去打扰。

宁苏意越走越慢，蓦地，一只手从斜侧方探过来搂上了她的腰。宁苏意的注意力全在父母那边，她一时没反应过来，给惊了一下，扭过头就对上了井迟那张含笑的脸。

"吓到你了？"井迟表情还挺无辜。

若不是顾及宴会厅里宾客众多，宁苏意非打他一拳不可："你什么时候到的？"

两个人在一起的事不算秘密，因而在场的宾客目睹两个人凑在一起小声交流，都见怪不怪，神色如常。

井迟的手一直揽在宁苏意的腰间，他低声说："半个小时前就过来了，知道你在陪邹茜恩，没跟你说。"他抬手给她指了一个方向，"二姐和三姐也来了，你要去打个招呼吗？"

宁苏意先看了一眼父母那边，不只有闻家的人，还有别家的长辈，一群人正在闲聊，不知说到什么，齐齐笑起来。

"走吧。"

宁苏意话音刚落，井韵荞和井羡先看到他们俩，径直朝他们走了过来。井韵荞打量了宁苏意一番，笑道："酥酥今天好漂亮。"

宁苏意笑着应了一声，跟两位姐姐打了招呼，彼此聊起了近况。

"叔叔阿姨没来？"宁苏意问。

井羡没骨头似的靠在井韵荞身上，手里端着杯香槟，语气带着嫌弃："他俩就会躲懒，差使我们过来，自己找快活去了。"

井韵荞拧她的胳膊："有你这么说自己父母的？"

宁苏意了解三姐的个性，对此习以为常，跟着笑了笑。

几个人聚在一起聊了一会儿，见宁宗德和邵淑英那伙人快散了，宁苏意才带着井迟过去问候。

几个人正说着话，相熟的人过来打招呼，宁宗德停下话茬，跟对方聊了几句。

对方来回看了看井迟和宁苏意，笑眯眯地说："你家也好事将近了吧？"

郤淑英没反驳，笑容满面地应道："到时候一定请你们赏光喝杯喜酒。"

"哪儿需要你请？得了消息我自己就过去了。"

长辈们笑得开怀，宁苏意和井迟对视一眼。打完招呼就没他们的事了，于是他俩悄然退场，把聊天的场合留给长辈们。

宁苏意挽着井迟的胳膊："你在想什么？"

井迟说："想我们的婚礼会是什么样的。"

"那你想的是什么样的？"

"想象出来的场景似乎有点儿俗气，鲜花、气球、彩带、亲朋好友。"井迟说完这些元素，看着她笑道，"怎么办？别人的婚礼也是这些，而我想给你与众不同的仪式。"

宁苏意拍了拍他的胳膊，让他别头脑风暴了："婚礼简单或者隆重，不过是一个仪式，婚姻里两个人的相处方式才是最关键的。我们真正关注的应当是后者，而不是形式。"

井迟执拗地说道："表面形式要漂亮，婚姻生活也要完美。我是完美主义者。"

宁苏意说不过他，暂时投降："行，这位完美主义者，关于婚礼的事情就交给你来策划了。"

井迟哼笑了一声："你这甩手掌柜当得好轻松。"

"嗯。"宁苏意点了点下巴，做思索状，片刻后一本正经地说，"我会适当给你提供参考意见。"

"谢谢你，井太太。"

宁苏意愣了愣。

她方才在化妆间里听造型师称呼邹茜恩"闻太太"，倒也没意识到"太太"二字的太多含义，甚至宽慰邹茜恩不要跟造型师计较。

眼下轮到她自己，她的感觉却截然不同。眉心一挑，她抬眸望向井迟的眼睛。他的眼眸里糅进了细碎柔和的灯光，潜藏的爱意和笑意交织，这一刻的他看起来动人极了。

宁苏意稳了稳心神，差点儿被他的美色迷惑："你别乱叫……"

井迟笑得温柔，声音低了一个度："不乐意我叫你'井太太'的话，你也可以叫我'宁先生'——宁苏意的先生。归属于你，我乐意之至。"

宁苏意愣了两秒，别过头去轻轻笑了。这人总是能一句话将她的心脏高高吊起，再轻捧着放回原处。

第十七章
"女王大人"和她的跟班

宁苏意和井迟聊天时，旁边走过去一个身形颀长的男人。男人正低着头抬起手腕看腕表显示的时间，大步往宴会厅外面走去。

宁苏意漫不经心地瞥了一眼，认出他就是方才跟在闻父、闻母身边的人，也就是闻朝，邹茜恩的未婚夫。

她将视线随着闻朝移动，以身边的井迟作为参照物目测了一下，对方的身高约莫一米八五，穿着挺括的纯黑色西装，口袋里别着深蓝色手帕，气质卓绝。

匆匆一瞥，宁苏意没细看闻朝的五官，仅凭粗略的一眼可以得出结论，他的长相是英俊的，不至于配不上邹茜恩。

邹茜恩说得对，闻父、闻母都是颜值高的人，他们的儿子闻朝自然差不到哪里去。

"你在看闻朝？"井迟不知从哪里端来两杯饮品，递给她一杯，低声说话，将她的视线和思绪都拉了回来。

"是啊。"宁苏意从他手里接过高脚杯，"茜恩心大，订婚前连闻朝这个人都没见过，我当然要多看几眼考量考量。"

井迟问："看出什么名堂来了吗？"

宁苏意伸出手指细细数来："个子高，长得挺帅，气质也不错。"她大致想象了一下闻朝和邹茜恩站在一起的画面，称得上美好，"两个人还挺配，王子和公主。"

井迟抿了一口葡萄汁，挑眉道："你对闻朝的评价还挺高。"他垂下眼眸，手里的杯子跟她手里的高脚杯碰了一下，"我们俩站在一起是什么和什么？"

宁苏意扬眉看他一眼，轻啜了一口手中跟他一样的葡萄汁，没问他为什么没给自己拿香槟。

井迟问："怎么不说话？"

宁苏意开玩笑道："女王大人和她的跟班。"

井迟呛了一下，稳了稳心绪，很快接受了这个设定，歪着头凑到她的耳边，用只有两个人能听到的声音说："女王大人，跟班晚上为您服务，记得给我开门。"

宁苏意挪动脚步横着跨出一步，整个过程面无表情，表示跟他这个人不熟，然后喝了一口果汁压压惊。

井迟紧跟着迈出一步，再次跟她挨着站在一起。

宁苏意乜了他一眼，委婉拒绝："我晚上不回家，住在酒店里。"

订婚宴结束后，会举办一场派对，邹茜恩特别提醒过，叫她和叶繁霜别离开，晚上一起玩。

井迟想了想说："我也住酒店里。"

闻家和邹家出手大方，整座酒店都被包下了，给远道而来的宾客提供了食宿。住在本地的宾客不想回去也可以留下来庆祝，预留的客房绰绰有余。

闻朝按照酒店服务人员的指引，找到了单独给邹茜恩准备的化妆间。他站在门外，缓缓吐出一口气，轻叩门板。

等了四五秒，化妆间的门被人拉开，闻朝抬眸望去，一个穿着黑色丝绒礼服的短发女人表情怔然地看着他："你是……？"

"谁啊？酥酥回来了吗？"邹茜恩踩着缀满碎钻的水晶鞋走到门边。

鱼尾裙的设计将她纤细的身材展现得淋漓尽致，只是脚踝处的裙纱有些累赘。她走得太急，鞋跟缠上裙摆，不小心趔趄了一下，被闻朝及时伸出手扶住了。

邹茜恩蹙着眉，甩开他的手，手扶着门框站稳了。

她净身高一米五八，穿上七厘米的高跟鞋还是得仰着头看眼前的男人。只一秒，她微微愣了一下，对方居然是个个儿高腿长、肤白俊美的帅哥！

邹茜恩抿了抿唇，收起欣赏帅哥的心思，暗道：我都是要订婚的人了，别人长得再帅也跟我没关系。

闻朝的手臂悬在半空中，面上并没有表现出尴尬的神色，他眼神平静地看着她，思忖着该怎么介绍自己。

他们之前没见过面，但他以为邹茜恩至少看过他的照片，认得他这个人。可是眼下观察她的表情，他确信自己没看错，她完全不知道自己是她的未婚夫。

闻朝惊讶的同时，又觉得情有可原。

他们两个原本就是在利益的驱使下结合的，充当桥梁的作用。她不想过多了解形式主义上的"未婚夫"，他能够理解。

叶繁霜率先问他："你找谁？"

闻朝看着邹茜恩，清了清嗓子，决定用最简单的方式自我介绍，嗓音温和地说道："如果你没有反悔的话，我大概……是你素未谋面的未婚夫。"

邹茜恩张大了嘴巴，只发出了一个简单的音："啊？"

闻朝失笑。他猜得没错，她果真不知道他，于是进一步跟她确认："你没听错，我就是你的未婚夫。仪式快开始了，我过来带你下去。"

叶繁霜很快冷静下来，碰了碰一旁傻掉的邹茜恩，嘴唇小幅度翕动，低声提醒她："注意你的下巴，快掉到地上了。"

邹茜恩摸了摸下巴，往回收，闭紧了嘴巴。

上一秒她还在想这么帅的男人，可惜跟她没有关系，下一秒梦想就照进现实，人家说是她的未婚夫？

闻朝："你收拾好了吗？我们要走了。"

"收……收拾好了，我们走吧。"邹茜恩脑子还是蒙的，一切行动都是下意识完成的。她想，她距离接受现实还需要一点儿时间。

叶繁霜强忍着，差点儿没憋住笑出声来，这人太没出息了。

邹茜恩吸着小腹走了几步。闻朝候地停下来，站在她身边。邹茜恩不明所以，跟着停下脚步，侧过头看向他："怎么不走了？"

闻朝微微屈肘，留出臂弯的空间："挽着吧，先演练一下，一会儿上台得这么走。"

"哦，哦，这个我知道。"

邹茜恩挽住他的手臂，朝走廊另一端的电梯间走去。多了一个支撑物，她走路稳当了许多，不用再小心翼翼，担心随时可能摔倒。

叶繁霜默默地走在他们身后，充当一个透明人，顺便打量前面那对手挽手的未婚夫妻。两个人的身高差挺萌的，样貌也般配，且他们门当户对。二人的性格搭不搭目前不清楚，叶繁霜根据短短几句对话来判断，男方应当属于谦谦君子的类型。

三个人进了电梯，空间狭窄，叶繁霜想装死的想法格外强烈。

气氛有点儿沉默，邹茜恩扭头看向叶繁霜："霜霜，你怎么不说话？"

叶繁霜咧嘴，淡淡地笑了笑："你们聊，不用管我。"

邹茜恩突然想到那会儿和宁苏意讨论的事情，视线转回闻朝身上，挽着他的手臂的那只手轻晃了一下。

闻朝垂眼看她，轻声问她有什么问题。

邹茜恩对上他的视线，有些难为情，也是真怕自己待会儿搞错闹出笑话，不得不问清楚："先说一下，你的名字里的那个字是读 zhao 还是 chao，免得我在别人面前叫错。"

闻朝盯着她，半晌没发出声音。

邹茜恩尴尬地别开视线去看叶繁霜，朝叶繁霜露出个哭脸，既是羞窘也是求救。但叶繁霜表示自己也救不了她。

"对不起，我不是……"邹茜恩强忍着窘迫感跟他道歉。

"读 zhao，第一声，'朝夕'的'朝'。"闻朝告诉她，"我是早晨出生的，我父亲给我取的名字。"

邹茜恩愣了愣，没想到他会解释得这么详细。听他这样一说，她应该不会再叫错，于是讪讪地回道："好的，我记住了。"

怪她对这场订婚仪式太过不上心，一切事宜都交给父母去办。她只在挑选礼服这件事上稍微发表了一下意见，对其余的事情一概不闻不问，以至订婚当天还不清楚未婚夫叫什么。

邹茜恩上午特意了解过订婚仪式的流程，不算陌生，包括致辞的环节，都提前背好了发言稿。一番说辞滴水不漏，搭配甜蜜的微笑，她偶尔与闻朝四目相对、眼神交流，看上去还有几分默契。或许在某些不知内情的宾客眼里，站在台上的两个人是一对相恋已久、即将步入婚姻殿堂的恋人。

邹茜恩和闻朝对视的那一眼，自己都差点儿产生错觉。

走完流程，晚宴也渐到尾声。长辈们吃饱喝足相继离去，当中有些人自远方而来，前往酒店提供的房间里休息，而年轻人还有午夜场的派对。

宁苏意送走了父母，返回酒店时见井迟还没离开，才知道他那时说要住在酒店里的话不是玩笑。

"二姐和三姐呢？"

"刚送她们上车，放心，有司机开车，用不着我。"井迟走到她跟前，展开外套披在她的礼服裙外。

宁苏意今晚穿了条V领的深蓝色吊带礼服裙，半露背的设计，裸露的背部绑了蝴蝶结带子，长长的两条丝带飘在身后，行走间摇曳生姿。他好几次回头都看见她一片光洁的后背。

宁苏意伸手拢了拢身上的外套，手臂伸进袖子里穿好："我现在要去参加楼上的派对，霜霜和茜恩在那里等我。你呢？"

井迟说："我也去。"

见宁苏意面无表情地瞅着他，井迟在她的额头上轻轻摁了一下，笑道："放心，不掺和你们姐妹之间的聊天，我去找我哥们儿玩行了吧？"

派对的场地是室内区域连接着室外的一个偌大的露台。天气寒冷，露台没人去，大家都在室内把酒言欢。

宁苏意和井迟稍晚一些到，里面的年轻人已经三五成群地玩开了。

叶繁霜独自一人坐在吧台边，正在跟吧台后面的调酒师聊天，面上挂着浅浅的笑容。她面前的台面上放着两杯颜色漂亮的鸡尾酒。

跟她一起上来的邹茜恩此刻正和闻朝手挽着手穿梭在人群中。两个人虽是商业联姻，一些场面上的交际还是要顾全的。

闻朝正把她介绍给自己的朋友认识。

邹茜恩端着鸡尾酒，举止优雅得体，时不时说一些俏皮话，气氛相当愉快。

"我去找霜霜了。"宁苏意松开井迟的手。

井迟拍了拍她的背："去吧。"

宁苏意迈步朝叶繁霜走去，视线跟随着井迟的背影，看见他坐在一群男人中间，倾身从桌上端起一杯饮料跟他们谈笑。

"你是在给我表演'望眼欲穿'？"叶繁霜出声。

宁苏意笑了一下，收回视线，坐在叶繁霜旁边的高脚凳上。叶繁霜食指和中指夹住其中一杯鸡尾酒，缓缓推到她面前。

邹茜恩突然出现，从背后一把搂住宁苏意的脖子，趴到她的背上，笑嘻嘻地说："有没有被我吓到？"

宁苏意握住她的胳膊，扭过头来看着她说："早看见你过来了。"

邹茜恩吐了吐舌头："这么关注我啊？"

"是啊，关注你和你未婚夫的一举一动，借以判断你俩合拍的程度。"

邹茜恩揾了揾小脸，小声说："我觉得他人挺好的，比我预想的完美，性格温和也会照顾人。刚刚他朋友让我喝酒都被他拦了下来。他一个人喝了好多，脸和耳根子都红了。"

叶繁霜"哟"了一声，笑眼弯弯："这就开始替他说话了？"

"你好烦。"邹茜恩被说得脸红，张牙舞爪地在叶繁霜面前虚晃了几招，"我是实事求是，不是帮他说话。"

"好，好，好，我们公主说什么都是对的。"叶繁霜敷衍地举手投降。

派对到午夜才结束，叶繁霜说自己明天还要早起工作，不能再熬了，宁苏意和邹茜恩也准备撤了。

宁苏意拿出手机，发消息跟井迟说了一声："我先走了。"

井迟口袋里的手机振动了一下。收到消息后，他朝她这边瞥来一眼。宁苏意指了指出口的方向，示意自己现在准备回去睡觉。

井迟点了点头。

三个女人走在铺了地毯的走廊上，邹茜恩跟另外两个人说："你们先乘电梯下去，我回套房换身衣服。"

酒店方给这对未婚夫妻单独准备了一间豪华套房，里面布置一新，类似于新房。邹茜恩上午过来时，家里的保姆阿姨把她的一些衣物放进了套房里。

邹茜恩找出房卡刷开了门，换下身上的礼服裙，拎着一个小包走了出来。

她一边走一边检查包里的东西有没有遗漏，突然听见女人的哭泣声，霎时顿住脚步，惊恐地抬头四望，走廊尽头背对着自己的那个高大身影有些眼熟。

邹茜恩攥紧手里的包，多着胆子微微含胸往前走了几步。

借着廊灯的灯光，她看清了那个男人的小半张侧脸，那正是跟自己举办订婚仪式的闻朝。而他怀里一个女人哭得梨花带雨，手拽着他的西服领子。

邹茜恩没有任何感情经历，但看过不少影视剧，脑子里立刻就设定了一个能够自圆其说的剧本。

总裁有个初恋"白月光"，但为了家族企业不得不遵照家里的安排，娶了门当户对的千金，达到联姻的目的。总裁订婚当天，初恋找上门来向总裁哭诉，他为什么要背弃当初的誓言，抛下自己不管。总裁一把抱住她，苦苦跟她解释："我和千金只是逢场作戏。我最爱的人是你，除了名分，什么都可以给你。"

邹茜恩被自己脑补的情节说服了，相信事实就是如此。

但她不服气的是，自己在剧本里怎么可以当女配？！而且，她还有可能是恶毒女配！可恶！

闻朝握住女人的肩膀将她推开，还没来得及说什么，余光就注意到不远处的身影。他侧头看去，看到了表情愣怔的邹茜恩。

邹茜恩换下了那条闪闪发光的鱼尾裙，穿着烟粉色的马海毛毛衣，板型宽松，搭配一条白色半身裙，两只手抱着小包，像一只松鼠。

邹茜恩与他的视线对上，讪讪地笑了笑："我不是有意偷听的。"

准确来说，她压根没听到什么实质性内容，只听见女人"嘤嘤"哭泣的声音。

邹茜恩告诉自己不必心虚，于是深吸一口气挺直了脊背，从容不迫地说道："你们要谈话也该找个稍微隐秘一点儿的地方，走廊上人来人往的，万一让其他人撞见，不知道会传出多少闲话，于邹家和闻家的合作关系不利。"

跟宁苏意接触多了，耳濡目染，邹茜恩多多少少学到一些宁苏意身上的凛然气势。

"事情不是你想的那样……"闻朝急切地张口跟她解释。

邹茜恩却一脸毅然的表情，竖起一只手掌打断他的话，抿了抿唇，跟他说自己并不在意，转身朝电梯间的方向走去，不给他们留一个眼神。

站在电梯门前，她摁了向下的按钮，走进空无一人的电梯里，等门缓缓关上，才任由自己腿软地靠在电梯内壁上。

事情不是你想的那样，你听我解释——这不正是总裁被家里联姻的妻子发现奸情后的开场白吗？

呵，男人。

叶繁霜和宁苏意刚进房间，耳边就响起手机铃声。见有人给叶繁霜打来视频电话，宁苏意没打扰她，先出去了。

宁苏意站在门外，给井迟发微信："你在哪间房？"

井迟："你要来找我？"

宁苏意："嗯。"

井迟立刻把自己的房间号发过去，附带了一句："我等你。"

宁苏意收起手机，乘电梯下了两层，到了井迟的房间所在的楼层。

与此同时，另一部电梯打开门，邹茜恩气呼呼地从里面出来。她没有房卡，站在房间外敲门，每一下都敲得十分用力，借此发泄自己的怒气。

叶繁霜对视频里的人说了声"稍等"，把手机放在躺椅上，踩着酒店房间里的一次性拖鞋前去开门。

邹茜恩一进来就把手里的包掼到沙发上，撩了一把头发，无头苍蝇一样绕着沙发转了一圈，两只手握成拳捶打空气，整个一个暴躁少女的形象，嘴里不停念叨："气死我了，气死我了，气死我了……"

叶繁霜愣愣地站在门边，被她的阵势吓到，一时连房门都忘了关。

好半晌，叶繁霜锁了门，拉住邹茜恩的手，看出她的怒气不是伪装出来的，急忙问她："发生什么事了？"

邹茜恩视线扫视一圈，没见到宁苏意在哪儿，问道："酥酥呢？"

叶繁霜说："她可能是去找井迟了吧。"

邹茜恩用手抚着胸脯做深呼吸，缓了缓神，准备与叶繁霜说自己在走廊上撞见的事。叶繁霜叫她先等等，自己走到落地窗边，拿起躺椅上的手机挂断了视频电话。

邹茜恩的小脸霎时皱了起来，她嘟囔道："我是不是打扰到你了？"

想来宁苏意会离开，是为了给叶繁霜腾出空间打视频电话。

"先说说你遇到什么事了气成这样？"叶繁霜把手机丢到床上，就势在床边坐下，双眼紧盯着邹茜恩，"刚才在楼上分别时你还好好的。"

邹茜恩吸了吸鼻子，强忍住哭腔，努力维持着平静样子，将走廊里的所见所闻说给她听，越说越控制不住情绪，大骂闻朝渣男。

"订婚典礼当天，未婚夫抱着别的女人出现在酒店套房外，那个女人梨花带雨、欲说还休，把我当什么了？"邹茜恩流了一滴眼泪，很快用袖子擦掉。

叶繁霜拿过床头柜上的纸巾盒，扯出几张纸巾递给她。

邹茜恩擤完鼻涕，飊声飊气地庆幸道："还好那时候只有我在场，若是被别人看见那样的画面，我的脸往哪儿搁？我明天就会沦为圈子里的笑柄。"

以叶繁霜的思维方式，她该劝邹茜恩向闻朝了解清楚情况，然后再做定论。可是邹茜恩哭得这么伤心，想必现在听不进理性的话。

邹茜恩抽了抽鼻子，泪眼朦胧地瞅着她："你怎么不说话？"

叶繁霜放弃了理性思维，跟着她大骂道："这么看来，闻朝确实是个不折不扣的混账东西。不管当中有何内情，答应跟一个姑娘订婚前，他就该跟另一个姑娘断干净，女方闹到与未婚妻订婚的酒店里来确实太不像话了。我还以为他是个绅士，没想到是披了人皮的禽兽！"

"对，衣冠禽兽！"邹茜恩附和。

叶繁霜帮着她骂了闻朝一通，她心里好受许多。

愤怒有人分担，也是一种排解方式。

叶繁霜拍了拍她的肩膀，安抚道："别为了不值得的人掉眼泪，你去洗个澡睡一觉，有什么事咱明天再找他算账。"

邹茜恩岂是三两句话就能被安抚好的？她哭丧着脸说："我也太惨了吧，订婚第一天就遇到这种事，以后要是结了婚，那还得了？"

叶繁霜叹了一口气："所以叫你答应订婚前先调查清楚男方的品行。"她握住邹茜恩的手，"你现在知道还不算晚，只要没领结婚证，一切都好说。"

邹茜恩勉强听进了这句话，拖着沉重的步伐去洗澡。

叶繁霜看了一眼时间，快到凌晨一点了，猜想宁苏意大概率不会回来了，就没有多此一举地发消息过去打扰他们。

井迟一个人单独住一间套房。宁苏意给他发消息时，他正准备洗澡。得知她要过来，他就打开了房门在门口等着她。

宁苏意从电梯间里出来，按照房间号找过去，门都不用敲就被一把拉了进去。一双手臂藤蔓般缠住她，井迟将热气喷洒在她的脸颊上："怎么想着过来找我，先前你不是还说要陪姐妹？"

"霜霜在跟别人打视频电话，我在场不方便。"

井迟两只手捏住她的脸颊："我还以为你是特意来找我的呢，敢情是被迫的。"

"你不高兴？"宁苏意握住他的双手。

"你看我的样子像是不高兴？"

宁苏意踮起脚，凑上前去端详他的脸。

他的嘴角快要咧到耳根，他的确不像不高兴，反而像是高兴极了。

井迟问："还回去吗？"

宁苏意不确定叶繁霜要打多久电话，已经很晚了，决定不回去了。她摇摇头，趴在他身上，双手勾着他的脖颈："好累啊，我先去洗澡。"

"我也没洗。"

宁苏意正要说"要不你先洗也行"，下一秒井迟就打横抱起她，大步朝浴室走去，堵截了她即将说出口的话："一起洗，节省时间。"

"你确定？"

"我确定。"

宁苏意闭了闭眼，意味不明地说道："我说的是你确定能节省时间？"

井迟低笑一声，回过味来了，这回的答案是"我不确定"。

酒店的浴室宽敞明亮，头顶的灯光即使在氤氲的水汽下仍有些刺眼，照得每个角落都亮堂堂的，一览无余。

热水源源不断地流淌下来，茫茫雾气缭绕，被几面玻璃阻隔，散不出去，浴室里的温度随之攀升。

灯光终于不再那么刺眼，像一轮圆月悬于头顶，满地的水光都是它洒下的清辉。

宁苏意被裹着浴袍抱出去，散乱的头发是潮湿的，乌黑如墨。

井迟叫她坐好，折回浴室拿了吹风机过来，站在床边给她吹头发。

"嗡嗡"的声响里，井迟一边用手指拨她的头发，一边嘀咕："我就不该听你的，没做避孕措施，万一有孩子了怎么办？"

宁苏意在吹风机的噪声中听见他的声音，问道："你怎么比我还紧张？"

井迟怕她听不见自己的声音，先关掉吹风机，认真地说道："我怕出意外，打乱你的计划。你目前将重心放在事业上，没打算要小孩，连结婚都定在了明年。"

说完，他重新打开吹风机，吹干了她的长发，搂着她躺到床上。

宁苏意没继续那个话题，想起在浴室里洗澡时在他身上所见的文身，一骨碌翻身坐起，掀开身上的被子，手摸向他脐下人鱼线旁边的地方："你什么时候弄的？"

井迟捉住她的手，不叫她乱碰："你说文身？"

"嗯，我们天天住在一起，同床共枕，我竟然没发现。"宁苏意凝视着他，语气里满是不可思议之意。

"我又不是暴露狂，你没发现很正常。"井迟一只手臂横在枕头上，后脑枕着手臂，偏头看着她，笑容慵懒，"文了有一个月了。"

宁苏意想了一下，那地方在裤腰下面，哪怕他平时脱了长裤，还有内裤遮盖，确实不容易被发现。

"你怎么没跟我说？"宁苏意趴到他的胸前，纤细手指点了点他的胸口，"你怎么想到文在那里的？"

井迟手掌抚着她的后颈："还用问？当然是只给你一个人看的，不文隐秘点儿的位置怎么行？"

宁苏意摸着他的脸颊感叹："井迟，你越来越像妖精，专勾引人的。"

他那地方文的是她的名字，黑色的细线勾勒而成，在白皙肤色的映衬下，当真漂亮极了。

"勾引到你了吗？"井迟低声问。

宁苏意学他说话："还用问？我刚刚在浴室里的表现还不够说明一切？"

订婚典礼的第二天就是圣诞节，叶繁霜昨晚陪邹大小姐排解苦闷情绪到凌晨两点多，早上还要爬起来上班，听到闹铃尖锐的声音响起时，脑仁都是疼的。

叶繁霜揉了揉太阳穴，不敢耽误太久，快速去卫生间洗漱。

收拾妥当，叶繁霜打算直接从酒店出发去公司，一边戴腕表一边快步走到床边，隔着被子拍了一下床上睡得像死猪一样的人："跟你说一声，我先去上班了。有事你就找酥酥，她最近比较闲。"

邹茜恩同样困得睁不开眼，被叫醒了咕哝了几个模糊的字眼："知道了。"

叶繁霜拿着包离开了房间。

房门一关，邹茜恩在被窝里翻了个身，再次进入梦乡，一觉睡到上午十点。

她迷迷糊糊地坐在床上，有点儿分不清现实与梦境，发了许久的呆，意识一点点收获，终于想起昨晚发生了什么事。

邹茜恩捶了一下被子，即使一夜过去仍然气闷不已。

该死的闻朝!

邹茜恩醒来的第一件事就是骂闻朝。诅咒了他近十分钟，她才从床上下来，动手梳洗打扮。

昨天为了穿那条不合理的鱼尾裙，一整天她都没吃多少东西，睡一觉起来饿得两眼发花，差点儿以为自己就要活生生地被饿死了。

邹茜恩不想去酒店的餐厅吃饭，便打电话叫服务生把餐点送到房间里来。

她吃完一顿早午餐，将所有餐盘里的食物扫荡干净，总算恢复了体力。

吃饱了没事干，她拉开落地窗的窗帘，躺在窗边的躺椅上，沐浴在冬日上午稀薄的阳光里，将手机屏幕的亮度调高一点儿，发消息问宁苏意回去没有。

宁苏意早就到家了，也猜到她现在才起床："霜霜早上跟我说了闻朝的事，你问清楚了吗？"

邹茜恩："没什么好问的，他想怎样就怎样。"

"别说任性的话，得先弄明白是怎么回事，倘若其中有什么误会，说开比较好。若真是他犯了错，趁着你们没结婚领证，早点儿散损失小。"

邹茜恩听得进去劝："行吧，回头我问问他。"

宁苏意说："我今天在家休息。你要是没事可以来我家玩，我做饭给你吃。"

邹茜恩被说得有点儿心动，但不想挪窝，尤其是躺在太阳底下，浑身暖洋洋的，昏昏欲睡，连头发丝都被晒得发热。

"算了，我还是不去当电灯泡了。"邹茜恩很快联想到宁苏意和井迟目前是同居的状态。

"井迟不在家。"宁苏意说。

"那……那我下午过去吧，刚饱餐一顿，现在不想动弹。"

"依你。"

跟宁苏意聊完，邹茜恩心情好了不少，平躺着伸了个懒腰。她上辈子做了什么好事，今生得了两个体贴入微的闺密？

她知道宁苏意叫她去家里做客是担心她心情不好，一个人待着会胡思乱想。

邹茜恩眯了一小会儿，将要再次睡着时，冷不丁地想起楼上那间"新房"里还有她的东西没拿走。她昨天穿的礼服被她随手丢在了床上，佩戴的那套珠宝首饰在摘下来后也仅是放在了梳妆台前。

如果闻朝退房走人，她那些东西岂不是没人管？

邹茜恩没了睡意，手忙脚乱地从躺椅上扑腾着爬起来，光着脚跑到门边，脚蹬进烟筒靴。她一只手撑着墙壁，另一只手捏着短靴的后跟往上提了提。

两分钟后，她拎着包重回"新房"，怎么也没想到，一打开门竟然迎面撞见了闻朝。

豪华套房里设有客厅、主卧、次卧、书房等，他坐在客厅的沙发上，身上还穿着昨晚举行订婚仪式时穿的那套西服，双手十指交叉，低垂着头，额前的碎发失去发胶的定型作用，散落了下来。

听到开门的动静，闻朝抬起头看过去。抬头的动作太猛，牵扯到僵硬的脖颈，他手掌按住后颈缓缓动了动，活络筋骨。

"你不会一晚上没睡吧？"邹茜恩将他的举动收进眼底，心头微震，不由得做出此等猜测，"为了等我？"

她为自己的想法感到荒谬，捂了一下嘴，正想收回这句话，便听见闻朝"嗯"了一声。

闻朝站起身，朝她走近两步。

邹茜恩仰了一下脖子，没来由地感受到一股压迫感，大概是来自身高差距的碾压。她脚下穿的烟筒靴是平底的，当然比不过昨晚那双七厘米的高跟鞋——现在的她与闻朝的身高差显露无遗。

"特意等了你一晚上，想跟你解释清楚，昨晚你看到的……是个误会。"闻朝不闪不避，甚至没打算绕弯子，一开口就直奔主题。

邹茜恩原本苦恼该怎么开口问他，他肯主动交代倒省了她的麻烦。

"那个女人是你的姐姐妹妹之类的？"她问。

"不是。"闻朝从她的话里大概推断出，她比较想听到类似的能够直接证明他和那个女人之间没有暧昧关系的表述，明白自己可能要让她失望了。他抿了一下唇，头一次不那么果断："那是我……前女友。"

邹茜恩没掩饰住情绪，脸色很明显沉了下来，眼神也比方才黯了些许。她毫不做作，什么样的心情全在脸上表现出来，不必叫人费心思猜测。

邹茜恩脑子里又开始编故事了。什么前女友，她看八成是两个人昨晚没有谈拢，那个女人既想要他的爱也想要名分，总裁不肯退让，只能当场跟那个女人提分手，还要再痛心疾首地对女人说一句："你太不懂我的心了！"

"我和她半年前已经分手了。"不管邹茜恩愿不愿意相信，闻朝都必须跟邹茜恩解释，"我们是在国外认识的，交往了一年。半年前她要回国发展，而我在国外的任务没完成，理想和现实冲突，最终我们选择和平分手。我回国后，她尝试过联系我，我没答应跟她见面，已经过去的事情就过去了。不知她从哪里听说了我订婚的消息，找到酒店里来跟我说起以前的事，这才有了被你撞见的那一幕。"

邹茜恩沉默地听他说完，眉心动了动："就这？"

"我和她已经把话说清楚了，结束了。"闻朝补充，"其实早就结束了。"

"我懂了，她跟你分手以后后悔了，找到你想要再续前缘，而你这时候已经答应了家族联姻，不可能再和她破镜重圆。"邹茜恩说着，感到不对劲，指了指自己，"我成了阻碍你们旧情复燃的人？"

"不是。"闻朝缓慢地说道，"我和她分手后从没想过复合，跟你没有关系。"

邹茜恩审视着他，相信了个七七八八。单凭他昨天的表现，他不像是会脚踏两条船的人，再说她也不是输不起的人。

但她现在气没消，不想给他好脸色。

"你不用解释这么多，我对你又没感情，不会在意这些有的没的。反正我们只是'完成任务式'订婚，以后会不会结婚都不一定。"邹茜恩双手抱臂，手里还拎着迷你款戴妃包，玫瑰粉的颜色跟她的毛衣很配，"我就是想跟你说，万一，我说的是万一……"

她强调了一遍又一遍，试图让他明白，她并不是很想跟他结婚："万一我们以后真的结婚了，你最好不要再跟你的前女友有所牵扯。如果你出轨了，让我面上无光，到那时我一定会打断你的腿。"

闻朝安静地听她讲话，没有插嘴，等她说完了，才慢慢开口："不会。"

邹茜恩恼怒道："你是觉得我不会打断你的腿吗？我还有两个暴躁闺密呢，她们知道你欺负我肯定不会放过你！还有我爸妈和我哥，他们都会叫你好看！"

闻朝忍俊不禁："我是说，我不会出轨。"

邹茜恩没让闻朝开车送自己。他一晚上没睡，疲劳驾驶不安全。她自己打了辆车，先把衣服和首饰送回家。

在家里补了一觉，邹茜恩叫司机送她去宁苏意家。

"我跟你说，闻朝这人还蛮真诚的，昨天忙了大半天，还喝了那么多酒，为了不错过最佳的解释时间，一晚上没休息，就坐在套房里。"邹茜恩一进门就抱起小柴，爱不释手，"他是恨不得一秒钟时间都掰成两半来用的人，居然干坐着等了一晚上。"

"你现在是原谅他了？"宁苏意给她榨了一杯苹果汁放在茶几上，"听你满口都在夸他。"

邹茜恩端起苹果汁喝了一大口，舔了舔唇："我在他面前当然没这样。我端着架子放了狠话，跟他说下不为例，不然就打断他的腿。"

宁苏意拿起搁在沙发上的平板电脑，一边浏览食谱一边说："你以后找时间多跟闻朝接触接触，看他的表现再决定要不要结婚。经过这次的事，你也该上点儿心了。"

邹茜恩点头如捣蒜："知道，知道。"

"晚上想吃什么菜？"宁苏意手指滑动着平板电脑，换了话题，"你现在就可以列菜单，晚餐我给你做。"

邹茜恩抱着狗坐上沙发，转过头看向她手里的平板电脑，上面是各式各样的食谱，自带配图："井迟晚上不回来吃饭？酥酥，今天是圣诞节，情侣约会的日子，你确定要和我一起过？"

"你不是很喜欢我家的小柴犬吗？为了让你沉浸式撸狗，我把井迟撵回老宅了。"宁苏意说，"我知道今天是圣诞节，但我们每天都在一起，不需要过特定节日。"

邹茜恩抖了抖肩膀："虐狗！"

"我可都是为了你，你还不满意？"

宁苏意的手指点了一下平板电脑，又翻过一页食谱，想做避风塘炒虾，她想吃了，可井迟不在，处理虾有点儿麻烦，于是放弃了。

邹茜恩放下怀里的狗，扑过去扯宁苏意的衣领："你还好意思说！昨晚我想找你诉苦，你跑哪儿去了？"

宁苏意哪里想到她会突然来这么一出，眨眼间就被迫处在下风，不想跟她打闹，便只有求饶的份儿："公主，您息怒。"

果然，扒拉着她衣领的邹茜恩在她的脖子上、锁骨处看到好几枚红痕，随即笑得暧昧："见色忘友宁苏意。"

今年的春节是 1 月 25 日，宁苏意提前结束了工作，打算给自己放个长假。

除夕前一天，宁苏意看天气预报显示明天会下雪，不知道准不准。

她早早回到了锦斓苑，吃过晚饭后，陪家人闲坐片刻，上楼回了自己的房间，洗完澡躺到床上，刚拿起手机，井迟的微信就发了过来。

井迟："什么时候我能和你一起过除夕？"

这话的潜台词是，他们什么时候能组成一个家庭。宁苏意坐在床边，故意装作不懂他的意思，笑着打字回复他："今年就可以。你要是想来我家吃年夜饭，明天晚上提前过来。"

井迟："装傻的宁苏意不可爱了。"

宁苏意："不可爱你不也爱？"

井迟："老婆。"

宁苏意嫌他太肉麻，没有回他。

井迟又发来一连串甜言蜜语，哄得她终于肯搭理他了。两个人没聊多久，宁苏意就来了困意，跟他说了声"去睡了"，就真的睡着了。

除夕当天，宁苏意是在邰淑英的敲门声中醒来的，迷迷糊糊间，耳边回响着邰淑英上一秒说的话："不回答我就进去了？"

房门从外面被推开，邰淑英穿着浅咖色的羊毛开衫，趿拉着棉拖走到床边，低头看着从被子里露出的脑袋："醒了啊？"

宁苏意伸了个懒腰，耷拉着眼皮，咕哝道："几点了？"

"不早了，我和你爸都吃完早餐了。"邰淑英在床边坐下，"吃早餐时就准备来叫你，你爸说你平时工作忙，难得睡懒觉就让你多睡会儿，我就没叫你起床。你再睡都到中午了。"

"啊？"宁苏意从被窝里钻出来，摸出昨晚没充上电的手机，看了一眼时间，十点多了。她捂住脸，明明昨晚睡得也不晚："我睡过头了。"

"没有不让你睡。"邰淑英笑了笑，给她理了理睡乱的头发，"起来吃点儿东西再睡，饿着肚子睡不难受？"

宁苏意跟小孩子一样摸了摸肚子，感知了一下："肚子确实有点儿饿。"

"那就快起来洗漱，我下去给你热一下早餐。"邰淑英站起来说。

宁苏意早餐吃得太晚，导致午餐没胃口，只喝了一小碗蔬菜汤就离了座。

除夕一年比一年冷清，外面没有爆竹声，也听不见小孩子的嬉闹声。

午后，宁苏意靠在阳台的躺椅上，手里捧着一本随便从书架上取出的书，只看了两页就跑神了，望着阳台外边的后花园。

邰淑英正在尽心尽力地准备年夜饭，即使午饭才吃完没过多久。书房的门没关，墨香飘了出来，宁宗德在里面习字。

宁苏意强行拉回跑掉的神思，重新捧起手里的书，一个字一个字缓慢地往下看，当是打发时间。

天气预报说要下雪，到现在已经过去大半天，一片雪花都没见着，只见天空染了灰扑扑的颜色，云层堆积。

宁苏意看了一会儿书，实在有些无聊，便去厨房给邰淑英打下手。邰淑英嫌她添乱，叫她去休息。

宁苏意："我现在能做好些拿手好菜，我朋友吃了都赞不绝口。"

邰淑英动作利落地腌制着鸭肉，叫她离远一点儿："知道你手艺好，以后有你发挥的机会，年夜饭还是我来吧。"

宁苏意站在流理台边，冷不丁地闻到了生鸭肉的腥味。那股味道实在太冲，直往她的鼻子里钻，害得她突然就有点儿反胃，索性站远了，不打算插手。

她一向不爱处理鱼虾生肉之类的食材，每次都要戴手套，再不济还有井迟帮她处理。

有一次她戴着蓝色的 PVC 手套，在砧板上片鱼片。井迟说她像是在给鱼做手术，笑得她差点儿握不住刀。

"小迟最近忙不忙呀？"不知是不是母女连心，宁苏意刚想到井迟，邰淑英就提到了他。

"也还好，总的来说我俩目前都不忙。"宁苏意说。

"那还行。"邰淑英又问，"能休满年假吧？"

"怎么了？"

"没什么，想让你多休息几天。"

邰淑英一边与她聊天，一边动手炸小酥肉。宁苏意就站在一边，像小时候那样趁妈妈不注意偷吃。

傍晚开始下雪，鹅毛似的，纷纷扬扬地落下来，很快地面就覆了一层白雪。

年夜饭与春晚一同开始，家里热热闹闹地坐了一桌人。邰淑英做了很多菜，鸡鸭鱼虾、素菜、炖汤，样样都不少。电视机里播放的歌曲和小品成为背景音，气氛和乐融融。

宁苏意一低头，自己碗里被邰淑英放了一块红烧排骨："你多吃点儿，我就没见你吃几口菜。我烧的菜不好吃啊？"

宁苏意咧嘴笑了笑："哪儿有？"

她其实没什么胃口，不知道是不是最近吃多了油腻的食物。

宁苏意当然不会辜负来自母亲的爱，动筷夹起碗里的排骨慢慢地啃着。酱料烧制的排骨很入味，可她只吃了一块就饱了，最后勉强又喝了一小碗红枣鸡汤。

"我吃好了。你们慢慢吃，我坐着陪你们。"宁苏意手撑着腮，目光瞥向电视机，上面刚好在上演小品。

邰淑英看了她一眼："年夜饭就是要慢慢吃，你怎么这么快就吃完了？你看你吃得还没小鸟多，晚上守岁可别叫嚷着肚子饿。"

宁苏意笑道："可能是下午吃了好些小酥肉，被腻到了，胃口就不太好，但我也吃了不少东西啊。啃了好几块玉米，吃了一块排骨，还喝了一碗鸡汤，我晚上不会饿。"

邰淑英没再勉强她，笑呵呵地说她要是饿了，就给她煮夜宵。

一家人吃完年夜饭，移步到客厅正式看起春晚。

宁苏意没能坚持太久，接连打了两个哈欠后，就放弃了守岁的想法，提前回了房间，沐浴、护肤，躺到床上去，身体一沾到温暖的床，困倦感就更浓了。

她正迷糊着，被突然响起的手机铃声吵到。

宁苏意摸到床边的手机，眯眼一看，是井迟打来的视频电话。

外边的雪下大了，隔着一层窗玻璃她都能听见雪"簌簌"往下落的声音，偶尔积雪压断树枝，"噼啪"一声，听着特别催眠。

"现在才几点，你怎么就准备睡觉了？"视频电话被接通，井迟看到屏幕上昏暗的光线里宁苏意那张略显迷蒙的脸，着实愣住了，"还是说你已经睡着了，是我的电话把你吵醒了？"

偌大的卧室里只亮了一盏台灯，光线自然昏黄幽微。宁苏意将一只手探出被子，打开顶灯的开关，四周一下亮堂起来。她一时不太适应，眯了眯眼睛，脑袋昏昏沉沉的。

"我没有睡着。"宁苏意翻个身趴在被窝里，低垂着视线看手机屏幕里的人，"你在干什么？"

井迟怀里抱着小柴，把它举到镜头前给宁苏意看："我刚吃完年夜饭，准备去锦斓苑找你玩。你倒好，直接睡了。"

两个人这几天没回钟鼎小区的房子住，小柴就被井迟带回了雍翠乐府。宁苏意看着屏幕上的一人一狗，小柴还冲着镜头吐舌头，忍不住笑了起来。

宁苏意没说两句话就觉得这个姿势太累，还得用手肘支撑着身体，于是将手里的手机立在床头，两手交叠地搁在枕头上，再把下巴搭在手背上，耷拉着眼皮，声音软软的，含混地说道："明天再找我玩吧，我熬不住了。"

"你昨晚没睡好觉？"

"昨晚……"宁苏意想了想，拖着慵懒的调子说，"昨晚我睡得很早。"

井迟不再问了，只说："行，明天再找你玩，那你现在陪我聊一会儿。"

"好啊，你想聊什么？"宁苏意趴了一会儿，还是觉得累，又翻了一下身，侧躺着枕在枕头上，跟她平时睡觉一样，终于舒坦了。

"酥酥，你的脸都晃出画面了。"井迟说。

宁苏意抓起手机侧放在枕边，整个屏幕里都是她放大的脸："这样好了吗？"

井迟在那边笑得眼睛都快看不见了。

她侧脸压在枕头上，挤出脸颊的一点儿肉，因为洗漱过了，脸上未施粉黛，显得肌肤吹弹可破，发丝散乱，有几缕飘到了脸上。

"你还有二十天就过生日了，想要什么生日礼物？"井迟清了清嗓子，问得认真。

他要是不提醒，宁苏意都快忘记自己的生日快到了，2月14日，情人节那天。

宁苏意笑了笑："你以前送我生日礼物，不都是自己做的决定，为什么这次要问我想要什么东西？"

"不一样。这是我们在一起后你过的第一个生日，还是属于情侣之间的节日，我不得比以往更重视？"井迟说，"你好好想想吧。"

宁苏意恍然大悟。

去年她过生日的时候，他们还没有在一起。今年的确是他们在一起后她过的第一个生日。她恍惚以为他们在一起已经很久了，竟然只是她的错觉。

宁苏意微闭着眼睛，思考向他要什么生日礼物。

其实他送什么礼物她都喜欢。

井迟没催她，耐心地等，静静地等，可是等着等着，屏幕上的画面忽然抖动了一下。下一秒，井迟就看不到宁苏意的脸了，只能看见她的卧室的天花板。

他愣了一下，脑补到的画面就是手机从她的手里滑落，掉在了床边。

井迟试探着低低地喊了一声："酥酥？"

没听到回应，井迟就没有再叫她。他屏息静听，能听见手机那边传来浅浅的呼吸声，均匀绵长，她像是陷入了沉睡之中。

井迟的表情僵住了。

他叫她想一想生日礼物要什么，她把自己给想睡着了？

井迟僵了几秒后，表情变成哭笑不得，不知她白天干了什么重活儿，居然这么容易就睡着了。以前她可是号称有"入睡困难症"的人。

外边雪花飞扬，屋里宁苏意睡得正酣。

井迟没有挂掉视频电话，听着她的呼吸声，在房间里做自己的事。门外的走廊上，调皮的小外甥正在叫他，一声大过一声。他怕吵到宁苏意，把手机留在房间里，开了门出去。

其余的人都回房睡觉了，宁宗德和邰淑英还在客厅里看春晚，延续着守岁的传统。

等到十二点的钟声敲响，邰淑英打了个哈欠，站起身说："我到楼上去看看酥酥睡了没有。"

宁宗德笑道："她没下来肯定是睡着了。"

邰淑英上了二楼，轻轻敲了两下宁苏意卧室的门，没得到回应，等了一两秒，压下门把推开了门。里面的顶灯和台灯齐齐亮着，照得整间卧室如同白昼，宁苏意侧躺在床上睡得沉沉的。

邰淑英摇了摇头，心说她也是够粗心大意的。

邰淑英轻手轻脚地走上前，给她关了顶灯，留了那盏台灯，再低头一看，枕边的手机屏幕还亮着光，显示视频通话的界面，画面里却没有人。

邰淑英想帮她挂掉视频电话，凑近看了一眼，愣了愣。等邰淑英看清对方的名字后，旋即明白过来是怎么一回事。

她无声地笑了笑，转过身去，脚步更轻，生怕将宁苏意吵醒。她知道自家女儿睡眠状态不大好——女儿一向睡得浅，夜深人静时，有细微的动静都会被吵醒。

邰淑英缓缓走到门外，舒了一口气，再将房间的门关上，下了楼梯。

宁宗德问："睡了吗？"

"睡了。她啊，马马虎虎的，睡着了顶灯和台灯都开着，房间里灯光亮得能闪瞎眼，不知道她怎么睡得着。"邰淑英笑着跟丈夫说自己刚才发现的秘密，"这俩孩子，睡觉还连着视频通话。"

宁宗德一开始没反应过来，想了一下才明白她说的是宁苏意和井迟。

电视机没关，里面春晚主持人激情澎湃地说着最后的报幕词，邰淑英捂着嘴又打了个长长的哈欠，困得睁不开眼了："守岁守得差不多了，我们也睡吧，年纪大了熬不住，明早还得招待前来拜年的客人。"

宁宗德关了电视，揽着妻子的肩回房，突然想到什么，自言自语地嘀咕："我说，酥酥是不是病了，还是年前工作太累了？这两天胃口都不好，她还老打瞌睡。"

宁苏意醒来时，卧室里仅有一盏台灯亮着。厚重的窗帘遮住了天光，她无法窥见外边的天色，分不清现在是白天还是黑夜。

手机就放在枕头边，她拿起来按了一下锁屏键，手机没有任何反应，可能是关机了。

昨晚睡前的一些零星画面重回脑海，宁苏意记得自己与井迟进行视频通话，聊到她下个月的生日。她闭上眼睛，思考着自己想要什么生日礼物，然后……她不知不觉地就睡着了。

宁苏意抬起手臂搭在额头上。她最近可能被懒猪附体了，脑子里思考着问题都能睡着。

她坐起来，找到床头的充电线，给手机充上电，开了机，屏幕上显示的时间是1月25日，农历正月初一，早上七点零五分。

宁苏意捂了捂脸，松了一口气。

还好她没像昨天那样一觉睡到快中午才醒。

她打开微信，点进与井迟的聊天界面，惊讶地发现他们两个通话结束的时间竟然是凌晨三点半。

宁苏意定定地看着屏幕上显示的不正常的通话时长，很快猜到是因为自己的手机没电了自动关机，视频通话才被迫终止，不然通话可能会持续到她醒来的那一刻。

宁苏意"噼里啪啦"地打字，给井迟发了条微信："你怎么不挂电话？"

井迟："睡醒了？"

宁苏意："嗯。"

井迟开玩笑道："想知道某人早上醒来发现视频通话没关是什么反应，可惜她的手机电力不足，半夜就自动关机了。唉——"

宁苏意无语："你好无聊。"

井迟："骗你的。我想听你的呼吸声入睡，习惯了。"

宁苏意立刻就想到他指的是他们平日里总是睡在同一张床上，那样亲密，习惯了听着对方的呼吸声入眠。

井迟："醒了你就赶紧起床吧，等会儿去姐姐家拜年，记得给我准备红包。"

宁苏意没赖床，放下手机就去卫生间洗漱。今天会有客人到访，她就没穿昨天那样的休闲装，将自己从头到脚打扮了一番，换上了新装，化上了清新淡雅的妆容，伸着懒腰走下楼梯。

邰淑英从厨房里端出一盘煮好的饺子，见女儿从楼上下来，笑了一声："哟，今儿起来得正好，坐下吃早餐吧。"

宁宗德坐在餐桌旁，抬头看向她："休息好了？"

宁苏意点了点头，拉开椅子坐下来。

邰淑英拿了几副碗筷过来放在餐桌上。宁苏意站起身，要帮忙盛饺子。邰淑英用手挡了一下，没叫她动手："你坐着，我来就好。"

宁苏意只好乖乖地坐着等着吃，两只手握成拳头挨在一起，搁在桌边，像等待开饭的幼儿园小朋友。

邰淑英的目光看向宁宗德，她说："你干坐着干什么，还不帮忙盛饺子，只等着吃啊？"

宁宗德深知自己的家庭地位，无奈地笑了笑，拿起一个空碗，先给小朋友宁昱安盛了几个饺子。

"不够吃再盛。"他把小碗放在了孩子面前，叮嘱了一句。

邰淑英给宁苏意盛了一碗饺子，回想昨晚临睡前丈夫说的话，随口问她："你爸说你回家这几天吃饭都没胃口，我仔细一想，确实是这样。你身体有没有哪里不舒服？"

宁苏意握着筷子，夹起一个饺子往醋碟里蘸，动作顿了顿，认真回答："我的身体没问题，11月份做的体检，全身检查，我除了颈椎有点儿小毛病，其他的都正常。"怕父母为自己担心，她特别说明，"我这几个月很注意养生，跟以前相比作息和饮食都规律多了。"

"那就好。"邰淑英给自己盛了一碗饺子，坐在她旁边，"我和你爸都是担心你，怕你工作太忙不顾身体。"

"我知道。"宁苏意笑了笑。

"趁着放假多休息休息，别总惦记着工作。"宁宗德说。

宁苏意点了点头，吃着蘸了醋的饺子，笑眯眯地说："我可能是前段时间忙了点儿，陡然放松下来，身体不大适应放假的模式，疲乏得很。这不早睡了两晚就调过来了？"

邰淑英见她两口解决完一个饺子，很快一碗饺子进了肚里，彻底放下心来。

吃过早饭，宁苏意穿上厚厚的羽绒服和雪地靴，跑到院子里玩雪。

从昨天下午到今早，雪断断续续地下，地上堆了厚厚一层雪。她举目四望皆是银装素裹的世界，万物都好似被覆上了一层糖霜，尤其是没有被踩踏过的地方，积雪松松软软的，洁白如棉花。

宁苏意给自己捏了一个巴掌大的小雪人，冻得手指头红彤彤的，准备进屋时，铁栅门外突然出现井迟的身影。

冰天雪地里，他穿着一身黑色的长款羽绒服，身材颀长挺拔，特别显眼，料峭的寒风将他头顶的发丝吹得竖了起来，样子还有点儿滑稽。

宁苏意捧着小雪人去给他打开大门。井迟放下手里大大小小的礼盒，两只宽大的手掌捧住她的脸。他的掌心温热，衬得她的小脸冰凉，显然她在室外待了不短的时间。

井迟嘴角勾起一丝弧度，温柔的声音好似能融化冰雪："几天没见你，我怎么觉得过了一个世纪那么久？是不是别人的时间计算方式跟我的不一样？"

宁苏意想把手里的雪人拍在他的脸上，叫他不要那么肉麻。

"你怎么来这么早？"宁苏意说，"你是第一个来我家拜年的人。"

"我就是为了当第一人才来这么早的。"井迟瞄了一眼她通红的指尖，"捧着这么一个袖珍的雪人不冷？你要是想堆雪人，我给你堆一个大的。昨天下午三姐就拉着姐夫在院子里堆了一个半人高的雪人。"

宁苏意的手是挺冷的，于是她拉过他的手，把自己捏的小雪人放到他的掌心里，双手插进羽绒服的口袋里暖着："你没去帮忙堆雪人？"

"他们夫妻俩一边堆雪人，一边打情骂俏，我去掺和干什么？"井迟眼里含笑，雪光映着他的眼眸，像琉璃一样，漂亮极了。

宁苏意说话间呼出一团团白气："所以你是被他们刺激到了，才想过来找我的？"

"没良心。"井迟控诉她，"我分明是因为想你。"

宁苏意笑得眼睛都弯成了月牙儿，挽着他的手臂转身往回走："进屋吧，外边太冷了。"

"你的雪人怎么办？"井迟端详着自己手上的小雪人——一个大圆球做成的身子，一个小圆球做成的脑袋，没有五官，只有两根细细的小木棍插在两边当手臂。

宁苏意拿过他手里的雪人，蹲下来放在雪堆里："让它待在这里，还能留存久一点儿，拿到屋里就融化了。"

井迟拿起地上的礼物，跟着她拾级而上，走到廊檐下，在门口的地垫上跺了跺脚，蹭掉鞋底的残雪，推开门进去，立时被一股温暖的气流包围。

宁苏意脱下身上的羽绒服，朝客厅里喊道："爸、妈，小迟来给你们拜年了！"

宁宗德和邰淑英同时看向门口的方向，井迟还没走到两位长辈面前，就跟随宁苏意叫道："爸妈新年好。"

宁宗德："……"

邰淑英："……"

井迟的表情僵了一秒，他立马意识到自己没过脑子的新年祝福语出了什么问题，随即改口重说："叔叔阿姨新年好。"为了掩饰尴尬情绪，他还特意补充了一句，"祝你们身体健康，万事顺意，永远开心。"

宁苏意刚换上拖鞋，抬头就看见自己的亲妈笑得眼泪都要飙出来了，嘴巴也合不拢了，连连点头应和："新年好，新年好。"

井迟轻咳了一声，只想让尴尬的气氛离自己远一点儿，开始扯话题：

"我爸妈和姐姐们在后面，过一会儿就到，我先过来了。"

邰淑英见他还傻站着，连忙招呼："过来坐。"

茶几上摆满了用来待客的水果、坚果、糖果等，装在漂亮的竹编小篮子里。邰淑英端起来给他吃，宁宗德则负责沏茶。

井迟本来以为尴尬的小插曲就这么被揭过去了，谁知邰淑英看了他一会儿，倏地笑开了怀："叫爸妈也行，迟早的事，我先适应适应。"

井迟："……"

井迟用余光瞥了一眼坐在自己身边的宁苏意，手掌在膝盖上蹭了两下，一时没想好该怎么接这句话。

宁苏意想想都觉得好笑。这人私底下在她面前一口一个"岳父大人""岳母大人"，偶尔还说"咱爸咱妈"，叫得比谁都顺口，等到真正见了本尊，立马变得乖巧起来，收起尾巴不敢造次。

第十八章
你愿意嫁给我吗

　　正月里要拜访的亲戚不少，这些事宁苏意以前很少参与，一般由宁宗德和邰淑英维系人情往来。今年难得假期多了几天，她就跟着他们拜访了几家人。

　　后面几天假期，宁宗德和邰淑英有各自的朋友要拜访，宁苏意就在家里没出门。好在珍姨返岗了，每天变着花样地给她做好吃的东西，不用她自己下厨。

　　过年胡吃海塞不知节制的后果就是，宁苏意正式上班那天早上换上正装时，明显感觉自己长胖了，腰有些紧。

　　坐在梳妆台前化妆时，不知是不是自己的错觉，镜子里的脸相比以前圆润了些，她不得不多刷一层修容来凸显脸部轮廓的线条感。

　　井迟开车过来接她，照例在宁家蹭了顿早餐。

　　在去公司的路上，宁苏意对着小镜子照来照去，一再检查自己的妆容，在小细节上略加修饰，然后装作不在意地问井迟："你有没有发现我过年这段时间长胖了？"

　　趁着等红灯的工夫，井迟扭头端详她。

　　宁苏意把脑袋偏过来，正脸对着他，方便他仔细打量自己。

　　井迟笑了一声，忍不住伸手捏了捏她的脸："哪里胖了？这不挺好看的？"

　　"别乱摸，妆给我弄花了。"宁苏意拍掉他的手，端起手里的气垫盒自带的小镜子继续查看妆容，嘀咕道，"一定是我的修容打得太好了，你没看出来。"

红灯的倒计时结束，井迟跟着前面的车慢慢起步，语调跟车速一样慢悠悠的："是没看出来，但我觉得你胖一点儿可能会更好看。"

她本就是偏古典的鹅蛋脸，圆圆润润的多漂亮。

宁苏意决定不与男人讨论身材和脸蛋的胖瘦问题，合上气垫盒装进包里。

两个人在公司门口分别，宁苏意进了写字楼，井迟掉头将车开往自己的公司，说好了下班过来接她。

宁苏意到办公室后，打开电脑查看工作邮箱，一堆未读邮件占据了好几页。

她在休假期间压根没打开过电脑。给自己倒了杯温水后，宁苏意就坐下来开始集中处理邮件，众多工作邮件当中夹杂着一封特别的邮件，是远在丹山村的支教老师周越发来的。

周越有她的私人微信，但从来没给她发过消息，只在居民房重建成功后，给她发来了一封代表全体桐花乡乡亲感谢她的邮件。

如今他发来的这封邮件，是向她展示乡亲们的新年活动场景，以及她最关心的孩子们的近况。

文字只有寥寥几句，表达谢意，他话语不多，却字句真切。

宁苏意打开附件，是几十张照片，没有经过任何后期修饰，展现了原汁原味却又丰富多彩的乡村生活。

全村人围坐在数米长的木桌旁吃团圆饭，每家每户都贡献出几道菜，照片里那一张张面容，除了宁苏意见过的那些老年人，还有一些她没见过的，应该是打工返乡的中年人、年轻人。

他们每个人脸上都洋溢着幸福满足的笑容。一旁的篝火跳跃着，火光映着他们红彤彤的面庞。

宁苏意曾经亲身感受过这样的氛围——她去丹山村考察的时候，第一顿饭就是在村干部家里吃的。做饭很好吃的大婶，恨不得把最好的菜都拿出来招待她。

照片里还有新建的房屋的全貌，一排排、一片片，错落有致，仍旧是那个偏僻的村落，却有哪里不一样了，是全新的、充满希望的感觉。

那些孩子的照片，哪怕是静态的，也是鲜活生动的。他们上课的画面、在操场上做游戏的画面、秋游的画面、在食堂吃饭的画面、冬天搬着小板凳在走廊上排成一排晒太阳的画面……点点滴滴都被相机定格。

宁苏意看到其中一张照片里，有个小姑娘嘴角粘着饼干屑，茫然地看着镜头，一副天真无邪的样子。

宁苏意的嘴角情不自禁地上扬起来，她一张张地翻完了全部照片，没看够，便倒回去从最后一张照片慢慢往前滚动，每一张都那样真实，令人感动。

她想，除了丹山村的小朋友，慈善基金会帮助的其他偏远山村的小朋友、福利院的孩子们，在这个冬天都能过上温暖舒适的生活。

宁苏意只是想一想心里就无比满足。

这些结果足以证明她最初的决定是对的。

她在自己力所能及的范围内施与帮助，收获的感动和满足，远远超出自己的想象。

宁苏意一手撑着腮，一手握着鼠标继续往前翻，刚好又看到那个嘴角粘着饼干屑的小姑娘，呆呆的小模样太可爱了。

她突然觉得，她和井迟有个小孩也许不错。

情人节的气氛大概从一个星期前就开始预热，或许更早，购物软件会频繁推送男友送女友的各种礼物盒。花店的玫瑰花会悄悄涨价，并在情人节那天迎来高峰。

邰淑英考虑到宁苏意的生日也是属于情侣的节日，提前打电话问过她想不想在家里庆祝生日。

宁苏意犹豫了几秒，不好意思地说道："我就不回去打扰您和爸爸过节了，你们俩情人节玩得愉快。"

哪怕没有面对面，邰淑英也能看穿她的小心思，不由得笑出声来："确定不是你自己想和小迟一起过节？别甩锅给我和你爸。"

宁苏意立马改了态度，乖巧地说道："要不我中午回去陪你们吃顿饭？"

"别跑来跑去的，累得慌。"邰淑英太理解年轻人了，非常开明，"我就在电话里祝你生日快乐了，生日礼物叫司机给你送去。"

"谢谢妈妈。"

宁苏意挂了电话，转头就问井迟有什么安排。

不巧的是情人节当天是周五，万恶的工作日。井迟在电话里故作为难地思考片刻，说："我有个重要的项目要谈，傅明川没办法代劳。要不晚上的时间空出来，我们俩一起庆祝？"

他征询她的意见。

宁苏意倒是没什么要紧事，愿意迁就他的工作安排："行，你忙完告诉我一声就行。"

井迟说了声"好"，并表示结束工作后过去接她。

叶繁霜和邹茜恩在群里问她晚上的生日派对场地定在哪里，表示她们好提前过去。

宁苏意深表歉意："感谢我的朋友们还惦记着我，但是今年就不办派对了，我和小迟打算过二人世界。"

按照叶繁霜和邹茜恩的性子，每逢宁苏意出现这种"见色忘友"的行为，她们都要调侃两句，不吐不快。奇怪的是，这次她们俩竟然没有打趣她。

宁苏意都要怀疑她俩是不是有别的计划时，叶繁霜往群里发了一条消息："晚上没时间的话，不如下午出来逛街？"

宁苏意笑了笑："你不用上班啊？"

叶繁霜："最近闲得发慌，休息半天不打紧。"

宁苏意："好。"

邹茜恩自然是没有任何异议的。

宁苏意上午待在公司里，处理一点儿工作上的事，下午直接从公司出发。

三个人约在购物商场见面，先陪宁苏意去附近一家理发店剪头发。叶繁霜看着她一头快及腰的黑长鬈发被风轻轻一吹，飘来荡去，女人味十足："你怎么突然想剪头发了？留这么长，剪了多可惜。"

宁苏意用手指随意地拨了拨长发："不是突然决定的，早就想剪短一点儿了。"

邹茜恩问："你想剪多短？"

宁苏意在脖颈处比了个长度："大概……剪到这里。"

邹茜恩看了一眼她比画的位置，"啧"了一声，没见过她以前留这么短的发型："那岂不是跟霜霜的短发差不多？"

宁苏意最终没有剪到那么短，听取了理发师的建议。理发师根据她的脸型和气质，给她剪到肩头的位置，令她的头发披散下来相比以前稍显几分利落，多了几分温柔知性的气质。

"还挺好看的。"叶繁霜双手环胸，从镜子里端详她，给出评价。

宁苏意没做烫染，不到一个小时就搞定了，站起来晃了晃脑袋，换了发型心情也随之改变："别的暂且不说，比我之前那一头长发轻松许多，好自在。"

邹茜恩在一旁补充："你要真剪到霜霜那么短，更自在。"

宁苏意举起两只手捧着自己的脸："理发师说得对，我的脸偏长，剪太短不好修饰脸型，况且我最近长胖了，两颊都有肉了，更不好遮盖。"

邹茜恩闻言深有体会："哪个不是每逢过年胖三斤？别说你了，我昨天上体重秤一称，足足胖了五斤，吓得连忙找出落灰的健身卡，打算从明天开始坚持去健身房打卡。"

听她这么说，宁苏意就心理平衡了。

她俩一致看向沉默的叶繁霜。

叶繁霜举起手做投降状："别看我，我也长胖了，修身款的西裤穿着都有点儿紧了。"

宁苏意和邹茜恩同时做出放松的表情，果然好姐妹就是要一起长胖才安心。

三个人逛完街，买了些衣服和化妆品。

宁苏意半个小时前给井迟发了定位。井迟结束工作以后开车过来接她，第一眼先注意到她剪短的头发。

宁苏意觉察到他微微愣了一下，拨着头发笑问："怎么样？"

井迟不敷衍地说："好看，长发好看，短一点儿也好看，是不一样的感觉。"

邹茜恩脸上是大写的"服气"两个字："还是你会夸！你加入夸夸群能赚不少钱吧？"

井迟这才注意到叶繁霜和邹茜恩也在，表情顿时变得有些不自然。叶繁霜抿着唇，避开宁苏意朝他挤了挤眼，给了他一个放心的眼神。

井迟暗暗舒了一口气。

宁苏意敏锐地捕捉到周围的气氛不对，眯着眼睛转头看向叶繁霜和邹茜恩。两个人面色如常，在她看过来时，提了提嘴角，露出同款微笑。

"你们是不是有什么事瞒着我？"宁苏意带着怀疑的语气，拖长语调问。

邹茜恩摇头如拨浪鼓，语气坚决地说："怎么可能，我们怎么可能有事瞒着你？"

宁苏意追问："真的没有？"

她释放的气场太强大，邹茜恩扛不住压力，耸了一下肩膀："好吧，我坦白，我和霜霜给你准备的生日礼物放到你的车里了，你一会儿过去就能看见。"

宁苏意扬起眉梢，有些惊讶："你们什么时候放的？"

"刚刚我拉着霜霜去洗手间的时候。"邹茜恩说。

宁苏意从公司出来时忘了拿包，只带了手机和车钥匙。她将手机揣进了大衣的口袋里，车钥匙则扔进了叶繁霜的包里。

井迟担心宁苏意继续追问会露馅儿，适时牵起她的手："时间不早了，我们走吧。"

宁苏意从叶繁霜那里拿回自己的车钥匙，挥手跟两位闺密告别，跟着井迟先走了。井迟从宁苏意手里接过车钥匙："我来开。"

"你不是开车过来的？"宁苏意问。

"傅明川和我顺路，一起过来的。他到附近办点儿事，我让他开走了我的车。"

"哦。"

两个人的身影远去，邹茜恩拍着胸脯平复呼吸频率，吓死了，差点儿被宁苏意看穿他们的计划。她有点儿不放心，拉着叶繁霜的袖子低声问："我没露馅儿吧？"

"没有，你表现得非常好。"叶繁霜对她竖起了大拇指。

邹茜恩窃喜："那我们也赶紧出发吧，再晚就来不及了。"

叶繁霜手搭在她的另一边肩膀上，将她搂进怀里，手掌轻轻拍了一下她的脑袋："不着急，跟太紧会被酥酥发现的，酥酥的观察能力你看到了，我们差点儿就翻车了。"

邹茜恩立刻摆出严肃的表情："我听你的。"

叶繁霜从包里掏出手机，点进一个微信群，往群里发了条消息："你取完花了吗@傅明川？"

傅明川发来语音："取完了，刚从花店里出来。你们到哪儿了？"

叶繁霜没回，拉着邹茜恩往停车场走去：“我们出发吧。”

叶繁霜负责开车，邹茜恩坐在副驾驶座上，低着头玩手机。

朋友圈里有不少好友在秀恩爱，晒玫瑰花的，晒昂贵礼物的，也有晒两个人手牵手，或者同框照的。

每年情人节这天，被虐的都是单身人士。

一想到等一下要见证的场面，邹茜恩就控制不住地叹息。她是既欣慰又心酸，还有一丝丝潜藏的激动感，比她自己举办订婚典礼还要激动——这么说一点儿都不夸张。

她瞥了一眼认真开车的叶繁霜，低低地叹了一句：“还好有你陪我。”

叶繁霜嗤笑了一声，语调带上了自嘲的意味：“妹妹，我孤家寡人，你难道也是？你怕是忘记了，你还有未婚夫。”

“我的未婚夫？”邹茜恩噘了噘嘴，郁闷地说道，“我们又不是正经情侣，过什么情人节，怪尴尬的。他最近忙起来早出晚归，我都没见着他的人影。”

邹茜恩把手机塞进包里，手刚拿出来，手机铃声就欢快地响了起来。她重新把它拿出来，看了一眼来电显示。

“闻朝给我打电话了！”邹茜恩指着手机惊讶地说道。

叶繁霜朝她那边睃了一眼，见这孩子一副意外又惊喜的模样，足以证明她还是对闻朝抱有几分期待的。

“看着我干什么，你还不赶紧接电话？”

邹茜恩蹙了蹙眉，颇为苦恼地念叨：“万一他找我约会怎么办？我们要去酥酥家里庆祝生日。”

“你再不接，电话就要被挂了。”叶繁霜提醒她。

邹茜恩慌忙滑了一下屏幕上的接听键，把手机放在耳边，语气带着点儿迟疑之意：“喂。”

叶繁霜没听清电话里的人说了些什么，只见邹茜恩眼睛瞪得圆圆的，闪动着亮晶晶的光芒，跟她见到偶像的样子没区别。

片刻后，邹茜恩捂住手机，难掩激动情绪地跟叶繁霜说：“我猜得果然没错！闻朝问我晚上有没有时间，要请我吃饭，一起过情人节。”

叶繁霜颔首，心说闻朝还算孺子可教。

虽说两个人目前是没有感情基础的，好歹该有的仪式感他没有缺失，能抽空陪未婚妻过节，称得上贴心。

邹茜恩着急不已，大拇指指甲抠着食指指腹，眼睛眨个不停，语无伦次地说道："我……我……我……我该怎么回复他啊？救命！"

叶繁霜见她急得差点儿抱头的样子，一脸莫名其妙的表情："你的未婚夫，你问我？"

邹茜恩深吸一口气，重新举起手机，对电话那边的男人说："那个……不好意思，我晚上有点儿事，可能没办法和你一起吃饭。"

叶繁霜："……"

为了宁苏意，邹茜恩居然在情人节当天放了自己未婚夫的鸽子，绝对能被评上"最佳闺密"的荣誉称号。

电话里，闻朝安静了两秒，大概是没想到她会拒绝自己。据他所知，邹茜恩在自家公司里挂了个闲职，一直比较清闲。

"这样啊，那我们下次有时间再……"

闻朝那个"约"字没有说出来，邹茜恩就有点儿后悔了，一迭声地说："等等，等等，我晚上要陪好朋友过生日，要见证很重要的事情。她家备了生日宴，你要不一起过来参加？"邹茜恩小声补充，"可以带家属的那种。"

今晚会有很多朋友到场，她带家属应当没问题。

闻朝打来电话邀请她时就做了合理安排，晚上的时间都空出来了，只不过有些顾虑："会不会叨扰人家？"

"不会！"邹茜恩忙说，"是我很好很好的朋友！我把地址发给你！"

闻朝没有拒绝："好。"

邹茜恩挂断电话后，脸红红的，点开微信把宁苏意家的地址发给了闻朝，跟他约好楼下见。

她怕闻朝太客气，特别叮嘱他："不用买生日礼物，我已经送过了，算我们俩的。"

闻朝："好。"

解决完这件事，邹茜恩心情不错，左右晃了两下身子，哼起了歌。她真是个时间管理大师，这么安排既没有放闻朝的鸽子，也不会错过宁苏意的生日。

邹茜恩像个做了好事急于求夸奖的小孩，笑嘻嘻地问叶繁霜："我是不是很聪明？"

叶繁霜恭维道："是啊，天才少女。"

今天的道路尤其拥堵，车流如织，远远望去密密匝匝的车辆首尾相接。

宁苏意以为井迟的安排就是带自己去某个订好的餐厅就餐，只有他们两个人，庆祝她的生日和情人节，却不想他往家的方向开去。

"我们要回家？"宁苏意表达疑问。

前面的路被堵得水泄不通，车暂时无法前行，井迟手把着方向盘，转头看着她，笑容带着几分慵懒之意："失望了？"

"这有什么好失望的？"宁苏意真心实意地说道，"在家里庆祝挺好的，我还不喜欢吵吵闹闹的场所呢。这种节日可以想见各大餐厅会有多吵。"

"西餐厅就很安静浪漫。"井迟自己提出的问题，自己还要反驳。

"我最近的胃只适合吃中餐。"宁苏意想起中午在办公室吃的烟熏三文鱼，一入口差点儿吐出来，胃口都差了一半。

堵得一塌糊涂的车流开始移动，井迟跟着慢慢挪动车子："为什么？"

"可能是因为住在家里的那段时间被珍姨的手艺养刁了。"

井迟略一思考，语调突然变得深沉："看来我的手艺还不过关，回头你把珍姨的联系方式发给我，我要亲自向她请教。"

宁苏意笑惨了："你别逗我。"

"我认真的。"

道路刚变得畅通，汽车前行的速度仍然很慢，蜗牛一样往前移动，偶尔还会停下来。

井迟将手伸过去在她毛茸茸的脑袋上揉了揉："我老婆工作好辛苦，我就致力于把你养得健健康康，白……"

"你要是敢说白白胖胖的，我就跟你绝交。"宁苏意眯起眼，打断他的话。

井迟赶紧闭上嘴巴，因为原本确实想说"白白胖胖"四个字。

"不过，今晚的餐点你尽可以放心，绝对都是中餐。"井迟愉快地换了话题，"我专门请了厨师来家里做菜，免得你经常尝我的手艺，会腻。"

宁苏意摇了摇头："不会腻，你做菜很好吃。"

井迟被戴了顶高帽，有点儿嗫嚅："谢谢。"

宁苏意忍不住笑起来，嘴角牵起弧度，配上今天的新发型，如井迟所言，是不一样的好看感觉。即使天快黑了，天边的彩霞都消失了，她的心情依然明媚得犹如热烈的艳阳天。

霓虹灯和林立的高楼不断后退，光影交错间，被车速拉成一道道残影，车水马龙的世界里也有不一样的宁静气氛。

他们就在这样宁静温馨的氛围里到了钟鼎小区。

两个人站在电梯里，井迟对着面前的金属门整了整领带。他今天穿得非常正式，长款大衣里面是一身高定修身款黑色西服，西装领子配了一枚低调精致的胸针，黑衬衫只露出一小片，足可见质地精良。他将头发抓出了固定发型，露出了额头，整个人英挺帅气。

宁苏意早就注意到了他比平时隆重的穿着，觉得他不像是去谈项目，倒像参加大型颁奖典礼，需要走红毯。

很少过问他的工作的宁苏意不免多问了一句："你今天见的客户很特殊吗？你以前在工作场合虽然会穿正装，但我很少见你这么重视。"

对，他就是重视。

西装、领带、胸针，包括脚下穿的那双锃亮的皮鞋，每一处看似低调，实则透着不容忽视的心思。

今天根本没见过什么客户，也没谈过项目的井迟被问愣了，沉默了足足十秒才接上她的话："嗯，很特殊。"

宁苏意原是随口一问，听完他的回答，莫名其妙地上了心："有多特殊？"

井迟思考良久，郑重地说："应该是要合作一辈子的那种大客户。"

"合作一辈子……"宁苏意不自觉地重复他的话，然后联想到他的公司的主营业务，做出猜测，"是对对方的公司绝对控股？"

"不控股。"井迟说，"无论有多少轮投资，永远给她投资。她想做什么事就做什么，我做她的后盾，必要的时候冲锋陷阵也行。"

宁苏意暂时没想明白这究竟是什么类型的合作，电梯就到了相应的楼层。

她一边思考一边走出电梯，穿过长长的大理石走廊，在门前站定，指腹贴上指纹锁，将门打开了。

宁苏意迈进一只脚，被眼前的画面惊得霎时愣住，另一只脚迟迟没有迈进去。

头顶的天花板被红色和金色的气球占据，垂下来一条条细绳，跟丝带一样。地板上也被堆了好多气球和玫瑰花瓣。正对着万家灯火的那一面落地窗上被贴上了"Happy birthday（生日快乐）"字样的彩色气球。

宁苏意缓缓转过身，看着被自己堵在门外进不来的井迟。

实在太过意外，过了许久她才听到自己问他："你什么时候准备的？"

井迟早上和她一起出的门，一直忙到下午开车到商场门口接她，哪里来的时间给家里营造温馨浪漫的气氛？

井迟没有回答她的问题，手按住她的肩膀，推着她进屋。

宁苏意没顾得上换鞋，穿着短靴走进去。回家的路上听井迟说专门请了厨师到家里来做菜，她首先跑去厨房看了一眼，里面空无一人。流理台上干干净净，保持着她早上出门前的整洁样子。

"嗯？厨师呢？"宁苏意嘀咕了一句。

她像个好奇宝宝，脱了身上的大衣搭在沙发背上，脚避开地板上散落的气球，在客厅里穿梭，看看其他地方被布置成什么样了。

井迟松了松蜷缩的手指，清了清嗓子："酥酥。"

宁苏意走到他身旁时，他伸手拉住了她。宁苏意能感觉到握着自己手指的那只大手有些潮湿，不像平日那么干燥。

宁苏意微仰起脖颈，这才发现面前的男人紧抿着唇瓣，敛下眉眼的样子有几分严肃、紧张。

她还没问他怎么了，眼睛就被蒙住了。

不知道井迟从哪里变出了一根墨色布带，遮住了她的双眼，在她的脑后系了个结。他喉结滚动，咽了一下口水，嗓音低低哑哑地说："先等等我。"

宁苏意眼睛看不见，心里生出些许惶恐感。

她是最害怕黑暗的。那样会让她很没有安全感，继而心跳急促。但她知道井迟就在身边，这么想着，心里的不安感减轻了许多。

她精准地抓住了井迟的西服袖口，轻声问："你要做什么？"

井迟能觉察到她不安的情绪，捏了捏她的手指，在她耳边说："别怕，等我两分钟就好。"

他松开了宁苏意的手，还强调了好几遍"别怕"。宁苏意看不见，只能听见脚步声是往门口去的。

井迟拉开门走了出去。

屋里很安静，宁苏意像个木头人一样呆呆地立在客厅中央，没有破坏井迟的规则私自揭开蒙住眼睛的布条，屏了屏呼吸耐心地等待着。

内心有点儿期待，宁苏意想，井迟可能是要给她准备什么惊喜。

井迟站在门口，正要拿出手机催傅明川，电梯门就打开了，傅明川气喘吁吁地捧着一束鲜艳欲滴的红玫瑰出现在井迟的视线里。

"给，给，给！路上被堵住了，紧赶慢赶终于赶到了。"傅明川松了松领带，满头大汗，气都喘不上来，发型也乱了，堂堂一个上市公司的合伙人活像个跑业务的，"你就不能提前把花藏在家里，非得叫我跑一趟花店取回来？"

井迟检查了一遍花，确定没有问题："会被酥酥发现，没有惊喜感。"

事实证明，宁苏意就是个好奇宝宝，对别的事情总是淡然的、不关心的，对他的事情一定有着莫大的兴趣。

方才她发现客厅被布置一新，立马就满屋子跑了一圈，像是要寻宝藏。他要是把花藏在家里分分钟就会被她找出来。

傅明川喘得像条狗："不说了，祝你成功。"

井迟从傅明川手里接过那一大束玫瑰花，他的手臂都被压得往下坠了坠，暗道难怪傅明川上气不接下气，这束花真的很重。

玫瑰被裹在深蓝色和黑色的薄纱里，点缀一些漂亮的玻璃纸，花香扑鼻。

电梯又上来了一趟，是有人登门了。井迟暂时没空招待他们，抱着花进了屋，进门时差点儿被门槛绊倒，看得门外的傅明川直摇头。

宁苏意在心里默默地数着，差不多三分钟，才听见脚步声由远及近，朝自己走来。

她闻到了浓郁的花香，跟地板上的花瓣是一样的味道。

"我能摘下这个吗？"宁苏意指了指眼睛上被蒙的东西。

井迟站到她面前，声音低低地说："你再倒数十个数。"

宁苏意照做，开始在心里倒计时：十、九、八……

井迟摸了摸大衣的口袋，从里面掏出一个纯黑色的丝绒盒，打开取出里面的戒指，放在最中间的那朵玫瑰花里。

而宁苏意的倒计时也数完了最后三个数：三、二、一。

她还慎重地问了一遍："我摘下了啊？"

井迟深呼吸："嗯。"

宁苏意抬手扯开蒙眼睛的布条，乍然接触灯光，眼睛一时未能适应亮度，眯着眼眨了眨，视线逐渐聚焦，看清了眼前的画面。

井迟单膝跪在她面前，脱掉了那件挺括的长大衣，显然是因为匆忙，随手就丢在了不远处的地板上，身上穿着那套令人眼前一亮的高定黑西装。他手里捧着一束很大的玫瑰花，每一朵都在盛放，是一朵花最美丽的时候，而中心那朵花里，藏着一枚戒指。

一整块水滴形的蓝宝石中间嵌着一颗梨形钻石，钻石四周被镶了一圈花瓣一样的碎钻，戒托和指环都被雕刻了精美的花纹。

宁苏意被震撼得久久回不过神来。

她甚至不敢确定，井迟是在向她求婚吗？

在宁苏意的认知里，他们之间不需要这样的仪式，她早就答应了要嫁给他。

她能猜到井迟会在今天这样的日子里给她惊喜，却绝对没有想过惊喜会是求婚。

宁苏意垂下眼眸，深深地望进他的眼睛里。

他以臣服的姿势，抬头仰望着她，头顶的灯光在他的瞳孔里投落细碎的光影，同时映着缩小版的她。

井迟嘴角上扬，轻不可闻地笑了一声："酥酥，从你的表情我就看出来了，你很意外对不对？那么我准备的惊喜就达到了效果。"

宁苏意鼻子酸酸的，跟着笑了一下。笑容有点儿傻气，她很少这样笑。

井迟说："你其实不用这么意外，因为我说过，我会给你一个正式且郑重的求婚仪式，之前那种口头询问式的不算。你还记不记得进门前我跟你说过，我今天要谈一个重要项目，对方是要合作一辈子的大客户？"

宁苏意已经丢掉了理智，傻傻地点头。

"我说的那个大客户当然是你啊。"井迟叹了一口气，又开始笑，"你那么聪明，居然没有反应过来。你没反应过来也好，不然我的惊喜就藏不住了。我说的一辈子合作，不是玩笑话。我是真的从喜欢上你开始，就没考虑过别人，只想跟你过一辈子。很久前我就想过，你要是喜欢我，我一定拉着你结婚，不给别人一点儿机会；你要是不喜欢我，我也要在你身边守着你，看着你幸福。所幸老天爷待我不薄，叫我如愿以偿。最终给你幸福的那个人是我……"

他还准备了好多话，想一一说给她听，但是挤在门框旁边的那几颗脑袋蠢蠢欲动，太煞风景。

井迟吸了吸气，最后问她："酥酥，你愿意嫁给我吗？"

答案他是有把握的，但仪式感最重要的就是仪式，这个问句必不可少。

他问完就一脸期待表情地看着宁苏意。

宁苏意抿着红唇，仰了仰头，盯着罩住天花板的气球，缓缓吐出一口气。她这么做没能缓解多少感动的情绪，鼻子好像更酸了，眼眶也热热的。

她抹了抹眼角，开口的第一句话带着点儿鼻音："你好烦，为什么不提前告诉我？我应该穿漂亮一点儿……"

说到后面她就有点儿绷不住情绪，又哭又笑，表情看起来很别扭，但眼睛里都是幸福的泪光。

宁苏意微微低垂视线，打量自己的穿着，赭色的西装外套，里面的白衬衫搭配焦糖色菱格纹针织马甲，太板正了，一点儿都不符合当下的氛围。

早知井迟要求婚，她就该换一条漂亮的长裙，脸上的妆也要再补补。

井迟笑了，这个时候女人为什么会纠结这种问题？但是转念一想，他为了今天的求婚仪式，特意选了一套符合自己风格和气质的高定西装，还做了头发，佩戴了饰品，几乎从头到脚花了一番心思，瞬间就能理解宁苏意的想法了。

他斟酌片刻，贴心地说道："那我等等你，你现在上去换条裙子？"

扒着门框的一群人下巴都快掉到地上了。

感动得两眼泪汪汪的邹茜恩破涕为笑，说："他们为什么会讨论这种问题？"

叶繁霜按住她的脑袋："别说话，让我再欣赏欣赏。"

傅明川："我腿蹲麻了，你们能站起来吗？"

他的脑袋在门框的最下面，上面的人不站起身，他没办法起身。

叶繁霜："你能闭嘴吗？很煞风景。"

傅明川："……"

宁苏意压根没留意到躲在门框旁边的几颗脑袋，捂住眼睛，强行止住泪水："你到底还要跪多久？膝盖不痛吗？"

他竟然说让她上楼去换衣服，好傻。

宁苏意心里念叨着"好傻"，却莫名其妙地又被戳中了泪腺，好不容易止住的眼泪决堤似的淌了下来。宁苏意连忙再次用手捂住眼睛，不知道自己怎么会变得这样情绪化。

井迟啼笑皆非："我没想弄哭你的。"

宁苏意伸出手，哭得眼睛都快看不清了："我答应你。"

井迟愣了一下，笑得满足开心，仿佛自己就是全世界最幸福的人。他擦了擦手心的汗，取下那朵玫瑰花里的钻戒，拉住宁苏意的左手，将戒指缓缓推到她的无名指上，听说那是与心脏相通的地方。

求婚仪式完成，门外的亲朋好友们终于可以闪亮登场了。

乌泱泱一群人拥进来，手里拿着礼花筒，对着井迟和宁苏意的头顶喷彩带。

而躲在门框最下面的傅明川，起身时不知被谁踩了一下脚后跟，整个人踉跄一步，趴在地上，没忍住骂了一句脏话。

宁苏意被突如其来的巨大动静吓了一跳，脸上还带着没擦干净的泪水，头顶就飘起了漫天彩带，伴随着的还有此起彼伏的尖叫声。

"你们……你们怎么来了？"她都不知道这些人是从哪里冒出来的，从地底下钻出来的吗？

"Surprise（惊喜）！"叶繁霜晃了晃手里的礼花筒，笑容很夸张。

"酥酥，生日快乐！"邹茜恩感动得稀里哗啦，心情还没彻底平静下来，说话时带着一股软糯的哭腔。

其余的人都送上自己的祝福，祝宁苏意生日快乐，祝他们白头到老、幸福美满。

宁苏意看着一张张熟悉的面孔，心脏处满满的，说不感动是假的。

除了傅明川、叶繁霜、邹茜恩，穆景庭也过来了，还有邹茜恩的未婚夫闻朝，以及井迟公司里关系比较好的伙伴，何既平、肖晋他们，一大群人挤在客厅里。

"是我邀请他们过来的，想让他们一起在场做个见证。"井迟揽着宁苏意，指腹抹了一下她眼角未被拭去的一滴泪。

宁苏意扭头回看他，只觉得整个人如同飘浮在云端，那样虚幻。

"对我准备的惊喜还满意吗？"井迟垂眸看着她，低声问道。

宁苏意愣愣地点了点头，明显没找回状态，整个人晕乎乎的。

傅明川弯腰拍着裤腿上蹭的灰尘，嘴里嚷嚷着不满："好了，兄弟，知道你求婚成功了，人生得意，现在是不是该上正餐了？我忙活半天连口热饭都没吃上。"

"就知道吃。"何既平在他身后笑着拍了他一把，"你该反思一下为什么你到现在还是单身。"

傅明川吹胡子瞪眼："单身不配吃饭？再说，你不是单身？"

何既平："……"

井迟及时出声，打断他们之间的争论，拿出主人家的威严："正餐在十五楼，傅明川，负责招待一下，我们稍后就到。"

他请的厨师午后就到了，一直在十五楼的厨房里忙着为晚上的生日宴备菜，现在应当准备得差不多了。

傅明川带领大家先一步下楼，偌大的客厅里片刻间就恢复安静，只剩下满地狼藉，气球被踩爆了好几个。

宁苏意脑子里躁动的情绪还未完全平复，眼睛亮亮的，一眨不眨地看着井迟："我知道了，那会儿你在商场门口碰见叶繁霜和邹茜恩，你担心她们提前跟我透露了你的计划，所以给她们使眼色。"

她就说今天下午逛街时，叶繁霜和邹茜恩的表现怪怪的，又说不上来哪里怪。

井迟屈指在她的鼻尖上刮了一下："聪明。"

"我要是聪明，就不会被你骗住了。"

"只骗你这一次。"井迟认真地说道。

宁苏意笑了笑，抬起左手端详无名指上的那枚戒指。

戒指在灯光下折射出耀眼的光芒，真的很漂亮，有着精巧的设计、闪耀的钻石、纯净的蓝宝石。

她也是个俗气的人，对美好的事物难以抵抗。

井迟拉起她的手，低头在她的无名指上亲了一下，笑着问："喜欢吗？"

"嗯，喜欢。"宁苏意收拢手指，握住他的手，"你什么时候准备的？"

"去年吧。"井迟说，"是你最喜欢的那位意大利珠宝设计师亲自设计，亲自制作的，世间独一无二。"

宁苏意倾身抱住他的脖颈，脸埋在他的肩窝处，动情至深，难得说了直白的情话："我爱你，井迟。你对我来说，也是世间独一无二的。你对我这么好，我觉得自己好幸福。"

她说着话，眼眶又忍不住泛起泪意，今天好像哭太多次了，泪水收不住，脑子里也乱乱的。

井迟与她久久相拥："我也好幸福。"

两个人的手机同时响起，不用看他们就知道是朋友们在催。

宁苏意在他肩上蹭了蹭眼泪，黏声黏气地说道："我们下去吧，再不出现他们该等不及了。"

宁苏意从他怀里退开，踩着一地的彩带去卫生间洗干净脸，抬头就从镜子里看到自己红红的眼眶和鼻尖。

她好没出息，回想起自己刚才的表现都觉得羞窘不已。

宁苏意重新化了淡妆，走出卫生间，跟井迟一起乘电梯到十五楼。

大门敞开着，里面的说笑声传了出来，两个人进去以后就见众人围坐在餐桌旁，各种各样的美味佳肴被摆在长条形餐桌上，大家开了红酒和香槟。

大家没有开动，等着两位主角。

傅明川说："终于来了，再不来我们就开吃了。"

井迟和宁苏意在空出来的两个位子上就座。宁苏意作为今天的寿星，站起身来主动招呼大家："非常感谢你们来给我过生日，以及见证我和小迟人生中重要的时刻，也希望你们都能找到属于自己的幸福。那么，别客气了，今晚玩得愉快。"

寿星都发话了，大家自然不客气，纷纷开动。餐厅里，杯碗盘碟的碰撞声伴随着谈笑的声音响起，让气氛升至顶点。

整个用餐过程中，宁苏意脸上的笑意都没消散过，眼睛里是暖融融的光。

到了切蛋糕的环节，她许完生日愿望吹灭了蜡烛，和井迟一起握着塑料刀具，给大家分了蛋糕。

邹茜恩吃着蛋糕上面的水果，发出感慨："希望吃了酥酥和小迟一起切的蛋糕，可以像他们一样幸福。"

宁苏意看了一眼陪在她身边的闻朝："会的。"

"给你，这一块奶油比较少。"宁苏意端了一小块蛋糕递给穆景庭，"知道你不爱吃甜食，意思意思。"

穆景庭笑着接过蛋糕，自己拿了个小叉子："我还以为井迟不会邀请我。"

"我是那么小气的人？"井迟听到他的话，第一时间站出来反驳。

穆景庭面无表情地说："你是。"

井迟："呵。"

宁苏意自觉地站在两个男人中间隔开他们，不然接下来很有可能演变成幼儿园小朋友吵架的画面。

宁苏意看着穆景庭，这时候突然谈起了工作："景庭哥，你近期有空吗？有点儿事情可能得麻烦你。"

穆景庭对待朋友向来慷慨："有，看你哪天方便，给我打电话就行。"

宁苏意点头："好。"

井迟眼睁睁地看着两个人一来一往，抿了抿唇，挖了一勺奶油送进嘴里。他是人生赢家，要大度，不能计较。

这一晚，热闹的气氛持续到很晚，十二点的钟声快敲响时，前来庆贺的众人才意兴阑珊地离去。

井迟和宁苏意送他们到楼下，找代驾的找代驾，搭顺风车的搭顺风车。都给他们安排好了，目送他们坐车离开，两个人才放心回去。

十五楼的残羹冷炙他们是没精力收拾了，只等明日请保洁阿姨前来打扫，十六楼的状况虽然没好到哪里去，但好歹看起来没那么乱。

两个人锁好了十五楼的门，乘电梯到了十六楼。

宁苏意体内的那股兴奋劲到现在还没消耗完，两只手抱着井迟的手臂，脑袋靠在他的肩膀上："真开心啊，有你、有朋友们陪在身边。"

井迟开了门，拥着她进屋："你喝醉了？"

"胡说，我晚上没喝酒！"因为井迟对酒精过敏，只能可怜兮兮地喝果汁，她就陪他一起喝果汁。

井迟当然知道她没喝酒，是开玩笑的："那你想不想更开心一点儿？"

"嗯？"

井迟伸手揽住她的身体，抱起她往楼上走去。他看不清脚下的路，一脚踢飞一个气球。宁苏意担心自己摔下来，双手紧紧搂住他的脖子，腿缠在他的腰间，整个人挂他身上，像一只树袋熊。

"放心，摔不了你。"井迟笑了一下，把她抱得更紧，"对我有点儿信心好吗？"

到了二楼，井迟径直走进卧室，腾出一只手开了灯。眨眼间，宁苏意的后背就贴到了柔软的床褥上，她微微偏头，一个白色的礼物盒映入眼帘。

宁苏意在床上翻了个身，手指敲了敲盒盖："这个也是给我的？"

井迟站在床边俯视着她，轻轻颔首："嗯，生日礼物。"

宁苏意举起自己的左手，给他展示无名指上的戒指："这个不就是生日礼物吗？"

井迟在床边坐下来，俯身看着她："你要是把它当成生日礼物也行，那床上这个就是情人节礼物。"他用手指轻敲她的脑袋，嘲笑她记性差，"每年你过生日，我都送你两样礼物，你难道忘了？"

宁苏意没忘。

从她十八岁生日那年开始，此后的每一年生日，井迟都送她两份生日礼物。她十八岁那年，他的借口是，一件是成人礼，一件是生日礼物。后来的生日，这个理由不奏效了，他给她的说辞是，给她选了两样礼物，不知道她更喜欢哪一样，干脆就都送她好了。

或许，他还找了别的借口，说送着送着就习惯了，要是哪年少了份礼物，她会不会不习惯他不清楚，反正他自己会不习惯。

如今，他终于能将心里话宣之于口。

宁苏意目光幽深地望着井迟。他侧身倒在床上，手指抚摩着她的脸颊。她的脸软软的，叫他爱不释手。

"两份礼物，一份是生日礼物，一份是情人节礼物。我以前一直偷偷地瞒着所有人，包括你，现在可以光明正大地送你情人节礼物了。"

"井迟，你又要惹哭我。"宁苏意声音有点儿哑。

井迟将手臂伸过去，把她抱进怀里，坏笑道："我印象里高冷的姐姐今天怎么变成小哭包了？你该不会是……"

"是什么？"宁苏意抬起头，眼睛里闪动的水光琥珀一样漂亮。

井迟另一只手臂探过她的肩膀，将她抬起的脑袋压下来，嘴唇贴上她的眼皮，含混地说道："你该不会是有了吧？多愁善感，一会儿哭一会儿笑。"

宁苏意拽过枕头闷在他的脑袋上："你胡说八道！"

"好，好，好，是我胡说。"井迟移开脸上的枕头，笑着凑上去吻她。

　

傅明川以为求婚成功的第二天井总不会来公司。实际上井迟不仅来了，还来得比大部分人早，没到正常上班的时间就来了。

"太阳打西边出来了？"傅明川端着一杯刚泡好的咖啡，挑眉看着从走廊上经过的人，夸张地望了望落地窗外的天色。

"不用看了，今天没太阳。"井迟淡淡地接话。

"你不正常。"傅明川跟上去，视线从上至下地打量他，"按说某人昨晚春风得意，今早该爬不起来。"

井迟目露嫌弃之色："你能不能正经一点儿？"

"啊，我终于发现你哪里不一样了。"傅明川打量第一遍时没看出来，再把他从下至上扫视一遍，立马看出了不同之处，指了指自己的右耳，"耳钉换了一个。"

井迟眉头松动，扬起嘴角，心情一百八十度大转弯："你还不瞎。"

傅明川想把手里的咖啡泼他的脸上，看他还得意不得意。

井迟之前一直戴着一枚黑色的耳钉，听说是宁苏意送的。傅明川觉得，井迟穿着一身正装戴耳钉的样子太邪气了。正装本来就该是正式场合的一种象征，偏偏他总给人一种破坏正式感的异类感觉，张扬跅弛。

井迟自己不那么认为，被傅明川提醒过几次，照样戴着那枚耀眼的耳钉招摇过市，冷酷又痞气。

"你就说好看不好看吧？"井迟问傅明川自己的新耳钉怎么样。

傅明川喝了口咖啡，一副了然于心的样子："也是宁苏意送的？"

井迟说出来也不怕招人忌妒，指腹摸了摸右耳的金属小钉："我老婆送的情人节礼物。"他脸上得意扬扬的表情很欠揍，"你不知道，跟我找意大利设计师给她设计戒指相比，她送我的这枚耳钉就贵重多了。"

傅明川困惑地"呲"了一声，还真没看出来这枚耳钉贵重在哪里。

井迟送给宁苏意的那枚求婚戒指他昨晚有幸见过，一枚硕大的净度极高的稀有蓝宝石，再加上一颗梨形主钻以及无数碎钻，外行人都能看出所费不赀。

他再看一眼井迟耳垂上的耳钉，一枚小小的圆圆的金属，上面好像刻了一些花纹……他看不出名堂。

井迟就知道傅明川不识货："我现在戴的这个，是我老婆亲手做的。"他强调道，"她自己画的图纸，亲自一点点地打磨出来的，上面的花纹也是亲手刻的。你过来，凑近仔细看，上面的花纹其实是英文字母，我和她的名字的首字母。她自己设计的字体，再刻到上面。无价之宝！我老婆得多爱我？"

傅明川翻了个白眼，望着天花板，爆了句粗口。

他为什么要想不开，对井迟的耳钉抱有好奇心？他就不该多嘴问。

井迟不自知地笑了一声，非常体恤地拍了拍傅明川的肩膀："老傅，稍微把工作放一放，认认真真地谈一场恋爱，绝对比工作有意思。"

傅明川："滚，滚，滚。"

一句话都不想跟井迟说了，傅明川端着咖啡转身离开，脸色跟杯子里的咖啡颜色差不多。

井迟没理他，愉快地哼着歌进了办公室，手指摸了摸耳钉，能摸到光滑的平面上细致的纹路。

昨晚他和宁苏意聊了很多，宁苏意拆了他放在床上的礼物——他送给她的另一份礼物是他最擅长的画。

宁苏意参观完他在老宅的画室，总想着把那整面墙的画都给抱回家，天天欣赏。

得知她的想法后，井迟就开始动手了。他是背着宁苏意行动的，怕被她发现就少了惊喜感。

他是一个追求完美和仪式感的人。那本画集里的每一幅画都是他精心制作的，从好几个月前就开始准备了。

宁苏意看到那本画集后，比他预想的还要开心。她翻了个身趴在床上，伸长了手臂拉开床头柜的第二个抽屉，手在里面摸来摸去，找出隐藏得很深的一个小木盒，塞到他的手里。

"送你的情人节礼物。"

宁苏意亲手给他打磨了一枚耳钉，漂亮且低调。她躺在床上，剪短的头发被蹭得有点儿乱，手指点着耳钉上面的花纹，跟他说："仔细看，是我们的名字。"

井迟看着她说："还说我瞒得紧，你不也一样？上次我问你的手指怎么划了道口子，你还说用裁纸刀时没注意，其实是做耳钉弄伤的吧？"

"我帮你戴上。"宁苏意选择转移话题。

她从他的手里拿回耳钉，摘掉他原本戴在右耳上的那一枚，将手里的新耳钉穿过耳洞，指腹摸到耳后尖尖的针，扣上耳堵。

给他戴上耳钉后，宁苏意抱着他的脖子端详两秒，手指轻抚着他的耳根，夸赞道："看起来更帅了。"

井迟从昨夜兴奋到今早，一大早就来了公司，傅明川是自己撞上来找虐的。

过完情人节，宁苏意忙碌起来，年前制订的项目计划一个接一个地启动，扩大制药规模、开拓短期中草药种植基地等等。

每天开会、考察、定方案、招标，忙得脚不沾地，连着加了两天班，宁苏意就头昏脑涨，有些吃不消，感觉自己的身体大不如前了。

到底是不能安逸太久，不然忙起来她就各种不适应。

宁苏意挑了个周一的中午，约穆景庭一起吃饭，向他请教有关制药场地和种植基地的选址问题。

公司内部开会定下的几块地皮，多多少少与君柏集团有点儿关系，她直接跟穆景庭对接，能免去不少麻烦。生日聚餐那一晚，她就跟穆景庭提过一嘴。

两个人约在一家私房菜馆见面。

包间里，穆景庭给对面的人沏了杯果茶，先开了个玩笑："井迟那家伙知道你来见我吗？别回头他又吃味了。"

宁苏意端起面前的茶杯浅抿一口茶："他没那么小气。"

她工作上的事，井迟不会干预分毫。

穆景庭摇了摇头，笑意浅浅，将茶壶放在一旁的木质托盘里。

侍应生送来菜单，穆景庭接过来交给宁苏意，让她先点。宁苏意没接菜单，放下手里的茶杯，客气地说道："是我请你吃饭，还是你先点吧。"

穆景庭没推托，做主点了几道招牌菜，然后把菜单放到宁苏意面前。

她添了两道菜，合上菜单还给了侍应生。

没等多久，侍应生轻叩门板，送来一道道色香俱全的菜肴，两个人边吃边聊起工作上的事。因为彼此关系熟稔，少了一般应酬上喝酒吹捧的虚伪环节，两个人句句切中要点。

穆景庭很中肯地跟她说了自己的建议，价格方面也给了个合理的区间供她参考，后续双方要是合作，各项条件都好谈。

他们聊得差不多了，穆景庭留意到她没吃几口菜，便将那一道鱼虾烩推至她面前："尝尝，里面的鱼肉好像是石斑鱼，味道挺不错。"

宁苏意接受了他的推荐，用筷子夹了一块鱼肉送进嘴里，其他的味道倒是没尝出来，只觉得鱼虾混杂的味道格外令人不适。

那股强烈的反胃感让她忘了最基本的餐桌礼仪。她捂着嘴当场就呕了一下，一支筷子掉在了餐桌上，另一支掉在身上，再滚到了地上。

宁苏意顾不上拾起筷子，连忙抽出几张纸巾吐出嘴里的东西，脸色白了一分，眼眶因为干呕红了一圈，加上近两日加班没休息好，狼狈的状态顷刻间显现出来。

穆景庭被眼前的变故吓了一跳，滞了好几秒才手忙脚乱地给她倒茶："快，喝点儿果茶压一压。"

"不好意思，让你倒胃口了。"宁苏意把一整杯温热的果茶喝下去，冲淡了嘴里那股味道，恶心的感觉才慢慢消减。她重重地吐出一口气，胸口闷得慌，并不好受。

"我没事。"穆景庭见她脸色难看，关心地问道，"你还好吧？"

她眼睛里有红血丝，眼眶四周也是红的，发白的面色衬得唇色越发鲜艳，叫人担心。

宁苏意摆了摆手，微垂着头，嗓音听起来有些沙哑："大概是最近没休息好，胃不太舒服。"

"你这也太严重了。"穆景庭轻蹙眉心，叫侍应生送一盅冰糖炖雪梨过来，给宁苏意润润嗓子。

宁苏意手撑着额角，缓了好久。

后厨的冰糖炖雪梨一般都放在小火上煨着，顾客有需要就能端上来。

侍应生很快端着托盘进来，将冰糖炖雪梨放在餐桌上："请慢用。"

"胃难受别吃了。"穆景庭揭开白瓷盅的盖子，将瓷勺放进去，"喝点儿这个，会舒服一点儿。"

"谢谢。"宁苏意清了清嗓子，声音正常许多。

她手捏着瓷勺，小心翼翼地舀起瓷盅里冒着热气的汤水，抿了一小口，有点儿烫，但喝下去的感觉很舒服。

穆景庭看着她，张了张嘴，最终没有把问题问出来。

他想问井迟是怎么照顾她的？她看起来状态好差。话在唇齿间辗转了几个来回，他意识到自己没立场，这话说出来本身就是逾矩。

待冷静下来，他就彻底打消了这个念头。井迟怎么可能对她不好？她眼里的幸福和爱意不是假的。

穆景庭抿了抿唇，压下了替她打抱不平的情绪，以兄长的身份建议："你下午要是有空就去趟医院吧，身体不舒服别逞强。"

宁苏意一只手在桌底下捂住胃部，抬眸看向他，朝他笑了笑："我知道。"

她没再碰桌上其他的菜，喝完了那盅冰糖炖雪梨。

见穆景庭叫来侍应生买单，宁苏意连忙伸出一只手阻止他："事先说好我请客的，你别跟我抢了。"

穆景庭无奈。

宁苏意从包里掏出手机，扫码付了款，低头时瞥见衣角沾了块污渍。她今天穿了一件白色的呢大衣，污渍沾在上面很显眼。她拿纸巾擦了擦，没能擦掉。

这是那时筷子从手里掉下来不小心蹭到的油污。

宁苏意说："我去一下洗手间。"

穆景庭点头。

宁苏意拎着包站起了身。谁知站起来的动作太猛，一阵头晕目眩，她没看清脚下的路，鞋尖绊到桌子腿差点儿摔倒。

穆景庭伸手扶了她一把，后知后觉地想到她不喜欢与异性触碰，等她站稳后就松了手："当心点儿。"

宁苏意一只手撑着椅背，堪堪稳住身体，心脏一缩一缩的，实在不太舒服。

"别等下午了，一会儿我就送你去医院，你这状态还能开车？"穆景庭不容置喙地说道。

与穆景庭的会面算不上应酬，宁苏意从公司出来就没带助理和司机，自己开车来的。她当下的状态确实不适合再开车。

穆景庭在手机上查了地图，告诉她："附近就有家三甲医院，车程十五分钟，我开车送你过去。"

宁苏意没有拒绝，她的实际情况不如表面看上去好，脚步都有些发飘。

在穆景庭看来，她的脸色跟吃饭时相比也没好到哪里去："不跟井迟说一声？"

"他今天好像挺忙的。"

早上井迟都没空送她上班，是司机过来接她的。

穆景庭没有多言，启动车子，跟随导航的指示往医院的方向开去。

宁苏意手指抠着安全带的边缘，脑子里乱糟糟的，心里也惶惶不安，一会儿想自己会不会是得了什么绝症，一会儿自我安慰，不会的，去年11月份做的体检，一点儿毛病没有。

她应该只是没休息好，胃口不好，问题不大。

蓦地，宁苏意大脑里某根神经跳了一下，闪过一个可怕的猜测。

她大概是从过年那段时间开始，出现胃口不佳的情况的，在厨房里闻到生鸭肉的味道犯恶心。有一天中午，助理给她订餐，里面有一道烟熏三文鱼，她只吃了一口就反胃。她还跟井迟开玩笑，说自己的胃被珍姨养刁了。

她再联想到今天中午，穆景庭说那道鱼虾烩的味道不错——按理说她是喜欢吃的，结果却吐了。

睡眠增多、恶心干呕、多愁善感，这些症状组合在一起，得出的答案让宁苏意脑袋"嗡嗡"响。

难道真叫井迟说中了？

她怀孕了？

宁苏意的额头上都开始冒冷汗了。

"到了。"穆景庭提醒她，"医院下午好像是两点上班，还有半个小时，先进去挂号，再等一会儿就差不多到时间了。"

宁苏意全程都是木的，面无表情地描述了自己的症状。

诊室里的医生问她是否已婚，她摇了摇头。

医生又问她："有固定伴侣吗？"

宁苏意点了点头，心里的猜测越发明显。

"例假推迟多少天了？"医生继续问。

宁苏意起先没想到这个，等医生问起，拿出手机一查看日期，才发现自己的例假竟然推迟了很多天。

她按照上一次来例假的日期回答了医生。

"应该就是怀孕了。"医生敲着键盘给她开单子，严谨地说道，"具体情况得等检查结果出来再做判断，不排除其他的可能性。先去做检查吧，三楼左拐。"

打印机运作，耳边传来"嗡嗡"的响声，出口一点点地往外吐纸，医生把打印出来的检查单扯出来，递给宁苏意。

宁苏意恍恍惚惚地接过来，盯着上面的字，自己仿佛不认字了，眼前是花的。

她出了诊室，等在外面的穆景庭问她怎么样。

宁苏意支支吾吾地说："景庭哥，我接下来……还要做检查，短时间内不一定能拿到结果，要不……你先回去吧？我等结果出来，看完医生自己打车回去。"

穆景庭问她："医生说了什么？"

宁苏意抿唇不语。

"情况不好？"

宁苏意其实到现在也不敢下定论。就连医生都说不排除其他的可能性，她不知道该怎么回答他的问题。

穆景庭掏出手机，当机立断地说："你要是不方便跟我说，我给井迟打个电话，叫他过来一趟。"

"别。"宁苏意着急地拦他，语速很快地说，"医生说我可能是怀孕了。"

穆景庭的手机屏幕停在通讯录的界面上，他说要给井迟打电话不是开玩笑的，是真打算找个人过来陪她。

呆愣许久，穆景庭扯出一丝笑容："既然是这样，那就更应该通知井迟。"

"医生只是初步诊断，要等检查结果出来才能确定。"宁苏意声音渐渐低了下去，脸上热度攀升。

等确定结果了再告诉井迟比较好，她是这么想的。

宁苏意看似镇定，实则从猜到有可能怀孕，再到医生初步诊断，她的心绪都是乱的。她说不清自己是什么感觉，各种情绪交织，当中最为清晰的就是紧张感。

穆景庭摸了摸鼻子，自觉不适合再待下去："你一个人可以吗？"

既然宁苏意暂时不想让井迟知道，他就按捺下给井迟打电话的想法，但总得有个人照应她。

宁苏意说："没问题，我现在好多了。"

说来说去穆景庭还是不放心她一个人待在医院这种地方。那会儿在私房菜馆里，她起身时差点儿晕倒，万一再出什么意外，身边连个人都没有。

"算了，等你做完检查我再走。"穆景庭抬了抬下巴，"在几楼？我送你上去。"

宁苏意还记得医生的话："三楼。"

人不是很多，宁苏意乘电梯到三楼，一路紧抿着唇，表情严肃又紧绷，看得穆景庭以为她是要去跟人谈判。

下午四点多，宁苏意回了锦斓苑。

大衣的口袋里装着折叠起来的化验单，那家医院下午没办法做B超，她按照医生的指示抽了血，等了一个半小时，拿到了化验结果。

宁苏意看不懂上面列出的各项指标，拿去给医生看，确认是怀孕了。医生让她抓紧时间，近期再来一趟医院，做B超检查。

"的确是怀孕了。"

宁苏意出了医院，再回到自己家，一路上脑海里就盘桓着这句话，甚至都没想起来将消息告知井迟。

宁苏意站在门外，摁响了门铃，等珍姨过来给她开门。

"酥酥回来了。这么早？"珍姨打开了门，笑盈盈地让她进屋。

宁苏意换上拖鞋，朝珍姨笑了笑："不怎么忙，先回来了。"

"是酥酥回来了吗？"客厅里，邰淑英似乎听见了宁苏意的声音，但是电视机的音量太大，有些辨不清。

珍姨扭头对她说："是。"

邰淑英抬头看了一眼墙上的钟表，惊讶地挑高了眉："这都四点多了，不早了，晚上还得去雍翠乐府吃饭，收拾收拾就该出发了。"

宁苏意的脚步略顿了一下，她这才想起昨晚邰淑英给她打过电话，叫她今天下午处理完工作去井家老宅。老太太请他们一家人过去吃饭，她答应了。

但今天一下午耗在医院里，她就把这件事给忘了。她回家这一趟纯属因为有事要跟邰淑英说。

"酥酥先坐，我去换衣服梳妆。"邰淑英把电视关了，指了指沙发，"我还以为你会直接从公司过去。"

宁苏意坐在沙发上，两只手交握，指腹摩挲着手背。珍姨给她倒了杯白开水，弯腰放在茶几上。

珍姨和邰淑英都没发现她的异样。

邰淑英边往卧室走边冲着书房的方向吼了一声："老宁，别练字了，把你的东西收一收，换衣服准备去井宅！"

书房里，宁宗德应了一声，却没停下来，坚持写完后面几个字。

宁苏意呆呆地坐在沙发上，手里捧着一杯热水，掌心暖暖的。她在心里措辞一番，却不知该怎么把那些话说出口，思绪乱得很。

妈妈知道她怀孕以后不会打她吧？毕竟她和井迟没领证。她这种情况算未婚先孕，长辈一般都比较在意这种事……

宁苏意指尖轻敲着杯壁，眉头深锁，迟迟拿不定主意。

她正思索间，手机响了一声，是井迟发来的消息。

井迟："几点下班？我过去接你。"

宁苏意吞了一口水，将脑海里的说辞清除掉，决定先跟井迟商量一下。他是"罪魁祸首"之一，不该只有她一个人为此苦恼。

手机里三言两语说不清楚，她想着等会儿到了井宅，找个机会当面跟井迟说。

宁苏意放下水杯，手指戳着键盘打字："我回锦斓苑了，准备和我爸妈一起去你家，你不用来公司接我。"

井迟："好。"

想了想，他又问："今天不忙吗？"

宁苏意回："嗯。"

她紧握着手机，考虑着父母的感受，考虑着井迟的感受，唯独忘了自己。她扪心自问，自己对这个计划之外的孩子是什么感觉？

她发现，自己好像没有太清晰的实感。

可能是刚刚得知孩子的存在，她还未来得及更深地体验作为母亲的那份责任。

邰淑英梳妆完毕，出来时就见宁苏意弓着背，两只手捧着脸颊在发呆："酥酥，你不用换衣服吗？晚上比较冷，你身上的大衣不御寒。"

宁苏意换了个姿势，单手撑腮，偏着头看向她，反应慢了半拍："哦，我马上去换。"

她起身往二楼走去，因为心里想着事情，每一步都走得缓慢，进了卧室，到衣帽间换上羽绒服。

两家离得近，井老太太就盼着他们一家早点儿过来，能多一些聊天的时间。车还行驶在路上，老太太就打来电话了。

邰淑英笑着对电话里的老人说："出发了，马上就到。"

坐在邰淑英旁边的宁苏意能听见那边传来奶奶的笑声："等着你们呢。"

宁苏意看了看车窗外的景致，耷拉着眼皮，百无聊赖。等邰淑英挂断电话，宁苏意转过头来，试探着问："妈，你喜欢小孩子吗？"

"喜欢啊。"邰淑英拉着她的手，"你小的时候特别可爱，可惜妈妈那时工作比较忙，对你照顾不够，一直觉得是种遗憾。"

"我在井迟家里住着挺好的，他们都很照顾我。"

"说起这个，你佩如阿姨经常在我面前说当初把你接到井家去还真是接对了。"邰淑英嘴角带笑，年纪大了，保养得再好，笑起来也会有皱纹，彰显着岁月的流逝，"要不然，哪里来的你和小迟的这段缘分？"

前面开车的宁宗德哼哼唧唧，表达自己的不满情绪："臭小子早惦记着我女儿了，你这就是送羊入虎口。"

邰淑英："什么羊入虎口，亏你还出版过好几本书，有这么用词的吗？"

宁宗德跟妻子拌嘴十有九输，识相地噤了声。

宁苏意意识到话题跑偏了，抿了一下唇，强行把话题拉了回来："我先前说过想缓两年再生孩子，您是知道的吧？我……"

"我知道。"邰淑英说，"妈妈尊重你的选择。以后的日子是你和小迟一起过，你觉得怎么安排是最舒服的状态，就怎么安排，不用顾虑别人的看法，妈妈不会干涉你的决定。"

邰淑英语重心长地跟她说了好些话，导致宁苏意准备好的试探话语还没机会说出口，雍翠乐府就到了。

三个人进屋后，气氛比过年还要热闹，一大家人都在场。

宁苏意心里头藏着秘密，显得有几分心不在焉。

大家聊了一会儿，井迟从公司回来了，身上带着外边的凉意，臂弯里挂着驼色的长大衣，里头的西装是休闲款的，穿出了一股子慵懒风。他走路时步子跨得大，能带起风来。

他头发剪短了，发际线处的碎发不贴额，露出光洁的额头，整个人挺拔、俊朗，好比天寒地冻里的一株雪松。

宁苏意听见井羡在旁边嘀嘀咕咕："每次看见这个臭小子，我都搞不懂他怎么越活越年轻。"

井迟扫视过来，见到宁苏意，灿若星辰的眼眸闪动了一下，然后敛下眼睫恭恭敬敬地跟其他人打招呼。

"赶紧坐吧。"老太太招了招手，见他衣着单薄，忍不住念叨起来，"穿这么少，外边不冷？你也不怕冻坏了身体。"

井迟挤开井羡，坐到了宁苏意身边。

井羡翻了个白眼，自觉地挪开了一点儿距离。

井迟答："公司里开了空调，不冷，出门坐在车里也冻不着。"

老太太听着仍是不满，拉宁苏意出来做榜样："酥酥都比你会养生。"

宁苏意刚进门时穿着长款羽绒服，坐下后才脱掉外套，单穿里边的高领毛衣。毛衣针脚细密，毛茸茸的，一看便知非常保暖。

邰淑英在老太太面前戳穿宁苏意："年轻人都一个样，酥酥是被我提醒了一句，出门前才换的衣服。"

老太太说："酥酥乖巧听话，你一说她就听。你问问小迟，我说的话他听不听？"

宁苏意短暂地忘了心中的事，跟着众人笑起来。

井羡："您的话他不听，那就让酥酥说去。老婆的话他总不可能不听吧？"

井迟睨了她一眼，叫她收敛一点儿。平日里她打趣他也就算了，眼下酥酥还在场呢。

"行，我这就去换衣服。"

井迟被念叨怕了，起身上楼，回卧室找出一件毛衣和一条休闲长裤。他刚套上长裤，房门就被人敲了两下。

井迟愣了愣，问了一句："谁？"

听到宁苏意的声音，他一手提着裤腰，踩着拖鞋过去给她开门。

宁苏意实在是没想到映入眼帘的是这样一幅画面——井迟低垂着头，拉上裤链，扣上那粒纽扣。稀松平常的动作，硬是被他做出一股蛊惑人心的性感意味。

他偏过头来，右耳那枚金属色的耳钉露出来，给他增加了魅惑的气息。

宁苏意瞬间变哑巴了。

"怎么愣着不进来？"井迟扯了扯毛衣下摆，伸出手握住宁苏意的手腕，一把将她拉进卧室，随后关上了门。

他舔了舔略干燥的唇，抬起眼梢笑看着她，翘起的嘴角勾画出一副浪荡样子："才离开我一小会儿就不习惯了，还要上来找我，你不怕被长辈笑话？"

宁苏意轻启红唇，一个字都还没说出来，井迟的指腹就按上了她的下唇。他用另一只手掌掐着她的腰，将她压向自己。

"我有事跟你说。"宁苏意偏了偏头。

"等会儿。"井迟哑着声音，撒开自己的手指，取而代之的是温热濡湿的唇，碾在她的唇瓣上。

宁苏意只不过慢了半秒，就被他堵住了开口的机会。

第十九章
我要当爸爸了

"你要跟我说什么事？"亲够了，井迟稍稍退开一点儿，嘴唇比方才红润，上面沾着亮亮的水泽，额头抵着她的额头，说话间，灼热的呼吸尽数喷洒在宁苏意的脸上，嘴唇距离她很近，像是随时要再次亲上去，"嗯？"

宁苏意大脑眩晕，一时忘了组织好的语言，只得推开他，后背靠在墙上，微闭着眼慢慢平复自己的呼吸。

井迟欺身上前，手臂半圈着她。

过了好半晌，他见宁苏意仍闭着眼小口喘息，捏着她的脸颊好笑不已："啧，体力真差。等天气回暖了，我就拉着你去锻炼身体，不许拒绝。"

宁苏意抬起眼帘看着他。她体力差？还不是因为她怀孕了。

井迟被她盯得有些莫名其妙，觉得倒像是他犯了什么错。

宁苏意眼睛一眨不眨地凝视着他，在心里重新措辞。

"怎么了？"井迟不明所以。

宁苏意缓缓吐出一口气，两只手搭在他的两边肩膀上，仰着头说："我接下来要说的事，你可能得做好心理建设。"

井迟脸上的表情僵了一秒："你说。"

"舅舅！舅舅你在里面吗？"一旁的房门被人拍得巨响，连带着脚下踩的木地板都在震动，"舅舅！舅舅！"

宁苏意好不容易酝酿好的情绪被敲门声打断，瞬间泄了气。

"开门吧。"她说。

井迟打开房门，门外蒋君见怀里抱着一个超大的变形金刚积木，手里拿着变形金刚的残肢断臂，一脸哭丧的表情。

他仰头看向井迟："舅舅，谭未萝那个臭姐姐，把我的积木玩散架了，我装不回去了。"

"你没跟她打一架？"井迟半蹲下来，从他手里拿过变形金刚。

"她有帮手，我打不过！"

井迟笑了笑，知道他说的帮手是谭世恭。

大姐井施华的一对儿女，谭世恭和谭未萝，兄妹俩关系好。二姐井韵荞只有蒋君见这个独子，他自然没有帮手。

见井迟把变形金刚断掉的四肢摆在地上，蒋君见从口袋里摸出一把散落的零件递给他："都在这里了。"

蒋君见帮不上忙，小小的人儿两只手撑在膝盖上，弓着背看着井迟组装玩具。

舅舅果然厉害，连图纸都不用看，三两下就把零散的一把积木零件拼接好了，又把断掉的四肢接了上去。

蒋君见目睹变形金刚一点点地恢复原样，开心地蹦了起来："谢谢舅舅。"

"得了，下去吧。"井迟站起身，在他的脑袋上揉了一把，把变形金刚塞给他，"再弄坏了自己拼，不动手永远学不会。"

蒋君见冲着他咧嘴："知道了。"

宁苏意在一旁看着舅甥之间互动，嘴角噙着浅浅的笑容。井迟跟小孩子相处很有一套，她估计他能够胜任父亲的角色。

井迟回过头就看见她唇畔未退的笑意，挑了一下眉："不是有话要跟我说？"

蒋君见前脚刚走，井羡后脚就上楼了，脚上的拖鞋踢踢踏踏地响，手里拿着一块刚炸好的藕合，看见两人戳在门口，喊道："小迟、酥酥，你们俩在聊什么？要开饭了！"

宁苏意默默地叹了一口气，觉得可能是她挑选的时机不对。

"先下去吃饭吧。"宁苏意拉着井迟的手，碍于井羡在场，不好多解释，"让长辈们等不礼貌，吃完饭再跟你说。"

井迟观察了一下她的神色，推测她要说的不是坏事，便听从了她的安排。

三个人一道下楼，往餐厅走去。

其余的人都落了座，井迟跟从前一样，挨着宁苏意就座。

主位上的老太太发话，在座的都是一家人，没有外人，千万别拘礼，说完还额外关照宁苏意两句："酥酥，想吃什么菜自己夹。你看看，这几道菜都是按照你的口味做的，琼姨都记着。"

邰淑英都替女儿觉得不好意思："你们就惯着她。"

"酥酥不挑食，小时候在我家住的时候，给什么吃什么。"葛佩如笑道。

井迟余光瞅了瞅身边的宁苏意，心说她把不爱吃的东西都塞进我嘴里了，比如番茄，再比如南瓜、黄豆芽。

宁苏意注意到井迟的目光，在桌底下戳了一下他的腰。

井迟勾了勾嘴角。

大家纷纷拿起筷子开动，井羡站起身负责给大家倒酒，轮到井迟，直接略过他，拿过宁苏意手边的杯子。

"三姐，我不喝。"宁苏意伸手拦了一下。

"红酒，养颜又助眠，确定不来一点儿？"

宁苏意摇了摇头："等会儿回去换我开车，不能喝。"

宁宗德喝了酒，回去肯定不能叫他开车。当然，最主要的原因是她现在不能沾酒，也幸好前段时间虽不知情，倒也阴错阳差地没碰酒精一类的东西。

但井羡不知情，眼睛乜了一下井迟："小迟不喝酒，吃完饭让他开车送你们。"

宁苏意不知该找什么理由了，好在井迟替她说了话："三姐，酥酥最近加班很忙的，别叫她喝了。"

井羡不是爱劝酒的那一类人，当即就收回了手，给坐在宁苏意另一边的大姐倒酒，问了一句："能喝吗？明天不用值班吧？"

井施华递出自己的杯子："喝一点儿。"

井羡给井施华倒了小半杯酒，再去给其他人倒，服务完小半圈人才坐下来。那几个大老爷们儿喝白酒，不用她负责。

长辈们凑在一起聊家长里短，他们这些年轻人聊工作、生活，剩下的那几个小家伙聊学校里的趣事。

井迟时刻照顾着宁苏意，给她夹菜、倒热水。

"吃这个，琼姨的刀工一绝。"井迟用筷子夹起一片生鱼片，在翻滚着油花的火锅里烫了烫，薄如蝉翼的鱼片就被烫熟了，卷成卷儿。他再在酱料碗里将鱼片滚一圈，放在宁苏意面前的碗里："鱼片切得薄，还很嫩。"

宁苏意盯着那片卷起来的鱼片。鱼片裹了鲜香的蘸料，她以前确实很爱吃。但依照近几次吃荤腥食物的反应，她已经不太敢尝试了。

中午吃饭的场景历历在目，她可不想在长辈面前吐出来。

趁着井迟低头吃菜的工夫，宁苏意悄悄地把鱼片拨到一边，丢进了骨碟里。筷子尖沾了荤腥味她都害怕，在不喝的白开水里涮了涮。

井迟习惯性地注意着她，不经意间就将她的小动作全部收进了眼底，给她夹菜的动作蓦地顿住，脑中仿佛有什么东西轰然崩塌。

他不禁对自己产生了怀疑，酥酥这是……嫌弃他了？

他做错了什么，平白惹她厌烦了？

"酥酥，"井迟憋不住话，直白地问她，"你为什么不吃我夹给你的鱼片？"

"吃完饭再跟你说。"宁苏意还是那句话。

她没想到自己丢菜的动作做得那么隐秘，居然还是逃不过他的眼睛。

宁苏意说完瞥了井迟一眼，不看他还好，一看就觉察到他不加掩饰的委屈表情。

"我不是嫌弃你啊。"她有点儿头大。在场的人多，她不方便说出实情，又见不得他委屈的样子，只好随便扯个理由先搪塞他："我胃不舒服，不能吃荤腥。"

井迟那些乱七八糟的情绪顿时消散得一干二净："胃不舒服？现在吗？"

"不是……"

"酥酥，你胃不舒服？"身为医生的井施华坐在宁苏意右边，听到两个人的对话内容，冷不丁地插了一句。

宁苏意被吓了一跳，脊背都挺直了，脑袋偏向右边，对上大姐关切的眼神，只觉得谎言越滚越大，硬着头皮答："嗯，不太舒服。"

"胃不舒服要早点儿去医院做检查。"井施华说，"你大姐夫当初就是胃部时不时难受，自己不当回事，还是我逼着他去医院做的检查，结果就……你也听说了，他前年动了个大手术。"

井施华比宁苏意和井迟他们两个大了十一岁，算是半个长辈，说话自带威严。

宁苏意愣愣地听着，应也不是，不应也不是。

井迟比她还要紧张，丢下筷子，一迭声地询问具体情况："是怎么个难受法？疼吗？还是胀气？"

宁苏意："……"

井迟一紧张就压不住音量，几句话出口，整个餐厅都安静了。

正在交谈的长辈们一致看了过来。

老太太见井迟表情紧张地看着宁苏意，开口问："酥酥怎么了？"

"我没……"

宁苏意刚说出两个字，一旁的井迟就嘴快地接话："她胃不舒服。"

邰淑英和宁宗德也跟着紧张起来。

邰淑英想起什么，说："她过年那段时间情况就反反复复的，胃口时好时坏。我问过她，她说自己做了全身检查，身体没问题。怎么，这会儿又难受了？"

井施华是妇产科主任，首先联想到的就是与自己专业相关的内容，问宁苏意："除了胃口时好时坏，还有别的症状吗？睡眠怎么样？例假正常吗？我指的是，例假有没有推迟？"

这些都是问诊时最基础的问题，每天重复多次，早已家常便饭一般，因而井施华当着大家的面问出来，并不觉得哪里不妥。

宁苏意一下心慌了，迟迟没有回答。

在场的女性，只要是有过生育经验的，听完井施华的问题都不约而同地想到了同一件事。

邰淑英倒抽了一口气，"喃喃"道："例假我不清楚，但她过年期间确实嗜睡。"

就连没经验的井羡都听出了问题："酥酥，你不会是怀孕了吧？"

宁苏意绝望地闭了闭眼。

她原本预想的情况不是现在这样。她打算先将这事告知井迟，跟他商量一下，再以较为缓和的方式给双方家长说一声，好让他们有个心理准备。

井施华搁下手里的筷子，拉过宁苏意的手腕，笑着说："我学过中医，会把脉，可以先帮你看看。"她挽起宁苏意的毛衣袖子，手指搭上宁苏意的脉搏，"具体情况还得你去医院做检查，那样更稳妥。"

老太太眨巴几下眼睛，语无伦次地说道："对，对，对……你大姐她师承名医，号脉能号出来，现在好多人不用这一套了。"

事到如今瞒是瞒不住了，大姐"妇科圣手"的名号宁苏意有所耳闻。她缩了缩手，没让井施华浪费时间给自己把脉："我……我自己检查过了。"

井施华："嗯？"

宁苏意视线微垂，难为情地说道："是怀孕了。"

她的声音不大，却让餐厅陷入更为诡异的寂静状态。

寂静过后，便是满座哗然。

一阵"丁零当啷"的声音响起，有打翻茶杯的，有掉筷子的，还有椅子挪动时摩擦地板的刺耳声响，好不热闹。

距离宁苏意最近的井施华，手还抓着宁苏意的毛衣袖子，瞪大了眼睛问她："去医院做的检查？"

宁苏意低低地"嗯"了一声，蜷了蜷手指，满脸窘迫之色，藏在发丝里的耳根都红了，没敢抬眼看其他人的神色。

"你这孩子，怎么不早说呢？"葛佩如离了座，走到宁苏意身边。

挨着宁苏意坐的井迟被自己的亲妈挤到了一边，半边身子都是歪的，差点儿摔到地上。

葛佩如压根没看他一眼，只顾关心宁苏意："还想吐吗？我叫琼姨单独给你炖点儿清淡的汤。我跟你说，怀孕吃不下饭真的不行。"

虽然受宠若惊，可宁苏意倒也不至于吃不下饭。

葛佩如不是说着玩玩的，当即叫了琼姨过来，叫她给宁苏意单独准备吃食。

"不用麻烦……"

"不麻烦，不麻烦。"

宁苏意张了张嘴，没机会插话。

葛佩如见井迟一副神游天外的样子，顿时气不打一处来。素来偏宠儿子的她，没留情地照着井迟的脑门拍了一巴掌："你怎么回事，老婆怀孕了不晓得提前知会一声？"

本就处在震惊状态中久久没回过神的井迟，被亲妈一巴掌打得更是晕头转向。

"我不知道。"井迟那双清澈的小鹿眼紧紧地盯着宁苏意，嘴巴像是被粘住了，一句话说得吞吞吐吐，"酥酥，你……你怀孕了……怎么不告诉我？"

胸腔里有种氧气快要耗尽的窒息感，心脏"扑通扑通"剧烈跳动，手指发麻掌心出汗，一切的一切，都在昭示着他此刻诧异的心情。

"别说小迟了，我和老宁都不知道。"邰淑英总算从凌乱的思绪中回过神来，再回想宁苏意过年期间的种种反应，说道，"亏我还是一个过来人，从来没往她怀孕那方面想。"

宁苏意之前明确表示过短时间内不打算要孩子，所以邰淑英首先排除了这个猜测，只以为宁苏意是工作太忙作息紊乱导致身体不舒服。

谁知道宁苏意是怀孕了。

怪不得坐车的时候，这丫头问她喜不喜欢小孩子。

原来酥酥是想试探她能不能接受这个消息。是她会错了意，扯了一堆话不对题的大道理。

"你是什么时候做的检查？"邰淑英问。

宁苏意终于寻到说话的机会，老实交代："今天下午。我自己之前也不知道。"

邰淑英默了默，一时之间不知说她什么好："那你回到家以后怎么不跟妈妈说？"

宁苏意回答不上来，垂下眼睫，大拇指和食指的指甲抠来抠去，发出细微的声音。

老太太发话："佩如你回你的位子，让酥酥再吃点儿东西，别饿着她了。"

"唉。"葛佩如在宁苏意的手背上轻拍了两下安抚她，直起身绕过井迟的椅背时，推了他一把，嘱咐道："照顾好你老婆。"

落在自己身上的视线分散了一些，宁苏意才长长地舒了一口气，放松不少，抠指甲盖的动作停了下来。下一秒，她的左手就被一只温热的大掌罩住了。

"我真的要当爸爸了？"井迟傻傻地问她。

宁苏意说："检查单在我的羽绒服口袋里，你要看一眼吗？"

"开饭前你上楼来找我，是为了跟我说你有宝宝的事？"井迟联系前后的事，立马就想明白了。

宁苏意点了点头。

"怪我，一直打断你。"井迟自我检讨完，握紧了她的手，声音更轻更缓，"还想吃点儿什么东西？我给你夹。"

他把她面前的骨碟撤走，上面有他方才夹的鱼片，怕她看到那些荤腥的东西就想吐。

宁苏意注意到他的举动，有点儿无奈："没那么严重。"

井迟不管，连同那盘被切得薄薄的生鱼片都端走了。

井施华看得好笑，问宁苏意："做 B 超了吗？"

"我去的那家医院下午刚好不能做 B 超，只抽了血。"

井施华给宁苏意讲了一些注意事项，叫宁苏意有时间再去一趟医院，方便的话，可以来她所在的第三医院，有什么问题她好帮忙解答。

井施华说完，视线越过宁苏意看向另一边的井迟："都听见了？"

两个人谈话的时候，井迟听得很认真，闻言，跟上课回答老师的提问一样，严肃地回道："记住了。"

吃罢饭，众人移步到客厅聊天，话题自是绕不开宁苏意。

老太太先前吃饭时没跟宁苏意说上几句话，此刻特地坐到她旁边，怎么看怎么喜欢："晚饭吃饱了吗？"

"吃饱了。"一顿饭的工夫，足够宁苏意平静下来坦然面对这件事，事情说开了也好。

老太太虽大喜过望，倒也不至于糊涂，说起正事来脑子清醒得很："上回小迟跟他妈妈讲你俩打算今年结婚，婚后两年内不考虑要孩子，所以这孩子是意外？"

宁苏意不想隐瞒，说了真心话："确实不是计划内的事。"

"那……"老太太语气犹豫起来。

井迟当然明白老太太是什么意思。事实上，他原本就打算寻个机会跟宁苏意谈一谈。自从得知她怀孕的消息后，所有人都是期待、喜悦的，没人过问她的想法，这对她不公平。

宁苏意瞥了井迟一眼。

他被挤到了斜对面的单人沙发上，有点儿孤零零的感觉，眼睛望着她这边。

"这个孩子虽然是计划外的事，但我并不排斥。"宁苏意说。

井迟一直看着她，她说的每个字都印在他的心里。

井羡举起手，问了个问题："等开春以后，酥酥的肚子该显怀了吧，婚礼来得及举行吗？"

她可谓是问了个关键问题。

大家讨论了一番，没讨论出结果，最终问了宁苏意的意思。她看了看井迟，井迟表示自己听她的。

宁苏意思考片刻，颇有领导风范地说："婚礼还是等生完孩子再说吧，我不想挺着肚子穿婚纱……"

说到最后，她才露出一点儿小女儿的娇态，多了分羞赧之意。

大家想了想，无论如何婚礼是肯定来不及举办的，前期筹备以及后期各种流程走下来，少说得几个月。到时宁苏意行动不便——于她而言是受累。婚礼该是新娘子最美好的回忆，她的意愿最为重要。

于是，大家听从了宁苏意的安排。

宁苏意又说："我和小迟可以先领证，不然后续很多档案不好办理。"她拿完主意才想起询问另一位当事人的意见，抬眸看向井迟："行吗？"

葛佩如简直没眼看自己的儿子，见他只知道像个傻子一样眼神直愣愣地注视着自个儿的老婆，于是伸手推了推他："问你话呢，先领证行不行？"

井迟："好。"

井羡摇了摇头，总结道："果然，我们酥酥才是领导！小迟，你知道吗？你现在特像一个小媳妇。"

井迟："……"

一大屋子人一人说一句，不知不觉就聊到了十点多。平日里老太太早就回房睡觉了，眼下比年轻人还精神。

葛佩如拍了拍老太太的手："聊起来就没注意时间，这都快十点半了，孕妇得注意休息，有什么事咱们明天再说。"

老太太眯着眼看向挂钟："哟，真不早了。"

一家三口起身告辞。

宁宗德取下衣架上的外套分别递给母女俩。

宁苏意低着头拉羽绒服的拉链，听见井迟说："我没喝酒，开车送你们。"

邰淑英没有拒绝。

乌泱泱一群人往门口走去，郐淑英一步一回头，挥手示意后面的人："都回去吧，外边冷，不用送了。"

目送几人步下台阶，井家众人才止住步伐。

井迟牵着宁苏意的手，对走在前面的宁宗德和郐淑英说："叔叔阿姨，你们先到车里等等，我跟酥酥单独说两句话。"

郐淑英停下脚步。夜里温度低，她把下巴埋进围巾里，扭头看着他们俩。这一整晚大家都围着宁苏意转，事无巨细地叮咛宁苏意，反倒是井迟，没机会与宁苏意交流。

一想到他也是今晚才知道宁苏意有孕一事，郐淑英瞬间就能理解了："那你俩快点儿，别冻着了。"

井迟颔首，表示自己会注意时间。

郐淑英挽着丈夫的手臂先一步离开，给他们两人留足空间。

宁苏意挪动脚步，与井迟面对面站立，纤长的眼睫毛扑闪着，仰面看着他："你要跟我说什么？"

井迟怕她冷，拉着她的手走到避风的地方。

侧面正对着偏厅的落地窗，井羡帮爸爸收拾茶具时，看到了两个人相对而立的身影，不由得惊呼了一声："他俩这是在干什么？"

她的一句话引来了屋里众人对两个人进行围观。

顷刻间，重现了那天晚上井迟向宁苏意求婚时，傅明川他们暗中偷窥的画面——井羡的脸凑到玻璃窗前，两只手挡在眼睛旁做望远镜状。她旁边是葛佩如的脑袋，葛佩如旁边是老太太的脑袋，还有几颗脑袋，一个挨着一个趴在窗前，盯着屋外树下的两道身影。

老太太说："两人在说什么？我耳背，听不清。"

井羡咕哝："我耳朵不背也听不清。"

葛佩如咬了咬牙，恨铁不成钢地说："小迟真是不懂事，怎么能让酥酥吹冷风呢？有什么话他不晓得把人叫到屋里来说吗？我忍不住了，得去提醒他，万一酥酥被冻感冒了怎么办？"

"妈，你别掺和了。"井羡一把拉住她，"人家就是想找个没人的地方谈谈心。"

井迟出门时套了件长款的黑色羽绒服，拉链没拉，敞着怀。他拉开两边的衣襟，将宁苏意裹进怀里："冷不冷？"

宁苏意隔着一层柔软的毛衣料子抱住他的腰："不冷。"

屋里操心宁苏意会被冻感冒的几个长辈看见这一幕，终于把心放进了肚子里。葛佩如"喃喃"道："还不傻，还知道老婆会冷。"

她一开口说话，面前的玻璃就被嘴里哈出的热气蒙上一层水雾。葛佩如抬起袖子擦了擦玻璃，将其擦得锃亮，继续围观。

井迟垂眸看着怀里的人，声音很低地问："你真想好了？"

宁苏意问："想好什么？"

"生宝宝。"井迟表情很凝重，很纠结。

"我想好了啊。"宁苏意有点儿茫然，不明白他为什么这么问，"你不想要？"

"当然不是。"井迟语气别扭，一字一顿地说，"我是觉得，生孩子这件事女人受到的影响肯定比男人大，我不想你有任何压力。我只在乎你的想法，其他人不重要。我想，你瞒着家里人打算先告诉我，就是想跟我一起商量，结果阴错阳差闹得两家的长辈都知道了，让你为难了……"

"井迟，"宁苏意唤他的名字，打断他跑偏的联想，"我是盘算着先瞒着长辈，那是因为不晓得该以什么方式跟他们讲，不是别的原因。"

井迟抱着她的手臂收紧，嘴唇碰了碰她的额头："对不起。"

"为什么突然跟我道歉？"

"这种事不都是男人的责任吗？"井迟深刻检讨自己，"是我没有做好措施。明知道你近期的计划里绝对没有生孩子这一项，我就该自觉地做好避孕措施，不该心存侥幸。"

他的眼眶有些红，他是真感到愧怍难言。他听说了，明晟最近开展几个大项目，宁苏意忙得睡觉时间都少了，这个孩子的到来，打乱了她的计划。

宁苏意用手指蹭了一下他的眼角，指尖沾上一点儿潮湿痕迹。她还有心情调笑："井迟，你好久没在我面前哭了。"

井迟眼珠转了一圈，狠狠瞪向她。

宁苏意却觉得他的表情一点儿都不凶狠，像龇牙的小奶狗，没半点儿杀伤力，他只会装腔作势罢了。

"我承认，这孩子来得有点儿不是时候，刚好赶上我最忙的阶段。"宁苏意收起了玩笑心思，认真地说道，"但是你要知道一点，我的真实想法是，这是我们的孩子，无论什么时候来，我都不会不要的。"

井迟心里酸酸胀胀的，眼睛更红了，眼睫毛被不知名的水汽染得湿漉漉的——他绝不承认自己哭了，把眼泪称作"不知名的水汽"。

"你真好。酥酥，你真好。"

"好了，我知道我很好，别哭了。"

"我没哭。"井迟很倔强，在这一点上打死不松口。

宁苏意憋不住，笑出声来。

"别笑。"井迟低下头去，嘴唇摩擦着宁苏意的唇瓣，深深浅浅地吻着她，寻着接吻的空隙低声说爱她。

绵长的一吻结束，宁苏意喘着气小声说："你说错了一句话。"

"嗯？"

"这不是你的责任，是我们共同的责任。"宁苏意有点儿站不住，脸靠在他的胸膛上，把身体的重量分给他，"所以，你就不要自责了。"

井迟把她的话仔细细品味了一番，忽然反应过来："你的意思是说，孩子是平安夜那天怀上的？"

宁苏意："我以为你猜到了。"

井迟眼睛瞪得大大的，惊讶不已："真的是那晚？"

"不确定，八九不离十吧。"宁苏意动了动嘴唇，嘟囔了一句，"如果不是那一晚，我们还有哪次疏忽了？"

井迟想了想，还真没有。

他的手掌隔着厚厚的羽绒服和毛衣，贴在宁苏意的小腹处，经过最初得知消息的震惊和纠结，以及跟宁苏意聊完后心境起了变化，这时候他才静下心来感知这个孩子的存在。

他和酥酥的孩子，此刻正孕育在酥酥的肚子里。

这种感觉他没体验过，很新奇。

"除了胃口不好，你还有其他症状吗？"井迟问完这一句话，又开始自责，"对不起，是我最近没照顾好你。"

宁苏意捂住他的嘴，不想再听到他说"对不起"。

她也没有故作坦然地说一点儿症状都没有，将实情告知他，能让他少费些心思揣测："除了胃口不好，我偶尔会感到乏力。我之前熬了两个晚上，头晕就比较严重，其他的还好，没有特别大的反应。以前是不知情，以后我会注意，不会再熬夜工作了。"

井迟又想起她繁忙的工作，视线下移，看了看她的肚子，嘀咕了一句："这孩子真会挑时候来，不懂事。"

宁苏意立马进入母亲的角色，十分护犊子："你别这么说宝宝，会被他听到的。宝宝知道爸爸不期待他，多伤心。"

井迟表情微微一变，像是做错了事，郑重其事地蹲下来对着她的肚子道歉："爸爸不是那个意思。你千万别误会爸爸，爸爸很喜欢你。你乖一点儿，别折腾你妈妈了。等你出来以后，爸爸给你买玩具。"

说完，井迟轻轻摸了一下宁苏意的小腹，当是跟里面的孩子约定好了。

宁苏意满意地勾了勾嘴角。

井迟开车将宁苏意一家人送到了锦斓苑。

宁苏意本以为到了家以后，妈妈有话对她说，可是左等右等，妈妈到最后什么话也没说。

"愣着干什么？"邰淑英见她傻站在楼梯口，拍了拍她的肩膀，"快十一点了，你赶紧洗澡睡觉，可不许再熬夜了。"

宁苏意愣愣地"啊"了一声，抬步上楼。

前两个晚上她熬夜加班，没休息好，这一晚终于能睡个好觉。临睡前，她特地关闭了手机闹铃。

翌日清早，没人上来叫醒宁苏意。她一觉睡到快九点，起来以后神清气爽。上班铁定要迟到了，但她昨晚已经跟助理说过，今天上午不会那么早到公司。

客厅里，邰淑英听见一阵急促的脚步声，知道是宁苏意睡醒下楼了，连忙放下手里的杯子，站起身提醒她："你慢点儿。"

宁苏意扶着楼梯扶手，听话地放慢了脚步，朝楼梯下面的邰淑英讪讪地笑了笑："我忘了。"

邰淑英摇了摇头，失笑。

珍姨单独准备了营养健康的早餐。见宁苏意往餐厅走去，邰淑英跟在她后面，说了好些孕期该注意的事。

"约了什么时候去医院做检查？"邰淑英问。

宁苏意坐下来，手捏着勺子喝红豆粥："大姐说会帮我们安排，到时候直接通知小迟带我过去。"

邰淑英说："那我就放心了。"

宁苏意吃了小半碗粥，夹起盘子里的素菜包子，用手撕下包子皮塞进嘴里，瞅着郜淑英，斟酌着问："妈，你是不是不高兴啊？"

"要当外婆了我能不高兴吗？"郜淑英在她旁边的椅子上坐下，"我是心疼你。怀胎十月得吃很多苦，你跟别人还不一样，公司里一堆事等着你。"

"你放心，我会合理安排这些事的。"

母女俩正聊着天，门铃响了，珍姨前去开门。

"可能是小迟过来送我上班。"宁苏意嘴里嚼着东西，含混地说道。

郜淑英起身出了餐厅，只见来人不只有井迟，还有他的父母、三姐井羡以及家里的几个用人，手里端着大大小小的盒子。

郜淑英当场就怔住了，看着为首的井从贤和葛佩如："这是……？"

葛佩如问："酥酥睡醒了吗？"

"在吃早饭，我去叫她。"

葛佩如拦住郜淑英："那就暂时别叫酥酥了，让她安心吃饭。"

郜淑英去叫了家里其他人出来，一群人坐在客厅里。

葛佩如看向自己的丈夫。井从贤抬了抬下巴，示意她来说。

葛佩如清了清嗓子，开门见山地说明来意。昨晚他们一家人大半宿没睡着，盘算着既然俩孩子已经决定领证结婚，举办婚礼的时间按照宁苏意的意思推迟没问题，但该有的礼数不能缺了，最好是能在两个人领证前，将一切事宜落实到位。

郜淑英脑子一时没转过弯来，眨了眨眼睛，眼神有些茫然。

井羡觉得自己亲妈的用词太正经了，干脆直白地说道："我妈是急性子，担心让小迟和酥酥直接领证显得亏待了酥酥，所以昨晚就拉着老太太不睡觉，商量了一番，今早就带着我弟的嫁妆上门了。"

井迟："……"

井羡意识到自己的说辞有误，当即纠正过来："我弟的聘礼，聘礼。"

她又强调了一遍。

郜淑英总算听明白了，跟丈夫对视一眼，颇为动容："我们两家多少年的交情了，这么客气做什么？"

葛佩如按住她的手："情分是情分，礼数是礼数。"

井从贤在一旁给妻子帮腔："是啊，酥酥多好一个姑娘，嫁到我们家里来，是小迟的福气，合该重视一些。"

夫妻两个一唱一和，堵得邵淑英没话说了。

葛佩如乘机招了招手，叫跟来的几个用人到近前来："这些都是老太太搜罗出来的老物件，翡翠、玉石之类的。家里几个姑娘都有，这一份是留给酥酥的。老太太手底下有两处地段好的宅子，预备过到酥酥的名下，手续办理程序也不难，等什么时候酥酥有空就能过户。我和他爸这边……"

葛佩如头两句话就叫邵淑英心头一震。后面听说牵扯到一些罗曼世嘉的原始股份以及旗下的珠宝店铺，邵淑英就彻底淡定不了了。

不是说没见过这么多钱财，她是觉得过于贵重了，受之有愧。

"这些是我和孩子他爸的一点儿心意。"葛佩如简单罗列完，指了一下沉默不语的井迟，笑着说，"至于小迟，他的东西都是酥酥的。"

邵淑英实在是词穷："佩如，你听我说，真不用这么……"

葛佩如压根不给她说话的机会："时间紧，准备得有些仓促，你不要见怪才好。有什么话，我们俩哪天一起喝下午茶再聊。你可千万别拒绝，我是带着老太太的任务来的，办不好回头得挨说。"

等长辈们聊得差不多了，井迟就起身去餐厅找宁苏意。

宁苏意正坐在餐桌旁，手里拿着小半个包子细嚼慢咽，听到脚步声，转过头来，见是井迟过来了。

"早餐吃的什么东西？"井迟坐到她身边。

"红豆粥、素菜包子、鸡蛋、水果。我不爱吃煮鸡蛋，没吃。"宁苏意瞥了一眼小盘子里装的两颗水煮蛋，有点儿嫌弃。

井迟擦了擦手，给她剥鸡蛋："老样子，你吃蛋白，我吃蛋黄。"

宁苏意："你全吃了吧，我吃饱了。"

井迟三两下剥好鸡蛋，一掰两半，把半个蛋白递到宁苏意的嘴边，哄着她："那就只吃一口。"

宁苏意张嘴吃了，井迟把剩下的鸡蛋放进了自己嘴里。

"我听到你们在客厅说的话了。"宁苏意说。

半开放式的餐厅只有一堵墙作为隔断，距离客厅并不远，长辈们说的那些话，她一字不落地全听到了。

宁苏意说："我也觉得东西太贵重了，要不你回去劝劝你爸妈？"

"不贵重。"井迟抽出纸巾给她擦嘴巴，"你们家就你一个女儿，我妈还怕叔叔阿姨不舍得你呢。"

一晚上没见到她，井迟把纸团丢进垃圾桶后就瞥向她的肚子。

宁苏意觉察到他的视线："你在看什么？"

"怕宝宝睡一晚就忘了谁是他爸爸，我得多看几眼。"

"神经。他什么都不懂。"

"你昨晚还跟我说，我说的话他会听到。"井迟抬眼看着她，忽地扬唇笑了笑，"你说宝宝是男孩子还是女孩子？"

宁苏意顺着他的话问道："你喜欢男孩还是女孩？"

"都好。"井迟想象了一下几个月后孩子呱呱坠地的画面，"如果是男孩，那就和我一起保护你；如果是女孩，那就是我保护你们母女俩——都挺好。"

宁苏意单手撑着腮偏头看着他。

他在说这些话的时候，眼睛里充满了期望与幸福之色。

井迟说完，一抬眸就看见她盯着自己。他用手捧起她的脸，在她的嘴巴上啄了一下："你真伟大。"

宁苏意笑了笑："谢谢你给我发的'伟大勋章'，不过我现在要去公司了。"

下午，宁苏意临时召开了一场会议，与会人员不多，都是核心部门的领导。

她给每个人都重新分配了工作。

原本该她负责的那部分工作交给了高修臣，她让他去跟君柏集团的负责人对接，敲定选址的问题。她已经跟穆景庭打过招呼，接下来的流程进展不会太困难。

散会后，高修臣特意留在了后面。

宁苏意这一番安排等同于把自己的实权也让出了一部分，他不得不打听清楚。等与会的人都散了，他才对宁苏意提出自己的疑问："你是打算退位了？"

"你误会了。"宁苏意不自禁地笑了一下，没想到自己此举会给人造成这种误解。不过也不怪他多想，她确实有当甩手掌柜之嫌。

高修臣惯会揣摩人心，稍微想了想，冒出一个猜测："是……私事？"

宁苏意挑了一下眉。

他实在聪明得过分，这么快就猜到了她是私人原因。

"是私事。"宁苏意说。

高修臣了然，没再细问。

宁苏意也没解释得那么详细。

她怀孕的事暂时不想让公司里的人知晓。

她有意瞒着其他人，却瞒不住自己的好闺密。

微信群里，叶繁霜发了一条消息："井迟发的那条朋友圈是我想的那个意思吗？你不会是有了吧@宁苏意？"

宁苏意的手机收到@提醒，她看到叶繁霜的消息后，好奇井迟发了什么朋友圈，就先去看了井迟的朋友圈。

实际上他只发了一个输入法里自带的表情。

那个表情被分在家庭组里，是一家三口。

他没有配其他的文字。

宁苏意惊呆了，实在没想到叶繁霜会有这么高的敏锐度，仅仅通过一个表情就能猜到实情。

邹茜恩不懂："小迟弟弟不就发了个表情？"

叶繁霜："你仔细看，他发的那个表情里是一个爸爸一个妈妈，还有一个孩子。他平白无故地发这种表情干什么？"

邹茜恩恍然大悟："还真是。"

叶繁霜："@宁苏意。"

邹茜恩："@宁苏意。"

宁苏意想装作没看见有点儿困难。这两个人轮流@她，她的手机"叮咚叮咚"响个不停，逼得她不得不打开消息免打扰模式。

叶繁霜像是猜到她做了什么，给她发来私信："你怀孕了？"

宁苏意闭了闭眼，眼见实在躲不掉，只好供认不讳。她没跟叶繁霜聊私信，是直接在群里说的，承认了自己怀孕的事实。

结果可想而知。

邹茜恩发来一连串的"啊啊啊啊"，几乎占了半个屏幕。叶繁霜则是发了一连串的感叹号，也占了半个屏幕。

宁苏意看着手机屏幕跟中了病毒一样，不停往外冒消息，有些无语。

两个人没放过她，让她请客吃饭，择日不如撞日，就定在今天晚上。

宁苏意脑子有点儿蒙，不明白自己为什么要请客，难道她们不该照顾她这个孕妇吗？

邹茜恩说："我请也行。闻朝把他的副卡给我了，我还没用过，嘻嘻。"

宁苏意向来慷慨："还是我来请吧。"

跟两个姐妹约好吃晚饭的时间和地点后，宁苏意就打电话跟井迟说了一声，免得他下班以后过来接自己扑空。

井迟听说她要和姐妹聚会，倒是没有阻止她，只是相比以往多叮嘱了好些内容，比如饮食要注意，不要吃不健康的东西，走路要小心等等小事。

宁苏意没有自己开车，由司机送到餐厅。

她更偏爱中餐，吃饭的地点自然是地地道道的中餐馆。

邹茜恩和叶繁霜差不多是同一时间到的。

两个人进了包间，跟看到稀奇物种一样，盯着宁苏意上下左右打量，其实也没看出什么不寻常的地方，她还是她。

宁苏意身上的大衣脱掉了，搭在身后的椅背上，穿着一件燕麦色的高领毛衣，灯笼袖，袖子上一圈粗针织的花纹，袖口收紧，毛衣上点缀了一些细碎的彩色小点点，很有设计感，底下搭配着黑色牛仔裤，平底靴，脸上化了点儿妆，妆容淡雅，乌黑的头发披肩。

宁苏意睇了她们一眼："还没看够？"

"我现在就是非常好奇呀。"叶繁霜拉过一张椅子，一屁股坐下来，侧过身面朝着宁苏意，两只手在空中比画，"你说你怎么就……突然到生孩子这一步了呢？是不是跨越得太快了？"

邹茜恩摸着下巴，装作高深的模样："意外，一定是意外。"

宁苏意没有回答，把菜单拍到她们面前："点菜吧，我快饿死了。"

"我们现在是该讨论吃饭的问题吗？吃饭不重要，重要的是……"叶繁霜说到一半，忽然想到宁苏意今非昔比，于是改口，"算了，先点菜，八卦事小，饿死孕妇事大。"

宁苏意被她逗笑了，笑得肩膀一颤一颤的。

叶繁霜和邹茜恩火速点完了菜，趁着等上菜的空当，继续盘问宁苏意，最终听到她亲口证实，孩子的确是意外来的。

叶繁霜"啧"了一声："我严重怀疑井迟那家伙是故意的，爱了你这么多年，一朝如愿以偿，没有安全感，想着'父凭子贵'，先搞大你的肚子，这样一来名分就定下来了。"

叶繁霜的用词一如既往地大胆、直白。

"你怎么不去当编剧？"宁苏意摇摇头，抿了口温水润喉，"没有这回事。他得知我怀孕后自责得不行，一直跟我道歉，还哭了。我哄了好久才把人安慰好。"

叶繁霜眨了眨眼。原谅她的想象力有限，这个场面她实在是想象不出来。

邹茜恩也傻眼了。

"再说了，我都答应他的求婚了，他怎么可能没名分？"宁苏意搁下水杯，认真地说，"所以你们别脑补了，真就是我俩措施没做到位，出了点儿小小的意外。"

她用"意外"这个词时，觉得对孩子不公平，说出来也不好听。她摸了摸肚子，换了个说法，脸上带着微笑，轻轻柔柔地说："不是意外，这孩子是给我们的惊喜。"

她说这句话时，脸上的神情别提多温柔，就像被镀了一层暖暖的光。

叶繁霜看得呆住："我看到了什么？"

邹茜恩难得听懂了她要表达的意思，飞快地接话："看到了母性的光辉。"

宁苏意："……"

等到菜被端上来，叶繁霜和邹茜恩总算接受了这个震惊又令人意外的消息，欣然地讨论起孩子以后是不是要叫她们干妈的事。

三个人聚完餐，井迟开车过来接宁苏意回家。闻朝加完班给邹茜恩发消息，问她在哪儿吃饭，一看她发来的定位，正好顺路，便接走了她。只剩叶繁霜一个人，仰头望了望漆黑的夜幕，自己驱车回家。

回家的路上，井迟和宁苏意聊到了孩子。井迟很认真地问她："你说我们的宝宝该取个什么名字？"

宁苏意说："宝宝还有好几个月才出生，现在就想名字会不会太早了？"

"我倒是觉得现在就该取个名字，不然我们聊到他，总是用'宝宝'来称呼，显得不够重视。"

宁苏意沉默几秒，认为他说得有道理："我们还不知道宝宝的性别，怎么取名？难道要取个中性的名字？"

"可以先取个小名，便于称呼。"

宁苏意立刻就想到了一个："既然是平安夜怀上的，那就叫平安好了。平平安安，听着就很美好踏实。"

　　井迟想说，会不会有点儿敷衍？

　　"你不满意？"宁苏意扭头看向他。

　　"就叫平安。"井迟很快接受了这个名字，并说出一番见解，"大俗即大雅，平安的寓意多好啊，是长辈们听到都会夸赞的好名字。"

　　宁苏意笑得不行，歪靠在座椅靠背上。

　　快到家的时候，宁苏意才想起来问井迟另一个很重要的问题："井迟，我们什么时候去领证？"

　　井迟没能跟上她的话题转换节奏，脑子蒙了有四五秒，抿了抿唇，露出一个类似害羞的表情："你决定就好，我听你的。"

　　宁苏意颇为无语。

　　"说好的参与感呢？"宁苏意一本正经地说，"孩子的乳名是我取的，领证的日期也要我来定？"

　　井迟反思了一下，好像自己的参与度有点儿低。

　　"等我回去翻翻皇历再给你答复。我得挑个最吉利的日子，领结婚证这种大事，哪里能马马虎虎？以后每年的这一天，我们都要过领证纪念日的。"井迟很有长远的眼光，首先想到的就是数十年的纪念日。

　　宁苏意："你有没有想过，如果一年中最吉利的日子在下半年，那时候我们的宝宝就出生了。"

　　井迟愣了愣，没有想到这个问题，于是改口说："那就选个近期稍微吉利点儿的日子。"

　　他很执着，一定得是吉日。

　　宁苏意决定不跟他讨论这个话题了。

　　他是个追求完美和仪式感的人。她让他随便挑个日子把结婚证领了，他事后可能每次回想起来都会遗憾得不得了。

　　井迟也没有纠结太久，聊起其他的事，问她晚上吃的什么东西，平安有没有闹得她不舒服，回去以后要不要再吃点儿夜宵什么的。

　　宁苏意听他絮絮叨叨没完没了，跟唐僧念经的画面一模一样，忍不住抿起嘴唇，脸朝向车窗外偷笑。

　　她刚刚取名字时，看得出来井迟其实是有点儿嫌弃的。大概是觉得"平安"两个字太过俗气了，但他为了不影响孕妇的情绪，就用"大俗即大雅"的说法来解释。结果现在他用"平安"来称呼宝宝，比她还要从容。

井迟在等红灯的间隙，扭过头来瞥了她一眼，捕捉到她颊边的笑意，好奇地问："你笑什么？"

"你很有当爸爸的样子。"宁苏意称赞。

虽然他偶尔会幼稚得让她哭笑不得，日常生活中却很稳重，很靠谱，还很细心，让她可以放心地依赖他。

井迟搭在方向盘上的一只手垂了下去，握住她的手。摸到她的手指热乎乎的，他就放心了："别夸我，我还在努力学习的阶段。等平安出生了，我差不多就能毕业了。你现在就夸我，我容易飘飘然，不利于成长进步。"

人从一个角色进入到另一个全新的角色，本来就是需要过渡期的。

他争取在他们的孩子出生前，完美地结束过渡期，拿到"毕业证书"，成为一名合格的爸爸，这样孩子的妈妈就能少一些困扰和麻烦。

宁苏意看着井迟，弯着眼睛笑，同样是温柔的目光，却跟那会儿在包间里想到孩子时露出的那种温柔神色完全不一样。

两个人回到家后，宁苏意先去浴室洗澡，很快洗好了，穿着长袖长裤，躺在床上翻看群里的消息，与两个姐妹聊天。

过了一会儿，感到身边的床倏然往下一陷，宁苏意扭头看了一眼。井迟刚洗完澡，吹干了头发，手里拿着一本花里胡哨的书坐在床上认真翻看着。他身上散发着沐浴露的清新香气，浑身清清爽爽的，穿着深蓝色的两件套睡衣，衬得皮肤特别白。

宁苏意收起手机，将其放到床头柜上。

井迟担心手机有辐射，离她太近不好，给她拿到了书桌上充电。

"你在看什么书？"宁苏意好奇地问，方才匆匆一瞥，没看清楚书名，只依稀看见封面画着一个衣服穿得很少的女人，封面整体配色是粉、蓝、白三种颜色。

井迟竖起手里的书，将封面朝向她："关于孕妇在孕期该注意的事项、体质变化、常见的问题和解答。"

封面是一个穿着白色背心挺着大肚子的孕妇，两只手捧着肚子，脸上露出微笑，一旁用艺术字体写着书名，好长一串字。

宁苏意佩服他。

她自己都没意识到要看此类书籍。

井迟仿佛猜到她此刻在想什么，伸手摸了摸她的脑袋，把她抱进怀里，让她靠着自己的胸腔，脑袋枕在他的肩上："我看就好了。需要注意的地方我转述给你，免得你对着密密麻麻的字伤眼睛，本来工作上要看的文件就够多了。"

宁苏意问："除了这一本还有别的吗？"

"你真要看啊？"井迟侧过身，下巴抵着她的头顶，"书房里还有好几本，我今天抽空去书店买的，大姐推荐的书单，可看性很强。"

"我闲着没事也可以看看。"宁苏意笑了笑说，"我重新安排了工作上的内容，不会像以前那么忙碌。"

"你要是想看，不如我读给你听。"井迟说，"给你当睡前有声读物。"

宁苏意闻言，马上做出听书的姿态，眼眸微闭，调整了一下姿势，给自己营造一个舒舒服服的氛围："好了，你读吧。"

井迟清了清嗓子，翻到前面从前言开始读。他语速缓慢，咬字清晰，声音低沉悦耳，听起来确实是一种享受，就是有点儿催眠。

他读了不到两页，宁苏意就打了个哈欠，昏昏欲睡。

井迟听到打哈欠的细微动静，视线从书上移开，垂下眼眸看着怀里的人，轻声问："困了？"

"几点了？"

井迟偏过头瞥了一眼床头柜上的电子钟："九点四十。"

"嗯。"宁苏意从他怀里滑下去，脑袋枕在枕头上，"那睡觉吧。"

井迟把书签夹进书里，合上书放到一旁，跟着躺下去，手臂隔着被子揽着她，看着她困顿得上下眼皮都快粘上的样子，颇觉好笑。

她以前的睡眠问题吃药都很难改善，怀了孩子反倒治好了她的失眠症状。

井迟关了卧室的顶灯，将被子往上拉了拉，掖到她的脖子下面。宁苏意习惯性地朝他靠近，蹭进他的怀里，汲取源源不断的热量。

她身上的睡衣宽松柔软，随便动一动，袖子就滑到手肘处，裤腿就卷到膝盖弯。井迟搂着她，时时刻刻都能触碰到软软滑滑的肌肤。她丢掉了以前常用的洗护用品，全部替换成了孕妇专用的温和型，连散发出来的味道都是清淡的，没有多余的香味。

井迟闭了闭眼，喉结微微滚动。她倒是睡得香香甜甜的，他却越躺脑子越清醒，偏偏还不敢乱动，害怕把她吵醒。

他索性睁开眼睛，盯着她恬静温柔的面容，永远看不腻。

井迟到底没忍住，在她白里透粉的脸颊上亲了一下。下一瞬，她就皱了皱眉毛，嘴唇微动，咕哝出几个他听不懂的模糊字眼。

井迟看着她，傻傻地笑了笑，心里软成一摊水。

很快就到了周五，井迟空出一整天的时间，准备带宁苏意去医院做检查。

他们还没出发，井老太太就打来电话，主要是为了叮嘱井迟，叫他别忘了检查结果出来以后给家里打个电话。

井迟正在给宁苏意整理外套的拉链，歪着脑袋夹着手机："您怎么不让大姐打电话？反正我们检查完会把结果拿去给大姐看。"

老太太嗔怪道："你大姐难道不忙？"

井迟："行，我知道了。"

他拿下手机丢到一边，拆开一个口罩挂在宁苏意的耳朵上，揽着她的肩膀："走吧，我们早点儿去，免得排长队。"

宁苏意用手捏了捏鼻梁处的口罩铝条，声音闷在里面显得瓯声瓯气的："你前天跟傅明川打电话我听到了，不是说你们今天上午要签合同？我可以让我妈陪我去医院，她平时都闲着。你去忙你的，不妨事。"

井迟锁了门，转过身在她的脑门上轻轻弹了一下："你上次瞒着我去医院抽血做检查，我都没好好教育你，这次还想让我缺席作为孩子爸爸的重要过程？"

宁苏意于是闭上嘴巴不说话了。

今天天气格外冷，不知是冬日的严寒没过去，还是倒春寒。宁苏意被裹成了粽子，上车都费劲。

井迟侧过身给她扣上安全带，发动了车子。

宁苏意嫌戴口罩有点儿闷，拉下来挂在下颌处，从包里掏出手机玩。井迟瞥了她一眼，她立马开口："等到了医院再戴上。"

她知道他是担心医院里有细菌，所以叫她全副武装。其实她觉得不用这么夸张，但也没有反驳他。

宁苏意盯着手机上查到的孕早期做 B 超的过程，突发奇想："你说我有没有可能不是怀孕？我看到有的人说抽血也不是百分百准确，会有别的因素影响 HCG（人绒毛膜促性腺激素）数值。"

井迟："……"

孕妇就是喜欢胡思乱想。

宁苏意没得到回应，自言自语地嘀咕："如果没怀孕，那真是一场惊吓。"

井迟专心开车，仍然没有接话。他想知道孕妇的脑洞到底有多大。

事实证明，宁苏意可能是隐藏的预言家，检查结果出来以后，确实是个惊吓，不过不是她说的那种惊吓，是另一种程度的惊吓。

第二十章
我们一家人永远在一起

两个人到医院的时间比较早，完美地错开了高峰期。

负责给宁苏意做 B 超的是井施华的同事。

拿到检查结果后，看都没看，他们就径直去了井施华的办公室。

井施华上午不坐诊，到医院来整理一些病历。听到敲门声，她就知道是他们过来了，放下手里的一堆病历，起身过去给他们开门。

宁苏意隔着口罩叫了声"大姐"，露出来的眼睛弯弯的。

"你俩来得够早啊。"井施华让他们进来，视线扫了一眼墙上的挂钟，"B 超单呢？拿给我看看。"

井迟把手里新鲜出炉的单子递给她。

井施华指了指一旁的椅子，示意他们坐。

宁苏意摘掉蒙住半张脸的口罩，呼了几口气，快被闷死了。井迟拉过一张椅子，叫宁苏意坐，自己则站在她边上静静地看着井施华。

宁苏意舔了舔唇。井迟注意到她的小动作，视线扫了一圈，取了个一次性纸杯，在饮水机那里接了半杯热水放在办公桌边，给宁苏意喝。

井施华回到自己的位子坐下来，展开手里的 B 超单，从上至下一一细看，最后看到超声描述：子宫形态增大，宫腔内可见两孕囊回声，两孕囊不相通……

"两孕囊？"井施华惊讶地抬起头看向宁苏意。

井迟没听清，只见她神色诧异，便紧张兮兮地凑上前去，跟她一起看

534

单子，半天没看到重点："两……两什么？"

井施华没理他，继续往下看，最底下给出的诊断意见果然是：考虑双绒双羊双胎，定期复查。

比起井迟紧张得两只手都不知道摆在哪里、牙关紧咬，宁苏意就显得镇静多了，开口问道："是双胞胎的意思吗？两个孕囊？"

"对。"井施华脸上的表情由惊讶转为惊喜。

"那双绒双羊是什么意思？"这个宁苏意不太懂。

井施华正要跟她解释这一点："你看啊，两个孕囊不相通，就是说两个宝宝各自在自己的羊膜囊内，这是并发症最少的一种双胞胎，相对来说比较安全。"

宁苏意听完这话以后，终于放心了，抿唇笑了一下，拉了拉井迟的袖子："叫了好几天的'平安'，其实是两个，你说你叫的是哪个？"

井施华没听懂，挑了一下眉毛："什么平安？"

宁苏意笑着说："我们给孩子取的小名，叫平安，希望他能平平安安的。"

这个名字真正的由来是她在平安夜那天怀上的孩子——她不好意思在井施华面前提起。

井施华也跟着笑了一下："寓意挺好的。"她拉过宁苏意的手，声音温和地叮嘱，"你这是头一胎，又是双胎，孕期可能比较辛苦，但是也不要过于紧张，放宽心。还有，你营养一定要跟上来，两个宝宝才能健康成长。产检要定期做，千万别遗漏了，等会儿我给你写个表，你按照周期来就行……"

井施华讲得十分详细，说话间看了一眼戳在那里一动不动的井迟，不由得"扑哧"笑了。

井迟整个人都傻掉了，露出来的光洁额头上冒出细汗，紧抿着唇瓣，说是一副如临大敌的模样也不为过。

"一个就够辛苦了，现在是两个？"他"喃喃"道。

井施华点了点头："对，两个。所以，你这个当爸爸的要更细心地照顾酥酥，不能让她累着、饿着。"最后井施华补充道，"心情也要照顾到，孕妇的身心健康都很重要。"

井迟听着听着，望了一眼头顶那盏明亮的灯，还在怀疑人生，为什么会是两个？

井施华说完就没管他，捏了捏宁苏意的手，接着跟她讲自己能想到的注意事项，还让她有什么问题随时问自己。

讲完一大堆话，井施华再看井迟一眼。

他还是之前那个姿势，只是眼睛里多了些复杂的情绪。

井施华提醒他："你不给奶奶打个电话？她老人家等着你的消息呢。"

井迟此刻内心的担忧远远大过喜悦。一想到两个孩子在宁苏意的肚子里，他就紧张，手心都出了冷汗。再想到她要怀着孩子好几个月，随着月份增大，孕妇的不适感也跟着增大，他整个人都焦虑了。

"你给奶奶打电话吧。"井迟声音低低的，"我现在脑子有点儿乱。"

他看大姐这会儿也不忙。

井施华嗔了一句"出息"，拿起自己的手机，翻了翻通讯录，没打家里的座机，给老太太的手机拨了通电话。

铃声响了没几秒电话就被接通了，老太太嗓门大得很，听起来精神头很好："施华啊，小迟和酥酥到你那儿了吗？"

井施华看着面前一坐一立的两个人，笑得眼角的皱纹都多了好几条："两个人在我的办公室里呢。"

"检查结果怎么样？"老太太急切地问。

"酥酥的情况挺好的，您不用担心。"井施华始终是笑眯眯的，语调上扬，"而且，您还不知道吧，酥酥怀的是双胞胎。"

老太太愣了一下，似乎是不敢相信，再三求证："真的啊？双胎？我没听错吧？"

"检查报告单还在我手里，能有假？"

"哎哟！我真是……"老太太激动得都快语无伦次了，"酥酥就在你边上对吗？我跟她说两句话。"

"您稍等。"井施华把手机递给了宁苏意。

老太太跟宁苏意说了好些话，都是来自长辈的关爱和叮咛。宁苏意认真听着，每一句话都有回应。

挂了电话后，宁苏意把手机放回桌上，准备跟井迟离开医院。

雍翠乐府那边，井羡打着哈欠从楼上下来，一眼就瞧见老太太坐在客厅里，手无所适从地拍着大腿，好似情绪起伏很大的样子。

井羡有点儿意外，一屁股坐到老太太对面的沙发上，见老太太手里握着手机，忙不迭地问道："怎么了？我记得今天小迟要带酥酥去医院做检查。他们打来的电话？不会是酥酥出什么问题了吧？"

"呸呸呸。"老太太倾身向前，作势要敲她的脑袋。

井羡立马缩了缩脖子，左闪右躲。这动作让她想起小时候过年，自己因为口无遮拦说错话，被老太太拿筷子敲脑门的情形。

井羡自觉改口："我就是出于关心问一问。"

老太太坐正了身体，颇为感慨地说："你大姐打来的电话，说酥酥怀了双胎。我这心里头是既开心又担心。"

井羡眨巴眨巴眼睛，比老太太听到消息时还要纳罕："咱家好像没有双胞胎的遗传基因吧？"

"当然没有。"老太太语气笃定地说。

井羡嘴巴快过脑子，脱口而出："我的意思是，别看小迟打小体弱多病，整天泡在药罐子里，没想到能力这么强，一下子就让老婆怀了两个。"

老太太："……"

老太太又想敲她的脑袋了，她说的都是什么浑话？

宁苏意坐到车里，手里还捧着一次性纸杯，小口抿着热水。

没听到启动引擎的动静，她偏头看了看坐在驾驶座上发呆的某人，用手肘推了他一下："你被吓傻了？"

井迟问出未曾宣之于口的疑问："为什么会是两个？"

宁苏意差点儿被水呛到，咳嗽了一声："我怎么知道？"

这种事一般不都是靠运气吗？

她垂眸瞥了一眼藏在羽绒服里看不出起伏的小腹："两个不好吗？大姐说有龙凤胎的可能，当然也有可能是两个男宝宝或者两个女宝宝。我希望是一个男孩一个女孩，这样我们就一次性儿女双全了。"

宁苏意说完又瞥了小腹一眼，嘴角扬了扬。

井迟面色沉重地说："可是你会很辛苦。大姐也说了，你会比一般的孕妇辛苦得多。"

"现在不是还没到那时候吗？"宁苏意反过来安慰他，"你不要杞人忧天。"

井迟叹了一口气，被她说服了。

他作为酥酥的丈夫、孩子的爸爸，的确不该只顾着紧张，最要紧的是顾好她的情绪。念及此，井迟整理好心理状态，摸了摸她的脑袋："哪里不舒服你要及时说，我这边工作上的安排也会酌情减少，接下来就是以你为主。"

宁苏意嘟囔："你前面那句话说过好多遍了，我听得耳朵都起茧子了。"

"你现在就开始嫌我烦了？"

"没有。"宁苏意捧着纸杯，喝光了里面的水，望了一眼车窗外医院的建筑，心情很放松。

井迟接过她手里的纸杯，捏瘪了放进垃圾袋里。

宁苏意问："不开车吗？"

井迟仰起脖子，脑袋靠在椅背的头枕上："我缓缓。"

宁苏意笑了笑，从包里摸出手机，给邰淑英打电话。那边的人也是很快就接通了："我正等着你的电话呢，检查做完了？施华怎么说的？"

宁苏意"嗯"了一声，跟她说了这个好消息。

邰淑英先是难以置信地一再确认，得到宁苏意肯定的回复后，一会儿喜出望外，一会儿担忧叹气。

"你俩住的那地方，请保姆阿姨了吗？"邰淑英着实操心。

宁苏意说："前两天井迟筛选了几个，目前还没定下来用哪一个。您不用担心，我们都挺好的。"

"你俩到底年轻，又没有经验，加上你现在肚子里怀着两个，我哪儿能不担心？"邰淑英越发不放心，"我看不如我搬过去照顾你好了，左右在家也没事做。"

宁苏意笑了一声，瞥了瞥井迟的脸："不用了，妈，我们没问题。"

"行吧，行吧，拗不过你。"邰淑英退让一步，"那你想吃什么东西就跟妈妈讲，我隔三岔五地过去瞧瞧你。"

宁苏意这回没拒绝："好。"

邰淑英最后说："还有，抓紧时间把证领了。"

宁苏意："好。"

两个人的对话，井迟听进了耳朵里。他修长的手指一下一下地敲击着方向盘，待宁苏意挂断电话，开口说："我上次看了皇历，挑了个吉利的日子，你准备好户口本，我们过几天就去领证。"

他说这句话时表情很郑重，甚至带上了一点儿虔诚的意味。

宁苏意没有问他具体是哪一天，只顺从地点了点头，说"好"。

井迟吸了吸气，情绪缓和了很多，有了自己要照顾老婆和两个孩子的责任感，把车开得四平八稳的。

到家后，宁苏意坐在沙发上休息。小柴从狗窝里跑过来，踩在她的拖鞋上。她弯腰摸了摸它的脑袋，展开手里的检查报告单看了两眼，折叠起来放在茶几上。

井迟喝完一杯水，到她旁边坐下，弯腰拿起单子左看右看："回头我买本相册，把单子塞进去，以后还要做好多次检查，免得弄丢了。"

宁苏意点头："好。"

井迟最后看了一眼下面的"诊断意见"那一行，傻笑了两声："你真厉害。"

宁苏意："……"

她不知道该怎么接话。

井迟收好检查报告单，从口袋里掏出手机，手指在屏幕上点了几下，不知道在干什么，笑得嘴角都快咧到耳根了。

宁苏意没有偷看他手机的习惯，盯着他的脸打量。

这人经过最初的紧张情绪后，终于体会到了一丝丝当两个孩子爸爸的喜悦感。他笑起来傻里傻气的，很幼稚，没有当爸爸的稳重样子。

不过，没有谁规定当爸爸一定要稳重。

井迟摆弄完手机就丢到一边，从果盘里拿起一个苹果："吃苹果吗？我给你削一个。等会儿我就去准备煲汤的食材。"

宁苏意没有拒绝："好。"

井迟洗了手，顺便把苹果也洗了洗，再拿水果刀慢慢地削。他的手掌宽大，握着又红又大的苹果，随着刀尖变换角度，一圈圈苹果皮脱落下来，垂了好长一条。

片刻后，他就递给她一个光溜溜的大苹果。

宁苏意还没来得及伸手将苹果接过来，井迟就缩回了手，起身去厨房拿出一个玻璃碗，把苹果切成小块的装进碗里，再递给她。

"我可以自己拿着啃。"宁苏意说。

"这样吃不是更方便一点儿？"井迟跑去厨房，再跑出来，往碗里丢了一把吃水果专用的细长柄的小叉子。

宁苏意吃了两小块脆甜的苹果，手机就响了一声。她把叉子放进碗里，拿起手机，看见了叶繁霜发来的微信。

叶繁霜："你怀了两个？"

她在后面紧接着发了一张图片，是井迟的朋友圈的截图。几天前他的朋友圈还是一家三口的表情，就在刚刚，井迟更新了一条动态，发的是一家四口的表情，依然很酷很跩地没有配任何多余的文字。

早就知道宁苏意怀孕一事的叶繁霜自然第一时间看出了端倪。

宁苏意笑了笑，回复道："对。"

叶繁霜："你家小迟弟弟委实厉害。"

她在后面跟了两个"竖大拇指"的表情。

宁苏意："他说是我厉害。"

叶繁霜："你俩都厉害。"

宁苏意："哈哈。"

叶繁霜："我这个当干妈的要准备两份礼物了。"

一周上四天班休三天的宁苏意，身心都非常轻松愉快。

一般情况下，井迟会接她下班，偶尔忙不过来，就让司机先送她回家。

这天刚好空闲，井迟提前一个小时就忙完了工作，开车到明晟来接宁苏意。前台人员对此见怪不怪，目睹他穿过一楼大厅，进了专属电梯。

不多时，专属电梯门再次打开，宁总和她男朋友一起走了出来。

宁总最近的穿衣打扮跟以前相比，多了些休闲居家的感觉。今天她穿着白色的套头毛衣、奶茶色格纹半身裙，外面披着卡其色的长大衣，腰间的系带没绑上，垂在两侧，脸上的妆容很淡，黑发披肩。

她身边是一米八几的男人。男人穿着黑色大衣，风度翩翩，跟她站在一起登对极了，令旁人觉得随便用手机抓拍一张都堪比剧照。

宁苏意正侧过头笑着跟井迟说什么。井迟勾了勾嘴角，拉着她的手塞进自己的大衣口袋里。两个人一道出了写字楼，往停车的地方走去。

井迟问她："肚子饿吗？"

"一点儿都不饿。"宁苏意屈起手指挠他的掌心，"你让助理给我订了下午茶补充能量，忘了？"

井迟笑道："那我让琼姨晚点儿做饭。"

两个人不肯搬回雍翠乐府住，老太太不放心他们在外面住，也不放心井迟找的家政阿姨，于是让伺候自己饮食起居几十年的林玉琼过去照顾宁苏意。

宁苏意问："我晚点儿吃没问题，你不饿吗？"

井迟摇头。

近来的天气有回暖的趋势，不过早晚还是很凉的，尤其太阳落山以后，气温跟白天是两个极端。

井迟上车后就开了暖风，拨了拨出风口的挡板，怕她受冻。他从扶手箱的置物槽里取出保温杯递给她："红枣枸杞茶，你渴了就喝一点儿。"

宁苏意抱着保温杯，见井迟按下启动键，在引擎的轰鸣声中听到井迟吐槽："我本来想减少工作量，多陪陪你，可是傅明川相亲去了。一天三场，他把活儿就都丢给我了，所以我这段时间会比较忙。"

宁苏意："……"

一天三场，这听起来像是面试。

井迟叹了一口气："我不想给他放假的，但毕竟有关他的终身大事，万一他以后找不到老婆，赖上我就麻烦了，只好给他批了假。"

宁苏意"扑哧"一声笑了。

井迟抿了抿唇，没完没了地絮叨："给他批完假我就后悔了。他开了个不好的头，日后大家要是纷纷效仿，用找老婆的借口威胁我，那我责任就大了。"

宁苏意笑个没完，问："那他相亲的结果怎么样？"

井迟："如果顺利他就不会继续相亲了。"

宁苏意有些讶异："不顺利？怎么可能？傅明川长得俊朗，还是上市风投公司的副总，各项条件都很优秀，没道理找不着对象啊。"

井迟嫌弃地说道："是他相不中别人。"

宁苏意被噎住，顿时没话说了。

井迟飞快地扭头看了她一眼，傻笑一声，由衷地感叹："感谢我岳母大人生了你，感谢我妈把你接到我家里住，我就没有那种烦恼。"

宁苏意偏过头，有种脑门疯狂"冒黑线"的感觉。

他最近经常露出这样的傻笑。她昨晚洗完澡坐在床上，给自己抹孕妇专用身体乳时，他就盯着她的肚子突然"嘿嘿"笑了一声，把她吓了一大跳，以为见了鬼。

宁苏意说："就算我妈没生我，你到了年纪也会遇到别的让你心动的姑娘。"

她原本就是随口一说，井迟的情绪却倏然低落下去，他摇了摇头，语气较真地说："不会，我就只会对你心动。"

宁苏意捧着保温杯，抿了口红枣枸杞茶，轻轻笑了一下，没说话。

红枣枸杞茶的温度刚刚好，不烫口，显然是他在公司里试好了温度再灌进保温杯里的。

就在宁苏意以为这个话题已经过去时，井迟郑重地说了一句："就算没有你，我也不会有别人的。"

他在某些方面很执拗。

宁苏意默默地想，到底是她怀孕，还是井迟怀孕？她怎么感觉他的情绪比她还要反复无常？

两个人到家时，琼姨还没开始做菜，正在厨房整理从超市买回来的食材。听见外面传来开门的动静，琼姨从厨房里出去，见是两个人回来了，笑着招呼了一声。

井迟说："酥酥还不饿，晚饭我们可以晚一点儿吃。"

"唉。"琼姨应了一声，指了指沙发，"下午老太太和太太过来了，你们都不在家，我招待的。她们没久坐，喝了杯茶就离开了。"

客厅的沙发上堆满了东西，桌上也放了好些购物袋，几乎快放不下了。宁苏意呆若木鸡地看着那些大大小小的物品。

"这些都是她们带过来的，"琼姨笑道，"是孕妇用的东西。"

井迟弯腰翻了翻购物袋，大部分是衣服，还有防滑的拖鞋，春秋季和夏季的都准备了。一些其他的小物件，看起来没什么实用性，但是打上了"孕妇专用"的标记，两位不差钱的长辈就都买了，跟进货一样。

琼姨看着他们惊讶的表情，觉得很好笑，转述葛佩如的话："孩子用的东西她们暂时没张罗着买，说是不着急，再等些时日。"

井迟在心中默道，幸好她们没买。

他最近在物色新的房子，准备等孩子出生以后就换个住处。这里虽然很宽敞，房间也多，但怎么看都不适合小孩子居住。他有自己的打算。

井迟想回头就跟奶奶和妈妈说一声，别买东西了，以后搬家很麻烦。

算了，估计他说的话她们也不一定会听。他们搬家的时候让工人多跑几趟就好了……

琼姨说了几句就进了厨房，留他们在客厅收拾沙发上的东西。

宁苏意拎起购物袋里的一件衣服，触感很是柔软亲肤，不过腰身宽大得过分，对比了一下正常的衣服尺码，得是 XXXL 码吧？也许她能穿到怀孕八九个月。她怀着两个孩子，之后显怀了会比一般的孕妇肚子要大。

宁苏意默默地把手里的孕妇装叠起来，多了一丝丝怀孕的真实感。

还没等她的情绪持续发酵，她嘴里就被塞了一颗新鲜草莓，香香甜甜的，是井迟塞过来的。

宁苏意"嗯"了一声，咬住草莓尖，用手托住。

井迟把剩下的半碗草莓放在茶几上，端详着她的脸，柔声问："刚刚在想什么？你足足发呆了两分钟。"

宁苏意没有隐瞒，很直白地说了自己内心的想法，先指了一下那件孕妇装："我以后要穿这么大的衣服。"

用眼下她的身材来衡量，那衣服能塞下三个她，她突然就有点儿难过了。

井迟拎起那件衣服左看右看，然后丢下衣服，又拿了一颗草莓塞到她的手心里："不管你变成什么样，我都是爱你的。"

宁苏意瞪圆了眼睛，先看了一眼厨房的方向，然后捂住他的嘴巴："你不要说这么大声，琼姨会听到的。"

她的脸皮没他那么厚，被人听到这种情话她会感到难为情。

井迟笑了笑："听到怎么了？"逗她玩似的，他越说越大声，"我就是爱你。"

宁苏意抱着抱枕坐远了一点儿，手里还拿着草莓，放到唇边咬了一口，瞪他一眼："你不许再说了。"

她就是情绪突然波动了一下，没那么矫情，也不需要安慰，自己就能想通。

井迟挪到她身边，手臂放在她身后的沙发靠背上边，将她搂进怀里："不然我陪你一起发胖？"

宁苏意想象了一下大腹便便的井迟的样子，果断地摇头拒绝，实话实说："你还是保持现在这样比较好看。"

井迟噎了噎，安慰不成反被嫌弃，有点儿堵心："这么说，等我以后老了，不好看了，你就不爱我了吗？"

宁苏意想都没想，斩钉截铁地说道："当然爱你。"

得到答案的井迟笑倒在沙发上。宁苏意看见他得意的样子就有些恼羞成怒，把剩下的半颗草莓塞进他大笑着的嘴里。

井家老太太时常惦记宁苏意，隔三岔五地给井迟打来电话，问的都是关于宁苏意的情况，比如她胃口如何、睡眠怎么样、身体有没有不舒服之类的。

井迟在宁苏意面前嘀咕，觉得自己可能是马路边捡来的，老太太在电话里连他的名字都没提过，就像没他这个孙子。

宁苏意笑个不停。她能理解老人家的关切和担忧心情，决定趁着周末两天休息时间，回去陪陪老太太。

井迟依了她，打电话跟老太太说了一声。家里人听说宁苏意要来住两天，自然是一片欢欣。

两个人没开车，出门打了辆车前往雍翠乐府。

出租车行驶到别墅外，缓缓降下车速，最后停靠在铁栅门前。

井迟率先推门下车，从后方绕到宁苏意那边接她下来。他透过铁栅门的缝隙，望着里面宽敞的院落，几片叶子被风摧残，落在主干道上，道旁的树木随风轻晃。

出租车掉头，驶离了他们的视线。

"上来，我背你。"井迟背对着宁苏意半蹲了下来。

宁苏意看了他宽厚的背几秒，扑过去挽住他的手臂："只有几步路而已，背什么背？赶紧走吧。"

井迟被她拽得跟跄了一步。

两个人的身影在地面上交叠，昭示着彼此的亲密无间。

井迟忽然叫了一声她的名字。

宁苏意轻哼一声作为应答。

"你找咱妈拿户口本没有？"

"什么？"

"我知道你听到了。"即便如此，井迟依然耐心地重复了一遍，声音含笑，比夜幕降临时的风温柔得多，"我说户口本，领结婚证用的户口本。"

"我还没跟她说。"宁苏意抿唇，眼睛里却有藏不住的笑意。

"我就是提醒你一声，没有催你的意思，你别忘记就行。"井迟想要矜持一点儿，转念一想，这种事他一个男人矜持个鬼，"算了，等你休息两天，我陪你回家拿。"

他们身后，路灯一盏接一盏早早地亮了起来，整条路都被铺上了一层暖融融的光。

井迟陪宁苏意回了一趟锦斓苑，找邰淑英拿户口本。

邰淑英先前就提醒过他们早点儿领证，自然没有半分阻挠的意思。她走进卧房，从床头柜最下面一层抽屉里翻出一个小布包，从里面找出户口本。

"给。"邰淑英捏着户口本一角递到井迟手里，一时心绪起伏，感慨颇多，"酥酥以后就交给你了，你们都要好好的，和和美美地过一辈子。"

"谢谢妈。"井迟郑重地接过户口本，像是接过了邰淑英的嘱托。

邰淑英笑起来，应了一声："唉。"

中午，长辈们留两人在家里吃饭。宁宗德开了瓶珍藏多年的好酒，给家里人各倒了一杯，除了井迟和宁苏意。

邰淑英和宁宗德碰了一下杯子，笑眯眯地抿了一口酒。

宁宗德看向坐在对面的井迟，搁下酒杯，开玩笑道："小迟喝不了酒，不然得叫他陪我多喝几杯。"

哪儿有女婿不陪岳父大人喝酒的？

井迟很上道地站起身，以茶代酒敬了宁宗德一杯，一板一眼地说道："是晚辈失礼了。"

"别听你爸的，他就随口那么一说。"邰淑英抬起手，掌心往下压了压，示意井迟赶紧坐下吃菜，一家人就不必讲究那些虚礼了。

井迟呷了一口茶，坐下来，给宁苏意夹了块鸡肉。

自从怀孕后，宁苏意就不爱吃荤菜。有些荤腥的食物她连闻到味道都难以忍受。为了让她营养均衡，照顾她饮食的琼姨没少费心思，往往把荤菜做得看不出原貌、尝不出原味。

宁苏意用筷子尖戳了一下碗里的鸡块，微微蹙起眉心，嫌弃之色呼之欲出："我不想吃这个。"

"我尝过了，没有奇奇怪怪的味道。"井迟知道她不喜欢肉味，仔细跟她解释，"板栗烧鸡里的鸡块，吃起来是板栗香味，你尝一口就知道了。"

宁苏意被他说服了，夹起碗里那块鸡肉放进嘴里，嚼了嚼，确实如他所言，没有让她不适的味道，但也不是多么喜欢。

对面的二老看在眼里，尤其是邰淑英，心里欣慰不已。

她这女儿怀孕以后口味大变，以前爱吃的食物现在尝都不尝，只说味道古怪，以前不爱吃的东西突然就愿意尝试了。幸好有井迟这般时时刻刻细心又耐心地照看着宁苏意，邰淑英才不至于太担心。

宁苏意挑挑拣拣，一顿饭吃得还算舒心。

不料饭后歇息不到十分钟，孕吐反应就突如其来，宁苏意眉头一皱，暗道一声不妙，下一秒就捂住胸口快步冲到卫生间，趴在盥洗台边呕吐起来。

井迟脚步慌张，紧跟其后。

他站在宁苏意身边，弓着背，一手撩起她垂下来的头发，免得沾到呕吐物，一脸焦急担忧的表情。

"是不是因为我给你夹的那块鸡肉啊？"

井迟眉头深锁，手掌轻抚着宁苏意的后背，想让她好受一些。尽管知道这么做可能缓解的作用不大，他仍然坚持一下一下地给她抚着背。

邰淑英和宁宗德也被吓得够呛，一前一后地跑到卫生间门口朝里张望。

"酥酥好点儿了吗？"邰淑英问。

耳边传来宁苏意不断干呕的声音，井迟简直手足无措："吐干净可能会舒服点儿。"

"唉——"邰淑英晓得每个孕妇由于体质不一样，孕期的反应也大不相同，但没想到宁苏意吐得这么厉害，"她在家也经常这样？"

"很少。"

"不会是我中午做的菜有问题吧？"

宁苏意一直到吐不出东西了才舒服点儿，抬手打开水龙头，掬起一捧水漱口，手撑着盥洗台的边缘直起身，除了脸色有点儿白，其他的还好。

井迟抽了几张纸巾，细致又温柔地给她擦嘴边的水珠，黑眸微垂，急切地问她："好受点儿了吗？"

"嗯。"宁苏意仰起头，大大地呼了一口气。

送两个人离开时，邰淑英还满脸忧愁表情地看着宁苏意。

宁苏意自己倒是很看得开："我没事，您别担心。"

这次的孕吐只是个开端，接下来这样的场景隔三岔五就要上演一次。

虽然宁苏意吐起来很吓人，但她的心宽得很，该吃东西的时候照吃不误。反倒是井迟，因为担心她的身体没法吸收营养，瘦了好几斤。

宁苏意还得安慰他："我问过大姐了，这种情况很常见，可能过段时间就缓解了，你别这么愁云惨淡的。"

"我也问过大姐了，她说孕吐反应没有规律可言，孕妇从怀孕一直吐到生产的例子也不是没有。"井迟手掌贴着她的肚子，短暂地抛弃了父爱，只想把里面的两个家伙揍一顿，甭管男孩女孩，一视同仁。

宁苏意无语："你能盼我点儿好吗？"

大姐说的只是个例，她不会那么倒霉遇到那种状况。

井迟眉心紧蹙，张了张口，还要说什么，被宁苏意捂住了嘴巴。她凑近一点儿，笑着盯着他的眼睛，决定换个话题："结婚证的照片，我们提前照吧？明天怎么样？我看了天气预报，明天是晴天。"

井迟"嗯"了一声。

宁苏意松开手，听见他说："好。"

天气预报没错，翌日果真是个艳阳高照的好天气，中午那一阵的气温能让人感受到初春的温暖。

那天是3月9日，星期一。

宁苏意好几天前在手机上查到了一家比较靠谱的照相馆。因这家店所拍的证件照收获了一众顾客的好评，她就心动了。

背景布是正红色，两个人没能免俗地穿上了白色的上衣——情侣款的白毛衣，看起来暖融融的。

两个人并肩坐在凳子上，看向镜头，脸上是一模一样的温暖甜蜜笑容。

伴随着连续"咔嚓"的声响，证件照就完成了。

摄影师坐在电脑前，手握着鼠标，选出一组满意的照片进行微调。没有让顾客等太久，打印机就吐出一大张照片，共有四小张。

店员用裁刀把照片多余的白边裁掉，分成四张，装在一个浅褐色的信封里，微笑着递给两个人："祝你们新婚快乐。"

井迟接过照片，笑得跟照片上一样温暖："谢谢。"

整个过程相当顺利。

他们出了照相馆，外面阳光明媚，宁苏意在台阶下停住脚步，从井迟手里拿过信封："我还没看过。"

摄影师在电脑上调整照片时，宁苏意跑去看贴在墙壁上的其他人的样品照了，所以还没来得及看自己和井迟的证件照成品。

她把信封里的证件照倒出来，放在掌心里细看，眉眼弯弯："还不错。

不枉我筛选了好几家照相馆，最终选定这一家。"

井迟挑起眉，不吝称赞："我老婆眼光真好。"

宁苏意抬起眼帘瞥他一眼，忍俊不禁，把证件照妥善地装回信封，塞进井迟的口袋里："你来保管，领证时别忘了带上。"

井迟情绪高涨，声调微扬："遵命。"

一晃就到了 3 月 12 日。这是井迟通过翻皇历挑出来的吉日，因为皇历上说，今日宜婚嫁。

领证即婚嫁。

对其他人来说，这一天或许只是个普通的日子，谈不上特殊，至少没有情人节、七夕节那样美好的寓意。

民政局里，前来领结婚证的情侣不多，前面只有寥寥几对，没过多久就排到了井迟和宁苏意。

两个人坐在柜台前，按照要求填写结婚登记申请表。

他们提前拍好了证件照，不必麻烦民政局里的摄影师，等工作人员把信息录入电脑，两本鲜红的结婚证就出来了。

工作人员在结婚证上贴上照片，握住盖章的机器手柄往下一压，一枚钢印就盖在了证件照靠下的地方，覆盖了一小部分照片。

另一本结婚证如法炮制。

转瞬间，两本新鲜出炉的结婚证就被递到了两个人手里，触感新奇、陌生。

宁苏意没想到领结婚证的流程这么简单利落，跟想象中的完全不一样。她甚至以为工作人员会问一句"你是自愿的吗"，实际上人家没有问。

两个人都忘了自己是怎么走出民政局办事大厅的，只觉得有股说不清道不明的情绪在胸腔里涌动。

他们早就知道会走到这一步，该是坦然、平静地面对，可是，真正成为法律上的夫妻关系后，感觉是截然不同的。

在门口呆站了能有两分钟之久，井迟终于回过神来，伸出双臂将宁苏意拥入怀中，脑海中思绪万千，组织了太多太多语言，最终汇成一句再直接不过的话："老婆，我爱你。"

宁苏意嘴角上扬，靠在他的怀里，双手搂住他的腰。在人来人往的民政局门口，不顾他人投来的好奇目光，她回以一句："我也爱你。"

两个人久久相拥。

井迟偏着脑袋，亲了一下她的耳尖："我们晚点儿回家，我先带你去一个地方。"

宁苏意没有问他要带自己去哪里。不管去哪里，她都甘之如饴。

坐到车里，井迟重现了那天从医院做完检查出来时的情景，靠在驾驶座的椅背上，笑着说："等会儿，我先缓缓，情绪有点儿激动。"

他从口袋里拿出两本结婚证，凑到唇边亲了一口，非常幼稚地跟宁苏意炫耀："看到没有？合法的。"

宁苏意微微垂首，食指骨节抵着额头，笑得肩膀直颤抖："看到了。"

她作为持证人之一，难道会不知道吗？

井迟笑声爽朗，声音空前动听："没人能把我们分开。"

宁苏意点头："嗯。"

井迟翻来覆去地摸够了，把结婚证放在她的腿上，微勾着嘴角启动了车子，中途几次想要收敛翘起的嘴角，奈何不管用。人在开心到极致的时候就是会忍不住笑。

宁苏意拿起腿上的结婚证，掀开崭新的封皮，首先映入眼帘的就是两个人的证件照上幸福的笑容。

"我拍照发个朋友圈？"宁苏意问。

"这种事还用征询我的意见？"井迟扬起眉梢，"发，必须发。"

宁苏意举起两本结婚证，调整好角度拍了一张照片，上传到朋友圈，却在配文字时犯了愁："我要说点儿什么？"

她当真是很少在朋友圈里秀恩爱，一时间有些词穷。

井迟帮她想了想，说："不知道配什么文字你就发爱心。"

他自己平时发朋友圈都很简单直接，有时不说一个字，只发个表情，让人猜来猜去。

宁苏意听他的，配了一排红色的爱心，配图就是两本靠在一起的结婚证。今天周四，是工作日，她的朋友们却好似都很清闲，纷纷点赞留言，送上祝福。

邹茜恩："啊啊啊，酥酥结婚了，恭喜！恭喜！"

叶繁霜："酥酥新婚快乐！和井迟长长久久、白头偕老！"

穆景庭："恭喜。"

随后，两家的长辈也发来了祝福。

老太太破天荒地留了言，还发了一堆微信里自带的小表情。

宁苏意在评论区统一感谢大家。

找到能停车的地方后，井迟脚踩刹车将车子停了下来，让宁苏意把照片发给自己。他紧跟着发了条一模一样的朋友圈，收获了一圈祝福，心里舒坦了。

半个小时后，车子经过他们住的钟鼎小区，井迟没有停车，照直往前开。

又过了十来分钟，途经明晟写字楼，井迟目不斜视地将车子开了过去。

不知过了多久，宁苏意大脑中的困意都开始叫嚣时，车子终于驶进一片闹中取静的别墅区，沿着一条笔直宽阔的杏林路往里行驶了一段，停在一栋三层的独栋别墅前。

困意刹那消失，宁苏意怔怔地望着风挡玻璃外的白色建筑物。

井迟拿出手机打了通电话，不消多时，别墅大门敞开，车子缓慢前行，晃晃悠悠地驶进了别墅的前院。

"我们到了。"井迟提醒了一声。

宁苏意慢了半拍，推开车门下去。她第一眼就注意到前院里栽种的一棵树，这棵树有点儿眼熟。

宁苏意仔细想了想，这跟井家老宅后花园里的那棵树很像。

井迟见她直勾勾地看着那棵树，走近一步，站在她身旁主动为她解答："是合欢花，你没看错，正是老宅后花园里的那棵。我向奶奶要了过来，栽在了我们的新家里。"

宁苏意抬眼，对上他分外温柔的目光，重复他的话："我们的……新家？"

"嗯。"井迟从背后拥住她，两只手掌交叠，轻柔地搭在她的腹部上，脑袋歪向一侧，在她耳边低声说，"等我们的孩子出生了，我们就搬到这里来住。"

宁苏意仍然望着那棵树，"喃喃"道："原来是合欢花，当时在老宅的后花园里看到这棵树，我还不知道它叫什么名字，只记得7月份会开出粉红色的小花，毛茸茸的，一簇一簇，特别好看，散发着淡淡的香味。"

"合欢花，象征合家欢乐，也象征爱情，有着长相厮守、百年好合的寓意。"井迟一字一顿地说道。

宁苏意仰起脑袋，嘴角牵起漂亮的弧度："你怎么知道我看中这棵树了？"

井迟用自己的脸颊蹭了一下她的，"哼"了一声："去年奶奶过生日，你偷偷离开客厅到后花园散步，问景庭哥花园里那棵树是什么树。当时我就站在你们身后，听得真真切切。"

宁苏意愣了愣，然后露出恍然大悟的表情，笑了起来。

井迟见她笑容狡黠，忍不住在她的脸上咬了一口，诉说自己的不满情绪："我们都领证了，我还没听见你叫一声'老公'。"

宁苏意转过身来面朝他，眼睛里闪动着异常明亮的光。井迟屏住了呼吸，充满期待地注视着她的眼眸。越是被这样专注地盯着，宁苏意越是开不了口，憋得脸都红了。

"回去再叫行不行？"宁苏意打商量。

"这里除了我们两个，没有其他人。"

宁苏意僵持几秒，宣告败给他了，踮起脚凑近他的耳朵，咬字清晰地叫了声"老公"。下一秒，井迟双手合拢搂过她的腰，低头吻上了她水润的红唇。

一种天荒地老的感觉在两个人之间蔓延。

井迟放开怀里眼神迷蒙、气喘吁吁的妻子，趁她失神的间隙，从西裤的口袋里摸出两枚婚戒。

相比璀璨华丽的求婚戒指，婚戒要朴素一些，铂金的圆环，正中间镶嵌了一粒小小的钻石，在阳光下折射出华光，内环雕刻着两个人的名字，中间用爱心连接，适合日常佩戴。

井迟牵起宁苏意的手，将那枚女式戒指缓缓推上她的无名指："求婚戒指不适合平日里佩戴，这一枚不许摘下来。"

他把另一枚男式戒指放到她的掌心里，示意她给自己戴上。

宁苏意眼眶温热，笑着模仿婚礼主持人的声音说："嗯，下面是交换戒指环节。新娘，你可以为你的新郎戴上戒指了。"

随着话音落地，那枚戒指牢牢地套上了井迟的无名指。

微风吹过，合欢树的叶子轻轻摆动，"沙沙"的声音在两个人耳畔响起。

井迟两只手握住宁苏意的手，抵到唇边亲了亲，声音轻缓地说："等到今年六七月份，合欢花就该开了，到那时一定带你过来看。不过，那时候我们的孩子还没出生。"

等到来年的夏天，我们就可以和孩子们一起在树下纳凉，闻着被风吹过来的花香，观赏夜幕悬挂的明月和星辰。

以后每一年的夏天，不，无论春夏秋冬，我们一家人永远在一起。

番外一
孕期综合征

宁苏意怀孕初期，一度不能忍受任何荤腥的食物，隔着老远闻到一丝丝味道胃里就会翻腾起来，然后跑到卫生间吐一番。

每到这种时候，井迟就只能在一旁干着急，帮不上一点儿忙。

有一次宁苏意吐得狠了，整个人跟虚脱了一样，趴在盥洗台边半天直不起腰。井迟想上前抱抱她，被她伸手阻拦。

她说话的声音都是哑的："别……别过来，我还要再吐一会儿。"

等她好不容易缓过来，井迟才上前给她擦嘴洗脸，抱着她往外走，心疼得不行。

宁苏意胸脯起伏着，十分难受的样子，眯着眼看着脸色凝重的井迟。见他眼眶似乎有点儿红，她忽地笑出来："不知道的人还以为有妊娠反应的人是你呢。"

"你还有心情开玩笑，不难受吗？"井迟嗓音略低，担心死了，"要再吃点儿东西吗？你都没吃多少东西。"

宁苏意摇头："暂时不吃了，等饿了再吃。"

井迟抱着她径直上二楼，将她放到床上，让她休息一会儿："饿了就告诉我，我再让琼姨给你做吃的东西。"

宁苏意躺在床上，身体有些疲惫，闭上眼睛不知不觉就睡着了。

午后的阳光洒进屋里，拉出一条条明媚的光束。井迟找到遥控器关掉窗帘，开了室内的一盏灯，坐在床边守着她。

宁苏意一觉醒来，身边空荡荡的，发现井迟不在床上。她拖着懒洋洋的步子走下楼梯，听见井迟的声音从厨房里传来。

他在跟琼姨商量晚上的菜单。

"酥酥，你醒了？肚子饿吗？"井迟余光扫见一片衣角，立刻从厨房里出来，走到宁苏意跟前，"我给你蒸了鸡蛋羹，现在就能吃。"

宁苏意没什么胃口，不想让他担心就点了点头。

井迟先扶着她到沙发上坐下。

宁苏意有点儿受宠若惊："你不用扶着我，我还没到走不动的地步。"

"你现在就是我的重点保护对象。"井迟郑重地说完一句，去厨房给她端来一碗热气腾腾的鸡蛋羹，上面滴了两滴香油。

宁苏意吃蛋羹的时候，井迟就在一旁看着她："好吃吗？"

"嗯。"

井迟于是长松一口气，暂时放下如临大敌的警惕心。

宁苏意一口一口吃完蛋羹，不知道第多少次安抚他："你别太紧张了。我本来很淡定的，被你传染得也开始紧张了。"

井迟不知是在安抚她还是安抚自己："我不紧张，不紧张。"

宁苏意朝他看去一眼——这人嘴上说着不紧张，额头细密的汗珠却昭示着他的言不由衷。她知道，他是怕她再像中午吃饭那样，吃到一半突然冲到卫生间呕吐。

所幸宁苏意的孕吐反应没有持续太久，慢慢地，她的食欲好起来，井迟时常紧皱的眉头也跟着舒展开来。

因为担心宁苏意的身体，他已经很久没去公司，引得傅明川责问。

傅明川给井迟打来电话，话里话外都表达出严重的不满情绪："井总，井老板，井大少爷，你自己算算你有多久没来公司了？甩手掌柜都没你这么过分。你休产假未免休得过早了吧？"

井迟不在意地回了他一句："公司倒闭了吗？"

"没有。"

"那不就得了？"

傅明川被堵得哑口无言，在电话那边沉默了足足半分钟，开始跟他说正事，让他务必去一趟公司。

井迟把手机揣进兜里，回到房间里。宁苏意正准备午睡，站在床边弯着腰抖开被子。井迟三步并作两步过去，接过她手里的被子角拉平整，铺在床上。

宁苏意直起身，只穿着单薄柔软的家居服，能看到腹部隆起的弧度。

"傅明川让我去公司一趟，有点儿急事要处理。你先午睡，有什么事就打电话给我。"井迟坐在床沿上，拉过她的手，脸正好对着她的肚子，隔着一层衣料在她的肚子上亲了一下，"想吃什么东西吗？我回来给你带。"

"既然是急事，那你还磨磨蹭蹭干什么？快去吧。"宁苏意手掌搭在他的脑袋上，抓了抓他的短发，"我一个人没问题，家里还有琼姨呢。"

井迟仰起头，又问了一遍："想吃什么东西？"

宁苏意捏了捏他的耳垂："臭豆腐可以吗？"

井迟："……"

"不可以？可是我很想吃。"

"给你带。"

井迟妥协得很快，亲自将宁苏意安顿好，才换上一套外出的衣服，拿上车钥匙去公司，临走时还不忘叮嘱琼姨一句，让她照看宁苏意。

半个多小时后，井迟到了公司。傅明川迎上来，有好些天没见着井迟，乍然一看竟有些陌生，短暂地忘了十万火急的事，只顾着打趣他："你老婆怀孕，你怎么瘦这么多？不该是好事成双，心宽体胖吗？"

井迟肉眼可见地清减了许多，脸比以前更显得棱角分明。

"我说你这孕期综合征够明显的啊。"傅明川继续调侃。

井迟没搭理他，朝办公室走去，只想赶紧处理完工作早点儿回家，还记得要给宁苏意带臭豆腐。

宁苏意到了吃什么东西都香的阶段，井迟就彻底放心了，印证了那句"心宽体胖"，体重跟着上涨，回到以前的状态。

宁苏意看着体重秤上显示的数字，伸手摸了摸井迟的脸："终于胖回来了。你之前那么瘦，我看着都心疼。我妈还偷偷问我，是不是在家虐待你，真是好大一口黑锅。"

井迟从体重秤上下来，不甘示弱地捏她的脸："你啊，先心疼心疼自己吧，我一个大男人有什么好心疼的？"

他就是嘴硬，实际上听到宁苏意的话，心里暖得不行。

宁苏意说："你是孩子的爸爸，我不心疼你心疼谁？"

井迟本来没想问那个问题，刚好聊到就随口问道："那我和孩子相比，谁在你心中的分量更重？"

"你怎么也问这种幼稚的问题？"

"幼稚吗？"

"幼稚。"

井迟笑了笑，对答案是什么一点儿都不在意，抱起宁苏意放到体重秤上："我称完体重了，该你了。"

宁苏意不肯面对现实，用手捂住眼睛，让井迟帮自己看，然后小心翼翼地问："现在有一百二十斤吗？"

井迟低头看了一眼体重秤上的数字，笃定地回答："没有。"

宁苏意不信，开始自我检讨："我不该在吃饱饭的情况下，还吃掉那么多比萨，你该拦着我。"

"你前段时间总是吃了吐，现在只是补回了以前该吃的食物量，答应我，不要有心理负担好吗？"

宁苏意乖乖地应道："好的。"

天真的井迟以为怀孕期间度过最难熬的妊娠反应就万事大吉了，殊不知有更大的挑战等着他。

宁苏意每次产检，井迟再忙都会抽时间陪她去医院。他比宁苏意细心很多，买了个相册专门用来装每次检查的单子，平时找起来也方便。

这次陪她产检，见医生盯着显示屏轻"咝"了一声，井迟心中立马警铃大作，跟着看向仪器的显示屏。奈何术业有专攻，他看不懂里面的影像。

宁苏意还躺在床上，露着圆鼓鼓的肚皮，脑袋偏向一侧，问医生是不是有什么问题。她也有点儿紧张。

医生说："有个小孩，脐带绕颈两圈。"

井迟听到这话的那一瞬就眼前一黑，大致想象了一下脐带绕着小孩脖子缠了两圈的画面，孩子不得被勒得缺氧？

井迟感觉自己也要缺氧了，着急忙慌地问医生："那怎么办？"

医生语气平常，显然对此见怪不怪："不用担心，这种情况很正常。距离预产期还有很长一段时间，可能最后孩子自己就绕出来了，等下次过来做检查时再看看情况。"

宁苏意拉好衣服，从床上坐起来。

井迟蹲下来给她穿鞋，脸色很严肃。

井施华在坐诊，两个人没有去打扰她，井迟就在微信里跟她说了一声。午休时，井施华给了他回复，跟那位医生的说辞差不多，让他放宽心，情况没那么严重。

井迟没办法放心。

自从宁苏意怀孕以来，他就时常提心吊胆，生活重心都放在她身上。得知她肚子里的小孩出了点儿状况，他更加寸步不离地跟着她。

宁苏意觉得他有点儿夸张，劝他他不听，只好由着他。更夸张的是，她独自一人在浴室里洗澡，井迟都要守在门外，隔一会儿就敲敲门问她："酥酥，还好吗？"

眼前水雾蒙蒙，宁苏意回应他："我没事啊。"

"有事叫我。"

"嗯。"

"宝宝踢你了吗？"

"没有。"

"等他踢你了，你就好好跟他说，别玩脐带了，要玩等他出来以后爸爸给他买玩具。"井迟说得很认真，一点儿不像在开玩笑。

宁苏意却笑个不停："好，我跟他说。"

"别洗太久了，当心缺氧。"井迟又叮嘱。

宁苏意玩笑道："不然你进来帮我洗？"

井迟没犹豫，拧开门把。

宁苏意立马堵住门阻拦他："我随口一说的，你怎么还当真了？我快洗完了，你别进来。"

井迟松了手上的力道，没使劲推门，怕她被推倒："那你自己小心。"

宁苏意穿着白色的长袖睡裙出来，头发被干毛巾裹着。井迟拆开毛巾，给她吹干头发，自己再去洗澡。

过了一会儿，井迟带着沐浴过后的水汽和清香坐到床边，视线落在她的肚子上，用手轻轻摸了一下："被脐带绕住的那个肯定是男孩。"

宁苏意放下手里的书，笑了："你就这么确定？"

井迟"哼"了一声："男孩才会这么顽皮。"

"不一定，我记得我小时候就挺顽皮的，爬树的事情没少干。每次你都只能在树底下干等着，不敢爬。"

陈年往事，井迟以前最爱提。如今宁苏意主动提起，井迟反倒有几分不好意思，眼里都藏着害羞之色："是啊，姐姐身体壮如小牛，我就是弱不禁风，需要保护。"

他从出生起，体质就比一般小孩弱很多，葛佩如怀孕时没留神摔了一跤，差点儿流产，加上本身年龄有点儿大，生下他几乎要了半条命。他知道自己小时候是怎么过来的，在药罐子里泡了好几年，所以对怀孕中的宁苏意格外注意，不想她经历葛佩如那样的事，也不想他们的小孩生下来受苦。

宁苏意很了解他，知道他的想法，多数时候听他的，不会任性胡来。

不过他最近实在紧张过头了。就连她去陪叶繁霜过生日，他都要跟在她身后。叶繁霜没忍住跟她耳语："你家井迟怎么跟门神一样，谁招惹他了？"

宁苏意瞟了井迟一眼，觉得叶繁霜没说错，他确实有点儿像门神。

"还能有谁？肚子里的孩子招惹他了呗。"宁苏意耸了耸肩。

孩子招惹他了，他还不能找孩子算账，所以脸色就不怎么好看，臭臭的。

宁苏意减少了去公司的次数，但有些合同需要她本人面签。这天跟对方约好了时间，她提前一个小时换好衣服，准备出门。

井迟开车送她去公司，到了地方，亲自送她上楼。

签合同时，对方的负责人目光频频扫过井迟，可能是觉得他有点儿眼熟："这位好像不是宁总的助理。"

宁苏意签完了一式两份的合同，递给对方一份，面带微笑地给他介绍："这是我老公，井迟。"

"原来如此。"对方点点头，接过合同看了一眼。

井迟长得英朗帅气，皮肤白白嫩嫩，气质也是一等一的。从这以后，商业圈都在传：井家那位小少爷莫不是入赘了宁家？听说宁总走哪儿都带着他，连签合同都影影不离，跟小助理似的。

因不常去公司，这个传言宁苏意是半个月后才听说的。当时正在吃水果，下巴搭在井迟的肩上，她一边吃一边笑："怎么办？小迟，你的风评不好了。"

井迟还不知道这件事，莫名其妙地问道："什么？"

宁苏意把那些流言转述给他听，以为他会恼怒，谁知他不在意地扬眉笑了笑，捏着她的脸颊："我不一直是姐姐养的小白脸吗？"

宁苏意咳嗽一声，坐正了身体，避开他的视线。调戏不成反被调戏，她太失败了，故意说道："当小白脸和入赘的区别可大了，你确定不在意？"

井迟捏她的脸的手没松开，手指滑到下颌处，来回摩挲了几下："有区别吗？反正我是孩子他爸。"

宁苏意说不过他，伸手去挠他痒痒。井迟连忙捉住她的双手，再高贵的头颅这时候也得低下来投降："别闹，别闹，小心压到肚子了。"

宁苏意气喘吁吁地停下来，脑袋枕在他的腿上："你可真好。"

"才知道啊？我什么时候对你不好过？以前某人都没发现我的好呢。"

宁苏意抬高手臂捂他的嘴："打住，陈芝麻烂谷子的事咱就不要再提了。我知道我的旧账太多，翻起来三天三夜说不完，也认了。"

井迟笑着往沙发背上靠，手摸她的头顶："我也没打算跟你翻旧账。"

宁苏意抓过他的手掌，放在自己高高隆起的肚子上："你给他们取好名字了吗？我说的是正经的名字。"

小名是一早就定了的，起初还不知道肚子里是两个孩子，宁苏意做主，取的小名是"平安"。后来做完检查，宁苏意就说要再取一个。井迟这回倒没太嫌弃"平安"二字，只说干脆叫"平平"和"安安"好了。

宁苏意正要答应下来，转念一想，不行，她堂兄的儿子叫宁昱安，大家喊他的小名就是"安安"，如此一来就撞了名字，以后不好区分。

井迟一向听她的："你重新想一个。"

宁苏意说："不如叫平安和如意？"

井迟笑得眯起了眼："你开心就好。"

"不好听吗？"

"好听，好听极了。"井迟没什么主见地说。

宁苏意和井迟日常跟肚子里的两个孩子交流时就"平安""如意"地叫，正经的大名却迟迟没有动脑筋想一下。

宁苏意说："小名是我取的，大名交给你这个爸爸来。"

"好吧，等我回头翻翻《诗经》、宋词之类的书，保证给你取两个动听的名字。"井迟看着她，轻轻笑了笑，答应得很郑重。

他想，或许岳父大人那边已经取好了名字，毕竟岳父是个大作家。

等到宁苏意又一次产检时，井迟从进医院开始就板着脸，紧张的情绪都压在了眼里。

诊室门口的广播叫号，井迟陪着宁苏意进去。井施华不忙，跟着小两口进去了。还是上次那个医生，见到井施华，先笑着点了点头。

宁苏意躺到床上，掀起上衣。

井施华端着保温杯喝了一口水，说："别紧张。"

宁苏意想说"我不紧张"，视线看过去时，才知道井施华是在跟井迟说话。井迟手指蜷起，目光直直地看着医生，那张俊朗的脸紧绷着，比刚进医院时的表情还要凝重。

医生可能是感觉到后背生出一股凉意，一边摆弄仪器一边朝后看了一眼。

井施华盯着显示屏，专业人士自然一眼看出情况："啧，这小孩真是……上次绕颈两圈，这次绕三圈，把妈妈的脐带当成绳子在玩啊。"

宁苏意："……"

井迟蹙起眉头，嘴唇抿成一条线，恨不得动手把绕颈的脐带解开。他喉结滚动，压制着情绪，低声问井施华："没有别的办法吗？"

这种情况井施华见得多了，心态很平常，盖上保温杯的盖子，耐心地给他解释："没别的办法，除非孩子自己绕出来。不瞒你说，我见过有的孕妇分娩的时候，婴儿的脖子还绕着一圈脐带的。"

井迟瞪直了眼，认为大姐这话根本不算安慰。他越听心脏越紧缩，都要喘不上气来了。

宁苏意从床上下来时，看见井迟脸都白了，轻笑一声，小声说："大姐，你再多说几句，小迟就要晕过去了。"

井迟瞪了她一眼。她还笑得出来，一点儿不担心吗？

两个人拿着检查单从医院里出来，井迟下楼梯时神色还有些恍惚，没留神，差点儿被擦肩而过的人撞到。

太阳升到高空，阳光透过树叶洒下来，光点在地砖上跳跃，井迟额头上的汗珠被太阳照得亮晶晶的。

宁苏意没开玩笑，是真觉得井迟要晕过去了。她挽着他的胳膊，另一只手在他面前晃了晃："你还好吗？"

井迟眼眶涩涩的，低头看着她："这句话该我问你。"下一秒，井迟没能克制住情绪，语气带着薄怒，"这孩子怎么回事啊？好吃好喝地哄着他，他还来劲了！"

宁苏意快笑死了，对上他的目光，立时敛下唇畔的笑意，仰着脸哄他："别担心了，大姐都说没事。"

井迟不理智起来，连井施华都迁怒了："你别听大姐的。她是医生，在手术台上看过太多生死的场面。这些事对她来说司空见惯，当然不放在心上。"

宁苏意说："你这么说，大姐就伤心了。"

"唉，好生气，每次都是那个不听话，另一个怎么就能乖乖的？"

"嘘——"宁苏意竖起一根手指抵在井迟的嘴唇上，"你说的话被孩子听到了，他要是起了逆反心理，越发顽皮怎么办？"

井迟受到惊吓，脸又白了一分。

接下来几天，井迟基本没吃好饭睡好觉，整日整夜地担心那个顽皮的孩子，在浏览器里搜索了一堆资料，还查阅了不少书籍，最终无解。

宁苏意眼看着他养回来的几斤肉又掉了回去，心疼不已。

琼姨炖好了鸡汤，先盛出来一碗端给宁苏意。

宁苏意把碗推到了井迟面前："喝点儿汤补一补，看你都瘦了。"

井迟捉住她的手，哭笑不得地看着她："是你怀孕还是我怀孕？"

"是我怀孕。但我看，孕期综合征都出现在你身上了。"

"有吗？"井迟自己毫无所觉。

"有啊。"宁苏意掰着手指头给他细数种种症状，"你看你吃不下饭睡不着觉，情绪波动大，日渐消瘦。这些还不够明显？"

井迟无法反驳，端起刚出锅的鸡汤，舀起一勺吹了吹，不烫了再喂给她喝："我不要紧。"

前两次陪她做检查，出医院时他都一身冷汗。宁苏意心疼井迟，又一次产检时，就没让井迟陪同。

正好三姐井羡也怀孕了，要去医院做个详细检查，问了宁苏意的产检日期，打算跟她一起去。除了她们俩，还有葛佩如和邰淑英陪同。

有这么多人陪着宁苏意，井迟就没有跟着她，只交代她一句，检查结果出来一定要告诉他。

井羡看着宁苏意的肚子："小迟没跟来我还挺意外的，他向来跟你是焦不离孟。"

宁苏意偷偷跟她说："是我不让他来的。每次稍有情况他就紧张得不

560

得了，冷汗狂冒，我怕他晕过去。"

"哈哈哈……"井羡没良心地笑了，一面笑一面想到另一件事，"小迟现在就这么紧张，生产的时候可怎么办？要不到时候直接把他打晕吧。"

宁苏意"扑哧"一声笑了，附和她的话："我看行。"

两个长辈听着她俩的对话，在后面跟着笑了。邰淑英手搭着前面的座椅靠背，望着宁苏意的后脑勺："哪儿有你这么笑话人的？小迟这样还不是因为在乎你。"

"我知道。我也很在乎他啊。"宁苏意扭头说。

邰淑英总担心她欺负小迟，天晓得她有多爱他。迎接新生命本是件开心的事，她不想他感到负累。

井羡是做孕检，过程比较慢。宁苏意很快就检查完了，在外面的长椅上坐着等她，从邰淑英那里要回自己的手机。

十分钟前，井迟就发来了消息，问她结果怎么样。

宁苏意："好消息。那个顽皮的小朋友脖子上绕的脐带只剩一圈了。再接再厉，争取生产前他绕出来。"

井迟："你没有骗我吧？"

宁苏意："你自己看。"

宁苏意拍了检查单子的照片给他发过去，"诊断意见"那一栏的文字写得清清楚楚，其中一个胎儿脐带绕颈一周。

井迟小小地松了一口气："真是爸爸的乖宝宝。"

宁苏意笑了笑。上次他还说宝宝调皮捣蛋，这会儿就开始夸上了。她希望孩子生出来真是个乖宝宝。不过，孩子不乖的话，他们也没办法。

宁苏意："你就不要再焦虑了。再过不久，我们就能和平安、如意见面了。"

井迟："好，不焦虑。"

井迟："老婆辛苦了，亲一个。"

宁苏意捂着手机，目光扫过左右，见邰淑英和葛佩如都在身边。她们没坐在椅子上，站在一起闲聊。宁苏意脸颊热热的，手指戳着键盘回复："回家再亲。"

总结一句就是：井迟的孕期综合征始于得知宁苏意怀孕的那一刻，终于她顺利分娩的那一刻。

艰难的育儿过程

两个孩子可能是迫不及待地想跟爸爸妈妈见面，比预产期早了整整一个星期就闹腾起来，着实让新手爸妈措手不及。

那天早上九点钟，宁苏意睡到自然醒，在餐厅吃早饭。一碗粥下肚，她就感觉肚子不对劲，叫了井迟一声，声音还算平稳："我不太舒服，应该是要生了。"

井施华给她科普了不少知识，其中就包括分娩前的征兆。宁苏意现在就体会到了之前描述的那种感受，腹部隐隐作痛，伴随着一阵一阵地收紧。

井迟打翻了碗，心神慌乱，面上却很沉稳，抱起宁苏意就往外走，叫琼姨带上东西跟上来。早在一个月前，他就收拾好了待产包，以备随时派上用场。

到医院后，宁苏意被推进产房，她的判断没错，孩子确实要出生了。

井迟被医护人员拦在产房门外，签了一堆同意书。他眼前白花花的，只觉医院走廊的灯太亮，让他看不清字，握笔的手冰凉，有些颤抖地写下了自己的名字。

负责宁苏意的产科医生是井施华。她换上无菌服后就进了产房。

井迟坐立难安地等了半个小时，一阵急匆匆的脚步声在耳边响起，见爸妈、岳父岳母都过来了，是琼姨通知他们的。

葛佩如拉住他问了些问题。井迟摇了摇头，不想说话。

井迟后来回想，对等候在产房外的记忆格外模糊，好像那漫长的几个小时从脑海中抽离了，只依稀记得大姐从产房里出来，摘下口罩笑着对大家说了一句："放心吧，大人、小孩都平安。"

众人松了一口气。没人问两个小孩是男孩还是女孩，大家纷纷跑去看宁苏意。井迟有点儿虚脱，被挤到了后面。

宁苏意生完孩子就累得昏睡过去了，被推到了病房里。长辈们都看过她了，才去关心那两个小家伙。井迟独自一人守在病房里，手摸摸她温热的脸颊。感受到上面还有湿漉漉的汗水，粘着发丝，他用手撩开发丝。

宁苏意醒过来，视线聚焦，定在井迟的脸上。

"还疼吗？"井迟轻声问。

宁苏意摇头，问他："你看过我们的平安和如意了吗？"

"爸妈在看他们，我还没去。"

"啊？你都没看一眼吗？"

"等会儿去。"

宁苏意抿着唇笑了一下，抬手想抓他的手。井迟察觉她的举动，主动伸手握住她的手，听见她声音软软地说道："平安是姐姐，如意是弟弟。"她有点儿担心，"我们之前商量好了，先生出来的那个叫平安，后面那个叫如意。你说，他们会不会不喜欢这个名字？"

"哼，容不得他们，老婆说了算。"井迟一只手撑在她的身侧，低头亲了亲她的额头，"辛苦了。"

宁苏意不敢笑太大声，只咧了咧嘴角，小声说："我们一次性儿女双全了，小迟，你开不开心？"

井迟眼眶红红的，盯着她的眼睛，半晌，哑声回道："开心。"

两个孩子被抱到宁苏意身边。

她在产房里看过一眼他们的小模样。那时候他们皱巴巴的，脸上还有黏糊糊的东西，像小猴子，洗干净后就好看多了。

葛佩如笑得见牙不见眼："平安的眉眼像极了小迟小时候，这个小嘴巴哟，我看很像酥酥。"

邰淑英抱着另一个孩子凑过来看，附和道："嘴巴是像酥酥。"

听两个长辈热热闹闹地讨论起小姑娘的长相，宁苏意看了好几眼，没看出来哪里长得像自己和小迟："如意呢？"

葛佩如看了看邰淑英怀里的那个孩子："不像爸爸也不像妈妈，是他自己的模样，很漂亮就是了。”

如意恰好在这时候张着嘴"哇"一声大哭起来，像是对大人的话表示不满。

葛佩如立马改口哄道："我们小如意不乐意听了。好，好，好，如意长得像爸爸妈妈。"

她哄也哄不好，小如意还是哭个不停。邰淑英说是不是饿了，给他冲点儿奶粉。

井迟慌手慌脚地去冲奶粉。他第一次做这种事，不太顺手，却没出什么大问题，很快冲好一小瓶奶，往虎口处滴了一滴试试温度，再塞进嗷嗷待哺的如意嘴里。

葛佩如一脸惊奇的表情。本来她还打算让保姆阿姨动手，谁知道他三下五除二就弄好了，看来之前没少做功课。

如意缩在大人怀里，小口小口吞咽着奶，哭声渐渐停止了。井迟暗暗喘了一口气，额头上都是汗，心想臭小子就是没姑娘听话，以后恐怕不会太轻松。

他还真猜对了。

如意是更闹腾的那一个，顽皮得不得了，脾气也大，哪里稍微不如他的意就蹙起小眉毛，扯着嗓子哭起来，闹得家里人仰马翻。相比起来，平安简直乖得像个大人，饿了哼唧两声，要换尿片了哼唧两声，完全不会让人手忙脚乱。

宁苏意在老宅坐完月子就搬回了新家。井老太太不放心小夫妻带两个孩子，除了琼姨，又找了两个靠谱的月嫂过去帮忙。

"还没睡吗？"晚上十二点，井迟去婴儿房看完孩子，坐到床边问她。

宁苏意躺在床上，看起来很困，但大睁着眼睛望着天花板。她"嗯"了一声，翻身抱住他的腰，埋在他的怀里，汲取他身上的味道："好困啊，但睡不着觉。"

井迟指腹贴上她的额角，轻轻地揉着，帮她舒缓神经。她生完孩子后睡眠状态就回到了以前，甚至更糟糕，时常睡不着觉，哺乳期间又不能靠吃药调理，很让他忧心。

他一度怀疑她是不是患了产后抑郁症，陪她看过一次心理医生，结果不是，她就是单纯失眠。

"不用给我按摩，你也挺累了。"宁苏意将手覆在他的手背上，仰起头亲他的下巴，"平安和如意睡着了？"

"平安早就睡了，就如意眼睛瞪得跟两个铜铃一样，好半天才哄睡着。"井迟说起来牙齿痒痒。

宁苏意附在他的耳边说："辛苦老公了。"

"你说什么？"井迟惊讶地追着她问。

即使他们非常恩爱，她也很少称呼他"老公"，多半是不大好意思。她总是习惯叫他井迟、小迟，偶尔兴致来了叫声"宝贝"。

宁苏意："干什么这么惊讶，不就是一声'老公'？"

"那你再叫一声我听听。"

宁苏意不是扭捏的人——他要听她就叫好了，连着叫了几声"老公"。井迟听得耳根子都软了，红着脸捏住她的下巴，嘴唇贴上她的唇瓣碾磨亲吻，渐而深入。

最后吻到她快要喘不过气时他才放开，搂着她的肩膀低声说："真好听。"

宁苏意眯着眼。大脑缺氧的感觉让她觉得自己下一秒就能睡着，得珍惜这来之不易的机会，于是缩回被子里倒头就睡。

过了半个小时，宁苏意就真的睡着了。

井迟看了一眼时间，还不算晚，轻舒了一口气，心想她总算有一天是在凌晨一点前睡着的了。前几天宁苏意到凌晨三四点还睁着眼睛，又不敢乱动，怕吵到身边的他。其实她没睡着，他也睡不着，只是闭着眼睛罢了。

井迟准备入睡时，隐约听见隔壁房间传来哭声，于是轻手轻脚地掀开被子一角，下床出去。

婴儿房就在隔壁，对面是月嫂的房间，听到哭声的月嫂披了件衣服起来查看孩子。井迟悄声说道："我来吧。"

他就知道是如意在哭，小兔崽子才睡了半个多小时就闹腾起来。

井迟把孩子从婴儿床上抱起来哄，没什么作用，临睡前给他换过尿不湿，那他就只可能是饿了。井迟叹了一口气，放下孩子，给他冲奶粉。

婴儿房里的用品一应俱全，他站在桌边，一边舀起奶粉装进奶瓶里，一边跟孩子商量："别哭了，再哭吵醒妈妈不给你饭吃了。"

如意哭得更大声了。

井迟："……"

这孩子真是他的克星。

如意长开了以后，样貌就向爸爸靠拢了，各种小表情跟井迟像是一个模子里刻出来的。

宁苏意看得乐呵呵的："好了，破案了，原来如意都是随了你。"

井迟大呼无辜："怎么就随我了？我小时候什么样你不知道？我才没他这么闹腾！一天到晚，他不睡觉别人就别想睡觉。"

正在妈妈怀里玩耍的如意听到这话，朝他瞥去一眼。

井迟跟他大眼瞪小眼，数落他："看什么看？说的就是你。你有你姐姐一半听话我就不愁了。"

小孩子反正是听不懂爸爸的话，一偏头把脑袋埋在妈妈的衣服里，看起来像是害羞了。但井迟清楚，臭小子绝不是害羞，就是仗着宁苏意疼爱，肆无忌惮得很。

孩子八九个月的时候最好动，乱爬乱摸，需要时时刻刻看着。平安还好，不好动。大人给个小玩具，将她放在毯子上她就能自己玩好久。如意就让人头疼了——大人稍微不注意，就不知道他爬到哪里去了。

上回他钻进柜子里，让两个月嫂阿姨好一通找。

这个小恶魔不愧被称作井迟的克星，每回井迟抱着他，他的小手首先就去抓井迟右耳上的耳钉。

井迟板着脸，拉开他的手警告道："不可以，这是你妈妈送给爸爸的礼物，你想要的话让你女朋友送你。"

宁苏意抱着平安在一旁"哈哈"笑："你现在跟他说这些事干什么？他又听不懂。"

如意被井迟抓住小手，傻兮兮地笑着，口水流到了爸爸的衬衫上，印出一小片湿痕。井迟仰起脖子，一边嫌弃，一边捏起如意胸前围着的口水巾给他擦擦嘴角："脏小孩。"

井迟说着，自己倒忍不住先笑了起来，把如意抱上去一点儿，让他趴在自己的肩头，小屁股露在外面。井迟手掌拍了拍他白白嫩嫩的屁股，跟他说别把口水蹭爸爸的肩上。

如意不仅把口水蹭到爸爸的肩上，还在井迟身前印了好大一块"地图"。

井迟额角跳了跳，喊来月嫂："怎么没给他穿尿不湿？"

月嫂心虚，赶紧把孩子抱过去换裤子。如意还不清楚自己干了什么好事，伸着两只小手要爸爸抱。

爸爸没看他，去楼上换衣服了。

平安刚满十一个月就会说话了，嘴里"咿咿呀呀"吐着大人听不懂的字眼。宁苏意来了兴致，有心教学，教她喊"妈妈"。

小姑娘窝在她怀里，被教了几次就像模像样地张口："妈……妈……"

平安一次只会说一个字，说快了就是一迭声的"妈妈"，小奶音甜甜的。宁苏意听得心花怒放，手指戳了戳小姑娘的脸蛋，在上面亲了一口。

平安更是开心，连续叫了好几声"妈妈"。

井迟听得心里直冒泡泡，对宁苏意说："你再教教她喊'爸爸'。"

宁苏意知道孩子爸爸这是吃味了，于是开始对小姑娘进行新一轮教学。平安大概是学累了，打了个哈欠就趴在宁苏意怀里睡着了。

井迟瞪圆了眼睛。

宁苏意笑道："等我找时间再教她。"

井迟看了一眼在地毯上乱爬的如意，心想两个孩子从一个娘胎里出来的，前后就相差十来分钟，智商不可能有太大差距。他心念一动，抱起快要爬到茶几底下的儿子，与如意葡萄似的大眼睛对视："如意，叫'爸爸'。"

如意抿着嘴巴，鼻子"哼哧哼哧"地喘气，别说"爸爸"，一个字都不肯施舍。

井迟泄气了，觉得如意不如他姐姐聪明。

为了圆井迟的梦，宁苏意接下来几天有意地教两个孩子喊"爸爸"。如意一如既往地倔强。不管宁苏意怎么教，他都紧紧闭着嘴，理都不理人，自己玩自己的，把玩具啃得全是亮晶晶的口水。

井迟下班回到家，先跟宁苏意亲了亲，再去看两个孩子。平安最先看到他，仰着脖子脆生生地喊："巴……巴……"

小丫头还不会读第四声的"爸爸"，只会读第一声，小嘴巴抿一下再张开就是。

"宝贝在叫'爸爸'吗？"井迟的眼里满是惊喜之色，他两只手抱起她，将她搂在怀里亲了又亲，"再叫一声'爸爸'。"

"巴巴（爸爸）。"

哪怕只是读音相似，但井迟知道，宝贝女儿是在叫"爸爸"，开心得不得了，直呼小棉袄真贴心。他再看一眼地上的儿子——儿子又在满地乱爬，丝毫不在意爸爸回来了。

井迟不信儿子是小笨蛋，故意逗他，拿走他心爱的玩具，要他喊"爸爸"才肯还给他。井迟如此逗弄了一个星期，如意十分有骨气，愣是一句没喊。

宁苏意看儿子玩得满头大汗，给他擦了擦汗，安慰井迟："慢慢来吧，每个小孩开口说话的时间不一样，兴许我们小如意比姐姐晚一点儿。"

井迟摸了摸如意的小脑袋瓜，放弃了，不再执着听他喊"爸爸"。

结果第二天下午，宁苏意去公司处理点儿工作上的事，井迟刚好闲在家里，冲完两瓶奶出来，看见如意四肢并用，撅着屁股从沙发边爬进狗窝里，两只手抱住小柴，对着狗亲亲热热地喊："爸爸，爸爸……"

井迟气得牙疼，当时就想抓起如意的后颈将他扔出去，眼不见为净。

他平复了好一会儿情绪，还是觉得好气，打电话给宁苏意告状。宁苏意刚忙完从公司出来，坐到车里，听到他的描述，笑得脑袋差点儿撞上车窗玻璃。

好在如意也不是只对爸爸这么"无理"。

周末，叶繁霜和邹茜恩闲着无聊，约好一起过来看孩子。两个干妈出手大方，给孩子带了大包小包的礼物。

邹茜恩看着跟上次比起来又长漂亮不少的两个小孩，眼睛里直冒星星，抱起其中一个亲了好几口："来，让干妈好好看看。真可爱啊，好想偷回家。"

她给平安换上了新买的衣服，泡泡袖的白色棉质小衬衫，搭配黑色背带裙，跟小公主一样，更可爱了。

宁苏意洗了一盘水果端过来放在茶几上，听到这话，大方地说道："给你抱回家玩几天。"

邹茜恩抱着平安不撒手："我倒是想，你家小迟弟弟不会答应的。"

叶繁霜一只手搭在靠背上，另一只手拿着橘子逗着坐在沙发上的如意："想要小孩还不容易？你找闻朝生一个啊，不要惦记酥酥家里的。"

邹茜恩抢过橘子砸到她的怀里，脸红地争辩："你怎么不说你自己？"

"哎——"叶繁霜接住橘子，举手投降，"我可没说我想要小孩。"

邹茜恩不跟她聊这个话题了，看看平安又看看如意，扭头问宁苏意："他们现在会说话吗？我还想听他们叫一声'干妈'呢。"

宁苏意想起如意干的那一桩事，忍俊不禁："他们会叫'爸爸''妈妈'，不过得看他俩的心情，'干妈'好像有点儿难度。"

邹茜恩跃跃欲试，对着看起来更活泼好动的如意说："如意，小如意，叫我一声'干妈'，我给你拿玩具好不好？"

如意眨眨眼看着她，小嘴巴一张一合："干巴。"

邹茜恩愣怔住了，哭丧着脸看向宁苏意，一副心碎的样子："宁苏意，你儿子说我干巴。我这么水灵，哪里干巴了？"

宁苏意笑得不行，故作严肃地教育儿子："如意，不许这么说干妈，干妈每次过来都给你带礼物了。"

如意眼睛骨碌碌地转动，喊得更欢快了："干巴，干巴！"

邹茜恩："……"

晚上，井迟穿着睡衣从浴室里出来，瞧着宁苏意躺在床中央，一左一右的位置被两个孩子霸占，没他的位置了，默叹了一口气。

宁苏意锁了手机，放到床头柜上，对站在床尾的井迟招了招手："站在那里干什么？"

"我睡哪儿？"

"床这么大，还不够你睡吗？"

他努了努嘴，即使当了爸爸，那双眼眸依然清澈纯净，像个小男生："我想抱着我老婆睡觉。"

宁苏意张开双臂，笑眼弯弯地用口型说："来吧。"

井迟走上前，弯腰把两个孩子抱起来送到婴儿房里，一人额头上亲了一下，打商量道："乖乖睡觉，不许吵闹。"

他去叫了月嫂过来哄两个孩子睡觉。

宁苏意的手刚摸到床头柜上的手机，井迟就进来了，她索性放弃玩手机，眼睛盯着他，很专注，显得很深情。

井迟一下就心动得不得了，扑上去抱住她，脸埋在她的颈窝里一通乱亲，直亲到两个人气息不稳。

窗帘没拉，外面的月光透进来，和着室内的灯光洒在地板上。

井迟手掌扣着她的腰，咬她的耳垂，低声说："我们什么时候举办婚礼？酥酥，我欠你一场婚礼。我一直记得。"

关于婚礼

那一晚，井迟问宁苏意想什么时候举办婚礼。她认真想了想，其实对婚礼没有太大的执念，他们领了结婚证，孩子也生了，生活幸福美满，没有烦恼，婚礼就显得没那么重要了。

宁苏意参加过别人的婚礼，知道当新娘子很累，自己有点儿犯懒，不想劳心伤神。可是不行，井迟很注重仪式感，估计长辈那边也有说法。

"我看不如就等平安和如意长大一点儿再举办婚礼，到时候让两个小朋友给我们当花童好了。"宁苏意睡衣松垮垮地套在身上，窝在井迟怀里，说话时嘴里呼出热气，喷洒在他的皮肤上。

井迟低头观察着她的神色，委屈地说道："你不会是不想举办婚礼，故意往后拖延吧？"

"冤枉。"宁苏意撑着他的胸膛半坐起来，目光与他对上，"我的提议不好吗？宝宝给爸爸妈妈当花童，多美好啊。"

井迟很没出息，被她的一句话说动："好吧。"

"你答应了？"

"我什么时候违逆过姐姐？"井迟偏过脸去。

他不知道自己别扭起来时表情有多好看。

宁苏意笑得温柔，捧住他的脸，在他的嘴唇上重重啄了一口："小迟弟弟好乖。"

井迟像被人踩到尾巴，挑起眉毛，视线转了回来，落在宁苏意的脸上："你叫我什么？"

宁苏意眼神闪躲，脑袋往被子里缩："你先叫我姐姐的。"

"你躲什么？我又没有不让你叫。"井迟笑起来，手在她的脸上捏了好几下，不满足，又追过去亲她。

长辈们后来问起两个人的婚礼，井迟就将宁苏意的意思说给他们听了。当然，他说这是他和宁苏意商量后做的决定。

小两口恩爱就够了，长辈们也没干涉太多，由着他们去了。

这样一来，婚礼就有了充分的时间准备。

转眼两个孩子三岁了，正是什么都会说的年纪。宁苏意和井迟的婚讯传了出去，私交甚笃的亲戚朋友都收到了喜帖。

休息室里，宁苏意穿上洁白的婚纱，钻石头饰别着长长的头纱，披在身后，漂亮得都有点儿不真实了。

叶繁霜和邹茜恩陪她聊天解闷。邹茜恩清了清嗓子，举起一只拳头送到宁苏意面前，采访她："请问宁小姐，今天当新娘子，你紧张吗？"

宁苏意配合她回答："不紧张啊。"

邹茜恩点了点头，收回手搭在膝盖上："也对。你都当了几年孩子的妈妈了，当然不会紧张。不过，你怎么看起来还是这么年轻哪？跟小姑娘一样。你家井迟也是，穿着衬衫和西装迎接宾客，跟男高中生一样，帅死了。他读高中时就那个样，现在都没变。"

宁苏意问："是吗？我今天还没见到他。"

叶繁霜笑道："不急，不急，你马上就能见到了。"

休息室的门被人敲响，叶繁霜起身去开门。

两个小朋友蹦蹦跳跳地进来，后面跟着照看他们的邹淑英。

平安穿着白色的公主裙，头发上戴了一顶闪亮的小皇冠，脸颊粉嘟嘟的，集合了爸爸妈妈的美貌，小小年纪就能看出是个美人坯子。如意则穿着一整套黑色小西装，扎了一枚小小的领结，跟井迟有几分相似的小脸酷酷的。

两个小朋友一进来就直奔宁苏意，一左一右环着她。

"拦不住他们，他们非要过来找妈妈。"邹淑英笑容满面，随手关上门，在一旁的沙发上坐下来。

见叶繁霜和邹茜恩起身跟她打招呼，邹淑英忙抬手示意她们坐下，不用这么客气。

宁苏意说："没事，我化完妆了。"

"妈妈，你好漂亮。"平安仰着脑袋，看着与平时格外不一样的妈妈，眼睛都要瞪直了。

宁苏意笑了笑："我们平安也很漂亮。"

如意也不说话，就挨着妈妈站着，时不时抬头看她一眼，然后低头玩她的头纱，小声叫了声："妈妈。"

"嗯？"宁苏意低头看着他，"宝贝要说什么？"

"你今天要和爸爸结婚吗？"

"是啊。"

叶繁霜瞧着酷小孩，忍不住逗他："你知道结婚是什么意思吗？"

酷小孩摇头。

宁苏意知道他不懂，想了一下，用他能听懂的方式说："结婚就是爸爸和妈妈永远在一起的意思。"

"那宝贝呢？"

"宝贝也跟我们永远在一起。"

"好吧，我同意你们结婚了。"

一句话把休息室里的人都逗笑了，果真是童言无忌。叶繁霜大呼，小孩子太好玩了。她都不忍心告诉他，就算他不同意他爸爸妈妈也是要结婚的。

仪式正式开始，两个小孩被抱走了。宁苏意起身整了整婚纱的裙摆，深吸一口气，在好闺密的陪同下走出了休息室。

绿茵茵的草坪上摆了几十把白色的木椅。宾客落座，目光齐刷刷地看向今天的主角，宁苏意挽着宁宗德的手臂，走过一道道鲜花拱门。

天边飞过白鸽，空气里弥漫着阵阵清新的花香。井迟站在最后一道鲜花拱门后，静静地等着他的新娘。这样的场景，他过去在脑海里演练了无数遍，梦里也曾出现过多次。如今成为现实，他感动得几欲落泪。

穿婚纱的宁苏意太美了，他呼吸都在变轻变慢，像是不忍惊扰。

宁苏意每一步都走得稳稳当当，隔着头纱看着那道挺拔的身影，微微扬起嘴角。她身后是提着小花篮的平安和如意。两个小朋友一左一右地跟着妈妈往前走，抓起篮子里的玫瑰花瓣抛撒。

如意穿着小皮鞋，走得太快，一不留神踩到了宁苏意两米长的婚纱裙摆，跟跄了一步，摔倒在草地上，正好压住裙摆。宁苏意猝不及防，只觉得身子被往后拽了一下，还好她的手挽着爸爸的胳膊，不至于崴到脚。

572

全场哗然，然后众人爆发出一阵笑声。

见宁苏意回过头，如意自知闯祸，手脚并用地从妈妈的裙摆上爬起来，抬起头对上妈妈的视线，眨着跟井迟相似的无辜大眼："妈妈，对不起。"

隔着一段距离的井迟看清状况后，闭了闭眼。他就知道如意这小魔王会掉链子，没平安半分稳重的样子。

平安摇摇头，像是对弟弟很无奈。她捡起地上的小花篮塞到如意手里，并把自己花篮里的花瓣分一半到他的篮子里——他刚才那一摔，花瓣全撒了。

小小的插曲很快过去，宁苏意走到井迟面前，被他握住手。宁宗德完成任务，把主场交给他们。

在亲朋好友的见证下，一对新人宣誓、交换戒指、亲吻彼此。

井迟拥住怀里的人，在她耳边说："我终于娶到你了，酥酥。"

宁苏意搂住他的腰，笑着将脸贴在他的肩上，轻声说："我不是早就嫁给你了吗？"

"是。在我心里，你早就嫁给我了。"井迟手掌扣着她的后脑勺，让她更贴近自己。

宾客望着那对交颈相拥的新人，目露歆羡和感动之色。

婚礼热闹了一整天，到了晚上，宁苏意脱掉身上繁复的礼服，躺在柔软的大床上，累得手臂都抬不起来了，被头顶的水晶吊灯照得昏昏欲睡。

井迟侧身躺在她旁边，一手支着脑袋，一手抚摩她的发丝，嗓音温柔动听："酥酥，你想去哪里度蜜月？"

宁苏意睁开眼睛，偏过头看向他："我们要去度蜜月？平安和如意怎么办？"

"结婚哪儿有不度蜜月的？"井迟将手指从她的长发上抚摩到脸颊上，"平安和如意好办，放他们在雍翠乐府玩一段时间，再送到锦斓苑玩一段时间，我们差不多就回来了。"

"我担心他们不同意。"

两个小孩长到这么大，几乎没离开过爸爸妈妈。平日里，宁苏意工作比较忙的时候，井迟在家照看他们。井迟要是出差，宁苏意会抽出时间陪他们。很少出现两个人同时不在的情况，两个小孩未必会适应。

井迟说："一大家子人围着他俩，有求必应，他俩估计乐不思蜀。"

宁苏意笑起来："有道理。"

他们作为父母，虽然疼爱孩子，却不溺爱，从来都是严格管教。长辈们不一样，因为没有长久地生活在一起，但凡见面，总是对两个孩子格外偏宠。

井迟俯身，在她的眉间亲了一下："同意了？"

宁苏意："嗯。"

井迟坐起来，抱起床上的人去浴室洗澡。

第二天清早，平安和如意睡醒，玩了好一会儿都没见爸爸妈妈从卧室里出来，便跑过去敲门，结果屋里一个人都没有。

两个小孩正惊讶，琼姨就打开了大门，迎葛佩如进来。

葛佩如蹲下来哄小孩："平安、如意，跟奶奶去老宅住几天好不好？"

如意还记得上次去奶奶家，那里的玩具都堆成小山了，自己坐在玩具堆里，像是进入了快乐王国，立刻点头："好呀。"

平安文静一些，蹭到奶奶怀里，抓着她的衣角小声问："奶奶，爸爸妈妈呢？"

葛佩如一手拢着一个小孩，没有隐瞒他们："爸爸妈妈出去玩了，过几天就来接你们。咱们现在就出发吧，太奶奶在家等着你们，准备了很多好吃的东西。"

平安有点儿无奈："好吧。"

宁苏意登上飞机时还在担心家里的两个小孩，跟身边的井迟说："妈妈会不会哄不好他们？如意我不担心，他向来能疯能玩，平安是女孩，心思总是多一些——她可能会觉得我们出来玩不带她。"

井迟拆开一个眼罩，朝她靠过去，蒙住她的眼睛："睡一觉吧。"

宁苏意把眼罩推上去，看着他问："你就不担心吗？"

"不担心啊。"井迟说，"平安性格沉静，随了你，才不会想太多。有她在，能管着如意，免得那小子玩得找不着北。"

宁苏意被他说服了，拉下眼罩盖住眼睛，放松神经，开启这次蜜月旅行。

热带地区的天空湛蓝如洗，比宁城的天空好看数倍。海面吹来咸湿的风，撩动着宁苏意的长发。她穿着清凉的吊带长裙，坐在游轮的甲板上，后背靠在井迟的胸膛上，久违地享受着悠闲的时光。

上午还在游轮上欣赏海上的风景，下午两个人就走街串巷。井迟穿着简单的白T恤，外面套着一件衬衫当防晒衣，下面是亚麻短裤，手里拎着各种各样的食物，都是宁苏意买来吃了几口就丢给他的。

宁苏意手里拿着一块刚买的哈密瓜，咬一口，发出一声清脆的声响。

"好甜。"她举起哈密瓜递给井迟尝。

井迟就着她的手咬了一口，果真又脆又甜，再趁她不注意，低头在她的脸颊上偷亲了一下。

宁苏意瞪他一眼，缩回自己的手，不给他吃了："大庭广众之下，在异国他乡，能不能正经一点儿？"

井迟"哈哈"大笑："就是因为在异国他乡，没人认识我们，才要放肆一点儿。"

宁苏意离他远远的，免得他又心血来潮地"偷袭"她。

两个人晚上回到下榻的酒店，给家里人拨了一通视频电话。葛佩如刚接通电话，里面就传来小家伙的声音："是妈妈打来的吗？"

葛佩如说："是的。"

然后手机就被两个小孩抢走了，看到手机屏幕上宁苏意的脸，一人叫了一声"妈妈"，声音甜甜的，听得人心里软成一片。

宁苏意也是抱着试一试的心理看两个孩子睡没睡，没想到两个小孩真的没睡，于是凑近屏幕："在奶奶家有没有听话？"

如意心虚地点了点头。

平安立马拆穿他："如意今天摔碎了爷爷的砚台。"

如意轻轻推了一下姐姐的手肘，露出无辜的眼神，祈求她别说了。

平安也不是要告状，就是喜欢事无巨细地跟妈妈说："如意已经认识到错误了，自己罚站了半个小时，爷爷原谅他了。"

井迟正要教育如意，听到这句话，吞回了要说的话。

葛佩如在一旁解释："如意不是故意的，只是没留神。"

宁苏意笑着说："我们小如意都不敢看妈妈的脸了。"

"才没有。"如意抬起头看着她问，"妈妈，你什么时候回来？"

"你想妈妈了？"

"嗯。"

"你想爸爸吗？"

如意愣了愣，抱着手机冲着屏幕点了一下头："也想。"

宁苏意看向被挤到一旁的小丫头："平安呢？"

平安腼腆地捂着小嘴，只露出一双眼睛，扑闪扑闪的，灵动极了，声音很轻地说："想爸爸妈妈。"

井迟那张冷感十足的脸霎时柔和了。

他说："爸爸妈妈过几天就回去，平安想要什么礼物？爸爸给你买。"

小丫头摇摇头，说："不知道。"

几个人聊了一会儿，挂断了视频电话。

宁苏意和井迟对视一眼，心照不宣——想孩子了。

虽说平时他们总是觉得照顾小孩很耗费精力，尤其是照顾两个，但只有分开了才知道，那两个小家伙一个比一个贴心。

两个孩子是宁苏意和井迟亲眼看着从那么一丁点儿大，长到现在健康可爱的模样的，哪儿能不想念？但旅行计划早就定下，两个人没有打乱行程，坚持玩了半个多月才返回宁城。

从机场出来，坐上车，宁苏意歪着脑袋靠在井迟的肩上，闭上眼缓解疲劳："以后有时间，带上两个小孩，我们来一次亲子旅行吧？"

井迟说："那就只能等他们放寒暑假，而我们恰好不忙的时候。"

宁苏意睁开眼睛，猛然意识到："对呀，他们该上幼儿园了。"

去幼儿园前夕，井迟检查完两个小孩的书包，一模一样的文具通通准备了两份，只是颜色不同。他拉上书包的拉链，对还没睡着的如意说："如意，你是男孩子，在学校里要照顾姐姐，不许让其他小朋友欺负她，知道吗？有什么事你就找老师帮忙，再不行就回来告诉爸爸妈妈。"

如意盘腿坐在床上，刚洗完澡，脑袋上细软的头发乱糟糟的，散发着儿童沐浴乳的香味。他乖巧地点头，答应爸爸。

井迟抖开被子，等儿子钻进被窝里，再把被子掖好，摸了摸他的额头："睡吧，明天要早起。"

等他闭上眼睛，井迟起身走出了房间。

隔壁平安的房间里，宁苏意同样对女儿叮嘱一番后，轻手轻脚地从里面出来，一转身差点儿与井迟撞上。

井迟压低声音问："平安睡了？"

"嗯。"宁苏意拉着他的手回到卧室里，关上门才接着说，"平安从出生起就比较让人省心，很多事情我不说她也知道，但我还是叮嘱了她一些。"

"哪里是从出生起，应该说平安是在你的肚子里的时候就让人省心。"

宁苏意记起总是脐带绕颈的如意，忍不住"扑哧"笑了一声。起初他们不晓得具体是哪个孩子脐带绕颈，等两个孩子出生后，井施华才说是那个男孩子。因为不能提前透露性别，她之前一直没说。

　　宁苏意一碗水端平，也夸了夸如意："如意虽然性子顽皮一点儿，但我们平日里教育他的话，他都能听进去。男孩子嘛，小时候皮一点儿没什么。"

　　"瞧瞧我们酥酥，真是个称职的妈妈。"

　　"你也是称职的爸爸。"

　　"那称职的爸爸有奖励吗？"

　　"你想要什么？"

　　井迟盯着她，也不说话，但眼里的意思很明显。宁苏意看一眼就别过视线，红着脸，握拳捶了他一下，想起什么，交代了他一句："明早你送孩子去幼儿园报到，我要去公司开会。"

　　井迟搂住她的腰，将她往自己怀里带，低下头抵着她的额头，一字一顿地说道："遵命。"

　　第一天上学的两个小朋友没有任何不适应的地方，下午放学一回到家就开开心心地爬上沙发，坐在爸爸妈妈中间，"叽叽喳喳"地分享今天在幼儿园里发生的趣事，还笑话别的小朋友哭哭啼啼，鼻涕都要流到嘴巴上了。

　　如意跟爸妈交流完，大喘了一口气，拉了拉井迟的袖子："爸爸，我可不可以问你一个问题？"

　　井迟将手搭在膝盖上，偏头看着他，难得看到臭小子摆出这么认真的表情，有点儿好奇他要问什么问题。

　　"你问。"

　　"为什么我和姐姐不是一个姓啊？"如意摇头晃脑地说，"我们班里也有一对双胞胎兄弟，他们都姓李。可是我和姐姐，一个姓宁，一个姓井。这是为什么呢？"

　　井迟笑了，手掌按住他乱晃的脑袋："那是因为姐姐随爸爸姓，你随妈妈姓。不管姓宁，还是姓井，你和姐姐都是爸爸妈妈的宝贝。这有什么问题吗？"

　　如意："我就是好奇呀。"

　　井迟看了宁苏意一眼，换上认真的语气说："你想想，我们一家四口，正好两个姓宁，两个姓井，多和谐。"

如意似懂非懂，往爸爸那边挪了一点儿："那我能再问个问题吗？"

这个年纪的小朋友，小小的脑袋里能装下十万个为什么，井迟和宁苏意都不打算遏制孩子的好奇心，示意他问。

如意两只小手捧着下巴，长长地叹了一口气，一副十分苦恼的模样："我为什么要叫宁溯？那个'溯'字好难写，我可不可以换个名字？"

井迟挑眉："你想换名字？那叫宁如意好了。"

如意也不太喜欢自己的小名，听起来有点儿像女孩子的名字，立马摇头如拨浪鼓："不要，我还是叫宁溯吧。"

"溯，是逆流而上的意思。爸爸希望你将来能长成顶天立地的男子汉，遇到困难迎面而上，不要退缩。"井迟说。

如意点点头，勉强接受了自己的名字，听起来还蛮酷的。他用手指了指安安静静地坐着的平安："那姐姐为什么叫井合颐？"

井迟说："颐，是保养的意思。爸爸妈妈可以爱护和养你姐姐一辈子。"

如意的小脸霎时皱起来，他从沙发上溜下来，拖着自己的书包夸张地大叫："哇，偏心，偏心！我就要逆流而上，姐姐就要被你们养！我不干了，要离家出走咯！再见了妈妈，今晚我就要远航——"

宁苏意笑得坐不住，倒在井迟身上。

这小鬼精灵都是跟谁学的？

又一年夏季，前院里的合欢花开了，树底下摆了藤编桌椅。夜空低垂，数不尽的星星点缀其上。清风送来阵阵花香，在四周缭绕。

饭后，宁苏意和两个小孩坐在树下的椅子上纳凉，树枝上缠绕着几串星星灯，在夜幕下一闪一闪的，像丛林间飞舞的萤火虫。

有人叫了他们一声。三个人回过头，见是从屋里出来的井迟。他穿着宽松的白T恤和短裤，手里端着一盘切好的西瓜，在聒噪的蝉鸣声中走来，取出一块西瓜先递给宁苏意，随手将剩下的西瓜放在了桌上。

井迟一手搭在妻子的肩上，等她咬下第一口西瓜，然后弯腰问："甜吗？"

宁苏意说："很甜。"

——番外完——